옥중
서신
2

이희호가 김대중에게

옥중서신2

초판 1쇄 2009년 9월 25일 발행
2판 1쇄 2019년 8월 18일 발행
3판 1쇄 2024년 1월 6일 발행

지은이 이희호
펴낸이 김성실
표지디자인 형태와내용사이
제작 한영문화사

펴낸곳 시대의창   등록 제10-1756호(1999. 5. 11)
주소 03985 서울시 마포구 연희로 19-1
전화 02)335-6121   팩스 02)325-5607
전자우편 sidaebooks@daum.net
페이스북 www.faceook.com/sidaebooks
트위터 @sidaebooks

ISBN 978-89-5940-833-7 (04810)
ISBN 978-89-5940-831-3 (전2권)

우편봉함엽서

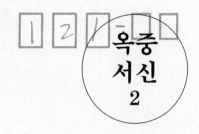

옥중
서신
2

이희호가 김대중에게

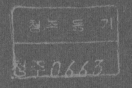

편지로 새긴
사랑,
자유,
민주주의

시대의창

이희호

1922년 서울에서 6남 2녀 중 넷째로 태어나 이화고녀와 이화여전 문과, 서울대학교 사범대학 교육학과를 졸업했다. 이후 미국 램버스대학에서 사회학을 공부하고 미국 스칼릿대학교 대학원 사회학과를 졸업했다. 미 노스이스턴대학, 위시본대학, 일본 아오야마가쿠인대학, 이화여자대학교, 동아대학교, 동신대학교 등에서 명예박사학위를 받았다. 대한여자청년단, 여성문제연구회, YWCA 연합회, 한국여성단체협의회, 범태평양동남아여성협회 부회장을 비롯해 많은 단체에서 축첩 정치인 반대운동, 혼인신고 하기, 가족법 개정운동 등의 여성운동 및 사회운동에 일생을 바쳐 일했다. 특히 여성문제와 함께 아이들과 노인, 장애인 등 소외된 사람들이 겪는 빈곤과 인권문제 향상을 위해 노력했다. 이런 노고를 바탕으로 미국 남가주대학 '국제사회복지상', 스칼릿대학 '탑상', 미국 교회여성연합회 '용감한 여성상', 미국 밴더빌트대학교 '도덕적 인권지도자상' 등을 수상했다.

2019년 노환으로 병원에 입원하여 치료 중 6월 10일 "국민과 민족의 평화통일을 기원"한다는 유언을 남기고 서거했다. 지은 책으로는 《나의 사랑 나의 조국》(1992) 《이희호의 내일을 위한 기도》(1998) 자서전 《동행》(2008) 등이 있다.

어둠에는 아침이 들어있습니다.
우리 기도의 불길이 새벽을 열고 있습니다.

불행한 공간, 위대한 증언

이 책은 고 김대중 전 대통령께서 큰 관심을 두시고 몸소 그 구성에 대한 지침까지 내리셨던 옥중편지 모음입니다. 그런 연유로 기획되어 원고 정리가 끝나고 제작에 들어가려던 참에 애통하게도 김 대통령께서 우리 곁을 떠나셨습니다. 유고집처럼 된 이 책머리에 글을 쓰는 저의 심경은 한없이 허전하기만 합니다. 대통령께서 무사히 퇴원하셔서 이 책의 출간을 보시게 되었다면 얼마나 기뻐하셨을까, 하는 아쉬움이 간절합니다.

비록 늦었지만, 김 대통령님께 바치는 마음으로 이 《옥중서신 1, 2》를 상재上梓하면서 다시 한 번 추모의 묵념을 올립니다. 김 대통령께서도 하늘나라에서 이 책의 탄생을 기뻐해 주시리라고 믿습니다.

'옥중'은 불행한 공간의 극極입니다. 김대중 대통령께서는 그런 숨막히는 극한상황 속에서 전후 6년 동안이나 갇혀 사셨습니다. 이 책에 담긴 '옥중서신'은 그런 불행 속에서 싹트고 자라서 꽃이 핀 위대한 간증의 글입니다. 김 대통령께서 독재자의 거듭된 박해로 감옥에 드나들지 않으셨다면 이런 기념비적인 편지 모음은 세상에 나오지도 않았을 것입니다.

다시 말해서 김 대통령께서 군사독재를 물리치기 위한 민주화투쟁의 선봉에 서서 치열하게 싸웠기 때문에 '옥중'으로 가셨고, 거기서 '서신'이 나오게 된 것일진대, 여기 수록된 옥중편지는 그것을 주고받은 내외분 사이의 서신에 그치지 아니하고, 한국 현대사를 밝혀보는 감정문서라고도 할 수 있습니다.

김 대통령 내외분 사이에 오간 옥중서신은 두 권으로 편집되어 나왔습니다. 《옥중서신 1》에는 김대중 대통령께서 이희호 여사께 보낸 옥중편지가 담겨 있는데, 시기적으로 세 단계가 있습니다.

제1장은 김 대통령께서 1976년 3.1절 때의 '민주구국선언사건(대통령긴급조치 9호 위반)'으로 징역 5년형이 확정되어 진주교도소에서 복역하시던 시기에 나온 편지이고, 제2장은 1977년 12월 김 대통령께서 서울대학병원 안의 특별감방으로 이송되어 수감 중일 때 쓰신 편지입니다. 그리고 제3장은 1980년 5.17사건(김대중내란음모사건)으로 전두환 군부에 의해서 사형이 확정되었다가 미국정부의 개입으로 무기로 감형된 후 청주교도소에서 수감생활을 하실 때의 편지입니다.

《옥중서신 2》에는 이희호 여사께서 망명지나 옥중에 계신 김대중 대통령께 보내신 서신이 실려 있습니다. 제1장에는 1972~1973년 사이에 김 대통령께서 미국과 일본에 망명 중일 때에 이희호 여사께서 보내신 편지가 들어 있는데, 그때의 시대적 배경은 이러합니다.

5.16군사쿠데타로 민주정부를 무너트리고 집권한 박정희 대통령은 1971년 4월에 실시한 대통령 선거에서 김대중 후보가 유효투표의 46퍼센트를 얻은 대약진에 놀라, 그해 12월에 난데없이 국가비상사태를 선포했다가, 다음 해인 1972년 여름에는 '7.4남북공동성명'을 발표하여 남북 간의 화해무드를 고조시키더니, 10월 17일에는 전국에 비상계엄

령과 아울러 저 악명 높은 '유신'을 선포합니다. 이때 김대중 대통령께서는 국외에 나가 계셨습니다. 유신 선포 엿새 전인 10월 11일 신병치료를 겸하여 일본으로 나가셨던 것입니다. 김 대통령께서는 그곳에서 유신 선포를 강력히 반대하는 성명을 발표하시고, 이후 망명생활로 들어가 미국과 일본을 왕래하시면서 강도 높은 반독재·반유신 투쟁을 전개합니다. 박 정권은 1973년 8월 8일 중앙정보부를 시켜 도쿄의 한 호텔에서 김 대통령을 납치하여 살해하려다 미국의 개입으로 실패하고, 김 대통령께서는 천우신조로 동교동 자택으로 생환하시게 됩니다.

《옥중서신 2》 제1장의 첫 서신은 '유신'이 난 지 두 달 만에 썼으며, 마지막 편지는 납치사건이 발생하기 1주일쯤 전에 쓴 것입니다. 그러기에 김 대통령의 생명과 안전을 크게 걱정하시는 이희호 여사의 절박한 심정과 당부가 서신의 주류를 이루고 있습니다. 제2장에서는 1977년 김 대통령께서 민주구국선언사건으로 진주교도소에 갇혀 있을 때, 이희호 여사께서 보내신 서신이 들어 있습니다. 제3장에는 이른바 김대중내란음모사건으로 김 대통령께서 청주교도소에서 무기수로 복역 중이실 때 이희호 여사께서 보낸 편지들이 수록되어 있습니다. 혹독한 수감생활 가운데서도 김 대통령 내외분께서는 온갖 위협과 회유에 굴하지 않으시고 성자다운 모습으로 의연하게 의인의 길을 보여주셨습니다. 그러한 결의와 위로, 격려와 다짐이 여기 《옥중서신 1, 2》에 잘 배어나고 있습니다.

김대중 대통령은 고난과 영광의 극을 경험한 세계적인 지도자였습니다. 그분은 형극荊棘의 길에서도 남다른 위대함을 발휘하셨습니다. 그분의 놀랄 만한 독서와 집필에 대한 열정은 널리 알려진 사실입니다. 환난 중에서도 학문과 경륜과 정의를 탐구하는 마음이 불타고 있었기에, 여기 수록된 옥중서신이 나오게 되었다고 봅니다.

《옥중서신 1, 2》는 그저 소식과 안부를 나누는 가족 간의 편지가 아닙니다. 편지의 형식을 빌린 신앙고백이자 나라와 세상을 진단하는 간증이며, 내일을 위한 처방입니다. 그러면서 부부 사이의 애틋한 사랑이, 저 높은 경지에서 아롱지는 성스러움이 우리를 감동케 합니다. 특히 김 대통령의 서신은 역사탐구이자 문명비평이며, 연구논문이기도 합니다. 그리고 민족과 역사 앞에 띄우는 간절한 소망의 메시지이기도 합니다.

이희호 여사께서 옥중으로 보낸 서신에는 아내로서의 뜨거운 사랑이 넘치고 있습니다. 그것은 지적으로 다져져 있고, 신앙으로 뒷받침된 높은 차원의 사랑임이 분명합니다. 그뿐 아니라 동지로서, 후원자로서, 조언자로서, 단순한 배우자 이상의 존재였음을 알 수 있습니다.

두 내외분께서 주고받은 옥중서신은 전에 단행본으로 나온 바 있습니다만, 이번에는 그때 공개할 수 없었거나 수록하지 못했던 새로운 서신이 많이 추가되어 있어 사료적 가치가 더욱 크다고 하겠습니다.

《옥중서신 1, 2》가 세상에 나오게 된 것을 기뻐하면서 이처럼 단아하고 품격 있는 책으로 꾸며주신 '시대의창' 여러분의 노고에 치하를 드립니다. 아무쪼록 나라와 사회를 걱정하고 정의와 평화의 길을 지향하는 각계의 시민과 건강한 내일을 준비하는 젊은이들이 이 책을 애독해주시기를 당부하면서 저의 추천의 글을 마치고자 합니다.

김대중 전 대통령의 명복과 이희호 여사의 건강을 기원합니다.

한승헌(인권변호사)

추천의 글*

어려운 이들을 위한 메시지

지금 우리 주위에는 너무도 어려운 이들이 많다. IMF 시대로 들어서면서 숱한 이들이 일자리를 잃었고 엎친 데 덮친 격으로 기상이변으로 인한 수재로 생활터전을 잃은 이들도 생겼다. 그로 인해 극심한 생활고에 시달리는 가정이 늘어나면서 결식아동은 12만 명을 넘어섰으며 헤아릴 수 없는 가정파탄이 이어지고 있다. 삶의 용기를 접고 죽음의 길을 택한 가장들의 소식이 들려오며, 심지어는 한가족이 자살했다는 소식도 잊을 새 없는 것이 현실이다.

이러한 안타깝고 가슴 아픈 상황을 보고 들으며 무언가 해야 한다는 생각으로 이희호 여사는 '(사)사랑의 친구들'을 통해 사회봉사 활동을 하기에 이르렀다. 어려운 이들의 고통을 덜어보자는 데서였다. 그 방법을 찾기에 골몰하던, 함께 일하는 몇 사람이 문득 떠올린 것은 바로 사형선고를 받은 김대중 선생에게 보낸 이희호 여사의 편지 묶음이었다.

1980년 내란음모 혐의로 사형선고를 받고 언제 형이 집행될지 모르

---

* 이 추천의 글은 1998년 출간된 《이희호의 내일을 위한 기도》에 실렸던 것이다.

는, 절망밖에 없는 상황에서, 이 여사는 어떻게든 남편에게 용기를 북돋워주기 위해 하루도 거르지 않고 편지를 써 보냈다. 한 치 앞도 내다볼 수 없는 암울한 상황에서 애태우고 있는 이들이 그 당시 이 여사의 편지를 읽을 수 있다면 힘과 용기를 나누어 가질 수 있으리라는 생각이 든 것이다. 이런 뜻을 전해들은 이희호 여사는 잠깐 주저하셨지만, 가장 절박했던 당시의 편지 한 묶음을 넘겨주셨다.

그것은 1980년 11월 21일에서 1981년 12월 31일까지의 서신이다. 김대중 대통령은 1980년 이전에도 1972년의 납치살해기도, 1976년의 민주구국선언사건 연루 투옥 등 여러 형태의 고난을 겪었지만, 가장 어려운 시기는 1980년 사형선고를 받은 때였다. 9월 11일 사형이 구형되고 이어 9월 17일 사형이 선고되었다. 항고를 했지만 11월 3일 고등법원에서 역시 사형을 구형했다. 이 여사가 영어의 몸이 된 남편에게 처음 편지를 쓴 11월 21일은 대법원 최종판결을 목전에 두고 있던 때였다. 그 당시 많은 이들은 형 확정과 더불어 바로 형 집행이 이루어질 것을 걱정했다. 그래서 허용되지 않고 있던 서신왕래를 하게 한 것도 사형집행을 하기 전의 일종의 선심 쓰기가 아닌가라는 추측을 낳게 했을 정도였다.

이희호 여사가 매일 띄운 한 장 한 장의 지면은 용기를 잃지 않게 하려는 격려와 건강에 대한 배려에서, 가족 소식, 측근들의 근황, 대학입시를 앞두고 있는 막내아들의 심리상태, 남편이 아끼던 애견과 마당의 화초 이야기에 이르기까지 마주앉아 이야기하듯 메워져 있다. 그러나 이렇게 사적인 이야기들만 있는 것이 아니다. 이 여사는 국내외의 정세로부터 사회문제에 이르기까지 다양한 정보를 알려줌으로써 밀폐된 공간에 갇혀 있는 남편이 현실감각을 잃지 않도록 배려했다. 한 달에 한 번의 면회와 한 번의 서신 작성만이 가능한 상황에 있는 남편이 읽을 책을 고르는 것도 이 여사의 몫이었다. 차입한 책들의 목록을 보면 또다른 놀라움을 느끼게 된다.

이 서신에 쓰인 단어들은 편지를 주고받은 두 분에게는 우리들이 읽어낼 수 있는 의미 이상의 것들이었다. 까닭은 당국이 혹시나 편지를 차압할까 두려워서 말을 골라 써야 했고, 은유와 성서 구절로 대신했기 때문이다. 구구절절이 절규와도 같은 간절한 기도들이 이어지고 있는 편지를 읽으며, 우리는 그 엄청난 고난 속에서 오히려 신의 각별한 은총을 받았다고 고백하며 감사하고 있는 두 분을 만나고 감동을 느낀다.

우리 주변에는 남편에게 힘을 주어야 하는 아내, 어려운 살림을 꾸려가야 하는 주부, 그러면서 어떻게든 아이들을 키워야 하는 어머니들이 많이 있다. 이들에게 어려운 오늘을 극복하고 밝은 내일을 위해 기도하는 힘과 용기와 희망을 갖게 하는 데 도움이 되었으면 하는 바람으로 (사)사랑의 친구들은 이 책을 펴낸다.

1998년 12월

박영숙('사랑의 친구들' 총재)

차례

1장 희망의 여정 이희호 여사가 미국, 일본에 망명 중인
김대중 전 대통령에게 보낸 편지(1972~1973년)

2장 민주주의

이희호 여사가 진주교도소에 수감 중이던
김대중 전 대통령에게 보낸 편지(1977년)

3장 내일을 위한 기도 이희호 여사가 청주교도소에 수감 중이던
김대중 전 대통령에게 보낸 편지(1980~1982년)

서울特別市 麻浦區 東橋洞 一七八一

李 姬 篇 堂

清州嬌學所内

金 大 中

□□□-□□

1장
희망의 여정

—

이희호 여사가 미국, 일본에 망명 중인
김대중 전 대통령에게 보낸 편지

1972~1973년

1972년 12월 19일

당신만이 한국을 대표해서 말할 수 있습니다

사랑하는 당신에게

당신이 집을 떠나신 지 벌써 두 달이 넘었습니다. 얼마나 보고 싶고
그리운지 모릅니다. 아이들도 아버지를 생각하며 어서 오시기를 바라
고 기도를 드립니다. 요전 전화로 당신의 목소리 듣고 만나 뵌 것 같이
기뻤어요. 이곳 소식을 전하고 싶은 마음 간절하지만 도청하는 전화로
안부 외의 말은 할 수가 없고 편지 또한 샅샅이 검열하니 우편으로 사
실을 알릴 수도 없었습니다. 안심할 인편을 찾을 수 없어 몹시 안타까
웠습니다.

당신 떠나신 후, 더구나 계엄령과 유신헌법이 통과된 후로는 국
내 기자는 물론 외신 기자들도 일체 우리집에 출입하지 않는데 어제
TBS(일본방송)의 미요시三善英豪 씨와 CBS(미국 언론사)의 한씨(한영도)가 찾아와
어찌 반가웠는지 모릅니다. 그분들이 내 편지를 안전하게 보낼 수 있
고 또 당신의 소식도 전해줄 수 있다 해서 너무 고마웠어요. 그러나 우
리집에 출입하는 것은 위험하기 때문에 공중전화로 암호를 써서 연락
하고 다른 곳에서 만나 직접 전하기로 했어요.

다행히 당신과 연락할 길이 터져서 너무 기뻐요. 그리고 당신의 근
황도 말해주었어요. 미국 콜럼비아대학교에서 강연하셨다는 것도 알
았어요. 계엄령 해제로 조금 숨은 쉬지만 외면적인 해제일 뿐 여전히
계엄령이 내려져 있는 것 같아요. 모두들 미소 없는 표정에 침묵을 지

키고 있어요. 계엄이 해제된 직후 김옥두, 한화갑 비서가 다녀갔기에 여러 분들 소식 접할 수 있었어요.

나도 이태영 선생과 박순천 선생을 만날 기회가 있어서 이야기 좀 들었어요. 모두가 두려워하는 것은 오늘의 상황이 마치 북쪽과 다른 것이 무엇이냐는 것이에요. 요즘은 교회까지 탄압할 정도입니다. 전주에서는 은명기 목사가 연행됐다 합니다. 예배를 볼 때마다 정보원이 들어와 있어요. 누구를 만나봐도 가슴에 맺힌 그 무엇이 있어서 어느 때 가서는 폭발되지 않을까 염려돼요. 끌려가서는 무서운 고문을 당하고 모두 몸에 멍이 들었어요. 마음속까지 퍼렇게 멍들었어요.

우리 비서들, 측근들 그리고 기사, 누구 하나 빠짐없이 끌려가서 고문당하고 나올 때는 다시는 동교동에 가지 않겠다는 각서를 쓰고서야 나올 수 있다는 것입니다. 김상현 의원을 찾아갔으나 만나지는 못했어요. 아직 출입이 부자유하대요. 부인은 몸이 불편해서 누워 있었는데 김 의원 고문할 때 5만 원 정도 받아 쓴 것까지 이야기하지 않을 수 없었대요. 주로 당신의 정치자금 도와준 사람 명단을 알기 위해서였대요. 지난 선거 때 얼마나 마련했으며 누구에게서 받아 전했느냐 하는 것이래요.

우리집에서 끌려갔던 이들은 안방에서 나와 비서 단둘이만 이야기하고 심부름시킨 것까지도 일일이 다 알고 있으며 어머님 돌아가셨을 때 부의금 명단의 카피까지 그대로 그곳에 있는 것을 보았다 합니다. 다들 놀라버렸대요. 안방에 도청장치가 되어 있었던 것이 사실이었나 봅니다. 그렇게 세밀히 알고 있고 조사한 서류가 산적해 있다니까요. 신봉채 기사에게는 10년 전의 것, 어느 날 어디 간 것까지 일일이 물어보면서 때리고, 모른다 하면 어디어디 가지 않았냐 하면서 저들이 먼저 이야기했다고 합니다.

이번에 우리 측근은 다 당하고 또 돈 준 사람 가운데 자기들이 아는

1972년 10월, 박정희는 영구집권을 겨냥해 '유신헌법'을 선포했다.
당시 김대중은 일본에서 이 소식을 듣고 망명을 결심했다.

사람은 한 번씩 불려갔다 온 모양입니다. 국회에서 저들 비위에 거슬린 발언을 한 사람도 연행했고요. 조윤형 의원도 당했는데 '나를 죽이라'고 고함을 질렀다 해요. 우리 비서 중에서는 김옥두 씨가 제일 많이 당하고 꿋꿋했다고 해요. 당신이 이번 10월에 치료차 떠나신 것이 천운이라고들 말해요. 여기 계셨더라면 큰 변을 당했을 거라고요.

　시골 아버님 집 관계는 내가 알아서 나머지 보내드려 집 사서 이사하셨다고 그래요. 우리 부채는 급한 것 외에는 이자 중지시켰어요.

　자동차와 사무실 전화 두 대는 처분해서 우리집 은행이자와 원금상환의 20퍼센트를 냈어요. 생활은 나에게 비상금 있던 것으로 꾸려 나가는데 가족 모두 절약하고 살아요. 보일러도 잘 때지 않고 전기담요 가지고 겨울을 지내려고 해요. 내일 어떻게 살까 걱정 않고 지내고 있어요. 돈이 없어 못살 것 같은 생각은 없어요. 어떻게든지 살아갈 거예요.

집의 생활은 걱정하지 마세요. 부채는 봄이 되면 영등포 것을 처리해 주면 돼요. 이곳 일은 조금도 걱정하지 마세요. 안심하고 보낼 수 있는 인편이기에 여러 가지 늘어놓았어요. 양해하세요. 한화갑·김옥두 비서의 편지 여기 동봉합니다.

귀국문제는 신중히 생각하세요. 당신의 귀국이 아직 빠르다는 분들이 많습니다. 미국 또는 일본으로 하여금 당신의 신변을 보장할 수 있게 단단히 해놓고 귀국하시지 않으면 큰일이라는 사람도 있어요. 또 그곳에 더 계셔서 관망하시며 국제적으로 여론을 일으키시는 것이 좋다는 사람도 있습니다. 오늘과 같은 상태에서는 당신이 귀국하셔도 단 한마디 말도 하실 수 없고 만일 하신다고 해도 어느 누구도 알지 못할 것입니다. 아무 효과도 없는 것이 되고 맙니다. 그러나 외국서는 보도되고 그 보도가 인편으로, 통신으로 들어와 알 사람은 다 알게 되니까요. 그것이 하나의 투쟁방법입니다.

현재로는 당신만이 한국을 대표해서 말할 수 있는 것이 아니겠어요? 어느 누구도 바른말을 하지 못하고 가슴 답답해하고 있으니까요. 정부에서는 당신이 외국서 성명 내는 것과 국제적 여론을 제일 두려워한다 합니다. 나와 아이들은 당신 보고 싶은 간절한 마음에 하루라도 빨리 오셨으면 하지만, 당신 자신과 나라를 위해서는 외국에 더 머물러 계시면서 사태를 주시하심이 좋겠어요. 당신 몸이 건강하셔야 합니다. 그래야만 불의를 물리칠 수 있고 국민을 위해 투쟁도 할 수 있으니까요.

오늘의 한국은 무법천지라고 볼 수 있어요. 헌법(유신헌법)은 아직 공포도 아니 했는데 그 헌법에 의해 통일주체국민회의가 구성되었고, 그것이 구성되기도 전에 국민회의 공고 1호, 2호가 발표되는가 하면 의장은 박정희 씨로 하고 공고하는 세상입니다. 박정희 씨만이 이 나라에 존재해 있고 그의 명만이 법이요, 모두 죽은 자의 묘지가 되어 있는 이곳에서 숨이라도 크게 쉬면 무슨 소린가 놀라서 벌을 내릴 그러한 실정입니다.

특히 미워하는 대상은 당신이므로 그리 아시고 더 강한 투쟁을 하시고 국민을 자유롭게 해방시켜 호흡을 크게 쉴 수 있게 해주기 위해서라도 급히 서두르지 마세요. 희생할 각오를 하셔도 값있게 희생하셔야지 값없이 소리 없이 희생되어서는 아니 됩니다. 여러 점으로 깊이 생각하시고 처신하실 줄 믿습니다.

미국이나 일본이나 혼자 다니지 마시고 음식도 조심하세요. 언제 어디서고 당신을 노리고 미행한다는 것 잊지 마셔야 해요. 늘 몸조심 단단히 하세요. 당신의 건강을 위해 기도합니다.

당신을 사랑하는 희호

1972년 12월 28일

한번 들어오시면 다시 나가기는 힘들 것입니다

그간 건강하시길 바랍니다. 소식이 없어 궁금합니다. 이곳은 다 잘 있고 홍업이도 크리스마스에 3~4일간 쉬다 갔습니다. 간접으로 미국에 연락을 했더니 26일 그곳을 떠나신다기에 혹 일본에서 전화가 있을 줄 믿고 기다렸는데요. 퍽 궁금해요.

몇몇 분 찾아뵙고 위로를 드렸습니다. 당신 귀국문제에 관해서는 각각 의견이 다릅니다. 오셔야 한다는 분이 있나 하면 결코 오실 필요 없다는 분들도 있어요. 내 생각으로는 오신다 해도 오늘의 상황 아래 야당이 존재한다는 것은 거의 어려울 것 같습니다. 야가 있다고 해도 관제가 되고요. 무슨 비난도 할 수 없는 실정입니다. 계엄은 해제라지만 신문, 방송, TV 등 유신 지지와 대통령 찬양 외에는 아무 말도 못 하는가 하면 모두 검열을 받아야 하니 정치에 흥미가 없습니다.

비판을 못 하고 맹종만 하는 정치활동은 죽은 활동밖에 아무것도 아닌 줄 압니다. 금명간 국회의원 선거법과 정당법이 발표된다 합니다. 중선거구제의 공영선거와 합동유세만 허락한다는 것입니다. 발표된 선거법과 정당법은 보지 않아도 우스운 것이 될 것입니다. 참고 이 시기를 극복해내야 할 것 같아요. 내 심정으로는 모든 것을 정리해서 가족 모두 외국에 가서 명년을 보냈으면 하는 생각까지 듭니다. 여하간 모든 것이 심상치 않습니다. 신부神父들 여러 명도 데려가 심하게 당한 모양입니다. 민주사회에서는 있을 수 없는 그리고 상식으로서는 도저히 이해할 수 없는 일들이 많습니다.

한번 들어오시면 다시 나가기는 힘들 것입니다. 재삼 말씀드리오니 신중히 생각하시어서 처신하시도록 하세요. 많은 국민들이 당신에게 희망을 걸고 있습니다. 그만큼 귀중한 몸이오니 나라와 국민 위해 빛과 희망이 되시기를 빌겠어요.

1월 6일은 당신의 생일입니다. 하나님께서 당신을 이 세상에, 특히 한국 같은 곳에 보내신 큰 뜻을 다시 한 번 생각하시옵고 하나님의 특별하신 은총 받으시옵고 사명감을 가져주시옵소서. 반드시 당신을 귀히 쓰실 날이 올 것입니다. 이역異域에서 맞으시는 생일이 좀 쓸쓸하실지 모르겠으나 정의를 위해 바른길을 가시는 당신에게 큰 축복이 내릴 것을 확신합니다. 멀리서 축하드립니다. 더욱 건강하세요. 하나님께서 새 소망을 주시고 용기와 능력 또한 더해주시길 바라옵니다. 반드시 내일의 밝은 해는 뜨고야 말 것입니다.

어떤 편으로라도 소식 주시길 바랍니다. 새해 더 큰 주님의 은혜 받으시옵고 의의 승리가 있기를 바랍니다.

1973년 1월 5일

중앙정보부 사람들이 미행하니 조심하세요

새벽에 전화로 일본 안착 소식 듣고 반갑고 안심이 되었습니다. 예정일보다 너무 늦어진 데다가 들려오는 소리가 일본 정부의 입장이 거북해서 미국에 그대로 머무르게 되실지 모른다는 말도 있어 퍽 답답하였어요.

우순 씨(이화고녀 후배로 일본에 거주)가 왔다 갔는데도 편지 쓸 기분이 나지 않고, 6일날이 당신의 생일이라 우순씨 편에 떡을 보내기로 하고도 일본에 오시지 않으니까 그것도 그만두었더니 전화 받고 퍽 후회가 됩니다.

생일을 다시 축하합니다. 하나님의 크신 축복 받으시옵소서. 그날 집에서는 당신의 생일을 축하하면서 미역국이라도 끓여 식구들이 나눠 먹겠습니다. 정초에는 당신이 아니 계셔도 퍽 많은 분들이 다녀갔습니다. 집안 식구들은 여전히 잘 있습니다. 홍업이가 2일날 휴가로 와서 8일날에 갈 예정입니다. 건강한 모습, 믿음직합니다. 지난 27일 후 정치활동이 재개되었으나 어느 누구도 10월 17일 후에 관해 한마디의 비판도 못 하는 세상이 되었습니다. 이제 야는 간판뿐 그 내용은 여와 똑같지 않고서는 존재할 수 없는 때가 왔습니다.

김상현·조연하·조윤형 의원들은 지난 10일 정식 구속되어 현재 서대문 구치소에 있습니다. 옷도 넣지 못하고 영치금도 못 넣고 20일 후에나 면회가 허락된답니다. 구속된 이유는 국회의원을 할 당시에 돈을 받아먹었다는 것이라고요. 만일 당신도 귀국하면 이러한 죄목으로 어떻게든지 구속할 것이라는 말이 돌고 있어요. 정치를 못 하게 하려는 것이 그 이유이지만 별별 소리 다 들립니다. 세 분을 서대문에 넣고도 신문에도 알리지 않고 어느 야당 인사 한 분도 이에 대한 말을 못합니다. 바른말 반대되는 말만 하면은 그때는 죽는 날입니다. 무시무시한 오늘의 현실을 보고 탄식한들 아무 소용이 없습니다. 이것이 국운인가 보지요.

새 국회의원 선거 때는 투표 참관인도 없고 개표대만 있게 만들었으며 중앙정보부에서 지정하지 않은 사람은 등록도 방해할 것이라고 합니다. 통일주체국민회의 때도 그러했으니까요. 그때와 꼭 같은 것이라 합니다.

귀국문제는 내 생각으로는 지금 생각 마시고 2월에나 생각하세요. 중앙정보부에서 당신에게 사람을 보내서 어떻게든지 귀국시켜 구속한다는 말이 들려와요. 그전에도 일본에서 중앙정보부 사람이 기자를 가장하여 면접했다고 합니다. 그리고 일본서도 당신 미행하는 줄 아시고 조심조심하시고 몸을 제일 먼저 보호하세요. 오늘과 같은 상황에서 정치는 있을 수 없습니다. 지지하는 정치 우상화해서 맹종하는 것 외의 것은 모두 소리 없이 당하고 말 것이에요. 이때가 말세인 줄 압니다. 하나님께서는 반드시 당신을 보호해주실 줄 믿습니다.

나는 요즘 열심히 교회에 나가고 있어요. 기도하는 생활 계속합니다. 성경에 있는 대로 나타나고 있는 모든 것, 인간의 힘으로 되지 아니할 것이므로 모든 것 하나님께 맡기고 성경대로 행하도록 힘쓸 따름이에요. 한번 들어오시면 다시 나가실 수 없으니까 그때를 잘 택하세요. 값없이 소리없이 희생되지 않기를 바랍니다. 국민들의 가슴속에는 당신의 존재가 태양과 같은 희망의 빛으로 돼 있으니까요. 잊지 말고 몸을 귀히 간직하시고 함께 싸우시길 바랍니다.

오늘 인편이 있다고 하기에 다시 씁니다. 홍영기·김한수 의원 등이 또 구속되고 앞으로 수가 늘어날 것이라 합니다. 김상현 의원 부인이 왔었는데 옷과 영치금 넣고 면회는 아니 되고, 당신 귀국하면 옆에 많은 사람이 피해를 입을 테니까 오시지 말도록 신신당부합니다. 모든 자료를 만들어놓고 다른 국회의원처럼 돈문제로 아니면 간첩 접속 등의 문제로 당신을 구속할 것이 틀림없다는 기자들의 말도 있고요. 구속이 겁나서가 아니라 만일 고문을 당하게 되어 몸을 다치면 소리없이 투쟁도 못 하고 신문에 보도도 절대 아니 되고 희생하게 될까 무서워서지요.

특히 일본과 미국서의 발언 등으로 저들이 신경을 곤두세우고 더 미워하고 벼르고 있으니까요. 그러나 어떤 분은 정치를 하려면 이때 들어와서 고생해야 한다는 분도 있습니다. 여러분들과 잘 의논하시고 또 보호를 받을 수 있으면 그 점도 알아보시고 때를 잘 택해서 결정지으시기만 바라겠어요. 신문은 모두 보냈다 하므로 절취해놓은 것은 그만두겠어요.

계엄령은 그대로 있는 것이나 마찬가지입니다. 무슨 편지든지 보시고 김씨(김대중의 친구 김종충)께 가져다 태우라 하세요. 호텔을 비울 때 누가 들어와서 보거나 사진 찍는 일도 있고 별별일 다 있다니까요. 주의에 주의를 요합니다. 죄 없이 죄인 노릇을 하는 기막힌 현실입니다.

내가 윤제술 선생 만나 의견을 물어볼까 해서 밖에서 신봉채 기사가 전화 걸어보니까 나는 오지 말고 사람을 보내라고 겁을 내더래요. 그래서 만나봤자 뾰족한 일이 있는 것도 아니겠기에 그만두기로 했습니다. 여하간 악한 시대가 왔습니다. 앞으로 더 험악한 때가 올 거예요. 신부들도 여러 분 당하고 목사들도 당하고요.

김지하 씨가 쓴 시가 그대로 사실화한 느낌입니다. 내 생각으로는 1

월 중에는 오실 생각마시고 2월에 가서 좀더 생각하신 후에 결정지으시도록 하는 것이 좋겠어요. 신중히 생각해주세요. 몸이 건강하도록만 힘쓰시기를 부탁드립니다. 그럼 또 연락하겠어요.

1973년 1월 11일

미국에 가서 공부하세요

수차에 걸쳐 보낸 편지 받아보셨을 줄 믿습니다. 건강하시다니 무엇보다 다행한 일이에요. 당신의 편지 받고자 합니다. 당분간 귀국은 생각 마시는 것이 좋겠습니다. 여러 번 말씀드렸지만 당신이 귀국하게 되면 주위 사람들이 더 많은 피해를 입게 될 우려가 있습니다. 귀국하셔도 국내에서는 현재로 아무런 활동도 못 하게 돼 있습니다.

외국에 계시면 국민들의 희망이 당신에게 쏠려 있지만 귀국하면 아무 활동도, 말도 못 하게 되므로 국민에게 너무 큰 실망을 안겨다주게 됩니다. 이태구 의원은 신당에 참여했다가 다시 끌려갔다온 후 두문불출입니다(김대중 씨의 발판을 만들어놓기 위해 참여하느냐 야단했다 합니다).

김옥두 비서가 몇 번 집에 왔다 갔는데 그것 때문인지 어제 또 중앙정보부에서 끌고 갔습니다. 김녹영 의원도 신당 참여 못 하게 끌려가 주의를 받고 집에 있다 합니다. 현재 서대문 구치소에 들어가 있는 사람은 김상현·조윤형·조연하·김한수·이종남 의원 등입니다. 참고 견디고 그리고 때를 기다리는 수밖에 없겠습니다.

세간에서는 당신이 정부의 교섭을 받고 돌아와서 감투를 쓰게 된다는 낭설도 돌고 있습니다. 어떻게든지 당신을 못쓰게 만들려고 갖은 짓을 다하고 있습니다. 이 어려운 고비를 어떻게든지 이겨내야 하겠습니다.

이국에서의 당신 모습 그리고 괴로워하실 당신을 생각하면 무어라 위로의 말씀 드릴 수 없습니다. 그리고 얼마나 외로운 당신입니까. 예수께서도 십자가를 지기 전에 그 제자들까지 다 떠나고 사랑하던 제자가 자신을 팔아넘기는 그러한 괴로움과 아픔을 경험할 수밖에 없었으나 그는 영원히 살아계십니다. 위대한 인물은 외로운 것이고 괴로움이 많은 줄 믿습니다. 당신도 말할 수 없이 외로운 가운데 계시지만 당신 모르게 국민들의 가슴속에 당신의 외로움을 달래주고 있는 뜨거운 그 무엇이 있습니다. 힘을 얻으시고 실망하지 않으실 줄 믿습니다. 하나님은 분명히 당신을 귀하게 쓰시려 하고 있습니다. 그때를 위해 어려운 고초를 이겨내야겠어요. 하나님이 당신과 같이 하시니까 힘 있게 내일을 바라보세요. 힘과 능력 주실 줄 믿습니다.

장기간 외국에 머물려는 계획을 하시게 되면 일본보다는 미국이 더 안전하지 않을까 생각됩니다. 미국에 가서 학교에서 공부하세요. 당신의 여권 머지않아 유효기간이 끝날 것으로 알고 있는데 그에 대해서는 만일 연장 못 하면 망명하게 되는 게 아닌지 그 점도 생각하시기 바랍니다.

당신이 장기간 귀국 못 하게 되면 나도 집을 정리하고 생활비를 줄여야겠고 차도 처분하고 홍일이도 적당한 시기에 결혼시켜 독립시켜야겠다는 생각까지 하게 됩니다. 그러나 너무 걱정하지 않으려 해요. 모든 것 하나님께 맡기려 합니다. 당신의 편지를 기다리겠어요. 그 편지 받고 다시 쓰겠습니다. 몸조심하세요.

하나님이 당신과 함께 하시기를 빕니다.

1973년 1월 22일

김지하의 비어가 새삼 예언처럼 느껴지곤 합니다

요전 전화로 당신의 목소리 듣고 무척 기쁘고 만나 뵌 것처럼 느껴졌습니다. 건강하시다니 무엇보다 기쁩니다. 보내주신 편지 감사히 받았습니다. 외국에서, 더구나 나라의 비운으로 말미암아 외롭게 고투하시는 당신께 집 살림까지 염려를 끼쳐 죄송한 생각이 듭니다.

이곳 아이들과 나는 모두 건강하여 퍽 다행한 일이에요. 홍업이도 자주 올라왔다 갑니다. 어저께는 홍일이 생일이었는데 필동(이희호 여사의 큰오빠 자택)에서 아버지 없이 생일 보내느라 섭섭하겠다고 케이크와 떡을 보내주어 예년과 다름없이 축하해줄 수 있었고, 친구들도 와서 홍일이 생일을 축하해주었습니다. 김옥두 비서가 다시 남산 갔을 때는 맞지는 않고 매일 동교동에 가서 나보고 당신 귀국하시도록 권하는 동시에 나의 거동을 살펴라, 이 말이 새면 너 가만두지 않겠다, 만일 네가 일본 가서 모셔올 수 있으면 보내주마, 하는 등의 말을 했다 합니다.

김옥두 비서는 '나는 농사나 짓겠다'고 했답니다. 김옥두·김용식·이수동·권노갑 씨 등 비서들의 생활이 제일 염려돼요. 엄영달 실장은 그래도 글도 쓰고 12월까지의 봉급은 국회에서 지출되었지요. 그러나 정월부터는 없으니까 생계가 막연하고 그렇다고 움직이지도 못하게 정치적으로 하니까 걱정이 돼요. 엄 실장 부인이 수차 왔었지요. 무소속 출마를 본인은 원한다지만 부인이 말린다 합니다. 권노갑 비서는 여러 차례 남산 갔다 와서 13일까지 숨어있었는데 어찌나 살이 빠졌는지 보기에 딱해서 가슴 아플 뿐입니다.

정당의 움직임은 신문으로 보시는 바와 같습니다. 신민당은 국민에게 환영을 받지 못하며 맥을 못 추고 있는 형편입니다. 당신 측근인사는 앞으로 과격한 투쟁을 안 하겠다는 서약을 정보부에 써놓고 겨우 정당에 관계하게 되었다 합니다.

이번 국회 출마에는 이중 추천(당과 정보부) 없이는 되지 않는다는 말이 돌고 있고 시골 부인들까지도 위의 명령 없이는 안 된다는 말이 나돌고 있을 정도로 정보부가 일일이 간섭을 하고 있습니다. 당신 말대로 남자와 여자를 바꿔놓은 일만 못하지 그외의 것은 다 정보부가 맡아 하고 있는 실정입니다. 이제 국회의원은 이사관급의 고급 공무원 노릇밖에 못 한다는 말이 돌고 있습니다. 국회법이 제정되었는데 원내총무제도 없애고, 발언시간 제한도 해놓았습니다. 이 웃지 못할 허수아비 국회에 돈쓰고 빼지 달려 하는 정치인들이 웃음거리입니다.

천하에 독불장군인 박씨가 정신이 돌 정도로 정권을 한 손에 쥐고 인사문제까지 개입하여 어쩔 줄을 모르고 있는 모양입니다. 김지하 씨의 비어가 새삼 예언처럼 느껴지곤 합니다. 신문기자들도 꼼짝도 못하고 기사 주는 것만 싣는 역할이나 하고 있는 실정이고 당신 이야기하다가 정보부 가서 당한 기자도 몇몇 있다 합니다.

국내 경제사정으로도 이 정권이 오래 지속될 것으로 보는 사람이 없습니다. 세금 때문에 못살겠다는 말은 여전하고요. 재계는 재계대로 정치자금 내라는 데 응하지 아니하면 정보부 가서 몹시 당하니까, 말을 못 해도 각계각층 인사들의 가슴은 안타까움에 멍들고 원성이 높아가고만 있어요. 독재자의 비참한 말로가 머지않았다고 합니다. 오래가도 2~3년을 가지 못한다는 것이 지배적인 소리입니다.

우리를 지원하는 사람들은 흩어져서 국회 출마하는 분들 뒤에서 돕는 사람도 있고, 국회 출마할까 생각 중에 있는 사람도 있고, 정보부 사람들 등살에 그리고 자금 때문에 시골서 그대로 있는 사람도 있습니다. 김 교수는 가끔 집에 들르는데 취직하려 해도 당신과의 관계를 알고는 회피해버려서 할 수 없다 해요. 김옥두·김용식·이수동 비서는 일주일에 한 번 정도 잠깐 들러 가는 형편이고 그나마 몰래 왔다 갑니다. 마침 어제 김용식 비서 들렀기에 윤제술 선생님께 보내 의견을 듣고 편지 써왔기에 같이 보내요.

어디를 가든지 당신을 생각하는 사람들은 당신을 영웅시하고 있고 지난 선거 때 말한 것이 그대로 적중됐다 해서 10.17 이전보다 현재 당신을 더 높이 평가하고 있습니다. 더구나 일본과 미국에서의 당신의 활동을 어떻게 그렇게 아는지 다들 알고 있기 때문에 당신을 국제적으로 인정받는 정치인으로 믿고 있어요. 그만큼 당신의 사명과 책임은 무거운 것입니다. 그렇기에 오늘과 같이 고독하고 아픈 고초를 당하는 것이 아닌가 해요.

예수께서 사랑하는 제자 베드로는 예수가 끌려갈 때 예수를 모른다고 세 번이나 부인하였다 하니 예수의 가슴은 얼마나 아팠겠어요. 그런 것 생각하시고 위로받으세요. 나는 10월 17일 후 종교생활에 깊이 들어갔습니다. 1개월 반, 부끄러울 정도로 가슴이 떨려 기도로 하나님께 의지하며 힘을 얻고 이 어려운 시기를 우리에게 주신 하나님께 오히려 감사드릴 수 있는 심경이 되었습니다. 이 고난이 우리에게 뜻하는 것을 깊이 생각할 때, 이런 일이 없었다면 신앙심이 약화되었을 것이며 인생에 대해서도 실망에 빠져 있었을 것입니다. 그러나 내게는 희망과 소망이 있고 택함을 받았다는 기쁨조차 있습니다.

마침 집 앞에 동교동 중앙교회에서 정월 1일부터 일주일간 부흥회가 있었어요. 매일 빠지지 않고 나가 성경을 배우고 기도를 했습니다. 지금 말세의 교훈이 우리에게 있는 것을 새삼 깨달을 수 있었으며 성경에 써 있는 것이 그대로 이루어져나가고 있음도 알 수 있었습니다. 여기 성경 한 권 보내오니 시간 있는 대로 꼭 읽으시고 신앙으로 무장하는 생활 더 하시기를 당신에게 부탁드리고 싶습니다. 특히 구약의 에스겔, 다니엘, 아모스, 미가, 이사야, 신약의 마태(특히 23장 3절서 15절까지는 오늘의 현상이 나타나 있어요), 마가, 누가, 디모데, 데살로니가, 요한계시록 등을 읽어보시기 바랍니다.

오늘 홍준 아버지가 왔기에 이야기 좀 했는데 국회는 볼 것 없고 국회의원 선거가 끝나면 3월에는 귀국하셔서 구속 또는 연금 당하실 각오하에 고생당하는 그들과 같이 고생해야지 안 그러면 국민이 좀 이상히 생각지 않겠느냐, 지금 완전히 영웅시하고 있는데 아랫사람만 고생하고 자신은 피하고 있는 인상을 주어도 아니 되겠다. 오셔서 민권투쟁을 어떠한 방법으로든지 전개하는 것이 좋겠다, 하십니다. 국제적 이목이 있어 고문 같은 것은 못 할 것이고 신민당은 신당보다 기대 못 하니까 새로 신당을 만드는 일을 생각해야 한다는 것입니다. 김상현 의원 등 넣은 것도 국회 나오지 못하게 하느라고 넣었다고 보고 있고 당신 측근이라 넣었다고 보고 있습니다.

간첩 접선으로 당신을 구속하려고 만들어놓은 청사진을 김상현 의원이 보았다고 하는데 지금 간첩 운운해도 국민에게 납득이 안 가니까 그런 것으로는 구속 못 할 것이라 합니다. 내 생각은 만일에 당신의 여권이 3월 내에 기한이 끝나 망명할 수밖에 없다면 이곳 정보부는 당신의 망명을 오히려 원한다는 소리도 들려오는데 망명은 하지 아니하는 것이 좋을 것 같고, 그렇다면 3월에는 하는 수 없이 오셔야 하지 않나 생각됩니다. 물론 현재는 오시지 않아야 하고요. 망명 아니 하고 연장이 된다 하면 미국 가셔서 영어공부 할 수 있는 좋은 기회로 삼아도 좋습니다. 당신 말대로 국내에서보다 국외활동이 더 중요해요.

일본은 한국과 너무 밀착돼 있어 당신에게 불리할 것 같아 오래 머무르시려면 미국에 계시는 것이 좋을 것 같아요. 당신이 일본에 계시면 거리상 가까워서 그런지 우리와 가깝게 계신 것 같아 좋으나 당신 몸을 생각하면 일본은 위험한 것 같아 미국에 계시면 안심이 돼요. 언제 오시라는 말을 나는 못 하겠어요. 보고 싶고 의논하고 싶은 마음으로는 어서 오시라고 하고 싶지만 당신 몸의 안전이 제일이니까 그 문제를 놓고 생각하면 오시지 아니하는 것이 좋겠고요. 이 문제는 나도 더 생각해보겠어요. 3·4월 위기설도 떠돌고 있고 저희들끼리의 충돌설도 떠돌고 있어요. 여하튼 오래가지 못할 것이라고 누구나 말하고 있습니다.

신봉채 기사는 어제 시골 갔다 27일에나 올라온다는데 코로나(자동차)도 팔까 해요. 보일러는 기름이 비싸서 금년 초부터 때지 않고 지내요. 방바닥이 너무 차서 한 시간 때고 홍철네 전기스토브 얻어다가 응접실에 놓고 밤에는 전기담요로 추운 줄 모르고 지내요. 날씨가 금년은 별로 춥지 않아서 다행입니다. 행득(가사도우미)이도 나간다니까 나가면 조그만 아이 하나 둘까 해요. 정숙이는 나간 지 2주 되었고 집만 적적하지 않으면 조기환 씨도 보내고 싶은데 정치하는 집이라 든든한 사람 하나는 있어야 하기에 하는 수 없군요. 머리 복잡하게 늘어놓아 미안해요. 부채는 내가 영등포 집으로 처리할 작정이고 2월부터는 개인 이자는 나가지 않을 터이니 조금도 염려 마세요.

정보부에서 김옥두 비서보고 '보일러도 못 때고 지낸다는데 사실이냐, 그렇게 돈이 없느냐' 묻더래요. 정신적 무장이 중요하지 물질적이고 일시적인 것은 아무래도 좋아요. 국민이 다같이 고생하는 이때에 참아보는 것도 뜻이 있다 생각해요. 우리 식구만의 수난이 아니고 우리 모르게 몹시 당하는 억울한 피해자가 많아요. 반드시 정의는 승리할 거예요. 며칠 전 계동에 있는 노틀담 수녀원에 친구와 갔다가 당신 위해 생미사 부탁했어요. 수녀님(외국인)이 당신 위해 기도하겠다면서 신부님께(외국인) 미사 부탁하겠다고 했고 홍일 외조모 오셨기에 얼마 드리면서 나가시는 성당서 당신 위한 생미사 부탁해달라 했어요. 홍일이 나가는 성당에도 홍일이 통해 부탁했어요.

우리 교회 목사님도 당신 위해 기도하고 홍걸이도 나와 매일 밤 자기 전에 기도해요. 또 우리 모르게 당신 위해 기도하는 분들이 많으니까 하나님이 반드시 당신 보호해주실 줄로 믿습니다.

10월 11일, 당신이 떠나게 된 것 하나님의 특별한 계획이 있었던 것이라고 볼 수밖에 없어요. 정말 천운이 있어요. 미요시 씨도 자주 만나는 것 삼가세요. 나를 몹시 주목하니까요. 민호 아버지(친구 김정례의 남편)께도 말로 소식 전하겠다고 그편에 당신 만나도록 하겠어요. 한국 인편에는 편지 안 보내겠어요. 당신 몸이 안전하게 건강만 하시면 더 바랄 것이 없다는 생각으로 당신의 건강을 빌겠어요. 하나님께 모든 것 맡기시고 의지하시고 든든한 마음으로 소신껏 일하세요. 집 걱정은 조금도 하지 마세요. 귀국문제는 당신이 현명하게 판단하세요.

1973년 2월 19일

이제 한국에는 야당이 없어요

그간도 하나님의 보호 아래 건강하신 줄 믿습니다. 지금쯤이면 도미하실 차비를 차리셨는지 궁금합니다. 오빠의 전언도 들었습니다. 그곳까지 가서도 만나지 못하였다니 퍽 섭섭하였어요. 세상이 너무도 냉엄한 것을 새삼 느끼어보았습니다. 이곳 집은 별고 없습니다.

홍일이 잘 통근하고 있고, 홍업이는 부산에서 잘 있으며, 홍걸이는 오늘부터 봄방학이므로 3월까지 집에서 놀게 되었습니다. 윤제술 선생과 의논한 바, 여러 분과 상의한 바, 이 시기에 탈당하는 것은 삼가는 것이 좋답니다. 가만히 있는 것이 좋겠어요.

이번 국회의원 선거는 선거법 관계도 있지만 대체로 무관심 상태이고 합동강연 청중은 의외로 많이 나와 있었습니다. 특히 야당이 무슨 말을 하나 하는 것이 흥밋거리인가 봅니다. 청중들 가운데는 김대중 씨는 지금 어디 있는지 궁금하다 하면서 지난 대통령 선거 때의 말이 다 맞아들었다고 이야기하더랍니다. 혹자는 당신이 옥중에 있는 줄 아는 이도 있어요.

신민, 통일 어느 곳이고 당신 측근은 다 경계하고, 주위에 붙어 우리를 배신한 사람은 환대받고, 생각 있는 사람은 묵묵히 정치활동을 쉬고 있어요. 홍익표 의원이 그 예의 하나입니다. 지금은 귀국할 때가 아니라고 하는 사람도 있고 전혀 알지 못하는 사람들은 어찌 김대중 씨는 아무 소리도 없고 출마도 아니 하는가 궁금해 하고 있대요. 이번 기회에 당신 주변 사람들 옥석이 가려진 것은 얼마나 다행한 일인지 몰라요. 정보부에서는 지금도 우리에 대해 신경과민 상태라 감시가 지독하고, 전화로 어디서 누가 전화했나, 권노갑 비서 불러다가 누가 누군지 아느냐고 물어볼 정도입니다. 나는 한 통화도 집전화는 사용치 아니 해요. 언제 이러한 구속에서 벗어날지 모르겠어요. 홍일이의 문제는 아직 좋은 배우자가 없고 만일 당신 없을 때 식을 올리게 되는 경우 나에게 책임이 있기 때문에 소홀히 다룰 문제도 아니라 신중을 기울여야 해요. 더구나 며느리가 잘 들어와야만 집안에 평화와 우의가 유지되므로 급하다고 서두르지 아니하겠으니 조금도 염려 마세요. 홍일이 마음의 안정을 생각하고 또 지독히 원하기에 당신의 허락을 우선 받아 놓고 추진해보려 했던 것인데 서서히 홍일이와 의논해서 정말 좋은 상대 아니면 아니 하겠고 가능하면 당신 오신 후 하도록 힘써보겠어요. 이 점은 이해하세요.

정일형 박사가 광주 기자회견에서 김대중 씨는 신민당을 탈당하지 않았다, 귀국하면 신민당에서 국민 위해 투쟁하기로 일본에서 약속했다고 말했는데 그 기사는 삭제했대요. 전남에서는 통일당이 당신의 당인 줄 알고 있는 사람이 많대요. 장준하 씨가 동대문 합동강연에서 10월 유신 절대 반대한다고 과감히 말하더래요. 이런 말은 감히 하는 사람이 없었어요. 나에게 전화를 걸고 전화가 끝나면 곧 정보부에서 전화가 걸려 와서 왜 동교동에 전화 거느냐고 물어보는 경우가 많대요. 이와 같이 신경을 곤두세우는 것이 정보부예요.

선거 때가 돼서 당신에 대해 국민들은 몹시 궁금해해요. 그리고 정보부에서는 혹시 당신이 어디고 등록할까봐 수일간 우리집을 특별감시하고 있었어요. 공화당 합동강연회에서 유신국회는 여야가 없다, 제1당, 제2당, 제3당이 있을 뿐이다, 이왕이면 발언권이 센 제1당 공화당은 선출해달라고 하는 경우가 많습니다.

사실 이제 한국에는 야당이 없어요. 신민당, 통일당 양당이 서로 야당이라 싸우고 있어요. 조금만 하면 입건하고 구속하니까 선거운동에서는 무서워서 제대로 말을 못 하는데, 무슨 말들을 하나 궁금증 때문에 유세장에는 의외로 사람들이 많이 모인대요.

1973년 2월 20일

당신을 경호하는 몇 사람과 늘 같이 다니세요

그렇지 않아도 오늘쯤 연락이 있을 것 같아서 어제 편지 쓰기 시작했는데 오늘 당신의 글 받고 너무도 반가웠어요. 요즘은 당신이 있는 곳으로 가고 싶은 마음이 더해요. 이것은 용이하지 않기에 생각을 아니 하려 하는데 만일에 길이 있으면 가도록 해보고 싶어요. 홍일이는 전보다 더 착실히 근무해요. 홍업이는 부산에서 자주 편지가 있어요. 홍업이는 중위로 곧 임관되고 월급도 조금 더 받게 된다고 해요. 모두들 건강하니까 그것을 기쁘게 생각합니다. 홍걸이는 많이 컸어요. 오늘부터 봄방학이 돼서 집에서 놀아요. 요즘은 아빠가 빨리 오시면 좋겠다는 말을 자주 하고 밤에 차 소리가 나면 '아빠 계시면 내가 빨리 뛰어나갈 터인데' 하면서 생각이 간절한 모양이에요.

사무실 이양은 5월에 결혼한다고 1월 초에 한번 다녀갔어요. 취직하고 싶다며 결혼하고도 1년간은 직장생활을 하고자 한다고요. 그런데 요새는 소식이 없어요. 권노갑 비서는 자기 집으로 다시 들어갔어요. 아이들이 보고 싶어 못 견디겠다고요. 책을 가지고 아는 분들을 찾아다니며 팔아서 용돈 쓴다는데 얼굴도 수척해지고 고생이 많아서 보기에 딱해요.

오늘 내 제자가 개(셰퍼드) 큰 것 한 마리 가져왔어요. 집이 적적해 보인다고요. 그 개는 아주 영리하고 짖는 소리도 우렁차요. 부잣집 개 짖는 소리예요. 당신이 계셨더라면 퍽 좋아하셨을 거예요. 생긴 것도 잘 생겼고, 앞으로 훈련시키겠어요. 이 개 때문에 집이 퍽 든든해요. 보는 사람마다 좋은 개라 해요.

그곳 기독교인들의 지원을 받으신다니 무엇보다 기뻐요. 나도 신앙 생활을 열심히 하고 있어요. 당신도 쉬지 말고 기도하시기 바래요. 반드시 하나님께서 당신의 기도를 들어주실 거예요. 의를 위해 핍박을 당하는 자는 천국이 저희 것이라 했어요. 당신이 지금 당하고 있는 쓰라린 경험은 하늘의 큰상 받음을 위해서일 거예요. 하나님께서 당신을 귀히 쓰실 것이고 꼭 지켜주실 것을 믿어요. 늘 몸조심하셔서 건강하세요. 주님의 크신 축복과 보호하심을 위해 기도하겠어요.

가능하면 당신을 경호하는 몇 사람과 늘 같이 다니세요. 그리고 당신을 후원하는 분들도 조직되어서 움직이면 더욱 힘 될 줄 믿습니다. 몇몇 사람이 나보고 미국을 다녀오는 것이 좋겠다는 말들을 해서 여러 가지로 생각 중이에요. 길이 있으면 터보도록 하겠으나 당신 의견은 어떤지 모르겠군요. 게다가 집안일 때문에 선뜻 마음이 내키지는 아니해요. 당신의 건강과 뜻이 이루어지기를 빌겠어요.

1973년 3월 11일

총칼과 정보망에 매여 말을 못 하는 가엾은 민족입니다

퍽 궁금하던 차에 소식 접하니 더욱 반갑습니다. 해외에서 많은 활동으로 희망을 보여주는 당신의 모습을 생각하면서 더욱 힘 있게 살고 있습니다. 집안일은 조금도 염려하지 마세요. 홍일이 건은 솔직히 말해서 진담농담으로 결혼을 원하고 있는 심정을 볼 때 마음의 안정을 주기 위해 서둘러보고 싶었습니다. 그러나 그리 쉽게 배필이 보이는 것도 아니고 경솔히 처리할 것도 아니라 서서히 구해보는 중에 있습니다. 홍일이 자신도 아버지가 계시지 않는 상태에서의 결혼은 원치 않고 있으므로 정말로 좋은 상대가 나오면 약혼 정도로 해놓을 생각이나 언제가 될지는 아직 모르겠어요.

홍업이는 부산에서 잘 일하고 있어요. 홍일이 친구 덕현이가 3월 4일 결혼했으므로 홍일이가 부산에 내려가 홍업이 만나고 왔어요. 홍업이는 중위 진급이 좀 늦어지고 있어요. 홍걸이는 학교에 잘 나가고 있고 아무도 옆에 있지 못하게 해서 혼자 잠자는 훈련을 4학년 되는 날부터 시작한 것만 변했지 늘 똑같습니다. 구속된 사람들 모두 4월 중순경에 풀려나올 예정이라 말하고 있으나 아직 모르겠어요.

모두 당신 일을 궁금히 여기고 있다 합니다. 그들의 정신자세는 꿋꿋한 모양이에요. 김지하 씨는 연락되면 만나겠으나 간접적으로 만난 분의 얘기를 수일 전에 들었는데, 김지하 씨 말이 당신이 지금 귀국하면 무슨 문제로든지 올가미를 씌워 구속할 것이니 귀국할 필요 없다고 주장했다 합니다. 조향록 목사님은 6월 말 구라파를 돌아 미국에 간다고 해서 그편에 당신 양복 보낸다 했는데 중간 사람이 연락을 잘 취해주지 아니 해서 벌써 떠나셨다 합니다. 그분의 태도는 한국이 이대로 가서는 아니 된다는 것을 느끼고 심각하게 생각하고 있어요.

미국과 일본에서 천주교, 기독교도들이 당신을 위한 후원회를 조직하는 것도 중요하다고 생각합니다. 그외에도 후원회를 만드시고 일본과 미국에서도 조직적인 움직임을 갖도록 힘쓰시길 바랍니다. 박씨의 지지도는 예상대로 자기들까지도 실망하고 있고 오래 못 간다는 것을 알고 있는 실정입니다. 다만 총칼과 정보망에 매여 할 수 없이 말을 못하는 가엾은 민족입니다. 가지가지 생각지 못한 법으로 대중을 조이고 조여 매놓고 있기 때문이고, 서로를 믿지 못하는 불신이 더욱 심해지기 때문이에요. 계층 상하를 막론하고 민주사회라 볼 수 없기 때문에 내일은 또 무슨 법이 나올지 모르는 공포심과 불안함이 있고, 소유권의 침해 그리고 입산도 못 하게 하는 법이 나오고 있어 여러 가지 말 못할 실정입니다.

요즘 '박씨를 타도하라'는 삐라가 돌았다고 중앙정보부 사람들 입에서 나왔다 합니다. 우리 쪽 사람들을 주목하는 듯도 했습니다. 어쩌면 조작한 것인지도 몰라요. 또다시 우리 주위 사람들 데려갈까 염려했는데 그대로 넘어가나봅니다. 선거기간 중 시골에서도 그런 삐라가 돌았다고도 들려와요. 이구동성으로 이번 선거는 만든 것이었대요. 오더 받은 사람만 되도록 사전투표, 무더기표는 이루 헤아릴 수 없이 많았고 서울까지도 어느 구역 빼놓은 곳이 없대요. 신문에까지 사전투표와 무더기표 나온 몇몇 곳만을 보도할 뿐이니 다 알고도 남음이 있어요. 공화당에서 강상욱·강기천 의원을 제명까지 했으니까요. 그들이 부정을 시인하고 있으니까요. 저이들 마음대로 했죠.

이번 선거를 통해서 당신은 더 깊이 국민의 가슴속에 심어졌다고 봅니다. 많은 사람이 당신의 이름을 팔면서 연설했으니까요. 서로 친하다고 하고 당신에 관한 이야기를 합동연설장 어디서든 말했다 합니다. 심지어 인쇄물에까지 당신의 이름을 기입했으니까요.

엄영달 씨도 당신 비서실장이라는 것이 제일 부각되었고 그것이 잘 먹혀들어가더라고 기뻐하더군요. 경상도에서도 당신 얘기 안 한 후보가 없대요. 종로 중구를 이태영 박사가 돌면서 놀란 것은 모두 당신 문제가 궁금해서 물어오기 때문에 자연히 당신을 팔기 시작했대요. 이산가족이 남과 북만 있는 것이 아니고 김대중 씨네가 이산가족이니까 이 문제를 해결하기 위해 정일형 박사가 국회에 가야 한다고 얘기했대요. 이렇게 김대중이라는 사람이 국민 마음속에 깊이 새겨져 있는 것을 새삼 알 수 있었다고요.

이번 선거에서 당신에 대한 궁금증을 가진 많은 국민이 당신의 소속을 알고 있다는 것만으로도, 잊힐지도 모르는 당신을 다시 한 번 국민의 뇌리에 새겨놓게 되는 계기가 된 것도 우연한 일은 아닌 듯싶습니다. 선거 끝난 후 당신 이름으로 많은 사람들에게 축전을 쳤어요. 그리고 정일형 박사, 정헌주 의원, 엄영달 의원, 김경인 의원, 김녹영 의원 댁에 화분을 보냈어요. 신민당은 진산 씨가 다시 당수에 복귀하게 된답니다. 통일당은 거의 문을 닫는 형편이 됐다 합니다.

김원만 의원 내외, 김녹영 의원, 이용희 의원, 엄영달 의원 내외가 선거 후 다녀갔어요. 10월 17일 후 우리를 떠난 사람도 많지만 참으로 뜻있는 사람들은 당신이 귀국하실 때까지 정치를 중지하고 때만 기다리겠다는 사람들도 있어요. 국민이 점점 집권당과 멀어지는 것은 우리에게 유리한 조건이 되겠습니다. 아무래도 새사람이 나와야 살겠다는 마음들이니까요. 그리고 소리 없이 당신에 대한 희망과 기대가 더 높

이희호가 미국, 일본 등 김대중의 망명지로 인편을 통해 보낸 편지들.
정보기관의 눈을 피하려 겉봉의 수신인을 위장 기입했다.

아지고 있으니까요. 또 저들이 너무 신경과민 상태에 있는 것도 심상
치 않은 일입니다. 다만 정보정치로 학생이고 교회고 어느 집단이고
움직이지 못하게 해놓아서 마음뿐, 움직이려면 생명을 걸어야 하기 때
문에 그것이 문제지요.

외신에 보도도 아니 해줘요. 어떻게든 알게 되니까. 박의 말로가 머
지않은 것으로 보고들 있고 '누가 불을 질러주면' 하고 있을 뿐이에요.
당신이 의를 위해 싸우고 있고 나라와 국민 위해 생명 바쳐 일하고 있
으니까 결코 하나님이 그대로 두고 있지 않을 것을 나는 확신해요. 나
는 정말 당신에게 감사한 마음과 든든한 심정입니다. 나는 조금도 두
려워하지 않고 편안하게 지내고 있어요. 그리고 깊은 신앙생활로 하나
님께 내 모든 것을 맡기고 그분의 명을 따라 움직일 작정이에요. 반드

시 당신을 크고 귀하게 이 나라 이 민족을 위해 봉사하도록 쓰실 줄 믿어요. 하나님이 당신 보호해주시고 용기와 믿음 주실 터이니 내가 염려하지 않아도 될 것이에요. 물론 외롭고 괴로움이 많기는 하시겠지만 위대한 인물은 그 같은 고난 없이는 위대해질 수 없으니까요. 또 하나님이 그런 시련을 통해서만 인물을 만드시니까요. 오히려 고통을 영광으로 생각하시고 감사한 마음 가지시기를 바랍니다. 나도 시간을 귀하게 쓰면서 당신이 귀국하실 때 당신을 기쁘게 해드리도록 힘쓰겠어요.

홍철네는 화곡동에 집을 샀습니다. 싸게 샀대요. 계약만 해놓았대요. 권노갑 비서도 잘 지내고 있어요. 김종준 씨는 김형돈 씨 도와주다가 중도에서 손 떼고 올라왔구요. 당신의 인기가 오를수록 정보부는 더 신경과민이 돼서 당신을 지켜보니까 몸만 건강하시면 뜻이 이루어지는 날이 반드시 올 거예요. 그럼 또 쓰겠어요.

안녕히 계세요. 김종충 씨께 그리고 당신을 돕는 분들께 고맙다고 전해주세요. 부디 몸조심하세요.

1973년 3월 19일

외롭고 두려움을 느꼈으나 희망은 잃지 않았습니다

그간도 건강히 계신지요. 당신 떠나신 지 벌써 만 5개월이 지나 반년
으로 들어갑니다. 어떻게 지냈는지 모르게 많은 시간이 흘러가고 말았
어요. 표현하기 어려운 시간을 보냈습니다. 외롭고 두려움을 느꼈으나
희망은 잃지 않았습니다. 하나님을 믿고 의지하는 신앙심이 굳어지고
마음의 평안을 얻는 것이 큰 소득인가 합니다. 이곳 집안은 늘 변함이
없습니다. 홍일, 홍업, 홍걸이 모두 잘 있고 일하는 이들도 잘 있어요.
가끔 적적하기도 하지만 성경 읽고 기도드림으로써 위안을 받습니다.
개인 접촉은 상대방을 위해 삼가고 있지요.

요전 보내주신 글들 박 할머니(박순천 여사) 통하여 김수환 추기경께 길을
터보고자 가져다 보였습니다. 박 할머니께서 어제 홍익표 의원과 현석
호 씨 등과 점심을 하시며 같이 의논해보시고 그쪽 길을 터볼까 생각
하신다고요. 실은 나도 내일 홍익표 의원 댁을 방문하여 인사드릴 예
정이에요. 당도 그만 탈당하셨으니까요. 홍 의원의 평은 대단히 좋아
요. 정치할 때가 아니니까 가만히 있는 것을 좋게 생각들 하거든요. 박
할머니 말씀이 김철규 신부까지도 오래가지 못할 것이라는 말을 한다
고 해요. 자기들끼리의 갈등도 몹시 심해진 모양입니다. 윤필용 씨가
구속될 정도니까요. 젊은 층 김중섭·김종준·송옹달 비서 등이 이곳에
와서 당신 돌아오실 때까지 묵묵히 생업에 종사하고 있겠노라고 굳은
결심을 했다고 말해요. 고흥 정기영 씨 편지 동봉합니다. 그리고 동봉

하는 기자협회보에 실린 기사 참고삼아 읽으시면 이번 선거의 일면을 보실 수 있으리라고 믿습니다.

조윤형 의원 누이가 사망하여 조문 갔었습니다. 미국으로 떠나신다니 더 멀어지는 느낌이 드는군요. 가능한 대로 자주 소식 드리도록 하겠어요. 오늘은 급히 몇 자만 적고 홍준 아버지가 자세히 적었으니 그것을 보시면 도움 되실 줄 믿어요. 갑자기 사람이 와서 몇 자 더 적지 못합니다. 부디 몸조심하시고 사람조심도 하세요. 건강 빕니다.

1973년 3월 25일

정말로 자유가 그리워요

그간도 건강하신지요. 미국 떠나시기 전에 전화 주신다기에 매일 저녁 기다리다 지쳤습니다. 지금 어디 계신지요. 양일동 의원 편에 들려오는 말에 의하면 미국으로 떠나신 것 같고, 전화가 없어서 아직도 동경에 계시지 아니한지 두루 궁금합니다.

하나님께서 당신을 보호해주시고 피난처가 되어주실 줄 믿습니다만 전화로 목소리라도 듣고 싶은 것이 나의 솔직한 심정입니다. 수일 전 홍익표 의원과 윤제술 선생 댁을 잠깐 방문하고 인사드렸습니다. 윤 선생이 눈물까지 흘리셔서 마음이 퍽 언짢았어요. 윤 선생은 허리가 아파서 누워계셨으며 홍걸이 이야기를 여러 번 하시더군요. 당신 만나뵙지 못하고 떠날까 걱정되신다고 해요. 이번에 안장 없는 말을 탔으니 떨어진 것이 너무도 당연하다고 말씀하시더군요. 홍 의원은 건강하시고 집안일을 하시는데 부인은 신경통으로 많이 고생하시는 것 같았어요. 박종률 의원은 새를 기르고 있대요. 홍 의원과 자주 만나신대요.

이용희 의원이 며칠 전에 집에 들러서 나에게 십을 주면서 매월 자기가 그 정도 책임지겠다 해요. 아무리 아니 받으려 했으나 거절하다 못해 받았어요. 그뿐 아니라 이수동·김옥두·박용식 비서 등에게 1만 원씩, 신봉채 기사 5000원, 집에 일하는 사람들까지 챙겨주는 등 이용희 의원이 쓸 수 있는 분 이상의 것을 써서 어찌 미안하고 고마운지 모르겠어요. 시골 아버님께 2만 원 보내드렸어요. 매월 조금씩 보내드리겠어요.

요새는 비서들이 아침에 10시쯤 와서 점심 먹고 놀다가 가요. 너무들 심심하니까 집에 와서 바둑을 두고 가지요. 김종준 씨는 무교동에 기원을 내기 위해 장소를 예약하고 수일 내 개원한대요. 요즘 뒤숭숭합니다. 자기들끼리 야단인 모양이에요. 일본 신문에도 보도가 되었다니 이곳에 있는 우리보다 자세히 알고 계실 줄로 믿습니다.

시골은 입산금지로 연료 대책 없이 금지된 후 아우성입니다. 게다가 가지가지 자잘한 법에 묶여서 살겠다는 사람은 없고 못살겠다는 사람뿐입니다. 이 나라가 어찌 되어질지 참 암담하고 한심해요. 나날이 어두워지니까 아침이 멀지 않은 것 같아요. 김녹영 의원은 세종로에 사무실을 내는데 김경인 의원과 같이 쓰게 되나 봐요. 우리 사무실에서 사용하던 비품을 빌려 쓰길 원하시기에 쓰시도록 했어요. 오늘 아침 이곳에 왔다 갔습니다. 내일이 김상현 의원 등 재판인데 자기들의 사정이 복잡해져서 출감이 그리 빨리 되지 않을 것이라는 이야기들입니다. 신경이 우리보다 과민한 상태이므로 무어라 말할 수 없어요.

요즘도 우리에 대한 감시는 계엄 때나 다름이 없습니다. 정말로 자유가 그리워요. 나만이 아니고 우리 국민 누구나가 다 바라는 것이 자유일 것입니다. 오늘 우리들이 당하는 고통은 전 국민이 꼭 같이 당하고 있는 것이라 생각해요. 빨리 시간이 흐름으로써 이 어려운 문제가 풀려질 것으로 믿습니다. 오늘은 특별히 알릴 만한 것이 없군요. 인편이 있기에 급하게 썼습니다. 아무쪼록 어디 계시던지 몸조심하시고 늘 사람 조심하셔서 기쁘게 귀국하시는 날이 빨리 오기만을 기다리겠어요. 하나님의 축복이 같이 하시기를 진심으로 빌 뿐입니다.

1973년 3월 28일

요즘은 그들이 가엾습니다

무사히 안착하셨다니 퍽 다행입니다.

실은 어젯밤에 누구를 만났더니 25일 당신이 도미하시면서 기자회견을 하셨다고 들었습니다. 민주회복의 날까지 고국에 돌아가지 않고 외국에서 투쟁하겠다. 모든 것 정리하고 살림을 축소시켜 비장한 각오로 생활해나가는 것이 좋겠다고 하신 말을 듣고 여러 가지 생각에 잠겨 잠을 이루지 못했습니다. 오늘 아침 7시 10분에 성호의 전화로 당신의 안착을 알고서는 왠지 내 마음이 섭섭하고 무언지 몹시 허전함을 느꼈어요. 지난번 편지에 14일경 도미할 시 전화로 안부를 묻겠다 하시기에 13일 이래 매일 같이 당신의 전화를 기다렸습니다. 안타깝게 당신의 목소리를 기다렸는데 약속하신 전화는 하지 않고 떠나신 것이 내 마음을 너무도 허전하게 해준 것 같아요. 더구나 미국은 이곳에서 일본보다 거리가 머니까 연락도 그리 쉬운 것이 아니기에 마음도 몸도 멀어진 느낌마저 드는 것입니다. 그러나 모든 것은 신앙으로 극복하고자 합니다. 10월 이래 나의 생활은 수도하는 생활입니다. 친한 벗들을 개인적으로 만나는 일도 없고 교회와 YWCA의 회의 외에 다른 곳에 별로 가는 일도 없으며 집을 지키고 기도하고 성경을 읽으며 인생에 대한 깊은 것을 찾고 있습니다. 마음의 평화와 내일에 대한 소망, 사명감 속에 살아가고 있는 것입니다. 이 기간 동안 값있게 내 생을 꾸며볼까 합니다. 이 세상에 어느 누구도 모르는 나만의 심오한 것을 찾아내기 위해 참고 또 참고 견뎌나갈 것을 다시 한 번 마음속으로 다짐해봅니다.

오늘 밤도 당신 위해 깊은 기도를 드립니다. 반드시 하느님께서 내 기도에 응답해주실 것을 믿으면서 그리고 집권자들, 또 우리를 괴롭히는 많은 사람들을 위해서도 그들 위에 축복이 있기를 비는 것입니다. '악을 악으로 갚지 말고 선으로 갚으라'는 그 말씀대로 나는 그들을 위해서도 빌어야 하는 사명이 있는 것을 느낍니다. 요즘은 그들이 왠지 불쌍해져서 정말로 가엾은 생각이 듭니다.

김종필 씨도 몸이 좋지 않습니다. 들리는 말에는 다리도 잘 못 쓴다, 입이 불편하다는 등 말이 많습니다. 서정귀 씨도 간암으로 미국에 가서 수술하려고 가슴을 열었다가 수술할 때가 지나 손대지 못하고 봉하고 말았다는 말이 들려옵니다.

박정희 씨도 몹시 마르고 항시 건강이 좋지 않고 신경이 과민상태라 합니다. 요새는 어찌도 그들이 가엾은지 모르겠어요. 외롭게 소외당해 있는 내 모습보다 오히려 그들이 더 가엾어보입니다.

尹씨(윤필용)건은 아직 아무 발표가 없고 말만 돌고 있고 관련된 많은 사람들이 끌려갔다 합니다.

1973년 3월 29일

비서들 쌀값 정도는 도와주어야 내 마음이 편해요

이제 완연히 봄이 찾아왔습니다. 오늘은 유난히 태양이 따스하게 빛나고 있습니다. 당신이 떠나신 지도 반년의 세월이 흘러갔어요. 우리집의 동백꽃도 활짝 피었고 화초도 생기를 띠어 더욱 아름답습니다.

홍걸이가 기르는 토끼가 일곱 마리의 새끼를 낳았어요. 7은 행운의 수라 은근히 기쁩니다. 앞집에 닭이라도 키워볼까 해요. 영등포건은 아직 처분이 되지 않아 소리 없이 바라보고 있는데 언제 처분될지 모르겠어요. 크라운 차는 처분할까 했으나 지난 선거의 일을 생각해볼 때 왠지 애착심이 생기고 역사적인 물건(1971년 김대중이 의문의 교통사고를 당했을 당시 사용된 차)인데다 다시는 그러한 선거가 있지 않을 것이라 처분하지 못하고 사용하고 있는데 비용이 너무 나서 생각 중입니다. 식생활에 드는 것은 얼마 아니 되나 차에 드는 것으로 비서들 쌀값 정도 도와주어야 내 마음이 편하니까요. 그런 것으로 큰 지출이 줄어들지 않고서는 생활비를 절약하는 게 별 도움이 되지 않아요. 그러나 걱정은 아니 합니다. 내가 꾸려나갈 자신이 있고 또 하나님이 나를 지켜주실 것을 확신하기 때문에 조금도 걱정 안 돼요. 니콜라를 통하여 자주 편지 드리겠어요.

편지 보내실 때는 속 봉투는 흰 종이로 싸서 겉봉투에서 속 봉투가 비쳐 보이지 않게 하시면 안전합니다. 꼭 그렇게 해서 보내세요. 가능하면 얇은 종이 1매만 쓰는 것이 좋을 거예요. 안심하고 쓰시면 돼요.

자주 쓰겠어요. 니콜라와 내가 자주 만나기로 했어요. 아무쪼록 건강하세요. 하나님의 특별한 가호가 있기를 바라요.

1973년 4월 2일

어려움을 겪지 않고서는 내일의 영광이 없습니다

그간도 안녕하셨는지요. 니콜라 가이가 여사 통하여 몇 번 적어보낸 편지는 받으셨는지요. 동경에서의 모든 일은 큰 성과를 얻으셨겠죠. 미국에서의 생활도 보람 있으시기를 바랍니다. 그러나 여러 가지로 어려움이 많으시겠죠. 아마도 그와 같은 어려움을 겪으시지 않고서는 내일의 영광이 없기에 그러한 고난을 당신에게 주나 봅니다.

이곳 집 식구들은 모두 잘 있습니다. 당신이 계시지 않으니까 적적함은 금할 수 없습니다. 언제 오실지, 한 해가 걸릴지, 두 해가 걸릴지 모르는 그날을 기다리면서 살아갈 수밖에 없습니다. 당신이 돌아오실 날이 하루만이라도 단축되어지기를 원하는 마음뿐입니다. 정계는 별 변화가 없습니다. 여야의 협조가 잘 되고 신민당도 당신이 안 계시니 진산의 뜻대로 순풍에 돛단 격으로 되고 있습니다. 진산에게 도전하는 사람이 없어 심심할 정도인가 봐요.

며칠 전 김홍일 의원 댁에도 인사차 들렀습니다. 퍽 건강하신 편이고 조용히 쉬고 계셨으며 손님도 없고 너무 조용했습니다. 김상현 의원 등은 며칠 전에 비공개 공판이 있었다고 합니다. 모두 건강한 모습이었으며 4월 중에는 풀려나올 것으로 본다는 부인의 말이 있었어요. 그저 무죄로 내보내지는 않을 것이라는 것이 일반인들의 말입니다. 자기들의 체면상 그대로 내보내는 일은 없을 듯해요. 김한수 의원의 자세를 모두 칭찬합니다. 하루속히 이들도 자유의 몸이 되기를 빕니다.

동교동 자택에서 전화를 받는 이희호. 전화는 늘 도청당했다.

야당은 아무 도움도 못 되고 있습니다. 무기력한 야당에는 아무런 기대도 걸 수가 없어요.

김종준 씨가 무교동에 기원을 냈습니다. 김형문 씨는 결혼을 하고, 박문수 씨는 4월 7일날 결혼식을 올리며 김지하 씨도 4월 7일 명동성당에서 박경리 여사의 외동딸과 결혼합니다. 그때 가서 만나보겠습니다. 살림은 원주에서 하게 된답니다. 원주성당 앞에 김지하 씨 아버지께서 새로 집을 지었다고 해요. 김성균 씨는 요즘 소식 전무합니다. 크리스마스 전에 어떤 여자 편에 연락이 있어 내가 답을 쓰지 못하고 돈만 좀 보냈는데 그 후는 전혀 연락이 없어 늘 궁금하게 생각하고 있어요. 앞으로 연락이 취해지면 알려드리겠어요. 무사하기를 바라는 마음입니다.

니콜라를 통하여 편지를 보낼 생각인데 이분이 함석헌 선생, 김지하

씨 등을 만나는 것으로 남산에서 주목하는 듯해서 어떨지 모르겠어요. 일주일에 한 번씩 나와 만나기로 하고 있는데요.

홍업이가 임시 휴가를 얻어 어제부터 집에 와 있어요. 가족들이 비교적 건강해서 별 걱정이 없습니다. 오늘 김경인 의원 부인이 왔는데 하의도에 갔다가 아버님을 뵙고 왔답니다. 아버님 편지도 있었는데 건강이 그리 좋지 못하신 모양입니다. 누워계신 것은 아니지만 연세가 그만하시니까요. 2만 원 보내드린 것을 퍽 좋아하시더래요. 집은 커서 좀 쓸쓸해 보이더라고 해요. 여하튼 살아계실 동안 집이라도 마련해드렸으니 그것만은 아버님께 불효는 아니었다고 자위해요. 홍업이가 왔으니 부산 가기 전에 가족사진 찍어서 보내드리겠어요. 늘 건강에 유의하시고 몸조심은 물론 사람조심하세요. 하나님께서 당신을 보호해주실 것으로 압니다. 늘 기도하시고 성경도 읽으세요.

1973년 4월 10일

오늘의 권력자들이 불쌍해요

　내일이면 당신 떠나신 지 꼭 반년이 되는 날입니다. 그리도 기다리
고 기다리던 때가 오는 그날이 왠지 멀지 않은 느낌마저 듭니다. 전화
로 당신의 목소리 듣고 내 마음이 더 평온해진 느낌이에요. 안부의 말
한 마디 못 하는 전화이지만 직접 목소리 듣는 그것만으로도 큰 위로
가 되고 더욱 희망이 솟아나요. 건강상태가 좋다 하오니 무엇보다 기
뻐요. 물론 정세 또한 우리에게 유리하게 되어가는 것 같습니다.

　김지하 씨 결혼식에 가서 박대인 목사도 만나고 김 추기경도 만나
인사드리고 당신 안부도 전했어요. 그 결혼식장에는 10여 명의 정보원
이 와 있었으며 내가 자동차에 오르는 것을 3명의 정보원이 눈이 빠지
게 쳐다보고 있었어요. 사진도 많이 찍었다 하더랍니다.

　4월 6일은 한식날이 돼서 홍준 아버지와 홍철 엄마, 이수동 비서 등
과 어머님 산소를 돌아보고 왔습니다. 아주 좋게 손을 봐놓고 나무도
많이 심고 계단도 해놓았기 때문에 보기에 좋았어요. 5월 10일이면 1주
기가 되니까 성당과 연락 취해서 당신이 계시지 않더라도 계신 것처럼
지내겠으니 그리 아시기 바랍니다.

　이후락 씨도 현재 연금상태라 합니다. 자기들끼리의 불신과 혈투가
암암리에 벌어지고 있나봅니다. 예상보다 변화가 더 빨라진다고들 보
고 있어요. 금년 5월에서 9월 사이를 위기로 보는 이들이 많습니다. 큰
변동이 일어났을 때에 다시 군정이 시작되어서 박과 같은 길을 간다면

희망 없는 나라가 될 것이고 민간에 넘기면 그때야 민주회복의 길이 열리게 될 것으로 봅니다.

오늘 박 목사 만나뵙고 이야기 많이 들었습니다. 이곳에서 대단히 수고하고 계셔요. 공무원들도 현 정부에 협조하기를 꺼리고 있고 미 대사관은 철의 장막처럼 일절 외부와의 접촉을 잘 하지 않고 있어 무슨 일이 꼭 일어날 것같이 보인답니다. 이러한 무서운 실정에서도 지하신문이 계속 나돌고 있대요. 아직 한 장도 본 일이 없으나 현 정부 비난의 소리래요. 추기경에게는 박 목사가 이것저것 보도록 권했다 해요.

이후락 씨 때문에 김현옥 내무도 요새 출근하지 않고 아프다고 누워 있고 국회의원급도 들어가 있는데 전혀 보도되지 않아서 알 수 없어요. 어쩌면 미국에서는 자세한 것이 보도되는지도 모르겠어요. 요즘 이처럼 암흑세계로 만들어놓아서 일본 대사관 공보실에 외국 보도를 보기 위해 사람들이 많이 출입하고 있다 합니다. 아무리 뉴스원을 막고 있어도 웬만한 사람들은 어떻게든지 외신보도를 접하고 있어요. 새로 국회의원 된 사람들도 움직이는 것을 꺼려하며 불안을 느끼고 있기 때문에 의욕이 전혀 없다는 것입니다. 더구나 통일주체국민회의 멤버들은 불평과 후회가 막심하대요. 명함도 찍지 못하게 해놓고 아무것도 하는 일이 없는 데다가 그래도 유지라 해서 관혼상제를 일일이 봐줘야 하니까 죽을 지경이라 합니다.

군에서는 소령급 이상은 2명 이상이 모이지 못하게 신경을 쓰고 있고 회식 등은 금지하고 있대요. 육해공군사관학교 졸업식에 박정희 대통령 참석으로 몸수색까지 했다는 소리가 들려올 정도로 몹시 신경과민 상태라 합니다. 김종필 총리를 TV로 보니까 몇 달 전만 해도 살이 너무 쪄서 이상하게 보이더니 요새는 살이 빠져서 홀쭉해졌어요. 윤필용, 이후락 씨 저렇게 되니까 김 총리의 세력이 좀 있나본데 김 총리는 별 조직이 없어 큰 힘을 쓰지 못할 거랍니다.

박정희 대통령은 요즘 너무 말라서 TV 렌즈를 멀리 자리 잡고 가까이 하지 못하도록 하고 있대요. 요새도 술을 마시지 못하면 잠을 이루지 못한다 합니다. 권력 욕심이 커지면 역시 죄를 짓게 마련이고 죄가 커지면 망한다는 것은 자연의 법칙과도 같아서 오늘의 권력자들이 불쌍해요. 권좌에서 죄를 짓고 불안에 떨고 있는 것보다는 평민으로 죄 없이 살고 있는 것이 마음의 평화가 있음을 요즘 절실히 느끼게 됩니다.

니콜라가 불원간 다시 일본으로 간답니다. 김지하 씨 만나고 하니까 중앙정보부 사람이 귀찮게 굴어서 떠날 수밖에 없다 해요. 주목받기 시작하면 대단히 힘이 들기 때문에 일본 가서 더 많은 일을 할 수 있다고 봐요. 나와는 자주 만나 좋은 벗이 되었어요. 내 생각으로서는 그림엽서로 안부 정도의 것은 해도 좋을 줄 알아요. 아이들에게도 그림엽서로 몇 마디 써 보내시는 것이 좋다고 생각해요. 한꺼번에 쓰시지 말고 홍일이에게 먼저 써 보내고 천천히 몇 자씩 적어보내도 무방할 것입니다. 여하튼 당신의 신변이 제일 문제되니까 몸만 건강히 계시면 반드시 머지않아 기쁘게 만나뵐 수 있고 또 당신이 원하시는 일 하실 수 있을 거라 생각해요. 많은 분들께 기도해달라 부탁하세요. 하나님의 가호가 늘 같이 하시기를 빕니다. 믿고 의지할 때 큰 힘이 있고 큰 소망이 있을 줄 믿어요. 그럼 다시 쓰기로 하고 오늘은 이만 줄이겠어요. 미국에 있는 동안 영어공부 열심히 하시길 바랍니다. 일본 오시면 니콜라가 영어 가르쳐드리겠대요.

1973년 5월 1일

그들도 당신을 칭찬하더래요

수차 보내드린 편지는 다 받으셨는지요. 늘 건강하실 줄 믿겠습니다. 당신의 편지를 받아본 지도 1개월이 훨씬 넘었습니다. 이곳 우리는 모두 잘 있고 잘 지내고 있습니다. 날씨가 퍽 가물었다가 요새는 매일 비가 내리고 있어 마치 장마철이 된 기분입니다. 비 때문에 한결 마음이 무겁고 집안은 더 적적합니다. 비서들도 자주 얼굴을 내밀더니 요즘은 뜸하게 왔다 갑니다. 모두 쉬고 있으니까 힘없이 보입니다.

정해영 의원이 지구당 개편대회에서 남북회담은 정권연장을 꾀하는 것이라고 말했다고 해서 구속당했다는데 4월 14일 아침 9시 동아뉴스에 신민당이 13일 긴급정무회의를 가졌다고 보도되었는데 내용이 공개되지 않아 알아보니까 12일 밤 비행기 편에 상경할 예정으로 비행기 탑승 명단에도 있는 정해영 의원이 짐만 내리고 행방불명이므로 정무의원들이 국무총리를 만나기로 결정했다는 것입니다. 그러나 그 다음 시간에는 그에 관한 뉴스는 없고 또 신문에도 비치지 않으니까 현재 나왔는지 그대로 구속당해 있는지는 모르겠어요.

오늘 저녁 미요시 씨 댁에 한영도 씨와 같이 가서 식사를 했습니다. 그들은 고위층들의 내분을 박 대통령의 건강상태가 나쁘기 때문에 후계자 다툼으로 보더군요. 결국은 김종필 씨가 후계자가 될 터인데 김종필 씨는 요새 아주 점잖게 침묵을 지키고 있대요.

경제는 일본이 여러 면으로 투자를 하고 있기 때문에 의외로 좋아지고 있는 편이라 말하고 있어요. 나에 대해서는 정보부가 신경을 퍽 날카롭게 쓰고 있어요. 당신과의 연락을 어떻게 취하고 있고 어떻게 생활하고 있나, 그것을 제일 문제시하고 있대요. 며칠 전에는 YWCA에서 서독에서 YWCA를 도와준 손님이 와 측근들이 점심을 대접하기로 했으니 참석하라는 전화가 있어서 참석하겠다고 했는데 대접하는 날 아침에 YWCA에서 전화가 오기를 서독 손님이 예정대로 오지 않아 하루 늦춰서 대접하게 되었다는 연락이 왔어요. 그런데 이수동 비서를 밤에 나에게 보내(정보부 내 담당원이) 좀 알아봐달라고 해서 왔는데 정보부에서 떠들썩 야단이 나서 무선기 두 대와 차 두 대로 나를 미행하라는 명이 내렸다 해서 그 담당원이 말하기를 '김 의원 미행하는데도 힘이 들었는데 만일 부인을 미행했다가 쇼크라도 받아 쓰러지면 어떻게 하느냐, 내가 자세한 내막을 책임지고 알아오겠으니 미행만은 그만두자'고 말했다 합니다.

한국인에게는 연락을 않고 외국인을 통해 할 것이니까 아마 서독 사람 편에 무슨 연락이 있는 게 아닌가 과민한 모양이라 이렇게 웃지 못할 일이 한두 가지가 아닌가 봐요. 당신의 외국에서의 성명 등 전부 분석을 해봤는데 그들도 칭찬을 하더라는 말이 들려요. 그리고 미국에서도 현재 활발히 움직이고 계셔서 그들이 퍽 두통을 앓고 어떻게든지 조용히 계시게 하기 위해서 사람을 파견할 생각이래요.

이철승 의원, 김영삼 의원은 도미를 했어요. 이제는 국회의원도 외국에서 초청 및 재정보증이 와야만 외유하게 되었어요.

성당에 가서 당신을 위해 생미사 부탁하고 어머님 연미사도 겸해서 부탁했습니다. 신부님이 5월 8일 회갑이래요. 구두라도 하나 해드리겠어요. 아무쪼록 몸조심하시고 뜻하시는 일이 하루 속히 이뤄질 것이라 믿습니다. 주님의 축복을 빕니다.

1973년 5월 7일

쉬지 말고 기도하세요

너무 오래 소식 전하지 못했습니다. 5일 전화로 건강하신 목소리 듣고 편지받은 것 이상으로 반가웠습니다. 다만 아무 말도 못함이 안타까웠을 뿐이에요. 이곳 집 식구들은 다 잘 있습니다. 홍일이는 오늘부터 일주간 휴가를 얻어 쉬게 되었어요. 그리고 홍업이는 부산에서 잘 있습니다. 홍걸이는 세상 모르게 제 고집 그대로 부리고 자라고 있고요. 이곳의 자세한 상황은 홍준 아버지가 썼으므로 생략하겠어요. 여하튼 뒤숭숭한 가운데 모두 불안감에 사로잡혀 있어요. 너무도 시달림이 많은 민족인가 해요.

그러나 '의인은 고난이 많으나 여호와께서 그 모든 고난에서 건지시는 도다.'(시편 34장 19절) 이 성경구절을 읽어볼 때 이 고난을 오히려 뜻있게 받아들이게 됩니다. 당신께 부탁드리고 싶은 것은 당신의 생명을 아주 귀중하게 생각하시고 몸을 더욱더 아끼고 보호하시며 용감하고 담대한 마음 가지시고 늘 소망 가운데 기뻐하시며 하나님께 감사하는 마음 가지시기를 진심으로 바랍니다.

나는 요새 밤 12시와 새벽 5시에 당신 위해 혼자 기도를 정성껏 드리고 성경과 마음속으로 찬송을 드리며 예배를 드립니다. 정성을 드리면 이루어지지 않는 일 없는 줄 압니다. 진심으로 간구하는 기도를 하나님께서 받아주실 줄로 확신합니다. 당신도 쉬지 말고 기도하세요. 마음속으로 언제고 어디서고 기도하실 수 있으니까요. 꼭 당신의 뜻이 이루어질 줄 믿고요. 천군천사들이 당신을 보호해주실 줄 믿습니다. 시간 있는 대로 성경도 읽으시길 바랍니다. 비록 이국에서의 생활이 괴롭고 또 내 집으로, 내 조국으로 마음 놓고 돌아오지 못하는 그 마음의 괴로움이 크지만 이 같은 수난의 시기는 돈으로 살 수 없는 그리고 내가 원해서 택할 수 있는 것이 아니기 때문에 여기에 하나님의 큰 뜻이 숨어 있고 당신을 더 크고 귀하게 쓰시고자 연단하는 시기이오니 그리 아시고 감사하는 마음 가지시고 이 기간을 값있게 쓰시옵소서. 당신 위해 숨어서 내가 힘이 되기를 바라는 마음에 묵묵히 지성으로 기도하는 생활을 하고 있습니다.

지난 25일 우리집에 모여 이것저것 들리는 이야기 나누었습니다. 우리가 신문을 본 것이 문제가 돼서 27일날 나는 집에서 조사를 받고 진술서 두 번과 각서를 3일간 썼으며 비서들과 홍준 아버지는 정보부에까지 가서 당하고 30일 밤에 나왔습니다. 큰 문제도 아닌 것을 취급하는 것으로 봐서 저들이 얼마나 신경과민인지를 알 수 있었습니다. 아마 홍준 아버지와 비서 둘이 나에게 다 뒤집어씌우려고 했나 봐요. 나는 결코 건드리지 않겠지 하는 마음에서 그러했겠죠. 그러나 나는 어느 한 사람에게도 책임을 돌리지 않고 아무도 다치지 않게 비서들 대신 나를 데려가라고 말했고, 차라리 내가 가는 것이 내 마음 편하다는 것과 그들 가족들에 대해서도 미안하여 견딜 수 없음을 이야기하였습니다. 신문은 내가 매월 《주부의 벗》을 보기 때문에 그 속에 들어 있었다는 것과 곧 소각해버렸다고 했습니다.

문제의 발단은, 미다니 씨(일본 대사관 직원)가 일본에서 왔는데 4월 중순 김유화 선생(중앙대 교수)이 나에게 전화로 누가 왔는데 만나지 않겠는가, 그분이 만났으면 하는데 토요일 오후에 시간을 낼 수 있나, 하기에 내가 전화로 무어라 할 수 없기에 그날 바빠서 어찌될지 모르니 나중에 연락한다고 하고 끊었더니 그들이 그 전화에서 누가 왔다는 것을 수상하게 여겨 그때부터 우리집을 더 감시하고 나를 감시했던 모양이에요. 결국 미다니 씨는 못 만나고 김유화 선생 집에 가서 차 한 잔 먹고 돌아왔는데 김유화 씨도 정보부에 갔다 왔다 하는데 만나지 못해 어찌됐는지 모르지요. 이것이 그들의 신경을 건드린 것은 혹 당신이 사람을 통하여 무슨 연락을 하는 것 아닌가 그리고 당신의 소식이 외신에 보도되는 것이 여기저기 전해지고 있어 그 루트를 알아보고 봉쇄해야겠다는 생각, 내가 어떻게 신문을 받아보았나 알아볼 작정이었나 봅니다. 그리고 우리들에게 위협을 주어 꼼짝 못하게 해놓으려는 생각인가 보지요. 나중에 들은 이야기인데 나에게 들었다고 진술하라고 강요까지 하더라는 말이 있어요.

이 글 보고 어느 개인에게나 합석해서 이 말은 하지 마세요. 저들이 당신과의 연락 있음을 제일 꺼려하고 또 그런 일 당신이 알았더라면 내가 한 것으로 알고 나를 심문할지 모르니까요. 피차 조심해서 이 난관을 극복해야 해요. 그러므로 자주 나에게 소식 전하지 못해도 무방하오니 1개월에 1회 정도로 안부전화만 해주셔서 건강하신 것만 알면 그것으로 내 마음의 위로로 삼겠어요.

민택 모(다섯째 올케)가 사진 잘 받았다고 전화로 말해서 내가 깜짝 놀라며 안부 전해달라 했어요. 어떻게 사진 받았나 의심할까봐서요. 이번 사건을 통하여 나는 이제 누구도 안심하고 믿고 이야기하지 못함을 알았습니다. 홍준 아버지께도 그전부터 비밀이야기 못 하였으나 앞으로는 더 아무 말 아니하고 듣기만 하겠어요.

앞의 집은 전세를 줄까 생각해요. 저들이 내가 어떻게 생활하느냐에도 신경을 쓰고 있어요. 전화도 한 대 팔아버릴 생각이에요. 영등포 것이 처분만 되어도 그것으로 생활한다고 보아주겠는데 그것이 도무지 팔리지를 아니 해서 여하튼 모든 것 다 줄이며 조용히 생활할 작정이에요. 늘 몸을 귀하게 보호하시고 건강하세요. 그리고 기도생활 꼭 하시길 바랍니다.

1973년 5월 15일

당신의 귀한 생명을 보존하도록 더욱 힘쓰세요

떠나신 지 벌써 7개월이 지났습니다. 이곳을 멀리 바라보시고 안타까워하시는 당신의 마음은 얼마나 아프실까 생각해봅니다. 그러나 그 마음속에 모든 것을 초월한 평화와 소망이 가득 차 있을 줄 믿고 싶습니다. 하나님을 의지하고 그 뜻을 깨달음으로 어느 누구도 알지 못하는 마음의 평화를 얻으셨을 것입니다.

반드시 당신을 이 나라와 이 민족을 위해 귀히 쓰고자 하시는 하나님의 큰 뜻이 있기 때문에 오늘의 고난을 몸소 체험하게 하신 것입니다. 믿으시고 감사하는 마음으로 쉬지 말고 기도하시기를 재삼 부탁드립니다. 꼭 때가 올 것입니다. 의인의 길을 걸으시고 의롭게 행하셔서 어려움을 극복하시어 새날의 새 햇살을 받으시고 힘 있게 개가凱歌를 부르시는 그날까지 굳세고 용감하게 싸워나가세요. 당신 위하여 수고하는 분들, 당신 위해 밤새워 기도하는 분들이 많이 있다는 것 생각하시고 힘 있게 싸워나가시길 바랍니다. 결코 조급한 생각은 버리시고 꾸준히 힘써나가세요. 믿고 당신의 희망찬 얼굴을 뵈올 날을 기다리겠습니다. 집안일은 일체 염려하지 마세요. 부족하나마 집일을 내가 처리해나가겠습니다.

5월 10일 어머님 1주기에는 아침 6시 30분에 홍일이가 연희성당에 가서 연미사를 올리고 홍준 아버지, 홍철 아버지와 비서들 몇몇과 같이 산소에 갔다 와서 집에서 점심식사를 했습니다. 김녹영 의원이 아침에 다녀갔으며 김경인 의원 부인이 저녁에 들렀다 가고 이용희 의원, 임영환 씨, 이태구 씨가 다음날 다녀간 것뿐 조용히 지냈습니다. 요즘은 우리집에 오는 것을 더 꺼려해서 비서들도 거의 오지 않습니다. 그래서 조용하기만 합니다.

신민당은 이제는 진산 1인체제로 돼서 공화당과 보조가 너무 잘 맞아들어가고 있습니다. 너무도 닮아가고 있어서 야당은 이제 이 나라에서 없어진 느낌입니다. 김상현 의원은 마음이 초조해져서 몸이 좀 축이 갔다 합니다. 공판이 연기되고 실형이 내려지지 않을까 하는 부인의 말입니다. 조연하 의원은 오히려 요즘 몸이 좋아진 편이고 가족들에 대한 염려가 지독히 크다고 합니다. 조윤형 의원도 여전하고요. 김한수 의원, 이종남 의원도 여전하다 해요. 모두 고생이 너무 심하니까요. 생각하면 무어라 위로할지 모르겠어요. 곧 또 소식 전하겠어요. 늘 말씀드리는 것이지만 귀한 생명을 보존하시도록 더욱 건강에 힘쓰세요. 하나님께서 당신을 지켜주실 줄 믿습니다.

1973년 5월 16일

정보부가 무슨 짓을 할지 모르겠어요

그간도 건강히 지내시고 계신다 하니 참으로 다행입니다. 이곳 퀘이커본부 숙소에 가서 니콜라 가이가 여사를 통하여 당신 편지 받았습니다. 가이가 여사는 퍽 친절하고 우리의 부탁이 있으면 적극적으로 수고해주겠다고 했습니다. 오늘밤 김녹영 의원이 오셨는데 광주학생 10여 명이 구속되었는데 가족면회도 불허한다 합니다. 서울서는 고대 학생이 수명 구속되고 이들은 지하신문 관계인 듯하다는 거예요. 그 내용은 '통일을 빙자한 집권 연장을 꾀하는 박 정권은 물러나라'는 것이래요. 요즘 학교마다 정보원이 많이 침입해 있어서 누가 누구인지 서로 믿을 수가 없다 합니다.

국회의원들도 자기들 옆에 있는 비서조차 믿지 못하니까 얼마나 힘이 드는지 모르겠다고 해요. 김녹영 의원도 김경인 의원이 있으니 말도 주고받고 차도 마시지, 그외 차 한 잔 같이 마실 대상도 없고 어느 누구도 믿고 말을 할 수 없으니까 답답하기만 하대요. 국회에서는 발언도 제한되어 있고 대정부 질의도 제대로 할 수 없고 사는 맛이 없다고 합니다. 모두들 무서워 쉬쉬 하고 눈치들만 보고 있으니 옴짝달싹할 수 없다고 해요. 한탄만 하다 돌아갔어요.

영등포 건물은 파출소 앞이 돼서 사기를 꺼리며 더구나 우리 소유를 알고 더 꺼리는 것 같대요. 속히 처분이 되어야 부채의 일부라도 처리할 터인데 아직은 사려는 사람이 없어요.

중앙정보부의 6국장이 이용택 씨가 되었어요. 일주일 전에 되었는데 김정례 씨를 통해 나를 만나자 해서 3일 전에 김정례 씨 집에 가서 이용택 씨를 만났는데 어떤 분과 같이 왔어요. 나를 만난다 하니까 의심을 해서 같이 왔더라고 해요. 자기들끼리도 서로 감시하고 믿지 못하는 것 같아요. 이씨 말에 자기 생각으로는 강압하는 것보다는 대화를 통해서 총화를 이루어야 한다고 주장한다고 해요. 주요 내용은 당신이 외국에서 너무 이 정부를 비난하고 있어서 국제적으로 이 나라 발전에 지장을 초래한다는 것이에요. 참으로 애국을 하시는 분이면 그런 식으로 비난만 일삼아서 되느냐면서 외국에 계시려면 좀 조용히 계시던지 아니면 귀국하여 떳떳하게 동지들과 고생을 같이해야 한다고 해요. 그리고 외국에서 정부 비난을 하니까 동지들만 당하게 되지 않느냐고요.

나는 통신 거래도 없고 할 수도 없으니까 무슨 비난을 하는지 알지 못한다 했어요. 요즘 민택 어머니 한국에 와 있는데 어디를 가든지 민택 어머니를 미행한다던데 왜 하느냐니까 아무 거리낄 것이 없는데 왜 미행에 신경을 쓰느냐 하기에 어이가 없었어요. 내가 아는 남편은 어떠한 곤경에서도 정도를 벗어나지 않기 위해 피눈물나는 노력을 하는 분이라 어떠한 비정상적인 방법으로 정권이 쓰러져도 어부지리 격으로 정권을 잡겠다는 허황된 생각은 결코 안 할 분이라 했어요. 지난 선거에 그렇게 초인적인 방법으로 애쓰는 선거를 치른 것도 민주방식에 의해 정권을 교체하겠다는 일념이었고 만일 그렇지 않고서는 한국의 운명이 위험하겠다는 애국심에서 생명을 걸고 나섰던 것이다, 물론 개인의 욕망이 없다 할 수는 없지만 나라를 살려야겠다는 마음이 더 컸다고 말했어요. 그렇기에 내 생각으로는 그가 외국에서 성명을 내더라도 나라와 국민에 해되는 것은 안 할 줄 믿는다고 했어요. 이 국장 말이 동백림 사건도 자기가 그들 스스로 오게 만들었고 지금은 그들이 다 자유롭게 자기들 일을 하고 있다면서 김대중 씨를 자기발로 걸어서 귀국할 수 있게 다른 사람은 못 해도 자기는 할 수 있다, 귀국하면 생명이 위험하다는 둥 말하지만 일본이나 미국에 있어도 만일에 자기들이 생명을 노린다 가정한다면 감쪽같이 없앨 수 있다고 합니다. 그러나 그런 것은 생각지 않고 있기 때문에 대화를 통하여 해결하자는 것이라 해요.

정보부가 무슨 짓을 할지 모르겠어요. 내가 이 국장에게 민택이 어머니가 곧 미국 가니까 그 편에 편지를 써서 보여줄 터이니 그리 알라고 했어요. 그들이 내게 신경을 쓰게 하기 위해 그렇게 말하고 편지를 공공연하게 써 보내겠으니 그것은 내 생각과 다른 내용이라는 것 아시고 버리세요. 여하튼 당신이 외국에서 활약하는 일에 몹시 신경을 쓰고 있을 뿐 아니라 어떤 방법으로든지 당신이 일을 못 하도록 방해할 것 같아요. 혹 당신의 측근을 보내서 당신을 설득하려는 방법도 취할지 몰라요. 각별히 주의에 주의를 하세요. 늘 하나님께 기도하시고 꾸준히 싸워나가세요. 용감하게 일하세요. 숨어 있는 많은 사람들이 당신의 건승을 빌고 있어요.

1973년 5월 18일

때를 위해 준비에 힘써야 할 것 같아요

그간도 주님의 은총 안에 많은 활동하시고 계신지요. 지난 16일 KAL 점보기 초행축하 편으로 미국 떠나시는 외숙부님 편에 보낸 편지 받으신 줄 믿습니다. 뉴욕까지 가신다기에 그곳에서 발송하시라고 했지요.

이곳 집안은 모두들 잘 지내고 있습니다. 요새는 외부 인사들의 출입이 더 끊어져서 그저 조용하기만 합니다. 염려하시던 김상현 의원 등은 구형으로 7년, 조윤형 의원은 6년, 조연하 의원은 7년, 각각 추징금이 수백만 원씩으로 되어 있습니다. 가족들이 모두 놀란 듯해서 마음이 아팠습니다. 그러나 결코 그대로 되는 것은 아닌 줄 압니다. 그래서 어제는 그들의 요청으로 김상현·조연하·이종남 의원 등의 부인과 같이 박순천 선생님 댁을 방문하였습니다. 곽상훈 씨를 통하여 박정희 대통령에게 얘기해달라는 것이지요. 그런데 수개월 전 곽상훈 씨가 박 대통령에게 그들 문제를 얘기했더니 곽상훈 씨에게 '퍽 하실 일도 없으신가 보지요' 하는 말을 듣고 그런 이야기 하지 못하겠다고 하더라고요. 박 선생님 말로는 전화위복이 될 것이니 너무 염려들 말라고 하시더군요. 그리고 전에 보내주신 책자는 김 추기경에게 전달이 되었다고 말씀하세요. 박 대통령도 내부에서의 복잡한 여러 가지 사정으로 골치가 아플 거라고 해요. 우리는 결코 너무 초조해하지 말고 때를 위해 준비에 힘써야 할 것 같아요. 꾸준히 용기를 가지고 나가야 할 것이에요. 며칠 전 김종완 씨가 도일을 했다 귀국함으로 여러 가지 얘기를 들었습니다. 배동호 씨도 만나서 당신에 대한 한국에서의 기대가 크다는 것을 강조하자 배씨가 더 확고한 신념을 가지고 적극 협력할 것을 표하더라고 합니다.

뉴욕인가 시카고에서인가 당신이 한인 교포들과 시위를 했다고 들려오는데 그때 미군 철수 플래카드가 나왔다는 말은 사실인지 염려스러워요. 누가 방해를 하기 위해서 그렇게 하지 않았나 해요.

기쁜 소식으로는 유언비어로 옥고를 치른 이웅례 씨가 6개월 만에 출감되었고 어제 목포에 김상태 씨가 출감되었어요. 오늘 아침 김상태 씨의 전화로 목소리만 들었고 방문하겠다 하시니까 오늘내일쯤 올 거예요. 박용택 비서는 어제 출감 직후 우리집에 왔다는데 마침 내가 외출중이 돼서 못 만났어요. 어쩌면 고의숙 씨만 남아 있지 않은가 해요. 제갈 선생은 생활이 말이 아닌가 봐요. 며칠 전 부인이 눈물을 흘리면서 더 못살겠으니 미국에 가서 가정부 노릇을 해서 빚을 갚아야겠다며 나보고 길을 열어달라 했어요. 제갈 선생이 무슨 일을 해본다고 해서 돈을 차용해다 주면 한 푼 벌어보지 못하고 실패만 거듭해서 빚이 늘어나고 있대요. 그저 노시는 모양이에요.

앞집은 전세를 주기로 하고 내주에 이사오기로 했어요. 내가 나가는 창천교회 권사인데 공주사람으로 식구도 많지 않고 믿을 수 있는 분이어서 방 하나는 우리 짐 두는 곳으로 쓰고 둘만 내놓기로 했어요. 차고는 우리가 쓰기로 하고요. 서로 편의를 도모하기로 했습니다. 그리 아시길 바랍니다.

아무쪼록 몸조심하세요. 늘 하나님께 기도드리는 생활 잊지 마세요. 많은 사람들이 당신 위해 기도하고 있지만 무엇보다도 본인의 정성어린 기도가 정확하니까요. 하시는 모든 일이 큰 성과를 나타내기 바랍니다.

1973년 5월 29일

꾸준히 분투하고 계신 당신께 경의를 표합니다

며칠 전 일본을 통해서 보낸 글 받으셨는지요. 오늘 니콜라 만나 당신 글 받았습니다. 여러 가지 어려운 여건하에 꾸준히 분투하고 계신 당신께 경의를 표하며 하나님께 감사를 드리지 않을 수 없습니다. 영등포 건물은 매입 당시 어찌된 것인지 나는 잘 모르나 이구동성으로 속아 샀다는 말이 들리고 파출소 앞이 돼서 사기를 꺼리며 바로 옆에 사창가가 있어 그것이 큰 흠이 되어 살 때와 비슷한 가격으로 겨우 거래될까 말까 하는 형편이에요. 손해를 보더라도 정리해서 부채의 일부라도 처리할까 해요. 가지고 있어봤자 별수 없을 것 같아요. 사채를 준 분들에게 미안도 하고 해서요.

오늘 니콜라는 억지로 만났어요. 그가 25일 한국에 도착하여 어떤 한국 여인에게 내게 전화 걸라 했는데 그 여인이 세상 돌아가는 것을 모르는 분이라 일본서 사람이 왔는데 중요한 것 가지고 왔으니 니콜라 아느냐는 둥 하며 전화에 모두 알려놓았으니 내가 어찌나 놀랐는지 몰라요. 하도 답답해서 26일 토요일이라 생각다 못해 박대인 목사에게 연락해 만나서 이야기하고 니콜라에게 연락되면 그런 식으로 전화걸지 못하도록 타일러달라고 하고 가지고 온 것 있으면 목사님이 가지고 있다가 나에게 전해달라고 부탁했는데 박 목사도 주목이 심해서 아주 조심하고 있대요. 오늘 전씨(한국인으로 미 정부 정보원)가 연락해줘서 비밀리에 니콜라를 만났어요. 그 전화로 니콜라가 중앙정보부로부터 더욱 주목을

희망의 여정

받을 것이 사실이에요. 나와의 연락을 주시하고 있으니까요. 앞으로도
조심조심해서 만나기로 했어요.

1973년 6월

하루라도 속히 당신 계신 곳으로 가고 싶습니다

그간도 주 은혜 가운데 무고하신지요. 민택이 어머니를 통하여 이곳 소식 잘 들으셨을 줄 믿습니다. 이곳은 다 잘 있습니다. 민택이 어머니 편에 글 보내기 전에 이용택에게 읽어주었습니다. 어쩌면 이 국장이 당신 만날 목적으로 앞으로 그곳에 갈지도 모르겠어요. 이의 본심은 파악하기 어려워요. 만나게 되시면 현명하게 대하실줄 믿어요. 일반에 게는 무서운 사람으로 알려져 있어요. 우리에게 힌트를 주는 것도 있어요. 어쩌면 양다리 걸치는지도 모르죠. 홍준 아버지의 글은 며칠 전부터 쓰도록 부탁했으나 요즘 특별히 알릴 만한 것이 없다 해요. 박 목사는 수일 내에 만나서 글 쓰도록 말하겠어요. 그분도 만나기가 퍽 조심스러워요.

니콜라 가이가 여사 편에 글을 받고 또 메모는 이용희·김녹영 의원 그리고 이태영 여사에게 보내주었어요. 비밀이 잘 지켜지지 않고 믿을 수 있는 사람이 없어서 퍽 조심해야 하므로 주의를 하고 있기 때문에 아무나 보여줄 수 없어요. 이제는 비서들도 되도록이면 믿고 말을 하지 않으려 해요. 믿지 못하는 것보다 무슨 일로 끌려가게 되면 자세히 아는 것은 이야기하지 않을 수 없으니까 그들까지도 주의를 하지 않을 수 없어요.

며칠 전 김세종 씨를 우연히 만나게 되었어요. 우리 때문에 크게 다친 줄 걱정했더니 끌려가 2일간 당했으나 마침 아는 사람이 있어서 크게 맞지는 아니했다기에 퍽 다행이라고 생각했어요. 7월 중 일본에 당신 와 계시면 한번 가서 뵙고 싶다 해요. 현재는 아무것도 하지 못하고 무직상태래요. 양일동 의원은 당신 이야기 많이 한대요. 양씨가 당신에게 큰 기대를 걸고 있다 해요. 어느 만큼 믿어야 할지 모르겠으나 여하튼 서울이고 지방이고 간에 당신이 이곳에 계실 때보다 10월 계엄 후 외국에 계신 오늘의 당신을 더 높이 평가하고 있으며 몇몇 분 만나보면 정말로 당신이 보고 싶어 눈물이 난다는 사람들도 있어요. 사실 초조하게 생각하는 것은 금물이지만 어서 빨리 당신이 귀국하실 수 있는 상황으로 역사가 새로워질 것을 또 바라고 바래요.

세월이 무척 빨리도 가지만 어쩐지 기다리는 데 지루함을 느끼게 돼요. 오늘과 같은 상황도 상태도 오래되면 내가 당신 계신 곳으로 가는 문제는 재삼 생각을 깊이 해봐야겠어요. 마음으로는 하루라도 속히 당신 계신 곳에 가서 몸이라도 돌봐드렸으면 마음에 안심은 얻겠으나 이것저것 생각 아니 할 수 없으며 홍걸이가 클수록 떨어지는 것을 싫어하니까 그것도 걸리는 문제의 하나가 되고요. 그래서 깊이 생각을 해보고 정세도 살펴가면서 정해야겠어요. 부디 건강하세요. 모든 것은 하나님께서 뜻하신 대로 이루어주실 줄 믿어요. 쉬지 않고 기도하세요. 꼭 당신이 바라는 그날은 오고야 말 거예요.

1973년 6월 20일

전략상 소리 없이 계시는 것도 효과가 있을 것입니다

6월 4일에 보낸 글 잘 받았습니다. 요즘 간디의 자서전《진실을 찾아서》를 읽으면서 어떠한 환경에서도 진실로 마음과 성의를 다하면 움직여지지 않는 일 없다는 것 더 절실히 느낄 수 있었습니다. 그러나 진실되게 산다는 것은 결코 쉬운 일은 아닙니다.

Mrs. Lee는 나는 만나지 못했어요. 성호(막내동생)가 편지를 늦게 해서 그분이 기다리다 못해 필동에 연락하여 어제 만나서 받았어요. 필동에 전화하는 분께 미국서 왔다고 하지 말고 만나자고 하는 것이 좋겠어요. 그 집도 도청할 가능성이 많으니까요. 저들은 어떻게 당신이 연락을 취하나 하는 데 몹시 신경을 쓰고 있으니까요.

김상현 씨 부인이 자주 이용택 국장을 만나는데 오늘 아침에도 만났더니 당신이 곧 귀국할 거라 하면서 귀국하지 않으면 2심에서도 김상현 의원 등이 나오기 힘들 것이라고 말하더래요. 진산 씨도 동의하면 당신 꼭 만나 설득시켜 귀국토록 한다는 말이 들려요.

이철승·김영삼 의원과 유진산·오세응 의원은 수행으로 떠나요. 모두 그들은 여야를 초월한 외교에 있어 적극 협조하기 위해 떠나는 거예요. 정계는 거국 외교활동 전개로 부산합니다. 여야 간에 손잡고 외국을 향해 떠나고 있어요. 진정 그들이 나라와 민족에 대해 털끝만치라도 생각을 하고 있는지 너무도 의심스럽습니다. 이 나라에 정치인은 이제 다 없고 무기력하니 국민은 더 힘이 없을 수밖에 없어요. 한심한 실정입니다. 어느 누구 한 사람도 바른말을 하는 정치인이 없으니까요. 광야의 소리는 들려오지 않아요. 어떠한 일 있어도 이번 도미하는 의원들은 만나줄 가치가 없다고 생각해요. 하물며 당신을 설득해보겠다는 사람이 있다면 어리석은 사람이니까 상대해야 시간낭비일 것입니다. 당신 잘 알고 가깝던 기자들도 보내보려 하고 있다 해요. 어떻든 갖은 방법으로 당신을 방해도 하고 활동을 중지시켜 귀국토록 하는 것이 그들의 목적이니까요.

이 국장이 무서운 사람으로 알려져 있고 당신을 귀국하게 하는 사명을 가지고 그 자리에 오게 된 듯하니 어떠한 일이 있어도 몸을 조심하셔서 끝까지 싸워 이기셔야 해요. 현재 한국의 정치인은 당신 한 분뿐이라고 말하는 사람이 많아요. 당신이 없는 야당은 아무 매력도 흥미도 없다고 하니까요. 그럴수록 당신의 책임은 더욱 중하고 당신의 몸은 귀중하니까 늘 몸을 지키세요. 당분간 강연 등도 좀 쉬시는 것도 좋겠어요. 영어도 공부하시고 하버드에서 연구도 하시며 기회를 노리면 얼마든지 말하실 수 있을 거예요. 전략상 당분간 소리 없이 계시는 것도 효과가 있을 것 같으니 그 점도 생각해보세요. 중요한 시기에 크게 떠들고 좀 잠잠하게 있다가 사자처럼 일어나는 것도 필요하다고 생각해요. 김형일 의원은 며칠 전 귀국하셨다고 신문, TV, 라디오에서 보도했어요. 지금은 집에 있대요. 그런데 정보부에 가서 조사받고 3일 만에 나왔다는 말 들었어요. 비서들도 무사히 풀려나왔대요. 망명이라는 말은 헛소문이에요.

요즘 기독교 단체 안에도 붉은 사상을 심기 위해 침투해 들어오는 일이 있으니 기독교라 해서 다 믿지 마시기 바랍니다. 간접적으로 들어온 말인데 강원룡 목사가 국제회의에서 붉은 마수가 뻗쳐 들어온 것을 느껴서 당신을 퍽 염려하더라고 해요. 기독교인을 가장하여 접근할지 모르니까요. 사람을 제일 조심하셔야 해요. 하나님께서 당신을 꼭 지켜주시고 피난처가 되시기를 바라고 기도하니까 지켜주실 줄 믿겠어요. 시련을 겪는 사람의 뒤에는 하나님이 계신다는 말이 있어요. 다만 인간이 자기에게 부닥쳐온 시련을 어떻게 극복해나가느냐 하는 것이 중요하겠지요. 참고 견디어 이겨내면 반드시 큰 상을 하나님으로부터 받게 될 거예요. 당신에게는 영광의 날을 주실 줄 믿어요. 돈으로는 살 수 없는 수난의 나날을 오히려 감사드릴 수 있고 그 심오한 뜻을 깨달아 알 수 있으며 하나님을 더 가까이 할 수 있으면 간구하는 모든 것이 이루어질 것을 확신해요. 따라서 이 시기는 당신에게 고난과 위기가 더 크지만 참으로 소중한 시기이며 나 또한 소중한 시기로 알고 깊은 신앙생활로 소망을 가지고 승리의 날을 맞이할 준비에 힘쓰겠어요. 다만 멀리서 고국의 비운을 생각하시고 아파하시는 당신의 그 마음을 위로해드리지 못하는 것이 안타까우며 죽음을 무릅쓰고 나라를 위해 투쟁하시는 당신에게 아무 도움도 못 되는 것을 미안하게 생각할 뿐이에요.

다만 내가 당신 위해 할 수 있는 것은 오로지 기도예요. 그래서 나는 밤 12시 전에는 자리에 눕는 일이 없어요. 아무리 피곤한 일이 있고 졸음이 온다 해도 기도시간을 위해 자리에 들지 않아요. 밤 12시가 되면 성경 읽고 기도드리는 시간이에요. 이것만이라도 당신 위해 지성을 드리고 싶어서이고 아침 5시에 다시 기도의 시간을 가져요. 하나님은 내 기도를 꼭 들어주실 거예요. 나는 나의 욕심이나 내 부귀와 영화를 바래서 드리는 기도가 아니옵고 진실로 내 나라와 민족의 영광을 위하는 것이기에 당신을 지켜주시고, 큰 자리에 서게 해달라는 것이 아니고 하나님의 뜻대로 이 나라를 구원하기 위해 귀한 일꾼으로 하나님의 뜻대로 행하고 순종하는 일꾼으로 써 주십시오라고 드리는 기도이므로 꼭 이루어주실 줄 믿어요.

이곳 집안 걱정은 하지 마세요. 당신 계실 때와 다른 것이 있다면 손
님들이 없다는 것, 따라서 조용하고 적적한 집 같으나 뚜렷이 한 것도
없이 바쁘게 시간은 흘러가니까 적적하다 느끼지 않고 지내고 있어요.
주일에는 아침 11시 예배와 오후 2시, 밤 8시 예배에 빠짐없이 참석함
으로 하루를 교회에서 보내고 수요일 밤 8시에 또 교회에 가서 예배를
드려요. YWCA 임원과 이사직은 그대로 맡아서 회의에 참석하고 범태
평양동남아여성협회 부회장으로도 그대로 일하고 있어요. 아주머니(외
숙모 이메리 여사)께서는 동남아 여행을 떠나서 월말에 귀국하셔요. 나보
고 같이 가자고 권하셨으나 과연 여권이 나올지도 모르겠고 집도 떠나
기 어려워 단념해버렸어요. 나의 도미문제는 일장일단이 있으니 당신
이 생각해보세요. 니콜라도 내가 도미 혹은 도일하는 것이 좋겠다고 권
하고 몇몇 기도로 환상을 보는 이들은 꼭 가는 것으로 나오니 꼭 가야
한다고 하나 집일 생각하면 떠나기가 주저되니까 결정짓기 힘들어요.
　홍걸이 방학이 7월 20일 내에 있으니 그때를 이용하여 다녀오고 싶
은 마음도 간절하지만 과연 출국을 허락해줄지 또 출국하면 입국해도
그대로 둘지 생각이 여러 갈래예요. 부디 몸조심과 사람조심에 무엇보
다 신경쓰시기를 바랍니다.

1973년 7월 7일

저들이 당신 때문에 두통을 앓고 있는 것이 사실이에요

그간도 건강하시다니 다행입니다. 니콜라 편에 잘 받았습니다. 이국에서 고생하시는 당신을 생각할 때 참으로 가슴 아픔을 금할 수 없습니다. 그러나 이것이 하나님의 뜻임에 오히려 감사드리며 살아갑니다. 물론 인간으로서는 참고 견디기 어려운 사실이오나 차원을 높여 더 크고 값진 것을 바라볼 때 우리가 겪어야 하는 고난은 아직 더 남아 있으며 이 고난을 영광으로까지 승화시키게 될 줄 확신합니다. 더구나 원대한 포부와 아름다운 양심을 간직하고 누구보다 정도를 걸어나갈 것을 결심하고 또 그렇게 세상을 살아온 당신에게 있어서는 순탄을 바라지는 아니하셨을 것입니다. 의인에게는 고난이 반드시 따르는 것을 새삼 되씹어봅니다.

예수께서는 40일이라는 긴 시간을 금식하고 기도를 올렸습니다. 40일간의 기도를 마치자마자 예수님을 찾아온 것은 마귀의 시험이었습니다. 이처럼 우리에게도 가지가지 시련을 통하여 연단이 되고 그런 후에 빛을 발할 수 있게 되는 것이라 생각합니다.

니콜라 씨는 당신을 무척 칭찬합니다. 내 마음 더욱 기쁘고 흐뭇함을 느꼈습니다. 당신이 너무 외로우실 것 같아서 퍽 걱정이 됩니다. 그러나 극복할 능력을 가지고 계시기에 나는 매일 기도할 때마다 당신의 모든 문제를 하나님께 맡깁니다. 천사를 보내서 당신을 보호하고 지켜주시며 그리고 피난처를 마련해주시고 용기와 소망이 날로 더할 줄 믿습니다.

홍일이는 잘 지내고 있으며 홍업이는 임지에서 일 잘하고 있고 한 달이면 두 번 정도 집에 와서 쉬고 갑니다. 이번에도 7월 3일날 아침에 도착하여 5일날 떠났습니다. 수일 내에 휴가 얻어서 다시 올라오겠다고 갔습니다. 홍일이도 일주일간의 휴가 얻어서 쉬고 내일부터 출근하게 됩니다. 홍걸이는 하루 건너 홍철 형제와 놀고 시간 있으면 책 읽는 것으로 세월 가는 줄 모릅니다. 오늘은 군사학 사전을 들고 살아서 무기의 이름, 발명한 사람의 이름을 거의 다 외우다시피 하고 있어요. 과학자가 돼서 노벨상 꼭 타고 만다지만 학교 공부는 열을 내고 있지 않습니다. 아이들 모두 건강한 것을 무엇보다 고맙게 그리고 행복으로 생각합니다.

홍철네는 이사 가서 잘 차리고 살아요. 며칠 전 홍일이의 휴가로 안순덕 여사 왔기에 홍일이와 같이 춘천 갔다가 홍철 아버지 만났는데 전역을 해주면 좋겠다는 뜻을 표하더래요. 군에서 입장이 곤란하다면서 실은 중령으로 승격할 때가 다가오는데 중령이 된 후에 전역할 계획으로 계시는데 군에서는 전역을 바란다고 기분이 퍽 나쁘신 걸 보고 왔어요.

어제 이 국장 만났어요. 만나지 말라 하시지만 만나자는데 만나지 못한다 할 수 없어요. 감정을 살 필요는 없으니까요. 민호 집에서 만났는데 역시 같은 말이에요. 당신이 귀국하도록 권하라고요. 내가 9월부터 공부할 기회를 얻었는데 지금 와서 무엇하겠느냐니까 그럼 와서 김상현 의원 등 나오게 하고 박 대통령이라도 면접하고 다시 9월에 외국 나가 공부하는 것이 떳떳하지 않겠느냐고 해요. 누가 투옥할 일 없다고요. 그전에는 김대중 씨가 퍽 용기 있는 분이었는데 요새는 그 용기가 없어졌다며 무엇이 무서워 못 들어오는지 알 수 없다고 해요.

그래서 형무소 가는 것을 두려워해서가 아니라 이제 한국에서 무엇을 하겠느냐, 말도 못 하고 집에 가만히 있는 것보다는 외국에서 공부하는 것이 이 기회를 효과 있게 보내는 것이 된다고 말했어요. 민호 모가 옆에 있다가 정 그렇다면 희호 언니하고 같이 일본 가서 김대중 씨를 만나보지 그러냐고 하니까 가신다면 같이 가도 좋다 해요. 자기로서는 이 나라의 지도자가 해를 입는 것은 바라지 않는다면서 국민들에게 실망을 주어서 되겠느냐, 외국에서 나라를 비방하는 것은 좋지 않다는 것이 그들이 공통적으로 하는 말이에요. 내가 지금이라도 당신 직접 만나서 귀국하도록 권하겠다면 보내줄 것 뻔한 노릇이나 나로서는 나갈 필요가 없다고 생각해요. 물론 당신 만나고 싶은 심정은 말할 것 없사오나 내가 그들의 놀음에 움직일 필요도 없거니와 잘못하면 모략의 대상이 되기 쉽기 때문이에요. 나보고 생각해서 알려달래요.

당신께 전화로 하든지 편지 쓰든지 아니면 일본을 가든지 여하튼 저들이 당신 문제로 골치를 앓고 있고, 특히 이번 의원외교의 결과가 너무나 우스꽝스럽게 되어서 당신을 더 미워하고 있는 것 같아요. 요새는 내 담당 한 분이 차 가지고 나와 있어요. 그래서 그분도 더운데 차 속에서 너무 고생스럽고 보기에 딱해서 집에 들어오라 했더니 집 식구처럼 거의 매일 집에 와서 몇 시간씩 있어요. 그리고 내가 외출하게 되면 거의 같이 가요. 사람은 좋은 편이나 그래도 직업이니 보고는 해야 하니까 내가 주의를 해요. 계엄 때도 이 같은 일은 없었는데 그때보다 더 심하게 감시하나 봐요. 따라서 나도 집에 있는 시간이 많고 시장, 필동교회 외에는 별로 나가지 않아요.

저녁 6시쯤에야 그 사람이 떠나니까 그때야 숨을 좀 쉬지만 밤에는 별로 움직이고 싶지 않고 신씨도 일찍 들어가는 것이 상례예요. 이렇게 자유가 없으니까 창살 없는 옥살이 같은 기분으로 지내고 있어요. 그래도 나는 우리를 괴롭히는 사람들을 위하여 복을 빌어주는 마음 가지고 기도해요. 그 축복을 우리에게 더 크게 내려주시는 하나님인 줄 믿기 때문이에요.

이것을 쓰다가 오후 6시 반쯤 되어서 윤제술 선생님을 방문했어요. 오래 병으로 누워계셔서 인사차 찾아갔는데 요새는 좀 회복이 되신 모습이셨어요. 윤 선생께도 남산 사람이 와서 당신이 윤 선생을 믿으니까 가셔서 귀국하도록 권하라는 말을 전하더래요.

그리고 양일동 의원에게 전화가 왔는데 당신 만나봤다면서 몸이 좋지 않더라고 해요. 그런데 어제 이 국장이 양일동 씨가 당에 전화 걸고 김대중 씨 만났는데 몸이 나쁘더라 하는 말을 하더군요. 그 말은 결국 양씨가 윤 선생에게 전화한 것을 도청하고 한 말이었어요. 그리고 당신은 결코 오실 필요 없다고요. 나는 집에 와서 저녁밥을 먹고 밤에 박 할머니 댁을 방문했어요. 박 할머니 몸은 아주 좋고요. 일본 동창생이 와서 불국사에 갔었는데 그곳을 안내하는 청년이 하는 말이 김대중 씨 지금 어디 계세요? 이렇게 독재를 해서 되겠어요? 진시황이 만리장성을 쌓았으나 오래 못 살고 죽었는데 아무리 독재해도 오래가지는 못할 거라고 하더래요. 이병철 씨는 동양방송, 김연준 씨는 반도호텔 옆 빌딩만 제외하고 재산을 다 바치라 한대요. 세상이 어떻게 돌아가는지 알 수 없다 해요.

김기철 씨 동생이 그 자리 그만두고 서울에 와 있어 박 할머니가 성당에서 만났더니 행정부의 지시가 조속변이 되어서 일할 수 없어 왔다고 한대요. 박 할머니뿐 아니라 요즘 항간에서는 명년 3월에 다시 선거가 있다 해요. 그래서 공화당에서는 지방조직을 강화하느라 야단이래요.

유언비어인지는 모르나 그런 말을 여러 사람들이 해요. 개각하면 태완선 씨는 한전에, 이후락 씨는 통일원장관에, 김현옥 씨는 중앙정보부라는 설이 있대요. 박 대통령은 몸이 더 나빠지고요. 문교행정은 갈팡질팡 어쩔 줄 모르겠대요. 박 할머니께도 전에 정보부 사람이 와서 김상돈 씨와 김대중 씨에게 편지해서 귀국하라고 권하더래요. 그래서 왜 형무소로 보내려고? 하니까 그럴 리 있겠습니까, 하더랍니다. 그러나 그들의 말을 누가 믿는다고 당신보고 어떤 일 있어도 들어오실 필요 없다고 해요.

저들이 당신 때문에 두통을 앓고 있는 것이 사실이에요. 그러면 그럴수록 귀국해서는 아니 돼요. 아무리 보장을 해준다 해도 결코 믿을 수 없어요. 또 보장이란 있을 수도 없고요. 9월 중순부터 신문사에 나가 있는 정보원들을 철수시킨다는 말도 들리고 있어요. 이것도 로저스 국무장관이 와서 그런 조치를 취하는 거래요.

9·10월에 김상현 의원 등이 석방될 것으로 본인들도 생각하고 있고 가능성이 있대요. 이 국장이 나보고 김상현 의원 면회나 가시죠, 하기에 난 피해가 갈까봐 가고 싶어도 못 간다, 했더니 세상이 다 아는 사실인데 뭐 면회 못 할 게 있느냐기에 2~3일 내에 면회하겠어요. 내일은 고의숙 씨 면회 가기로 했어요.

로스엔젤레스에 있는 분의 말인데 교포들이 많으나 나라에 대한 실망이 크고 박 정권에 대해서 무관심해질 뿐 아니라 나라가 없는 느낌으로 마음의 방황을 한다면서 누가 교포들의 마음을 잡아주고 희망을 주었으면 좋겠다는 말을 박 할머니께 드리셨대요. 내 생각으로는 당신이 LA에 한번 가시는 것도 좋을 것 같아요.

1973년 7월 8일

어떤 경우에도 귀국하지 마세요

안양에 가서 고의숙 씨 만났어요. 몸이 퍽 쇠약해진 것 같고 얼굴이 좀 부어 있었어요. 신경통으로도 몸이 좋지 못하대요. 11월 17일에 출감이 된대요. 고생하는 것 보니 마음이 언짢았으나 도와줄 길이 없으니 어찌할 수 없었습니다. 영치금만 넣어주고 돌아왔어요. 부인은 목포에서 어머님 모시고 지낸다기에 면회 오면 나에게 들러달라 부탁했어요. 그때 생활비라도 좀 도와줄까 해요. 양일동 의원이 당신 몸이 나쁘다 하였는데 걱정이 됩니다. 니콜라 씨 말은 몸은 좋은데 다리에 통증을 느낀다고 들었는데요. 어떻든 몸이 건강하셔야 하니 식사에도 마음을 쓰시고 되도록 휴식도 취하시고 머리도 식히도록 하세요. 지금까지 건강하시다고 듣다가 좋지 못하단 말 들으니까 퍽 염려가 됩니다. 더구나 이국에서 몸이 불편하시면 마음도 약해지게 마련인데 더욱더 건강에 유의하시기 바랍니다.

차 건은 나도 선거 때 일을 생각해서 차마 처분 못하겠어서 어떻게든지 보관토록 하겠으니 걱정마세요. 함윤식 비서 체포설은 전혀 모르는 일이고 사실이 아닌가봐요. 외숙부님을 통하는 건 해보시겠다니 감사합니다. 당신을 너무 괴롭히는 듯해서 참 미안해요. 요전 보낸 그 주소 그곳에 넣는 것이 보내는 것보다 더 안전할 줄 믿어요. 9월부터 공부하시면 당분간 더 바쁘시겠어요. 몸에 무리가 없도록 하세요.

저들이 당신의 명성이 높아지고 외국에서의 인정이 굳어질수록 당신에게나 우리 가족들에게 화살을 보낼 터이니까 더욱더 조심하세요. 어떤 경우에도 귀국하시는 일은 없으시길 바랍니다.

미요시 씨는 8월 말 임기 마치고 가게 되어서 연락처를 찾고 있어요. 아주 좋은 분이고 우리 일에 한씨와 더불어 그렇게 성의껏 수고하실 수 없어요. 그 편에 당신 겨울 양복을 보낼 예정이에요. 당신을 감시하고 당신을 괴롭히려는 많은 사람들이 오히려 당신을 도와드리게 되기를 빌겠어요. 그들 마음의 변화가 생겨 당신의 편에 설 수 있도록 하나님의 놀라운 역사가 이루어지기를 빌고 또 빌겠습니다.

인삼 세 상자 보냅니다. 당신에게 선물 보낼 생각 못 하고 미행하는 차가 없어졌기에 선물용을 산다는 것이 N씨 만날 시간이 다 되어 허둥지둥 사느라 그렇게 되었으니 그리 아세요. 그외에 접시 같은 것과 벽걸이 가벼운 것 여러 개 사 보내니 선물용으로 쓰시면 합니다. 부디 몸조심하시고 건강하세요.

1973년 7월 13일

단 한 사람의 벗도 진실하게 사귈 수 없는 세상입니다

아침에 전화 받고 반가웠습니다. 며칠 전 미국으로 편지 간단히 보냈는데 받지 못하시고 일본에 오신 줄 압니다. 이곳은 모두 무고하고 홍업이가 밀양이란 곳으로 이동했습니다. 집에 왔다 10일날 내려갔는데 전에 있던 곳보다 나은 곳이라고 해서 기뻐하기에 다행인 줄 압니다. 금년은 유난히 더워서 참기 힘이 듭니다. 이상기온이 돼서 전 세계적으로 이변이 많은 모양이에요. 그래서 학교 방학도 10일을 단축하여 실시할 계획이라 해놓고 결정이 내려지지 않아서 홍걸이는 내일 아니면 20일에 하기방학을 갖게 되겠어요. 만일 전화거실 때를 생각해서 참고로 다음의 것을 알립니다.

32-0252 전화는 오늘 39만 원에 처분했습니다. 나는 일요일, 수요일 밤은 교회 나가기 때문에 저녁 8시, 10시 사이에는 집에 없으니까 일요일이나 수요일 밤에는 10시 30분 이후에 전화해주세요. YWCA 전국대회가 23일에서 27일까지 있습니다. 내가 서기가 돼서 그곳에 나가 있게 될 가능성이 많으니 23~27일까지는 집에 없게 될 줄 아시기 바랍니다. 가능하면 집에서 왕래할까 하나 25일이 자동차에 각종 검사가 있고 해서 손을 봐야 하며 교통사정이 좋지 못하니까 답답한 마음도 풀 겸 대회장에 갈까 생각하고 있으니 그점 참고하시기 바랍니다.

미국의 수출금지 정책으로 인한 한국경제의 타격은 말할 수 없다 합니다. 무엇보다 국민들이 겪어야 하는 고생이 가슴 아픕니다. 박 목사건은 보도로 아시겠지요. 발표하던 날 오전에 시경정보과에서 나를 방문하여 잡담만 나누고 갔습니다. 아마 우리집과 무슨 관련이 있지 않은가 해서 왔는지 모르지요. 그후 석간을 보니 그런 보도였어요. 그러나 요즘 근 1년간 비서고 누구고 우리집을 방문하는 사람도 없고 나도 누구 특별히 만난 사람도 없으니까 관련지을 것도 없을 거예요.

영등포 건은 골치예요. 처분하기 퍽 힘이 들어요. 내일부터 내가 나서보려 해요. 어떻게 될지는 모르겠어요. 요전 알린 바와 같이 차도 이번 검사 후에는 처리하겠어요. 비용이 너무 나가고, 선거 때 쓴 애착심도 있고 기념할 만한 차라 당신 오실 때까지 좀 간직해볼까도 생각했는데 처리해버리는 것이 현명할 것 같아서 그렇게 마음 정하고 있어요.

생각다 못해 부탁드리는데 만일에 가능하시다면 나를 좀 도와주실 수 있을는지요. 영등포가 단시일 내에 처리될 수 있으면 부탁드리지 않으려 했는데 지금으로는 그리 쉽게 되지 않을 것 같고 또 부채를 봄에 처리하겠다고 이자를 작년부터 중지시켜놓았는데 되지 않아 필동 형님이 독촉을 받고 있어 내가 너무 미안해서 생각다 못해 말씀드리는 거예요. 우선 조금 먼저 처리하면 나머지는 참아줄 것 같아요. 근데 당신이 그곳서 주선하실 수 있으시면 보내주시면 좋겠어요. 그러나 무리하시지 마시고 마음 무겁게 생각하지 마세요.

양일동·김경인 의원 오늘 일본으로 떠난대요. 김경인 의원이 김종충씨 전화번호 가지고 갔으니까 연락될지 모르나 양씨도 요즘 당신 말 많이 하고 있대요. 그러나 어느 만큼 믿느냐는 생각할 필요가 있어요.

이 세상에 단 한 사람의 동지를 가질 수 있다면 행복하듯이 단 한 사람의 벗도 진실되게 사귈 수 없는 세상에 사는 것이 고독하지 않을까요. 나도 아는 사람은 많으나 내 마음 털어놓을 (사람이) 아무도 없는 그것이 외롭게 느껴져요. 그러나 나는 결코 비관하지 않아요. 나의 소망은 이 세상에 있는 것이 아니고 하늘에 있고 하나님이 나를 무한대로 사랑하고 계시다는 것이 감사하고 당신 같은 남편을 가졌다는 것만으로도 나는 이미 행복하기 때문이에요. 다른 사람 같으면 울 일도, 한심하게 생각할 일도 많았을지 모르나 나는 확실히 하나님이 지켜주심을 깨달아 알고 마음 든든하기에 남모르게 강한 마음이 있어요. 요즘 생각하면 71년에 당신이 당선 못 된 것도 하나님 뜻이 있었나 봐요. 만일에 당선되셨다면 당신 생명도 또 주위에 몹쓸 사람들 때문에도 위험이 따랐을 것 아닌가 하는 생각이 들어요.

그러나 오늘과 같은 이 값있는 고난과 희생의 대가는 하나님이 꼭 지불해주실 줄 확신해요. 나 위해 기도해주는 분들도 그렇게 좋을 수 없대요. 쉼 없이 기도하고 간구하는 것 꼭 이루어주실 줄 믿어요. 그 시기는 우리가 모르나 그리 먼 것도 아닐 거예요. 당신도 기도드리신다 하오니 참 기쁘고 내 마음 든든해요. 집일에 대해서는 조금도 염려 마세요. 더욱이 다행한 일은 식구들이 건강하다는 것 정말로 축복받은 일로 기뻐하지 아니할 수 없어요. 자세한 것은 홍준 아버지께서 쓰셨으니까 그걸로 참고삼으세요.

영등포 일은 손해보더라도 처분해버릴까 해요. 이국에서 활동하시는 그것만도 당신의 괴로움과 아픔이 크실 터인데 염려를 끼쳐 미안해요. 잊어버리세요. 《독재자와 나》라는 책은 이미 6월에 이야기 듣고 잘 팔린다는 말 듣고 있어요. 외국 왕래자가 많으니까 들려와요.

너무 더워서 힘드시겠어요. 몸조심하세요. 하나님께서 당신과 함께 하는 모든 일 지켜주실 거예요. 그리고 라이샤워 교수께도 참 고맙게 생각한다고 전하세요. 하루속히 당신 뜻이 이루어지도록 기도드리면서 이만 줄이겠어요. 기회 있는 대로 또 알리겠어요.

1973년 7월 16일

사람 조심 몸조심하시는 것 잊지 마세요

미국서 보내주신 6월 30일자 편지와 시 등 잘 받았습니다. 받을 때마다 미안하고 마음 아픔을 금할 수 없습니다. 내가 당하고 있는 것은 당신이 겪고 있는 고난에 비하면 아무것도 아닙니다. 집안일에는 되도록 신경 쓰지 마시기를 부탁합니다. 아이들 잘 있으니까요. 아버님께는 내가 매월 빼놓지 않고 송금과 편지 올리고 있어요. 가을에 한번 상경하시겠다고 하셔요.

내가 도미한다는 것은 그들과 무슨 타협이라도 해서 가려는 것 결코 아니에요. 그쪽에 고위층 초청이 있으면 가능할 것이고 또 내가 오늘의 어려움을 피하는 것이 아니라 당신 일을 좀더 효과적으로 도울 수 있다는 점에서 생각해본 것이에요. 그러나 신중은 기해야하므로 때를 노려보겠어요. 6국장은 민택 어머니 있으되 편지관계로 두 번 만난 일 없어요. 당신 말씀대로 이제 무슨 타협이 있겠어요. 오늘까지 어려움 참아왔는데 더이상의 어려움도 참아야 할 줄 알아요.

내게 괴로움 있다면 믿고 이야기할 사람 단 한 사람도 없는 것 같아서 당신의 편지와 신문 절취한 것 등 모두 마음 놓고 이 사람 저 사람에게 자랑하고 의논하고 싶은 이 마음을 홀로 부둥켜안아야 하는 점이에요. 보내주시는 피나는 물질도 자식들에게까지 말 못 해요. 만일에 새나갈까 또는 그것 알면 사정도 모르고 낭비할까 염려되어서요. 홍준 학비도 주었어요. 보내주신 것으로 일부 부채는 급한 것 변재하고 나머지는 두

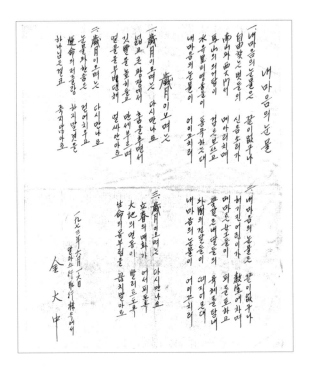

미국, 일본에서 홀로 망명생활을 하던 김대중은 당시 심경을 담은 시를 썼다. 시는 슬프고도 비장했다.

었어요. 김상현 의원 등에 관해서도 힘 자라는 대로 도와주고 있어요.

정보부에서 내가 무엇으로 사나 하는 것을 너무 궁금히 생각하기에 조심해야하므로 신경을 과민하게 움직이지 아니할 수 없어요. 그러나 주위 사람들을 결코 섭섭히 내버려두지 않으니 너무 염려 마세요. 매월 한 번씩은 내가 꼭 방문해서 위로해주니까요.

늘 하나님께 기도하세요. 반드시 소망은 있어요. 꼭 하나님의 뜻이 있을 것을 나는 확신해요. 나의 도미 건은 가을이고 겨울이고 그곳에서 고위층의 초청장을 집 주소로 보내주시면 돼요. 건강을 빌겠어요. 사람조심 몸조심하시는 것 잊지 마세요. 뜻이 이루어지는 그날까지 하나님께 모든 것 맡기고 기도생활 하시길 바랍니다.

1973년 7월 31일

일본에 머무는 동안 몸조심하세요

그간도 주 은혜 중 건강히 계신지요. 내가 소사에 있는 YWCA에 들어가기 전날 밤에 전화 있었다기에 퍽 유감스러웠어요. 만일에 대비해서 23일에서 27일까지 집에 없다는 것 알렸는데요. 나는 23일에 갔다가 25일 밤에 집에 와서 쉬고 다시 갔다가 27일 밤에 전국대회 일정을 마치고 집에 왔어요. 집에서 왔다갔다할 것인데 차 검사관계로 수리를 하느라고 다니지 못했지요. 25일 차검사도 끝냈습니다. 가능하면 이용희 의원이 차를 써주면 하는데 2개월간 소식이 없어 처분에 관해서는 생각 중입니다.

이곳은 예년보다 더위가 심하고 비는 오지 않아 마음 답답한 심정입니다. 더욱이 경북, 전북, 충북 및 강원도 일부가 극심한 가뭄으로 땅이 갈라지고 있는데 어젯밤에 비가 좀 내렸습니다. 집 식구들은 모두 잘 지내고 있으니 조금도 염려 마세요. 홍준 아버지 시골 아버님께 가는 것은 현재 치질과 늘 좋지 않은 발 때문에 집에서 움직이지 못하는 형편이 돼서 몸이 완쾌되고 날씨도 좀 서늘해지면 내려가시겠다고 합니다. 아버님께 용돈, 약값 등은 내가 보내니 걱정하지 마세요.

진산 귀국으로 항간에는 말이 많고 일본 기자 클럽의 질문에(당신에 관한) 답한 것이 빈축을 사고 있을 뿐 아니라 궁금증을 느끼고 있던 국민들이 오래간만에 당신 이름을 신문에서 보고 과연 해외에서 활약하고 계시다는 것을 기쁨으로 삼게 되었어요. 신문 파는 아이들이 길에서 김대중 씨 기사가 있다면서 팔더래요. 신민당 내에도 이번 의원외교에 관한 여러 가지 잡음으로 떠들썩하지만 떠드는 이들도 꼭 같은 사람이니까 그리 흥미는 없습니다.

박 목사 건은 지금 NCC에서 조사단을 구성하였으며 여신도회 전국연합회에서도 대통령에게 탄원서를 보내는 등 구명운동이 전개되고 있고 가족돕기 운동도 전개되고 있어요. 소사 YWCA의 캠프에서 박 목사를 잠깐 만났는데 박 목사가 당신과 관련이 있나 해서 보안사가 취급하고 있다 해요. 그리고 강 목사가 직접 당신 만나뵐 수 없어서 어떤 독일 사람에게 당신에게 전언해달라고 여러 가지 하고 싶은 말을 했다고 해요. 어떻게든지 당신을 북쪽과 관련시켜서 매장하려 하니까 조심하시래요. 이태영 박사와 정일형 박사에게 김대중 씨가 북과 관련이 있으니 조심하시라고 정보부 사람이 말하더라고 더욱더 유의하시라고 말했답니다.

당신 자신이 이 같은 그들의 계략을 잘 알고 계시니까 현명히 처신하실 줄 확신합니다. 모든 것은 스스로 해결 짓도록 노력해야 하지만 아직도 한국의 문제는 미국의 힘이 작용하는 것이 사실이므로 모든 일에 신중을 기하도록 하세요. 세상은 너무도 무정하고 우스꽝스러운 일이 많아요. 비굴한 사람들이 지도층에 더 많으니 대중들은 더욱 무력해질 수밖에 없어요. 의를 위해 용감히 나선 사람들이 이처럼 아쉬울 때가 없을 것 같아요. 당신이 일본 도착 후에 나에 대한 감시가 더 강화되었어요. 혹 전격적으로 귀국하시는 것 아닌지, 귀국 환영대회를 꾸미는 것 아닌지, 함석헌 선생과 김동길 씨 그리고 내가 밀항하려 한다는 보고가 들어가 구속이 많아서 YWCA 캠프 가기 전 며칠 외출을 하지 않고 있었어요. 그래서 편지 자주 드리고 싶었는데도 나와 만나는 분에게 어떤 피해가 있을까 해서 좀 가만히 있다 몸을 움직이는 것이

김대중은 1973년 8월 8일 일본 동경에서 납치되었다가 13일 새벽 집으로 돌아왔다. 기적의 생환이었다.

좋다 생각했던 것이에요. 현재 미행을 하고 있으니까요.

영등포 건은 계속 알아보고 있어요. 김연준 씨 보석으로 나오고 윤 씨 등도 나와 있다는 설입니다. 정철기 씨와 김성식 씨는 정보부 갔다 왔대요. 정씨 부인이 캐나다에 있는데 편지에 당신의 신문이 캐나다까지 보내져 왔더라고 써 있어서 편지온 것 전부 가져오라 하고 조사받았는데 별로 고문은 당하지 않고 대우는 잘 하더래요. 김씨도 이에 관해서 같은 조사 받았답니다.

성경, 이사야서 41장 10절서 13절까지 꼭 읽으세요.

앞으로 큰 소망 이루어질 거예요. 당신의 두뇌와 생각을 따를 사람 없고 각 나라 수상급들도 당신하고 대화를 하면 다 탄복하며 설득력도 따를 사람이 없을 거라고 기도하는 분이 말하면서, 이 연단을 통하여 하나님께서 더욱 크고 귀히 쓰시게 되며 더 겸손하도록 하시기 위해서도 연단은 필요하다는 말을 해요. 사람은 크면 클수록 겸손해져야 할 줄 믿어요. 겸손한 태도로 누구에게나 대할 때 그 인격은 더 높아질 거예요. 언제쯤 도미하시게 될는지요. 일본 머무시는 동안 몸조심하세요.

여러 가지 시험이 많이 있겠지만 다 이겨낼 수 있는 신앙과 극복의 힘이 당신에게 있을 줄 믿어요. 믿는 사람 만나실 때마다 기도부탁 하세요. 기도의 힘이 얼마나 큰지를 느끼실 수 있을 거예요. 정성이 가는 곳에는 반드시 이룸이 있어요. 항상 몸 건강하시고 바르고 의로운 일에 더욱 용감하시며 지혜롭게 활동하실 것을 빌겠어요.

付き 特別市 麻浦己 東橋洞 一七八一一

李 姬 篇 坐

清州 橋學 竹内
金 大 中

□□□-□□

2장
민주주의

—

이희호 여사가 진주교도소에 수감 중이던
김대중 전 대통령에게 보낸 편지

1977년

– 1976년 3월 1일, 가톨릭 신자 700여 명과 수십 명의 개신교 신자가 명동 성당에서 3.1절 기념미사를 드리고 있을 때 김대중, 함석헌, 윤보선, 정일형, 문동환 등 민주인사 10인이 서명한 〈민주구국선언서〉를 서울여대 이우정 교수가 발표했다. 이 사건으로 김대중 등 민주인사들은 '긴급조치 9호' 위반으로 구속되었고 김대중은 징역 5년, 자격정지 5년을 선고받았다. 이 장에 실린 편지들은 '3.1민주구국선언사건'으로 진주교도소에 수감된 김대중에게 이희호가 보낸 것이다.

우리 가족들은 결코 실망을 아니 합니다

안녕하세요. 매일 기도만으로 도움을 드리고 있습니다. 무사히 상경했지요. 광주에 들러 변호사들 뵈었더니 모두 선임계를 내주셔서 홍, 이, 윤 세 분 다 시간을 내어 면접하기 위해 그곳을 방문하실 줄 압니다. 만났을 때도 말씀드렸듯이 결코 외롭지 않다는 것을 알아주세요. 그리고 늘 감사하는 마음으로 이 수난을 받아들이시고 기도생활로 소망을 가지시길 바랍니다. 우리들 가족들도 결코 실망은 아니 합니다. 오히려 영광스러운 고난의 대열을 따라 묵묵히 행진하고 있는 엄숙한 시기인 것을 느끼고 있습니다. 모든 고난은 예수님의 부활을 약속해주고 있습니다. 육체적으로는 괴롭고 아프고 눈물겨우나 정신적으로는 얼마나 숭고하고 고결합니까. 모든 교도관들을 당신에게는 하나님이 보내신 천사로 생각하세요.

건강을 빌면서 구약성서 이사야 41장 10절, "두려워 말라. 내가 너와 함께 함이니라. 놀라지 말라. 나는 네 하나님이 됨이니라. 내가 너를 굳세게 하리라. 참으로 너를 도와주리라. 참으로 나의 의로운 오른손으로 너를 붙들리라." 이것을 믿으세요. 그리고 건강에 유의하시기를 바랍니다. 여러 분이 안부 전합니다. 어려운 모든 것은 하나님께 맡기고 최선의 노력을 하고 있습니다.

당신의 고난에 내가 어떻게 동참할 수 있겠습니까

어제는 두 매의 엽서를 보냈습니다. 거리만 먼 것이 아니고 만남 또한 먼 시일을 기다려야 하기 때문에 가능하면 자주 글을 보내고자 합니다. 당신의 그 어려운 고난에 내가 어떻게 동참할 수 있겠습니까. 내 성의와 노력과 수고의 부족을 느낍니다. 그리고 신앙과 기도의 부족도 느끼고 있습니다. 진주는 처음 가본 곳이지만 정들고 그리운 곳이 되었습니다. 그곳에 도착하던 날 교도소를 밖에서만 바라보고 그리고 논개 사당과 논개가 투신한 곳, 그곳 바위, 그 물을 내려다보면서 일개 기생이던 그의 애국심에 만분의 일도 본받지 못하는 값없는 사람들이 우글거리는 오늘의 세태를 안타까워하면서 느끼는 바가 많습니다.

뜻 깊은 진주 땅에 정을 쏟게 된 것 확실히 감사하는 마음으로 받아들이고 싶습니다. 진주는 공기가 맑고 많은 환자가 진주에 와서 병을 치유하고 간다는 말이 있습니다. 당신의 병도 그곳에서 기적적으로 완치되기를 간절히 빕니다. 정말 놀라운 기적 없이는 어떻게 그 아픔을 견딜 수 있겠습니까. 수많은 사람들이 알게 모르게 당신과 비슷한 그 모습으로 좁고 험한 그 길을 걸어가고 있습니다. 과거의 역사가 그러했듯이, 예수님의 길이 그러했듯이, 참과 의가 십자가상에서 내일의 새아침을 기다리고 그리고 그 소망 때문에 오늘을 참고 견디며 매일 매일을 이겨나가고 있는 줄 믿습니다. 이기고 또 이겨나가세요. 상경 후 홍업이와 지영이 돌잔치를 하면서 당신 수감 후 태어난 지영이가 밥을 먹고 걸음을 걷고 있는데 이 같은 모습조차 보시지 못하는 당신을 생각했습니다.

1977년 4월 29일

법은 많아도 우리가 보장 받아야 하는 법은 없나 봅니다

하나님의 특별한 가호로써 무사하시기를 빌면서 여러 날을 보냈습니다. 편지를 보내는 분들이 많고 그곳에까지 일부러 찾아가서 영치를 하려는 사람들이 많은데 편지도 영치물도 당신에게는 전해지지 않는 것 같으니 이렇게까지 특별대우가 있어서야 하겠는가 하는 생각입니다. 이곳 형편따라 수일 내에 내가 다시 그곳을 방문할까 합니다. 교정과장도 만나보았습니다. 모든 것이 쉽지 않고 법은 많아도 우리가 보장받아야하는 법은 없나봅니다. 그러나 실망하지 않습니다. 하나님은 우리 편에 계시기 때문입니다. 건강하세요. 가장 중요한 것은 건강입니다.

1977년 5월 1일

당신의 고난이 헛되지 않다는 것을 확신합니다

진주로 내려가신 지 벌써 16일째가 됩니다. 김인기 의원과 이기홍 변호사님 모두 만나서 상세히 그곳 소식 접했습니다. 다만 마음 아픔을 금할 수 없습니다. 그러나 결코 약해질 수는 없습니다. 예수님을 믿는 신도의 도를 따라 살기 위해서 시련은 피할 수 없으며 결코 거짓과 부정과는 함께 할 수 없기 때문에 묵묵히 견디고 새것을 바라보면서 기다리고 있을 뿐입니다.

참으로 하고 싶은 말을 할 수 없는 처지에 놓여 있고 쓰지도 못하는 이 실정이 안타깝기만 합니다. 다시 한 번 당신의 고난이 헛되지 않다는 것을 더욱 확신하면서 내가 대신 당신의 그 어려움을 겪지 못하는 것이 미안합니다. 어떻게든지 몸이 건강하셔야 합니다. 하나님이 함께 하시기를 빌고 있습니다. 수일 내에 내려가겠습니다.

1977년 5월 4일

털내의를 꼭 착의하세요

밤 10시경 무사히 도착했습니다. 오늘 5월 4일은 1년 전 3.1민주구국선언문사건의 1심 첫 공판날이었습니다. 건강치 못한 그 모습을 바라보는 마음은 무어라 형언할 수 없었습니다. 너무도 엄청난 수난이 당신을 더욱 훌륭한 인격으로 가꾸어나간다고 믿고 위로를 합니다. 집에 오자마자 보내신 편지 읽어보았습니다. 두 매의 엽서 외에도 이것까지 네 번 더 편지를 보냈는데 잘 전해지지 않았나 봅니다. 검열에 걸릴 만한 내용의 편지는 쓰지도 아니 하는데요. 예방주사가 또 실시된다 듣고 있습니다. 주사 후 몸이 더 불편하고 열도 나겠으니 털내의를 꼭 착의하셔서 조금이라도 고통이 덜어지기를 바랍니다. 아직도 아침저녁으로는 기온이 낮으니까요. 보온에 주의하셔서 건강을 해치지 않으시도록 힘쓰시길 바랍니다.

많은 분들이 안부 전합니다. 그리고 정성들여 기도합니다. 몸조심하세요.

1977년 5월 7일

괴롭히는 사람도 사랑하는 마음 가지세요

여호수아 1장 9절, "내가 네게 분명히 말해둔다만 힘을 내어라. 흔들리지 말아라. 마음을 굳게 먹어라. 아무런 걱정도 하지 말아라. 무서워하지도 말아라. 놀라지도 말아라. 네가 어디로 가든지 네 하나님 나 여호와가 항상 너와 함께 있을 것이다."

이택돈 의원의 상경 직후 그곳 소식 듣고 그곳 가고 싶은 심정입니다. 건강을 생각하시는 것이 가장 중요하오니 단식은 하지 않으시도록 부탁드리옵니다. 오늘의 어려움을 참고 또 참고 그리고 모든 것을 사랑으로 신앙의 열매를 거두시길 바랍니다. 개선책을 찾도록 이곳에서도 힘쓰겠습니다. 괴롭히는 사람도 사랑하는 마음 가지세요.

1977년 5월 14일

소망 중 새날과 새 빛을 바라보세요

하나님의 가호로써 몸이 순조롭게 회복되시기를 비옵니다. 여러분께 너무 심려를 끼쳐 미안해서 못 견디겠는데 단식을 중지해주신 것 정말 고맙습니다. 모든 것 하나님의 오묘한 뜻인 줄 믿고 범사에 감사를 드립니다.

우리에게는 오로지 하나님의 도우심이 있음을 믿게 됩니다. 밖의 일은 조금도 염려마시고 건강 회복에만 전념해주시고 모든 뜻이 이루어지기를 진심으로 기도드립니다. 반드시 이루어질 줄 확신합니다. 소망 중 새날과 새빛을 바라보시옵소서. 건강을 빌고 또 빕니다. 모든 사람을 당신을 돕는 천사로 생각하세요.

1977년 5월 21일

좁고 험한 길, 참의 길을 걸어가야 합니다

늘 하나님의 돌보심이 있는 줄 믿겠습니다. 당하는 어려움이 크면 클수록 염려하고 기도하며 그리고 기억하여 찾는 사람의 수가 더 늘고 있는 사실은 인간으로는 알지 못하는 신의 섭리로 돌리고 싶습니다. 비록 홀로 외로운 생활이라 할지 모르나 의와 양심을 위해 바른 생을 택한 것은 삶의 보람이 그곳에 숨겨져 있다 생각할 수 있습니다. 좁고 험한 길, 참의 길을 걸어가는 사람의 수가 늘어나는 것에 더 희망이 보입니다. 몸을 생각하셔서 건강에 힘쓰시기만 바랍니다.

1977년 5월 28일

반드시 진리는 새것을 가져올 것입니다

그간도 주님이 지켜주신 줄 믿습니다. 진주에 김옥두 씨와 김형국 씨가 내려가 있어서 자주 소식을 접하고 있으며 통일당 전당대회에 진주 분들 상경하여 만나뵙고 그곳 소식 듣고 있습니다. 시골서 여러분들 많이 방문해주셔서 퍽 위로와 격려를 받았습니다.

결코 외로운 것이 아니옵고 오히려 하나님이 택해서 보내주신 피난처로 생각하셔서 굳고 강한 믿음으로 고난을 통해 얻는 귀한 것, 값진 뜻을 깨달아 보다 더 깊은 생의 가치를 발견하시고, 감사와 사랑이 넘쳐흐르는 생활 그리고 평화의 노래가 가슴 가득찬 시기가 되시기를 빕니다. 반드시 진리는 새것을 가져올 것입니다.

1977년 6월 3일

의의 길에는 반드시 승리가 있습니다

고난을 오히려 감사한 마음으로 받아들여 기도와 인내로 나날을 보내시는 당신의 거룩한 모습을 조용히 연상해봅니다. 참으로 인간적인 면에서 생각할 때 견딜 수 없는 통증에 이에 대한 치료도 전혀 받지 못하시고 영양조차 섭취할 수 없는 상황 아래 계신 것 정말 무어라 그 아픔을 설명할 수 있겠습니까. 그러나 너무도 기적과 같이 당신의 정신은 오히려 더 강하게 작용되고 육체의 아픔을 이겨나가시고 계신 이 사실은 하나님의 은총임을 생각하게 됩니다.

맥박을 재고 혈압을 재는 것이나 육안으로는 알 수 없는 병에 수년간 시달리면서도 제대로 검진을 받지 못하시는 상태에서의 옥고는 이중 삼중의 고난이기에 이 민족이 겪고 있는 오늘의 모든 괴로움을 대신 지시고 그리고 또 묵묵히 가장 낮고 천한 자리에서 겸손을 새삼 터득하시며 깊은 신앙생활을 하시는 오늘의 당신 모습이 숭고하게만 보입니다. 당신 때문에 특히 당신이 겪고 계신 어려움 때문에 내 생이 더

민주주의

111

값지고 더 뜻있으며 많은 사람을 참된 사랑으로 대할 수 있으며 긍지와 소망으로 내일의 새빛을 바라보면서 정의의 가시밭을 뒤이어 따라 나갈 수 있는 행복마저 느끼게 됩니다. "좁은 문으로 들어오라" 하신 하나님 말씀대로 좁은 문, 험한 길을 걸어가는 사람은 어느 때 어느 곳에서나 다수가 될 수 없습니다.

그러나 소수가 택하는 좁고 험한 의에 길에는 반드시 승리가 있다는 것 의심치 않습니다. 두 김 변호사님을 통해 면접 때의 대화내용을 들으면서 더 존경하는 마음으로 당신의 건강을 하나님이 지켜주실 것을 기도했습니다.

나날이 신앙이 깊어지시는 당신은 틀림없이 하나님의 부르심에 응하고 계시고 귀한 연단의 시기를 거치고 계신 줄 믿습니다. 가장 외로운 자리에 계시기에 주님은 당신을 지켜주실 것입니다. 늘 강하고 담대한 마음 가지시고 같은 형편에 놓여 있는 많은 분들을 생각하시며 그들을 위해서도 쉬지 않는 기도가 있기를 바랍니다.

겪고 계신 어려움을 분담해서 겪지 못하는 것이 안타깝습니다. 다만 건강을 비오며 나라와 이 민족에 축복된 날이 오길 기도드릴 뿐 아무 힘이 되지 못하고 있음을 부끄럽게 여기고 있습니다. 부디 몸조심하시고 마음의 평화를 얻으십시오. 많은 분들의 기도가 결코 헛되지 않게 이루어질 줄 믿습니다. 그리고 우리는 외롭지 않습니다.

모든 사람이 곁을 떠난다 할지라도 하나님이 같이 하실 때 더욱 든든함을 느끼게 되옵니다. 내일 진주를 떠납니다. 곧 홍업이가 내려올 것이고 이어서 또 내가 내려오겠습니다. 건강하세요.

내일의 빛을 바라봅니다

그간도 건강상태는 변화가 없으신지요. 늘 염려스럽기만 합니다. 그러나 처음 수감되던 날부터 하나님께 완전히 당신의 건강을 맡겼습니다. 우리 힘으로는 어찌할 도리가 없기 때문에 다만 기도로 모든 것을 대신할 뿐입니다. 지난 7일에는 진주에 내려갔는데 마침 그날 저녁부터 단식이 중지되어 퍽 다행이었습니다.

믿는 사람은 어떤 방법이든지 스스로 목숨을 끊는 일이 있어서는 아니 된다고 생각합니다. 5월 28일에 쓰신 편지는 잘 읽었습니다. 아이들과 같이 당신의 뜻한 바를 생각하면서 우리 모두 인생의 바른 길을 택하여 의롭게 살도록 힘쓸 것입니다. 많은 사람들이 많은 어려움을 당하고 있는 이때에 우리 가족이 당하는 것을 괴로워하지는 않습니다. 오늘의 고난을 통하여 하나님께 영광을 돌리며 내일의 빛을 바라봅니다.

성경 고린도후서 4장 7절을 읽어 보세요.

"그러나 이 귀한 보물 지금 우리들 속에 빛나고 있는 이 빛과 힘은 깨지기 쉬운 그릇 곧 우리의 연약한 육체 속에 들어 있습니다. 우리 속에 있는 이 영광스러운 힘은 우리 자신에게서 나온 것이 아니라 하나님에게서 나온 것이라는 사실은 누가 보아도 알 수 있습니다. 우리는 사면에서 닥치는 고통에 짓눌리지만 움츠러들지도 쓰러지지도 않습니다. 너무도 어처구니없는 일에 당황할 때도 있지만 절망하거나 자포자기하지 않습니다. 우리가 박해를 받을 때도 하나님께서 결코 우리를 버리시지 않습니다. 우리는 얻어맞고 넘어져도 다시 일어나서 달려나갑니다. 우리 몸은 예수께서 그러하셨던 것처럼 부단히 죽음에 직면

하고 있습니다. 그러나 분명한 것은 생명이신 그리스도께서 우리 속에 살아 계신다는 사실입니다."

1977년 6월 14일

고린도후서 6장 1~10절까지 읽어보세요

이 의원과 11일 오후 진주를 떠나 상경했습니다. 12일 차로 김옥두 씨가 그곳에 내려갔습니다. 서울에도 일이 있어 진주에 오래 머물러 있지 못함을 유감으로 생각합니다. 며칠 후 다시 내려가겠어요. 가운데 작은아버지가 오늘 진주로 향하셨습니다.

요즘 아침저녁으로 쌀쌀하고 낮에는 30도를 오르내리는 날씨로 기온의 차가 심하오니 감기에 걸리시는 일이 없도록 각별히 주의하시길 바랍니다. 기침을 하시더라는 변호사의 말이 있는데 혹 감기에 걸리신 건 아니신지요. 염려됩니다. 부디 몸조심하셔서 모든 어려움을 참고 이겨내셔야 하겠습니다. 성서 고린도후서 6장 1~10절까지 읽으시고 신앙생활에 도움이 되시기를 바랍니다. 건강만을 비옵니다. 밖의 일은 너무 염려하지 마세요.

고린도후서 6장 1~10절, "1) 우리는 하나님과 함께 일하는 사람으로서 여러분에게 간청합니다. 하나님의 크신 은혜를 헛되게 하지 마십시오. 2) 하나님께서는 이렇게 말씀하십니다. 너희를 불쌍히 여기는 때가 오면 너희가 부르짖는 소리를 내가 들어 내가 너희를 구원하겠다. 지금이 바로 하나님께서 여러분을 환영하고 계시는 때이며 오늘이 바로 여러분을 구원하시려는 날입니다. 3) 우리는 잘못하여 누구를 넘어

1976년 3.1사건 공판이 열리던 날 김옥두 비서, 한영애 씨 등과 고함을 치며 항의하고 있는 이희호.

지게 하거나 주님 찾는 일을 방해하지 않도록 조심하고 있습니다. 우리가 부족하여 사람들이 주님을 비난할까봐 걱정되기 때문입니다. 4) 우리 스스로 참된 하나님의 일꾼임을 다짐하며 온갖 고난과 궁핍과 어려움을 참고 견디고 있습니다. 5) 우리는 매를 맞고 투옥을 당하고 살기등등한 폭도들을 만난 일도 있습니다. 심한 노동을 했고 한잠 못 자고 밤을 새운 일도 있었으며 굶어야 했던 날도 많았습니다. 6) 그러나 우리는 건전한 생활과 복음에 대한 지식과 인내로 우리가 선포한 것을 증명해왔습니다. 우리는 친절하고 참으로 사랑에 넘쳐 있었으며 성령이 충만하였습니다. 7) 우리는 하나님께서 도와주신 덕분에 모든 일을 진실하게 해왔습니다. 하나님을 섬기는 사람이 갖추어야 할 정의의 무기를 언제나 다 갖추고 있었습니다. 8) 다른 사람이 우리를 존경하든 경멸하든 비난하든 칭찬하든 주님에 대한 충성에는 변함이 없습니다. 사람들이 우리를 아무리 거짓말쟁이라 하더라도 우리는 정직합니다.

민주주의

9) 이 세상은 우리를 무시하더라도 하나님께는 인정을 받고 있습니다. 죽을 고비를 수없이 넘겼으나 우리는 이렇게 살아있습니다. 부상은 당했지만 죽음은 면하였습니다. 10) 우리의 마음은 상처를 받았으나 주님이 주시는 기쁨으로 가득 차 있습니다. 우리는 가난하지만 다른 사람에게 풍성한 선물을 나누어주고 있습니다. 가진 것이라고는 아무것도 없습니다. 그러나 우리는 모든 것에 만족하고 있습니다."

1977년 6월 17일

우리의 뜻도 반드시 이루어질 것입니다

안녕하세요. 6월도 중순을 넘어서고 있습니다. 집 은행나무에는 유난히 많은 열매가 맺혀 있습니다. 수없이 기도하는 우리의 기도가 어서 속히 많은 열매를 맺기를 원하는 간절한 마음으로 쳐다보게 됩니다.

안병무 박사가 협심증으로 병원에 오래 입원하고 계신데 경과가 좋아서 쉬 퇴원이 되겠으며 박세경 변호사님도 위장병으로 고려병원에 입원하였으나 검사결과 암이 아님이 판명되어 곧 퇴원하시게 되었습니다.

문 목사님의 회복도 잘 되어간다고 합니다. 모두 다행한 일입니다. 당신 수감 후 서울의 거리는 너무도 많은 변모를 보이고 있습니다. 도로 확장에 따르는 엄청난 거리의 변함 그리고 건물이 수없이 부서지고 세워지고 합니다. 모든 것은 급템포로 변하고 있습니다. 그러나 정신적인 변화는 어디에서 찾아볼 수 있을지 안타깝습니다. 참고 기다리는 인내심을 기르면서 기도를 쌓아 올릴 뿐입니다. 물가도 또한 놀라지 않을 수 없이 오르기만 합니다.

그래도 살아가고 있는 것이 모두 기적같이 느껴지므로 우리의 뜻도 이와 같이 기적을 통해서 반드시 이루어질 날이 있다고 믿습니다. 그러기에 실망하지 않습니다.

건강하세요. 신약 요한계시록 21장 5~8절 읽으세요.

"5) 보좌에 앉으신 분이 또 말씀하셨습니다. 보라 내가 만물을 새롭게 하겠다. 내가 네게 일러주는 것은 신실하고 참되니 모두 다 기록하라. 그리고 이어서 이렇게 말씀하셨습니다. 6) 이제 다 이루었다. 나는 알파와 오메가요 처음과 마지막이다. 목마른 자에게는 생명의 샘물을 거저 주겠다. 7) 승리한 자들은 누구나 다 이 모든 복을 그의 몫으로 받을 것이다. 나는 그의 하나님이고 그는 나의 아들이 될 것이다. 8) 그러나 나를 따르지 않고 돌아선 비겁자와 내게 불충실한 자, 타락한 자와 살인자, 부도덕한 자와 마술을 행하는 자, 우상숭배자와 거짓말 하는 자들이 갈 곳은 불과 유황이 타오르는 곳이다. 이것이 두 번째 사망이다."

1977년 6월 23일

감기에 걸리셨다니 비타민C를 드세요

여러 날 소식을 전하지 못했습니다. 감기에 걸리셨다니 되도록 비타민C를 드시도록 하세요. 요즘 밖에는 감기에 걸려 있는 사람이 많고 퍽 오래 걸려야 낫는 모양입니다. 일기에 늘 이변이 많으므로 옷 입기에도 신경을 많이 쓰게 됩니다. 변호사님들이 많이 수고해주시고 이곳 진주 분들도 근방에 있는 분들의 수고와 정성에 한없이 감사함을 느낍니다. 당신이 겪는 엄청난 고난은 값진 것이기 때문에 결코 헛되지 않고 마음속 깊이 그 무엇인가를 일깨워주고 있습니다. 심오한 하나님의 섭리를 우리는 쉽게 터득할 수 없으나 뜻있는 분들은 알게 됩니다.

"땅 위에 변화를 갖고 올 수 없는 것이라곤 없다. 한 가지 있다면 그것은 우리들로서 도저히 포기할 수 없는 사람됨의 권리다."

- 토머스 제퍼슨

1977년 6월 25일

기도로써 마음을 합하며 새날을 기다립니다

이곳에 며칠 있으면서도 만나뵙지 못하고 오늘도 서울로 올라갑니다. 감기는 어떠신지요. 서울은 더위가 심해서 30도를 오르는 기온인데 진주는 기온이 낮아서 추울 정도입니다. 어찌도 이 같이 이번의 날씨가 계속되는지 농사에도 지장이 클 것 같아요. 어제도 의령에서 강봉용 의원을 비롯하여 여러 분이 오셨다 가셨습니다. 한번 만나뵙지도 못하시는데 이곳까지 여러 번 오시는 분들을 만나뵐 때마다 한없이 고맙고 그 성의에 어떻게 보답할 것인가 생각해봅니다. 여러분들이 염려해주시는 것과 그분들의 정성어린 그 무엇을 생각해서 당신의 건강은 꼭 하나님이 지켜주실 줄 믿겠습니다. 그리고 지켜주시기를 빕니다. 건강한 몸으로 수감돼 있는 분보다 몇 배의 어려움이 있을 줄 압니다. 그러나 인내의 덕을 쌓아올리셔서 그 어려움을 이겨내시는 줄 믿습니다. 적은 도움도 될 수 없는 자신이 부끄럽습니다. 오로지 하나님께 의지하고 기도로써 마음을 합하며 새날을 기다립니다. 당신의 몸이 자유롭게 되는 날이 하루속히 와서 몸의 건강도 회복되시기를 바랍니다. 곧 다시 오겠습니다. 7월 3일이 당신의 본명 받은 날임을 기억하세요.

1977년 7월 2일

내일은 당신이 천주교 영세를 받은 날입니다

날씨가 고르지 못하여 몸이 더 불편하신 듯 보였는데 장마기에 접어들어 퍽 염려스럽습니다. 어제 면접 후 아이들과 작은아버지만 상경하고 김옥두 씨와 나만 이곳에 머물고 있습니다. 진주 분들의 수고가 많습니다. 내일은 당신이 천주교인으로서 영세 받은 날이므로 특별한 기도를 올리고 있습니다.

수감 이래 신앙심이 강해진 것 하나님께 깊이 감사를 드립니다. 재판 과정을 통해서 당신의 신앙고백을 듣고 모두가 놀랐다 합니다. 물론 객관적으로 볼 때 오늘의 당신은 그렇게 불행할 수 없겠지만 당신 자신이 행복과 불행을 규정하듯이 결코 불행하지만은 않으십니다.

마음의 안정, 평화 그리고 남을 사랑하는 마음 그것이 모두 당신을 행복하게 해주고 있는 줄 믿습니다. 남을 미워하는 것보다 남을 사랑하는 것이 얼마나 복된 일입니까. 하루를 살더라도 바르게 산다는 것이 얼마나 값진 생이겠습니까. 그렇기에 우리들은 당신의 오늘의 고통스러운 생활을 마음 아파하면서도 우리 가족들은 떳떳함을 느낄 수 있는 것이 아닌가 생각합니다. 세상 돌아가는 것이 머지않아 우리에게도 새날을 맞이하게 하는 것 같이 느껴집니다.

1977년 7월 6일

엄동설한 지나가면 양춘가절 돌아옵니다

어제 오후 진주를 떠나 김옥두 씨와 상경했습니다. 서울도 비가 많이 내려서 해갈도 되고 농사에도 큰 도움이 되었습니다. 이제는 장마로 접어들어 매일 날씨가 침울합니다. 홍걸이 학기말 시험이 8일부터이므로 좀더 진주에 머물고 싶었으나 김형국 씨를 그곳에 머물도록 하고 올라왔습니다. 내주에 다시 내려가도록 하겠어요.

여기 찬송가 한 구절을 소개합니다.

"엄동설한 지나가면 양춘가절 돌아와 폭주하여 오던 비도 개인 후에 햇빛 나 어두운 밤이 지나간 후 밝은 아침 오도다, 극히 실망하였지만 어렵지 않게 되겠네"

우리의 모든 일도 이 같이 되기를 바라고 빕니다. 국회도 폐회되었으니까 이 의원도 진주에 이주 내에 한 번 갔다 올 것입니다. 박 변호사께서도 건강이 회복되셔서 이달 중순에 면회 예정이라 하십니다. 부디 몸 건강하시옵소서.

1977년 7월 13일

당신의 건강이 유지되기만 바랍니다

그간도 별고 없으신지요. 요즘 내린 폭우로 인명과 재산에 피해를 입은 사람들이 많이 있습니다. 시흥과 안양 등지에는 산사태로 사망자, 실종자가 엄청나게 많고 수재민도 헤아릴 수 없습니다. 가난에 쪼들리는 사람들은 언제나 피해를 더 많이 입게 되니 불쌍한 그들에게 더이상의 불행이 닥쳐오지 않기를 기도드립니다. 진주 쪽은 큰 비는 아직 없었으나 앞으로 장마가 계속되니까 그곳도 언제 비가 심하게 내릴지 염려됩니다. 오늘 아침 이곳에 도착하니 비는 그리 많이 내리지 않는 것 같은데 아침저녁 기온의 차가 심한 듯합니다. 아직도 기침을 하신다니 혹 영양 부족에 의해 폐가 약해지신 것이 아닌지 걱정됩니다. 미열이 나지 않는지 그곳서 의무관을 통해 자세히 알아보시길 바랍니다. 우리는 당신의 건강이 유지되기만 바라고 빕니다.

베드로전서 2장 19~25절, "19) 만일 여러분이 억울한 일을 당하고 고난을 받았거든 주님을 생각하고 참으십시오. 그렇게 하는 것은 아름다운 일입니다. 20) 여러분이 악한 일을 저질러서 벌을 받는다면 그것을 참아낸다고 무슨 상이 내리겠습니까. 옳은 일을 한 것 때문에 벌을 받고도 말없이 참는다면 그것은 하나님 보시기에 참으로 아름다운 일입니다. 21) 이것을 위해 여러분은 하나님께 부르심을 받았습니다. 그리스도께서도 여러분을 위해 고난을 받으심으로 여러분에게 본을 남겨놓아 자신의 발자취를 따르게 하셨습니다. 그러니 그리스도의 발자취를 따라가십시오. 22) 그리스도께서는 한 번도 죄를 짓거나 거짓말을 하신 적이 없습니다. 23) 모욕을 당해도 욕하지 않으시고 고난을 받아도 보복하지 않으셨습니다. 언제나 공의로 심판하시는 하나님의 손에 모든 것을 맡기셨습니다. 24) 그리고 몸소 우리의 모든 죄를 지시고 십자가 위에서 죽으셨습니다. 그래서 우리는 죄를 떠나서 올바른 생활을 할 수 있게 된 것입니다. 그리스도께서 상처를 입으신 대신 우리가 낫게 된 것입니다. 25) 여러분이 전에는 하나님을 떠나서 길 잃은 양처럼 헤매다녔습니다. 그러나 이제는 어떤 적이 공격해와도 여러분

의 영혼을 안전하게 지켜주시는 감독자와 목자이신 그분에게로 돌아
왔습니다."

1977년 8월 3일

생활이 곤궁하다 할지라도 진리 편에 서야 합니다

8월 1일 면회 후 부산을 거쳐 무사히 상경했습니다. 집안일 때문에 아무래도 일주간은 서울에 와 있기는 하지만 늘 마음은 진주에 있습니다. 다음 주 다시 진주로 내려가겠습니다. 7월분 편지를 써 보내신 줄 믿어 면회 시에 그에 관하여 문의해볼 생각조차 하지 않았는데 오늘까지도 편지가 배달되지 않은 것으로 미루어 그곳 교도소에서 발송을 보류하고 있는 것이 아닌지 여하튼 궁금합니다. 면접 시 말씀하신 것에 대해서는 아이들과 같이 당신이 뜻하는 바 어긋나지 않도록 힘쓰겠습니다.

홍걸이는 아무래도 내가 집을 비우고 진주에 내려가 있는 일이 많게 되고 서울에 있을 때도 낮에는 일이 있어 외출하는 경우가 많으니까 당연히 돌보는 것이 소홀해져서 제대로 돌봐주지 못하는 것이 미안하게 느껴집니다. 당신의 심경이 안정되어 있듯이 이젠 나도 퍽 안정되었습니다. 바른 일을 하기 위해 당하는 수난은 마음의 괴로움이 있을 수 없고 오히려 평화스럽기 때문이겠습니다. 다만 오늘의 현실을 통탄하지 않을 수 없고 수난의 길을 가고 있는 많은 분들을 생각하고 같은 아픔을 느끼지 않을 수 없습니다. 나만이 알고 있는 당신의 통증 그리고 기거의 불편함, 나는 당신이 수감되던 그날 내 힘으로는 어떻게 할 수 없는 일이기에 당신의 문제 전부를 완전히 하나님께 맡겼습니다. 8월은

당신과 깊은 관계가 있는 그리고 여러 가지 뜻을 말해주는 달입니다.

　정말로 하나님은 당신의 편에 계시다는 것 다시 한 번 확신하게 됩니다. 너무도 어려운 일을 거듭거듭 당하시기에 더 가까이 당신을 지켜주시는 하나님이 당신 바로 옆에 계시다는 것 꼭 믿으시기 바랍니다. 고진감래라는 말도 새삼 떠오릅니다. 진리 편에 섬으로써 명예와 이익이 멀고 생활이 곤궁하다 할지라도 진리 따라 사는 사람은 전진하고 승리한다는 것은 너무도 명백한 사실입니다. 참고 또 참으며 당신을 괴롭히는 사람들을 위해서도 기도하시고 그들을 위한 하나님의 축복도 빌어드리는 참 믿음의 자리에 겸손하게 서시길 바랍니다. 참는 사람에게 복이 있을 것입니다. 남에게 존경을 받으려면 먼저 남을 존경해야 하듯이 축복을 받기 위해서는 축복받을 수 있는 일을 먼저 해야만 하겠습니다.

　당신은 이미 이 모든 것을 하시고 계신 줄 믿고 있습니다. 불은 물로 끄는 것이지 불로 끄는 것이 아니라는 평범하고 너무도 당연한 말을 생각할 때 우리는 이 같은 당연한 것을 잊어버리고 불을 불로 끄려는 사람들이 너무 많아서 세상을 악하게 만들고 있는 예를 많이 볼 수 있습니다. 더위에 몸조심하시고 건강하시기를 빕니다.

1977년 8월 8일

벌써 4년이 지났습니다

　벌써 4년이란 긴 날이 지났습니다. 당신의 생사가 너무도 안타깝게 알고 싶었던 그때를 회상할 때 비록 오늘과 같은 괴로움을 당하고 계시지만 살아계신 것만 다행으로 여길 수밖에 없습니다. 참고 견딜 수

민주주의

123

있는 힘을 갖고 계신 당신이기에 하나님께서 크게 쓰시고자 그 같은 큰 시련을 주시는 것이라 생각하면서 위로를 받게 됩니다.

오늘도 누구를 미워하고 원망하고 싶지는 않습니다. 나도 당신과 같이 남을 미워하고 원망하는 차원에서 초월한 심정입니다. 마음에 사랑과 평화만이 가득 차기를 바랍니다. 그리고 참고 또 참으며 오늘의 모든 괴로움을 극복하십시오. 하나님의 축복이 반드시 있을 것입니다. 늘 건강에 유의하십시오.

1977년 8월 10일

이 편지는 당신의 제2의 생일에나 받아보실 수 있어요

이 편지는 당신의 제2의 생일에나 받아보실 수 있게 될 듯합니다. 영어의 몸인 당신께 축하의 말을 쓴다는 것은 좀 이상한 감이 듭니다. 그러나 기적적으로 다시 사신 그날을 기억하면서 조용히 감사의 기도를 드리고자 합니다. 너무도 굴욕적인 많은 일들이 당신을 괴롭혔으나 오래 참아온 당신이기에 하나님은 당신을 더욱 사랑해주실 줄 확신합니다.

제3자가 보기에는 당신을 몹시도 기구한 운명의 소유자로 보기 쉬우나 예수님의 십자가를 바라볼 때 큰 위로와 깊고 깊은 고난의 뜻을 찾으신 줄 아옵니다. 예수께서 십자가를 지실 무렵 제자들은 다 그의 곁을 떠나가버렸고 사랑하던 제자 베드로는 세 번씩이나 예수를 모른다고까지 부인했던 것을 새삼 생각해봅니다.

예수님은 갖은 핍박을 외롭게 받으시고 자기를 십자가상에 처형하는 그들을 오히려 용서해달라고 기도하시면서 부활로서 진리의 영원함과 사랑을 우리에게 보여준 것이 아니겠어요.

오늘 당신이 당하는 모든 것 인간적으로 생각해볼 때 몹시 눈물겹게 여겨지는 때가 한두 번이 아닙니다. 그러나 신앙적으로 돌이켜 생각해보면 하나님의 오묘한 뜻이 있기 때문인 줄 믿고 이 모두를 보람된 시기 값진 체험으로 받으시길 바랍니다. 반드시 역사는 새로운 방향으로 움직이고 있습니다.

역사를 주관하시는 하나님의 섭리를 어느 누구도 거역할 수 없을 것입니다. 늘 기도로 힘을 얻으시기 바랍니다. 이번 내려올 때는 홍걸이는 데리고 오지 않았습니다. 당신 부탁대로 각지에 다니면서 농촌 체험을 가질 수 있도록 하고 싶으나 방학이 1개월간도 못 되는데 방학책이며 숙제가 있고 해서 아무래도 집에 있어야 하겠기에 다음 기회로 미루게 된 것이니 그리 양해하시기 바랍니다. 우리 가족들은 당신의 뜻에 어긋나지 않도록 서로 의논하고 값있는 시간을 보내도록 힘쓰고 있으니 하념하시기 바랍니다. 늘 건강에 유의하셔서 모든 것 이겨내시기를 바라고 또 바랄 뿐입니다. 하나님의 가호가 항상 같이 하시기를 기도합니다.

1977년 8월 15일

일제의 압제에서 자유함을 얻은 날입니다

갈라디아서 5장 1절, 5장 13절, "1) 이처럼 그리스도께서는 우리를 해방시켜 자유의 몸이 되게 하셨습니다. 그러니 이제 여러분은 이 자유를 잘 보존하고 다시는 율법에 묶인 노예가 되지 마십시오. 13) 사랑하는 형제들이여 여러분에게는 이미 자유가 주어졌습니다. 그 자유는 서로 사랑하고 섬기는 자유입니다."

오늘은 광복절입니다. 일제 압제 아래 신음하다 해방되고 자유함을 얻은 날입니다. 그리하여 상기 성경 구절을 다시 한 번 기억해봅니다. 광주의 목사님들, 안양의 임일 목사님 석방된 소식도 라디오에서 들려오고 있습니다. 몇몇 분이라도 석방된 것 그분들의 건강을 위해 다행으로 생각합니다. 홍업이 감기는 좀처럼 완쾌를 보지 못하고 있습니다. 홍걸이는 20일에 개학하므로 숙제에 열을 올리고 있어요.

요즘 갑자기 아침저녁으로 온도가 심하게 내려가서 당신의 몸에 지장이 많을 것 같아요. 목도 쉬었다 하오니 그 원인이 감기 때문만이 아니지 않은가 염려되옵니다. 다리에 통증은 여전하겠으니 얼마나 지내시기에 고통이 많으신지요. 아무리 안타깝게 생각한들 무슨 소용이 있겠어요. 다만 하나님께 의지하여 기도만 드릴 뿐입니다. 때가 오면 하나님의 크신 역사가 있으실 줄 믿습니다. 부디 건강하도록 힘쓰시고 참고 또 참으셔서 새날을 맞이하게 되길 바랍니다. 며칠 후 내려가겠습니다.

1977년 8월 23일

오늘은 처서입니다

오늘이 벌써 처서입니다. 완연히 가을이 온 것입니다. 추위를 재촉하는 듯하여 마음이 한결 침울해지는 것 같아요. 그간 몸은 어떠하신지요. 나는 가을만 되면 고생하는 알레르기 때문에 금년도 예년과 같이 괴로움을 당해야 하겠습니다. 며칠 전부터 벌써 콧물이 나기 시작했습니다. 곧 진주에 내려가려 했는데 이번에는 몸이 불편해서 며칠 늦어 내일에나 부산을 거쳐 진주에 내려가겠습니다.

오늘도 신민당에서 긴급조치 위반자 석방성명을 정무회의에서 채택했다는 뉴스가 들려오는데 과연 언제 전원석방의 날이 올지 현재로는 막연한 감마저 듭니다. 그러나 결코 실망하지 않습니다. 오래오래 참고 또 참으며 이기고 또 이겨나가는 가운데 깊은 밤에서 새벽이 동터오는 빛을 바라볼 날이 반드시 있을 것을 믿기 때문입니다. 날씨가 갑자기 싸늘해졌기 때문에 감기에 걸리지 않도록 조심하세요. 목이 좀 어떠신지 모두 궁금한 것뿐입니다. 하나님의 은총 속에 건강하시기만 빕니다.

데살로니가후서 1장 3~8절, "3) 사랑하는 형제들이여 우리는 여러분을 생각할 때마다 늘 하나님께 감사를 드리지 않을 수 없습니다. 여러분의 믿음이 훌륭하게 자라고 있을 뿐 아니라 서로가 더욱더 풍성한 사랑을 나누고 있으니 이처럼 감사를 드리는 것은 어쩌면 우리의 당연한 도리인 듯싶습니다. 4) 우리는 여러분이 심한 박해와 어려움 속에서도 참고 견디며 하나님께 굳은 믿음을 지키고 있다는 것을 기쁜 마음으로 다른 교회에 자랑하고 있습니다. 5) 여러분이 겪는 고난은 하나님의 심판이 공평하고 바르게 행해지고 있다는 증거입니다. 하나님께서 여러분에게는 고난을 겪게 하심으로써 하나님 나라에 들어갈 자격을 주시고 6) 동시에 여러분에게 고통을 주는 자들에게는 그 대가로 심판과 벌을 내리실 것이기 때문입니다. 7) 그러므로 고난을 당하고 있는 여러분에게 말합니다. 주 예수께서 능력 있는 천사들을 거느리고 하늘로부터 불꽃 가운데서 나타나실 때 하나님께서는 여러분과 우리에게 안식을 주실 것입니다. 8) 그러나 하나님을 알려고도 하지 않으며 하나님께서 우리 주 예수 그리스도를 통하여 우리를 구원하시리라는 사실을 받아들이지 않는 자들에게는 심판을 내리실 것입니다."

1977년 8월 26일

간접적인 소식이나마 듣는 것이 얼마나 기쁜지 모릅니다

오늘 김 변호사로부터 근황을 들으니 한결 마음이 흐뭇합니다. 아무리 같은 진주교도소 정원에 와 있어도 뵙지 못하니까 간접적인 소식이나마 듣는 것이 얼마나 기쁜 일인지 모릅니다. 변성상태가 너무 오래 지속된 것은 아무래도 몸에 지장이 있기 때문이 아닐까 생각되는데 왜 치료조차 해주지 않는지 이해가 되지 않습니다. 홍일의 이모도 오랜만에 오늘 이곳에 다녀가서 퍽 반가웠습니다. 아이들을 전부 서울에 전학시켜놓고 왔다갔다하느라 퍽 분주한 생활을 하는 모양입니다.

똘똘이는 당신 계실 때 못지않게 식구들이 다 잘 돌보고 있고 특히 홍업이가 잘 돌봐주고 있으니 걱정하지 마세요. 나는 몸이 완쾌되었고 서울 일이 좀 있어 며칠 늦는 것뿐입니다. 9월 면회 시까지 이곳에 그대로 머물러 있겠으며 홍업이가 내 뒤를 이어 있게 되겠어요. 늘 여러분들이 정성껏 이곳을 지켜주고 염려해주어 많은 힘이 됩니다. 모두 하나님의 은총으로 생각되고 감사합니다. 건강하세요.

1977년 9월 10일

우리의 관심을 인간에게 두어야 합니다

박 변호사님 만나뵙고 당신의 소식 잘 들었습니다. 김인기 의원도 만났으며 진주 가시는 일정은 이달 20일 내로 정하신다 합니다. 신앙문제에 대한 당신의 의견은 여러 사람이 같이 생각해보도록 하겠습니다.

당신의 신앙이 큰 성장을 보인 것을 엿볼 수 있었습니다. 그리고 당신의 의견에 나도 동감합니다. 남다른 수난을 겪으면서 오늘 신앙에 깊은 경지에 도달한 것을 생각할 때 당신은 불행하기보다는 오히려 행복하게 마음의 평화를 얻으신 줄 믿어 감사를 드립니다.

예수께서는 섬김을 받으러 오신 것이 아니고 종으로 남을 섬기러 오셨다고 말씀하였습니다. 개인적인 권세를 추구하지 않고 자비로운 종으로서 섬기는 일을 그의 사명으로 하신 것입니다. 그리고 인간을 사랑하시고 그중에서도 사회에서 가장 소외되고 또 고통 중에서 신음하는 사람들을 구해주시는 일을 기쁘게 여기신 것은 성경 여러 곳에서 찾아볼 수 있습니다. 그분의 탄생의 장소 그의 생애가 이 모든 것을 보여주고 뜻해주고 있는 줄 압니다.

"포로된 자에게 자유를 눈 먼 자에게 다시 보게 함을 전파하며 눌린 자를 자유케 하며 은혜의 해를 전파하게 하려 하심이라."(누가복음 4장 18~19절)

우리들도 우리의 관심을 인간에게 두어야지 물질이나 돈, 권력에 두어서는 안 된다 생각하는 것이 예수를 믿고 그의 도를 지키고자 하는 우리 믿음의 형제들이 생각할 바라고 믿습니다. 만일에 우리가 인생살이의 초점을 물질이나 권력에 둔다면 인간을 비인간화시키는 죄를 범하는 결과를 초래할 염려가 크기 때문입니다. 오늘의 사회에서는 섬기려는 사람보다 섬김을 받으려는 사람들이 더 많은 것을 볼 수 있습니다. 섬긴다 해도 그 동기가 사심 없는 순수한 섬김이 아니고 공치사를 하거나 대가를 요구하는 경우가 많은 것은 예수의 봉사정신을 본받지 않았기 때문인 줄 압니다.

아무리 예수님의 가르침이 훌륭하다 할지라도 그를 믿는 크리스천이 그의 가르침을 몸소 행하지 않으면 그것은 죽은 믿음의 생활이 돼 버릴 것입니다. 당신이 늘 말하시는 바와 같이 행함 없는 양심은 악의 편에 속한다 하는 말씀이 떠오릅니다.

"무엇을 하는 것이 옳은 일인지를 알면서도 행하지 않으면 죄가 된다는 것을 기억하십시오."(야고보서 4장 17절)

그 말씀과 같은 뜻이라 생각합니다. 또 우리 크리스천은 사회를 새롭게 변혁시키는 행함으로 지상의 천국을 이루어나가야 할 줄 압니다.

"너희는 이 세대를 본받지 말고 오직 마음을 새롭게 함으로 변화를 받아 하나님의 선하시고 기뻐하시고 온전하신 뜻이 무엇인지 분별하도록 하라."(로마서 12장 2절)

우리는 이 세상을 아름답게 보존하며 발전시켜야 할 책임이 있습니다. 모든 제도와 사회가 악용되거나 병들지 않도록 관심과 책임을 가지고 우리는 늘 '나라에 임하옵시며 뜻이 하늘에서 이루어진 것 같이 땅에서도 이루어지이다'라고 기도하며 이 땅에 천국이 임하도록 힘써야 하겠습니다.

지상의 천국은 그리스도의 사랑의 법에 의하여 다스려지고 우리는 모두 소금과 빛의 역할을, 세상을 향해 적극 참여함으로 담당해나가야 할 것입니다. 선한 행위, 참된 행위로 그리스도의 길을 따라야겠습니다.

"나더러 주여주여 하는 자마다 하늘나라에 들어가는 것이 아니라 하늘에 계신 내 아버지의 뜻을 행하는 자라야 들어갈 것이다."(마태복음 7장 21절)

열 마디의 말보다 행함이 얼마나 중요한지를 강조해준 것입니다. 최후의 만찬을 마치신 예수는 제자들의 발을 씻겨주셨다 합니다. 그리고 너희도 가서 이와 같이 행하라 하셨습니다. 얼마나 겸손하고 타인을 위해 봉사하는 모습입니까. 오늘날 우리에게는 이처럼 겸손한 사람 그리고 이기주의를 배격하고 봉사하는 정신을 가진 그 같은 사람이 더 많이 요청됩니다. 봉사는 사랑 없이는 할 수 없다고 생각합니다. 그런데 오늘의 사회는 "사랑하지 아니 하는 자가 보지 못하는 바 하나님을 사랑할 수 없느니라"(요한일서 4장 20절) 말씀하고 있으며 누구나 아는 바와 같이 사랑을 기독교의 으뜸가는 교훈으로 삼고 있습니다. 하나님을 사랑하고 이웃을 사랑함은 크리스천의 삶의 본이겠습니다. 사랑에는 행함이 반드시 뒤따라야 함을 강조하시되 의무적 율법에 이행함이 아니라 참으로 하나님을 사랑하는 마음에서 생기는 행위를 말한 것이라 합니다.

또 사랑엔 거짓이 없나니 악을 미워하고 선에 속하라고 명했습니다. 사랑을 바탕으로 한 실천적 생활을 해야만 예수의 뒤를 따라갈 수 있다고 생각합니다. 이의 실천을 위해 그가 지신 십자가의 길은 걸어가기 어려우나 진리의 길로 이끌어줄 것이고 반드시 승리로 이끈다고 믿습니다. 예수님의 길을 따라 고난의 길을 가시는 당신의 삶에 하나님의 크신 축복과 새 소망에 새날을 허락해주실 줄 믿고 위하여 기도드립니다. 겸손한 마음으로 모든 사람을 사랑하고 우리보다 더 고통스러운 생활을 하는 우리 이웃을 위해 기도드려야겠습니다.

1977년 9월 16일

수감된 지 1년 반이 넘었습니다

시간은 사정없이 흘러 당신이 수감된 지 벌써 1년 반이 넘었습니다. 두 번째 가을이 깊어가고 있습니다. 요즘은 왠지 암담해지는 듯 느껴지면서도 밤이 가장 깊어지고 그리고 제일 깜깜한 때가 새벽 직전이라 하니 아마도 새벽이 가까운 것이 아닌가 생각되옵니다.

묵묵히 선하게 싸워나가는 도상에서 하나님을 만나보시길 바랍니다. 하나님은 바로 당신 옆에 계셔서 당신을 지켜주실 것입니다. 늘 변함없는 사랑으로 돌봐주실 것을 믿습니다. 가장 외롭고 고통스러운 기나긴 나날들을 보내시는 당신이기에 더욱더 사랑할 것입니다. 연단에 연단을 거쳐서 정금된 광채를 나타내게 하기 위해서 오늘의 시련이 있음을 터득하시고 계실 줄 압니다. 날이 싸늘해지고 있습니다. 더욱 몸 조심하시길 바랍니다. 늘 진주를 지키지 못함이 유감스럽습니다.

1977년 9월 25일

원수까지 사랑하는 아가페의 사랑을 실천해야겠습니다

역과 버스정류장, 백화점 그리고 시장이 온통 추석 명절을 쇠기 위해 붐비고 있습니다. 기쁘게 추석을 쇠라고 말씀하셨는데 가능하면 즐거운 날을 보내도록 힘쓰겠습니다. 그러나 솔직히 말씀드려서 기쁘게 지내기는 좀 힘들 것 같습니다. 무엇보다도 당신이 집에 계시지 않은 것이 그 이유 중 가장 큰 이유이지만 사실 추수의 기쁨과 감사함이 마음속에서부터 우러나지 않기 때문이기도 합니다. 그리고 1년 동안 뜻 있는 일이라도 해서 열매 맺는 성과를 거둔 것도 없기에 오히려 마음 허전함이 따르는 것을 어찌할 수가 없습니다. 하의도에 소식 전했으며 장 박사 댁과 박순천 선생님 댁 찾아가서 인사드렸습니다.

산소에는 작은아버지 두 분과 홍업이가 내일 다녀오기로 했습니다. 앞으로 2주 정도 고생하면 알레르기에서 해방될 터이니 내 건강문제는 조금도 염려하지 마세요. 당신 수감 이후 담배 파이프 두 개 더 생겼어요. 하나는 필동 오빠가 미국에서 오실 때 가져오시고 또 하나는 지난번 민택 엄마가 가지고 왔는데 사용할 당신이 안 계시니 그대로 장 속에 넣어두었습니다.

커피 생각 많이 하실 줄 아는데 몸에 좋은 것 아니니 못 드시는 것은 나로서는 별로 걱정 안 해요. 요즘 커피값이 너무 비싸서 우리집에 손님 오셔도 커피 사용을 잘 하지 않아요. 국산커피 10온스가 7000원이다 되게 올랐어요. 당신 집에 계실 때보다 두 배가량 인상된 셈이에요. 그러나 당신 드실 것은 몇 통 잘 보관해놓고 있으니 어서 나오게 되셔서 커피도 드시고 파이프 담배도 피우시게 되면 더 기쁠 때가 없겠어요. 우리 3.1사건 가족들은 매월 편지 받으면 서로 돌려가며 읽어보아요. 이것이 하나의 즐거움이 되어 있어요. 문 목사 편지는 온통 시를 써놓으시고 주소 쓰는 면 외에 지면은 안팎으로 다 메우시고 글씨도 당신 글씨는 잘 쓰신다는 편이고 신학자가 다 되셨다는 말들을 합니다. 그래서 하나님의 큰 뜻이 있어서 당신을 그와 같이 연단하신다고 해요.

하나님과의 대화, 가장 천한 곳에서 그리고 외로운 곳에 처함으로 겸손의 미덕을 쌓을 수 있다고 생각해요. 또 겸손뿐 아니라 고통을 체험했기 때문에 남의 고통을 내 것으로 느낄 수 있는 것도 참 귀한 것이 될 거예요.

유아독존식의 인간이 아니고 나를 낮추고 타인을 존중하며 사랑하는 그 마음이 절실히 요구되는 오늘이기 때문에 더욱 그래요. "악한 자를 대적하지 말라"(마태복음 5장 39절)고 하여 보복을 부인하신 예수, 또 바울 사도도 "아무에게도 악으로 악을 갚지 말라"(로마서 12장 17절)고 하였어요. 이 뺨을 치는 자에게 다른 뺨을 돌려대는 것은 대단한 저항으로 박해자의 양심을 부끄럽게 하는 것인 줄 생각합니다. 오직 악은 악으로 이길 수 없고 선으로만 이긴다는 것을 우리는 다 같이 알아야 할 것으로 믿어요. 오늘날 개인주의와 이기주의 때문에 이웃에 대하여 무관심하고 그 도를 넘어 자기의 목적 달성을 위해 인간을 하나의 도구로 이용하는 사람들이 날로 더 많이 생기는 실정을 한심스러워 아니 할 수 없습니다. 이러한 때에 원수까지도 사랑하라고 하신 예수그리스도의 그 사랑의 힘이 절실하게 요청되고 있다고 봅니다. "내 원수가 주리거든 먹을 것을 주고 목마르거든 마실 것을 주라"(로마서 12장 20절)고 가르친 이 같은 사랑을 생각하고 그리고 체험하게 되시기 바랍니다.

우리는 이러한 마음과 행함 없이는 참 크리스천이 되었다 할 수 없는 줄 아옵니다. 나를 사랑하는 사람을 사랑하는 것은 누구도 다 할 수 있는 일이고 크리스천이 아니어도 할 수 있는 것이니까 원수까지 사랑하는 아가페의 사랑을 실천해야겠습니다. 건강하세요.

1977년 9월 29일

내일이면 10월로 접어들게 됩니다

9월도 내일이면 끝이고 10월로 접어들게 됩니다. 이곳 왕래한 지 근 반년. 몇 번을 찾아왔는지 헤아릴 수 없지만 당신을 만나뵌 지는 겨우 여섯 번. 그것도 이감 직후와 단식 시 특별히 배려해준 덕택에 두 번 더 뵈올 수 있었기 때문입니다. 그러나 직접 얼굴을 뵙지 못하고 몇 겹으로 가리운 창을 통해서만 대면하였기에 안색도 제대로 분별 못 했으니 늘 안타까운 심정입니다. 10월 초는 연휴로 직장이나 학원에서는 쉬는 것이 한없이 즐겁고 편하겠으나 당신처럼 수감되어 있는 분들에게는 너무도 적막하고 외로운 날들 그리고 조용한 날로서 외로움이 더 클 줄 압니다.

물론 수많은 날들을 그 같은 환경에서 의의 있게 보내고자 힘쓰며 고독을 이겨내시는 당신이기에 늘 참고 이겨내실 줄로 믿습니다. 많은 사람들이 아픔과 괴로움을 더불어 체험하시고 인간생활의 깊고도 넓은 모든 뜻을 찾아볼 수 있는 당신이기에 나는 당신의 건강 외에는 걱정할 것이 없습니다.

이 시대에 내 이웃들이 원하는 것 그리고 그들의 문제가 무엇인가도 생각하고 또 생각하셨을 줄 압니다. 하나님의 섭리는 우리 인간이 헤아릴 수 없게 묘한 작용으로 움직여짐을 아시게 될 줄로 믿습니다. 건강을 빕니다.

1977년 9월 30일

참으로 세월이 빨리 지나가고 있습니다

9월 마지막 날입니다. 참으로 빨리 세월이 지나가고 있습니다. 그러나 외면상 아주 변함이 없습니다. 물론 도로와 건축물의 변화는 눈에 띄지만 인간의 마음과 행동에는 아직은 하나님의 축복을 받기에는 좀 더 시간이 흘러야 하는가 봅니다. 마음이 맑고 깨끗하고 사랑에 가득 차 있게 되면 얼마나 믿고 도우며 평화롭게 살아갈 수 있을까 생각해 보게 됩니다. 지상의 낙원을 꿈에나 그려볼 수 있을까, 감히 오늘의 현실에서는 생각조차 해보기 어려운 것이 아닌가 해요. 마치 대기오염과 바다의 공해로 맑고 깨끗한 것을 찾아보기 힘들어진 것같이 인간의 마음속까지 여러 가지 오염으로 가득차서 아름답고 맑은 마음을 가진 진실한 사람을 찾아내기가 몹시 힘들어졌습니다.

인간이 점점 기계와 같이 된다고 한탄하는 사람들이 있는데 기계는 얼마나 정직한지 조금만 잘못되면 움직이지 않게 되는데 정직성을 상실한 인간들은 때때로 기계만도 못한 것이 되어가고 있으니 정말 큰일은 여기 있는 것 같습니다. 거짓으로 일관해나가는 인간사회가 된다면 하나님의 채찍을 받게 되지 않을 수 없는 줄 압니다. 어서 거짓 없는 사회가 되기 위해 기도합니다.

1977년 10월 1일

어젯밤 무사히 상경했습니다

어젯밤 무사히 상경했습니다. 연휴로 진주에 그대로 머물러 있을 필요가 없어 올라와 집안일을 좀 돌보고 4일 면회하러 다시 내려가겠습니다. 통증이 다소 덜해서 잠을 좀 잘 수 있었다는 말 홍 변호사님으로부터 듣고 기뻤습니다. 차입한 찜질기를 사용하시게 됐는지요? 그것을 사용하면 퍽 도움이 되실 줄 압니다. 오늘은 내 단식기도 차례입니다. 하루 종일 집에 있으면서 하나님을 사랑하는 우리들이 마음과 뜻을 합하여 기도하는 것이 좋은 결과로 나타나게 되기를 바라고 또 바라고 있습니다. 수난 당하는 많은 분들을 일일이 생각하면서 그분들의 건강을 빕니다. 오늘 하루만이라도 어려움에 함께 동참할 수 있는 것을 기쁘게 생각합니다. 선을 위한 우리의 염원이 반드시 이루어질 것을 확신합니다. 곧 만나뵙게 되겠기에 이만 줄입니다.

진통제 너무 오래 쓰시면 몸에 지장이 와요

너무도 너무도 오래 고생이 겹치고 병고까지 겪어야 하는 처지니 참으로 몸에 무리가 과한 줄 아옵니다. 당신 같은 옥고는 어느 수감자보다 이중, 삼중의 참음과 강한 의지력이 요구되는 것으로 생각됩니다. 그 어려움을 누구인들 상상할 수 있겠습니까. 정말로 하나님이 도우시지 않는다면 힘들어 쓰러지지 않았을까 생각해볼 때가 많습니다.

진통제 사용도 너무 오래 하면 몸에 지장이 올 터인데 얼굴에 부기와 다리의 부기가 이 때문에 더 심하지 않은지 염려됩니다. 찜질기는 직접 살에 대기 불편하시겠고 옷 위에 사용하시면 효과도 그리 좋지 않겠으나 습기가 다소 있기 때문에 옷이 젖게 되면 사용 후 말리기 어려워 찜질용 대신 heat bag을 곧 준비해서 가지고 가겠으니 그리 아시기 바랍니다. 설명서는 따로 없고 커버를 들고 속을 보시면 사용상의 주의사항이 적혀 있으니 그것을 보시면 되겠어요. 편리하고 별 위험성이 없으니 그리 아시고 heat bag 차입하면 찜질기는 차하하시기 바랍니다.

박세경 변호사께서 일주일 전부터 입원하셔서 가서 뵈었습니다. 위병에 신경성이 돼서 병원에서 푹 쉬시고 퇴원하신다고 합니다. 기온이 내일이면 더 떨어진다는 보도를 들으니 더욱 당신의 몸이 걱정스럽습니다.

집에 스토브를 설치하면서 당신 생각을 했습니다

벌써 어제가 입동, 겨울을 재촉하는 비가 오늘까지 이틀째 내리고 있습니다. 진주도 많은 비가 내려 가뭄이 해갈됐다는 신문보도를 보았습니다. 이 비가 끝나면 추워질까 염려됩니다. 집에는 어제 스토브를 설치했습니다. 추워지면 곧 사용할 수 있도록 준비를 하면서 당신 생각을 했습니다. 서울구치소와 같이 속히 스토브를 설치해주었으면 하고 바라는 마음 간절합니다. 상주인구 조사분석 결과 서울인구는 세계 제일의 과밀이라 합니다. 한 해에 포항시민 정도가 몰리는 셈이라 하니까요. 85년에 가면 국민 25퍼센트가 서울 사람이 되는 기형적인 현상을 나타내리라는 전망이 나온다고 합니다. 요즘 긴축금융의 강화로 중소기업 압박이 커지고 10월 중 서울지역의 어음수표 부도액은 어음수표 교환액이 줄었는데도 불구하고 9월에 비해 96.1퍼센트가 증가한 90억 원에 달함으로써 부도율이 올 들어 최고율을 나타냈다 합니다.

그리고 통화량은 31.8퍼센트 늘었고 외환보유도 42억 달러에 이어서 통화불안을 가중시킨다 합니다. 각국에서 일본 엔화가 급등하여 미국의 대일 통상 공세가 격화될 우려가 크고 달러의 하락은 일본 돈 251엔대까지 되고 있습니다. 금년은 풍년으로 14년 만에 쌀막걸리 제조가 경제 각의 의결로 허용됨에 따라 내년 2월부터 판매되게 되었습니다.

어제 차입한 침낭은 문동환 박사 처남이 보내준 것으로 퍽 따뜻한 것입니다. 요로 사용하여 아래에서 냉기가 올라오지 않게 하는 것이 좋겠습니다. 물론 그 아래 담요를 몇 개 깔고 위에 펴서 사용하세요. 부디 몸조심하길 부탁합니다.

내일이면 진주에 이감되신 지 8개월 되는 날입니다

내일이면 당신이 진주에 이감되신 지 꼭 8개월 되는 날입니다. 얼마나 긴 날들이 소리 없이 오늘의 현실을 이야기해주고 있는지 알 수 없습니다. 당신의 편지는 어제 받았습니다. 여러 날 동안 어디에 있다 겨우 어제야 우리 손에 닿았는지 그것도 또 하나의 이야기입니다.

말 없이 소리 없이 조용히 더 조용히 숨도 쉬는데 조심해야 하는 이 많은 이야기들을 어느 누가 엮어볼 것인지요. 인간의 참모습에서 찾아지는 모든 것을 다 부정해버릴 것인지 대답할 말을 모두 잊은 것 같습니다. 그러나 진리는 결코 멀리 있다고 할 수 없습니다. 하나님의 음성에 귀를 기울이면 또다시 내일의 새것을 바라보는 용기를 가지고 희망을 품게 합니다. 부디 건강하십시오.

서울特別市 麻浦區
東橋洞 一七八一一

李 姬 篇 坐

淸州矯導所內

金 大 中

□□□-□□

3장
내일을 위한 기도

—

이희호 여사가 청주교도소에 수감 중이던
김대중 전 대통령에게 보낸 편지

1980 ~ 1982년

- 이 편지는 '김대중 내란음모사건'으로 청주교도소에 수감 중이던 김대중에게 이희호가 보낸 것들이다.
- 이희호는 1980년 11월 21일부터 1982년 12월 16일까지 총 649통의 편지를 김대중에게 보냈다. 그러나 지면상 이 책에서는 전부 싣지 못했다. 1981년 편지는 《이희호의 내일을 위한 기도》에 수록되었고 1982년 편지는 처음 공개하는 것이다.

1980년 11월 21일~1981년 3월 9일

겨울 벽을 뚫고

존경하는 당신에게

하나님의 넘치는 사랑과 은혜를 풍족하게 받으시기를 바랍니다. 오늘 당신이 받는 엄청난 고난을 바라보면서 십자가상에 달리신 예수님을 생각하며 시편 22편을 읽어보고 기도를 드립니다. 나는 당신의 선한 성품과 진실하게 살려고 피나는 노력을 하는 것을 존경했는데 하나님은 왜? 하고 물어봅니다. 차라리 당신이 정말 폭력을 좋아하는 성격이라도 지니고 있고, 또 그다지도 안타깝게 민주주의를 갈구하지 않았다면, 이처럼 뼈와 살이 깎여나가는 아픔을 느끼지 않아도 좋았을 것을 하고 생각해봅니다.

나는 당신의 고통이 얼마나 크다는 것을 알지만 나의 환경은 그 큰

---

* 이 편지는 김대중이 사형선고를 받고 무기징역으로 감형되기 전에 쓴 것이다. 김대중은 1981년 1월 23일 무기징역으로 감형되었다.

고통을 덜어드리기에는 너무도 어려워. 다만 묵묵히 기도로 하나님의 도우심이 당신께 미치기를 바랄 뿐입니다. 당신이나 나나 일생을 통해 이렇게 심각할 때는 없었을 것입니다. 당신은 죽음의 고비를 여러 번 넘겼어도 그래도 오늘과 같지는 않았을 것입니다.

나는 확신합니다. 지금 당하는 그 고통이 너무도 크기 때문에 하나님의 사랑 또한 크게 작용하고 있습니다. 이것이 은혜가 아니고 무엇이겠습니까. 하나님의 그 사랑에 감사하지 않을 수 없는 심경에 이르게 됩니다. 나는 거짓 없이 이 아픈 체험을 하나님의 사랑의 선물로 받고 감사하고 있어요. 어느 누구도 하나님의 사랑에서 당신을 떼어놓지 못할 것입니다. 당신 모르게 얼마나 많은 주의 형제들이 기도하고 있는지……. 당신도 나도 알지 못하는 많은 수의 형제들이 철야기도, 산 기도, 골방기도, 금식기도까지 하고 있다는 것을 아셔야 할 거예요. 이 얼마나 감사한 일인지요. 만일 당신이 이렇게 큰 어려움에 처해 있지 않았다면 누가 그렇게까지 어려운 기도를 드리고 있겠어요. 그리고 많은 수의 형제가 당신을 기억하고 염려를 해주겠어요.

정말로 로마서 8장 28절의 말씀처럼 "하나님을 사랑하는 사람들 곧…… 모든 일이 서로 작용해서 좋은 결과를 이룬다는 것……" 좋은 결과를 이루기 위한 징조이기도 합니다. 하나님은 반드시 당신 속에 성령으로 임재臨在해 계십니다. 꼭 믿고 기도하세요.

반드시 당신의 뜻을 받아들여주실 것이에요. 당신을 지켜주시고 지극히 사랑하고 돌봐주실 거예요. 귀한 자식 매 한 번 더 때리는 식으로 하나님은 당신을 사랑하시기 때문에 이 같이 매질하시고 계세요. 그리고 하나님도 가슴아파하세요. 내일에 대한 희망 꼭 가지세요. 바다 가운데서 구해주신 그 하나님 지금도 당신 곁에 계시니 이번에도 꼭 구해주실 것을 믿고 기도하세요. 그리고 완전히 새사람으로서 당신의 새

모습을 보이세요. 기도하시고 건강하세요. 당신께 큰 축복이 내리기를 빕니다. 고린도전서 1장 읽으시고 위로 받으세요.

1981년 1월 6일

존경하는 당신에게

하나님이 함께 하여 주실 것을 믿습니다. 세상과 완전히 단절되어 있는 당신을 생각할 때 이 무슨 뜻입니까 하고 하나님께 물어봅니다. 반드시 뜻이 있을 것입니다. 독백의 나날이 수없이 지나갈 것입니다. 그 속에 하나님의 음성을 듣게 되시고 하나님의 사랑의 손길이 있을 것을 믿습니다. '두려워 말고 믿기만 하라' 하시는 그 말씀 믿는 곳에 문 열림이 있을 것입니다.

전에 계시던 곳에서 보내신 편지는 아직도 감감 소식입니다. 오늘은 당신이 두고 간 물건을 찾으러 갔다 몇몇 분에게만 감사의 인사드리고 돌아오면서, 왠지 쓸쓸하고 당신이 그대로 그곳에 계신 것만 같은 느낌이 들면서도 허전하여 가슴속으로 흐르는 눈물 참기 어려웠습니다. 이제는 당신에게 밖의 소식(즉, 세상 소식) 알릴 길이 없습니다. 월 1회 면접에 가족에 관한 것만 10분간 할 수 있으니 이제 당신은 인간사회와 관계없는 무인도에 홀로 계신 수도의 아픈 길을 가는 것입니다. 인간은 고독한 존재임을 더 실감하시게 되나 봅니다. 그러나 하나님이 옆에 계십니다.

존경하는 당신에게

오늘이 금년 들어 벌써 두 번째 주일입니다. 하루를 거의 교회에서 보냈습니다. 주일예배 후 주일학교 교사 모임이 있었고 해서 많은 시간을 보내게 된 것입니다.

홍업이는 화곡동 작은 집에 가서 그집 아이들 방학 동안 시내구경 한번 시켜주기로 하고, 아이들 데리고 작은아버지와 함께 다녔습니다. 아이들이 퍽 기뻐했다 합니다.

전 세계는 기상이변으로 곳곳에 재난이 심하다 합니다. 북구北歐는 영하 50도 혹한으로 모든 교통이 마비되는 등 어려움을 겪고 있습니다. 미국은 홍수로 28명, 인도는 폭우로 26명이 사망했다 합니다. 이 같은 이변은, 성경에서는 말세에 그와 같은 징후가 나타난다고 했습니다. 워싱턴 관가에는 감원 선풍이 불어 사기가 떨어지고 혼란이 생긴다 합니다. 중간선거가 봄부터 시작을 하는 곳이 미국입니다.

세상은 끔찍한 일이 너무 많아서 이제는 사람들의 감각도 무뎌져 웬만한 일에는 놀라지를 않으니 한심스러운 생각이 듭니다. '일가 다섯 명 자살'이란 기사를 보았습니다. 어떤 사장이 사업에 실패하고 빚 독촉에 비관한 나머지 방에 연탄불을 피워 놓고 그 같은 참사를 빚었습니다. 자식들을 마치 소유물처럼 취급한 것입니다. 이 같은 끔찍스런 사건에도 눈 깜짝하지 아니하는 오늘의 비정과 사랑의 메마름이 너무도 삭막한 느낌이 듭니다. 인정이 넘치는 훈훈한 곳에서 서로 사랑하며 살 수 있게 되기를 바랍니다. 오래 참고 기다려야 할 것 같습니다. 당신의 건강을 빕니다. "우리가 선을 행하되 낙심하지 말지니 피곤하지 아니하면 때가 이르매 거두리라."(갈라디아서 6장 9절)

　존경하는 당신에게

　서울을 떠나시던 날 교도소까지 갔다가 이감 소식 듣고 어디로 이감
된 줄 몰라 무척 답답했으나, 오후에 알려주어 청주인 것 알았습니다.
그러나 몸은 어디에 계시든 하나님 함께 계신 곳이 천국이라는 찬송가
를 생각하고 또 믿으며, 하나님이 꼭 함께 해주셔서 당신을 지켜주시
고 사랑해주심에 감사의 기도를 드렸습니다. 청주까지 갔다 만나뵙지
못하는 심정도 또한 괴로웠으나 참을 수 있었습니다. 홍일이와 작은아
버지를 면접하고 왔습니다. 다 건강합니다. 부디 건강하세요.

　당신은 비록 육체적으로 괴로움 많으시되, 마음의 평화 얻으시고,
영적으로 더욱 깊게 주님과 만나는 생활 결코 외롭지 않음을 기쁘게
받아들이시기 바랍니다. 당신은 인간의 모든, 아니 가장 겪기 어려운
모든 것 다 겪어 이제는 그야말로 다 초월한 분입니다. 이 세상 어느 누
가 당신과 비슷한 체험을 했을까요? 할 말 너무 많으나 무조건 하나님
감사합니다 하고 기도합니다.

　존경하는 당신에게

　유난히 기온이 낮은 곳에서 건강에 지장이 없으신지 몹시 궁금합니
다. 갖은 고난을 참고 이겨내시고 계실 줄 생각합니다.

　오늘은 대전에 먼저 들러 홍일이를 만나보고 청주교도소를 찾아갔
으나, 엄격한 월 1회 면회법이 요지부동이므로 우리의 만남은 중순으

로 미룰 수밖에 없었기에 그대로 서울로 왔습니다. 법은 우리에게만 꽁꽁 얼어붙은 얼음처럼 녹지를 않고 있습니다. 홍일이는 늘 꿋꿋하고 마음도 안정되어 있어 퍽 다행스럽게 생각합니다.

어제는 홍걸이 개학도 며칠 남지 않아 화곡동 작은집 식구들 다 데리고 오래간만에 외식을 하여 아이들을 기쁘게 해줄 수 있었습니다. 내일은 구정, 작은아버지와 홍업이, 홍준이가 어머님 산소에 성묘하러 간다 합니다.

당신의 고생을 우리가 대신할 수 있다면 얼마나 좋을까, 꿈같고 어리석은 생각도 해봅니다. 너무도 너무도 길고도 힘겨운 시련의 연속이기에 가슴이 아픕니다. 철저히 외로운 곳, 가장 심각한 고독의 장소에 계신 당신께 하나님의 사랑과 축복 있으시길, 그리고 하나님 함께 해주시고 계실 줄 믿고 기도하겠습니다. 건강하세요.

1981년 2월 6일

존경하는 당신에게

오늘 근 한 달 걸려 온 당신의 편지 받고 감사함을 느꼈습니다. 당신의 믿음은 나의 믿음보다 몇 배나 크고 깊고 굳음을 이미 알고 있었지만, 더욱더 느낄 수 있어 정말 하나님께 감사를 드렸습니다. 당신 같은 믿음 없이는 도저히 그 무서운 고난을 참아내어 오늘 정도의 건강과 정신도 유지할 수 없었을 것입니다. 당신이 오늘까지 강하게 희망 속에서 주님 가신 좁고 험준한 길을 외롭게 감사하며 걸어간다 생각하니 소리 없이 당신께 머리가 숙여집니다. 이 모두 하나님의 사랑과 축복임을 믿습니다.

오늘은 연수의 국민학교 졸업식이라서 홍업이가 가서 사진을 찍어주고, 나는 작은 선물을 보냈고, 지영 모母도 선물을 사서 주었습니다. 홍걸이는 오늘 시험 끝내고 처음으로 이모집 방문해서, 그곳서 점심 먹고 거기 형과 같이 시내에 나가 이모가 음악감상할 수 있는 좋은 것 사주어 받아가지고 왔습니다. 그리고 이제는 TV 보지 않고 대학 위한 공부하겠다 약속했습니다. 아주 좋아합니다. 지금은 시험으로 잠을 못 자서 일찍 자고 있습니다. 지영 모와 지영이 와서 놀다가 저녁 먹고 갔습니다. 당신이 원하는 대로 가족들 화목하게 지내며 모든 것 서로 의논하고, 서로 마음 하나 되어 기도하여 신앙생활 게을리하지 않기 위해 힘씁니다.

어제는 작은아버지가 대전, 청주에 작은엄마(홍철 모)와 같이 갔다가 올라와 여기에 들렀다 갔습니다. 대전 작은아버지 면회했는데, 건강한 모습이랍니다. 지영 모도 어제 대전만 다녀왔고, 홍일이 건강하고 보람되게 시간을 보낸다 합니다. 모두 희망, 믿음으로 지냅니다.

1981년 2월 9일

존경하는 당신에게

《동아일보》의 '횡설수설'을 보니 오늘이 도스토예프스키가 세상을 떠난 날이랍니다. 그의 작품처럼 그의 생애는 고난과 고통으로 싸여 있었다고요. 사형선고까지 받았다가 무기로 감형, 저 시베리아로 유형된 적도 있었다고 합니다. 이것을 읽으며 당신을 생각했습니다. 그의 《죄와 벌》이 처음 출판되었을 때 불과 50여 부가 팔렸을 정도였다는데 1년 후 그 작품과 똑같은 사건이 벌어져 비로소 작품의 평가를 새로 받았다구요. 그는 진정 인간의 정신적인 갈등과 모순을 예리하게 찌르는 시대를 앞선 사상가였다 합니다. 또 그는 성경을 죽을 때까지 손에서 멀리하지 않는, 일생을 깊은 신앙 속에서 삶을 영위했다는 것입니다. 비록 그의 생은 고난 속에 엮어졌으나 승리한 생이었다고 생각하면서 느끼는 바 큽니다.

참으로 신앙의 힘은 무섭고 두렵고 그리고 아픈 모든 어려움을 참고 이겨내는 놀라운 그 무엇을 나타내게 한다고 새삼 느낍니다. 사회적 동물인 인간이 혼자 외롭게, 한 사람의 대화 상대자 없이 고도에 홀로 있는 그 큰 어려움을 오히려 보람된 것으로 참아내고 승리하는 것도 믿음의 힘 없이는 아니 될 것인데, 지금의 당신이 바로 이와 같은 상황에 처했고, 오로지 믿음으로 값지고 빛나는 생을 향유하면서 하나님께 감사의 기도를 드리고 계십니다. 이런 당신께 축복과 희망이 꼭 있을 것입니다.

1981년 2월 12일

존경하는 당신에게

당신에게는 참으로 아프고 괴로운 나날 그리고 너무도 외롭기만 한 그러한 날들이지만, 밖에 있는 우리는 너무 빨리 세월이 흘러가고 있다는 느낌이 듭니다. 어서 더 빨리 흘러가기를 바라고 있기도 합니다.

오늘 청주에 가서, 실은 통조림을 여러 가지 가지고 갔다가 어제부터 당신의 요청에 따라 차입되고 있다기에 다소 안심하고 가벼운 마음으로 돌아올 수 있었습니다. 그러나 아직 국산 통조림은 그리 좋지가 못해서 큰 도움이 되지 못할 것입니다. 그곳 슈퍼마켓에 다음과 같은 품목이 있는 것을 보고 와서 알려드리니 당신의 구미에 따라 신청해 드시도록 하세요.

- 펭귄표 : 고등어, 어단(오뎅 비슷한 것), 꽁치, 어육 소세지, 골뱅이
- 샘표 : 마늘장아찌, 그외 펭귄표와 비슷함. 깻잎, 소고기 카레
- 축산진흥회서 나오는 : 조미돼지고기, 돼지고기장조림
- 대림수산주식회사 : TUNA(원양참치)
- 미광식품업사 : 죽순우육竹筍牛肉
- 그리고 비닐봉지에 들어 있는 콩조림, 깻잎, 마늘장아찌, 북어조림
  (비닐봉지 것은 분량이 많지 않고 보관하기도 간편할 것 같습니다.)

우선 이상의 것을 알려드립니다. 당신이 내게 부친 편지는 아직 안 왔고, 그보다 늦게 부친 홍업이에게 보낸 편지는 오늘 받았습니다. 같이 앉아 읽었습니다. 당신 말대로 우리 모두 믿음의 생활로 서로 사랑하고 감사하며, 고통 받는 많은 분들 위하여 잊지 않고 기도와 위로의 방법을 생각하고 행하고자 합니다. 부디 건강하세요.

1981년 2월 16일

존경하는 당신에게

날은 흐리고 비가 좀 내리기는 하지만 며칠 포근한 날이 계속되어서인지 이대로 겨울이 아주 지나갔으면 하는 마음 듭니다.

오늘은 오래간만에 고속버스를 타고 청주에 다녀왔습니다. 오늘 차입한 《마거리트 자서전》은 지금은 고인이 됐으나 미국의 유명한 인류학자로 한국에도 한 번 왔다간 마거리트 여사의 전기로, 인류학 측면에서 퍽 흥미 있을 것으로 생각합니다. 나는 아직 읽어보지 못했지만

인류학을 배울 때 잘 알려진 분이기에 이 책을 차입했습니다. 《나비와 엉겅퀴》는 박경리 씨의 소설이므로 차입했고요. 《토지》의 속편을 쓴다는데, 그것은 아직 출판되지 않았으며 출판되기까지는 퍽 오랜 시일이 걸릴 것입니다. 어느 국사학자가 《토지》에 관해 사학자도 연구하지 못한 부분까지 알아서 쓴 점 등 절찬한 것을 본 일이 있습니다.

홍걸이 봄방학이 21일에 시작된다니까 주말에는 데리고 청주에도 가고, 대전에 가서 홍일을 면담할 계획입니다. 날도 풀리고 모든 것에 변화가 이 봄과 더불어 있을 줄 믿습니다. 하나님의 오묘한 섭리는 우리 인간의 지식과 지혜로는 알 수 없는 것이며, 우리는 믿음 안에서 늘 감사와 희망의 나날을 보내고자 합니다.

1981년 2월 18일

존경하는 당신에게

날씨는 풀렸어도 햇볕이 나지 않아서 당신이 계신 곳은 역시 싸늘하기만 할 것 같습니다. 건강은 어떠하신지요. 아프신 곳은 여전하신지 두루 궁금하지만, 인터폰 면회조차 월 1회뿐이고 아무리 2회 정도 허락을 요청해도 아니 되니까, 정말 완전히 당신의 모든 것을 하나님께 맡기면서 기도만 드릴 뿐입니다. 하나님께서는 당신을 지켜주시고 우리 기도에 응답해주실 것을 확신합니다. 그래서 나는 염려하지 않습니다. 보람된 나날을 보내고자 힘씁니다. 그리고 이 봄의 소식에 희망을 가지고 주님을 찬양합니다. 감사하는 마음뿐입니다.

오늘도 청주서 과실을 차입치 아니 했는데(원하시지 않으신다구요) 밀감(비타민 C가 많아 감기 예방이 되는데요)은 되도록 드시는 것이 좋을 것 같은데요. 그리고 마늘장아찌는 맛으로 드시지 마시고, 건강에 좋은 것이니 약이라 생각하시고 신청하여 조금씩 드시는 것이 참 좋을 것 같습니다.

어서 더 따뜻한 봄이 오기를 기다립니다. 마치 당신이 자유의 몸이 되시기를 기다리는 마음으로 하나님 모든 것 속히 이루어주소서 하면서……. 또 참으며 오늘을 이기며 당신의 건강을 빕니다.

1981년 2월 21일

존경하는 당신에게

외부와 완전히 단절되어 있는 곳에 계신 당신의 마음은 얼마나 답답하실까요. 생각하면 너무 안타깝기만 합니다. 아마도 하나님께서 당신을 세상사에 일절 관여 없이 하나님과 만남의 기회를 주시기 위한 보다 중한 시기를 이때로 삼으셨나 봅니다. 고독 속에서 하나님을 깊이 신뢰하고 진리와 함께 승리하도록 해주시는 것으로 믿습니다.

깊은 동면冬眠이 있기에 봄이 새로운 개구리처럼, 이 추운 겨울은 소망과 생명을 잉태하는 계절인가 합니다. 따스한 봄을 위해, 광명의 새 아침을 위해, 삭막하고 고독한 이 겨울밤을 말없이 멍에를 메고 예수님의 뒤를 따라 찬란한 부활의 약속을 믿으며 기도를 드리는 당신을 생각하면서 나도 뜨거운 기도를 드립니다.

홍걸이 봄방학이 오늘 시작됐어요. 오늘은 지영 모, 지영, 정화, 혜경, 홍준이가 와서 하루 종일 있다 밤 9시 넘어 갔습니다. 그리고 나니 하루 종일 나로서는 아무 한 일이 없군요. 내일 가르칠 주일학교 공부 준비를 하고, 홍업이 귀가해서(홍업이는 오전에 제 아파트에 가 있다가 밤에 들어옵니다. 비교적 자유로워졌으니까요) 하루 지낸 이야기를 하고 나니 11시가 넘은 후에야 겨우 시간을 가질 수 있어 이 글을 쓰고 있습니다. 내게는 할 일이 많고 시간은 없는 것 같아요. 그렇다고 사실 한 것도 없어요. 어서 모든 일이 해결되기만 빕니다. 건강하세요.

1981년 2월 25일

존경하는 당신에게

올 겨울은 눈이 많이 내려 은세계를 이루고 있고 추위가 가시려면 며칠 더 걸릴지 모르겠습니다. 다시 한파가 몰아닥쳐와 마음마저 얼어붙게 하고 있습니다.

오늘 차입한 책 《이 세상에 천국을》, 이 책은 1973년 크리스마스 선물로 김 추기경이 당신께 드린 것입니다. 간단한 책이나, 우리가 염원하는 천국이 이 세상에 이루어지기를 바라면서 읽어보시면 합니다. 또 《이방인이 본 한국과 한국인》은 저자가 여동찬 씨(불란서 사람이 한국 이름을 가짐)인데 한국에 온 지도 오래 되고 많은 연구를 했으며 불교를 연구해 박사학위를 받은 분으로 현재 외국어대학에 교수로 있습니다. 외국인이 본 우리나라 우리 민족을 역사적으로도 깊이 있게 다룬 것이라고 생각해서 차입했습니다.

어떤 책을 차입해드릴지 당신이 원하시는 책에 관해 편지를 쓰셨더라도, 내 손까지 닿기에는 근 1개월이 걸리니까 생각하면 괴롭기만 합니다. 여기 적어야 하는 것도 일일이 가려가며 적어야 하니까 우리에게는 힘들지 아니하는 것이라고는 하나도 없습니다. 우리의 힘으로 해결하려 들 때면 너무 힘들겠지만, 하나님께 모든 것을 맡기고 그의 참된 진리의 음성에 귀를 기울이고 그 명령에 순종하면 힘든 모든 것은 쉽고 가볍게 느껴질 줄 믿습니다. 믿음의 굳센 끈을 잡고 오래 참고 이기는 기쁨을 가져야겠습니다. 어서 따뜻한 날, 모든 문을 열어젖히는 날이 오기를 빕니다.

1981년 2월 26일

존경하는 당신에게

의외로 빨리 당신이 21일에 쓴 편지가 오늘 배달이 됐습니다. 반갑게 당신을 만나는 마음으로 읽었습니다. 당신은 정말 일일천추—日千秋를 실감하시겠음을 생각할 때, 우리는 밖에서 따뜻하게 세월이 너무 빠르게 가는 것을 느끼고 있으니 안에서 너무도 처절하게 고생하는 당신과 그외 많은 분들에게 미안하고 죄스러움을 느끼게 됩니다. 더구나 오늘 같은 한파가 몰아닥칠 때마다 가슴 서늘해집니다. 아무리 전기스토브가 설치됐다지만 용량이 적어서 큰 도움이 되지 않기 때문에 안타까우나 그나마 고맙게 생각하고 감사드립니다. 당신의 오늘의 모든 것 연상하면 눈물이 저절로 흘러내립니다. 당신은 내가 눈물 없는 사람으로 알고 계시지만 실은 나는 너무 눈물이 많은 사람이랍니다. 나는 남 보는 데서 눈물을 흘리지 않기 위해 무진 애를 써서 참고 눈물을 삼켜버리고 보이지를 않습니다. 더구나 당신이 더 아파하실까봐 당신에게는 눈물을 보이지 않기로 한 것인데 나도 모르게 눈물이 나왔나 봅니다.

나는 요즘 교회에 나가 찬송을 부르면 눈물이 나와 견딜 수 없을 때가 많습니다. 결코 마음이 약해져서 그런 것이 아닙니다. 고난 받고 있는 수많은 사람들이 내 눈앞에 보이는 것 같고 예수님이 홀로 무거운 십자가를 걸머지시고 골고다로 향하는 모습이 눈앞에 보여서입니다. 외롭고, 고독한 주의 형제들을 위해 기도합니다. 절대 고독의 주인공 예수 그리스도와 만나시면 "혼자 있는 것이 아니라 아버지께서 나와 함께 계시느니라"는 평화의 간증이 나올 것을 믿습니다. "내가 세상을 이겼노라" 하신 그리스도의 선언이 당신의 선언이 되는 믿음으로 승리하시기 바랍니다. 축복 받는 고독이 되어 하나님 만나시길 빕니다.

1981년 3월 3일

존경하는 당신에게

오늘은 모든 것이 새로워진다는 제5공화국 출범일로, 대통령 취임식에 공휴일입니다. 그러나 아직 우리에게는 아무 새로운 것이 없습니다. 아니, 오히려 뒤처지는 소리가 들려오기도 하니 정신이 얼떨떨합니다. 국민으로서의 의무를 철저히 지키느라 무척 애를 쓰지만 인정해주지 않으니 서글퍼지지 않을 수 없습니다. 하기야 무엇을 바라고 기대한 것은 아니지만 그래도 하루하루의 생활이 새로워지기를, 오늘보다 내일은 좀 나아지기를 바라는 것이 인간이기에 나 또한 이러한 인간에 틀림이 없어 새롭기를 바라는 것이 솔직한 심정입니다. 그러나 결코 실망은 아니 합니다. 하나님은 때가 되어야만 우리의 기도를 들어주시니까 그 때를 기다리고 희망을 가지고 지냅니다.

진정 이 나라의 모든 일이 잘 되기만 바랍니다. 그리고 이 나라를 이끌어가는 분들이 하나님을 두려워할 줄 알고 또 정말 국민이 주인노릇을 할 수 있게 자유를 주시기를, 그래서 축복 받기를 위해 하나님께 기도드립니다. 어서어서 모든 사람이 서로 사랑하고 도우며 존경하고 신

뢰하면서 마음 편히 살 수 있게 되기를 바라고, 오늘도 당신의 건강을
빕니다.

1981년 3월 6일

존경하는 당신에게

오늘은 음력으로 2월 1일이요 경칩인데, 날씨는 좀 풀렸어도 바람이
세게 불어서 찬바람이 옷 속으로 스며들어 움츠리게 됩니다. 홍업이와
우리 차로 대전 먼저 들러 홍업이는 작은아버지를, 나는 홍일이를 면
회했습니다. 모두들 건강하고 대사면大赦免에 기대를 하지 않고 있었기
때문에 마음의 동요됨이 없었다 해서 다행입니다. 홍일이는 자기 염려
는 하지 말라 하면서 늘 아버지 건강과 많은 분들 위해 기도하고 있다
합니다. 다같이 몰려 있어서 당신과 같은 그러한 적막함은 그곳에는
없는 듯합니다.

오늘 넣은 담요도 순모인데 차하差下한 담요보다는 조금 덜 따뜻할
것 같아요. 이것도 드라이클리닝 하면 다시 차입할까 합니다. 아직 칸
트에 관한 책은 부탁해 놓고 있으나 구하지 못해서 오늘은 《사람과 사
람 사이》《톨스토이의 일생》《한국 무교巫教의 역사와 구조》를 차입했
습니다.

다음 주 초 면회할 것을 기쁨으로 기다리고 있습니다. 그러나 대면
함에도 불구하고 하고 싶은 말, 글로도 만나서도 못하는 이 모든 것 안
타까울 뿐입니다. 하나님께서 꿈에서라도 우리에게 모두 알려주시기
원합니다. 천사들이 당신을 둘러싸기를 빕니다.

존경하는 당신에게

요즘은 식사가 어떠하신지요. 지병은요. 한 주에 세 번 청주를 다녀와도 당신의 근황은 알 길이 없으니 이렇게 캄캄한 세상이 어디 또 있을까 하는 생각조차 듭니다. 과거의 모든 것에 대한 정의가 바뀌지는 것 같습니다. 나는 청주·대전교도소 출입과 교회 가는 것 외에는 아무런 자유도 없으니까 오늘은 하루 종일 집에서 쉬고 있습니다.

고난은 우리를 불행하게 할 수는 없다고 당신이 말씀하신 대로 오늘 불행하다 느끼지 않습니다. 참된 행복은 고난의 가시밭에서도, 궁핍한 살림에서도, 가파른 갈보리 산 언덕에서도, 침침한 감방 속에서도 빛 되시고 진리 되신 예수 그리스도를 마음에 간직하며 그 진리 따라 행하면 얻을 수 있다고 믿습니다. 5분 앞도 내다보지 못하는 우리가 지금 캄캄하다고 실망하거나 불행을 느끼는 어리석고 약한 자가 되지는 않으렵니다. 우리가 당하는 인간으로서의 괴로움은 크다 하되, 수많은 분들의 기도는 쉬지 않고 있고 가슴속 깊이 당신의 건강을 염려하며 기억하고 있다는 사실, 그러니 당신은 외롭지 않습니다. 이보다 하나님의 사랑의 손길이 당신의 외로움을 덜어주고 있다고 믿으시기 바랍니다.

어제는 홍일의 가족이 와서 자고 갔습니다. 아이들이 많이 컸어요. 홍일이 고생하는 것 가슴아파하지 마세요. 잘 이겨내고 굳건한 믿음 가지고 건강하니까요.

존경하는 당신에게

한 달 만에 당신을 뵈니 더 수척하신 것 같아서 마음 아픕니다. 더구나 디스크로 고생하시니 얼마나 괴로움이 크시겠어요. 철저한 고독에서 남달리 외로움을 참고 이겨야 할 당신을 생각하면 밖에서 꼼짝도 못하는 나 자신 당신께 미안할 뿐입니다. 오로지 주님만 믿고 의지하는 우리의 오늘의 상황에는 좀더 높은, 아니 깊고도 깊은 주님의 뜻이 반드시 있음을 믿습니다. 다만 당신의 건강이 염려됩니다. 당신은 욥과 같이 이겨내시고 바울 사도와 같이 이겨내실 굳건한 믿음이 당신을 더 굳세게 강하게 함을 믿고 계실 것입니다.

오늘 청주를 떠나 대전에 가서 홍일이는 지영 모와 홍업이가 면회하고, 작은아버지는 나와 가운데 작은아버지가 면회했습니다. 모두 건강도 좋고 명랑하고 열심히 기도생활을 해서 마음 든든함을 느낍니다. 다른 분들도 다 건강히 잘 있다고 합니다.

가능하면 디스크로 아픈 부위를 주무르도록 하세요. 어떻게든지 건강이 유지돼야 합니다. 하나님, 꼭 당신과 함께 하시기를 믿고 기도합니다.

1981년 3월 11일~5월 31일

언제가 될 지 알지 못하나

존경하는 당신에게

무섭게 춥던 겨울은 서서히 물러가고 봄은 변함없이 찾아드는가 합니다. 언제나 변함이 많은 것은 인간인가 합니다. 말이 많고 그 말의 행함은 적은 그러한 인간의 무리 속에 많은 사람들이 멍들고 아파하는 모습도 보입니다.

다만 하나님의 진리에는 변함이 없으니 그 진리 따라 살아가는 사람 되고자 오늘도 피나는 노력이 있어야 한다고 생각합니다. 디스크는 정신적 고통으로 또는 너무 오래 앉아 있는 생활에서 올 수 있는 것인데, 당신에게는 이 두 가지 원인이 다 있다고 봅니다. 어떠한 일이 있어도 건강에 해침이 없어야 하므로 되도록 몸을 움직이시고 믿음으로 안정을 얻으시기 바랍니다. 말은 쉬우나 당신의 생활에서 모든 것 참고 오늘까지 이른 것만도 하나의 기적입니다. 결코 쉬운 일 아닙니다. 그런

점에서 하나님께 감사를 드리지 않을 수가 없습니다.

오늘 처음으로 청주의 날씨도 따뜻하고 바람이 없어 한결 마음이 누그러지는 것 같은 기운이었으나 외로운 당신을 생각할 때 위로해드릴 길 없음 안타깝기만 할 뿐입니다. 그곳에 계신 모든 분들이 천사가 되어 당신의 어려운 사정을 해결해주고 도와드리게 되기를 하나님께 빌고 또 빕니다. 우리의 기도가 기적의 열매를 맺어 오늘까지의 아픈 상처를 치료해주고 고통을 걷어가주기를 바라고 또 바랍니다. 부디 건강하세요.

1981년 3월 15일

존경하는 당신에게

맑은 날씬데 바람이 불어 어제보다 한결 찬 기운이 듭니다. 내일은 좀더 차질 모양입니다. 당신의 건강이 아무래도 걱정이 됩니다. 기도로 놀라운 기적이 일어나기만 바라고 있습니다.

당신을 위한 기도와 촛불은 꺼지지 않고 계속 타오르고 있습니다. 하나님은 분명히 당신을 극진하게 사랑하고 계십니다. 당신의 괴로움이 크면 클수록 더 사랑하신다는 것 믿으실 줄 생각합니다. 우리는 역경과 슬픔과 불행한 운명 속에서도 참고 기다린 은혜로서의 한 사실(事實, 史實)을 볼 수 있었습니다. 결코 쉬운 일은 아닙니다. 그러니 오늘도 내일도 참고 기다리는 생활이 우리에게 요청되고 있습니다. 기다림과 인내의 교훈을 받아들이고 내일의 새아침을 바라보면서 이겨나갈 때 소망은 이루어져 감사와 찬송을 소리 높여 부르게 될 것을 믿습니다. 우리는 인간에게 의지하고 실망하고 사는 것이 아니고 어디까지나 하나님을 의지하고 희망을 가지고 살고 있습니다. 내일 또 청주교도소를 방문하겠습니다. 당신을 기도로만 만나게 되지만, 그러나 한 달을 기다리며 10분의 만남을 기쁨으로 삼고 참고 나가겠습니다. 건강하세요.

1981년 3월 18일

존경하는 당신에게

이젠 완연한 봄 날씨가 되었습니다. 당신의 건강도 이 봄과 함께 회복되시기 바랍니다. 오늘은 오랜만에 많은 책이 차하되었습니다. 그런데 무슨 책을 넣어드려야 할지요. 월 1회 면회에 월 1회 서신으로나 당신의 의견을 알 수 있으니, 그나마도 제한된 범위 내에서, 답답합니다.

어차피 그러리라 생각하고 있지만 답답한 것만은 사실이 아닐 수 없습니다. 더구나 당신의 건강상태에 관해서 제일 궁금합니다. 부디 하나님의 사랑의 손길이 불편한 곳곳마다 닿아서 통증 없이 지내실 수 있기를 빌고 또 빕니다.

다음 수요일은 국회의원 선거일이라서 공휴일이 되겠습니다. 그래서 3월 23일(월)에 청주 다녀오면 25일 후에나 내려가게 되겠어요. 이젠 정치에 관심이 없어 그 방면은 무감각 상태가 되고 있지만, 나라를 사랑하는 마음에서 모두 잘 되기만은 바라고 잘 되도록 꼭 기도를 드립니다. 하나님이 이 나라 이 민족을 드러내어 동방에 빛나는 나라로 써주실 날이 반드시 있기를 믿고, 그때 이 민족이 주님의 복음을 온 세계에 전파하는 귀한 일꾼이 돼서 이 땅에 태어난 뜻과 영광스러움을 깨닫게 되기를 두 손 모아 기도합니다.

당신의 건강을 지켜주시고 함께 해주시는 주님께 감사드립니다.

존경하는 당신에게

당신의 건강이 어떠하신지, 디스크의 고통은 좀 덜 하신지 무척 궁금합니다. 오로지 주님의 손길이 떠나는 일 없기만 빕니다. 오늘도 변함없는 일정대로 홍업이와 대전 교도소에 가서 나는 홍일이를 면회하고, 홍업이는 작은아버지를 면회했습니다. 홍일이는 서울 있을 때보다 더 건강해졌고 운동도 열심히 해서 좀 거무스름하게 탔습니다. 다 같은 동棟에 있다 합니다.

다만 아버지 염려만이 크고 그래서 기도를 쉬지 않는다 해요. 작은 아버지는 홍철 엄마가 2주째 면회를 못 가니까 신경통이라 속였더니 너무 걱정하신다 해서 홍업이가 사실대로 차 사고의 말 전했더니 오히려 안심이 되신 모양이라고 합니다. 경상이라 오래 입원을 요하지 않는다 해도 다음에 후환이 있을지 모르기 때문에 병원에서 시키는 대로 치료를 받는 것이 안전하므로, 우리 모두 주위에서 꼭 참고 치료받도록 권하고 있어요. 내주 초 퇴원하면 대전에 면회 가게 될 것으로 압니다. 대전에 있는 분들 모두 건강이 좋다 합니다. 그것만으로 다행스럽게 생각해요.

청주도 기온이 상당히 높아졌는데 이제는 추운 날이 없기를 바라겠어요. 청주교도소를 찾아 차입만 하고 그대로 돌아서 와야 하는 것이 너무도 마음 허전합니다. 하나님께서 부디 당신을 지켜주시기만 기도합니다.

존경하는 당신에게

어제는 지영, 정화, 지영 모, 혜경(이번에 경희대 졸업하고 아직 집에 있다 합니다), 홍준이가 와서 놀다가 밤에 돌아갔습니다. 지영이는 유치원 다니는 것을 큰 기쁨으로 잘 다니고 아주 똑똑하게 처신하고 있다 합니다. 성격은 좀 까다로워 다루기 힘들어 합니다. 모두 건강한 것이 참으로 다행합니다. 당신만 건강하시면 하고 바랍니다.

오늘은 주일입니다. 아침저녁 교회에 나가는 것이 나에게는 큰 기쁨입니다. 요만한 자유나마 내게 있다는 것, 그래서 남보다 더 거룩한 예배를 드리고 감사를 드립니다. 히브리서 12장 1절부터 13절까지 읽으시고, 다시 새로운 깨달음이 있기 바라겠습니다. 그래서 의의 화평한 열매를 맺게 되기를 기도드리겠습니다. 그리고 어려운 가운데서도 강하고 담대하셔서 오늘의 고난을 이겨내시기에 부족함 없으시기를 빕니다.

나는 당신을 위로해드릴 수 없고 힘이 되어드릴 수도 없으나, 하나님 당신과 함께 해주시면 그보다 더 큰 은혜와 축복이 없을 것입니다. 늘 하나님 함께 해주심 믿으시고 힘 얻으시며 위로 받으시기 바랍니다. 우리는 앞일을 알지 못합니다. 내일 일이 어떻게 될지 모릅니다. 우리 뜻대로 아니고 하나님의 뜻대로 될 것입니다. 모든 것 하나님께 맡기고 참고 이기세요. 건강을 빕니다.

존경하는 당신에게

청주에서 돌아오자 당신의 편지, 마치 당신을 만난 것 같은 기쁨과 반가움으로 받아 읽었습니다. 전보다 빨리 배달되는 것 다행이에요. 나는 당신의 굳고 돈독한 믿음, 그 믿음의 힘으로 모든 것 이겨내고 계심 잘 알고 있지만, 지난번 면회시 당신의 표정과 건강상태가 너무도 마음에 걸려 속으로 그저 안타까워하면서 지냈어요. 오늘 편지에는 일절 건강에 관해 적지 않으셨기에 알 길은 없지만 당신의 믿음과 마음가짐으로 건강을 유지해나가실 줄 믿습니다. 당신의 귀한 꿈 무엇보다 반가운 것입니다. 하나님은 믿는 자에게 환상으로 또는 꿈으로 보여주시고 알려주시는 일이 많아요. 구약성경의 요셉의 꿈 또 그 꿈의 해몽 등은 유명하잖아요. 누구에게나 그러한 꿈을 주시는 것은 아니니까요. 전부터 당신은 하나님이 반드시 크게 쓰실 계획이 있으셔서 그 같이 어려운 연단을 시키시는 줄 믿고 있었어요. 비록 인간으로 겪어가기는 힘이 드시겠지만 성경 말씀대로 지금 받는 고난은 장차 받을 영광에 비할 바 아니라 하셨으니, 앞으로의 영광된 날을 위해 참고 이겨낼 수 있게 하나님의 도우심이 있을 줄 믿습니다. 크게 쓰시기 위해 하나님이 그렇게 연단하시는 것이라 전화로 말하는 분이 많습니다. 당신의 글을 읽으면서 느끼고 배우는 것이 많습니다. 아이들에게도 크게 가르침이 됩니다. 좀더 자주 쓰실 수 있으면 얼마나 좋을까 하는 생각입니다.

나는 건강이 아주 좋고 안에서 고생하는 당신과 여러 분께 미안할 정도로 체중도 늘었습니다. 홍업이와 동행할 때 외에는 집에서부터 버스로 청주 왕래해요. 경제적인 것보다는 남과 같은 생활과 체험을 하여 어떤 환경에도 적응할 수 있는 인간이 되고 싶기 때문입니다. 높은 곳에 있는 사람보다는 낮은 곳에서 고생하는 사람들의 아픔을 같이 겪고 도와도 줄 수 있는 이웃사랑의 행함의 삶을 살기 위한 생활해야겠어요. 나는 당신의 꿈 너무 기쁘고 큰 뜻 있는 것인 듯 기쁘면서 해몽의 능력 없음이 유감스럽습니다. 우리집 개들 다 잘 자라요. 똘똘이도 아주 잘 있어요. 홍걸이 코는 아직은 효과를 모르겠어요. 계속 치료는 받으나 알레르기성이 돼서 더 두고 봐야겠어요. 부디 건강하시도록 힘쓰세요. 집 걱정은 조금도 하지 마시구요. 모두 잘 있고 다들 건강하니 얼마나 감사한 일이에요.

1981년 3월 24일

존경하는 당신에게

며칠 동안 따뜻하고 화창했던 날씨가 오늘은 바람과 비로 변해서 어두컴컴하여 당신 계신 곳도 침침한 곳 싸늘한 곳이 되어 마음을 가라앉게 해줄 것 같습니다. 늘 밝고 따뜻한 날만 계속될 수 없지만 이런 날은 마음조차 어두워지는 듯해서 소리 높여 찬송을 부르면서 주를 찬양하고 힘을 냅니다. 오늘 작은엄마(화곡동)가 퇴원한다 합니다. 이제 집에서 치료받으러 다니게 되면 금주 아니면 내주에는 대전 면회 내려가게 될 줄 압니다. 퍽 다행한 일이에요. 퇴원하니까 아이들이 퍽 기뻐할 거예요. 홍걸이의 지난 학기말 성적은 점수로 나오지 않고 2학년 기간 전체를 종합해서 우, 수, 미로 표시하기 때문에 어느 정도 성적이 좋아졌는지는 모르나, 고 1때보다는 공부에 열이 없는 것으로 보여 속으로 걱정하면서 저 스스로 깨달아 알아서 공부해주기 바랍니다. 말하면 싫어하는 것만 아니고 말을 거는 것도 싫어하기 때문에 감정을 건드리고 싶지 않습니다. 내 교육이 잘못된 것을 후회하나 이미 연령으로 봐서 잔소리가 효과를 얻지 못합니다. 과외 공부는 당국서 금지시켜 없어졌지만, 친척을 가장해서 음성적으로 하는 사람들도 있다 합니다. 이제 갑작스레 공부해서 어느 정도 성적 올릴지요. 아무튼 제 인생 제가 개척해 나가야겠지요. 요새는 음악감상에 너무 열중해요. 그냥 감상하는 것이 아니고 책으로 연구하면서. 여하튼 홍걸이는 제가 좋은 것은 철저히 파고드니까요. 그런데 대학입시 앞두고 저렇게 심취하니 그게 문제예요. 하나님의 도우심 있기를 기도해주고 있어요. 똘똘이 얘기 좀 하지요. 똘똘이는 당신 떠나신 후 줄곧 안방에 있었어요. 홍업이 돌아온 후부터 여전히 똘똘이 놀리는 일 하도 하니까 그쪽으로 옮겨 놓았는데, 요즘은 홍업이가 외출하기만 하면 곧 안방 문 앞에 와서 문 열라고 이상한 소리를 내요. 그래 문을 열어주면 좋아서 아랫목에 배를 깔고 잠자는 게 똘똘이 일이에요. 밤늦게 홍업이 있는 곳으로 끌려 나가지요. 오늘은 나의 어머니 추도의 날, 필동에서 추도예배 있어서 가도록 허락됐습니다. 정월 1일 오빠 만나고 오늘 저녁에 만나요. 가지가지 비극이라 오늘 아침 형수가 전화로 울먹여 내 마음도 아팠으나 곧 만날 기쁨으로 있어요. 건강하세요.

1981년 3월 26일

존경하는 당신에게

다시 겨울로 돌아가는 듯 눈발이 내리고 있습니다. 오늘은 대전 들러 홍업이가 홍일이 면회하고 내가 작은아버지를 면회했습니다. 늘 변함없이 지내고 있고 모두 건강(심신 공히)합니다. 부활절(4.19) 전에 대법 판결이 있을 것으로 예측하는 모양입니다.

당신이 편지에 적어 보낸 리스트에 의하여 책을 차입하겠는데 그 리스트에 없는 것도 섞어서 넣을 터이니 그리 아세요. 그래서 오늘은 플라톤의 《대화》와 《다국적 기업》 《로마 제국과 기독교》를 차입했습니다. 도설圖說 《역사의 연구》는 군교도소 때 차입한 후 나오지 않았습니다. 어려운 시기지만 하나님이 당신께 더 많이 공부할 수 있는 기회를 주신 것으로 생각하시고 모든 점에서 전진하시기 바랍니다. 당신은 반드시 그렇게 전진의 길로 다다르실 줄 믿습니다.

하나님께서는 사랑하는 자에게 예기치 못한 환난을 주신다는 것을 다시 음미하시기 바랍니다. 당신의 영혼을 더욱더 알곡으로 만드시기 위함입니다. 당신은 이미 당신께 닥쳐온 그 모든 혼란의 참뜻을 깨닫고 감사의 기도를 하며 하나님의 참사랑을 깨달았을 것입니다. 하나님의 사랑 없이는 당신은 이미 이 세상 사람이 아니었을 것입니다. 그 큰 사랑 힘입은 당신 앞에 반드시 주님은 새로운 일 예비해 주실 줄 나는 믿고 고난 후의 축복을 바라봅니다. 엄청난 환난이 물러가고 하나님의 사랑의 손길이 임할 것을 성서는 보여줍니다. 끊임없이 기도하시고 용기 있게 믿음 속에서 같이 전진합시다. 건강하세요.

1981년 3월 27일

존경하는 당신에게

우리집 뜰의 목련화도 봉오리가 져서 수일 내면 꽃이 피겠습니다. 그러니 날씨는 겨울처럼 눈발이 내리는 이변을 보였어도 봄은 역시 봄인가 보지요. 그래도 날씨의 이변이 하도 많아서 옛날과 같이 이제 추위는 더 없다고 말할 수 없어요. 이상한 일이기도 합니다. 이번 여름도 작년처럼 냉해가 있을지도 모른다니까요. 그래서 두꺼운 모毛 내의(손으로 짠 것) 세탁해서 다시 넣어볼까 해요. 아주 따뜻해지면 또 차하하시더라도 만일을 위해 대비해두는 것이 좋지 않을까 하는 생각이 듭니다.

건강은 어떠하신지요. 한 달에 두 번만 면회가 되어도 얼마나 좋을까 하는 생각입니다. 어째서 우리에게는 가혹한 법이 되고 있는지 모르겠어요. 청주교도소 들러서 책 넣고 차입물품 값 지불하고 그대로 돌아서야 하는 냉혹한 현실은 너무도 허전한 마음을 안겨다 줍니다.

며칠 전에 홍걸이가 모의고사 성적 가져왔는데 50점 만점 30점 만점으로 과목에 따라 다르기 때문에 잘 알아보기 힘이 드나, 전 학년의 학생수 140명에 40등이 되니 홍걸이보다 훨씬 못하는 아이들도 많은가 봅니다. 오늘도 전 과목 시험 때문에 며칠 열심히 하기는 했는데 어떻게 될지는 모르겠어요. 여하튼 무엇이든 노력해서 되지 않는 일은 거의 없다시피, 홍걸이도 이제부터 노력하기만 하면 대학입시에 큰 염려는 없을 것 같아요. 되도록 잘 타일러서 노력을 하게 하겠습니다. 외곬으로 나가려는 것이 탈이지요.

홍업이는 건강하고 자유롭게 외출하고 있습니다. 결혼도 취직도 그렇다고 개인적인 학업도 할 수 없는 형편에 있기 때문에 늘 마음에 부담이 되고 가여워보이나, 잘 이겨나가고 있으니 염려하지는 마세요. 착한 성품을 지니고 있는 그 아이에게 하나님의 축복이 반드시 있을 것이에요. 그때는 오고야 말 것입니다. 우리는 그때를 모르지만 반드시 있다고 믿어요. 부디 건강하세요. 쓰다 보니 거꾸로 되어서 미안합니다.

1981년 4월 1일

존경하는 당신에게

벌써(내게는 시간이 너무 빨리 지나가고 있음을 느끼니 당신에게는 미안한 감이 듭니다) 4월이 되었습니다. 4월은 잔인한 달이라고도 말하는 사람들이 있는데 4월은 기쁜 달이라고 생각하는 것이 마음을 편하게 할 것 같습니다.

오늘은 날이 흐렸는데, 청주 갔다 돌아오는 길에는 차가운 바람이 불어서 제발 차지지 말기를 바랐습니다. 화곡동 작은엄마가 지영 모와 대전 가서 면회하고 동교동에 같이 들러 오랜만에 만났는데 몸이 좋아 보였습니다. 오늘은 대전의 작은아버지가 퍽 기쁘셨겠고, 이젠 안심하실 줄 압니다. 홍일 일행의 대법 판결이 14일로 결정이 되어 모두 마음을 굳게 먹고 있습니다. 결과는 뻔한 것이니까요. 그러나 하나님의 뜻에 의해 좋은 일도 있을 수 있는 것이니, 어느 누구도 알 수 없는 것이고요. 모든 것 하나님께 맡기고 우리는 환난 중에 기뻐하고 범사에 감사하며 쉬지 않고 기도를 올릴 뿐입니다. 모두 건강해야겠습니다. 몸 조심하세요.

1981년 4월 3일

존경하는 당신에게

지금 막 대전과 청주를 다녀와서 이 글을 씁니다. 대전서는 내가 홍일이 면회했는데 역시 건강한 모습이고 마음에 조금도 동요됨 없이 늘 꿋꿋합니다. 다만 아버지의 건강을 염려하고 뵙고 싶어합니다. 그것은 너무도 당연한 것이나 현재로는 불가능하니 참을 수밖에 없겠지요. 홍업이가 작은아버지 면회했는데 그분도 건강하시고 홍일이 나가는 문이 열리자 지나가서서, 나도 멀리서 얼굴만 대했는데 늘 웃는 표정을 지으시니 마음이 한결 편합니다. 대전에 있는 분들 한결같이 믿음으로 하나 되어 잘 참고 이겨내고 있습니다. 우리보다 더 심한 시련을 받고 있는 사람들도 있다 생각하면서 더 어려운 분들 위해 기도합니다.

어제 오후에는 1년 만에 화초를 사다 화단에 심었습니다. 사람은 누구나 마음가짐이 중요하기 때문에 집에 들어오면서 꽃을 보니 마음이 한결 밝은 것 같아요.

청주는 오늘도 바람이 불고 싸늘하던데 침낭을 차하셔서 밤에 잠자리가 춥지나 않으실지 염려스럽습니다. 늘 말하듯이 날씨의 이변을 생각하셔서 대비하시는 것이 좋겠어요. 당신 위해 기도를 하는 분들 아직도 계속하고 있음 기억하시고, 늘 소망 가지시고 감사의 생활하세요. 건강을 빕니다.

1981년 4월 4일

존경하는 당신에게

오늘도 건강히 계시기를 바라면서 이 글을 씁니다. 사실 매일 한 장의 엽서를 메우면서 참으로 알려드리고 싶은 밖의 일들 그대로 알리지 못하는, 말하자면 그런 자유도 없는, 아니 그대로 쓰면 당신의 손에 전해지지 않겠기에 이것저것 다 감안해서 써야 하니 생각하면 서글프기도 합니다. 그러나 지금의 우리는 이런 것을 각오하고 또 괴로워하지 않고 넘길 수 있는 훈련쯤은 이미 된 지 오래니 새삼 서글퍼할 필요조차 없겠지요. 다만 더이상의 불행이 없는 것을 다행으로 생각하고 있습니다.

금년은 유엔에서 정한 '지체부자유'한 사람들을 위한 해가 되어서, 육체적으로 부자유한 많은 사람들이 그들의 불행한 몸으로도 절망치 않고 피나는 노력 또는 믿음으로 그 불행을 딛고 구김 없이 꿋꿋하게 생활해나가는 사례가 수기手記며 TV 방송으로 알려지고 있습니다. 너무도 놀라운 인물들이 많습니다. 이런 것을 보고 읽을 때 나 자신 그들에게서 힘을 얻고, 배우는 것, 느끼는 것이 많습니다. 우리 주위에는 역경을 딛고 일어선 무수한 참된 사람이 있어서 그들의 생을 엄숙한 마음으로 지켜보게 합니다. 그래서 우리도 실망하지 않고 내일에 대한 밝은 날의 희망을 간직하고 오늘을 참고 이겨나가는 것이겠지요. 당신의 건강을 빕니다.

1981년 4월 7일

존경하는 당신에게

어제가 한식이었으나 사정상 성묘하지 못하고 5월에 가서 어머님 기일에 하기로 했습니다. 당신의 건강은 어떠하신지요. 전화로 당신의 건강이 어떠시냐고 물어올 때마다 대답하기에 곤란을 느끼면서, 하나님 함께 해주시니까 지병에 어려움이 있다 해도 괜찮으실 것이라고 말해줍니다. 사실 그렇게 믿고 안심하고 지내고 있으니까요. 부었다는 디스크가 좀 나았는지 궁금하기도 합니다.

지영 모가 수요일이면 홍일이 면회를 다른 가족들과 같이 가기 때문에 4월 당신 면회는 10일(금요일)에 하려고 합니다. 다행히 홍일이 집이

고속터미널 옆에 있어서 대전 왕래하기가 쉬워 그것도 한 짐 던 것이 됩니다. 지영이 머리가 영리하고 귀엽게 자라나, 성격이 너무 까다로워서 아주 다루기 힘들어합니다. 유치원 다니는데 모양도 내고 사달라고 조르는 것도 너무 많아서 지영 모가 지영이 때문에 마음 쓰게 된다 해요. 그래도 잘 이겨내고 있습니다.

홍일이 대법 판결도 1주 후로 다가왔습니다. 모두 마음을 굳게 가지고 어떤 어려움도 극복할 수 있는 준비가 돼 있습니다. 어느 누구도 약한 마음 가지지 않고 있어요.

우리는 누구도 내일을 알지 못합니다. 다만 좁고 험한 진리의 길, 주님이 가신 그 길을 따라가며 모든 것 그분의 뜻에 맡기고 나갈 것입니다. 여기에 평화와 자유가, 또한 승리가 있다고 믿고 감사의 기도를 위해 두 손을 모읍니다. 당신의 건강을 빌며 또 만나는 그 날을 기다리며 기도만 하고 있습니다.

1981년 4월 10일

존경하는 당신에게

당신을 면회하는 것이 한 달을 기다려야 겨우 만날 수 있는데 10분이란 제한된 시간과 대화 내용에 대한 제한에 신경을 쓰다 보면 꼭 해야 할 말도 잊어버리고 기계처럼 대화를 마치고 돌아오게 됩니다. 그러니 그 허망된 면회 너무도 어이가 없습니다.

당신의 옛 모습을 찾아볼 수 없는 그 얼굴에서 당신의 고난의 심각함을 엿볼 수 있어 너무도 가슴이 아프고 쓰립니다. 그러나 만난다는 것, 당신이 오늘도 이 세상에 존재하고 있다는 그 사실만으로 하나님께 감사를 드립니다.

청주에서 대전에 들러 나는 작은아버지를 면회했는데, 늘 한결같이 명랑하시고 건강도 별 이상이 없으시고 신앙심도 더 자란 것 같아서 기뻤습니다. 형님만을 염려하신다구요. 특히 건강을요. 하나님이 너무 큰 시련을 많이 주신다기에 늘 말하는 대로 특별히 사랑하시고 또 모든 것을 합해서 선을 이루시기 위한 하나님의 뜻이 있으시기 때문이라 말했어요. 예수께서는 죄가 있으셔서 그 같은 고난을 겪으셨나요 하면서요.

홍업이와 지영 모는 홍일이를 면회했는데 역시 건강하고 아버지 건강, 또 아버지 뵙고 싶다는 것과 아이들 생각에 가득 차 있고, 제 어려움은 능히 참아 이길 수 있으니 조금도 염려 말라는 것이에요.

바라는 것은 하나님의 놀라운 역사役事가 우리 모두를 빛의 자녀로 삼아주시고, 당신이 고난의 현장에서 하나님 만나셔서 더 큰 축복 받으시는 것입니다.

1981년 4월 11일

존경하는 당신에게

어제 면회하면서 꼭 하려고 마음먹고 있다가 그저 잊고 또 시간도 없어 못하고 온 후 오늘까지도 무언지 허전한 마음입니다.

어제 운동화를 차입했는데 발에 안 맞으면 조금 큰 것으로 차입할 터이니 차하하세요. 그리고 책《의사 지바고》인 줄 아는데《인간 지바고》라 쓰셨으니 잘못된 것 아닌지 모르겠군요.

오늘은 홍걸의 학교에 갔었습니다. 고3 학부형을 소집해서 전체를 모아놓고 여러 가지 학교생활과 진학 관계의 설명이 있었고, 각 학급으로 담임선생님의 말씀 그리고 학부형 몇몇은 특별히 담임선생님과의 상담 시간이 있었어요. 1시 소집인데 나는 담임선생님과 맨 나중에 상담을 하여 오후 6시가 넘어서야 귀가했어요. 홍걸이 학교생활과 집에서의 생활은 다른 점이 많은 것을 알 수 있었고, 좋은 아이들과 교우관계가 있다는 것 알 수 있었어요. 담임선생님도 고등학교 당시 외아들로 부모의 귀여움을 받았는데 아버지와 밥상도 함께 하는 것을 꺼려했으며 아버지를 이리 피하고 저리 피하고 하였답니다. 지금 생각하면 왜 그랬나 모르시겠다고 하셔요. 당신이 홍걸이 피한다 하여 야단치셨는데, 요즘 계속 나나 홍업이도 피하고 혼자 있으려고 하고 대화는 거의 하지 않아요. 선생님 말씀은 너무 염려할 것 없다 하셔요. 담임선생님이 착실하신 분이라 마음이 놓이고 문제는 홍걸이 노력에 달렸어요. 건강하세요.

1981년 4월 14일

존경하는 당신에게

오늘도 당신의 건강을 하나님께서 보살펴주시기를 빕니다. 대전의 홍일이 등은 예상대로 기결이 되었습니다. 그러나 금주까지 별 변동은 없을 것 같습니다. 이미 알고 각오한 바 있어 누구든 다 담담하게 받아들이고 있습니다. 모든 것 능히 참고 이겨낼 수 있으니 감사할 뿐입니다.

며칠 전에 앞뜰에 있는 라일락꽃이 필 줄만 알았더니 오늘에서야 몇몇 가지에 꽃이 폈고 내일 모레면 만개할 것 같습니다. 이제 목련은 다 져버리고 잎이 돋아나고 있는 중입니다. 자연은 거짓이 없어 좋습니다. 거짓 없고 진실과 정의가 빛을 나타내는 그런 곳이 그립습니다.

우리에게 가려진 모든 어둠의 장막이 걷히고 하늘의 영광된 빛을 받아 밝은 생활할 수 있기를 바랍니다. 어떠한 괴로움과 핍박이 있어도 그리스도를 통해서 나타날 하나님의 사랑에서 우리를 떼어놓지 못할 것을 믿습니다. 여기에 희망의 햇살이 솟아나고 내일을 바라보게 되나 봅니다. 부디 건강에 유의하세요. 당신의 기도는 꼭 응답됩니다.

1981년 4월 15일

존경하는 당신에게

아침부터 찌푸렸던 날씨가 낮에는 개서 마음의 구름을 걷어 간 느낌입니다. 당신의 건강은 어떠하신지요. 자주 드나드는 청주교도소, 오늘도 들렀지만 책을 차입하고 구매물 넣고 돌아오니 허무하기 이를 데 없습니다. 오늘은 월요일과 똑같이 8시 10분 버스에 탔는데 모든 것이 빨라서 정오 직전에 고속터미널에 도착했습니다.

남대문시장에서 장미나무 세 그루를 더 사다 심었습니다. 오늘은 지영 모와 그외 가족들이 대전에 면회 가는 날인데, 모두 무사히 다녀온 후 작은엄마가 동교동에 들렀습니다. 옷과 책을 많이 차하해서 짐들을 많이 들고 돌아왔어요. 대전에 있는 사람들이나 그 가족들 한결같이 꿋꿋합니다. 아무 염려할 것이 없어서 퍽 든든하고 다행스럽습니다. 좋은 소리도 바람결에 들려오지만 잠꼬대인지 모르니 그저 편안한 마음으로 참고 기다려 보는 것이지요.

우주왕복선이 36바퀴의 지구 선회를 마치고 돌아오는 세상이 되었습니다. 말하자면 인류의 지구 탈출 대우주 전진의 새 역사의 문이 열렸다 합니다. 과학은 이 같이 놀라운 발전을 하는데 인간의 가치는 형편이 없으니 정신세계가 후퇴하여 기형의 모습으로 나타나고 있는 것이 안타까운 일입니다. 그래서 말세가 가까이 왔다고 느끼게 되는 모양입니다. 우리는 새로운 피조물로 하나님께 순종하는 생활을 해서 주의 뜻에 어긋남이 없어야겠다고 생각합니다. 건강하세요.

1981년 4월 16일

존경하는 당신에게

비가 내리니까 마음이 어둡고 또한 무겁게 가라앉은 기분이 듭니다. 집에 있으면서도 마음이 이러한데 당신 같은 환경에서는 나보다 몇 배 침침하게 느껴지실 줄로 생각합니다. 뜰의 라일락도 오늘은 만개하였는데 비에 젖어 그 향기를 제대로 발휘 못하는 듯 별 내음이 풍겨오지를 않아요.

오늘은 지영 엄마 혼자 와서 한참 둘이서 잡담만 교환하다가 떠나고 난 후 이 글을 씁니다. 홍일이는 어제 면회할 때 아직은 기결로 제한이 가해지지 않아 다음 주에나 오고 지금은 올 생각 하지 말라고 하더래요. 당신이 염려하시던 시골 비석 관계는 4월 초순에 끝을 냈는데 면회 시(10일)에는 몰라서 말씀 못 드리고 그후 작은아버지(홍준네)가 오셔서 알았습니다. 모든 것 무사히 마쳤으니 그리 아시기 바랍니다.

책 관계에 있어서 분도출판사 것 세 가지 중 《위대한 성인들》만 있고 두 권은 품절입니다. 언제 또 나올지 모르나 다음에 나오면 차입하기로 하겠어요.

내일은 예수께서 십자가에 매달린 날입니다. 다시 한 번 고난의 뜻, 특히 예수님의 고난 생각하면서 감사해야겠고, 그 뜻도 다시 생각해봐야겠다고 생각합니다. 그리고 부활을 기다려야겠어요. 부디 건강하세요.

'축 부활'. 존경하는 당신에게

오늘은 부활절과 4.19 기념일이 겹쳐져서 더 뜻깊은 그 무엇을 우리에게 깊이 느끼게 합니다. 작년에도 부활절 날에, 4.19날에 비가 내리더니 올해도 비가 내립니다. 그런데도 여의도 부활절 기념 예배에는 비와는 관계없이 믿는 자의 인파가 오늘의 새벽을 깼다 합니다.

기독교인들에게는 크리스마스보다 부활절이 주는 희망과 뜻이 더한 것인데 예배를 드리러 교회에 못 가다니 좀 섭섭합니다. 그러나 교회에 참석, 불참석으로 부활의 뜻이 달라지는 것은 아니기 때문에 결코 실의에 젖을 수는 없습니다. '삶의 다스림과 같이 죽음을 다스리는 하나님'이시오니 그분께 모든 것을 맡기고 그분의 뜻에 어긋남이 없는 생활을 하기 위해 힘써야겠다고 굳게 다짐합니다.

부활의 기쁜 소식은 나 혼자만의 것이 아니니 모든 사람들에게, 이 복된 소식을 실의에 차 있는 우리 이웃, 저 땅 끝까지 알려야 할 의무가 우리에게 있는데, 그 의무를 해내지 못함이 부끄러울 뿐입니다. 사망의 권세를 이겨내신 예수 그리스도를 통해 우리에게도 모든 것을 이겨낼 수 있는 희망이 넘쳐흐릅니다. 이 같은 희망은 어느 누구의 것도 아니기에 누구도 빼앗길 수 없는 것과 같이 불멸의 것입니다. 우리 모두의 희망입니다. 부활을 통해 우리 생애도 변하고 역사도 새 전환점을 이루었습니다. 비극을 통해 부활이 있음이니 고통의 아픈 십자가가 없었다면 생명의 부활도 없었을 터인데, 죽음의 고통이 죽음을 이기는 부활로 변한 것을 알 수 있습니다. 당신이 믿는 대로 기독교에 부활이 없었다면 기독교는 아무것도 아닌 것을 너무도 잘 알 수 있습니다. 당신의 고통은 새 희망이 될 줄 꼭 믿습니다.

존경하는 당신에게

비가 내린 후의 햇빛은 유난히도 맑게 비쳤습니다. 그래서 청주의
거리는 더 깨끗하게 보였습니다. 당신의 건강은 요즘 어떠하신지요.
면회한 지 10일이 지났는데 몇 달이 지난 것 같은 느낌이 듭니다.

오늘은 지영이 생일인데 홍업이가 들렀습니다. 홍일이 대신 지영이
를 기쁘게 해주려구요. 고속버스터미널에서 바로 앞에 있는 지영네를
들르지 못하고 와야 하는 마음은 너무도 섭섭했습니다. 그러나 하는
수 없이 오늘의 상황을 묵묵히 지나쳐 넘어가야 합니다.

어젯밤에는 TV에서 '예수의 최후의 날'을 보면서 많은 것을 느꼈습
니다. 예수님의 고난당하심은 눈물 없이는 볼 수 없었어요. 글로 읽고
상상으로 그때를 생각해보는 것보다 실감이 나기 때문에 눈물이 저절
로 흘러내렸습니다. 그 당시의 가룻 유다는 오늘날에도 너무 많습니
다. 가룻 유다도 예수님을 지극히 존경했고 그분의 가르침이 옳다는
것을 너무 잘 알고 있었습니다. 강압으로 인하여 드디어 가룻 유다는
그 같이 지울 수 없는 오점을 남기고 괴로워 스스로 목숨을 끊어야 했
고, 그런 그의 처지도 이해가 갑니다. 역시 인간은 약한 존재입니다. 힘
에는 더더욱 약한 인간입니다.

우리는 다시는 예수님을 십자가에 못 박는 그런 무서운 잘못을 저질
러서는 아니 되겠습니다. 부디 건강에 주력해주세요.

존경하는 당신에게

이제는 라일락이 만개했습니다. 가까이 가면 그 향기가 너무도 좋습니다. 화분에 심은 철쭉꽃은 봉오리가 트기 시작했으니까 며칠 후면 다 필 것입니다.

똘똘이는 여전히 홍업이 손에서 이리저리 옮겨 다니면서 식사 때만 되면 사람보다 더 잘 알고 꼬리를 치며 어쩔 줄을 모르고 있어요. 어느 만큼 더 오래 살지는 모르지만 별 탈 없이 지내요. 그 전보다 수의獸醫를 찾아야 하는 일이 줄었으니까요. 꽤 오래 살 것 같아요. 그러나 다른 개보다는 움직이는 것을 싫어하는 것이 탈입니다. 복돌이는 더 크지 않고 그대로 있으나 모양은 전보다 보기 좋게 변했습니다. 진돗개들은 잘 짖지도 않고 작년 이래 수태하는 일도 없이 몸만 커졌고 캡틴은 여전히 잘 짖고 힘세며 살도 쪘습니다.

지영 모가 오늘 대전 들러 왔는데, 홍일이는 잘 있다 합니다. 아직은 면회가 되는데 수일 내로 기결이 되어서 면회가 제한될 듯하다고 합니다. 모든 것 속히 해결되어 서로의 만남이 있기를 쉬지 않고 기도하지만, 하나님께서(때가 있기 때문에) 응답해주시는 것이 언제인지 우리가 알 수는 없습니다. 늘 참고 기도하는 생활 속에서 은혜를 체험하며 새벽을 기다리는 파수꾼과 같이 기다려볼 뿐입니다. 꼭 응답해주실 줄 믿습니다. 오늘도 당신의 건강을 빕니다.

존경하는 당신에게

오늘도 화창한 날씨입니다. 당신은 그곳에서 일광욕이라도 하실 수 있을까 생각해봅니다. 전에도 편지에 썼지만 너무 오랜 시간 독서하시지 마시고 쉬시며, 되도록 푸른 하늘도 가끔 쳐다보셔서 눈을 보호하는 데도 신경을 쓰세요. 또 너무 오래 앉아 계시는 것도 몸에 좋지 않습니다. 명심하셔서 여러 점으로 건강을 위해 마음을 쓰시기 바랍니다. 되도록 비타민 드시도록 하세요. 그곳에서 구입하셔야 할 것이에요.

오늘은 오랜만에 집의 벽을 둘러가면서 페인트칠을 했습니다. 페인트를 사서 집에서 조씨와 이씨가 같이 하니까 아주 경제적입니다. 작년에도 칠을 하지 않아서 벽이 퍽 더러웠는데 오늘 칠을 하니까 말끔하게 장식이 되어서 밝은 마음까지 가질 수 있습니다. 내일은 담장도 칠할 예정입니다. 그러지 않아도 고요하고 침울한 분위기였는데, 칠을 해놓고 보니 한결 밝아졌습니다. 인간의 눈은 참 간사하다고 생각합니다.

근 1년간 당신이 집을 떠나 계신 동안 많은 것이 변했지만 그중에서도 엄청나게 변한 것이 물가입니다. 하루하루 살아간다는 것이 기적과도 같이 많은 사람의 생명이 이어져 나가고 있습니다. 인플레는 국제적인 추세인 모양인데 우리는 앞서고 있지 뒤서 있지 않으니 모두 걱정입니다. 건강하세요.

1981년 4월 25일

존경하는 당신에게

비가 내린 후의 햇빛은 유난히 밝게 보입니다. 어제와 달리 오늘은 아주 활짝 밝습니다. 뜰에만 나가면 라일락의 향기가 얼마나 좋은지 혼자 맡기에 아깝습니다. 오늘은 담에 회색칠을 해놓으니 한결 다정한 집으로 변모했습니다. 인간은 무엇인가 변하는 것, 새로운 것을 좋아하고 즐기는가 봐요. 그래서 끊임없이 새것을 추구해나가는 것이라 생각합니다.

어제는 《동물농장》을 다 읽고 오늘은 《추락에서 날개로》라는 책을 읽고 있습니다. 이 책은 가톨릭출판사에서 나온 책입니다. 목과 머리를 제외한 몸의 모든 부분이 마비된(다이빙하다 다쳐서) 한 처녀의 인생을(영적 진리로) 그린 자서전인데 당신께 차입해드리기 전에 읽고 있습니다. 어떠한 환난 속에서도 하나님을 의지하고 그를 믿으면 반드시 능력을 주시어 처해진 어려운 환경을 극복하고 삶의 가치를 발견하게 해주신다는 것을 새삼 느꼈습니다. 당신과 우리 가족이 당하고 있는 환난을 통해서 우리는 새 교훈을 얻고 하나님의 뜻을 깨달으며 다시 감사를 드려 주를 찬양합니다. 오늘에 만족하면서 내일을 바라봅니다. 오늘을 통하여 내일의 기쁨을 허락해주시는 하나님이 우리와 함께 계심을 믿고 같은 기도의 제목을 반복합니다. 건강하세요.

1981년 4월 27일

존경하는 당신에게

늦어도 4월 하순경이면 당신의 4월 편지가 있을 터인데 오늘도 청주에 다녀와서 보니 오지 않아 궁금합니다. 한 달에 한 번 받아볼 수 있는 편지이므로 몹시 기다려집니다. 더구나 당신의 현황을 알아볼 길이 없기 때문에 그래도 조금은 알아볼 수 있는 것은 편지에 의할 뿐이기 때문이에요.

오늘 차입한《인류문화사》전7권 중 1권《인류의 창세기》를 당신이 이미 읽으신 것인 줄 알고, 2권《도시와 고대문명의 성립》을 차입했습니다. 지난 3월 편지에 적어 보내신 책들 중《일본의 현대사상》은 판금이 되어서 구하지 못했고, 분도출판사 것 두 개는 요전 편지에서 알린 바와 같이 품절이고, 그외의 것은 거의 다 준비되었는데 이것저것을 섞어서 차입하고 있어요. 너무 딱딱한 것만 같이 넣으면 읽으시는 데 부담이 되실 것 같아서, 가볍게 읽으실 수 있는 것과 학구적인 것을 같이 차입하고 있습니다. 모든 것에 무리가 가지 않도록 하시기 바랍니다.

오늘은 지영이가 유치원에서 소풍가는데 정화도 엄마가 같이 데리고 가서 아주 신나게 놀다 왔다고 전화가 왔습니다. 이젠 지영이가 직접 전화를 걸 줄 알아서 제법 어른스럽게 보고를 해요. 정화도 말을 잘 하구요. 아이들 자라는 것 보면 놀라워요. 오늘도 하나님이 당신과 함께 해주시기를 빕니다.

1981년 4월 29일

존경하는 당신에게

오늘은 또 비가 많이 내려서 집의 라일락도 많이 떨어졌습니다. 청주에 가니 비는 내리지 않고 날씨만 잔뜩 찌푸려 있었습니다.

버스 안에서 책을 좀 읽으면서 가는데 오늘은 유난히 정신이 나지

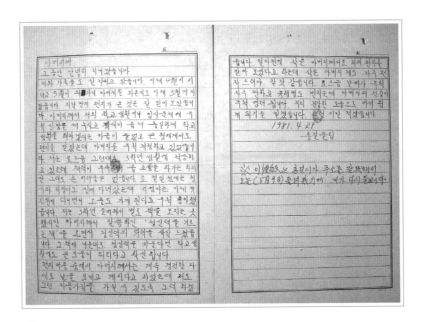

1981년 4월 29일, 막내아들 홍걸이가 아버지에게 보낸 편지.
주소를 잘못적어 5월 9일 반송돼 돌아온 편지를 이희호가 다시 보냈다.

않고 졸리기만 해서 책을 읽지 못하고 내려갔다가 돌아오는 길에는 정신이 나서 여러 가지 공상을 하면서 창밖을 내다보았지요. 당신이 계신 곳 울타리 저쪽에 핀 개나리가 하룻밤 사이에 깨끗이 졌다 하셨는데 참으로 개나리는 어디에고 깨끗이 지는 것이 특징인 듯 보입니다. 꽃이 시들어 떨어지지 않으면 흉하게 보여요.

어제 지영 모가 대전 갔다 왔는데 이제 확정이 됐다 합니다. 홍일이에게 아버지가 편지 받아보셨다고 전하니까 퍽 기뻐하더래요. 확정돼서 4월은 내일이 마지막이니까 내일 지영 모와 대전에 가서 홍일이 한번 더 만나려 합니다. 실은 금요일에 청주 들러 대전에 갈까 했으나 이제 면회의 제한이 생기니까요. 그러나 홍일이 아주 담담하고 조금도 동요되지 않는 마음의 자세로 있다 해서 별 염려되지 않습니다. 참 고

마운 심정이에요.

우리집 철쭉꽃은 봉오리가 텄지만 아직 피지 않았어요. 당신 편지대로 꽃 하나 피는 과정도 힘드는 것 느낍니다. 건강 빕니다.

1981년 5월 2일

존경하는 당신에게

어제는 문이 열린 날이기도 하지만 응접실도 꽉 닫아 놓고 사용할 일이 없었는데, 어제부터는 응접실 문도 열고 손님들을 맞이했는데, 당신이 집에 계신 것 같은 착각을 일으켰습니다. 어제 철쭉꽃도 활짝 펴서 마치 오시는 손님을 기다리기 위해 참고 있었던 것같이 아름답게 보였어요. 내 형제들도 1년 만에 방문해주었기에 당신 안부 전했습니다.

작은아버지의 발은 심한 것은 아니나 이번 10일 어머님 기일에 산에 올라갈 정도는 못 되어 여전히 발로 고생하시고 계십니다. 어제 오셔서 오래 계시다 가셨습니다. 오늘 아침에는 연희동 본당 신부님이 방문해주셨습니다. 그래서 5월 10일 어머님 연미사 부탁드렸습니다. 새로 오신 젊은 신부예요. 많은 분 당신 건강 염려해요. 나는 1년 만에 YWCA 회의에 참석했습니다. 모두들 기도해주어서 고마웠습니다.

자유롭게 사람들 대하니 내 마음은 더 아프고 괴롭습니다. 이유는 여기 쓸 수 없습니다. 하나님 우리 모두를, 특히 아픈 영혼들을 도와주소서 기도합니다. 나보다 더 아픈 사람이 많은 것 내 괴로움 아니 될 수 없습니다.

어제는 홍걸이가 친구와 같이 귀가하였는데, 표정이 너무 밝아 말없는 그 아이의 마음을 볼 수 있었습니다.

주여, 이 나라 이 민족 위에 사랑과 은혜 베풀어주소서 하고 기도드리고 또 드립니다. 건강하세요.

1981년 5월 4일

존경하는 당신에게

어제는 노벨 평화상을 받은 테레사 수녀님이 한국을 방문했습니다. 참으로 헐벗고 굶주리는 사람들을 돌봄으로써 하나님이 명하신 사랑을 몸소 실천하는 분입니다. 한국 천주교에서는 환영이 대단합니다.

지난 1일 차입한 《문화의 패턴》은 당신이 원하시는 《문화의 유형》과 같은 책입니다. 다만 번역을 '패턴'이라 한 것뿐 당신도 아시다시피 인류학 계통이고, 전에 차입했던 마거리트 미드 자서전에서 보신 것에서 참고가 되셨을 것입니다. 이 《문화의 패턴》도 여성 인류학자인(미드의 선배 격인 분) 베네트 여사가 쓴 것이지요. 오늘은 《비교한국문화》(일본문화의 원류로서의)와 《빠삐용》을 차입했습니다.

청주교도소에 다다르자 화곡동 작은엄마가 와 있어서 반가웠어요. 내가 수, 금요일에만 내려가는 줄 알고 나에게 연락도 없이 8시 10분 버스로 청주에 갔는데 나는 8시 15분 버스를 탔기 때문에 한발 앞서서 그곳에 도착한 것이었어요. 날이 차서 내복 급히 사서 차입했는데 시장까지 작은엄마와 이씨가 사러 가고, 나는 그동안 소장님을 만나뵙고 여러 가지 의논을 좀 했지요.

내일은 어린이날이라서 지영이와 정화를 기쁘게 해주려고 합니다. 어쩌면 얼마 안 되어 대전 쪽은 좋은 일이 있지 않을까 하는 기대를 가져봅니다. 우리의 기대가 헛것이 아니기를 바랍니다. 찾아오는 분들과 이야기하다 보면 조용한 시간이 없어져서 닫혀 있던 동안 좀더 시간을 유효하게 보내지 못한 것을 아쉬워합니다. 당신의 건강이 날로 좋아지기를 빕니다.

1981년 5월 6일

존경하는 당신에게

오래간만에 오늘은 대전에 면회하러 가기 위해 홍업이와 함께 우리 차에 화곡동 작은엄마와 동승할 수 있어서 기뻤습니다. 내게 자유가 있다는 것을 뜻함입니다.

청주에 들러서 대전에 갔더니 어제가 어린이날로 휴일인 탓인지 너무 많은 분들로 붐벼서 홍일이 면회하는 데 오랜 시간이 걸렸습니다. 오늘은 작은엄마가 작은아버지 면회를 하기 때문에 지영 모와 홍업이나 셋이서 홍일이를 만났지요. 5월은 이것으로 면회는 없겠습니다. 많은 분들의 기대하는 바는 아마도 며칠 후에 밖에서 만나지 않을까 하는 심정입니다. 사실 대전은 오늘로 마지막이 되면 나의 수고가 훨씬 덜어서 5월 당신 면회 때는 당신께 기쁜 선물이 되었으면 하고 기대를 다시 걸어보지만 누가 알겠습니까.

당신의 몸은 어떠신지요. 오늘 초醋에 관한 책 차입했는데 읽어보시고 당신 몸에 도움 되기 바랍니다. 소설 《백치》와 《한국사》도 넣었습니다. 모毛 내의 다시 차입했는데 오늘은 덥지만 내가 전에도 편지에 쓴 바 이상기온이(여름에도) 있겠으니 가지고 계신 것이 좋겠습니다. 나같이 더위를 타는 사람이 작년 여름엔 선풍기도 사용하지 않고 지낼 수 있는 이변이었으니까요. 건강하세요.

내일을 위한 기도

존경하는 당신에게

건강은 어떠하신지요. 5월 5일 밤에 정 박사 댁을 방문했는데 이 선생은 외국 떠나시고 수일 내로 귀국하신다 하시며, 24일에는 정 박사 내외분이 미국으로 박사학위와 치료차 곧 떠나신다 합니다. 의외로 정 박사의 모습은 아주 좋아보였으며 말씀하시는 것도 1년 전보다 좋고 혈색도 좋아 보였습니다. 갑상선 암인데 박사님 자신은 모르시고 있다 합니다. 그러나 신수는 아주 좋아 보였습니다. 어찌나 다행한지요. 박사님 직접 집에 오신다는 말 듣고 뛰어간 것이었지요. 오늘은 윤반웅 목사님을 위시하여 많은 분들 같이 오셔서 기도해주셨습니다. 그동안 우물 안 개구리 같은 생활을 하다 거리를 자유롭게 나가보고 만나고 싶은 분들 만나보니 변한 것이 많아 얼떨떨해지고 들리는 소리도 생소합니다. 그러니 당신은 더 하시겠다 하는 생각해봅니다. 홍일이 외조모님도 오늘 오셨는데 몸이 생각보다 좋으신 것 뵙고 기뻤습니다. 자극을 받으셔서 어쩌면 돌아가실지도 모른다는 지영 엄마 말 듣고 걱정했는데, 오늘 뵈니까 듣던 것과 달리 퍽 좋아보였습니다. 다행한 일입니다. 순천 할머니도 오셨는데 남의 부축을 받아야 다니시던 분이 2개월 전부터 혼자 다닐 수 있게 됐다는데 몸이 좋아 보였습니다. 아직 계단 오르내리는 것은 좀 힘들지만요. 생각 외로 좋아졌어요. 그분의 지성도 보통이 아닙니다. 얼마나 기도들을 많이 해주었는지 정말로 하나님은 그 모든 기도 들어주십니다. 건강을 빕니다.

존경하는 당신에게

어제는 조카 결혼식에 갔다 청주 가느라고 좀 늦었더니 구매물도 다 차입이 되고 내가 그곳을 찾아가지 않을 줄 안 모양이라 옷과 책만 차입하고 왔습니다. 먼저 섭섭한 감이 들더군요. 어제 차입한 책《폼페이의 마지막 날》은《쿠오바디스》와 같은 순교에 관한 소설입니다. 주님을 따라가려면 참으로 생명까지도 아끼지 않는 믿음의 용기가 있어야 하나 봅니다. 그외 두 책은 당신이 부탁한 책입니다. 지금 이 글을 쓰는데 뉴스에 박 장군, 작은아버지, 홍일이가 이번 초파일의 특사로 석방된다 합니다. 그외에도 많은 분들이 나온다는 것인데 기쁘면서도 한편 마음이 몹시 괴롭습니다. 우리만의 기쁨을 누리고 싶지 않고 다 같이 같은 기쁨 누리고 싶은 아쉬움이 큽니다. 다음 화요일(12일)에 차입할 책 중 일어로 된《선택의 자유》는 제목과는 달리 경제에 관한 것이니 그리 아시기 바랍니다. 여하튼 이번 면회에 홍일이와 작은아버지도 같이 할까 합니다. 나와 봐야 알겠지만 가능하면 같이 하고 싶어요. 부디 건강하셔서 기쁜 만남이 되시기를 바라겠습니다. 비가 온 후 다시 날이 차질지도 모르겠어요. 몸조심하세요.

존경하는 당신에게

오늘 새벽 대전에서 박 장군, 작은아버지, 홍일 순으로 출감되어 반갑게 만나 여관에 모여 좀 쉬며 담소할 수 있어 꿈 같은 느낌 가질 수 있었습니다. 그러나 남은 우리 식구들 때문에 착잡한 생각에 잠겼습니다. 모두 아주 건강하고 좋은 경험과 값진 믿음 가지게 된 것을 기뻐했습니다. 홍일이는 누구보다 아버지 생각을 깊이 하고 염려가 큽니다. 이제 만나뵐 수 있는 기회를 가지게 된 것 감사합니다. 목포 고모도 대전까지 길심이 막내동생과 같이 와주셔서 고모부 돌아가신 후 처음으로 만나뵐 수 있어서 반가웠습니다. 모든 것을 주님께 맡기면서 기도를 올립니다. 하나님의 뜻이 우리에게 선하게 작용되기를 바랍니다. 부디 건강에 늘 힘써주세요.

1981년 5월 12일

존경하는 당신에게

오늘은 당신 표정이 밝아서 내 마음도 좋았습니다. 그러나 당신 건강과 식사 관계 생각하면 가슴 아픕니다. 우리가 청주 지리를 자세히 모르기 때문에 전에 들렀던 후생사(슈퍼마켓)에 들러 통조림을 사가지고 집에 와서 먹어봤는데 무엇이고 그렇게 맛이 있다고는 생각할 수 없으나 그중에서 좀 나은 것으로 다음 것을 적습니다.

- 골뱅이(펭귄표, 작은 깡통)
- 조미돼지고기(축산진흥회 것, 1470원)—지금까지 차입된 것은 700원짜리인데 가격은 더하지만 맛이 좀 나은 것 같습니다.
- 햄(펭귄표, 대한종합식품주식회사, 작은 깡통)—물기가 좀 있고 위의 것보다는 조금 못한 듯하나 그대로 좋은 편입니다.
- 돼지고기장조림(축산진흥회 것, 680원)—이것은 기름기 적고 작은 것인데 잘게 토막쳐서 먹기 편하고 맛도 나은 편입니다.

● 오징어(펭귄표, 1030원, 큰 깡통—이것과 골뱅이는 좀 비슷한데 가끔 들면 그대로 먹을 수 있다고 봅니다.

이상은 거의 다 돼지고기인데 돼지고기장조림이 맛이 좋다고 홍일이는 그것을 권합니다. 어린이용으로(미제 수입품) 바나나와 파인애플이 있는데, 영양상 좀 드시는 것이 어떨까 합니다. 맛은 별것 아니지만 설탕도 넣지 않고 비타민C가 첨가되어 있는 것입니다. 다음에 좀더 알아서 알리겠습니다.

청주에서 대전 들렀으나 일이 잘 되지 않아서 별로 넣지 못하고 왔습니다. 당신의 건강을 많은 분들이 염려하오니 더 조심하시고, 참고 이겨나가는 힘 얻으시기 빕니다.

1981년 5월 13일

존경하는 당신에게

어제는 허 변호사의 면접이 있었다는 전화 받고 퍽 기뻤습니다. 당신의 몸이 약해지고 너무도 외롭게 계시는 것 같아서 생각하면 한없이 괴롭습니다. 그러나 당신의 믿음은 이 모든 것 이겨내실 것으로 믿으며 마음을 달랩니다.

실은 면회 날이 빨리 오기를 기다리면서도 막상 면회하고 오면 오히려 더 괴로워집니다. 당신의 식사 관계와 당신의 모습이 옛날과 다른 게 안타까워서요. 하도 변함이 많은 세상에서 사는 우리이기에 신앙 없이는 살아갈 수 없음을 더욱 절감합니다.

현미초는 당신 건강, 특히 이명耳鳴 관계로 꼭 드시기 바랍니다. 병위에 흰 캡이 있는데 그것을 사용하세요. 물과 초를 2:1로 하되 마신 후에 꼭 물을 마시세요. 그런데 당신 몸이 약하여 자극을 받으니까 초를 1보다 조금 적게 해서 분량을 줄이는 것이 좋겠어요. 매일 3회 식후에 꼭 복용하시기 바랍니다. 누구나 건강이 중요하다는 것 너무 잘 아는 사실이지만 어떻게 해서든지 건강 유지에 최선을 다해야겠어요.

오늘은 하루 집에 있었는데 손님들이 와서 조금도 쉬지 못했습니다. 요즘 연일 청주로 대전으로 왔다갔다 하느라고 집에 있는 일이 별로 없었고, 바쁘다 보니까 규칙생활에서 벗어나게 되어 5월부터는 내 몸도 조금 고달파진 듯해서 되도록 규칙적인 생활하려 합니다. 지난 주일은 밤을 새듯이 지냈으니까요. 그러나 앞으로 밝아지기를 기대합니다.

1981년 5월 14일

존경하는 당신에게

요즘 날씨는 아침과 낮의 기온의 차가 너무도 심하니 되도록 조심하셔서 건강에 지장 없도록 해주시기 바랍니다.

오늘 구매물 차입 품목에 미원이 있었는데, 음식이 맛이 없어서 치시기는 하되 조금씩 사용하세요. 많이 사용하는 것은 몸에 해롭습니다. 슈퍼마켓에 젓갈류도 파는데 병이 작은 것이면 좋으나 보관하기 어려워서 권할 수 없을 것 같아요. 깡통류는 깡통이 평평해야지 위로 조금 올라온 것은 상한 것 아니면 오래 된 것이므로 그 점 유의하세요. 제조일자 보고 사달라 부탁하세요. 시판市販의 통조림은 대부분 돼지고기 종류인데 어떤 때는 식빵에 넣어 샌드위치처럼 드셔도 좋을 듯합니다. 그리고 오늘 청주시에 수입품 판매소가 몇 군데 있어 들러보았습니다. 치즈, 햄 종류로 맛이 좋은 것은 스팸이 있는데 이것이 좋을 듯

합니다. 그러나 역시 김치가 맛이 있어야 식사하는 데 도움이 되겠는데 그렇지 못해서 염려됩니다. 초는 어제 편지에 쓴 바와 같이 처음에는 초를 조금 드시고(물에 타서) 물을 마시거나 요구르트를 마시는 것이 좋겠고 점점 초의 분량을 늘려 드세요. 초병에 기입된 것으로는 10분의 1홉으로 되어 있습니다.

홍걸이는 내일부터 다음 수요일(20일)까지 시험입니다. 고등학교에 들어가서는 몹시 피곤해하고 낮에도 피곤해서 자는 버릇도 생겼어요. 노력하겠다니까 옆에서 지켜보면서 열중하도록 하고 있습니다. 건강 빕니다.

1981년 5월 15일

존경하는 당신에게

신록의 5월도 오늘로 반이 지나갑니다. 우리집 철쭉꽃도 이제는 시들기 시작했습니다. 유난히도 아름답던 꽃이 시드니 나날이 보기 흉한 모습으로 변해가고 있습니다. 인생도 늙어가면 젊을 때와는 달리 보이는 것, 자연의 모습과 다름이 없는 것을 알 수 있습니다.

홍일이는 비교적 몸이 건강하여 얼마나 다행인지 모릅니다. 지영이 정화가 몹시도 좋아하고 나도 한 짐 덜어놓은 기분이 되었습니다. 몇 곳 인사를 다녔는데 앞으로 조용히 모든 것 지혜롭게 처신할 것으로 압니다. 홍업이는 요즘 운전면허를 따고 매일 연습 중에 있습니다. 무엇이고 해서 소일을 해야 하니까요. 젊은 나이에 하고 싶은 일을 자유롭게 하지 못하고 있으니까 몹시 딱하게 보여 측은한 생각도 듭니다. 그러나 오늘의 현실을 비관하지 않고 참고 견디고 있으니까 고마울 뿐입니다.

12일에 당신 면회하고 돌아와서 책도 구해볼 겸 명동에 들러 추기경 님 만났습니다. 예약하지 않았기 때문에 손님들이 있어서 작은아버지, 홍일이 나 셋이 인사만 했습니다. 많은 염려를 해주시고 기도해주신 것 얼마나 감사한지 모릅니다. 홍일이와 박 할머니께서도 잠깐 들러 인사 드렸어요. 자세한 설명은 여기 적지 못하나 당신은 많은 분께 정신적인 빚을 크게 졌다는 것 아시기 바랍니다. 이 많은 빚을 갚기 위해서도 당 신은 건강하셔야 합니다. 속히 한자리에 모이게 되기를 빕니다.

1981년 5월 18일

존경하는 당신에게

날씨가 작년 여름처럼 이변이 생겼는지 춥고 어제 대관령에는 눈이 60센티미터나 내렸다는 소식이고 보니 농사에 지장이 클 것 같아 걱정 이 됩니다. 당신 계신 곳도 춥겠지요. 오늘 청주 도착했을 때는 햇빛도 나고 좀 따스한 것 같더니 서울 와서(오후에) 보니 또 흐린 날씨에 으스 스 추워집니다. 감기에 걸리시지 않도록 주의하세요.

청주 후생사에 들러보니까 두꺼운 비닐봉지에 밀봉한 반찬이 있어 사서 시식해 보고 여기 적습니다. 마늘쫑(미왕식품 조제, 240원)은 조금 짜지만 반찬으로 먹을 수 있겠어요. 명태조림(580원) 이것도 좋고, 멸치 조림(430원), 새우조림(660원) 모두 비슷비슷한 양념으로 제조되어 있어 요. 깡통에 있는 것은 한번 따면 깡통을 버리고 다른 데 옮겨놓지 않으 면 녹이 슬어 보관에 힘든데, 비닐에 밀봉한 반찬은 여름에도 곧 상할 것이 아니고 뜯어서 덜어놓고 꼭 봉해 놓을 수 있어 편리하고 좋겠습니다.

오늘 구매물에 마늘이 들어 있어 기뻤어요. 이것은 약으로 생각하시고 꼭 드세요. 위의 물품 가능하면 요청하셔서 드시기 바랍니다. 그 같은 종류로 마늘장아찌와 락교가 있습니다. 참조하세요. 초 드시고 요구르트로 입가심 하셔도 좋아요. 어떻게든지 건강하셔야 합니다. 하나님 함께 하셔서 당신을 지켜주실 줄 믿습니다.

1981년 5월 19일

존경하는 당신에게

날씨가 너무도 한랭해서 당신의 건강에도 지장이 있을까 무척 염려됩니다. 청주는 저쪽 설악산 다음으로 추워 4도의 기온이었다는 신문 보도 보고 더 걱정됩니다. 초여름에 초겨울이라 합니다. 어찌 이 같은 이상기온이 매년 들이닥치는지 알 수 없습니다.

베드로전서 4장 7절부터 끝절(19절)까지 다시 읽으면서 생각하고 느끼는 바 큽니다. 내일 차입할 책은 요즘 새로 나와서 많은 사람들이 읽고 또 추천하는 책 《부와 빈곤》(경제학에 관한 책인데 레이건의 정책교과서라고 선전하는 책입니다) 그리고 《반대 받는 표적》입니다. 《반대 받는 표적》은 성바오로출판사에서 낸 것인데 교황 요한 바오로 2세의 묵상집입니다. 당신이 부탁한 책 중 《실존철학》과 《칼 야스퍼스》는 오늘도 알아봤으나 구하지 못했습니다.

초를 드시기 시작한 줄 아는데 만일 그곳에서 '초란'을 만드셔서 드실 수 있다면 초 만드시는 것보다 '초란'이 더 좋습니다. 날계란 하나를 통째로 잘 씻어서 초 180밀리리터, 즉 당신이 드시는 요구르트가 120

밀리리터니까 그것으로(요구르트 빈 통)하나 반이면 180밀리리터가 됩니다. 초 180밀리리터 속에 씻은 계란을 넣어 밀봉해서 3일 두었다가 열어보면 계란 껍질이 흐물흐물해지는데, 그것을 젓가락으로 구멍을 내서 껍질을 건져낸 후 초와 계란을 저어서 6등분의 분량을 3일간, 즉 하루에 두 번 아침식사와 저녁식사에 드시면 몸에 아주 좋습니다. 그곳에 날계란과 초 다 있으니 꼭 해보세요. 당신 건강 위해 필요합니다.

1981년 5월 22일

존경하는 당신에게

오늘은 무척 더운 날입니다. 홍일이와 같이 청주에 들렀습니다. 오징어 통조림을 차입했는데 하루에 다 드시기에는 좀 어려울 것 같으니, 내 생각으로는 돼지고기 장조림이 작은 깡통이고 기름도 많지 않아 반찬으로 좋을 것 같습니다. 그리고 며칠 전에 알려드린 비닐봉지에 밀봉한 새우조림도 좋을 줄 압니다. 프레스 햄은 눌린 것을 말하는데 어떤 것인지 모르나 빵과 같이 드시는 것이 좋겠어요.

대전에도 들러 왔습니다. 남아 있는 우리 식구들에게 늘 미안함 금할 수 없어서 우리가 할 수 있는 한에서 정성껏 힘이 되고자 합니다. 그들의 고난이 헛되지 않도록 무엇보다도 신앙적으로 성장하여 인간으로서 가치 있는 삶을 터득하는 좋은 기회로 감사하면서 오늘의 시련을 극복해나가기를 바라는 마음뿐입니다. 이것은 개인을 위해 또한 속해 있는 사회를 위해 보람되고 보탬이 될 것으로 믿기 때문입니다. 잘들 참고 이겨내며 믿음의 생활하고 있음 간접으로 전해들을 때 기쁘고 고마운 생각이 듭니다.

오늘 차입한《하나님 체험》은《삶의 모든 것》과 같은 시리즈 책입니다. 성바오로출판사 것(문고판)입니다. 당신의 신앙생활에 도움 되기를 바랍니다. 건강하신 몸으로 더 가까이 하나님을 체험하고 위로의 힘과 희망을 가지셔서 찬양과 감사의 나날을 보내시며 모든 것 다 하나님께 맡기소서.

1981년 5월 23일

존경하는 당신에게

어제저녁에는 금요일마다 돌아가면서 하는 가정방문 예배(속회)를 우리집에서 봤습니다. 오래간만에 문이 열리고 찬송과 기도로 예배를 드리면서 모두 당신의 건강, 속히 자유의 몸이 되시기를 간구했습니다. 당신을 한 번도 만나보지 못한 많은 분들이 당신 위해 눈물로 호소하는 뜨거운 기도를 얼마나 많이 드렸는지! 그 감사함 이루 무어라 표할 수 없음을 알 수 있습니다. 하나님은 이 같이 당신을 사랑하고 계십니다. 인간의 지혜로는 생각조차 할 수 없는 일을 하나님께서는 인간을 위해 역사하십니다.

나는 당신께 미안할 정도로 체중이 늘었습니다. 청주 왕래하면서 버스에서 잘 자며 규칙적으로 생활을 해서 그런지 먹는 양이 늘어난 것도 아닌데 몸이 불어서 나를 보는 사람들은 의외라고 놀라는 표정을 짓습니다. 나는 내 마음이 평화롭고 하나님 함께 해주시며 떳떳하기 때문이라고 말합니다. 당신의 건강도 좋아지시고 이명도 없어지며 체중도 늘기를 바랍니다. 실은 나도 작년 가을부터 이명이 들리나 약하게 들리고 요즘도 마찬가지지만 늘 들리는 것은 아니므로 그리 신경을 쓰지 않습니다. 머리가 놀랄 정도로 빠졌다가 작년 9월부터 다시 나기 시작해서 이제는 빠진 곳이 없어졌으나 새로 나온 것은 흰머리뿐입니다. 작년 5월, 6월, 7월에 그 저린 아픔이 탈모로 나타났으나 이제는 다 옛 이야기가 되었습니다. 당신만 건강하시면 그리고 어서 한자리에 가족이 모일 수 있으면 더 바랄 것이 없을 것 같습니다. 부디 건강하세요.

1981년 5월 27일

존경하는 당신에게

오늘도 하나님의 축복을 받으시기를 빌면서 이 글을 씁니다. 오늘 청주는 홍일이와 같이 갔다왔습니다. 홍일이는 건강이 좋은 편이고 모든 것 자중하고 있으니 그리 아시기 바랍니다.

우리가 할 일은 묵묵히 침묵 속에서 당신과 많은 분들 위해 또 이 나라가 잘 되고 축복받기에 합당한 곳이 되도록 기도를 드리는 일입니다. 특히 불행한 사람들, 신음하는 사람들 위해 어떻게 그들에게 사랑을 줄 수 있나 하는 마음 가지고 힘써야 할 줄 압니다.

요즘 집에 찾아오는 분은 별로 없습니다. 모두 조심하고 있고 그렇게 하는 것이 좋을 줄 압니다. 당신은 독서도 중요하지만 건강에 제일 조심하셔야 합니다. 그 전에 하시던 호흡운동 꼭 하시고 운동할 때는 머리 위에 햇볕을 쬐는 것과 손바닥에 햇볕을 쬐는 것, 가능하면 발바닥에도 햇볕을 쬐는 것이 아주 좋다 합니다. 발바닥은 어려우므로 취침 전에 발을 좀 높게 올렸다 내리는 것도 효과적이라 합니다. 실은 물구나무서기가 좋은데 하기 힘드니까 발을 높게 올리는 운동으로 대신하면 좋겠어요. 밖에 있는 우리는 모두 건강하니까 조금도 염려 마시고 당신 건강에만 마음을 기울이시도록 하셔요. 하나님은 당신을 쓰실 날이 있을 것으로 나는 믿습니다.

1981년 5월 28일

존경하는 당신에게

어젯밤 비로 아침이 싸늘하게 느껴집니다. 하도 세상이 정상이 않아서 일기도 역시 비정상이 되는 것인지 알 수 없습니다. 비가 남쪽에 내려서 해갈에 도움이 된다는 반가운 소식이나 이렇게 날씨가 차가우면 농사에 피해가 클 것입니다. 아무리 살기 힘들다 해도 농사가 잘 돼서 식생활에 어려움은 없어야 하겠고 농민들의 생활도 잘해 나갈 수 있게 돼야겠는데, 세계적으로 한랭한 날이 있어 걱정됩니다.

오늘 화곡동 작은아버지가 오셨는데 집에서 매일 식구가 한자리에 모여 앉아 성경 읽고 기도하는 생활을 시작하셨다 하니 어찌나 기쁘고 좋은지 모르겠어요. 당신은 더 기뻐해주실 줄 믿습니다. 얼마나 감사한지 형언할 수 없습니다. 그야말로 기쁜 소식입니다. 우리의 고난은 이 같은 은혜로운 수확을 거두고 있습니다. 어떻게 바르게 세상을 살아가느냐가 중요하다는 당신의 말씀 새삼 새롭게 느끼면서 기도합니다.

1981년 5월 31일

존경하는 당신에게

여러 가지 뜻과 무서운 고난의 흔적이 너무도 짙게 남아 있는 5월이 오늘로 끝납니다. 그러나 믿음으로 생각해볼 때 5월은 당신과 우리 모두를 새롭게 하는 깊은 뜻이 담겨 있고 감사를 드려야 할 일이 있다고 깨달으면서 오히려 우리 생의 영광이라 말하고 싶습니다. 죽음까지 초월하는 그 영생의 주의 길을 새로 연 것이기 때문입니다. 영혼의 연단 기간인 1년이 얼마나 귀한 것인지, 여기서 잘 참고 견디어서 의의 평강한 열매를 맺은 것임을 생각하면서 고난을 지나서 기쁨의 날을 바라볼 수 있다고 믿습니다. 참고 견디고 성숙한 믿음으로 전진해야 하며 이 믿음의 행진을 힘차게 계속해나가야 하겠습니다. 나의 주 나의 하나님 내 편이 되어달라고 기도할 때, 보이지 않는 우리의 모든 상처는 보이지 않게 없어진다는 이 놀라운 사실에 무조건 감사할 뿐입니다.

내일은 《대전환기》(세계 경제성장의 오늘과 내일, 허만 칸 저)를 차입하겠습니다. 허만 칸 씨는 허드슨 연구소장이며 작년에 우리나라를 다녀갔습니다. 요한복음 16장 32~33절을 보세요. 우리는 늘 담대하여 세상을 이겨나가야겠습니다. 늘 건강하시기를 빕니다.

파수꾼이 새벽을 기다리듯

존경하는 당신에게

밖에 있는 우리에게는 참으로 세월이 빨리 가서 벌써 6월이 되었습니다. 당신이 집을 떠나신지 1년이 더 넘었으니 그 엄청난 고생은 헤아려 알 수 없군요. 오늘은 화곡동 작은아버지와 함께 청주에 다녀왔습니다. 가서 차입만 하고 돌아서니까 너무 섭섭하시다는 말씀 하시는데 사실 그곳까지 내려가서 면회도 못하고 돌아서는 발길은 늘 무겁기만한 것 같아요.

작은아버지의 몸은 아주 좋은 편이에요. 12시 조금 지나서 도착해서 홍일이 집에 가서 점심을 같이 했습니다. 홍일이는 몸에 큰 지장은 없으나 간이 조금 나쁜 것 같다는데, 쉬 피로를 느끼는 듯 보이고 또 좀 조용히 쉬는 것이 여러 가지로 좋을 듯해서 이번 주 며칠간 시골에 가서 쉬도록 권했습니다. 무엇보다 건강이 누구에게나 제일 중요하고 가능하면 신경도 쉬는 것이 좋겠어요. 그래서 가서 쉬기로 했습니다.

오늘부터 엽서도 5원이 인상되어 20원이 됐습니다. 모든 물가가 오르기만 하고 공공요금도 모두 올라가기만 합니다. 이것은 세계적 추세이나 살기에 점점 벅찬 느낌입니다. 몸 건강하시기만 늘 빕니다.

1981년 6월 2일

존경하는 당신에게

몇 년 동안 월요일 아침마다 우리집에서 예배를 드리던 것이 작년 1년 중단됐다가 오늘 처음으로 목사님 오셔서 같이 예배를 드렸습니다. 참으로 기쁘고 감사했습니다. 별 지장이 없는 한은 매주 예배드리게 되겠습니다.

비가 오면 마음은 침울하지만 비가 너무 오지 않아 남쪽은 야단입니다. 날씨가 아침저녁은 싸늘하고 며칠 전에는 서울 교외에 큰 우박이 내리는 등 참 이상한 일이 많습니다. 그래도 청주에 가는 길에 보리도 누렇게 익어가고 모내기도 많이 되어 있는 것을 바라보면 마음이 흐뭇해집니다. 그러니 비를 기다리는 농민들의 마음은 어떠할까 하는 생각이 듭니다.

지난주 이미 조남기 목사님이 여러 곳 들르시는 것 알았으나 언제 청주에 들르시는지 몰라서 퍽 궁금했는데, 오늘 아침 일찍 조 목사님의 전화를 받고 어제 만나셨다 하시기에 당신이 얼마나 반가워하셨을지, 그리고 일시나마 외로움을 더셨을 것 같아 퍽 기뻤습니다. 아직 목사님 직접 만나뵙지 못하여 자세한 소식은 듣지 못했으나 앞으로 만나뵐 수 있을 줄 압니다. 아무쪼록 건강에만 힘쓰세요. 시편 121편 보시고 힘내세요.

　　존경하는 당신에게

　　요즘 건강은 어떠하신지요. 초는 잘 드시지요. 초는 반드시 드세요. 단시일 내에 효과가 나타나는 것은 아니지만 고혈압, 저혈압도 다 낫는다니까요. 오늘 청주 갔다와서 필동 들렀는데 초를 만드는 회사(현미초가 아님) 사람의 이야기로, 모든 식구들이 다 초를 드는데 아주 좋은 결과를 얻었다고 권해서 토마토 주스에 타서 드신다 해요. 그렇게 들었더니 시지도 않고 먹기 편해요. 당신도 물에 타드시기 어려우면 당분이 없는 토마토 주스에 타서 드시면 좋겠는데 그곳에서 가능할지 의문입니다.

　　홍일이는 오늘 아침에 좀 쉬려고 시골로 홍일이 장인과 같이 떠났어요. 며칠 모든 것 다 잊고 몸의 건강과 정신적인 안정을 가지도록 하라고 했습니다. 아침 일찍 홍일이 집에 들렀다가 청주 다녀왔어요.

　　오늘은 당신이 부탁한 《동학혁명 전봉준》과 《칼 야스퍼스》를 차입했습니다. 면회는 내주 말에 할 예정입니다. 청주까지는 모내기가 퍽 순조롭게 진행되고 있는 것같이 보였고 보리 심은 곳은 한두 군데밖에 눈에 띄지 않았습니다. 누렇게 익은 보리밭이 너무도 없는 것을 보니 왠지 서운한 감이 듭니다. 보리농사에 관심이 없어졌다는 증거입니다.

　　기다리는 비는 오늘도 그대로 지나가고 있습니다. 식수까지 어려움을 겪고 있는 남쪽 사람들의 심정을 생각하니 안타깝습니다. 어찌 이다지도 어려움을 겪어야 하는지 우리 인간은 알 수가 없습니다. 어떻든 진실하게 살아가야 하겠습니다.

1981년 6월 6일

존경하는 당신에게

오늘은 현충일입니다. 나라를 지키기 위해 희생된 수많은 장병들 위해 묵념을 드렸습니다. 그저께 편지에도 썼지만 오늘 신안군에서 사람이 왔는데 비가 오지 않아 땅이 갈라지고 사람까지 마르는 것 같다 합니다. 전남에서도 신안이 제일 심한 모양입니다. 아침저녁은 너무도 싸늘하니까 정말 이렇게까지 농사를 걱정하기는 처음인 것 같아요. 작년에도 냉해로 타격이 심했는데 금년도 이대로 가다가는 너무 큰 어려움이 따를 것 같습니다. 구교에서 보는 요셉이 가뭄을 알린 것을 생각해봅니다. 미리 모든 것을 준비해놓으면 가뭄도 견딜 수 있겠지만 그것이 그리 쉬운 것은 못 됩니다.

오늘 오래간만에 화곡동 작은집에 들렀습니다. 큰 아이들은 다 나가고 연학이와 연수만 있었는데, 오늘 연수가 영세를 받는 날이라 해서 더욱 뜻깊은 날 찾아간 것이 되었습니다. 그 집은 형주, 연수, 연학이가 구교에 나가고 작은아버지, 작은엄마, 홍민이가 신교에 나가고 있어요. 연수는 어찌 큰지 제 엄마보다 커서 이제는 처녀티가 납니다. 아이들 자라는 것을 보면은 우리는 늙었구나 하는 생각이 듭니다. 연학이도 예쁘게 자라고 있어요. 모두 한자리에 모일 수 있는 날을 위해 기도합니다.

1981년 6월 8일

존경하는 당신에게

오늘은 퍽 더운 날입니다. 청주는 서울보다 더 춥고, 더 더운 곳이더군요. 조 목사님의 얘기도 들었습니다. 지난 토요일에는 들어가 있는 비서들 집에도 가서 위로해주었습니다. 오늘은 청주에서 돌아와 홍일이 집에서 홍업이와 모두 같이 점심식사를 했습니다. 홍일이 몸은 좋은 편입니다.

과실에 토마토가 차입되었는데 좀 푸른 것이 있는 것을 보았습니다. 푸른 것은 그대로 드시지 마시고 하루나 이틀 놓아두면 그대로 익으니 붉어지면 드시는 것이 좋겠어요. 어제 《한국일보》 종교란에 좋은 말씀이 있는 것을 시간이 없어 못 읽고 청주 내려가면서 버스 속에서 읽었습니다. '좌절 통한 위대한 축복'이란 제목의 글입니다. ① 좌절을 통해 하나님을 가까이 만날 수 있게 한다. ② 좌절을 통해 참된 자아를 발견하게 한다. 즉, 쓰라린 체험을 통하여 우리 인간의 적나라한 모습을 발견하게 하고, 그 속에서 하나님을 찾아 철저하게 의지하므로 영적, 정신적 교훈을 얻게 된다. 역경과 시련 속에서 자기를 찾아 새로운 가능성을 가지는 사람은 위대한 일을 할 수 있다. 히브리의 예언자들과 신앙의 영웅들은 모두 좌절과 실패 속에서 자기를 진실되게 발견하고 하나님과 함께 기적을 일으켰다. ③ 좌절을 통하여 큰 축복을 얻게 한다. 신앙인은 위기와 좌절을 통하여 번영과 성장의 기회로 삼는다. 실패 속에서도 위대한 꿈을 실현해서 축복의 기회로 삼는 신앙인이 되어야 한다. 좌절과 역경을 새로운 축복의 기회로 삼는 지혜를 가지는 신앙을 가져야 한다는 것입니다. 당신은 이 말씀을 체험하고 실제 모두 깨닫고 느낀 것이겠으나 참고하시기 바랍니다. 면회는 12일에 할 예정이오니 그리 아세요. 건강을 빕니다.

1981년 6월 11일

존경하는 당신에게

오늘도 비는 내리고 있으나 흡족하지는 못한 것 같습니다. 비오는 날이면 그곳의 생활에 더 외로움이 가해지겠기에 역시 내 마음도 착잡해지는 것이 사실이지만, 농사를 생각하며 밤새 넉넉히 내리기를 바라고 있습니다.

어제부터 버스(시내)가 110원, 고속버스가 청주까지 1700원(1570원에서)으로 인상되었습니다. 우리나라 생필품 값은 미국보다 더 비싸다는 것이 선진국과 비교해본 시장 시세로 나타났습니다. 중산층의 소득이 겨우 7분의 1 수준인데(미국 중산층의), 쇠고기, 커피 등 상용품 값은 되레 세 배라고 하니 얼마나 살아가기 힘든지 알 수가 있습니다. 이러한 실정이므로 우리들은 물건값에 억눌려 기를 펼 수 없습니다. 모두 살아가고 있는 것이 기적과도 같이 느껴집니다. 성경에 있는 대로 예수님의 재림 시기는 점점 가까이 오고 있는 느낌입니다. 세계의 모든 움직임도 이미 선지자들이 예언한 것같이 되어 가고 있는 듯, 우리는 속히 회개하고 주님 오시는 날을 위한 준비를 해야 한다고 생각합니다. 그리하여 주님 손에 이끌리는 기쁨을 얻어야겠습니다. 내일 뵙게 됨을 기뻐하면서 건강을 빕니다.

1981년 6월 12일

존경하는 당신에게

잠깐이나마 만나뵙고 몇 마디의 대화를 한 것만으로도 기쁘고 감사한 일입니다. 한 달을 기다리고 만나뵈어도 마음에 있는 말을 하지 못하고 꼭 해야 할 말도 잊고 마는 아쉬움이 너무도 큽니다. 초를 복용하고 다소나마 효과를 보시고 계시다니 다행입니다. 계속 복용하셔야 합니다. 좋은 효과를 보는 분이 많습니다.

청주를 들러서 대전에 가 몇 사람에게 구매물을 차입해주고 돌아왔습니다. 잘 아는 장로 한 분을 우연히 대전 교도소에서 만나 기뻤습니다. 그분이 속해 있는 교회에서도 쉬지 않고 당신을 위해 기도하고 또 몇 분은 철야기도를 하신다고 합니다.

비록 당신은 큰 어려움을 겪고 계시지만 하나님의 사랑의 징표인 것을 다시 한 번 아셔야 하겠습니다. 무서운 연단을 통하여(황금이 불 속에 몇 번을 들어갔다 나와야지만 빛나게 되듯이) 당신을 값있게 쓰시고자 하는 하나님의 뜻이 있으신 것을 알 수 있습니다. 하나님의 일을 위해서는 오늘과 같은 연단을 필요로 하시는가 봅니다.

우리의 기도를 들어주시는 때가 반드시 있음을 믿습니다. 때가 이르지 않으면 조급해해도 아니 되니까요. 우리 기도의 응답의 때가 멀지 않기를 바라면서 오늘의 고난의 깊은 뜻을 감사하게 생각하고 받아들이며 기도합니다. 건강하세요.

1981년 6월 13일

존경하는 당신에게

오늘은 무척 더운 날입니다. 아침 신문에 남쪽에도 비가 내려 해갈이 됐다는 기사가 있어 기뻤습니다.

허 변호사 만나뵀습니다. 가능하면 한번 또 가 뵙겠답니다. 아직 확실하지는 않지만 가시도록 힘쓰실 것입니다.

면회라고 하고 돌아오면 왠지 더 허무한 느낌이 듭니다. 그러나 당신은 하나님이 특별히 사랑하고 계시다는 것을 확신하시고 평화롭고 기쁜 마음 가지셔야 합니다. 믿음 없이 그러한 마음 가진다는 것은 불가능한 일이지만 믿음이 이 모든 것을 가능하게 해줄 것입니다. 당신의 건강이 제일 염려되는데 건강 역시 마음가짐이 가장 중요하다는 것, 당신이 더 잘 알고 계십니다. 힘을 내시고 되도록 낙관하시는 방향으로 마음을 가지셔야 건강에 좋을 것이에요.

그밖의 우리 일에 너무 잔 것까지 신경을 쓰지 마시기 바랍니다. 당신이 어제 한 말 명심하고 지켜나가도록 하겠으니 그리 아세요. 꼭 건강하시도록 힘쓰세요.

1981년 6월 15일

존경하는 당신에게

무더위가 시작되어 나는 요즘 땀 흘리기에 바쁩니다. 이제는 모도 거의 다 심은 것을 보니 어찌 다행한 일인지 모르겠어요.

오늘 아침 방송 설교에서 과거의 추억에만 사로잡히지 말고 내일을 바라보고 앞을 향해 희망의 전진을 하라는 요지의 말씀을 들었습니다. 희망을 가지지 않으면 내일을 바라볼 의욕 또한 없을 것입니다. 꾸준히 앞을 향해 새 힘을 얻고 나가야 함을 다시 한 번 생각하며 힘써 나가려 합니다.

홍일, 홍업이와 두 작은아버지 같이 오늘 산소에 다녀왔습니다. 잔디가 잘 되어 있지 않아서 다음 기회에 손을 댈 모양입니다.

강 목사 사모님이 입원 수술하여(부인과) 몇 년 만에 서울대학병원에 갔습니다. 다행히 사모님의 수술결과가 오늘부터 좀 나아지고 열도 내렸다 합니다. 입원하신지 한 10일간이나 되셨다 해요. 강 목사님은 만나뵙지 못했으나 늘 염려해주시고 계십니다. 진주 김 선생도 오늘 집에 들르셨다는데 내가 없어 만나뵙지 못했습니다. 그분도 무척 고생을 했습니다. 건강하시다 합니다. 당신의 건강을 빕니다.

1981년 6월 17일

존경하는 당신에게

어제는 청주가 33도의 더위를 나타냈다는 뉴스를 들었습니다. 무척 더우시겠습니다. 나는 오늘 아침 호주의 감리교 목사 엘렌 워커 씨가 한국에 와서 선교대회를 열고 있어서 정동교회에 갔습니다. 예배를 보고 돌아오는 길에 장에 좀 들렀는데 어찌 더운지 참기에 힘이 들었어요. 나는 기침도 멈추고 가슴도 아프지 않아서 건강에 염려가 없습니다. 요즘 기침 감기가 많이 도는 모양인데 다행히도 나는 잠깐 앓고 지났습니다. 요즘은 날씨가 더워져서 불쾌지수도 높다고 합니다. 나는 둔해서 그런지 이 같은 것에 별 영향을 받지 않는 것 같습니다.

우리집 개들은 변함없이 자라고 있는데 진돗개가 임신 중입니다. 순종을 낳을지 캡틴과 잡종인지 모르겠다고 합니다. 얼마 안 있으면 새끼를 낳게 될 것 같습니다. 똘똘이는 여전합니다. 요새는 홍업이가 똘똘이 목에 방울을 달아 놓았기 때문에 돌아다닐 때마다 방울 소리를 냅니다. 자주 병원에 가는 일도 없이 지내고 있습니다. 캡틴은 전과 마찬가지로 질투가 강해서 다른 개가 자유롭게 돌아다니게 되면 펄펄 뛰며 야단입니다. 집을 지켜주는 데는 큰 공을 세우고 있다고 하겠습니다. 오늘도 당신의 건강을 빌고 또 빕니다.

1981년 6월 18일

존경하는 당신에게

오늘도 모두 비를 기다리는데 더위만이 기승을 부리고 있습니다. 어제 청주에 가지 않았더니 왠지 청주 갔다 온 지가 너무 오래 된 느낌이 듭니다.

오늘 서울 Y에서 바자회를 한다 해서 나갔다가 너무 많은 인파에 놀랐으며 사람에 휩쓸려서 아무것도 사지 않고 휴지만 좀 싸기에 샀습니다. 아는 분들을 많이 만나볼 수 있어서 반가웠고 모두 당신 염려를 해주어 고마웠습니다. 오후 늦게는 목요가정예배가 있어서 고난당하는 가족들과 더불어 예배를 드리고 서로의 아픔을 나눌 수 있었고 위로도 받을 수 있어서 귀한 시간을 함께 하면서 고생하는 가족 위해 기도했습니다.

저녁에는 김경인 씨 부인이 찾아와서 신앙에 관한 이야기를 교환했습니다. 성령 기도회에 참석하고 산山기도도 했다 합니다. 전에는 신교만 성령 기도회가 있고 산기도소가 많았는데 요즘은 구교에도 이와 같은 기도 모임이 있어요. 하나님의 참 사랑이 무엇이라는 것을 알았다고 기뻐하며 당신 위해 많은 기도를 드린다고 합니다. 신앙심이 전보다 강해져서 그런지 옛날보다 더 깊은 염려를 하고 자주 연락도 해요. 고맙게 생각합니다. 건강에 더욱 힘쓰세요.

존경하는 당신에게

비가 내린지 얼마 안 되는데 벌써부터 몸이 끈적거리고 습기가 스며 들어 옵니다. 당신 계신 곳도 습기가 있을 터인데 가능하면 조심하시 도록 부탁드립니다. 습기는 건강에 좋지 않으니까요.

오늘은 주일이 돼서 기독교방송에서 들려오는 설교에 귀를 기울여 봅니다. 정신력을 기르는 책에도 적혀 있고 《삼박자 구원》에도 적혀 있 듯이 인간은 늘 긍정적인 생각과 희망을 가져야만 뜻한 바가 이루어진 다는 것입니다.

그런데 우리는 쉽게 '어렵다' '못한다' '내가 어떻게' 하는 생각으로 부정적인 생각을 가지는 때가 많고 타인의 장점을 말하는 것은 별로 관심 있게 듣지 않으면서 단점을 이야기하면 관심을 가지고 열심히 듣 기를 원하는 사람들이 많다는 것은 서글픈 일이 아닐 수 없다는 말 들 으면서, 우리들 누구나 모여 앉으면 남의 흉보는 일에 열 올리고 칭찬 하는 것은 듣기조차 원치 않는 사례가 너무 많은 것을 알 수 있습니다.

스스로 칭찬받기 원하면 남을 칭찬하기에 힘써야 함을 다시 한 번 느낍니다. 그리고 우리 앞날에 대해 오늘도 긍정적이고 적극적인 생각 을 가지고 내일에 대한 희망으로 실의에 빠지는 일 없도록 힘써야 한 다는 것도 다시 절실히 느낍니다. 어떠한 가혹한 환경에서도 하나님이 함께 하십니다.

1981년 6월 22일

존경하는 당신에게

오늘 청주 다녀올 때까지도 내리던 비가 오후 1시경 그치더니 점점 하늘이 맑게 개기 시작하여 어두운 마음까지 밝아지는 느낌이 듭니다.

오늘 차입한 책은 《실존철학》(하이네만 저, 황문수 역)입니다. 또 일전에 차입한 암파(이와나미)문고판 《전쟁론》(클라우제비츠 저, 篠田英雄 역)의 하권입니다. 이 저자가 쓴 책이 국방관계 서적으로는 알려진 것이라 합니다.

지난주부터는 토마토가 없어서 차입을 못해 매우 유감스럽습니다. 오늘 허 변호사의 연락이 있었습니다. 금주 내에 내려가시게 될 것 같습니다. 좀 모든 것 안정되고 완화되어가는 것 같은 느낌입니다. 당신의 식사 관계는 요즘 어떠하신지요. 이번 김치는 입에 맞기를 바랍니다. 깡통 취급 주의하세요. 개봉 후에는 곧 다른 그릇에 옮겨놓으셔야지 녹이 스니까 조심하셔야 합니다. 늘 말씀드리지만 너무 오랜 시간 계속해서 독서하지 마시고 눈을 쉬셨다 다시 보시도록 힘쓰세요. 여러 점으로 건강 위하여 신경을 써주시기만 바랍니다. 어려운 여건 속에서도 힘을 내시고 주님을 바라보시면서 희망 가지세요.

1981년 6월 23일

존경하는 당신에게

오늘 홍업이가 운전하는 차를 타고 몇 곳을 돌아보고 집에 돌아오니, 똘똘이가 응접실 당신이 앉으시던 그 의자 위에 떡 올라가 배를 깔고 앉아 있는 모습, 너무도 우스운 광경이었습니다. 그 의자에 똘똘이

털이 많이 묻어 있어요.

홍업이는 운전을 아주 침착한 태도로 하기 때문에 염려한 것보다 의외로 마음이 놓입니다. 어떤 경우에도 속도를 빨리 하거나 추월하지 않고 나가기에 얼마나 다행인지 모르겠어요.

똘똘이는 언제나 방바닥에 앉지 않고 방석이 없으면 신문이 놓여 있는 곳 위에만 앉아요. 진돗개가 오늘 내일 중 해산하게 될 것 같아요.

내일은 1981년 퓰리처 상 수상작인 존 케네디 툴 저 《낙제생 동맹》(소설)을 차입하겠습니다. 이 소설은 사회 각 분야에서 종사하는 낙제생의 세상살이를 다루었으며, 진실과 허실에 얽힌 다양한 사람들을 상대하며 현대를 살아가는 이상주의자 돈키호테가 주인공입니다. 이 책은 참된 코미디며 위대한 유머가 담긴 풍자극이라고 평합니다. 저자는 1969년 32세의 젊은 나이로 요절하여 세상에 없으나 그가 가르친 루이지애나대학 출판부에서 1980년 출판한 것이 금년 수상작이 된 것입니다. 제목 자체가 흥미 있게 느껴집니다. 로마서 5장 1~5절 다시 읽으시고 위로 받으세요.

1981년 6월 24일

존경하는 당신에게

오늘은 며칠 전에도 알린 바와 같이 진돗개가 해산을 했습니다. 수컷 두 마리를 오늘 아침에 낳았습니다. 하나는 좀 누렇고 하나는 거무스름합니다.

내일은 6.25. 다시 생각하고 싶지 않은 무섭고도 괴로운 기억들만이 남아 있는 것 같습니다. 벌써 31년이 지났어도 오늘도 새롭게 다시 우리는 스스로를 반성하는 마음이 앞서야 하고, 그 시련이 가져다준 경각심을 통하여 과연 우리는 얼마나 정신을 차리고 있나 모르겠습니다. 얼빠진 생활, 허송의 나날을 보내고 있었음을 돌아보면서 다시 한 번 하나님 앞에 무릎을 꿇고 회개하는 뜨거운 기도를 올리면서 내일을 보내고자 합니다. 그리고 통일의 앞날이 밝아지기를 바라고 바랍니다.

1981년 6월 26일

존경하는 당신에게

밤이면 기온이 너무 떨어지니 건강에 더 조심하시도록 힘쓰세요. 오늘은 홍일이하고 같이 청주에 들렀습니다. 서울에 와서 홍일이 집에서 좀 쉬고 돌아왔습니다.

이번에 태어난 진돗개 새끼 두 마리 중 하나가 좀 부실하다 해서 수의과 병원에 데려가려 했는데 그만 죽고 한 마리만 남았습니다. 그래서 검은 것이 남게 됐는데 홍업이가 자세히 보더니 캡틴 새끼라 해요.

집 식구들은 모두 건강하고 작은집 식구들도 다 무고합니다. 다만 가운데 작은아버지가 때때로 신경통으로 고생하시고 계셔요. 나는 작년 이맘 때 시간이 남아돌고 처음으로 일일천추를 실감하면서도 무엇하나 한 것 없이 공포의 나날을 보낸 것이 후회됩니다. 이제 그 시간은 돌려받을 수 없게 되었으니 지금부터 정신을 차려서 보람 있는 일과를 가져야 하겠다 생각하여 이것저것 할 일을 계획해봅니다. 손님도 별로 없어 내 시간을 가질 수 있으니까요. 그런데 규칙적으로 무엇을 한다는 것은 쉬운 일이 아니에요. 아주 작은 일 하나도 쉬지 않고 계속하지 못함을 부끄럽게 생각합니다. 건강하세요.

1981년 6월 30일

존경하는 당신에게

오늘로 6월이 끝납니다. 반년이 흘러간 것이고 반년이 남았습니다. 시간이 빨리 가고 아니 가고가 문제됨이 아니고 시간을 어떻게 뜻있게 쓰느냐에 따라서 문제는 달라진다고 봅니다. 시간 속에 있었던 사건들 중에는 밝은 것과 어두운 것이 늘 있게 마련입니다. 그리고 우리는 내일 일을 알지 못합니다. 오늘을 보람 있게 살기 위해 우리는 역사 앞에 겸허하고 솔직해야 한다고 생각합니다.

오늘 당신의 편지 기쁘게 받아 보았습니다. 받을 때마다 당신의 정성이 얼마나 담겨 있는지를 많은 사색과 독서를 통해 얻으신 지식을 엿볼 수 있습니다. 오늘 홍일이와 화곡동 작은아버지가 오셔서 같이 읽었습니다. 그 편지 한 장에 담긴 당신의 생각과 우리 모두에게 바라는 간절한 마음에 모두 고개를 숙이며 한편 지나친 고생을 겪으시는 것 가슴 아픕니다.

다리에 통증 있으셨다니 얼마나 괴로우셨을까요. 우리는 아무 힘 못 되지만 하나님 함께 하셔서 당신의 건강 돌봐주실 줄 믿고 기도합니다. 오늘 김 추기경님 잠깐 만나뵈었습니다. 막 차에 타시는 때가 되어서 별로 이야기를 나누지 못했습니다. 당신을 만나뵙게 되기 바랍니다.

1981년 7월 1일

존경하는 당신에게

하루 종일 억수 같은 비가 내려서 퍽 우울하시겠습니다. 비가 오고 습기가 많아지면 자연히 다리의 통증이 심해지실 터인데 무척 염려됩니다. 하나님 능력의 손으로 당신의 아픈 모든 부위를 어루만져 주셔서 깨끗이 치유되기를 바라면서 기도합니다.

오늘은 홍일이가 청주에 갔습니다. 《현대사회와 철학》(김태길 외 저)은 많은 분들이 분야별로 쓴 것입니다. 도움이 되시기 바랍니다. 허 변호사가 다녀가셨는데 6월에 면회 가실 예정이었으나 성사聖事 관계가 있어 그것이 있은 후에 가시게 되어 아니 가셨다 합니다. 7월 중에는 꼭 가시게 될 것입니다. 그리 아시기 바랍니다. 실은 당신이 기다리실 것이므로 무척 안타까웠으나 일일이 상세한 것을 적어 알려드리지 못하는 이 사정을 이해해주시기 바랍니다.

7월 3일은 당신이 영세 받으신 날이므로 그날을 기억하며 하나님 뜻에 합당한 삶으로 주께 영광 돌리시기를 빕니다.

1981년 7월 3일

존경하는 당신에게

오늘은 당신이 주님을 구세주로 믿고 받아들이신 뜻깊은 날입니다. 옛사람(주님을 섬기기 전)에서 새사람(주님을 섬기기로 약속하신)이 되신 그 날을 새삼 기억하시고 새로운 은혜와 축복이 당신께 내리시기를 빕니다. 마침 청주 김 신부님이 성사를 행하시던 그 시간에 서울서는 당신을 위해 생미사를 드렸습니다. 같은 시간에 행한 것을 기쁘게 생각합니다. 어제 기도회도 실은 당신의 영명 축일을 생각해서 우리집에서 하기로 한 것이었습니다. 청주서 신부님 뵙고 감사의 인사를 드렸습니다. 나오실 때까지 기다렸으나 건강이 좋으시다는 것 외에는 특별한 말을 나누지는 못했습니다. 여하튼 성사와 더불어 신앙에 관한 의견 교환하실 수 있으신 것 얼마나 다행한 일인지요.

오늘 하루 더욱 뜻깊은 날이 되시고 다시 새롭게 신앙의 무장으로 성령 충만하셔서 주님의 사랑 안에 더 강건하시기를 빕니다.

1981년 7월 5일

존경하는 당신에게

일기예보와는 달리 오늘도 하루 종일 비가 내리고 있습니다. 너무 많이 내려서 피해가 커질까 염려스럽습니다. 당신 계신 곳도 습기가 많아 몸에 지장을 초래할까 걱정이 됩니다. 가능하면 담요도 가끔 일광을 쐬어야 할 것인데요. 특히 신경통에 습기는 금물이니까요. 그간 진찰이라도 좀 해보셨는지 궁금해요. 다리의 부기와 통증은 그대로 가라앉았는지요.

홍걸이는 7일부터 1주간 시험이 있고 방학은 7월 25일경에 있다 하니까 8월 면회 때나 데리고 갈까 합니다. 8월 중순부터는 학교 나가면서 보충수업을 하게 되므로 방학은 실제로 2주 정도에 불과하겠습니다. 늘 피곤해하고, 코도 여전히 불편해하기 때문에 보기에 딱합니다. 알레르기성이 되어서 그리 용이하게 완치되지 않는가 봐요. 열심히 하겠다고 하지만 작년 성적이 나빠서 상당히 노력해야만 되겠어요. '고3병'에 걸리지 않도록 배려를 하는데 워낙 말을 하지 않고 혼자 있기를 원하므로 누가 무어라 할 수가 없어요. 더구나 금년에는 간섭을 해서 성품을 고친다는 것은 오히려 역효과가 될 것이란 생각도 듭니다. 스스로가 제 문제를 알고 최선의 노력을 해야 할 것이에요. 건강하세요.

1981년 7월 7일

존경하는 당신에게

오늘 아침 우리집에서 가지는 기도회에서 디모데후서 2장 3~7절까지 읽고 여기에 관해 생각해보며 기도했습니다. 우리는 예수님을 믿고 그분의 충성스러운 군인으로 그분의 명하심에 따라 생활해야 할 의무가 있음을 알 수 있습니다. 결코 쉬운 일은 아니지만 반드시 진실된 제자의 도를 걸어가야겠습니다.

홍걸이는 시험이 시작돼서 새벽부터 깨우기 위해 나도 잠을 설칩니다. 11일까지 시험이 계속되니까 이번 주 내내 긴장된 날을 보내게 되겠습니다. 내일은 일본어판 《세계의 역사》 제13권 《아시아의 다도해》, 이 책은 25권으로 되어 있으나 이미 당신은 세계 역사에 관해 많이 읽으셨기에 그중에서 제13권을 차입합니다(講談社 출판). 큰 책이 아니고 그림도 간간이 삽입돼 있습니다. 너무 정독하시는 것보다는 다독하시는 것이 어떨까 생각합니다. 늘 눈을 쉬도록 하시는 것 잊지 마시기를 다시 부탁드립니다. 오늘도 몇몇 손님들 오셔서 한결같이 당신의 건강 염려하시고 기도드린다 합니다.

1981년 7월 8일

존경하는 당신에게

비는 오지 않아도 여전히 흐린 날입니다. 날씨 관계로 당신이 운동시간을 가지지 못하셔서 햇볕도 쪼일 수 없을까 염려됩니다. 속히 장마가 그치면 하고 생각해 봅니다.

금년은 위대한 철학자 칸트가 그의 주저인 《순수이성비판》을 세상에 내놓은 지 200주년이 되는 해라 합니다. 당신도 읽으셔서 잘 아시겠지만 이 책은 서양사상사를 통하여 가장 큰 영향을 미친 업적으로 평가되어 왔으며 아직까지도 모든 철학의 합류로서의 고전으로서 빛을 내고 있다 합니다.

오늘은 홍일이와 홍업이가 같이 청주에 갔습니다. 늦봄에 심어놓은 화초가 여름이 되니까 시들기 시작하여 화단의 모습이 너무도 초라해 보여서 시장 간 길에 스팅카를 사다 심었습니다. 당신도 아시다시피 스팅카는 오래오래 꽃이 펴서 좀처럼 시들지 않거든요. 지난번에는 스팅카를 사려고 몇 곳을 다녀 보았으나 보이지 않아서 못 구했는데, 다행히 오늘은 쉽게 구했을 뿐 아니라 몇 년 전과 같은 가격으로 살 수 있어서 기뻤습니다. 당신이 좋아하시던 모습이 눈에 선합니다. 하나님께 다시 당신도 이 꽃을 머지않아 보실 수 있게 해달라 빕니다.

1981년 7월 11일

존경하는 당신에게

이제 본격적으로 여름의 더위가 정신을 희미하게 만듭니다. 오늘이 초복이니 말복까지는 한 달은 더 있어야 하겠습니다.

홍걸이는 오늘 학기말 시험이 끝나 마음이 가벼운지 점심도 들지 않고 친구 만나러 나갔습니다. 화곡동 작은아버지께서 오셨는데 집에서 매일 가정예배를 보신다 해서 어찌 기쁜지요. 어제 마태복음을 끝내셨다고 하십니다. 너무 기뻐서 내가 보는 《하늘 양식》이라는 가정예배를 위한 책을 보시도록 드렸습니다. 그리고 전에 우리 가족들이 같이 예배드릴 때 사용한 《하나님과 함께 불가능은 없다》도 드렸습니다.

금년에는 우리집에 개미가 없어졌습니다. 아무 약이라도 써서 없애려 했으나 없어지지 않고 들끓던 개미가 없어져서 신기합니다. 수년간 괴롭히던 개미가 나오지 않으니까 좋습니다. 지난 겨울에도 여기저기 방에 돌아다니고 있었는데 이젠 아주 없어졌으니까요. 우리의 괴로움도 우리 모르게 없어질 수 있으면 하고 생각해봅니다.

1981년 7월 12일

존경하는 당신에게

밤중 내내 억수같이 쏟아지던 비가 오늘도 하루 종일 쉬지 않고 내리고 있습니다. 오랜 장마에 피해가 많지 않을까 염려하지 않을 수가 없습니다.

내일은 홍일이가 청주에 내려갈 것입니다. 그리고 책은 《성서의 지혜와 철학》(《탈무드》의 저자, 마빈 토케이어 저)을 차입하겠습니다. 성서의 100여 항목에 대해 유태인의 안목에서 설명을 하고 있고, 특히 4장의 '성서의 영향'이란 항목에서 '교육 마마'란 항목이 있는데, 유태인은 유랑생활을 오래 해 부동산보다 교육을 중시한다는 내용이 경청해볼 만합니다.

매일 내리는 비로 당신 계신 곳도 습기가 많으므로 다리에 통증이 더 심하시지 않은지 염려됩니다. 차입한 히팅 패드를 통증 있는 곳에 대서 잠시 동안이라도 아픔이 덜어지도록 하시기 바랍니다. 벌써 당신을 접견한지 꼭 1개월이 지났습니다. 15일날 면회하기로 하겠습니다. 그 날을 고대하면서 당신의 건강을 빕니다.

존경하는 당신에게

오래간만에 오늘은 날이 개고 햇빛이 보이는 날이므로 한결 마음이 밝아진 것 같습니다. 비가 너무 내려서 소양강의 댐 문이 열리고 삽교천이 넘쳐서, 많은 농경지가 침수되어 큰 피해뿐 아니라 인명도 10여 명을 앗아가는 슬픈 사연이 있었습니다. 그런가 하면 이번 주말에는 중부와 호남에 폭우를 예보하고 있습니다. 이제 장마는 며칠 뜸했다가 17일께 다시 올 것 같다 합니다. 부디 이재민이 없기를 바라는 마음 간절합니다.

6월 하순경에 태어난 강아지는 혼자 무엇을 먹어서 그러한지 통통하게 살이 쪘는데, 아직 잘 걸어다니지는 못하고 있습니다. 식초 복용은 계속하시고 계신지요. 주위의 많은 분들이 좋은 효과를 보고 있으므로 당신의 건강에도 부디 도움 되기를 바라고 바랍니다. 오늘은 홍일이가 청주에 갔다 왔습니다. 나도 별로 하는 것 없이 바쁘게 시간에 쪼들리는 때가 있습니다. 홍걸이 시험이 끝나니까 좀 마음 놓고 잠을 잘 수가 있습니다. 홍업이는 주로 집에서 독서를 하고 지냅니다. 홍업이도 이번 29일이면 만 31세가 되는데 아직 결혼도 시키지 못하고 있으니 마음이 무겁고 보기에도 딱합니다. 그래도 이에 대해 말없이 오늘의 이 어려움을 참아가고 있으니까 고맙고 한편 측은해보이기도 합니다. 그러니 희망을 가지고 내일을 바라보고자 합니다. 건강하세요.

1981년 7월 15일

존경하는 당신에게

1개월 넘어서 겨우 당신을 만나뵈었으나 참으로 하고 싶은 말도 못하고 우물쭈물하다 헤어지고 보니 너무 섭섭하고 허전합니다. 신문에 나는 정도는 말할 수 있다는 것, 나는 당신에 관한 것만을 허용하는 줄 알고 미처 그 생각을 못했습니다. 제한 받지 않고 할 수 있는 이야기를 하려고 하니 실은 할 말이 없어지고 맙니다. 답답하고 괴로우신 당신께 더욱 섭섭하게 해드린 것 같아 안타깝습니다. 다리의 통증과 귀의 소리로 고생이 심하신 것 같은데 그곳에서 치료할 수 없는 병이 되어 어떻게 할지 걱정만 됩니다. 역시 나의 도움됨이 모자라는 것을 탓해야 할 것 같습니다.

청주에서 면회 마치고 오랜만에 대전 들러 우리 식구들에게 구매물 조금씩 차입하고 무사히 서울에 도착했습니다. 홍업이 일, 홍걸이 일 너무 염려 마세요. 나도 생각 중에 있고 또 앞으로 더욱 잘되리라는 그러한 마음으로 때를 기다립니다. 반드시 홍업이 일도 잘되는 날이 있을 것입니다.

1981년 7월 18일

존경하는 당신에게

30도를 넘는 폭서를 좁고도 뜨거운 그곳에서 어떻게 참고 견디시는지요. 더구나 슬라브 지붕이 돼서 더 더웁게 열기를 내뿜는 것같이 보였습니다.

오늘은 화곡동 작은아버지와 같이 청주에 갔습니다. 너무 더우니까 좀 일찍 떠났다 돌아오니 집에 12시 30분경에 도착했습니다. 버스비며 구매물 모두 작은아버지께서 부담해주셨습니다. 떠날 때는 중앙고속, 이것은 舊 그레이 하운드 버스인데 2층이 있는 것을 타고 떠나니까 마치 옛날 미국에서 대륙을 횡단할 때 그 버스를 타고 며칠을 지나던 생각이 새삼스럽게 기억났습니다. 우리는 온통 산으로 둘러싸여 있고, 미국은 허허벌판 넓고 넓어 가도가도 한없는 벌판을 지난 것이 얼마나 엄청난 차이가 있는지요. 이 좁고 좁은 한국이 그나마 둘로 쪼개져 있고 지역적으로도 말이 많으니 생각하면 말이 아니지요.

금년은 작년보다 훨씬 더 더워서 모두 땀 씻기에 바쁩니다. 우리집은 무슨 일인지 목련이 또 여러 개 꽃을 피우고 있습니다. 더워서 크게 피는 것은 아니지만, 때가 아닌 때에 꽃이 피니까 아무래도 무언가 정상은 아닌 것 같으면서도 기분은 좋습니다. 무슨 기쁜 일이라도 생겼으면 하고 바라는 심정이 됩니다.

1981년 7월 19일

존경하는 당신에게

이제 완전히 복더위가 기승을 부리고 있습니다. 집에서 선풍기까지 틀어놓고도 땀 흘리기에 바쁜데 당신은 그곳에서 얼마나 더우실까요. 더위를 좀 덜 타신다 하지만 워낙 기온이 높으니까 견디시기 매우 어려울 줄 압니다. 독서밖에 못하시는 당신의 나날이 더위로 말미암아 그 독서마저 하기 힘드실 줄로 생각됩니다. 세상사가 고르지 못한 것같이, 더울 때 비가 가끔 내리면 좋으련만 한꺼번에 많이 내리고 이제 또 내리지 않을 것 같아요. 더우면 아무것도 하고 싶지 않아 의욕이 상실되고 맙니다. 그래도 시간은 흘러가기 마련이니 더워도 정신을 차리고 값있는 일을 해야겠습니다. 인생은 짧다는 것을 알면서도 그 짧은 인생을 뜻 깊고 빛나는 것으로 가꿔나가기는 무척 힘이 듭니다. 더구나 오늘과 같이 위선이 판치는 세상에서 바르게 진리를 추구하여 영생의 길을 바라보고 살아가기란 어렵다는 말로 표현이 가능치가 않습니다.

내일은 《한국의 성지》(이충우 저)를 차입하겠습니다. 한국의 성지 39곳을 실제 답사한 후 르포한 것입니다(분도출판사). 신앙의 선조들이 피로써 증거한 복음의 현장들이 사진과 함께 그려져 있습니다. 고린도후서 4장 16∼18절을 읽고 위로 받으세요. 더위에 몸조심하시고 더욱 힘을 내시며 희망 가지세요.

1981년 7월 20일

존경하는 당신에게

8월 중순까지 폭염이 계속된다는 반갑지 않은 보도입니다. 너무도 더운 날씨가 계속되어 흔히 말하는 바캉스를 즐기려는 인파가 여기저기 많이 보입니다.

오늘 청주에 일찍 갔다 일찍 돌아오려는데 유난히 버스 정류장에 그야말로 바캉스를 떠나는 사람들인지 너무 사람들이 많아 30분 이상을 기다려서 겨우 서울행에 올라탔습니다. 언제나 5분, 10분 간격으로 버스가 운행하므로 기다리는 일이 거의 없었는데, 오늘만은 만원을 이루었습니다. 독일문화원장, 작년에 당신 만나뵌 분이 한국을 떠나는데 지난 15일 차茶를 마시는 시간을 가져, 나도 그곳에 들러 이태영 선생도 만나고 원장도 만났습니다. 마침 지 주교와 지하 씨도 와 있어서 오랜만에 인사를 할 수 있었고, 당신의 건강 무척 염려해주었습니다. 원장은 오늘 떠난다 했습니다. 당신 걱정을 무척 합니다. 이번에 가면 언제 이곳에 올지 모르니, 앞으로 다시 만날 수 있는 기회 있을지는 알지 못하겠습니다.

홍걸이는 25일에 방학합니다. 보충수업이 있으면 8월은 홍걸이를 데리고 좀 일찍 가서 면회를 하러 가려고 했으나, 보충수업이 일절 금지돼서 8월에도 중순에 면회가겠습니다.

식욕이 없으시더라도 억지로라도 좀 잡수시도록 힘쓰세요. 건강하셔야 해요.

1981년 7월 22일

존경하는 당신에게

더위에 어떻게 견디시는지요. 생각하면 선풍기를 틀어놓고 앉아 편히 쉬고 있는 것이 너무도 미안하게 느껴집니다. 식사 관계도 날씨 때문에 더 어려우실 터인데 더욱 건강이 염려스럽습니다. 오래 씹으시는 것이 몸에 좋다니 맛이 없더라도 오래 씹도록 힘써 보세요. 어떻게든지 건강이 유지되도록 하셔야 합니다.

요즘은 너무 더워서 가축이 많이 죽은 곳도 있다 합니다. 불황이니, 살기 힘이 드니 하면서도 가족을 이끌고 바다로 떠나는 사람들도 많이 눈에 띕니다. 아이들 방학이 이번 주에 있으므로 지금부터가 제일 많이 휴가를 즐기게 되나 봅니다. 우리와는 너무도 거리가 먼 일이지요.

오늘은 홍일이가 청주에 다녀왔습니다. 허 변호사도 곧 가신다 하셨는데, 아직 아니 가셨나 봅니다. 26일에는 외국에 나가신다니까 그 전에 면접하시겠다고 말씀했는데요, 무엇 하나 쉽게 되는 일은 우리에게 없는 것 같아요. 힘들고 어렵지만 그래도 참고 한고비씩 넘겨 가는 것으로 만족하면서 다음의 고비를 넘어설 수 있는 힘을 갖추도록 애를 써 봅니다. 쉽지 않기에 보람을 느끼게 됩니다. 늘 몸을 조심하세요. 건강 빕니다.

1981년 7월 25일

존경하는 당신에게

금년은 유난히도 더위가 기승을 부리고 있습니다. 청주는 추위도 더위도 서울보다 더 심한 곳이어서 우리의 걱정을 가중시키고 마음을 답답하게 하는 것을 느낍니다. 성서의 말씀에 의해서 위로받지 않고서는, 인간적으로 생각하면 하루를 살아간다는 것은 너무도 힘들고 벅찬 것이며 지나치게 심각한 경지로 말려들어갈 것만 같습니다. 그러나 믿음이 있기에 오늘 이 가혹한 현실을 오히려 찬양하며 감사하고 희망에 찬 나날을 보내는 적극적인 나날을 이어나갈 수 있고 그렇게 하기 위해 무척 애를 씁니다. 결코 이대로 좌절하는 어리석고 무의미한 생을 만들어 스스로를 비참한 것으로 만들지는 않을 것이며, 하나님은 반드시 도움의 손길을 펴서 언덕 위 푸른 초원으로 인도해주실 것을 믿습니다. 그렇기에 희망은 빛을 보여 바라볼 수 있게 할 것입니다.

홍걸이는 오늘 학기가 끝나서 방학에 들어갑니다. 성적표는 다음 소집일에 준다 합니다. 더위에 몸조심하시고 힘을 내주세요.

1981년 7월 28일

존경하는 당신에게

더위에 고생이 얼마나 심하신지요. 생각하면 무어라 말로 표현할 수 없고 답답함을 느끼게 될 뿐입니다. 장마 후 내리쪼이던 폭염이 소나기에 씻겨 내리면 한결 마음의 후련함을 가지게 됩니다. 인간사에 있어서도 더위에 소나기 오듯 시원한 일이 있는가 하면, 갈증을 느껴도 비 한 방울 내리지 않는 것 같은 일도 허다합니다. 그러기에 굴곡진 인생로를 걸어가고 또 가는데 피곤하고 고달픈 때도 있는 것이니 그렇게 알고 한고비 한고비를 넘고 넘어가야 하나 봅니다.

홍걸이 입시관계도 염려됩니다. 방학 동안에 최선의 노력을 한다고는 하지만 어느 만큼의 효과를 올릴지 모르겠고, 매년 달라지는 입시 요강이고 보면 쉬운 일은 아닌가 봅니다. 여하튼 노력하도록 하고 있습니다. 제 실력에 따라 어디고 입학되도록 기도를 드립니다.

내일은 일본어 책으로 《베버―지배의 사회학》(向中 守, 石尾芳久 외 2명 저)과 베버 저의 《프로테스탄티즘 윤리와 자본주의의 정신》을 차입하겠습니다. 모두 소책자입니다. 늘 마음과 뜻과 정성을 모두어 당신의 건강과 아울러 모든 것이 풀리고 그래서 한자리에 앉아 기도할 수 있기를 기도합니다.

1981년 7월 29일

존경하는 당신에게

오늘은 홍업이 생일입니다. 친구들과 놀기를 원해서 하루를 즐기도록 했습니다. 서울은 어젯밤에도 비가 많이 왔고 아침에도 검은 구름이 끼어 좀 선선함을 느꼈는데, 청주에 가보니 어찌도 햇볕이 내리쪼이는지 몇 도가 더 높은 온도에 무척 덥게 느껴졌습니다.

당신 계신 곳도 예외가 아닐 터이니 얼마나 더위와 씨름을 하셔야 할지요. 고생이 이중, 삼중으로 심하시기만 하겠습니다. 오늘도 구매물이 적어서 참 서운했습니다. 식욕이 없으실 것 같아서요. 힘이 드시겠지만 참고 이겨내는 수밖에는 없겠습니다. 옛날과는 모든 것이 다르기 때문에 당신을 위해 도움이 못됨을 미안하게 생각합니다. 반드시 어느 날인가 하나님이 이끄시는 손길에 이끌려 심연의 어둠 속에서 빛이 있는 곳으로 끌어내주실 것을 믿고 계속 참음의 훈련을 거듭할 수밖에는 없겠습니다.

별로 찾아오는 손님들도 없으니까 집안은 늘 조용합니다. 그래도 캡틴은 잘 짖어댑니다. 오늘도 당신의 건강을 빕니다.

1981년 7월 30일

존경하는 당신에게

오늘은 하도 더위가 심하기에 집에 있는 그림엽서 중에 좀 시원한 기분이 나는 것이 있나 뒤적거려 보았습니다. 그림으로나마 시원함을 느끼시기 바랐으나 별로 시원한 풍경의 것이 보이지 않아서 바다가 보이는 것이기에 여기다 적어봅니다. 더위를 잘 참으시는 당신이지만 너무 참기 힘드실 것입니다. 너무도 엄청난 고통을 이겨나가는 당신에게 나는 말없이 고개 숙이며 그리고 하나님께 감사드리고 또 모든 것이 합하여 선하게 작용될 것을 믿습니다.

내일 차입할 책은 《개미 마을의 마리아》(松屋桃樓 저, 김종남 역, 가톨릭출판사)입니다. 이 책은 인간의 삶에 있어 양극화 상을 어떻게 한 여성이 타개하였는가 하는 것을 그 여인의 기쁨과 슬픔, 좌절과 헌신을 통하여 증언하고 있다 합니다. 크리스천이면 반드시 실천해야 할 사랑을 그 많은 사람들이 말은 하되, 행하지 못하므로 사회의 비극은 사라지지 않고 있습니다. 우리는 어떠한 처지에서도 사랑을 행하여야겠음을 다시 절감합니다. 건강하세요.

1981년 8월 3일

존경하는 당신에게

오늘도 당신의 편지가 오기를 기다렸는데 7월 30일에 내가 그림엽서로 당신께 보낸 것이 수취인 쪽을 잘못 알았는지 내게 돌아온 것 보고 어이가 없었습니다. 가로쓰게 된 주소이므로 행여나 잘못될까 염려스러워 당신 쪽 주소를 나타나게 썼는데도 아무 소용없이 내게로 왔으니 하는 수없이 봉투에다 넣어 보냈습니다. 오늘은 청주에도 비가 내리고 서울도 날이 흐려서 다소 덜 더운 감이 듭니다.

오늘 차입한 책은 《꼬방동네 사람들》(이동철 저), 이름 그대로 '꼬방동네' 말하자면 소외당하고 버림받은 밑바닥 인생들의 갖은 애환이 담긴 장편소설이지만 실제 있는 실화를 엮은 것입니다. 비참한 생활환경에서 여러 가지 형태로 신음하는 삶의 아픈 모습 들여다볼 수 있습니다.

사랑, 이웃에 대한 사랑이 이 같은 사람들에게 베풀어지고 같이 슬픔과 괴로움에 동참하는 그리스도인들이 많이 있어야 하겠습니다. 그런데 아직도 '꼬방동네 사람'들의 수는 줄어들지 않고 있으니 누가 그들을 도와야 할지요. 요즘 말은 불황이라 해도 수많은 인파가 피서를 떠나고 돌아오는 모습만이 눈에 띕니다. 그 모습은 시원하게 보이는 것이 아니라, 오히려 더 더워 보입니다. 피서지도 놀라운 인파를 이루고 있다고 합니다. 마치 유행병과 같이 번지는 것 같습니다. 당신 계신 곳은 얼마나 더울까요. 부디 몸조심하시고 건강하세요.

1981년 8월 4일

존경하는 당신에게

기다리고 기다렸던 당신의 편지, 오늘 기쁨으로 받았습니다. 올 때가 돼도 오지 않아 무척 걱정을 했는데요. 한 달에 겨우 한 번 받아보는 편지이나 우리에게는 무엇보다 소중하고 많은 교훈과 기쁨을 가져다주는 것입니다. 도전과 응전에 관해서는 당신으로부터 전에 듣고 느낀 바 많으나, 오늘 다시 당신의 글을 접하면서 토인비의 역사철학이 오늘을 살아가는 우리에게 얼마나 큰 도움이 되는지 깨우칩니다. 더구나 우리의 이 현실에서, 더더구나 환난의 굴레에 휘감겨 연명해나가고 있는 것만도 기적으로 여겨지는 이때, 당신이 적어 보내신 그 뜻과 지적해주신 사례 등을 심각하게 여러 번 읽고 다시 나 자신 슬기롭고 지혜롭게 이 시기를 값있게 넘기기 위해 힘쓰고자 합니다. 나는 결코 비관도 실망도 안 합니다. 그렇다고 낙관하고 안이한 생각에 잠기지도 않습니다. 다만, 단 하루를 살다 이 세상을 떠나는 일 있다 해도 인간으로서 참된 삶의 모습이 어떠한 것인지 남겨놓고 싶은 마음, 이것은 욕심도 아니고 바르게 살고 싶고 의의 편에 서고 싶은 마음입니다.

일시적 부귀영화를 위해 하나님의 뜻을 저버리는 어둠의 자식이 되는 것보다는 피흘리는 아픔 속에서 진리를 움켜쥐고 쓰러지는 빛의 자녀가 되면 그 이상의 영광은 없다고 생각하고, 없는 것을(명예도 부귀도) 자랑합니다. 당신의 고난과 그 아픔은 하나님 보시기에도 아픔으로 당신을 더 사랑하실 것입니다. 그래서 우리는 보람을 느끼며 감사의 기도를 드립니다.

1981년 8월 5일

존경하는 당신에게

반년이 넘도록 엽서로만 적어 보내서 받아보는 당신에게 너무도 무미건조할 것 같아서 이 같은 작은 변화를 가져 봅니다. 어제부터는 기온이 좀 내려서 아침저녁으로 가을 같은 시원함을 느꼈는데, 내일까지 이런 날씨이다가 모레부터는 다시 수은주가 올라간다는 예보입니다.

어제는 형주 아버지가 오셨습니다. 지난 번 7월 18일 나와 함께 청주 가셨다가 오신 후 몸살로 누워계셨는데, 요즘은 건강하시다 합니다. 버스에서 에어컨이 차서 그러셨다 해요. 나는 아무리 자주 청주 다녀도 피곤함 느끼지 않는데, 모두 조금만 무얼 하면 몸이 불편한 것 같아요. 나는 하나님이 내게 이 같은 건강의 축복 주신 것 참으로 감사하고 있어요.

혜영이 편지는 나보고 부치라고 써 가져온 것을 내가 읽어보고 직접 부치도록 주소 알려주었기에 내용 잘 알고 있어요. 그래서 잘 썼다고 칭찬도 해주었어요. 어제 당신 편지 받고 홍준네 전화 걸었더니 작은아버지가 받으셨는데 발은 좀 좋은데 손과 팔이 나쁘다고 하셔요. 신경통이라서 좀 나은 것 같다가도 다시 악화되므로 근치가 아니 되나 봐요. 처음 우리집 연금이 풀리고서는 매일 오셨는데, 요즘은 손님이 오지 않으니까 오시는 일이 없어요. 홍준이도 한 달에 한 번 정도 들르는 때가 있고, 한참 들르지 않기도 하니까요. 홍걸이는 매수요일마다 학교에서 소집하는데 오늘까지 공부할 문제집을 주고 다음 수요일 두 번은 전 과목에 걸쳐 모의고사를 친대요. 그래서 정신 차리고 공부하느라 하지만 작년의 영향으로 힘이 드는 것 같아요. 다음 수요일에 학교 가니까 그 다음 날 데리고 면회 가도록 할 예정입니다. 24일이 개학이니 방학도 얼마 되지 않으니까 최선을 다해 입시준비해야 하는데 걱정입니다. 부디 몸조심하세요.

1981년 8월 7일

존경하는 당신에게

오늘은 벌써 입추입니다. 며칠 전부터 아침저녁으로 서늘하고 낮에도 별로 덥지 않아서 나처럼 더위를 참지 못하는 사람은 좀 살 것 같습니다. 청주는 비도 내리고 또 기온도 서울보다 조금 낮아서 오늘 아침은 춥기까지 했는데 당신 몸에 지장이 있을까 염려스럽습니다. 소매가 있는 러닝을 차입할 것을 하고 미처 생각을 못했던 것이 후회스러웠는데, 만일에 필요하시면 요청해서 사 입으시도록 하세요. 다음 월요일에는 소매 있는 것을 차입토록 하겠습니다. 그러나 아직 더위가 다 간 것은 아닐 것입니다.

오늘은 날이 시원하기에 오랜만에 청주 들러서 대전의 식구들에게 구매물 좀 사서 넣어주고 왔습니다. 20여 일 만에 들른 것이 되지요. 대전 들러 오니 마음이 한결 가볍습니다. 제발 이제 대전에 가지 않아도

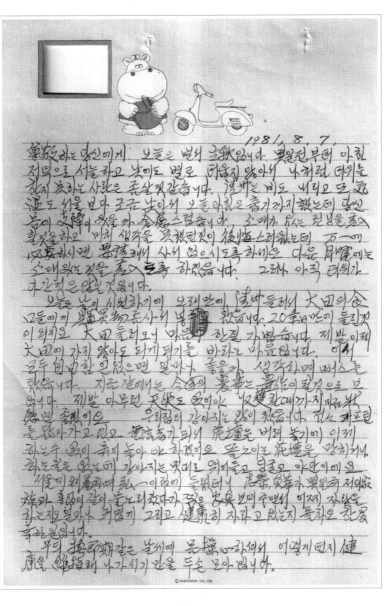

親愛하는 당신에게 : 오늘은 벌써 立秋입니다. 立秋전부터 아침
저녁으로 서늘하고 낮에도 별로 더웁지 않아서 나처럼 더위를
잘 타지 못하는 사람은 좋은철같습니다. 立秋는 비도 비리고 또 氣
溫도 서울보다 조금 낮아서 오늘아침은 춥기까지 했는데 당신
몸이 不便함이 있을까 念慮스럽습니다. 소매가 있는 천샤쓰를 좀더
챙길것을 미처 생각을 못했던것이 後悔스러웠는데 万一에
必要하시면 편(지)주셔서 사서 입이도록 하세요. 다음 月曜에는
소매 있는것을 좀더 보내 도록 하겠습니다. 그래서 아직 더위가
다간것은 아닐것입니다.

오늘은 날이 시원하기에 우리만이 立秋 들러서 大田의 숲
그들에게 見舞物 좀 사서 보내 주었습니다. 20余日만에 들리기
이 되지요. 大田 들러오 마음은 한결 가볍습니다. 제발 이제
大田에 가지 않어도 되게 되기를 바라고 마음입니다. 이제
모두 自由한 몸이었으면 얼마나 좋을지 생각하면 버스를
탔습니다. 지금 길에는 속의 農業는 最善의 모습으로 보
였습니다. 제발 아무런 天災도 없이 收獲할때까지 지금状
態世 좋겠어요. 우리집의 강아지는 잘이 컸습니다. 전날 카-트
를 뜯어가고 있고 違法을가 되어 花壇은 버려 놓기에 이기
하는수 없이 줄에 놓아 아 하겠어요. 뜯노릇 花壇을 망쳐거나
하는 노릇을 없는데 강아지는 곳대로 먹어들고 딩굴고 아단이에오
서웃기 된 寵兒하며 私一이걸이 들렀더니 居業, 異草가 鼻앗어 저외었
諸와 중업이 같이 뜯노리 졌다가 33을 火災오미 주변에 이제 자람을
하는지 믿지나 귀엽게 그리고 健康히 자라고 있는지 믿으오 찬찬
복하고 있습니다.

부디 撮(氏)期같은 날씨에 文操 (부라 셔서 어엿기 (인지) 健
康을 (絶/拂)려 나가시기 간을 두손 모와 빕니다.

되기를 바라는 마음입니다. 어서 모두 자유함 얻으면 얼마나 좋을까 생각하며 버스를 탔습니다. 지금 같아서는 금년의 농사는 풍작이 될 것으로 보입니다. 제발 아무런 천재가 없어야⋯⋯. 수확할 때까지 지금 상태면 좋겠어요. 우리집 강아지는 많이 컸습니다. 점점 캡틴을 닮아가고 있고 무법자가 돼서 화단을 버려놓기에 이제 하는 수 없이 묶어놓아야 하겠어요. 똘똘이는 화단을 망치거나 하는 일은 없는데 강아지는 제멋대로 뛰어들고 뒹굴고 야단이에요.

서울에 도착하여 홍일이 집에 들렀더니 지영, 정화가 며칠 전 제 가족과 홍업이 같이 물놀이 갔다가 찍은 사진 보여주면서 어찌 자랑을 하는지요. 얼마나 귀엽게 그리고 건강히 자라고 있는지 몰라요. 참 다행한 일입니다.

부디 환절기 같은 날씨에 몸조심하셔서 어떻게든지 건강을 유지해 나가시기만을 두 손 모아 빕니다.

1981년 8월 8일

존경하는 당신에게

오늘도 서늘한 날씹니다. 8년 전의 오늘 놀랍고 기막히던 그 일을 잊을 수는 없어 다시 그날의 기억이 되살아납니다. 마치 곡예사가 위험한 것을 보여주듯 아슬아슬한 고비고비, 나는 차마 눈 뜨고 쳐다볼 수 없어 눈을 다른 곳으로 돌려버리고 마는 약한 모습을 보였는데, 내가 가장 사랑하는 당신의 운명은 마치 이 같은 위험한 날들처럼 유난히도 당신을 괴롭히고 있으니, 하나님의 뜻을 어리석은 나는 알 길이 없습니다.

성경을 통해서 환난의 뜻을 배우고 예수님의 교훈과 바울 사도의 생애에서 용기와 희망을 가집니다. 반드시 하나님은 당신을 특별히 사랑하고 계시고, 더욱 연단시켜 당신의 신앙의 단계를 높이높이 올려놓으셔서 당신을 쓰시고자 하십니다. 무슨 일을 어떻게 시키실지는 알 수 없습니다. 그리고 그때가 언제일지도 모릅니다. 그러나 언제까지나 오늘의 상태로 방치시켜놓으시지는 않으실 것입니다. 믿고(의심치 않고) 기다리는 자에게 반드시 축복해주실 것입니다. 모든 쓰리고 아픈 고난의 흔적이 말끔히 가셔지고 밝고 맑은 아침 햇살을 받아들이는 새날이 꼭 찾아오는 그날, 시온의 영광이 비치는 그날 위해 찬송과 기도를 쉬지 않습니다. 그래서 어둠은 사라지고 슬픔과 애통도 기쁨으로 변하게 될 것으로 믿습니다.

오늘은 날까지 흐려서 마음이 한결 가라앉은 기분이 드는 날입니다. 잘도 참고 이겨내시는 당신께 경의를 표하고 싶습니다. 집안은 고요합니다. 오늘을 그대로 말해주는 고요함입니다. 내가 조용함을 뜻있게 보내는지 스스로 물어볼 때 부끄러움을 느낍니다. 뜻있는 하루되기를 원하지만 지내고 나면 허송한 것을 안타까워하는 어리석은 자입니다. 오늘도 당신의 건강을 빕니다.

1981년 8월 9일

존경하는 당신에게

오늘은 다시 더운 여름으로 수은주가 올라갔습니다. 나는 또 땀을 흘리기에 바쁩니다.

지금 생각해보니 작년에 처음으로 당신을 면접한 날입니다. 당신의 생사도 행방도 모르고 불안과 공포로 가득한 악몽에 시달리다가 군 교도소로부터 연락을 받고 이 세상에 살아 계시다는 것만으로 우선 조인 마음을 달래고 만난 당신의 모습은 꼭 반 조각으로 졸아들어 보였습니다. 하고 싶은 말도, 할 말도 다 잊어버렸고 돌아오는 마음은 더 아팠습니다. 운명이 기구하다는 용어를 가져다 붙이기조차 할 수 없는, 말로나 용어의 표현으로 나타낼 것을 넘어선 경지입니다. 나 또한 갇혀 있는 곳에서 밖을 보고 바람을 쏘이고 하는 기회는 다만 당신을 면접하러 가는 때뿐이었습니다. 만나뵙는 기쁨에 뒤따르는 괴로움은 더 크고 깊어만 갔으나, 오늘 1년을 보낸 후 그래도 내가 자유롭게 청주를 들락거리고 친척과 친지를 만나볼 수 있는 것은 다행입니다. 당신의 고통은 아직도 당신을 결박하고 있으니 나는 미안하고 안타까움이 큽니다.

모든 것은 시간이 지나가면서 해결되어나간다는 것을 알기에 괴롭게 지나가는 시간이지만, 반드시 그 흘러가는 시간을 거쳐 하나님이 분명히 우리의 어려운 문제를 해결해주실 줄로 믿습니다. 우리는 꼭 믿고 순종하면서 때를 기다리는 희망을 가지고 오늘도 참고 이겨나가야겠습니다.

부디 건강하시고 희망의 나날을 보내시도록 힘쓰소서. 고린도후서 1장 8~11절 다시 읽으시고 위로 받으시기 바랍니다.

1981년 8월 12일

존경하는 당신에게

요즘은 저녁이 되면 귀뚜라미 우는 소리가 들려옵니다. 가을이 가까워지는 느낌을 가지게 됩니다. 당신 계신 곳에서도 귀뚜라미는 울겠지요. 이때가 되면 자연히 적막감을 느끼게 됩니다.

오늘은 홍업이가 화곡동 작은아버지와 같이 청주에 갔는데, 연수와 연학이가 동승하여 다녀왔다고 합니다. 홍걸이는 오늘 학교 소집일이고 모의고사 시험을 치고 왔습니다. 실은 홍걸이는 다음 주 월요일(17일) 소집에 또 19일 소집(이날은 또 시험을 쳐요)입니다. 그래서 내일 13일, 당신의 제2의 생일을 축하도 할 겸 홍걸이 데리고 가서 면회하려고 기쁘게 기다리고 있었지요. 그런데 17일에나 면회에 와달라 하신다 해서 무슨 일인지 궁금도 하고 홍걸이가 면회가는 데도 지장이 좀 있을 것 같아서 어찌 할까 생각하고 있습니다. 그러나 당신이 17일을 원하신다면 그때 좀 늦더라도 가도록 해야 할 것 같아요. 나는 13일 면회하고 또 14일에 다시 청주 가서 차입물 넣을 생각으로, 오늘 가지 않고 홍업이를 보낸 것이었어요. 15일에는 대전에 있는 식구들이 나오지 않을까 기대를 걸어봅니다. 아직 확실한 것은 모르지만 어서어서 모두 자유롭게 되기를 바라고 있습니다. 차차 모두 풀려나는 기쁨이 있을 줄 생각하며, 우리 기도의 응답을 기다리며 계속 기도합니다. 건강하세요.

1981년 8월 13일

존경하는 당신에게

오늘을 축하하며 감사의 기도를 드립니다. 예수께서 십자가의 고난을 감수하셨기에 부활하셨고, 부활로 인류 구원의 역사가 전개된 것은 너무도 잘 알려진 사실입니다. 우리는 이 사실을 믿기에 오늘과 같은 처절한 상황에서도 좌절치 않으며 오히려 희망을 간직하고 묵묵히 기도를 드리고 마음의 평화를 얻습니다. 그래서 쉬지 않고 주님을 찬양하면서 뜻있는 삶을 살려 힘쓰고 있습니다.

당신 또한 예수님의 제자로서 너무도 험준한 가시밭길을 찔리고 피흘리며 따르고 있습니다. 그러나 그 험한 길에서 주 예수 그리스도를 만나뵙는 체험을 하신 8년 전의 일, 그래서 당신은 세상에 다시 태어나는 기쁨을 감사하게 받고 더욱더 하나님의 진리 안에 살기 위해 힘쓰고 계십니다.

이제 당신과 우리 가족은 모두 역경을 통하여 우리의 무능력함을 절감하며 하나님의 위대하신 능력과 사랑을 깨닫고 전적으로 주님만 의지합니다. 우리의 이 어려움을 슬퍼할 필요도 원망할 필요도 없다는 것을 다시 한 번 다짐합니다. 당신의 두 번째 생일을 진심으로 축하드리면서 그 같은 기적이 또 한 번 우리에게 기쁨을 가져오도록 바라는 마음 간절합니다. 사랑의 하나님께서 당신의 건강을 지켜주실 줄 믿습니다.

* 이 카드 13일에 받으실 수 있기 바라면서 미리 보냅니다. 오늘의 기쁨 함께 못함 유감입니다.
* 이 클로버는 청주교도소 근처에서 수집한 것입니다. 당신께 행운이 있기를 빕니다.

1981년 8월 15일

존경하는 당신에게

어제는 작년에 어마어마한 사건으로 재판이 시작된 한 돌이었기에 마음이 착잡했습니다. 더구나 해방 36주년 기념으로 석방되는 명단을 보며 더욱 마음이 착잡해짐을 느꼈습니다. 어제 청주 다녀온 후 저녁에 대전에 가서 하룻밤을 보내고 오늘 새벽 4시에 대전교도소에 가서 5시간 이상을 기다린 후에, 우리 식구들을 만 1년 3개월 만에 만나보는 기쁨의 시간을 가졌습니다. 생각보다는 비교적 건강한 모습이었고, 당신 염려를 무척 하고 있었습니다.

돌이켜보니, 36년 전 그 해방의 날이 우리 민족에게 행복과 불행을 같이 안겨준 날임을 새삼 느낍니다. 그 불행은 민족 분단의 아픔으로 인하여 오늘까지 사라지지 않고 우리를 괴롭히고 있습니다. 지금까지도 통일의 염원을 성취하기 위해서는 너무도 어려움이 많은 것 생각할 때, 하나님의 뜻이 반드시 있어서 때가 차지 않았기 때문인 것인지, 어서 통일의 선물을 받게 되는 제2의 8.15 해방이 있기를 기도합니다.

요즘 많은 헛소문이 떠도는 가운데 며칠을 보내면서 17일 당신을 만나뵐 것을 기쁨으로 고대합니다. 특히 홍걸이가 아버지를 만날 기쁨으로 가득 차 있습니다.

3일간 매일 청주로 대전으로 오르락내리락 하다 보니, 특히 어젯밤 충분히 자지 못한데다 낮에 집에 돌아와서도 아직 쉬지를 못하여 정신이 나지 않는 가운데 이 글을 쓰고 있습니다. 하고 싶은 말은 산적해 있으나 하지 못함을 못내 아쉬워할 수밖에는 없습니다. 오로지 하나님 당신과 함께 계셔서 모든 것 지켜주시고 건강의 축복과 속히 자유함을 얻는 축복 내리시기를 기도할 뿐입니다.

1981년 8월 17일

1개월을 더 넘게 기다리고 기다리던 면접 날인데 막상 만나뵙지만 광선 때문인지 당신의 얼굴은 도무지 잘 보이지도 않았고, 꼭 하겠다던 말도 다 하지 못한 채(시간의 재촉으로) 그대로 떠나는 마음은 여간 섭섭한 일이 아닙니다.

　돌아오는 길에 대전에 아직 남아 있는 우리 식구의 마음이나 달래주고자 대전에 다시 들러 구매물을 차입하러 갔으나 시간이 너무 늦은 관계인지 차입할 물품이 품절이 돼서 우유와 과자, 고추장을 넣어주고, 다행히 면회 끝나고 나온 이협 씨 부인을 만나 그곳에 간 것을 참잘 했구나 생각했습니다. 그래서 같이 차를 타고 서울에 왔습니다. 홍일의 집 잠깐 들러 보고 화곡동 작은아버지 댁에 갔더니 홍철이와 홍걸이 오랜만에 만나서 너무 좋아하니까 작은아버지가 홍걸이 하룻밤자고 가라니까 어찌 좋아하는지 떨어뜨려놓고 왔습니다. 실은 홍걸이방학 동안 좀 공부하게 하려고 홍걸이와 외사촌 고3되는 아이와 같이공부하도록 그 애네 시골에 있는 집에 (조용히 공부할 수 있다 생각하고) 보냈으나 학교 소집 관계로 2, 3일밖에 못 있다 왔어요. 다시 홍걸이 이종형수가 수학과 전공을 하였기에 1주간만 수학을 공부하도록 이모집에두었는데, 이종형 내외가 미국 유학수속으로 바빠서 아침 일찍 하자니까 일찍 일어나지 못해서 별로 도움되지 못한 채 11일(12일이 학교 소집 날이어서)에 집에 오고, 15일에 그집 아들 내외는 도미하고 말았습니다. 그래서 외사촌 아이와 조용한 곳으로 다시 보낼까 생각해보았으나그 아이는 17일 개학하여 그만두었습니다. 문제는 본인이 얼마나 성의껏 열심히 노력하느냐가 중요하지, 환경은 제2의 문제라고 생각해요.미리 이런 사실 알리고 싶었어도 도미하는 아이들에게 지장을 초래할까 봐서요. 이미 떠났기에 오늘에야 알려드립니다. 나로 인해 어느 누구도 피해 입는 것을 원치 않으니까요. 필동 오빠 내외도 금년에 도미하셔야 하는데 올케만 여권이 벌써 나왔고 오빠는 아직 신원조사에 걸려(그것도 우리 때문에요) 있어 기다리고 계셔요. 선택이가 미국에서 한 달 전에 쌍둥이를 출산했고, 그 위 아이 정택이가 사업을 조그맣게 하고 있어서 이번에 도미하시면 1년 정도는 오래 계시게 될 듯해요.

집안 소식 좀더 상세히 적어 보내라 하시는데 늘 변함없으니 실은 적을 만한 것도 그리 많지 않아요. 게다가 조심하고 쓰다 보면 하고 싶은 것 못하고 맙니다. 그래서 마음만 안타까워요. 부디 몸조심하셔서 건강하세요. 밖의 일은 너무 염려 마세요. 끊임없이 기도합니다.

1981년 8월 18일

존경하는 당신에게

어제는 서울로 오는 길에 비가 많이 왔고 밤에도 비가 내렸는데 오늘도 날이 끄느름하여 무더움에 시달리게 됩니다. 당신 다리의 통증이 좀 덜하시다 하니 무척 다행한 일입니다.

재작년에 옮겨 심은 은행나무(출입문 옆에 있던 것)는 작년에 죽어서 베어버렸습니다. 대추나무는 옮겨 심은 후 작년에는 열매가 덜 열렸으나 금년에는 많이 열려서 홍걸이가 몹시 좋아하고 있습니다. 벌써 햅쌀을 수확한 곳이 있는가 하면 거의 벼가 피어서 이대로 일기日氣만 좋으면 금년은 풍작이 예상됩니다.

고속도로변에는 벌써 코스모스가 피었습니다. 가을은 문 앞에 다가왔습니다. 아직은 잔서殘暑가 기승을 부리고 있지만 며칠 후면 완연히 가을 날씨가 돼서 점점 하늘이 높아지기만 할 것이에요. 작년 겨울은 몹시 추웠기에 금년도 추울까봐 염려됩니다.

지난 14일에 연탄값이 138원에서 153원으로 올랐습니다. 봄에 인상되고 이번에 또 올라서 금년에 30퍼센트 인상이 되었으므로 모두 생계에 주름살이 날로 늘어만 가고 있습니다. 언제나 모든 사람이 고루고루 잘 살게 돼서 생활고에 신음하는 사람들이 없어질 것인지요. 홍걸이 방학도 이번 주만 지나면 끝나고 24일은 개학이 됩니다. 보기에 도무지 대학입시 위한 준비에 전력을 기울이는 것 같지 않아서 걱정입니다. 입시제도도 매년 새롭게 변하여 의욕을 상실케 할 우려가 큽니다. 더구나 대학 졸업이 정원제가 되고 보니 입학이 순조롭게 된다 하더라도 걱정은 또 따릅니다. 더구나 홍걸이의 경우는 그 걱정이 더한 것이구요. 그러나 내가 걱정해서 되는 일이 아니고 옆에서 공부하라고 하는 말 자주 들려주는 것도 효과는 없으므로, 당신이 기도해주시듯 나도 홍걸이 위해 기도를 올려줍니다. 아무쪼록 건강 위해 힘쓰세요.

1981년 8월 19일

존경하는 당신에게

우리 정원에는 이제 잔디가 거의 다 나서 보기에 아주 좋게 되었습니다. 오늘도 잔디를 깎아놓았어요. 작년에는 너무도 많이 짓밟아서 가을에 좀 드문드문 소생했으나 지금은 아무도 밟고 다니지 않으니까 잘 자라요.

오늘은 홍일이가 청주 갔는데, 책은《조선상식문답》속편을 차입했어요. 아직 司馬遼太郎의 것은 못 구했고, 지난번에는 이것만 못 구한 것으로 편지에 알렸으나 슘페터의 《자본주의, 민주주의, 사회주의》도 못 구했어요. 그래서 우선 슘페터 저인《경제발전의 이론》상·하권을 구했으므로 그것을 차입토록 하겠으니 그리 아세요. 이것은 일본 암파서점岩波書店 문고판이에요.

집에는 변한 것 아무 것 없이 조씨, 이씨 그리고 아줌마, 혜숙이가 수고하고 있고, 10월 되면 혜숙이는 결혼을 할 예정이에요. 요전에 진돗개가 낳은 새끼를 달라는 사람들이 많았는데, 홍업이가 누구에게 줘버리고 나머지 개들만 있어요. 똘똘이는 여전히 식사 때만 좋아서 날뜁니다. 그런데 이번에 놀란 것은 출감한 세 사람을 다 알아보는 듯이 꼬리치고 가까이 가요. 늘 홍업이에게는 겁을 내고, 먹을 것을 잘 주니까 먹을 때만 좋아 가까이 해요. 놀리기를 잘하니까 부르면 어슬렁거리면서 홍업이 앞으로 와요. 홍업이 없을 때면 쏜살같이 안방으로 뛰어와요. 손님이 오면 캡틴도 크게 짖기 시작한 후에 멋도 모르고 똘똘이도 짖어댑니다. 그 꼴을 당신은 그곳에서 상상해보시고 웃으시기 바라요. 야단치면 언제나 책상 밑으로 숨어버리기 일쑤구요. 다행히 전과 같이 자주 병원 출입을 하지 않으니까 좀더 기를 수 있다고 생각합니다. 오늘도 당신의 건강을 빌면서 이만 줄이겠어요.

1981년 8월 20일

존경하는 당신에게

이제 8월 중순이 지나면 정확하게 내게 찾아오는 건초열hay fever(심한 재채기와 콧물 증세가 나타나는 알레르기성 질환) 증세가 올해도 예외가 아니고 보면 또 재채기, 콧물이 납니다. 작년에도 과히 심한 편 아니었고 올해도 그리 심할 것 같지는 않지만 요즘 휴지를 많이 쓰게 됐습니다. 내게서 이 병은 떨어져나가지를 않습니다. 날씨가 싸늘해져야만 치유되니 그때만 기다리는 수밖에 없습니다.

우리집 개 때문에 놀라움과 느끼는 바 큽니다. 똘똘이만 아니라 캡틴도 이번에 나온 우리 식구가 대문 밖에 오면 짖지 않고 가만히 있어요. 누가 왔는지 모르고 문이 열려서 보면 옛 식구에요. 어쩌면 1년 반이나 보지 못한 사람들이 문 밖에 있어 보이지 않는데도 알고서 짖지 아니하는지 정말 놀랐어요. 개는 역시 충성심이 강하고 의리가 있는데 인간은 그렇지 못할 때가 많으니까 부끄러운 일이지요.

김용훈 씨는 논산 집에서 농사를 짓는데 지난번에 감자, 마늘을 보내더니, 오늘 또 사과, 감자, 마늘, 고추를 부쳐왔어요. 김종택 씨는 고향에서 무슨 보험회사에 근무한다 합니다. 김우진 군은 역시 고향에서 어머니를 도와 일하고 있구요. 이세웅, 박광태 씨 등은 가끔 집에 들릅니다. 권노갑 씨도 가끔 들르구요. 이번에 나온 분들도 집에서 몸을 건강하게 하고 되도록 조용히 있도록, 그래서 생계를 꾸려나가는 데 힘쓰도록 했습니다. 가끔 집에 들르는 것은 무방하니 자주 올 필요는 없다 했어요. 이번에 나온 분들, 외관으로는 건강해보이지만 몸조리해야 한다고 봐요. 그중 김옥두 씨가 좀더 몸조심해야 건강할 것 같아요.

우리는 언제나 그러하지만 지혜롭게 삶을 영위해나가야 하므로 우리에게 지혜는 아주 중요하다고 생각합니다. 지혜는 날로 귀하게 요청된다고 봅니다. 내일은 《聖靈の愛(성령의 사랑)》《生命の光》의 발행인, 手島千代 저)를 차입하겠습니다. 환절기에 몸 더욱 조심하시기 바랍니다.

1981년 8월 22일

존경하는 당신에게

어제는 고故 최성식 씨 댁을 방문했습니다. 작년 8월 8일에 세상을 떠났는데, 1년이 지나도록 위로의 말도 못하고 지났는데도 그쪽에서 우리집을 방문하겠다기에 내가 찾아갔습니다. 새집을 완전히 다 잘 꾸미지 못한 채 그대로 입주하여 끝을 맺지 못한 곳이 많았습니다. 집은 크게 지었으나 집으로 올라가는 길이 아주 험한데도 그대로 길을 닦지 않고 있었습니다. 결국 고혈압 때문이지만 당신 염려 무척 하시다 유언도 없이 세상을 떠났어도, 떠나기 전날 당신이 얘기한 것을 생각하며 기도했다는 부인의 말이었습니다. 부인은 믿음으로 살기 때문에 외로워보이지도 않고 꿋꿋한 모습 볼 수 있어서 무척 다행이라 생각합니다. 막내가 벌써 13살이니 아이들 많이 자랐더군요. 믿음은 모든 것 이겨낼 수 있는 힘이 된다는 것 새삼 느꼈습니다. 그의 친정어머니도 당신 위해서 많은 기도를 하신다 해요. 어서어서 많은 사람이 드리는 기도를 하나님께서 응답해주시기를 바랍니다. 당신의 영혼을 주옥같이 맑게 그리고 빛을 발할 수 있을 때까지 주님께서는 당신의 심령 속에서 끊임없이 일하고 계심 매일 실감하시기 바랍니다. 더욱 힘을 내시고 건강히 이 어려움 이겨나가시기를 빕니다.

1981년 8월 23일

존경하는 당신에게

오늘은 처서입니다. 이제 가을이 우리에게 성큼 다가온 느낌이 듭니다. 나는 계절 중에서 가을을 제일 좋아하는데 내가 좋아하는 가을을 더이상 즐길 수 없게 된 지 오래 되었습니다. 가을 초부터 건초열로 고생을 해야 하니까요.

어제는 유난히 콧물이 나와서 어떻게 할 수 없어 겨우 당신께 엽서 한 장을 쓴 것밖에는 한 것이 없어요. 괴로우니까 아무것도 하고 싶은 의욕이 나지 않아서요. 그런데 오늘은 다행히 콧물이 별로 나오지 않아서 교회도 갔다 오고 눕지 않아도 되니 살 것 같아요.

9월 12일이 추석이라는데 기차, 버스표의 예매가 이미 끝났다 하니 모든 것은 미리미리 재촉하여 떠들썩하게 되기 마련입니다. 예정됐던 20일의 일은 별로 우리가 원하는 대로 되지 않고 말았습니다. 신촌 로터리에서 동교동 쪽으로 향하는 지하철 공사가 한창입니다. 어느 곳을 가든지 지하철 공사로 길이 파여 있는 곳이 더 많아졌어요. 어서 완공이 되어서 교통난이 조금이라도 해소되면 좋겠어요. 건강을 빕니다.

1981년 8월 27일

존경하는 당신에게

오늘은 날씨도 쾌청하고 서늘한데 내게 있는 고질병이 아주 극성스럽게 괴롭혀서 하루 종일 휴지를 옆에 놓고 코 풀기에 바빴습니다. 오늘 이렇게 심하니까 내일은 아주 말끔히 나은 것같이 좋을 것으로 예상이 됩니다. 작년에는 마음이 더 괴로워서인지 이 병은 수월했는데 오늘은 유난히 심한 것 같아요. 기분전환이나 하면 좀 상태가 좋아질까 해서 책방에 나갔다가 《낮은 데로 임하소서》(이청준 저)를 샀습니다. 이 책은 종교소설입니다. 저자는 젊은 작가로 요즘 좋은 글을 내놓는 분입니다. 주인공이 육신의 눈을 잃는 시련을 통해 자신의 소명과 그 소명이 자리를 찾아 행하는 가운데 영혼의 눈을 뜨고 하나님이 내리는 빛을 찾는다는 내용입니다. 내일은 이 책을 차입하겠습니다.

우리는 영혼의 눈을 뜨고 하나님을 만나뵙는 것이 중요합니다. 시련을 겪으면서 보람을 느낄 수 있다면 영혼의 맑음과 하나님과의 만남에서 얻는 참 귀한 선물이 있기 때문인가 합니다. 당신은 꼭 이 귀한 선물 받으소서.

1981년 8월 28일

존경하는 당신에게

어제 하루 부대낀 탓인지 오늘은 조금도 거북하지 않아서 아무 불편함 없이 청주를 다녀왔습니다. 월말이 다 되니 당신의 편지를 기다리는데 아직 쓰시지 않으셨는지요. 쓰신 후도 우리 손에 닿기까지는 여러 날이 걸립니다. 한 달에 단 한 번의 면회와 단 한 장의 편지를 기다리는 심정은 말로는 표현할 수가 없습니다. 언제 이 제한의 굴레에서 벗어날 것인지 지금으로서는 그 누구도 모르는 것 같습니다. 그렇다 해서 실망하는 것은 아닙니다. 늘 희망을 가지고 하루를 보내고 있으니까요. 오후부터는 다시 재채기가 심해서 거북합니다. 하도 변화가 심한 병이 돼서 이에 맞는 약도 없고 그저 날이 지나는 것으로 저절로 치유가 되니까 환절기가 지나가기만 기다리고 있을 수밖에 없습니다. 당신의 건강은 어떠하신지요. 아침저녁으로 무척 써늘한데 감기에 걸리시는 일 없도록 조심하시기 바랍니다.

1981년 8월 31일

존경하는 당신에게

이제 8월도 오늘로 끝이 나고 더위도 아주 사라진 느낌입니다. 더구나 하루 종일 비가 내리고 있어서 더 써늘한 감을 줍니다. 청주도 비가 많이 내리고 있어서 더 침침하고 외로움도 크리라 생각하면서, 하나님께 얼마나 더 오래 단련을 하시렵니까 속히 단축시켜 주십시오 하는 기도를 올리면서 교도소 문을 나왔습니다. 일기가 차지는 것이 두렵습니다. 당신의 건강에도 지장이 클 것이고 추위에 약한 당신을 생각하면 춥기 전에 모든 환난이 끝나기를 바라는 마음뿐입니다.

이번 내리는 비로 수해를 입은 곳이 많은 것 같습니다. 더구나 풍작을 예상했는데 비가 더 계속되면 농작물에 피해도 적지 않을 듯 염려가 커져갑니다. 강퍅한 세상에서 가을에 거두어들이는 온갖 열매로 기쁨을 얻어야 하겠는데 아직은 날씨가 어떨지 알지 못하니 농사를 짓는 사람들의 마음은 우리보다 더 안타까울 것입니다.

오늘은 《천국과 지옥》(스위든보그 저, 강홍수 역, 영계靈界 기록)을 차입했습니다. 건강에 더 조심하시기 바랍니다.

1981년 9월 2일~1981년 10월 31일

밤이 깊을수록

존경하는 당신에게

오늘은 다행히 비가 멈추고 태풍도 비켜갈 듯하다니 한시름 놓게 됩니다. 오늘 홍일이가 청주에 가서 차입한 책은 《경제발전의 이론》 하권입니다. 며칠 내 지병이 말끔히 나은 것 같더니 오늘은 하루 종일 콧물이 어떻게나 흐르는지 누워 있어도 별 소용이 없고 해서 얼마나 휴지를 썼는지 모릅니다. 이렇게 하루 심하면 내일부터 며칠은 나을 것이에요.

홍걸이는 어제 몸살감기로 조퇴하고 집에 와서 병원 가 주사 맞고 약도 먹고 했는데, 오늘 아침도 좋지 않아 부득이 결석을 하고 쉬게 했더니 오후부터 회복되기 시작하여 내일부터는 등교하게 되었어요. 며칠 전 비 맞은 옷을 갈아입지 않더니 그것 때문에 몸이 좋지 않은 것 같아요.

대입 위한 체력장 시험이 오늘 예정이었다가 비 때문에 10일, 11일,

12일 3일간으로 연기되었다 하니 체력장에 지장 없게 되어 다행입니다. 날이 차지므로 지내시기 더 어려우시겠어요. 건강하세요.

1981년 9월 3일

존경하는 당신에게

당신의 8월 서신이 오늘쯤이면 오겠지 하고 기다리고 기다렸으나 오늘도 오지 않아 매우 궁금합니다. 몸은 어떠하신지요. 귀에서 소리나는 것은 좀 차도가 있으신지요. 두루 궁금할 뿐입니다.

오늘은 정 박사님 병문안을 위해 찾아갔습니다. 그간 다시 입원하셨다 퇴원하셨다는데, 여전히 자유롭게 보행하시거나 바른손을 잘 쓰시지는 못해도 비교적 좋아 보였습니다. 다만 목에 혹과 같은 것이 있어 커졌다 줄어들었다 하는데 암은 아닌 것 같으나 그것 때문에 부은 곳이 좀 아프다고 하십니다. 이 박사도 혈압이 높아져서 고생이 되신다 하세요. 여전히 바쁘십니다.

내일 차입할 책은 《노블 하우스》(제임스 클라벨 저)입니다. 이 책은 홍콩을 무대로 한 소설로, 돈과 권력의 상징인 노블 하우스를 장악하려 암투를 벌이는 첩보 파노라마라 합니다. 우선 상권을 차입합니다. 홍수로 목포, 진주는 수도水都가 되고 해남에 내린 비는 사상 처음 큰 비였다 합니다. 곳곳에 피해가 너무 커서 걱정입니다. 건강하세요.

1981년 9월 7일

오늘 청주에 다녀와서 당신의 8월 편지가 와 있을 줄 알고 기쁘게 달려왔으나 오늘도 오지 않았으니 어찌 된 일인지 몹시 궁금합니다. 편지 한 번 받는 것도 이다지 힘이 듭니다. 무엇 하나 우리에게는 순조롭게 되는 것이 없는 것 같아요. 그러나 실망은 아니 합니다. 오히려 더 강하게 마음을 다지면서 희망을 가집니다. 순탄한 것보다 여러 가지 고난을 이겨내며 살아가는 것이 인생의 깊이와 넓이를 이룰 수 있는 것이라 생각합니다. 어제는 지영 모 생일이었으나 주일이라 교회 나가느라 가지 못하고 오늘 청주 다녀오는 길에 들렀습니다. 추석을 앞두고 지영, 정화 것을 사 가져갔더니, 그때까지 참지 못하고 전부 뜯어보고 입어보고 야단들 치는데 어찌 귀여운지 몰라요. 당신이 집을 떠나신 후 얼마나 많이 컸는지 지금 보신다면 놀라실 것입니다. 지영이는 언니 노릇을 제법 잘 하고요. 어서어서 서로 만나는 기쁨 있기 바라고 또 바라요. 건강하세요.

1981년 9월 9일

존경하는 당신에게

오늘도 기다리는 당신의 편지는 아무래도 무슨 사고가 있는지 배달되지 않았습니다. 한 달에 단 한 번밖에는 받지 못하는 편지조차 이렇게 받기 힘이 드니, 그외의 다른 일이야 더 말할 것 없겠습니다.

오늘은 화곡동 작은아버지 생신이기에 먹을 것을 홍업이 편에 보내드리고 나는 오랜만에 홍준네 집을 방문했습니다. 아이들은 모두 학교에 가고 마침 작은어머니도 시장에 가서 만나지 못하고, 작은아버지만 만나서 좀 이야기하다 왔습니다. 작은아버지가 동교동 다녀가신 지도 하도 오래 되어서요. 동교동에 오셔도 손님도 없고 나도 없을 때가 많으니까 안 오시게 되는 모양이에요.

오늘 홍일이가 청주 가면서 어제 편지에 쓴 것 외에 지난번에 차입한 《Zero Sum Society》의 원문(영문)이 있어서 차입했다 합니다. 우리는 모두 당신의 건강만을 제일 먼저 염려합니다. 몸조심하세요.

1981년 9월 10일

존경하는 당신에게

그간 당신의 건강은 어떠하신지요. 한 달 한 번 오는 편지조차 오늘도 없으니 알 길 없어 답답할 따름입니다.

내일은 추석 전날이어서 고속버스로 청주 왕래가 어렵기에 홍업이가 요전부터 청주 가겠다는 것을 추석 전날 가면 내게 큰 도움이 되겠다고 기다리라고 했습니다. 그래서 내일 홍업이가 화곡동 작은아버지와 같이 갔다 오기로 했습니다. 추석 날 입으실 수 있게 내의 일체를 새로운 것으로 차입해드립니다. 우리는 편하게 지내면서 당신만 너무도 고생을 하시는 것 생각하면 무어라 위로해드릴 길도 없고 도움도 못 되니 마음만 안타까워할 뿐입니다.

오늘은 추석이 다가온다 해서 주로 없는 사람들이 과실 상자를 보내와 그래도 인간애의 훈훈함을 느낍니다. 제법 여러 상자가 들어왔습니다. 그분들의 정성어린 마음에 감사를 드립니다. 당신도 계시지 않은데 추석 기분 전혀 나지 않습니다. 오랜만에 대문이 열렸다 닫혔다 하니까 사람 사는 집 같고 명절이 오기는 왔구나 하고 생각할 뿐입니다. 하루 속히 당신의 무거운 멍에가 벗겨지는 날이 오기만 고대하며 기도합니다.

1981년 9월 11일

1년 전 오늘은 일생을 통해 잊을 수 없는 몸서리나는 날, 그 무섭고 떨리던 구형의 날입니다. 다시 한 번 상기되는 악몽, 그러나 당신이 살아 계시다는 사실에 한없이 감사함을 하나님께 드립니다.

우리는 하나님의 섭리를 알지 못하나, 가지가지의 성령을 통하여 여러 가지로 귀한 것을 알게 하고, 기대하지도 않는 열매도 맺게 하고, 새로운 벗을 만나게 하는 값진 기회가 된다고 생각합니다. 당신이 치르고 계신 그 큰 희생은 결코 헛된 것이 아니고 하나님의 깊은 뜻이 반드시 있음을 다시 믿고 위로를 받습니다. 인간적으로는 너무도 가혹하지만 주님을 바라보고 의지하는 마음 가지고 순종하는 생활 중 하나님의 음성을 듣고 그 사랑을 몸소 체험하시며 감사의 기도를 드리시는 숭고한 당신의 모습은 참으로 하나님 보시기에도 기뻐하실 것이라고 믿고 싶습니다.

오늘은 홍걸이 체력장이 있는 날이었습니다. 과히 뒤지지 않고(물론 만점은 못 받았으나) 제 힘껏 한 모양입니다. 갔다 와서는 무척 피곤해합니다. 오늘도 캡틴과 똘똘이는 손님들 출입에 짖느라 무척 바빴습니다.

이 어려울 때 찾아주는 분들의 그 마음에 감사할 뿐입니다. 박 할머니께서도 오셔서 당신 건강 염려해주셨고, 문이 열린 후 처음으로 은경 이모도 왔다 갔습니다. 아침에는 어떤 믿는 분의 전화, 하나님께 기도 많이 하라면서 실망치 말고 때를 기다리라는 간곡한 기도의 요청 고마웠습니다. 언젠가 서울 계실 때 내가 당신께 말하기를 당신의 고난이 크면 클수록 하나님은 당신을 통해 더 뜨겁게 사랑을 부어주신다는 것 기억하시는지요. 나는 많은 분들 만날 기회는 별로 없지만 그간에 만난 사람들 통해서도 느낀 것이, 무수히 많은 사람들, 당신도 나도 모르는 사람들이 당신의 아픔과 괴로움을 같이 느끼면서 당신 위해 쉬지 않고 기도해드리고 있다는 사실 생각하면 하나님의 사랑을 느낄 수 있습니다. 하나님은 진실을 아시고 계시므로 오로지 우리는 하나님만 바라보면 됩니다. 세상을 돌아보면 정말로 실망하지 않을 수 없으나, 저 높은 곳에 계신 하나님을 바라보면서 희망과 용기를 가지게 됩니다.

나는 부모님이 교인으로서 어려서부터 교회 생활을 할 수 있었던 것 새삼 감사하게 느낍니다. 더구나 오늘과 같이 어려움을 극복해낼 수 있는 그 힘이 믿음에서 온 것이기에, 이 고난을 감수하며 오늘도 또한 하나님은 당신을 지켜주시고 도움의 손길을 펴주신다 믿고 감사 기도를 올립니다. 건강하세요.

1981년 9월 13일

존경하는 당신에게

8월 당신의 편지는 더 기다리지 않기로 했습니다. 오늘까지 오지 않을 때는 무슨 일이 분명히 있기에 더 기다려봤자 소용이 없다고 생각됩니다. 이것만으로도 오늘의 우리 처지가 어떠하다 함을 말해주는 것입니다.

우리 화단의 꽃들은 요즘 날씨가 차졌어도 아주 아름답게 만개해 있습니다. 스핑카, 사루비아 그리고 그외의 것 모두 몇 달을 계속해서 싱싱하게 꽃을 피우니, 보기만 하면 희망이 솟아나는 기분이고 당신께 보여드리고 싶은 심정이 듭니다. 폭풍우에도 쓰러지지 않고 꿋꿋하고 씩씩하게 서 있는 모습에서 말없이 배우는 것이 있습니다.

오늘 교회 주일학교 공과에서 우리가 잘 아는 시편 23편을 본문으로 해서 가르쳤습니다. 창조주 하나님은 우리를 사랑으로 보호하시는 분이시고, 불안, 고독, 죽음 앞에서도 보호하시는, 하나님을 믿고 두려움 없이 살며 소망과 용기를 가지게 함을 알 수 있습니다. 다윗이 사울 왕에게 쫓기면서도 이 같은 시를 읊을 수 있었음은 믿음이 강했기 때문인 것을 본받아야 할 줄 압니다.

날이 차집니다. 몸 건강히 하세요.

1981년 9월 14일

존경하는 당신에게

1주일 만에 청주를 찾았기 때문에 퍽 오래 된 느낌이 들었습니다. 추석으로 연휴를 지난 탓인지 버스 정류장과 교도소가 모두 만원으로 붐볐으며 돌아오는 버스표 사기도 힘이 들었습니다. 처음으로 정류장 속이 발 들여놓을 곳 없이 초만원이었으니까요. 그래도 다행히 표를 사서 청주에서 좀 일찍 점심을 사먹고 12시 조금 지나서 서울을 향해 출발해 오후 2시경 도착했습니다.

오늘은 《十八史略(십팔사략)》(陳舜臣 저, 每日新聞社 출판)을 차입했습니다. 책명대로 역사소설입니다. 지난번 《아편전쟁》의 저자와 같은 저자입니다. 이 분은 중국계 일본인으로 중국 역사소설을 많이 쓰는 모양입니다. 이 《십팔사략》은 네 권으로 되어 있어서 우선 두 권만 차입했습니다.

대관령에 오늘 아침 얼음이 얼었다는 차가운 소식입니다. 작년보다 9일이나 빨랐다 하니 금년 겨울도 작년 못지않게 혹한이 될까 겁이 납니다. 몸조심하시기 바랍니다.

1981년 9월 20일

존경하는 당신에게

벌써 9월도 하순을 향해서 달리고 있습니다. 무엇 하나 이렇다 하게 남겨놓은 것 없어 참으로 때를 소중하게 선용하지도 못한 채 시간만 흘려보낸다 생각하면 스스로 부끄럽고, 특히 당신의 고생을 생각해서라도 이 시기를 보람 있게 장식해야 했는데 그렇지 못함이 못내 아쉽습니다. 더구나 작년 1년간 기나긴 세월을 아무것도 못하고 보낸 것 다시 찾을 길 없는데, 두 배 이상의 노력을 더 값진 생을 보내기 위해 힘써야 하는데도 그럭저럭 시간이 가고 말았으니 한심하기도 합니다.

스토브 사용 시는 되도록 젖은 수건을 반드시 걸어놓으시도록 하세요. 습기가 필요하니까요. 더구나 감기에 걸리지 않기 위해서도 습도의 조절이 잘 돼야 하니 그리 아시고 그 점을 유의하시기 바랍니다. 오늘도 당신을 위해 기도를 드립니다.

1981년 9월 21일

존경하는 당신에게

몸은 어떠하신지요. 과실도 별로 차입되는 것 없고 더구나 오늘은 구매물이 너무 적어서 섭섭했어요. 실은 오늘이 내 생일이어서 내 마음으로는 당신께 이것저것 넣어드리고 싶었는데 그대로 다녀오고 만 것이 되고 말았어요. 어젯밤에는 밤을 새다시피 콧물이 나와 정신을 차리지 못했는데, 청주 떠날 때는 버스에서 눈을 감고 자면서 있었더니, 올 때부터 좀 좋아졌어요. 서울 도착하여 홍일이 집에서 내 생일을 차려주어 맛있게 점심을 했으나, 당신의 고생을 생각하면 너무 미안해서 기뻐할 수만은 없었습니다. 지영이가 할머니 생일 선물로 수첩을 사겠다고 100원을 달라고 조르더래요. 그래서 지영이가 전화번호와 주소를 기입하는 수첩, 정화가 양말 하나, 나에게 선물했어요. 점심은 화곡동 작은아버지, 홍업이, 홍일이 가족과 같이 했습니다. 집에 와 보니 Y에서 축하 꽃과 여러 식구들이 찾아주고 해서 어느 때보다도 내 생일을 기쁘게 해주었지만, 당신을 생각 안 할 수 없습니다. 부디 건강하시고 속히 모든 일 잘되기를 빕니다.

1981년 9월 23일

존경하는 당신에게

요새 며칠 더위가 계속되어서 싸서 넣어둔 선풍기 신세를 다시 지게 됐습니다. 나는 유난히 더위를 참지 못해서인지 가만 있어도 땀이 날 정도의 날씨입니다. 아무래도 비가 좀 내릴 모양입니다. 오늘은 아침부터 몇몇 손님이 찾아와서 이럭저럭 한 것 없이 하루를 보냈습니다. 좀 오래 전부터 혼자서 붓글씨 연습을 하고 있습니다. 아무에게도 알리고 싶지 않아서 당신에게 편지로도 적지 않았습니다. 결국 편지에 쓰는 것은 공개하는 것이 되니까요. 그런데 우연히 밖으로 말이 새나간 것 같기에 오늘에야 비로소 당신께 알립니다. 오래 쓰면 남에게 보여도 주겠지만 그저 연습하는 것에 불과합니다.

오늘은 홍일이가 청주에 갔다 왔고, 책은《현대 중국과 중국근대사》(민두기 저)입니다. 신간 서적이므로 역사공부에 필요하다 생각해서 차입한 것입니다.

수입품 통조림으로 당신이 찾는 것이 있습니다. 참치는 지금 국산으로 잘 나오고 있고, 쉽게 구할 수 있는 것은 스팸(돼지고기 햄 같은데, 맛은 더 좋습니다)입니다. 쇠고기, 칠면조 등은 없어요.

1981년 9월 24일

존경하는 당신에게

며칠 날씨가 덥다 했더니 오늘은 아침부터 비가 오기 시작하여 하루 종일 비가 내리고 바람까지 불어서 날씨가 싸늘하게 식어듭니다. 당신 계신 곳도 또다시 싸늘해져서 추위를 느끼게 될 것이고 감기에 걸릴 염려가 클 것이므로 걱정이 됩니다. 더구나 이 비가 내린 후는 상당히 온도가 낮아질 것으로 예상이 되니까요. 오늘 날씨가 좋지 않지만 추석 날 성묘를 하지 못해서 홍일, 홍업 그리고 화곡동 작은아버지, 셋이 성묘차 다녀왔는데 오늘은 특히 벌초를 하겠다고 준비하고 갔더니 이미 그곳에서 벌초를 다 해놓았더랍니다. 내년 봄에는 좀 손을 보아야 할 것으로 압니다.

내일은《미국의 새로운 선택(The United States in the 1980s)》(후버 연구소 편, 정낙중 역)을 차입하겠습니다. 이 책은 레이건 대통령의 두뇌 역할을 하고 있는 연구진이 2년에 걸쳐 작성한 보고서라 합니다. 요즘 신간으로 나와 있기에 당신께 차입키로 했습니다. 홍걸이도 요즘은 공부에 열중하고 있습니다. 건강에 유의하세요.

1981년 9월 27일

존경하는 당신에게

오늘은 9월로는 마지막 주일 날입니다. 그러고 보니 9월도 앞으로 3일만 있으면 다 갑니다. 10월 3일에는 집에서 오래 수고하던 혜숙이가 결혼을 하게 됩니다. 식장은 우리 교회로 하고 주례도 우리 교회의 목사로 정했습니다. 신랑 될 사람은 작년에 화곡동 작은아버지 출근 때 도와주던 운전기사입니다. 얌전하고 혜숙이보다 두 살 위며 고향은 목포라 합니다. 그래서 요즘 혜숙이는 정신없이 바쁘고 나는 마음껏 도와주지도 못하고, 가지고 있는 내 것 몇몇 가지 줘서 섭섭지 않게 하려고 힘씁니다.

오늘은 이문영 교수 자당의 85회 생신이므로 오랜만에 방문했더니 여전하시고 오히려 당신 염려 더 하고 계셨습니다. 오후 5시 직전에 저녁까지 대접받고 집에 돌아왔습니다. 이 교수 자녀들 어쩌나 컸는지 놀랐습니다. 참으로 아이들의 자라는 것을 보면 너무도 신기하게 느껴집니다.

내일은《십팔야사화十八夜史話》3, 4권을 차입하겠습니다. 아직도 많은 곳에서 수없이 많은 분들이 당신 위해 기도하고 있음 잊지 마시고 건강한 가운데 계시기 빕니다.

1981년 9월 28일

존경하는 당신에게

그간도 당신의 건강에 어떤 변화는 없으신지요. 다시 날씨가 차져 옵니다. 되도록 감기에 걸리지 않으시도록 하셔야 합니다. 포도를 많이 들면 감기에도 좋다는 것이 책에 적혀 있었습니다. 여러 점으로 건강에 크게 도움이 되실 터이니 꼭 많이 드시도록 힘쓰시기 바랍니다.

오늘도 반포 들러서 홍일 집에서 점심을 했습니다. 홍일이는 주로 집에 있습니다. 지영이는 유치원에서 친구집으로 가서 놀다 늦게야 돌아오기 때문에 자주 야단을 맞으면서도 친구와 노는 일에 열중할 때가 많다 합니다. 이제는 동교동에 와도 친구가 없으니까 어렸을 적과 달리 오는 것을 즐겨하지 않아요. 제 또래와 놀기를 좋아하니까요.

오늘 화곡동 작은아버지 오셔서 저녁 잡수시고 가셨어요. 작은어머니가 자주 몸이 불편해서 염려가 많으신가 봐요. 부디 몸조심하세요.

1981년 9월 29일

존경하는 당신에게

날씨가 싸늘해졌습니다. 당신의 건강은 어떠하신지요. 지난달의 편지는 간 곳 없이 사라지고 오늘까지도 감감하니 이제는 없어진 것으로 생각합니다. 왜 없어져야 하는지 참으로 모르고 또 모를 일, 아마도 우리에게나 있을 수 있는, 어느 다른 사람들에게는 생기지 않는 괴상한 일인가 합니다. 이제 9월의 편지를 기다립니다. 바라기는, 이제부터 다시는 그렇게 없어지는 일 결코 없기를 바랍니다. 값진 물건이 없어지는 예는 있어도 검열 받은 사신私信이 없어지다니 될 말일까요. 이 밝은 세상, 문명이 지나치게 발달된 세상에서 말입니다.

내일은《교회란 무엇인가》(한스 큉 저, 이홍근 역, 분도출판사)와《성서 40주간》(모세오경편, 가톨릭성서모임 편) 두 권을 차입합니다. 《교회란 무엇인가》는 비판의 책인데 아주 좋다는(읽은 분의 추천) 말 듣고 구해서 보냅니다. 좋은 참고 하시기 바랍니다. 건강하세요.

1981년 10월 1일

존경하는 당신에게

오늘은 10월의 첫날이자 나라를 지켜주는 국군의 날입니다. 또 아침, 저녁 신문은 1988년의 올림픽 대회가 서울에서 열리기로 52:27의 표로 결정이 됐다는 축제의 기사로 가득 차 있어서 모두 들떠 있는 기분입니다. 일본의 나라奈郎와 서울 중에서 표결한 결과 서울이 선정된 것입니다. 앞으로 올림픽 준비 위해 많은 일을 해야 할 것입니다.

혜경이가 모교인 경희대에서 일을 하게 되어서 첫 월급을 타가지고 큰아버지 영치금을 넣어달라 가지고 왔기에, 혜경이 보고 직접 편지하고 송금해서 큰아버지 기쁘게 해드리라고 했습니다. 며칠 후 보낼 것입니다. 임시행정직의 일을 하므로 얼마 되지 않는가 봅니다. 그래도 노는 것보다 일을 배우는 점에서도 좋다고 생각해요. 내년 봄에는 결혼하게 될 것 같다고 합니다.

저녁에는 성심이 어머니가 들렀는데 성심이는 늘 할아버지 위해서 기도드린대요. 그 집에서 당신을 제일 걱정하고 염려하는 것은 성심이 에요. 성심 어머니도 열심히 기도드린대요. 요즘은 화랑을 자그마하게 내고 소일하고 있다 해요. 목포 집도 헐렸답니다.

1981년 10월 2일

존경하는 당신에게

두 달 만에 받아보는 당신의 9월 23일자 편지 참으로 반갑고 기쁘게 받았습니다. 마치 오랜만에 당신을 만나는 기분으로 받아 읽었습니다. 편지를 읽으면서 당신이 많은 시간을 들여 열심히 탐구한 것을 요약해서 중요한 것만 배울 수 있는 것이 행복하게 느껴졌습니다. 나는 밖에 편하게 있으면서 제대로 책을 읽지 못하고 시간을 보내는데 당신이 많은 것을 가르쳐주어서 책을 읽은 것 같은 느낌이 듭니다.

내일 혜숙의 결혼으로 오늘은 마치 딸을 시집보내는 것같이 왠지 바쁘고, 사실 이것저것 돌봐주어야 하는 책임감조차 느끼게 됩니다. 오늘은 《現代社會學のエッセンス(현대사회학의 에센스)》를 차입했습니다. 사회학 이론의 역사와 전개에 관한 것인데 여러 사회학자들의 이론을 요점을 따서 실은 것입니다. 좋은 책이므로 구해서 가져갔습니다.

지난번 면회 날은 건초열로 잠을 못 잘 정도로 심해서 못 자고 갔는데, 그날은 좋았고 10월 들어 거의 나아가서 내 몸은 아주 좋습니다. 조금도 염려 마시고 당신의 건강만 염려하세요.

1981년 10월 3일

존경하는 당신에게

우리나라 건국을 기념하는 국경일인 개천절입니다. 우리나라의 경축일로서는 크게 뜻있는 날인데 어찌 된 일인지 휴일에 불과할 뿐 신문상에서도 개천절의 세 자字를 찾아보기조차 힘이 드니 참 알 수 없습니다. 하기야 건국 이래 오늘까지 고난의 흔적이 너무 짙은 그림자를 남겨 놓았으니 기쁨보다는 고달프고 지친 모습인지도 모릅니다.

당신께 알려드린 바와 같이 오늘 혜숙이 결혼식을 우리 교회에서 거행했습니다. 혜숙이를 축하해주기 위하여 우리의 가까운 분들이 많이 와주어서 엄숙하고 성대히 식을 마쳤다고 볼 수 있습니다. 결혼식 때문에 내가 이래저래 신경을 쓰다 보니 하루를 어떻게 보냈는지 바쁜 날이었습니다. 홍일의 가족도 전부 와서 집에서 놀다 갔습니다. 오랜만에 지영이, 정화가 와서 뛰놀았고 똘똘이를 정화가 어찌 좋아하는지 동교동에 들어서기만 하면 똘똘이부터 먼저 찾아요. 할머니 보러 왔니, 똘똘이 보러 왔니, 하고 물어보니까 똘똘이 보러 왔다 해서 한바탕 웃으니까, 그 다음에야 할머니 보러 왔다고 해요. 얼마나 우스운지 몰라요. 결혼식에는 두 작은아버지 다 오셨고, 화곡동 작은아버지는 저녁 잡수시고 가셨어요. 모두 다 당신 건강 염려해요. 부디 건강하세요.

1981년 10월 5일

존경하는 당신에게

청주를 다녀서 홍일이 집에서 점심하고 시장보고 집에 왔더니 반갑게도 당신의 편지(8월 없어진 것 대신 쓰신)가 와 있었습니다. 어찌 기쁜지 모릅니다. 더구나 당신의 건강을 염려하고 지내기 때문에 당신의 편지를 받아보면 글자 하나하나 삐뚤어진 것 없이 촘촘히 씌여 있는 점으로나 그 내용으로나 그만하면 하고 안심이 됩니다. 그렇게 쓰실 수 있는 정신력과 체력을 얼마나 다행으로 생각하는지 모릅니다.

우리나라 역사에 관한 당신의 의견, 또 우리 민족에 관한 것 배우는 기쁨과 아울러 동감하는 점이 많습니다. 다만 내가 생각하기에는 우리 민족은 서로 사랑할 줄 모른다고 봅니다. 그래서 외국인에 대해서보다도 내민족끼리의 잔인성을 볼 수 있고, 그렇게 사랑이 없어서 관용과 이해가 결핍되어 있으며 따라서 상호협력이 부족합니다. 제각기 자기가 제일이라 생각하는(잘난 척하는 태도) 것 때문에 타인의 의견을 무시하고 존중해주지 않으며 후배를 길러내는 점이 약합니다. 남 잘 되는 것을 보지 않으려 하기 때문인가 합니다. 또한 의에 대한 용기가 부족한 점입니다. 장점에 비해 단점을 커버할 수 없음 유감입니다.

1981년 10월 6일

존경하는 당신에게

어제 편지에서 토인비의 말, 러셀과 토인비가 가진 비슷한 하나님 관觀에 대해 오늘 예배 끝난 후 잠깐 목사님과 이야기했습니다. 하나님은 창조의 원리에서부터 상대적이었습니다. 인간이 동물과 다르다는 점에서 인간은 분별력을 가지고 있어 자유의지에 의하여 행하고 택하는 능력이 있게 만들어진 것입니다. 하나님이 인간을 당신의 형상대로 만드신 것은 선하고 의로운 인간으로 만드셨는데, 자유로 선택할 수 있게(선악과를 먹느냐 안 먹느냐 하는) 했습니다. 그런데 이 선악과를 따 먹음으로써 악의 유혹을 받고 타락한 것 당신도 잘 아실 것입니다. 만일 하나님이 전능하신 분이 아니시면 어떻게 예수님의 부활이 가능했겠어요. 또 토인비의 주장의 초점은 도전과 응전을 통한 인간의 발달도 선과 의만이 있는 곳에서는 도전할 아무 대상도 없게 되고 삶에 대해 무미하지 않은가 생각합니다. 그리고 러셀은 인본주의자이며 긍정적인 면보다 부정적인 면을 보는 경향이 큽니다. 이에 참고될 책을 구해 차입하겠으며 목사님, 신부님께 알아보겠습니다.

1981년 10월 8일

존경하는 당신에게

오늘은 한로寒露입니다. 이제 점점 추워지는 것을 알 수 있습니다. 더욱더 몸조심하셔야겠습니다. 우리집 화단의 꽃은 아주 싱싱합니다. 보는 사람들은 스펑카를 탐냅니다. 그전 당신 계실 때보다 더 크게 자라서 쉬지 않고 꽃을 피우고 있어요. 대추가 많이 열리기는 했어도 나무에서 쭈그러져서 날로 먹기에 좋은 것은 많지가 않아 홍걸이가 별로 흥미를 내지 않습니다. 지영이와 정화가 지난 번 와서 몇 개 홍걸이와 따서 먹었지요. 이번에는 그대로 말려서 써야 할 것 같아요.

단재 신채호 씨는 《역사와 애국심의 관계》에서 "자신의 나라를 사랑하려거든 역사를 읽을 것이며, 다른 사람들에게 나라를 사랑하게 하려거든 역사를 읽게 할 것이다"라 했답니다. 당신도 잘 알다시피 그는 우리 민족의 올바른 역사관을 처음으로 확립한 사학자이며 애국자였습니다. 역사를 공부하는 것은 참으로 중요하다는 것 새삼 더 느끼게 됩니다.

시편 37편 4~8절에도 알렸지만 늘 읽어보시고 믿으며 하나님 안에서 살며 의지하여 모든 것 맡겨 기쁘시게 함으로써 마음의 소원을 이루어주실 것을 참고 기다리시기 바랍니다. 정성들여 기도하는 것 받아 응답해주시는 축복이 있기를 빕니다. 오늘도 당신의 건강을 기도합니다.

1981년 10월 9일

존경하는 당신에게

날씨가 갑작스레 추워지고 바람이 세게 불어 더욱 서늘함을 느끼게 됩니다. 혜숙이 결혼 마친 후 혜숙 어머니도 집안일, 아이들 돌보고 해야 하므로 우리집 일을 그만두었습니다. 지금 집에는 혜숙 이모만 있어요. 집이 조용하고 손님도 별로 없으니까 내가 좀 거들고 아이들이 심부름 조금만 하면 그대로 꾸려나갈 수 있는데, 날이 차지니까 방마다 연탄을 넣어야 하고 집이 두 채고 보니 좀 벅차기는 합니다. 조씨가 집에 가는 날이면 문 열어주는 것, 전화 받는 것 또한 하나의 큰일이니까요. 그래서 조그만 아이 하나 구해서 같이 돕게 하려 하는데 그리 쉽지가 않습니다. 인구가 늘지만 일할 사람 찾기는 힘이 듭니다. 바람이 불고 기온이 내려가니까 마음조차 싸늘히 식어오는 느낌입니다. 그러니 당신 계신 곳은 어떠할지요. 추워지는 것이 제일 걱정됩니다. 더구나 청주가 서울보다 더 추운 곳이니 안타깝기만 합니다. 이사야 60장 1~14절의 축복이 속히 당신과 이 나라에 이루어지기를 빕니다. 이스라엘과 함께 하신 하나님께서 우리와도 함께 하시옵소서.

존경하는 당신에게

오늘 아침 서울에는 첫서리가 내렸다 하고 관상대는 "올 겨울이 유난히 길고 추울 것이라는 일본의 올 겨울 날씨 예보는 지금으로서는 속단할 수 없다"고 했으나 여름이 너무 더웠고 작년 겨울이 너무 추웠기 때문에 올 겨울도 유난히 춥지 않을까 벌써부터 겁이 납니다. 왠지 마음속까지 으스스 추워지는 느낌이 벌써 들기 시작했으니까요.

모든 것이 속히 해결되는 그날을 위해 참고 또 참고 어서 날이 가기를 바라면서 희망을 가슴 속에 안고 먼 곳을 바라보는 생활을 하고 있습니다.

외숙부님 생신이 지난 8월이었는데 국제회의로 바쁘셔서 어제저녁 91회 생신을 우리 형제들이 축하해드렸습니다. 아직도 두 내외분 정정하시고 하시는 일 여전히 하고 계시니까 앞으로도 더 오래 사실 것 같았어요. 당신 건강을 염려해주셨습니다. 하와이에서 따님도 오고 해서 오랜만에 기분이 무척 좋으신 것 같았어요.

홍일이 외조모께서는 치과에 가시기 위해 며칠 전에 집에 오셨다가 오늘 또 오신다 해서 기다렸는데, 내가 12시경 꼭 나갈 일이 있어서 나간 후에 오셨다 홍업이가 모시고 치과에 갔대요. 몸은 그대로 건강하시고요. 내가 만나뵙지 못하고 외출하게 돼서 홍업이에게 교통비 조금 드리도록 하고 나갔어요. 이제 한 달 후에 다시 치과 가시게 된다 합니다. 홍일 외가 모든 분들도 다들 무고해요. 홍일이 이모는 성당에 열심이라 요즘은 더 바빠서 이쪽으로는 좀처럼 오지 못해요. 지난 번 꼭 한 번 다녀갔지요. 교회에 잘 봉사하니 좋은 일인 줄 알아요.

몸조심하세요. 이제 곧 만나뵙게 되겠기에 기쁨으로 그때를 기대합니다.

1981년 10월 19일

존경하는 당신에게

이제는 낙엽이 우수수 떨어지는 만추晚秋로 접어들고 있습니다. O. 헨리의 《마지막 잎새》를 생각하면서 그 심정을 그려보면 마치 우리가 그 같은 심경, 물론 병석에 누워 있는 그런 것이 아니고, 모든 잎이 다 지기 전에 가족이 한자리에 모일 수 있다면 하는 생각을 해봅니다. 너무도 오래오래 수난의 테두리를 벗어나지 못하는 이 삶이 무엇을 뜻하는 것인지 인간으로서는 알지 못할 뿐 아니라 막막함을 느끼면서 밤이 지나면 반드시 새벽의 동틈이 있다는 변함없는 자연의 법칙을 따르는 것 있을 것으로 믿습니다. 늘 강한 마음 가지고 좀더 뜻있는 나날을 보내고자 합니다.

오늘은 홍일이가 청주에 다녀왔습니다. 슬리핑 백을 당신 말하신 대로 차입했는데 도움이 되기를 바랍니다. 어떻게 당신에게 적은 도움이라도 드릴 수 있을까, 여러 가지로 생각은 하지만 별 도움이 되지 못하여 미안할 뿐입니다. 부디 건강하도록 하세요. 기도합니다.

1981년 10월 20일

존경하는 당신에게

너무도 삭막하기만 하고 사랑이 메말라 인정의 훈훈함을 느껴보기 힘드는 오늘의 아픈 현실에서 살아나가는 것이 얼마나 힘들고 어려운 일인지 알 수 없습니다. 더구나 의식주에 시달리고 그 문제 해결에 몸부림쳐야 하는 많은 사람들 생각하면 왠지 서글퍼지기도 합니다. 그런데 나는 오늘 아름다운 모습을 보았습니다. 어느 아파트 단지에서 60세가 채 될까 말까 한 내외가 아파트 한쪽 끝에서 반대편 끝까지 몇 번을 왔다갔다 하는 모습을 보았습니다. 부인의 인물은 보잘것없을 뿐 아니라 반신불수가 돼서 혼자 걷지 못하는데 남편이 팔을 꼭 부축해서 운동을 시키는 모습이었습니다. 남존여비 사상이 아직도 짙게 남아 있는 우리나라에서는 흔히 볼 수 없는 모습입니다. 부인은 남편의 부축으로 겨우 한발 두발 옮겨놓는데, 그곳 사람들 말이 아침저녁 두 차례씩 운동을 시킨다면서 모두 탄복하고 저러한 한국 남성이 있는가 한답니다. 오래 전부터 하루도 쉬는 일 없이 반복한다는데 부인이 남편을 부축해서 도와주는 것은 당연지사로 보지만 남편이 부인을 그토록 지성으로 돌보는 것은 마치 기적을 보는 것 같은 느낌을 가지는가 봅니다. 여하튼 메마른 곳에 아름다운 광경을 보고 흐뭇함을 느껴서 여기 적었습니다.

내일은 《Old man and the Sea(노인과 바다)》와 《하나님의 도성》(어거스틴 저)을 차입합니다. 어거스틴의 《참회록》과 《하나님의 도성》은 우리 목사님이 당신의 질문에 대해 두 책을 참고하시라고 주신 것입니다. 건강하세요.

1981년 10월 21일

존경하는 당신에게

날씨 관계로 요즘 감기가 많이 유행하고 있는 것 같습니다. 홍일의 집에서는 지영이가 감기 걸렸다가 요새는 정화가 감기에 걸리고, 홍일이도 감기로 돌려가며 쉬고 있었습니다. 모두 심한 것은 아니고, 오늘은 모두 열도 떨어지고 좋다고 합니다. 기온의 차가 심해서 옷 입는 데

주의를 하지 않으면 자연히 걸리게 마련입니다. 앞으로 날씨가 더 차져서 모 내의를 입으시게 될 때도 반드시 속에 가을 내의 한 벌 입고서 모 내의 입으시는 것이 여러 점으로 좋으니, 가을 내의 얇은 것을 차입하더라도 보관해두시는 것이 좋겠습니다. 전번에도 편지로 알렸지만 습도도 중요하므로 스토브 피울 적에는 두꺼운 수건을 적셔서 걸어놓지 않으면 방이 너무 건조해서 코와 목에 좋지 않고, 그렇게 되면 감기 걸리기 쉬우니 그점 꼭 유의하시도록 하셔야 합니다. 요즘은 가지각색 과실이 많이 나와 있고 또 금년은 과실도 풍작입니다. 원하시는 것 부탁하셔서 드시도록 하세요. 당신의 건강은 당신만을 위해서 뿐 아니고 우리를 위해서도 꼭 중요하다는 것 잊지 마세요.

1981년 10월 23일

존경하는 당신에게

금년에는 너무도 빨리 겨울이 닥쳐옵니다. 오늘 아침 화곡동 작은아버지와 같이 청주를 향할 때 바람이 불고 좀 춥기는 했으나 서울은 맑은 편이었는데, 수원을 조금 지나서부터 눈발이 날리고 점점 갈수록 함박눈이 내려서 완전한 설경을 이루어 보기에는 아름다웠지만 너무도 큰 이변의 날씨에 놀랐습니다. 예상보다 한 달 빨리 눈이 오니 참으로 드문 일입니다. 당신 계신 곳은 얼마나 춥겠습니까. 오늘 모자를 차입했는데 마음에 드시는 것으로 사용하시도록 하세요. 여름보다 머리가 더 짧은 당신의 모습에 너무도 가슴이 아팠습니다.

이 세상의 모든 일 우리 상식으로 이해하지 못할 것이 너무 많습니다. 어제저녁에는 작년에 Y를 떠나 하와이로 정착하신 박에스더 선생이 2개월간 이곳에 와서 계시다가 오늘 떠나신다 해서 송별 저녁식사를 Y에서 가져서 많은 분들 오랜만에 만났습니다. 백 박사 내외도 오시고 그외 여러분 만나 당신의 안부, 건강 염려해주셨습니다. 날이 갑자기 차졌으니 몸 더욱 건강하세요.

1981년 10월 24일

존경하는 당신에게

오늘 아침 신문의 일기도를 보니 청주와 춘천이 제일 낮은 영하 5도라고 나와 있어 참으로 걱정이 됩니다. 서울은 영하 1도였다지만 바람이 없어서 오히려 어제보다 따뜻한 느낌마저 듭니다. 아주 추운 겨울 날씨보다 춥기 시작할 때가 더 추운 느낌이 드는데 당신 생각을 하면 안타깝기만 합니다. 우리집 화단의 꽃은 아직도 잘 피어 있으나 이대로 추위가 계속되면 불쌍하게도 사라지겠지요.

어제저녁에는 미국 내 모교의 학장 부인이 내한하여 그 학교 동창생들을 만나고자 청해서, 여러분 한자리에 모여 저녁식사를 하고 환담을 나누었으며 모교의 발전상을 슬라이드로 보여주어서 그것을 보면서 마치 학생시절로 돌아간 착각을 느꼈습니다. 벌써 졸업한 지 근 25년이 가까워오니까 정말 너무도 아득한 옛일 같습니다. 나를 가르치던 교수들은 이제 아무도 그 학교에 남아 있지 않지만, 그래도 은퇴한 교수가 안부를 전해주고 작년 그 어려울 때는 전화를 걸어주며 위로해주어 참 고마웠어요.

교계신문教界新聞을 보니 세계 인구의 5억 이상이 영양실조로 거동이 불편하고 작년은 5000만 명이 굶어죽었다 하니 기막힌 일입니다. 이 같은 심각한 위기에 처하여 세계식량기구FAO가 기아퇴치운동을 전개하고 있지만, 가진 나라 가진 사람들이 얼마나 호응하여 굶주리는 사람 없는 세상을 만들지……. 가진 자 중에는 인색한 사람들이 너무 많아서 걱정입니다. 우리는 굶주림을 모르고 살고 있다는 것 한없이 하나님께 감사를 드리지 않을 수 없습니다. 홍걸의 대입실력고사도 이제 꼭 한 달(11월 24일)이 남았습니다. 하느라고 하는 모양인데 어떻게 될지 걱정입니다. 모든 우리의 일에 하나님 함께 해주시기를 기도드릴 뿐입니다. 몸 더욱 조심하셔서 건강하시도록 부탁드립니다.

1981년 10월 28일

존경하는 당신에게

10월도 며칠이면 끝나고 11월이 가까이 다가오고 있습니다. 비가 내리니 또 날씨가 차질까 걱정이 됩니다. 오늘은 청주에서 여러 점에서 완화가 된 사실을 알고 얼마나 다행인지 모르겠습니다. 당신도 이미 아시고 계시므로 무척 기쁩니다. 11월 2일 월요일에 만나뵙겠습니다. 홍일이에게도 알렸더니 기뻐합니다. 다소나마 조금이라도 변화가 생겼으니 한결 마음이 놓입니다. 전기스토브는 차하했는데 만일 편리한 것 있으면 바꿔서 넣도록 알아보겠습니다. 오늘부터는 당신의 양말을 뜨기 시작했습니다. 그전 것은 오래 돼서 덜 더울 듯해서 양말을 뜨면서 마음속으로 당신의 건강과 아울러 모든 것 합하여 좋게 작용되며, 속히 기도가 이루어지기를 빕니다.

존경하는 당신에게

가을은 점점 깊어만 갑니다. 마치 해가 저물고 어둠이 덮쳐오는 느낌이 듭니다. 입동도 11월 초순에 있다니까 겨울은 눈앞에 다가온 것입니다. 없는 사람들 더 어려울 때이지요. 더구나 물가가 오르기만 하고 내릴 줄은 모르니 날로 살아가기 힘들기만 합니다.

홍일이는 감기가 다 나은 줄만 알았더니 다시 도져서 쉬고 있습니다. 감기는 쉬는 것이 제일이니까 푹 쉬고 나면 곧 회복이 될 줄로 압니다.

오늘 저녁에는 비보悲報를 접했습니다. 우리집에서 수고했던 전 기사 신씨가 간경화증으로 어제 세상을 떠났답니다. 아직 젊은 사람이 너무도 일찍 떠나 참으로 놀랍고 섭섭함 금할 수 없습니다. 밤늦게 알았기에 오늘 문상 갈 수 없어 내일 아침 홍업이를 보내고, 나는 청주 내려갔다 온 후 한번 찾아가 유족을 위로해주겠습니다. 내일 아침 출상한답니다. 당신의 마음도 몹시 언짢으시겠어요. 알리지 말까 하다가 알립니다. 멀리서라도 신씨의 명복을 빌어주세요. 인생은 역시 허무하다는 것 다시 한 번 절감하게 돼요.

홍업이와 홍걸이는 다 건강합니다. 나는 늘 건강하고 전에 입던 옷이 좀 째는 듯한 정도로 살이 올랐어요. 늘 12시나 1시에 자고 홍걸이 깨워주기 위해 6시면 꼭 일어나는 생활을 하면서도 낮에 단 1분도 눕는 일 없이 지내도 체중이 느는 것 같아요. 우리와 동거하는 조씨, 이씨, 아줌마, 모두들 건강합니다. 비서들은 월 1, 2회 정도 들르고 모두 생계 위해 힘쓰도록 부탁했습니다. 곧 뵙고 말씀드리겠습니다. 몸 건강하세요.

1981년 10월 31일

존경하는 당신에게

10월도 오늘로 문을 닫는 날이고 보니 너무 빨리 지나가는 느낌이 듭니다. 외롭게 계신 당신에게는 하루가 지루하고 그야말로 일일천추의 느낌을 실감하시겠으나 밖에서 이것저것 하다 보면 아무것도 못 하고 시간만 지나는 것이 안타깝기도 합니다.

오늘은 나의 아버지 17회 추도일이라서 필동에서 추도예배를 드렸습니다. 오랜만에 형제들 한자리에 앉아 돌아가신 아버지를 추모하면서 생전에 아버지를 조금도 기쁘게 해드리지 못하고 또 효도를 못한 것이 돌아가신 후에야 한이 됨을 다시 한 번 더 느꼈습니다. 부모만이 아니고 형제들에 대해서도 살아 있는 동안 서로 돌봐주고 사랑해야 함은 너무도 당연한 일인데 그렇지 못한 것이 우리의 잘못인가 해요.

어젯밤에는 신씨의 집을 방문하고 그 부인과 같이 뜨거운 눈물을 흘렸습니다. 우리집에서 오래 수고했기에 한가족으로 느껴졌고, 우리에게도 편안할 때가 있으면 돌봐주고 싶었는데, 그렇게 일찍 세상을 떠나다니 유족들도 불쌍하게 보였습니다.

돌아오는 길에 가운데 작은아버지 댁도 방문했는데 요즘도 발이 부어서 퍽 불편하신 모양이며 주로 집에 머물러 계실 때가 많으시다 합니다. 그런데 작은아버지는 낙관주의자가 되어서 실의에 빠지시는 일 없는 것이 퍽 다행입니다. 아무리 어려워도 괴로워하는 것보다는 웃고, 내일을 바라볼 때 힘이 나고, 희망이 있는 곳에 뜻함이 이루어지는 길이 열릴 줄 믿습니다. 날이 차가워집니다. 감기 조심하시고 건강에 힘쓰셔야 합니다.

1981년 11월 1일~12월 31일

희망을 가슴 속에 안고

존경하는 당신에게

내일 당신 만날 것을 기쁨으로 생각하면서 11월을 맞이했습니다. 날씨가 싸늘해졌어도 우리집 화단은 여전히 꽃이 만발합니다. 다만 스펑카의 잎은 누레지기 시작했어요. 요새도 장미꽃이 차례로 피고 있습니다. 며칠 전에는 김종완 씨 부인이 병이 나서 그 집에 갔습니다. 너무도 억척스럽게 일을 하다 허리를 삐끗한 것이었는데, 가끔 아파서 걷는 데 큰 지장이 있어 보였으나 좀 나은 것을 보고 왔습니다. 백여 마리의 돼지를 돌보고 사료 등을 취급하다 보니 지나친 피로가 겹친 것 같았어요. 다행히 아들이 제대하고 와서 일을 도와주니까 도움이 된다고 합니다.

내일은 《二都物語(두 도시 이야기)》(中野好夫·皆河宗一 역, 일어판)과 《신의 약속은 파괴될 수 없다》(김이곤 저, 창세기의 현대적 이해)를 차입하겠습니다. 레이몽 아롱 저의 《사회철학사》는 아직 구하지 못했습니다. 혹

책명이 잘못된 것이 아닌지요. 그런 것이 없다니까요.

앞으로 털내의, 털양말 등 가능하면 속에 면내의, 면양말을 입고 신으시도록 하는 것이 보온에도 좋고 몸 건강에도 좋을 줄 압니다. 참치는 국산 것이 더 맛이 있고, 계란 삶은 것과 으깨서 마요네즈 조금 넣어먹으면 맛이 더 있으니 그렇게 해보시도록 하세요. 주님이 늘 당신과 함께 하시기를 빕니다.

1981년 11월 3일

존경하는 당신에게

요새는 매일 아침마다 뜰에는 낙엽으로 가득 차 있습니다. 어제 오늘 비가 내리면서 기온이 떨어져 마음속까지 찬기가 스며드는 느낌이 듭니다. 냉한파가 몰아쳐서 6일에는 영하를 예보하고 있으니 당신이 더욱 염려됩니다. 그리고 수많은 고난의 동지들의 안위를 위해 기도하지 않을 수 없습니다.

오늘 외출했다 돌아오니 당신 편지가 와 있었습니다. 참으로 반갑고 또다시 당신을 대하는 기분입니다. 어제 면회 때 말씀하신 대로 당신의 편지를 받아볼 때마다 당신의 정성과 노고를 엿볼 수 있을 뿐 아니라 종합적인 지식을 토대로 한 예리한 판단을 높게 평가하면서 읽으며 배우고 느끼는 바 큽니다.

늘 당신이 주장하시고 안타깝게 생각하시는 바와 같이 오늘의 교회나 교역자, 교인, 모두들 예수 그리스도의 가르침의 뜻과는 너무도 거리가 먼 자리에서 행함이 없는 죽은 신앙의 모습을 나타내고 있음을 볼 수 있습니다. 개인의 구원과 사회의 구원이 크리스천의 사명인 줄 알면서도 일방적으로 치중하는 경향이 날로 더해가는 현실입니다. 만일 인간이 사회적 동물이 아니라면 개인의 구원만 위해 힘쓴다 하겠지만 가정을 이루고 사회생활을 해야만 살아갈 수 있도록, 말하자면 이웃과 더불어 살게 되어 있는 인간은 결코 사회구원을 등한시할 수 없다는 것을 알아야 하며, 반드시 개인과 사회가 같이 구원함을 얻어야된다고 나도 믿습니다. 의인 10명이 없어 망해야 하는 운명에 처한 소돔과 고모라는 그 사회가 망하는 동시에 그곳에 사는 개개인도 같이 망하고 말았으니까요. 그런데 나부터 한번 옷깃을 여미고 엄숙하게 크리스천의 사명을 감당하지 못한 것을 참회해야 하며, 한국의 교회와 신도들이 다 같이 주님의 가르침을 바르게 받아들여 행함이 있고 산 신앙의 생활을 하여 개인은 물론 이 나라와 민족 전체의 구원의 역사가 반드시 있어야겠다는 것을 절감하게 됩니다. 사회가 불안하고 불의와 거짓이 의를 가장하는 일이 너무도 많은 오늘날의 책임은 먼저 믿는 사람들이 더 크게 느끼고 깨닫고 시정해야만 할 줄 압니다. 사랑할 줄 알고, 도와줄 줄 알며, 겸손하게 서로를 섬기고 살아가는 아름다운 인간 사회의 모습이 참으로 보고 싶은 심정입니다.

　내일은 《내가 본 서양》(김성식 저)을 차입합니다. 이 책은 김 선생님의 여행기입니다. 특히 국외자로서 서구인의 역사의식을 주로 느끼며 쓴 것이므로 좋은 책인 줄 믿습니다. 《국어문법연구》(이길록 저) 《현대 국어문법》(남기심, 고영근, 이익섭 편)을 차입합니다.

　파카는 새것을 차입하는데 입어보시고 마음에 들지 않으면 날씨가 따뜻할 때 내놓으세요. 그러면 작년에 입으시던 것으로 바꿔 넣겠습니다. 좀더 따뜻한 것을 드리고 싶어서 새것을 구했으니까요. 그리고 스웨터는 좀 두꺼운 것 차입하지만, 지금 내가 짜고 있는 것이 더 따뜻할 것 같아서 다 짜는 대로 차입하겠으나 날이 차지므로 우선 급한 대로 사서 차입해드립니다.

어려움을 오늘까지 참고 이기셨으니 더욱 힘을 내시고 꿋꿋하게 주님과 더불어 선한 싸움에서 이기는 기쁨 가지시기 바랍니다. 당신의 고통은 우리 모두의 고통입니다. 하나님의 사랑과 은총이 늘 함께 해주시고 욥에게 주신 축복이 당신에게도 내릴 것을 믿으시기 바랍니다. 상한 갈대도 꺾지 아니하시고 꺼지는 촛불도 끄시지 않으시는 하나님께서는 우리를 한없이 사랑하고 계십니다. 당신을 눈동자같이 지켜주시기를 바랍니다. 건강을 오늘도 빕니다.

홍일의 몸은 많이 좋아지고 열도 내렸습니다. 완쾌를 위해 금주 조용히 집에서 휴식을 하도록 하겠습니다. 내주에는 청주에 갈 것입니다. 안심하세요.

1981년 11월 4일

존경하는 당신에게

어제는 일제하에 용감하게 항거했던 광주학생사건 기념일이었습니다. 우리 역사 속에서 잊히지 않고 기억하고 기념하면서 그 뜻을 되새겨야 하겠습니다. 하나님의 자랑스러운 역사의 흔적이 오늘의 우리 마음을 숙연하게 해주고 있음을 느낍니다.

오늘 청주를 다녀와서 홍일의 집에 들렀습니다. 지영이와 정화가 뛰어나와 반겨주었지요. 지영이는 예쁜 망토를 입었는데 12세까지 입을 수 있는 것으로 만 원 이하의 아주 염가로 좋은 것을 구해 입었어요. 내가 보고 그것 참 예쁘고 좋다니까 지영이는 할머니가 입다가 12세 되면 자기가 입게 달라고 해요. 그러니까 정화는 옆에서 안 된다고 언니

피아노 연습 중인 큰손녀 지영이.

꺼라고 야단이에요. 지영이는 먹을 것이고 무엇이고 주기를 좋아하고 정화는 움켜쥐기를 좋아하니 너무도 대조적입니다. 요즘은 지영이 놀러가는 곳에 정화가 따라다니니까 "내 친구가 너는 데리고 오지 말라" 했다고 떼놓느라 실랑이가 대단합니다. 둘 다 귀엽고 건강하게 자라고 있어요. 지영이는 유치원에서 영어를 가르치기 시작했기 때문에 20까지는 잘 세요. 색깔도 영어로 다 알아요. 그리고 이미 한글을 읽을 줄 알구요. 미리 다 알아 놓으면 학교 가서 재미를 잃을까 염려됩니다.

우리집 똘똘이는 여전합니다. 내가 외출했다 오기만 하면 안방으로 먼저 뛰어들어와 따뜻한 곳에 앉아요. 아무리 홍업이가 잘 먹여도 놀려주니까 먹을 때 외에는 따르지를 않고 불러도 숨어버리지요. 당신 면회 시 데려가고 싶은 생각도 여러 번 했지요. 그러나 그렇게는 할 수 없어서 똘똘이의 건강 위해 신경을 씁니다.

내일을 위한 기도

홍걸이는 6시경 하교하면 저녁식사 후 꼭 한 시간을 자고 일어나서 밤 1시, 2시까지 공부하고, 아침 6시에 깨서 공부하다가 등교하는데 어떤 때는 6시에 깨서 공부하다가 다시 잠이 드는 때가 있어서 내가 6시 후는 몇 번이고 그애 방에 가봐야만 해요. 날이 차니까 그쪽 왔다 갔다 돌보기도 쉬운 일 아니지만 이제 꼭 20일 후에 시험이므로 내 괴로움은 참고 돌보고 있으나 어떻게 될지 걱정이에요. 학교에서는 이번 학기에는 모의고사만 하고 대학입시고사가 끝이 난 후 본고사를 치르게 되는데, 이것이 내신성적에 반영이 되므로 11월 24일 입시고사 후 자기 학교에서 있을 시험 또한 대학입시에 큰 영향이 미치기 때문에 계속 쉬지 않고 공부해야만 합니다.

모의고사는 내신성적에 아무 관련이 없고 다만 학생들 성적의 진도와 참고로 삼을 뿐입니다. 홍일이나 홍업이 때와는 너무도 변한 것이 많고 다른 것이 많아서 염려가 더 큽니다. 더구나 홍걸이의 경우는 대학에 잘 입학이 되었다고 가정하더라도 그후의 문제도 안심이 안 되니까요. 요즘 대학은 졸업정원제가 있고 또 성적 관계로 미달학생에 대한 특별조치, 결국 퇴학 비슷하게 되어서 학교를 떠나게 되어 있어요. 그런데 그 수가 엄청나게 많으니까요. 그래서 입학이 돼도 걱정, 아니 되도 걱정이라는 말이 나옵니다. 최선을 다하고 하나님의 도우심이 있기를 위해 기도를 드립니다. 당신이 쉬지 않고 기도해주시니까 꼭 이루어질 줄 믿습니다. 아무쪼록 몸조심하셔서 건강이 유지되시기를 바랍니다.

1981년 11월 6일

존경하는 당신에게

날씨로 신경을 많이 쓰게 되는데 생각보다는 좀 덜 추워서 마음이
다소 놓입니다. 스웨터는 두꺼운 것이 별로 없어요. 가장 두꺼운 것이
라 생각해서 차입했는데 얇다 하시니까 지금 내가 짜고 있는 것을 월
요일에는 차입하게 되겠고, 그것은 좀 가볍고도 따뜻하리라고 생각합
니다. 당신의 건강과 조속한 자유를 기원하면서 짜고 있습니다.

오늘은 청주에 다녀온 후 YWCA 연합위원회가 있어서 참석하고 있
으므로 편지 쓸 시간이 없어 이곳에서 잠시 시간을 내서 몇 자 적는 것
입니다. 마침 한국미술 5000년 기념엽서가 있기에 삭막한 당신이 계신
곳에 때로는 변함이 있는 것이 좋겠다 싶어 이 같은 곳에도 적어봅니
다. 어떻게 당신 마음에 위로와 힘이 되도록 할 수 있을까 생각해봅니
다만 별로 도움 되지 못함 미안하게 느끼고 있습니다. 늘 어려움 중에
강하고 담대하시며 그리고 용감히 내일의 빛을 바라보시기 빕니다. 주
님만 바라보소서.

1981년 11월 7일

존경하는 당신에게

어제 편지 쓸 때만 해도 별로 추운 것 같지 않아 안심했더니, 오늘
입동이 돼서 입동 추위를 위세하는지 바람도 세고 추워져서 당신 걱정
이 커집니다. 더구나 내복 및 스웨터가 두꺼운 것이 차입되지 않았기
때문에요. 지금 내가 짜서 넣으려는 스웨터는 털실 중에서도 따뜻한

것이라서 특별히 택한 것인데, 저번에 차입한 털양말과 같은 실로 짜는데 좀 색깔이 좋은 것을 택하고 싶어도 검은색, 녹색, 누런색 등의 줄에 털을 넣은 것밖에 없고 이것만이 따뜻한 털이라 색깔이 마음에 들지는 않으시더라도 따뜻하니까 그대로 입으시고, 다시 하나 다른 실로 색깔 있는 것을 가지고 짜보려 합니다. 좀 일찍 준비한다는 것이 늦어져서 당신을 춥게 해드린 것 같아 미안합니다.

내일은 오늘보다 더 추워지고 9일부터 다시 회복된다는 예보인데, 추위에 고생할 사람들이 너무 많은 것 같아서 참으로 마음 아픕니다. 뜨거운 아랫목에 앉아 있는 것조차도 송구합니다. 언제나 다 같이 편안하게 살 수 있고 비참한 모습을 보지도 듣지도 않을 수 있는 그야말로 낙원과 같은 세상이 될지요. 어려움에 처해 있는 사람들을 돌아보기는커녕 어려움을 당하고 있는 사람이 있다는 사실조차 모르는 사람도 많은 것을 알 수 있습니다. 무관심 아니면 자기 위주의 생활에만 골몰하고 세상 밖으로는 눈을 돌려 보지 않기 때문이지요. 또 보고 안다 해도 감정이 무디고 마음이 꽁꽁 얼어서 남의 괴로움은 자기와는 전혀 상관없는 것이다 하고 지나쳐버리기 때문에 더 큰 비애가 있어요.

요즘 불황의 소리가 높아가는데 빚 갚을 빚 얻기도 어려워 기업의 자금난이 가속화하고 있다는 반갑지 않은 보도에 마음조차 점점 싸늘해지는 느낌이 듭니다. 훈훈하고 사랑에 넘치며 찬양하고 싶은 충동이 생기는 일이 우리 모두에게 있으면 하고 바랍니다.

하나님의 따뜻한 사랑의 손길이 당신을 감싸주시고 위로해주시며 축복해주셔서 더 건강하게 추위와 어려움 이겨내실 수 있고 자유도 허락해주시기를 기도합니다.

1981년 11월 8일

존경하는 당신에게

어제 예상했던 것보다 갑자기 더 추워져서 당신의 건강에 지장이 없을까 걱정입니다. 나의 불찰로 내복도 제대로 차입하지 못해서 마음이 급하게 청주로 달리고 있습니다. 내일은 모 내복과 털로 짠 스웨터를 차입하겠습니다. 마음에 잘 들지 않으시더라도 웬만하면 방한을 위해 입으시기를 바랍니다. 스토브는 전기용으로는 별로 나오는 것이 없어서 하는 수 없이 석유스토브 집에서 사용하는 것으로 바꿨습니다. 어젯밤 사이에 모든 나뭇잎은 거의 다 떨어지고 화단의 꽃들은 가련한 모습이 되고 말았습니다. 다만 추위에 강한 국화꽃만이 아직 제모습을 나타내고 있습니다. 싱그럽고 아름다운 꽃들이 사라지니까 너무도 겨울이 빨리 닥쳐온 것을 알 수 있고 뜰의 모습이 어둠의 그림자로 가려진 느낌마저 듭니다.

어젯밤부터 추위에 약한 똘똘이는 홍업이 방으로 집을 옮겨놓아 추위를 면하게 되었습니다. 홍걸이는 이제 2주 남짓 남은 대학입시 실력고사를 앞두고 마음이 초조하고 급해졌는지 연일 밤늦게 자고 아침 일찍 일어나서 책하고 씨름하고 있는데, 오늘은 날씨 관계로 콧물, 재채기를 하루 종일 하여 고생이 심해서 제대로 공부를 못하고 어쩔 줄을 모릅니다. 지난 봄에 간단한 수술을 했으나 그후 마찬가지이므로 도움된 것이 없습니다. 알레르기성이라서 그러한 모양이에요. 요즘은 더 피곤해하고 마음은 조급해지니까 보기에 딱합니다. 나도 시험 마칠 때까지는 자다 깨다 하고 돌봐주어야 하므로 잠이 부족해서 낮에는 무척 졸리지만, 아침에 일어나면 밤 1시에나 누워봅니다. 하는 일 없이 너무도 바쁘기만 해서 20여일 붓도 한번 손에 잡아보지 못했습니다. 혜숙이

추운 날씨에 대비해 이희호가 직접 뜨개질하여 차입한 스웨터, 모자, 양말.

모녀 나간 후 혜숙 이모 혼자 있다가 며칠 전에 19세 된 아이가 혜숙이 대신 수고하게 됐는데 아주 건실하고 착하게 보이며 인상도 좋아서 퍽 마음에 듭니다. 추위에 감기 조심하셔서 건강하시기를 빕니다.

1981년 11월 9일

───────────────────────────────

아버지께서 나를 사랑하신 것처럼 나도 당신들을 사랑합니다. 그러니 당신들은 언제나 내 사랑 안에 머물러 있으시오(요한복음 15장 9절).

존경하는 당신에게
금년에는 응접실에 스토브를 피웠습니다. 작년에는 설치만 하고 전혀 사용도 않고 봄에 뜯어버렸는데요. 지금 응접실에 앉아 조용한 곳 그리고 따뜻한 곳에서 이 글을 씁니다. 추운 곳에 계신 당신을 생각하면 마음 무거움을 느낍니다. 오늘은 스웨터와 모 내의를 차입해서 좀 마음이 놓이나 당신 마음에 드실지 의문입니다.

오늘 차입한 책은 《프랑스사》입니다. 홍일이는 몸이 많이 좋아졌습니다. 지영이와 정화의 재롱이 보통이 아닙니다. 정말로 당신에게 보여드리고 싶어요. 추운 날에도 변함없이 하나님의 돌보심으로 건강하시기만을 기도합니다.

1981년 11월 12일

존경하는 당신에게

푸근한 날씨에 몸이 퍼지는 것 같습니다. 어제 편지에 적은 대로 오늘은 홍걸이 생일이므로 지영이, 정화가 와서 한바탕 떠들고 피아노도 치고 까불고 놀다 저녁 먹고 생일 축하 노래도 하고 집으로 돌아갔습니다. 형주 생일에는 친구를 집에 데려왔는데 여자친구도 오고 또 여자친구 전화도 자주 온다 합니다. 그러나 홍걸이는 일절 그런 일 없고 지난번 학부모 소집 시 담임선생 말씀이 홍걸이 보고 너는 여자친구 없느냐 물어보니까 "지적인 아이가 없어서 흥미가 없어요." 하고 대답을 하더래요. 그래서 그런지 언제나 학교와 집 외에는 가는 곳이 없고 용돈은 책 사는 데와 음악 감상 위한 테이프 구입에만 써요. 당신도 아시다시피 고집이 강한데 요즘 보면 그 고집은 고집을 위한 고집을 부리는 것 같아서 퍽 염려스러워요. 정당한 것을 위한 고집은 좋지만 그렇지도 않은 것에 고집이 너무 지나쳐서 큰 결점이 되었어요. 공부하느라고 요즘은 무척 애를 쓰고 있는데, 좀더 일찍 지금처럼 힘썼으면 하는 아쉬움이 커요. 그러나 이미 시간은 지나갔고 이제 꼭 12일 후로 다가왔으니까 보기에 조급해 하는 것 같아서 마음을 안정시키고 침착하게 종합적인 정리를 하도록 말해주면서 신경을 써주지만 어찌 될지 퍽 염려됩니다. 무척 피곤해하는 것이 탈이에요. 불안해서 더 피곤함을 느끼는 모양이에요.

우리집 모든 일이 잘 돼야 할 터인데 어떻게 될지 오로지 하나님만이 아시고 계실 것이에요. 믿고 의지하면서 꾸준히 기도를 드립니다. 다만 당신에게 말씀드리고 싶은 것은 앞으로 외로운 곳에 홀로 계시며 고생을 하시지만 결코 외롭지 않으시다는 것이에요. 그것만 아시면 돼요. 하나님이 당신과 함께 해주시니까요. 이 뜻을 깊이 아시고 하나님께 감사의 기도드리세요. 건강을 빕니다.

1981년 11월 16일

존경하는 당신에게

당신의 건강이 염려됩니다. 지난번에는 부기가 좀 빠진 것 같았는데 오늘은 다시 부기가 있어 보여서요. 어째서 그렇게 부기가 있는 것인지 알 수가 없군요. 너무 고통스러운 생활에서 기인한 것으로 생각합니다. 어서 그 같은 생활을 면해야 하겠는데 그게 언제일지 어느 누구도 아는 사람이 없으니 답답하지만, 희망을 가지고 기다리노라면 그때가 우리의 생각과는 달리 빨리 올지도 모릅니다. 하나님께 의지하고 계속 성심성의껏 믿고 기도하면 풀릴 것으로 믿습니다.

오늘 아침은 서울에서부터 짙은 안개가 덮여 있었고 돌아오는 길은 따뜻한 햇살이 마치 봄을 맞이하는 양 비치더니, 저녁이 되자 다시 흐려져서 비와 눈이 내리고 해서 하루의 변동이 너무도 심합니다. 마치 오늘의 세상 판도를 쳐다보는 것도 같고, 인간의 일생을 보여주는 것 같기도 하는가 하면, 우리의 생이 모두 이 같이 종잡을 수 없는 변화로 엮어지는 느낌이 들었습니다. 특히 요즘은 당신도 아시다시피 1년이 옛날의 10년같이 많은 변화가 있는데, 요새는 더 격변하는 느낌마저 듭니다.

내일로 당신이 집을 떠나신 지 만 1년 반의 세월이 흘러간 셈이니, 밖의 변화는 너무 큰 것임을 상상조차 하기 어려우실 것입니다. 오늘 차입할 모 내의와 스웨터 등은 당신을 좋아하는 분이 당신이 추위에 약하신 것을 아시고 주신 것입니다. 감사하는 마음 가지시고 입으세요. 날이 다시 추워질 듯하오니, 몸 더욱 조심하셔서 감기에 걸리시지 않게 하세요.

1981년 11월 18일

존경하는 당신에게

오늘은 오랜만에 홍일이 건강이 회복돼서 수요일에 청주에 갔습니다. 그간 내가 삼회식三回式 갔다 오느라고 더 분주한 듯했으나 오늘은 집에서 좀 쉬고 있습니다. 홍업이는 혼자 차로 가는 것은 조심스러워서 동행할 사람 없을 때는 가지 못하도록 말리고 있어요. 모든 일에 주의와 안전을 기해야 하기 때문에요. 홍일이는 청주 다녀와서 동교동에 들러서 갔습니다.

날씨가 며칠 좀더 추워지지 않은 것 다행으로 생각합니다. 그래도 11월도 반이 넘어갔으니 날이 갈수록 추워질 것을 염려하게 됩니다. 또

한 많은 인명이 연탄가스로 희생될 것도 우리의 비극입니다. 있는 층
보다는 없는 층의 비애를 생각하게 됩니다.

오늘도 홍걸이는 새벽에 일어나 공부하다가 등교했습니다. 공부는
해야 하는데 졸리고 피곤해서 어쩔 줄을 모릅니다. 어서 모든 시험 끝
나고 원하는 학교에 입학이 되면 한시름 놓게 되겠어요. 부디 건강하
세요.

1981년 11월 20일

존경하는 당신에게

아침부터 비가 내리기에 비가 그치는 대로 한랭한 날씨가 될 줄 알
고 퍽 두려워했더니 다행히 청주는 비가 오지 않고 흐렸고, 그곳을 떠
날 때는 햇살조차 비치고 있었고, 북상할수록 비가 내리더니, 서울 도
착하자 이곳도 날이 개고 햇빛이 나서 얼마나 기뻤는지 모릅니다. 특
히 예년에는 입시를 위한 날이면 어느 때고 갑자기 추워서 시험보는
아이들 손이 가엾게 보였는데, 홍걸이 시험치는 24일에는 이대로 잘 가
면 더 추워지지 않겠지만 아직 속단할 수가 없습니다. 여러 날 날씨가
비교적 따뜻했기 때문에 그때 가서 어떻게 될지는 모르겠어요. 24일에
대입실력고사 친 후 12월 20일경 동기휴가로 들어갈 때까지 학교의 학
력고사가 있다고 하니까 그것이 끝나야만 우선 마음 놓고 휴식을 취할
수 있을 것 같아요. 학교의 학력고사도 대입을 위해 아주 중요하니까
요. 성적은 내년 1월 중순 후에 발표된다 합니다. 어떻든 방학에는 쉬
게 돼요. 홍걸 일과 당신 일 모두 잘 되기를 빕니다.

존경하는 당신에게

오후부터 날이 차지기 시작하더니 며칠 추워질 것 같아서 걱정입니다. 우리집 화단의 꽃도 다 져서 뽑아버리고 겨울을 지낼 수 있는 나무는 짚으로 감아주고 안에 들여놓았습니다. 그런데 조그만 꽃 한 가지가 이른 봄부터 오늘까지 꽃을 피우고 있는 것이 조금 있어서 뽑지 않고 남겨놓았습니다. 무척 쓸쓸한 모습입니다.

요즘 국회에서 야간통행금지를 해제키로 3당이 합의하여 내년 3, 4월에는 해제가 될 것 같습니다. 모두 들뜬 기분이나 남같이 밤늦게 다닐 일도 없고 새벽부터 나갈 일 없는 사람은 해제가 있든 없든 상관이 없습니다. 다만 통금이 없다는 해방감은 느낄 수 있겠습니다.

브라질의 리우데자네이루에 세워져 있는 그리스도 상像의 불을 교황께서 무선 스위치를 작동하여 밝혔다 합니다. 이탈리아에서 그곳까지 5700마일 거리인데 그런 먼 거리에서도 무엇이고 할 수 있게 된 과학의 발달은 정말 놀라운 일이라 아니할 수 없습니다. 다만 이 같은 발달이 인간을 위해 선하게만 쓰인다면 얼마나 좋을지요. 그런데 그렇지 못한 데에서 불행이 초래되는 것 같습니다.

오늘은 우선 총각김치만 먼저 조금 해넣었습니다. 그리고 김장 때까지 먹을 수 있는 김치만을 다 만듭니다. 금년의 김장은 당신도 드시게 되기를 마음 속 깊이 바라고 또 바라면서 담그겠습니다. 11월도 이제 하순이니 며칠 남지 않았고 모든 것이 뜻대로 형통하기를 바라는 마음으로 하루하루를 보내게 됩니다.

홍걸이 시험도 점점 박두해옵니다. 겨우 3일 후면 치르게 되겠습니다. 그날 아침부터 오후 4시까지 시험을 치게 된다니 픽 초조하고 불안함을 느끼는 것 같습니다. 그러나 되도록 침착하고 안정된 마음 상태로 임하도록 잘 타이르겠습니다. 춥지 않고 건강하시면 하고 바랍니다. 늘 주님 안에서 큰 은혜 받으소서.

1981년 11월 23일

존경하는 당신에게

오늘은 좀 늦게 화곡동 작은아버지, 홍업이와 같이 청주에 갔습니다. 실은 오늘 나는 홍걸이를 돌보기 위해 집에 있을까도 생각했으나 갈 일이 있어 내려갔다 오늘 하루를 다 소비했습니다. 오는 길에 채소가 서울보다 반이나 싸서 사가지고 올라왔습니다. 동치미 김치용으로 아주 좋은 것이었어요.

오늘은 《바로 지금입니다》(E. 카터 저, 박용언 역, 이 책은 묵상서이며 성바오로출판사 것입니다)와 《철학적 신앙》(이대출판부, 이것은 요전에 당신이 편지로 차입해달라신 것입니다), 이 두 가지 책을 차입했습니다.

내일은 드디어 홍걸이 입시일인데 기온이 영하 2도로 떨어진다는 예보입니다. 다른 해보다는 덜 추운 편이므로 다행으로 생각합니다. 오후 4시까지(9시에 시작해서) 친다 합니다. 마지막 날 홍걸이를 위해 기도를 드려주는 것 외에 더 할 것이 없습니다. 날씨가 추워지니 더욱더 몸조심하세요. 건강을 빕니다.

존경하는 당신에게

오늘은 드디어 홍걸이 대학입시 학력고사를 끝냈습니다. 아침 8시 반까지 등교한 후 9시부터 시험이 시작되고 오후 5시경에 끝났습니다. 아침 등교 시에는 어찌나 차가 붐비는지 7시 40분 집에서 떠나서 8시 10분 넘어서야 학교로 향하는 골목에 다다랐는데, 그 골목에는 차가 들어가지 못하도록 막아놓아서 홍걸이는 그 골목 앞에서 내려서 학교까지 한참 걸어올라갔어요. 시험장은 고교입시 때와 같은 장소인데 집에서 먼 거리에 있고 또 높은 곳에 위치해 있는데다가 그 골목에는 시험장으로 사용되는 학교가 3개교나 있어서 아마도 서울에서 제일 붐빈 곳이었다고 봅니다.

형주는 자기 학교보다 가까운 곳이고 큰길가에 있는 학교가 돼서 퍽 편리하고, 시험도 잘 친 모양으로, 작은어머니가 무척 기뻐하는 목소리였어요. 궁금해서 전화를 걸었더니, 형주는 시험 마친 후 교회에서 문학의 밤 행사가 있어서 나갔다 해요. 홍걸이는 시험이 어려웠고 예상했던 것과 다르고 또 출제방향에 관해 세 번이나 설명을 하면서 출제한 것이 그 방향과는 다른 것이었다고 화를 내요. TV에서의 시험에 관한 평에서도 금년은 예년에 비해 결코 쉽지 않았다고 합니다. 특히 수학에 있어서는 모두 예상 밖이어서 잘 친 아이들이 드물다 해요. 여하튼 학력고사는 끝났으니까 이제부터가 더 큰 문제입니다. 모레(26일)부터 학교 학기말고사가 시작되는데, 12월 방학 직전까지 치게 되고 이것이 1학년 때부터의 성적 전체를 종합해서 내신성적이 되며, 대학지원서는 내년 1월 7일에 발표되는 대학입시 학력고사(오늘 친 것)와 내신성적을 참작해서 어느 학교 어느 과에 지원하느냐를 결정해야 합니다.

그 결정에 따라서 합격, 불합격이(성적도 중요하지만) 크게 좌우됩니다.

홍일이, 홍업이 때와는 모든 것이 너무도 달라져서 무어가 무엇인지 정신을 차리지 않으면 알 수가 없어요. 시대의 변천이 너무도 급진적으로 되어 나가니까요. 그런데 며칠 전 또다시 대학입시에 관한 새로운 방안을 가지고 공청회가 있었습니다. 이것은 곧 내년 입시제도는 또 다르게 될 것을 알리는 것이니 거의 매년 변하는 교육제도에 자식을 여럿 둔 사람들은 매년 우리나라 문교행정에 같이 움직이다가 지쳐버리지 않을까 하는 생각조차 듭니다. 어느 나라를 막론하고 교육은 무엇보다 중요한데, 어떻게 이렇게 아침저녁으로 달라지는 변함에 보조를 맞추게 하는 방법으로 갈피를 잡지 못하게 하는지 알 수가 없습니다.

아침에 집에서 시험장에 가는 길은 홍업이와 내가 동행하여 홍걸이 내려놓고 집에 돌아왔다가 오후 4시경에 데리러 갈 때는 다른 골목으로 돌아서 그 학교 앞에까지 가서 차를 대놓고 기다렸습니다. 얼마나 긴 골목인지요. 홍걸이 시험장은 그중에서도 제일 꼭대기였고 산이 있어 학교는 좋은 곳이었는데 오늘은 다행히 예년보다 따뜻해서 하나님께 날씨와 시험을 칠 수 있는 건강 허락해주신 것만도 감사를 드렸어요. 한시름 놓고 오늘은 좀 일찍 쉬고 내일부터 또 시험공부하도록 했습니다. 계속 기도와 노력할 것이에요. 건강하세요. 그리고 늘 희망 가지세요.

1981년 11월 26일

존경하는 당신에게

요즘은 날씨가 비교적 따스한 편인데 당신 계신 청주는 서울보다 낮아서 어제도 무척 추운 날씨더라는 홍일이의 말이었습니다. 어제는

《논리와 사고》(당신이 넣으라는 책)와 '도서 목록'(성바오로출판사)을 차입했습니다.

오늘 신문의 명언란(역사의)에 맹자에 관한 것이 있었는데, 읽어보니 마음에 들어서 여기에 적어봅니다. 맹자 철학의 공헌은 그가 사회이론의 규범을 인간 마음의 기초 위에 세웠다는 점에 있다 합니다. 그는 실제의 정치, 사회상의 사실을 다음같이 통찰했는데 "군주들이 공리주의와 강권주의에 끌려 그것을 추구한 결과는 인민을 혹사하여 마침내 들에서 굶어죽은 사체가 나뒹굴고 대다수 사람들이 모두 위로 부모를 섬기지 못하고 처자를 양육할 수 없어 '양생송사養生送社'에 유감을 갖게 됐다"는 것입니다. 이 유감하는 인심이, 즉 그의 이른바 '불인인지심不忍人之心'이며 그의 정치철학의 근본 출발점이라 합니다. 이것을 정치에 실시하면 인정仁政이 된다고 하며 평천하平天下의 포부를 실천하기 위해 가장 간편한 방법으로 군주의 그릇된 인식을 고쳐 그들로 하여금 '나라는 사리私利만 추구함으로써 이利 되는 것이 아니라 정의를 추구함으로써 이 되는 것吾不以利爲 以義爲利을 각오하게 하는 데 있다'고 생각했답니다. 그가 열국을 돌아다니며 군주들을 유세遊說했으나 그의 인의仁義의 유세가 아무리 열렬했어도 당시의 군주들은 그를 우원迂遠하다 하여 그의 견해를 채택하지 않았다 합니다.

오늘은 에베소 6장 10~24절까지 읽었습니다. 당신께도 주님의 은총이 내리기를 빕니다. 늘 건강하신 가운데 주님을 믿고 의지하며 강하고 담대하게 내일을 바라보시기 바랍니다.

1981년 11월 30일

존경하는 당신에게

오늘은 일이 있어 좀 늦게 청주에 갔습니다. 지난 월요일에도 늦어서 퍽 궁금히 생각하시지 않았나 염려스러웠습니다. 기름값과 전기료가 또다시 인상이 되고 금리는 오늘부터 대출, 예금 1, 2퍼센트씩 인하되었습니다. 유류값이 인상되니까 이것에 관련된 것은 다 오르기 마련입니다. 청주에서 올라와서 집으로 돌아오는 길에 김장거리를 샀습니다. 배추는 작년보다 싼 것이 150원에 한 포기니 너무도 싸게 산 것입니다. 모든 물가가 무섭게 치솟는데 농산물, 특히 김칫거리는 아주 싸니 농사짓는 분들은 이래저래 고생만 하고 땀 흘린 값도 못 받는 형편인 것을 알 수 있습니다. 오늘은 필동 오빠 생일이 돼서 형제들이 모여 축하해드렸습니다. 몸도 요즘은 좋아지시고 해서 마음이 놓여요. 내일은 김장을 담그려 합니다. 올 김장은 꼭 당신도 잡수실 수 있기를 바라고 빌고 있어요. 예년에 비해 좀 늦게 담그지만 날씨가 많이 춥지 않아서 그대로 괜찮겠어요. 오늘도 어떤 손님 다녀갔는데 당신 위해 기도하고 남편도 믿게 되었다고 열심히 기도한대요. 당신 때문에 믿는 사람도 많아요. 감사할 뿐입니다.

1981년 12월 2일

존경하는 당신에게

너무 갑작스레 혹한의 날씨로 인해서 당신과 또 많은 분들(영어의 생활을 하는)을 생각하면서 안타까워하기만 합니다. 얼마나 추우실까요.

생각하고 염려해도 어찌할 수 없는 일인데 이 같이 추운 날씨가 주말까지 간다니 집에 따뜻하게 있는 것조차 송구스럽습니다.

오늘은 기다리던 당신의 편지 기쁨으로 받았습니다. 당신의 놀라운 정신력에 건강에 대한 걱정이 덜어집니다. 한결같이 꾸준한 그 정신력에 누구든지 놀라지 않는 사람이 없습니다. 지난번 면회 시 당신이 편지를 쓰시기 위해 얼마나 깊이 생각하고 시간을 들이시는지, 또한 몸의 불편, 환경의 부자유함을 모두 극복하시는 것까지 더욱더 자세히 알 수 있었으므로, 당신의 편지는 나와 아이들에게 영원히 보존할 귀한 선물로 간직하고 또 당신의 정신을 본받고 그 뜻을 행동하기 위해 힘쓰고자 합니다. 당신의 고생이 헛되지 않도록 하기 위해서는 우리 가족 모두가 보람된 나날을 보내야 하고 시간을 값있게 선용해나가도록 해야 할 줄 생각합니다. 나는 이미 믿고 있는 바 당신의 오늘의 고난은 다음에 하나님께서 그 고난당한 몇 배의 상으로 당신께 주실 것입니다. 당신의 고난이 크면 클수록 앞으로 받을 영광은 더 큰 것으로 나타날 것을 조금도 의심치 않습니다. 이것은 성경에서도 약속해주셨습니다. 확실히 믿습니다. 존경하는 우리나라 역사의 인물에 관해 당신이 적어보내신 것 참고로 읽고 그분들에 관해 더 관심을 가지게 됩니다. 앞으로 시간 있는 대로 이분들에 대한 것 더 읽어보도록 하겠습니다.

오늘은 《자아를 잃어버린 현대인》(롤로 메이 저, 백상창 역)을 차입했습니다. 이 책은 오늘날 인간상실과 자아상실증의 이중적 고통으로 고독과 공허감에서 인간은 방황하고 있다는 것입니다. 이 저자는 실존분석의 거장으로, 이 책에서 임상적인 경험을 통해 내면세계를 깊이 관찰하고 자아의 발견과 삶의 방향을 제시해주고 있다 합니다.

12월은 성탄절 시즌이므로 되도록 각종 카드를 보내서 삭막한 당신의 방을 장식하도록 하여 주님 탄생의 기쁜 소식을 당신에게 전해주며 더 기쁜 일이 하루하루 넘치고 넘치게 되기를 바라는 마음에서 기도하며 씁니다.

주님이 이 세상에 오신 이 기쁜 12월이 다 지나가기 전에 당신께 기쁜 소식 있기를 바라는 마음 간절합니다. 이렇게 무섭게 추운 날씨에도 당신은 참고 이겨내시며 주님의 은총 안에 더욱 건강하시기를 빕니다.

많은 분들이 당신을 생각하며 뜨거운 기도를 쉬지 않고 올리고 있다는 사실을 생각하시면서 힘을 내시고 희망을 가지시며 오로지 하나님만 의지하세요. 건강을 빌고 또 빕니다.

1981년 12월 4일

존경하는 당신에게

당신을 만나는 기쁨으로 갔다가 면접이 끝나면 너무도 허탈한 심경으로 돌아서게 됩니다. 더구나 당신의 지병 때문에 밤에 통증 느끼시고 다리에 부기가 심하시다니 듣기에 안타깝고 도와드리지 못함 답답합니다. 퍽 추워 보였습니다. 오늘은 날씨가 많이 풀렸는데도 추운 모습 뵈오니 당신의 생활에 얼마나 큰 고통이 따르는지를 엿볼 수 있었습니다.

청주 시내에 들어가서 점심을 하고 다시 교도소 들러 소장님을 비롯하여 여러분을 만나뵈었습니다. 다만 인사드리고 몇 가지 문의한 것 외에 별다른 것은 없었습니다.

서울은 아침에 떠날 때부터 비가 내리더니 청주를 떠나 올라오는 길에 또 비가 내려 무척 침울한 서울의 표정은 마치 우리의 마음과도 같았습니다. 그러나 내일은 햇볕이 날 것입니다. 우리에게도 그와 같이 빛이 나는 날이 있다는 것을 의심하지 않습니다. 희망을 가지시지 않는다 했는데 희망은 꼭 가지셔야 합니다. 희망하는 그대로 되지 아니하는 일이 있다 하더라도 희망을 가지고 내일을 바라보셔야 합니다. 괴롭고 어려움이 크면 클수록 더 큰 희망을 가지시기 바랍니다. 그것이 당신의 건강을 위해서도 좋을 줄 압니다. 하나님만은 당신의 모든 것 다 아십니다. 캄캄하게 가려진 구름은(빠르지 않으나) 서서히 걷히고 햇빛이 구름 사이로 보여서 가려진 구름을 물리치고 따스하게 비칠 것입니다. 오늘 당신 말씀하신 대로 힘쓰겠습니다. 부디 힘내시고 희망 가지시고 건강하세요.

1981년 12월 5일

존경하는 당신에게

오늘은 오랜만에 반가운 손님들이 있었고, 내 옛 친구들이 와서 하루를 즐겁게 보낼 수 있었습니다. 어제는 조씨가 1주일 만에 집에 왔는데 아직도 치질 치료를 더 받아야 하기 때문에 완쾌되지는 못했습니다.

똘똘이는 요즘 스토브 옆을 떠나지 않고 있어요. 방에 들어오면 따뜻한 곳에 팔자 좋게 누워서 잠을 자는 것이 고작입니다. 응접실에 들여놓은 화초는 아름답게 꽃피고 싱싱하게 자라고 있습니다.

홍걸이는 오늘은 학교가 쉬는 날이어서 마음 놓고 늦게 일어나고 여유 있게 시험준비를 할 수 있어서 다행으로 생각합니다. 표면에(이 카드) 있는 성구처럼 범사에 잘 되기를 기도합니다. 몸 건강하세요.

1981년 12월 7일

존경하는 당신에게

이제는 청주로 들어서는 도로의 가로수도 잎이 다 떨어져서 앙상하게 가지만 남아 있는 모습이 처량하게 보입니다. 그러나 다시 돌아올 봄에 잎이 돋아나올 것은 의심할 것이 아니니 희망이 있는 것입니다. 요즘 거리마다 크리스마스 장식품과 카드가 눈에 띕니다. 그리고 멀리 크리스마스 캐럴이 들려오는 곳도 있습니다. 이 기쁜 소식이 우리 모두에게 전해지고, 주님이 이 세상에 오신 뜻이 이루어지는 12월이 되기를 바랍니다.

오늘은 소형 《국어사전》《한국근대사와 사회변동》(신용하 저) 《새 백과사전》을 차입했습니다. 영영사전(미국 출판)은 영국 출판 것 같이 작은 사이즈는 없습니다. 옥스퍼드 프레스에서 나온 것은 영제고, 《Webster Dictionary(웹스터 사전)》는 미제인데 다 큰 것이고, 오래 된 것은(중간 크기는) 집에 있어도 20년이 넘은 것이 되어 다시 다른 데 알아봐서 차입토록 하겠습니다.

오늘이 대설인데 당분간 혹한은 없다는 관상대의 말이므로 우선 마음이 놓입니다. 다리의 부기와 통증이 가시기를 빕니다. 자유의 종소리가 들려오기를 바라면서 기도합니다. 건강하세요.

1981년 12월 9일

존경하는 당신에게

날씨가 좀 풀려서 다소 마음이 놓입니다. 그러나 다시 추워질 겨울이니 안심할 수는 없습니다. 오늘은 기쁘지 않은 소식 하나 전합니다. 복돌이가 기어이 가고 말았습니다. 그 전부터 복돌이를 없애자 해도 내가 마음이 내키지 않아서(혹 당신이 보시면 찾으실까 해서) 없애지 못하게 두었는데 이번에 상처가 너무 커서 치료한 보람 없이 가버렸습니다. 섭섭하지만 하는 수 없군요.

오늘부터 편지 60원, 엽서 30원으로 또 인상이 되고, 전화 기본요금도 3000원에 도수료 20원이 되었어요. 철도, 수도료도 인상되었습니다. 이 같이 공공요금이 인상되니 다른 것도 같이 또 오르게 됐습니다. 더구나 연말이 되어서 씀씀이가 더 많은데 이처럼 인상되니 그 파장은 너무 큰 것이 됩니다. 모두 살아가는 것이 기적이 아닐 수 없어요. 우편요금도 오른 지 몇 달 되지 않아서 이렇게 크게 오르니 무어라 말할 수 없습니다. 오늘은 《바람과 함께 사라지다》와 《법전》(81년도 판)을 차입했습니다. 늘 건강하시도록 힘쓰시기 바랍니다. 하나님의 기쁜 소식 들려오기 빕니다.

1981년 12월 11일

존경하는 당신에게

오늘 청주에 가면서 창밖으로 보니 벌써 보리가 파릇파릇 돋아난 것이 보였습니다. 춥고 긴 겨울을 참고 견디는 보리는 참으로 우리에게 귀한 교훈을 준다고 생각합니다. 우리의 일생도 보리가 싹트고 열매를 맺을 때까지 많은 어려움을 겪어야 하는 것 같은 것이라 생각해봅니다. 이겨내지 못하면 열매는 맺지 못하고 쭉정이 아니면 자라지 못하고 마는 결과를 나타내겠지요. 오늘은 《トインビの宗教觀(토인비의 종교

관)》(山本 新 편, 第三文明社 문고판)과 《世界の고전명서총해설(세계의 고전 명서 총해설)》을 차입했습니다. 《세계의 고전명서 총해설》은 (10월 편지에 '세계 문학 작품과 그 주인공의 총해설' 같은 식으로 된 철학, 경제학, 사회학의 것을 원하셨는데) 철학, 경제학, 사회학을 총망라한 것이므로 차입했습니다. 총해설식으로 철학, 경제학, 사회학이 따로 없습니다. 그리고 담요를 차입했는데, 이번 것은 가볍고 따뜻합니다. 꼭 사용하시기 바랍니다. 크리스마스도 점점 가까이 다가오고 있습니다. 이 세상에 속히 예수 그리스도께서 오셔야만 하겠습니다. 개인이 더이상 죄를 짓지 않고 살기 위해서 꼭 오셔서 평화의 복음을 전해주시기 바랍니다. 부디 몸조심하시고 희망 가운데 건강하세요.

1981년 12월 13일

존경하는 당신에게

또다시 한파가 들이닥치고 있어서 걱정이 됩니다. 감기도 많이 돌고 있는 모양인데 몸조심 단단히 해야겠어요.

오늘은 주일이 돼서 교회에 갔다가 오랜만에 홍일의 가족과 홍업이와 홍걸이, 모두 데리고 밖에 나가 식사를 했습니다. 당신 생각 더욱 간절했습니다. 지영이와 정화가 아직 어리기 때문에 조용히 앉아 식사하기는 무척 어려워 지영 엄마는 먹는 둥 마는 둥 할 수밖에 없었어요. 옆에서 거들어줘도 엄마를 더 귀찮게 하니까요. 그러나 오랜만의 외식이어서 모두 즐겁게 시간을 보낼 수 있었습니다. 홍걸이 방학이 되고 또 지영이 방학도 되면 이 해가 다 가기 전에 다시 한 번 데리고 나가서 이것저것 구경도 시킬 계획으로 있습니다.

화곡동 작은아버지는 이가 나빠서 요즘 식사에 불편을 느끼신다 합니다. 작년 1년의 생활에서 오는 후유증이 이에 지장을 준 것이 아닌가 생각합니다. 실은 나도 이가 나쁘지만 식사하기 어렵고 외출에 지장 있을까봐 견딜 수 있는 데까지는 참아보려 합니다. 아프지는 않으니까요. 건강하시기를 빌고 또 빕니다.

1981년 12월 14일

존경하는 당신에게

올해도 우리에게는 그리 좋은 해는 못 된 것 같은데 온 세상이 왜 이다지 시끄러운지 한기를 더해주는 느낌마저 듭니다. 이 같은 때일수록 신앙적으로 더 굳게 무장을 하며 주님이 임하실 때 상 받음이 크도록 해야 한다는 생각입니다. 믿음이 없이 오늘을 살아간다는 것은 참으로 힘이 드는 일이고 또 바른 생활을 할 수 없다고 봅니다. 내일부터 날씨가 좀 풀린다는 보도인데 제발 춥지 않은 겨울이면 좋겠어요. 추위에 고생해야 하는 사람들이 너무 많아서 날이 추워지면 큰 걱정이 되니까요. 연탄값, 기름값 모두 비싸서 따뜻하게 겨울을 보낼 수 있는 사람은 그리 많지 않습니다. 홍일이 아파트도 낮에는 써늘하고 더운 물도 나오지를 않아요. 대신 다른 아파트보다는 관리비가 싼 편이니까 다행이지요.

오늘은 《손자·오자(孫子·吳子)》와 《성서의 가난한 사람들》을 차입했습니다. 이 두 책은 11월 편지에서 당신이 원하신 책입니다. 당신의 고생이 빨리 끝났으면 하는 마음으로 기도드립니다.

1981년 12월 16일

존경하는 당신에게

계속 날씨가 차서 당신 병이 어떠신지요. 밤이면 더욱 통증이 심하고 다리의 부기도 더한지 염려스럽습니다. 나는 요즘 주로 응접실에 앉아서 일을 합니다. 안방은 방바닥만 뜨겁고 방의 공기는 너무 차가워 앉아서 일을 하면 손이 시려울 정도예요. 작년 겨울에는 방에 석유스토브를 놓았으나 금년에는 응접실에 연탄난로(전에 사용했던)를 피워놓아서 무척 따뜻하기에 방에 따로 석유스토브를 놓지 않아도 편리해요. 홍업, 홍걸이 방은 모두 따뜻하고 조씨 있는 방은 한 사람 앉을 정도만 따뜻하고 다른 곳은 차서 그 방도 석유스토브를 자주 사용하게 돼요. 내년 겨울을 이곳에서 또 나게 되면 방마다 다시 파이프를 갈지 않으면 안 될 것 같아요. 원래 처음부터 잘못돼 있는데다가 쇠파이프가 아니므로 3년 정도 사용하면 갈아야 한다니까요. 이런 점에서 새마을 보일러는 결점이 있지요.

벌써부터 여기저기 크리스마스 행사가 진행되고 있습니다. 내일 홍걸이 시험 끝나면 집에도 장식을 해놓으려고 해요. 오늘은 《부활》을 차입했습니다. 성탄의 기쁜 소식이 온누리에 들려오기를 바랍니다.

1981년 12월 17일

존경하는 당신에게

오늘은 참으로 오래간만에 장 박사 사모님을 방문했습니다. 몸은 전보다 많이 좋아지셔서 뵙기에 기뻤습니다. 그러나 아직도 외출은 삼가고 계시고 주로 집에서만 계신다 합니다. 장 신부님은 작년 6월에 로마 가셔서 언제 귀국할지 모른다 하셔요. 큰아드님하고 같이 계시답니다. 또 박 할머니도 찾아뵈었습니다. 전보다는 좀 수척해지셨어도 그래도 아직 이것저것 하고 계세요. 두 분 다 당신 위해 열심히 기구祈求하시는데 하나님께서 언제 응답해주실 것인지 기도가 부족한지 하시며 대단히 염려하고 계셨어요. 화곡동 작은집도 갔습니다.

오늘에서야 홍걸이는 학기말시험을 마쳤습니다. 이제 고등학교 수업은 끝난 것이 되겠어요. 머리도 이제는 전처럼 짧게 깎지 않고 앞으로는 기르려고 해요. 벌써 성인이 다 되어 가는 모습으로 차차 변할 거예요. 그러고 보면 세월이 너무도 빠르다는 것 새삼 느끼게 됩니다. 내일 홍걸이가 학교 갔다 와서 크리스마스 트리를 해놓겠다고 합니다. 부디 몸조심하세요. 하나님의 특별하신 손길이 당신을 지켜주시기를 빕니다.

1981년 12월 21일

존경하는 당신에게

청주는 눈이 조금 내렸고 아침에 안개가 짙게 끼어 있었습니다. 서울은 지난 19일 얼마나 많은 눈이 내렸는지 아직도 우리집 뜰에 내린 눈은 녹지 않아서 거의 20센티미터 정도나 쌓여 있고 거리는 오늘도 거의 다 녹았지만 아침에는 길이 얼어서 아주 조심조심 차가 움직였습니다. 다행히 고속도로는 얼지 않아 버스 통행에 지장이 없었어요. 방학이 되어서 그러한지 서울 올라오는 사람이 너무 많아서 한참 기다려 버스를 탈 수 있었습니다.

어제 홍걸이가 처음으로 방학도 되고 했으니 책을 사달라 하기에 필동에서 오후에 만나기로 하고 데리고 서점에 갔습니다. 그런 요구를 하는 일이 거의 없어서 사고 싶은 책을 사도록 했더니 상당히 수준 높은 책 그리고 철학적인 것을 대여섯 권이나 샀어요. 그리고 아버지께 선물한다고 박경리 씨가 쓴 장편소설 하나를 홍걸이가 샀습니다. 다음 면회 때 차입해드리겠습니다.

오늘 차입한 책은 《世界宗敎と經典總解說(세계 종교와 경전 총해설)》입니다. 작년에는 크리스마스 카드를 어느 누구에게도 보내지 않았습니다. 더구나 나에게 있던 주소는 전부 없어졌구요. 그런데 작년에 우리를 염려해서 기도하고 관심을 보여준 분들이 작년 내게 카드 보낸 것이 있고 해서 며칠 전가지 모두 해서 보냈습니다. 단 한국 내는 아무에게도 보내지 않기로 했어요. 응접실에는 어제서야 트리에 장식을 해서 크리스마스 시즌 기분이 납니다. 그러나 당신이 집에 계시지 않기에 우리 마음은 기쁠 수가 없어요. 다만 당신에게 기쁜 소식이 들려오기를 바라며 기도를 드립니다.

1981년 12월 24일

존경하는 당신에게

오늘 당신의 몸이 그토록 좋지 않은 것 알고 괴로운 심정으로 돌아왔습니다. 정녕 기쁜 성탄의 종소리, 자유의 종소리가 수많은 불행한 이들에게도 들려오기를 기다렸으나 많은 사람들, 기다림에 지친 사람들이 오늘을 기쁘게 넘길 수 없는 것 생각하니 가슴 아픕니다. 면회 시 말씀드린 대로 광주사태 일곱 명과 박정훈, 김수홍 기자 등 여덟 명만이 자유의 몸이 된다는 보도입니다. 목마르게 기다린 가족들이 너무 큰 실망에 빠져들어간 것을 생각하면 가엾기 짝이 없습니다.

오늘 차입한 책은 《해방신학》과 《노을진 들녘》(박경리 저)입니다. 박경리 씨 책은 홍걸이가 당신께 드리는 크리스마스 선물입니다.

예수께서 탄생하시던 그 시대의 사회적, 정치적 배경은 말할 수 없이 어려운 환난의 시기였으며 그야말로 암흑시대였으나 예수님은 이같은 벽을 뚫고 삶과 희망을 가지고 오셨습니다. 예수님은 다윗의 자손으로(솔로몬의 아들) 솔로몬은 그 어머니와 아버지가 떳떳한 관계로 맺어진 사이가 아니었으니 예수님의 족보 또한 치욕적인 것이었습니다. 참으로 천하고 낮은 자리, 그 모든 것은 겸손을 상징해줍니다. 그래서 제자의 발을 씻기기까지 하셨는데 오늘의 성직자나 높은 지위에 있는 분들은 거의가 섬김만을 받으려 하는 태도를 취하므로 오늘의 세상은 벌 받을 사람으로 가득 차 있는 것 같습니다. 오늘 번화하고 화려한 축제 무드 속에서도 하나님을, 이 세상에 오신 주님을 만날 수 있는 사람은 별로 없고, 오직 겸손히 낮은 자리, 불행한 자리, 외로운 자리, 병석에 누워 있는 자리에 있는 사람들이 오히려 주님을 만날 수 있다고 생각합니다. 홍일의 가족들은 성당에, 홍업이는 친구들과 밖으로, 홍걸이는 교회로 철야하며 성탄 행사에 참석하러 나가고, 나는 조용히 집에 혼자 앉아 이 글을 씁니다. 그리고 조용한 가운데서 나라와 민족 위하여 가장 불행한 처지에서 신음하는 많은 주 안의 형제들 위해, 우리 위해 기도하고 수고하는 분들 위해, 교회를 위해 그리고 당신을 위해, 우리 가족 전부를 위해, 진실된 마음으로 기도를 드립니다. 특히 당신의 건강이 그 어려운 생활을 이겨낼 수 있도록 치유되시기를 빌고 빕니다.

존경하는 당신에게

드디어 이 해의 크리스마스도 우리에게 다시 찾아왔습니다. 오늘 주님을 마음속으로 맞이한 사람은 얼마나 될지요. 당신의 편지에 적은 것 같이 예수님이 오신 뜻이 그대로 이루어지는 날이 우리에게도 있기를 바라는 마음입니다. 아침에는 성탄예배를 드리러 교회에 갔습니다. 여느 때보다 많은 사람들이 모였고 세례를 받는 신도도 많았습니다. 교회의 수와 더불어 교인들의 수도 엄청나게 늘어나고 있는데 사회는 어둠에 가려져 있어 안타깝기만 합니다.

참된 왕은 말구유에 거짓 왕은 화려한 곳에 앉아서 아기 예수의 탄생을 두려워하고 있음은, 거짓은 언젠가는 참에 지고 만다는 것을 뜻하고 있는 것을 알 수 있습니다. 진리는 반드시 승리하기 때문에 그것을 믿고 주님을 바라봅니다.

이번 성탄에는 몇몇 고난 받고 있는 가정을 찾았습니다. 오늘도 이번에 안타깝게 기다리던 집을 찾아 위로를 하고 그럼으로써 나 스스로 위안 받았습니다.

당신의 건강이 걱정됩니다. 어깨 아프신 곳에 되도록 히팅 패드를 대셔서 따뜻하게 하도록 하세요. 그리고 다리는 가능하다면 때때로 조금 높게 드시도록(몇 분간이라도) 해보세요. 너무 앉아만 계시지 마세요. 이럭저럭 이 해도 거의 다 지나가건만 엉킨 매듭이 풀리지 않은 채 그대로 해를 넘기게 되는 것은 비단 우리의 불행만은 결코 아닌가 합니다. 당신의 건강 하나님 돌봐주시기 빕니다.

존경하는 당신에게

이제 기다리던 성탄절도 조용히 넘어가고 82년의 문턱 가까이로 다가서고 있는 이때, 금년 1년도 당신에게 가해진 고난의 사슬은 너무도 무겁고 뼈와 살에 스며드는 아픔을 준 것 생각하면 우리 가족들의 가슴도 아픔을 느끼게 됩니다.

오늘도 청주에 다녀오면서 당신의 건강이 더 악화된 것 생각하니 정말로 발걸음을 돌리기가 어려웠습니다. 아무 힘도 되지 못하고 전처럼 호소할 곳도 없는 것 생각하니 더욱더 안타깝기만 합니다. 다만 하나님만을 의지하고 기도드리는 것뿐입니다. 당신의 강한 정신력으로 이겨내야 하겠습니다. 독서도 결코 장시간 하시지 않으시도록 하셔야 합니다. 어깨의 아픔은 오래 앉아 독서하면 더 나쁠 것입니다. 그곳에서 당신이 요청하셔서 군교도소에서 드시던 고려 홍삼분 캡슐이나 타블렛을 드시면 당신 건강에 많은 도움이 되실 줄 압니다. 요즘은 고려 홍삼분 캡슐을 어디서고 구할 수 있게 많이 보급이 되었으니까 구득하기가 쉽습니다. 안에서 요구하셔서 드시도록 해보세요. 부탁합니다. 물론 밖에서도 요청하겠습니다.

어쩌면 이 편지가 금년으로 당신의 손에 닿는 마지막 것이 되지나 않을지요. 내일 쓰는 편지는 신년이나 되어서 당신께 배달이 되지 않을까 생각해봅니다. 금년 1년간 하나님께 감사드릴 것이 많지만 당신의 건강이 문제입니다. 그 몸으로 그러한 곳에서 지내신다는 것 너무도 무리가 되는 것 안타깝기 한량없습니다. 가혹한 오늘의 현실에서도 참고 이겨내는 힘, 하나님이 주실 줄 믿습니다. 실망도 좌절도 하지 않고 신년과 더불어 또 희망을 가지고 내일을 바라봅니다.

어젯밤 오랜만에 홍 변호사님(전화를 걸어) 목소리를 들었습니다. 건강하시다 하시면서 당신의 건강을 염려하셨습니다.

오늘 차입한 책은 《다뉴브 강에서 압록강까지》(마크 W. 클라크 저, 김형섭 역)입니다. 이 책은 6.25전쟁 때 유엔 사령관으로 휴전협정에 서명한 분이 쓴 것입니다. 장군의 회고록 또는 전쟁과 협상의 항해일지라고도 합니다. 아무쪼록 건강하셔야 합니다. 더 뜨겁게 당신의 건강을 위해 (하나님의 능력의 손으로 안수해주시기를) 빌겠습니다. 당신이 겪는 옥고를 대신할 수 있으면 얼마나 좋을까 생각하지만 가능하지 않는 것을 생각해보았자 허사입니다.

이제 모든 어려움이 물러나고 새로운 생의 장이 열리기를 바라고 또 바랍니다. 어제는 교회에 갔다가 이협 씨 집에 들러서 부모님과 부인을 위로했습니다. 그 가족들 모두 믿음으로 잘 참고 이겨내고 있었습니다. 만나는 사람마다 당신 건강을 염려합니다. 모든 이들의 기도가 속히 응답을 받게 되기를 바라면서 내일 또 쓰겠습니다.

1981년 12월 29일

존경하는 당신에게

이제 점점 81년의 막이 내려지고 있습니다. 매년 말이면 느끼듯이 올해도 보람 있게 보내지 못한 아쉬움이 크고 시간을 좀더 값있게 보내지 못한 자책도 하게 됩니다. 2월 초부터 청주를 113번이나(내일 30일 포함해서) 왕래했습니다. 앞으로 몇 번을 더 왔다갔다 해야 할지는 어느 누구도 모르는 일입니다. 우리 인간은 한치 앞도 내다보지 못하는 존재이니 어느 때 무슨 일이 어떻게 갑자기 생길지 알 수는 없고 다만 주님의 뜻에 의하여 작용되는 것을 기다리는 것 외에 없습니다. 금년 말 내로 홍일 내외와 아이들, 그리고 홍업이와 홍걸이 데리고 한번 외식을 하려고 계획했다가, 모두 바쁘고 시간이 어긋나서 새해로 미루었는데, 홍걸이에게 미루었다고 알리니까 약속을 지키지 않는다고 화를 내서 하는 수 없이 오늘은 홍걸만 데리고 좋아하는 것 사먹였습니다. 학교 공부가 끝나서 요즘은 외출도 가끔 하고 친구도 만나고 하는 것을 볼 수 있습니다.

내일 대입학력고사 성적 발표인데 좋은 성적은 못 받은 것이 아닌가 염려됩니다. 학교 학기말 성적은 전보다 좋다는데 아직 성적표를 주지 않아서 자세한 것은 모릅니다. 작년에 정상적으로 공부할 수 있는 상황이었으면 금년 대입학력고사 성적은 250점 이상 받을 수 있었겠고, 그렇게만 되면 대학입학에 과히 신경을 쓰지 않아도 되었을 것인데, 워낙 타격이 커서 이번에 큰 지장을 가져온 것입니다. 물론 금년만 좀더 노력했다면 문제는 또 달라졌으련만 그렇지 못하니 이제 돌이킬 수는 없고, 내일 결과에 따라 담임교사와 의논하고 홍걸이 자신의 의사를 존중해서 신중히 검토한 후 결정을 짓겠습니다. 너무 염려하시지는 마세요.

당신의 건강은 어떠신지요. 다리의 부기는 좀 내렸는지요. 궁금합니다. 어서 모든 고통으로부터 해방을 얻은 당신을 보고 싶습니다. 어제는 《본회퍼의 사상》과 《김수환 추기경》(구중서 편, 대화집)을 차입했습니다.

1981년 12월 31일

존경하는 당신에게
드디어 어둡고 답답하던 81년도 넘어갑니다. 몸도 건강치 못한 당신의 기나긴 옥고에 대하여 위로의 말도 잊은 느낌입니다. 어떻게 해야 당신을 기쁘게 해드릴 수가 있겠습니까. 당신과 또 많은 분들의 자유함을 매일같이 기도했습니다. 그러나 아직 자유의 몸이 되시지 않고 또 한 해가 넘어가는 것 얼마나 안타까운지 모릅니다. 불행했던 해가 간다는 것은 서운하지가 않습니다. 이제 내일부터 새로이 열리는 새해에 희망을 가져봅니다. 희망을 꼭 가지고 새해를 맞이하려 합니다.

새해에는 우리 모두에게 자유와 평화가 반드시 있다는 것 믿습니다. 믿어야만 우리의 소원이 이루어질 줄로 생각합니다. 하나님이 결코 우리의 간절한 기도를 외면하시지 마시도록 진실된 마음으로 빕니다.

오늘도 몇몇 손님들이 찾아왔고 오랜만에 만나는 분도 있어 반갑고 하고 싶은 말이 산적한 것 같았어도 다 하지 못했습니다. 당신이 만나뵙기 원하는 분도 만나뵈었습니다.

오늘 저녁 우리집 응접실은 아름다운 꽃바구니에 근하신년이라고 적은 리본을 단 것을 어떤 분이 가져와서 오랜만에 아름다운 분위기를 조성하고 있습니다. 당신께 보여드리고 싶습니다. 82년도 달력을 걸었습니다. 가는 해를 붙잡고 싶은 생각은 없습니다. 어둠의 해에서 넘어가기를 바라고 자정에 울리는 새해의 종소리에 귀를 기울이기 전에 1년의 모든 것에 대해 나 스스로를 반성하는 조용한 시간을 갖겠습니다. 그리고 당신의 자유를 빌겠습니다.

오늘 차입한 스웨터는 당신을 좋아하는 어떤 분이 보내준 것입니다. 그리고 홍일이가 토인비에 관한 책 구해서 차입했습니다.

1982년 1월 1일~3월 30일

초인적 인내 가운데

존경하는 당신에게

새해에 당신의 건강이 좋아지시고 당신의 몸에 자유함이 있기를 먼저 빕니다.

아침부터 손님들이 들이닥쳐서 하루 종일 손님 만나기에 바빴습니다. 모두 당신을 생각하는 분들로 많은 염려를 해주었고 특히 건강하시기를 바라고 있었습니다.

홍일이, 지영 모, 두 아이 그리고 홍업이, 홍걸이와 같이 작은집 양가와 몇몇 어른(정 박사댁, 운제 선생댁, 박 할머니댁 등)들 댁에 들러 세배를 하고 돌아왔습니다. 지영이, 정화는 전보다 세배를 아주 잘하고 세뱃돈도 벌었어요. 홍준, 혜경이 형제도 왔고 저녁에 화곡동 아이들 모두 왔는데 어찌나 키가 큰지 몰라보게 되었어요. 작던 홍민이도 키가 놀랄 만큼 커서 홍훈이만 작아요.

당신이 집에 계셨더라면 오늘이 얼마나 기쁜 날일까 생각해보면서 하루를 보냈습니다.

올해는 모든 것 순조롭게 풀려나는 한해가 돼서 모든 어려움이 멀리 멀리 사라지고 기쁨이 넘치는 나날이 당신과 우리 가족에게 오기를 바랍니다. 그리하여 온 가족 한자리에 모여 하나님께 감사와 찬양을 드리게 되도록 기도드립니다. 다시 한 번 이사야 60장과 61장의 축복의 날이 속히 임하소서 하고 빕니다. 건강을 주님 지켜주십소서. 새날을 맞이할 수 있고 기쁜 소식 들을 수 있도록 도와주소서, 아멘.

1982년 1월 3일

존경하는 당신에게

오늘은 겨울 날씨와는 상관없이 비가 주룩주룩 내리고 있습니다. 겨울에 내리는 비는 우리에게 좋은 비가 못 된다 하니 더욱더 우울함을 더하는 느낌마저 듭니다. 오늘도 몇몇 손님들이 찾아왔으나 주일날 돼서 교회에 나갔기 때문에 몇 분 만나지를 못했습니다. 누구나 당신의 건강을 가장 염려합니다.

당신을 한 번도 만나보지 않은 분들, 정치에 관심을 두지 않는 사람들 중에 오히려 당신을 위해 눈물을 흘리면서 뜨거운 기도를 드리는 분들이 많다 합니다. 기도를 부탁받은 일도 없는데 천주교나 개신교를 막론하고 열심히 기도를 드립니다. 당신의 아프고 부은 다리와 어깨도 이같은 모든 기도의 작용으로 좀 나아질 것을 믿습니다. 간절히 드리는 힘 있는 기도가 반드시 이루어지는 날이 있을 것을 의심치 않습니다.

주님은 인간을 당신의 도구로 쓰시기 때문에 어떻게 쓰일지는 모르나 많은 사람을 선하게 이끄시고 사랑으로 보살펴주시므로 우리의 능력에 따라 써주실 것입니다. 많은 연단을 겪으시는 당신을 더 귀한 도구로 주님의 영광을 나타내시기 위해 쓰실 줄 믿습니다. 어려운 고비를 잘 참아 이겨내시도록 더 기도하겠습니다. 꼭 자유의 몸이 되시도록 우리의 기도가 합쳐져야 할 줄 압니다. 하나님은 우리의 기도에 응답해주실 것입니다. 아직 우리 기도의 부족함을 느낍니다. 하늘 보좌를 움직일 수 있도록 더욱더 기도하겠습니다.

당신의 생일이 가까워옵니다. 그때 뵙게 되기를 기쁨으로 기다립니다. 몸이 좀 좋아지신 모습을 볼 수 있으면 더욱 기쁘겠습니다. 부디 하나님의 도움 있으시기를 빕니다.

1982년 1월 6일

존경하는 당신에게

다시 한 번 당신의 생일을 축하합니다. 오늘 당신을 뵐 수 있어서 다행이었습니다. 비록 창구멍을 통해서 만나뵙는 것이지만 그리고 아주 짧은 동안이나마 서로 이야기할 수 있었으니 기쁩니다. 당신의 어깨의 통증이 조금은 덜하다는 것만도 얼마나 마음이 놓이는지 모릅니다. 다리의 부기가 가셔야 할 터인데요. 그것이 걱정됩니다.

오늘은 생일 선물로 새로 짠 양말과 모자를 차입했습니다. 양말 바닥은 털이 다 빠지기에 좀 두껍게 짜봤습니다. 그리고 모자, 지난번에는 실도 제대로 준비하지 않고 마음만 급하기에 잘못된 것 같으나 이번 것은 모양도 조금 나게 된 듯합니다. 그간 여러 개의 양말을 짜서 같이 고생하는 분들께 나누어주느라고 많은 시간을 들였습니다.

다만 내 성의의 표시에 불과한 것입니다. 그러다 보니 너무 많은 시간을 써서 쓰던 붓글씨도 여러 달 중단했습니다. 이제 신년부터는 뜨개질도 그만 쉬고 내 일을 할 생각입니다. 오늘 저녁에는 당신의 생일을 당신 없이 차려놓고 몇몇 가족들과 한자리에 모여 당신 위해 예배드리고 식사를 나누면서 환담하고 헤어졌습니다. 당신 생각 더욱 간절합니다.

케이크도 여러 개 들어와서 나누어주고 꽃도 장식돼서 외로이 계신 당신을 생각하면서 오늘 하루를 뜻있게 보냈습니다. 우리는 당신과 함께 있을 수 없는 상황이지만 하나님은 당신과 함께 해주실 줄 믿습니다. 오늘은 《천사의 분노》(시드니 셸던 저, 유광희 역)을 차입했습니다. 당신이 좋아하시는 강아지 그림, 특히 금년은 개해가 돼서 이 그림이 당신을 기쁘시게 해드리기 바랍니다. 오늘은 더 큰 하나님의 축복을 받으시기 빕니다.

1982년 1월 7일

존경하는 당신에게

날씨 좀 추워졌습니다. 당신의 몸은 어떠하신지요. 빨리 진료를 받을 수 있게 되시기를 바라고 있습니다. 오늘까지 그 어려움을 참고 이겨내신 것 정말로 초인적인 것이었다고 생각합니다. 히브리서 10장 32~39절을 생각해봅니다.

금년은 정초부터 풀어지는 것이 매일 같이 있습니다. 통행금지가 풀리고 중·고등학교의 복장과 머리형이 자율화되더니 이미용理美容, 목욕탕, 다방, 유흥업소의 정기휴일제가 폐지되고 주말(토, 일)에는 팔지 않았던 휘발유도 휴일 없이 팔게 되었습니다. 이렇게 작은 것부터 매듭져 있는 것이 풀리고 있으므로 차차 모든 것이 완화될 느낌마저 듭니다. 기업행정통제도 완화될 방침은 자유 분위기 조성을 위함이고 또 투자 의욕을 촉진하기 위함이라 합니다. 우리에게도 속히 자유분위기가 조성되고 모든 것이 완화돼서 화기가 도는 사회가 되기를 바라는 마음 간절해집니다.

각 대학 원서교부가 오늘부터 시작되었습니다. 홍걸이 오늘 면접 갔다 왔으며 내일은 나도 담임선생님을 만나뵙고 의논하겠습니다. 서둘지 않고 모든 것을 잘 참고해서 무리가 가지 않는 범위 내에서 학교와 과를 택한 후 원서를 제출하려 합니다. 이제는 노력이 요하는 것도 아니므로 판단을 바르게 해야 할 것입니다. 몸조심하시기 바랍니다.

1982년 1월 12일

존경하는 당신에게

갑자기 한파가 몰아닥쳐서 당신이 걱정됩니다. 부은 다리가 추위로 더 부어오를까 염려되고 몸도 춥고 마음 또한 싸늘함 느끼실 것 생각하니 당신의 아픔과 괴로움을 나누지 못하는 안타까움이 큽니다. 내일은 수은주가 더 내려간다고 하니까 얼마나 추우시겠어요. 어쩌다 서울보다 더 추운 곳에 계시게 되었는지 더욱 걱정입니다.

오늘은 아침 11시 후부터 홍걸이 학교문제로 하루를 보냈습니다. 아직도 확정하지 못했어요. 내일이 지원 마감이 돼서 더 생각하고 정해서 지원키로 했습니다. 기준이 없는 대입 지원이기 때문에 망설이게 됩니다. 홍일이, 홍업이 때와는 너무도 다르고 작년과 또 다르기 때문에 결정하기 힘이 듭니다.

오늘 저녁 동아시론에 '철든 국민'이라는 제호로 쓰인 글을 읽으면서 공감한 점이 있었습니다. 성숙한 자는 반대자를 적대하지 않고 강자엔 비굴, 약자엔 교만하지 않는다. 그리고 두려워할 것은 윤리와 규범이라고요. 정말 그러합니다. 그런데 이 세상에서 흔히 볼 수 있는 것은 이와는 반대입니다. 그래서 부조리와 불의가 판치는 모순된 양상을 보이고 있어 고통 받는 사람들이 많습니다. 우리도 철든 국민으로 바르게 행세할 수 있으면 얼마나 좋을까 하는 생각이 듭니다. 날씨가 추운데 더 몸조심하세요. 당신의 건강 주님 지켜주시기를 빕니다.

1982년 1월 13일

존경하는 당신에게

얼마나 추우십니까. 몸은 어떠하신지요. 궁금합니다. 15일부터 정상 회복한다니까 다소 마음이 놓입니다.

드디어 오늘 홍걸이가 두 학교에 지원했습니다. 이미 확정된 점수를 갖고 몹시 초조하고 불안해하니까 옆에서 보기에 너무 딱합니다. 까다로운 원서 작성, 신빙성이 없는 자료에 날씨마저 추워서 모두 가엾게 보입니다. 한 학교에 지원서 접수시키러 갔다가 형주 만나서 작은어머니, 형주, 홍민 그리고 홍업이, 홍걸이와 같이 외식을 했습니다. 형주는 공과계열 전기과에 지원했습니다. 그런데 모두 경쟁률이 높고 접수도 오늘 오후 5시까지 하고 학교에 따라서는 임의로 연장도 해서 라디오에 귀를 기울이고 불안해하고 있습니다. 홍걸이는 하루 종일 제대로 먹지도 않고 어젯밤 잠도 잘 못자서 눈에 핏발이 서 있습니다. 작년만

이라도 좀 열심히 공부했더라면 이렇게까지 마음 조이지 않아도 되는데 하는 후회가 큰 모양입니다. 저녁도 먹지 않고 있습니다. 또 22일 면접은 한 학교만 정해서 해야 하므로 또 한 번 진통을 겪어야 합니다. 만일 잘못되는 경우 좌절이 너무 클 것 같아 걱정입니다. 그러나 이제 모든 것 하나님께 완전히 맡기고 기다릴 수밖에 없습니다. 옛날같이 후기라는 것도 별로 없고 해서 1차에 잘못되면 거의 길이 없습니다.

오늘 차입한 책은 《손자병법》(문고판)입니다. 오늘도 당신의 건강을 빕니다.

1982년 1월 16일

존경하는 당신에게

날씨가 계속 차가워 당신의 생활에 어려움이 가중되고 건강에도 지장이 클 것을 생각하니 요즘은 마음이 편치 못합니다.

오늘 홍일이 와서 처음으로 모두 한자리에 앉아 이야기할 수 있었습니다. 형주가 와서 홍걸이와 같이 아주 싸게 하는 양복점에 가서 형주 옷을 하나 맞췄습니다. 그리고 책방에 가서 책 몇 권을 사가지고 들어왔습니다. 두 아이 모두 며칠 전보다는 다소 긴장이 풀린 것 같습니다. 앞으로 중대한 고비가 있기는 하지만 우선은 한시름 놓고 있습니다.

1월도 이제는 중순으로 접어들고 있어 왠지 모든 것이 빨리만 지나가는 느낌인데 아무것 한 게 없으니 안타까워집니다.

요즘은 쌀값이 계속 떨어져 하락방지대책을 세우나 효험이 없다 합니다. 작년 가을 7만 원도 훨씬 넘던 쌀값이(일반미) 지금은 5만 원 조금 넘으니 농촌생활이 얼마나 어려울까 생각해봅니다. 이대로 가면 농사짓기에 땀흘린 보람도 없고 또한 농사에 대한 의욕조차 상실하고 마는 결과가 될 것은 뻔한 것이니 걱정됩니다. 기업수지도 크게 악화되고 불황은 장기화될 우려가 커 보입니다. 모두 생활고에 허덕이는 모습을 볼 수 있습니다. 언제나 밝고 훈훈한 분위기 속에 서로 화합하고 자유롭게 살 수 있을까, 그때를 기다리는 마음 간절합니다. 몸 건강에 힘쓰세요.

1982년 1월 20일

존경하는 당신에게

오늘 당신이 진단이라도 받으셨다 하오니 그것만도 다행이라 하겠으나 그에 따라 치료를 받으실 수 없는 것이 너무도 안타깝습니다.

청주에서 점심을 먹고 떠나오니까 서울 도착이 퍽 늦어졌습니다. 홍일이 집에 잠깐 들렀다가 집으로 돌아왔습니다. 내일은 홍걸이가 학교 예비소집이 있고 해서 오늘밤은 무척 생각에 잠기고 있습니다. 두 학교 중 과연 어느 곳을 택하느냐가 문제입니다.

여당에서는 입시제도를 전면 재검토한다는 보도입니다. '현행 대입 전형은 사행심만 조장하고 중고평준화는 구시대의 대표적 유물'이라는 것입니다. 그리고 대학 졸업정원제 등 종합개선책을 마련한다 합니다. 바라기는 이번에 새로 마련되는 제도는 앞으로 다시 바꾸지 않고 오래 시행할 수 있는 것이 됐으면 합니다.

2월부터는 해외여행 할 때 친지 방문 시는 100만 원, 관광 시는 200만 원을 예금해야만 떠날 수 있게 됩니다.

오늘은 대한大寒인데 날씨가 풀리기 시작한다 합니다. 어서 날씨도 풀리고 사람들의 마음도 풀려서 서로 사랑하고 도우며 살 수 있으면 좋겠습니다. 인간의 일생이 무어 그리 길어서 이 같이 빙판 위에 서 있는 것 같은 위태위태한 나날을 보내야 하는지 알 수 없습니다. 모두 예수 그리스도의 성품을 닮았으면 얼마나 좋을까요. 우리 모두를 위해 기도하고 또 합니다. 건강에 유의하세요.

1982년 1월 22일

존경하는 당신에게

오늘은 드디어 홍걸이가 두 학교 중 하나를 선택하여 면접에 응했습니다. 당신도 아시다시피 어려서부터의 강한 고집 그리고 어려서부터 좋아하던 곳을 택한 것입니다. 물론 홍일, 홍업이 모두 염려하여 많은 조언을 했으나 끝까지 소신을 굽히지 않고 나갔습니다. 그러나 어찌 걱정이 되는지 어젯밤 잠도 안 온다 하고 또 아침에도 아무것도 먹지 않고 매우 심각한 표정으로 응한 것입니다. 현재로는 알 길이 전혀 없습니다. 작년만 해도 면접 시에 지망학교를 보고 또 지망과의 합격점수를 알려주었고 무슨 과에 몇 명 지망까지 보도해줌으로써 대략 합격 여부를 알 수 있었으나 금년에는(더구나 홍걸이가 간 학교에서는) 면접 시 문과계열의 지원자를 합쳐서 뒤섞어 면접했으니 어떤 과에 몇 명이 왔는지 알지 못합니다. 다만 기현상을 나타낼 것 같은 명문대일수록 지원자는 줄어들고 이류, 삼류로 몰려온 것입니다. 그래서 명문대는 오히려 미달과가 많게 됐습니다. 여하튼 입시제도가 너무도 엉망이라는 것은 이구동성으로 문제되고 있습니다. 이제 모든 것 완전히 하나님께 맡깁니다. 홍걸이는 여전히 초조해 하고 있습니다.

내 기분으로는 하나님이 꼭 도와주실 것 같이만 느껴집니다.

오늘 차입한 책은《역사와 해석》(안병무 저)《매일축일표》《一絃の禁》(宮尾登美子 저, 소설, 나오키상 수상작)입니다(홍업이가 갔다 왔습니다).

1982년 1월 24일

존경하는 당신에게

이달도 이럭저럭 한 주만 지나면 끝나게 됩니다. 어렵고 고통스러워도 세월은 지나가기 마련인가 봅니다. 내일은 구정이기에 며칠 전 시골 큰집에 좀 보내드렸습니다. 거리에는 과실상자들이 많이 눈에 띄는데 예년에 비해 경기가 훨씬 나빠졌다 합니다. 불황이 큰 원인의 하나이지만, 구정을 휴일로 하지 않고 그대로 평일처럼 근무하게 돼 있어서 신정을 많이 지내게 된 것도 또 하나의 원인인 듯합니다. 우리는 전부터 신정만 지내게 돼서 구정에 대해서는 전혀 신경을 쓰지 않게 됩니다. 고모가 세상을 떠나던 날이 구정이었고 또 1월 25일이었는데 금년이 그때와 똑같이 구정에 1월 25일이 됐습니다. 새삼 그때를 생각하게 합니다.

홍걸이는 이제 마음이 홀가분한지 이것저것 계획을 세우고 대학 갈 준비를 하려 하고 있습니다. 틀림없이 합격발표에 들어가야겠는데 발표가 27일 오전 10시라 하기 때문에 좀더 기다려야겠습니다. 형주도 잘돼서 걱정이 덜어져야 하겠습니다. 홍업이도 금년에는 어떻게든지 결혼을 시켜야겠는데 도무지 여건이 어려워 정말 큰 걱정이 됩니다. 홍업이 자신은 이에 언급하지 않지만 연령이 찬 지 오래니 마음이 조급하고 보기에도 정말 안됐습니다. 어떻게 잘되려면 당신이 그 어려움에서 벗어나셔야겠는데요. 오직 하나님만이 아시는 일이니 주님께 부르짖을 뿐입니다. 건강하세요.

1982년 1월 27일

존경하는 당신에게

당신의 기도하심이 이루어져서 홍걸이가 고대 불문학과에 합격했습니다. 실은 보안을 유지하기 위해 당신께 자세한 내용으로 알리지 못하고 마음 답답함을 느꼈습니다. 전공은 불문학을 하고 대학원에 가서 철학을 하겠다는 것이었어요. 12일 고등학교에 가서 원서에 학교 담임의 허락을 받고 서무과에서 학교허락을 받아 봉인해야 해서, 담임선생께 후회없게 고대 지원하도록 해달라 해서 고대 지원서에 허락을 받아 고대로 직행하여 접수했는데, 결국 어려서부터 홍걸이가 좋아하던 원하는 과에서 공부하게 됐습니다. 필동 올케는 당신을 생각하면서 홍걸의 합격에 눈물 흘리며 기뻐해주시고 주위의 친지들도 기뻐해줍니다.

무엇보다도 당신이 그곳에서 홍걸이 위해 염려해주시고 기도해주셔서 당신의 기쁨이 클 것임을 생각하고 기뻐하는 사람도 많습니다. 이제부터 홍걸이는 열심히 공부해야 합니다. 대학정원제 졸업으로 성적이 불량하면 일 년 후에도 제적당하는 경우가 있으므로 꾸준히 노력해서 좋은 성적으로 4년간 무사히 학업에 열중해야 합니다.

이제 홍걸이 일은 잘되었으니까 당신 일이 잘되기 바라며 홍업이 결혼 문제도 금년에는 꼭 이루어져야만 하겠습니다.

오늘은 홍일이 청주 갔다 와서 홍걸이 축하해주었습니다. 홍걸이 신체검사는 1월 30일 오전 9시에 있고, 2월 1일 오후 1시에 신체검사 결

내일을 위한 기도

과발표, 오후 2시 합격자 소집입니다. 등록은 2월 3일~5일, 65만 900원(등록비), 교재 4만 4700원, 교련복 1만 3930원입니다.

오늘 차입한 책은 《아멘, 아멘, 아멘》, 대구 카르멘 봉쇄수도원 가브리엘라 수녀의 영성체험기록입니다. 부디 건강하셔서 속히 한자리에 가족이 모일 수 있기를 바라면서 기도합니다.

1982년 1월 29일

존경하는 당신에게

지난 20일 면회 후 오늘 처음으로 청주에 들렀기에 너무 오랜만에 방문한 기분이었습니다. 날씨가 어찌 찬지 아침 버스터미널로 걸어갈 때는 얼굴이 베어나가는 것 같았고 또 청주교도소 입구에서 들어갈 때도 마찬가지로 추웠습니다. 이 같은 추위에 당신의 방은 얼마나 추울까요. 어젯밤에는 홍걸이가 제 방이 추워서 잘 수가 없다고 이불을 들고 밤 12시경에 뛰어왔는데 처음으로 안방에 스토브를 켜놓고 잤습니다. 아무래도 석유 스토브는 공기가 좋지 않아서 응접실문과 화장실문을 조금씩 열어놓고 잤더니 아침 방의 기온이 겨우 10도였습니다. 이런 것을 보더라도 당신의 추운 환경을 연상하면 너무 가슴 아픕니다. 무엇 때문에 그와 같은 고난을 겪어야 하는지 우리의 상식으로는 답이 없습니다. 당신보다 더 추운 곳에 있는 분들 생각하면 너무도 안타까울 뿐입니다. 내일 오후에나 날씨가 좀 풀린다 하니 어서 따뜻해지기나 하면, 우선 그것만이라도 이루어지기 바라는 마음입니다.

농촌의 빚이 2조 원이나 된다 하는데 쌀값은 입학기로 더 싸니 그들의 고생은 풀릴 날이 없나 봅니다. 건강하세요.

1982년 1월 30일

존경하는 당신에게

오늘은 날씨가 조금은 풀렸습니다. 벌써 1월도 내일로 끝나니 이 달은 더 빨리 지나간 느낌이 듭니다. 홍걸이 학교관계로 바쁘다보니까 빨리 지난 것 같습니다.

홍걸이는 오늘 신체검사가 있어 학교에(아침 9시에 시작한다 해서) 일찍 갔는데 오후 2시경에야 끝났고 2월부터는 학원에 나가서 불어와 영어 공부를 하기로 했습니다. 대학에 합격되니까 책임감을 느끼게 되고 또 의욕도 생겨서 전보다 조금 변한 듯이 보입니다.

나는 몇몇 집 어려운 환경에 처해 있는 가정의 자녀들 중 대학에 불합격하여 실망하는 분 몇 곳을 방문하고 위로했습니다. 매년 이맘때면 입학관계로 진통이 심합니다. 누구나 원하는 학교에 가서 공부할 수 있으면 좋겠는데 그렇지 못하니 어찌할 도리가 없지요.

오늘부터 담뱃값이 인상돼서 450원짜리가 500원이 되었습니다. 이것은 교육세가 부과돼서 인상이 된 것이라 합니다. 쌀값도 오름세를 보인다 하니 농민을 위해서는 다행한 일입니다. 요즘 당신은 영양제를 드시는지요. 그리고 원하시는 대로의 개선이 되었는지요. 궁금합니다. 날로 모든 것이 나아지기만 바랍니다. 건강하세요.

1982년 2월 1일

존경하는 당신에게

벌써 2월로 들어왔습니다. 하루하루를 너무도 지루하게 느끼실 당신에게 무슨 기쁜 소식도 전해드리지 못하는 것이 무척 괴로운 일입니다. 나는 어제부터 가을에 나를 괴롭히는 알레르기 같은 증세가 나타나서 콧물이 쉬지 않고 흐르고 목이 좀 거북하여 어제 오늘 좀 누워서 쉬고 있습니다. 어디고 이렇다 하게 아프거나 열이 있는 것은 아니지만 누워 있지 않으면 콧물 때문에 코 언저리가 쓰려서 눕는 수밖에 없어요. 내일은 좋아질 줄 압니다.

이번 면회는 8일에 할까 합니다. 어제 편지에도 말씀드린대로 홍걸이가 학원에 나가는데 빠지면 지장이 있겠기에 오후 2시 내에 청주에 도착토록 하겠으며 형주도 데리고 가겠습니다. 대학에 입학한 아이들에게 좋은 말 들려주시도록 하세요. 오늘은 홍업이가 화곡동 작은아버지와 박호상 씨와 같이 갔습니다. 차입한 책은 《일루전Illusion》(Richard Bach 저, 신강부 역, 이 책은 《갈매기의 꿈》을 능가하는 억지구세주의 모험이라 합니다)과 《經濟分析の 歷史History of Economic Analysis》(Joseph A. Schumpeter 저, 東畑精一 역)입니다. 몸 건강에 더욱 힘쓰시기 바랍니다.

1982년 2월 4일

존경하는 당신에게
기다리는 당신의 편지는 오늘도 우리를 찾아오지 않고 있습니다.
1월 말일에 쓰셨다 해도 늦어도 오늘쯤은 와야 하는데 무슨 곡절이 있는지 참으로 궁금합니다. 청주는 눈이 많이 내렸다는데 서울은 눈이 오지 않았습니다. 오늘은 봄이 문턱에 다다랐다는 입춘이라 하는데 입춘시샘으로 날이 추워진다는 예보입니다. 이번 추위만 지나면 더 추운 날이 없기를 바랍니다. 그러나 3월에도 추운 날이 있으니 안심할 수는 없어요. 어제 차입한 책은 《사회학의 기초지식》과 《기독교사상》입니다.

오늘 홍걸이 학교 등록을 마쳤습니다. 나는 감기로 기침을 했으나 오늘부터는 몸이 회복됐습니다. 오늘은 YWCA 연합위원회가 있어서 하루를 그곳에서 보냈습니다. 2월 8일 만나뵐 것을 기쁨으로 기다립니다. 아무쪼록 건강에 더욱 유의하시옵소서.

1982년 2월 8일

존경하는 당신에게

기다리던 당신과의 면접도 별 이야기 못하고 시간은 넘어가고 말았습니다. 너무 아쉬운 감이 큽니다. 시간은 인정도 사정도 봐주지 않는다는 것 새삼 느낍니다. 서울에 도착하여 홍일이 집에서 잠깐 쉬는 동안 신문을 보며 끔찍한 뉴스를 보았습니다. 《동아일보》 기사인데, 일본 뉴재팬호텔에 불이 나서 28명이나 사망했는데 그중에 한국인 사망, 실종 9명이라 합니다. 회의 참가 경제인이 35명이나 투숙하고 있었다는 것이에요. 불은 오늘 새벽 3시 30분경이라 합니다. 마치 오래전 우리 서울의 대연각 화재를 연상하게 합니다.

우리가 하루하루 살아간다는 것 너무도 아슬아슬한 것 같습니다. 또한 5일 오후 3시에는 악천후로 한라산 북방에서 군용기가 추락, 장병 53명이 순직하는 불행한 일이 있었습니다. 작전훈련 중 전원이 사망하는 놀라운 사건이 일어난 것입니다.

요즘은 동아, 중앙에서 필화 제3공화국을 연재하고 있어서 장기집권이 얼마나 잘못된 것인지를 다시 국민에게 알려주고 있고 많은 사람들

이 관심을 가지고 읽고 있습니다. 미국은 83년 국방비 예산을 13퍼센트 늘리고 사회복지 부문은 6퍼센트 감축할 것을 국회에 제출했답니다. 오늘 차입한 책은 《희망의 신학》《Wealth & Poverty》입니다. 이것은 이미 한국어 번역판은 읽으신 것인데 원문이니까 참고로 보세요. 《樋の木祭》(變城修三 저, 소설)입니다. 몸 건강하세요.

1982년 2월 9일

존경하는 당신에게

어제 면접 시에는 물어볼 것 여러 가지 알아보지 못하고 돌아와서 마음에 걸립니다. 진단받으신 후 무슨 약이라도 드시는지요. 그리고 영양제는 잊지 않고 드시는지 궁금합니다. 오늘도 예배를 드렸습니다. 로마서 12장 10~21절을 읽고 기도했습니다. 바울 사도의 믿음이 우리에게 크게 도움을 주고 있습니다.

금년에는 실업율이 4.5퍼센트로 줄고 취업자 수는 2.5퍼센트 증가했다 합니다. 우리나라 경제는 계속 서울로 집중되어 있어 상의조사에 따르면 사업채 46퍼센트, 근로자 33퍼센트가 몰려 있답니다.

경기는 아직 제자리걸음으로 예고지표는 0.1포인트 올라 0.9를 가리키고 있습니다. 노 외무장관이 14일부터 4개국(스리랑카, 인도, 프랑스, 나이지리아 등) 순방길에 22일 한불외상회담에서 정상회담 개최를 논의하게 된답니다.

미 레이건 대통령이 8일에 회의에 제출한 83회계년도의 국방예산은 그 규모와 내용 면에서 바로 '미국의 재무장' 실현의 의지를 담고 있으며 또한 대소전략에서 '공격적 입장'을 명백히 한 것으로 간주되며 특히 한반도를 극동지역을 제외한 종례의 단순전략 개념을 지양하고 이른바 '복수전략 개념'을 수립함으로써 범세계적인 전략을 확고히 한 것이라 합니다. 중공은 미국의 대 대만 관계로 냉랭한 태도를 미국에 보였었는데 요즘 중공은 '대만무기 판매에 동의를 시사하고 레이건 대통령의 태도를 신중히' 찬양했답니다.

요즘 폴란드는 경제난이 가중되어 곳곳에서 노동자 태업이 늘고 계엄령 해제도 장기화로 어려워질 것으로 내다봅니다. 따라서 헬싱키 협정은 폴란드 탄압으로 사장 위기에 놓여 있습니다.

레이건 행정부는 '인권 이중기준을 배격'하여 공산권을 제쳐둔 채 우방 비판은 지양하기로 다짐했다 합니다.

지난 2월 2일 방미한 이집트 무바라크 대통령은 사다트노선에 변화가 없다고 하나 미국엔 유대를 강조하면서 소련엔 추파를 던지고 있어 반드시 사다트와 같으리라고는 말할 수 없습니다. 무바라크 대통령은 대미 의존에서 탈퇴하며 독자외교노선을 추구하고 있고 모스크바에 기술자를 파견도 요청하며 비동맹으로 복귀, 아랍권 맹주 자리도 꿈꾼다고 합니다. 이는 미국에 팔레스타인과 직접대화를 촉구하고 중동평화를 위해서는 아랍, 이스라엘의 무조건적 협상이 필요하며 어느 측도 제외되어서는 안 된다 합니다. 미국은 팔레스타인이 이스라엘의 생존권을 인정해야만 한다고 합니다. 프랑스 공산당은 탈소노선을 선언하고 독자적 사회주의를 추구키로 당대회에서 마르세 서기장이 천명했다는데 이 서기장은 이랬다 저랬다 하여 비난의 대상이기도 했답니다. 세상은 복잡합니다.

아무쪼록 건강에 주의하세요.

존경하는 당신에게

오늘은 드디어 홍걸이가 고교를 졸업했습니다. 오전 형주 졸업식에는 우리집에서 홍일이와 홍업이가 참석해주었습니다. 홍걸이는 오전에 학원 가서 공부하고 집에 돌아와 점심 먹은 직후 곧 학교로 갔습니다. 학부형보다 한 시간 먼저 가야 하기 때문에 우리는 오후 2시 식이 시작하기 직전에 갔습니다.

졸업식은 이대 중강당에서 거행되었는데 참으로 엄숙하고 뜻있는 졸업식이었습니다. 어느 다른 학교에서는 느낄 수 없는 분위기 속에 나는 한없이 하나님께 감사를 드렸습니다. 홍걸이를 좋은 학교에서 공부하게 해주신 것, 감기 몸살로 쉬는 일이 있기는 했어도 3년간 큰탈 없이 학교 다닐 수 있었고 오늘 졸업의 기쁨을 가지게 해주신 것 얼마나 감사한 일인지 모릅니다.

식순은 다음과 같습니다. 개식사, 국민의례, 국민교육헌장 낭독, 찬송, 기도, 학사보고, 졸업장 수여, 상장 수여, 학교장 격려사, 축가, 졸업생 인사, 찬송, 교가, 묵도, 폐식사.

홍걸이는 초등학교, 고등학교 다 이대부속에서 종교적 교육을 받을 수 있었다는 것 또한 감사합니다. 오늘 졸업식에는 홍일, 홍업, 화곡동에서 작은아버지, 형주, 홍민 여럿이 와서 축하해줘서 아주 기뻤고 또 학교에서 방송반으로 수고했다고 4~5명이 받는 봉사상을 받았습니다.

다만 당신이 집에 계시지 않으신 것이 우리의 마음을 서운하게 했습니다. 그러나 어찌할 수 없는 일, 비록 괴로운 곳에 계시지만 오늘 홍걸의 졸업 생각하시면서 기뻐하셨을 줄 압니다. 하나님은 우리를 반드시 크게 축복해주실 줄 믿습니다. 많은 연단을 통해 정금 같이 빛나게 해주시기 위함인 줄 믿으면서 당신의 고통이 밀알과 같이 땅에 떨어져 썩으나 열매 맺는 날이 있을 것 의심치 않습니다. 부디 건강하세요.

존경하는 당신에게

그간 당신의 건강은 어떠하신지요. 시간은 흘러가기만 하는데 우리에게는 변하는 것이 없는 듯 느껴져서 안타까움이 따릅니다. 나는 요즘 《하늘 양식》이라는 가정예배서를 매일 한 장씩 읽습니다. 그중에서 솔제니친이 소련에서 추방당하기 직전에 남긴 수상집에 정직한 인간, 존경받는 인간이 되는 길에 대한 것이 있어 여기 적습니다.

1) 진실을 왜곡하는 글을 쓰거나 그런 글에 동의하지 말아야 하고

2) 자신의 이익이나 타의에 의해서 말하지 말아야 하고

3) 자신이 수긍할 수 없는 구호를 외치거나 깃발을 쳐들지 말아야 하고

4) 가치 없는 인물을 지지하지 말아야 하고

5) 허위선전하는 강연회나 극장에서는 지체없이 퇴장해야 하고

6) 왜곡되었거나 주요사실이 은폐된 신문이나 잡지를 구독하지 말아야 한다고 말했다 합니다.

우리 인간이 거짓 없이 바로 살기 위해 반드시 지켜야 할 사항인 줄 알지만 이 중에 단 한 가지도 행하기는 매우 어렵다고 생각합니다. 더구나 오늘 같은 상황에서 진실을 추구하는 것은 많은 어려움이 따르기 때문입니다. 바울 사도는 "거짓을 버리고 각각 그 이웃으로 더불어 참된 것을 말하라"(에베소서 4:25) 했습니다. 어려움이 따른다 해도 참된 것을 실천하고 살아가는 존경받는 정직한 사람이 되도록 매일 힘써야

하겠습니다. 오늘 차입한 책은 《螢川》(宮本輝 저, 아쿠타가와상 수상작)과 《민족주의란 무엇인가》(백낙청 저)입니다.

1982년 2월 15일

존경하는 당신에게

어젯밤 11시 37분경 2초 동안이나 진도 3의 지진이 중부에 있었고 서울이 가장 심했다는데도 우리는 지진을 전혀 느끼지 못했지만 고층 건물에 사는 사람들은 놀라서 대피소동까지 벌였다 합니다. 한국은 지진의 염려가 없다고 안심하던 것은 옛날일인가 봅니다. 우리에게도 이 같은 불안이 따르게 되었습니다.

오늘은 한 주만에 청주에 갔고 소장님 만나뵙고 오느라고 늦게 귀가했습니다. 차입한 책은 《니이체와 기독교》, 《현대시조작법》(이태극 저), 《경제분석의 역사(3)》입니다. 22일 면접도 오후에 하도록 하겠으니 그리 아시기 바랍니다. 늘 월요일에는 교도소가 붐빕니다. 그리고 지난번에는 홍걸이가 학교 소집으로 갔다 와야 했고, 이번엔 학원에 오전 중 나가서 배워야 하므로 늦게 가게 되겠으니 그리 아세요. 지난번과 비슷한 시간이 될 듯합니다. 홍걸이 개학은 3월 3일이므로 어쩌면 3월 2일에 면회하지 못하면 여름방학 전까지는 이번이 마지막이 될 것 같습니다. 상공위 조사에 의하면 공공서비스료는 작년 일반물가의 배 이상 올랐다 합니다. 더구나 목욕, 우편, 공납금 등은 40~48퍼센트까지 올랐습니다. 어서 경제사정이 좋아져서 받는 월급으로 생계를 유지할 수 있고 노력하는 만큼 벌 수 있게 되면 좋겠습니다.

이제 날씨가 조금은 풀린 듯한데요. 건강에 힘쓰세요.

존경하는 당신에게

오늘은 '대동강 물도 풀린다'는 우수입니다. 전국이 겨울 들어 처음으로 영상권에 들었고 봄이 예년보다 보름쯤 빠르다고 합니다. 그러나 꽃샘추위가 한두 차례 있고 강풍도 잦을 듯하다는 예보입니다. 일본 외무성은 사쿠라우치 외상의 방한은 5월 초가 적당한 시기로 보고 있다 합니다.

원유 현물가가 30달러선이 붕괴돼서 OPEC 산유량 10년래 최저수준이 됐답니다. 서독 슈미트 수상은 폴란드 사태와 관련 방소도 취소하고 경제협정도 제한운영하고 영사관 개설과 소련 공연단 방문도 거부한다는 제재조치를 공표했답니다. 일본에서도 폴란드 외교관 활동을 제한하고 여행 신고토록 통보했다 합니다.

솔제니친은 폴란드 사태에 "두려운 것은 소련의 강제보다 그것을 못 막은 허약한 정신"이라고 언급했습니다. 강한 정신력이 무엇보다도 중요하다는 것 다시 한 번 생각하게 합니다.

오늘은 지영이가 유치원을 졸업했습니다. 홍업이가 가서 봐주고 책도 사주었습니다. 나는 청주 갔다 와서 지영이 집에 들렀더니 지영이가 얼마나 기뻐하는지요. 졸업한 것이 기분이 좋아서 제가 받은 꽃다발을 나에게 주면서 가지라고 하고 앨범에, 졸업장에 보여주느라고 어찌할 줄 모르며 기뻐하는데 옛날과는 달리 유치원 아이들의 졸업장이나 앨범이 마치 대학졸업장 같이 보였어요. 그러니까 부모된 사람들의 경제적 부담이 그만큼 큰 거예요. 그렇게까지 하지 않아도 좋을 텐데 너무 지나치다고 생각됩니다. 꽃을 내게 주었다가 다시 가지고 싶어서 만지작거리기에 가지라고 하니까 아주 좋아해요. 이젠 글씨도 잘 쓰고 읽기도 잘해요. 어느새 그렇게 컸는지 신기하다는 생각이 들었습니다.

22일에 만나뵙게 될 것을 기다립니다. 건강하세요.

1982년 2월 21일

존경하는 당신에게

이제 한 주만으로 2월도 다 가버립니다. 정말로 시간은 무정하게 어느 누구의 사정도 돌봐주는 일 없이 소리 없이 흘러가고만 있습니다. 이러한 가운데 초현실의 세계가 컴퓨터로 만들어지고 있습니다. 모든 사물의 재현에서 모조인간까지 컴퓨터 만능의 시대로 들어가고 있는 것입니다. 제2의 산업혁명의 시작이라고도 합니다. 인간생활에 있어 밥 짓기, 빨래하기를 무엇이나 컴퓨터가 척척 하는 등 놀라운 일입니다.

안방서 정보접수시대도 곧 열릴 듯하다니 인간은 이제 컴퓨터 조작을 못하면 문맹이 되고 점점 컴퓨터문명은 인간의 도덕성 결여를 나타내게 할 것이며, 인격 교육이 저해되는 문제점을 드러내게 될 것입니다. 인간두뇌의 영역까지 침범하는 컴퓨터는 우리 인간을 행복하게 이끌 것인가 큰 의문입니다. 미래전쟁은 컴퓨터 획득에 있다고도 합니다. 문명의 발달이 인간의 가치를 무시해버리는 결과가 되는 것이 유감된 일입니다. 편리한 것이 오히려 해가 되는 일이 되고 마는 것이니까요. 내일 만나뵐 것을 기쁨으로 기다립니다. 건강하세요.

존경하는 당신에게

날씨가 좀 풀려서 다리가 전보다는 덜 아프시다 하시니 다행이지만 디스크 때문에 어려움이 많으시겠습니다. 홍삼정 드신다는 말 듣고 기뻤습니다. 큰 도움이야 아니 될지 모르나 그 같은 생활에 조금이라도 도움이 될 줄 압니다. 계속해서 드셔야 할 줄 압니다.

오늘은 홍걸이가 아침부터 재채기와 콧물로 얼마나 괴로워하는지 억지로 청주에 다녀온 것입니다. 작년에 양쪽 코에서 3~4센티미터 정도의 것을 잘라냈는데 큰 도움 되지 못하고 코가 나쁜 것은 체질에서 오는 알레르기성입니다. 되도록 먼지가 없는 곳, 공기 맑은 곳이 좋다는데 우리집은 낮아서 먼지가 더 많아 지장이 있다고 합니다. 나는 초가을만 견디면 되지만 홍걸이는 사계절 어느 때고 그와 같이 괴로움을 당하니 공부에도 큰 지장이 돼서 걱정이에요. 병원에 갔다 왔어요.

청주에서 돌아오면서 홍일의 집에 들렀습니다. 면회 소식 들으려고 기다리고 있었어요. 홍준이가 집에 왔는데 월급 탄 것에서 큰아버지께 영치금 넣어 달라고 왔어요. 직접 보내라니까 나보고 넣어달래서 다음에 넣겠으니 그리 아세요. 고생하면서 자라 어느새 사회인으로 성장한 것 생각하니 기특한 생각이 듭니다. 속으로 걱정했는데 취직이 돼서 얼마나 다행인지 모르겠어요.

문공부에서는 공산주의 관계서적 15종(《카를 마르크스 그의 생애》는 이미 출간까지 했고)을 곧 시판토록 허용했다 합니다. 이것은 현행법의 범위 내에서 출판 허용한 것이고(학문분야만) 공산주의 이념적 극복 필요와 호기심에 따른 부작용을 제거하기 위함이라 합니다.

사쿠라우치 일 외상은 중의원 예산위원회에서 제2차 한일경협실무회담 결과는 '일본에 만족할 만한 상황에 도달한 것은 아니며 총규모를 얼마로 할 것인가 하는 단계에는 이르지 않고 있다'고 했으며 최종적으로는 외상회담을 열게 될 것이라고 밝히고 '외상회담을 정치타결로 받아들이는 것은 곤란하다'고 설명했답니다. 《산케이 신문》(일본의 산업경제신문)은 '한국의 60억 달러 경협요청은 당연한 근거 있다'고 하며 '일본은 정치적 결단을 내리라'고 촉구했습니다. 건강 빕니다.

1982년 2월 27일

존경하는 당신에게

오늘도 당신의 정성과 노고가 담긴 편지 반갑게 받았습니다. 이번에는 다른 날보다 빨리 배달이 돼서 퍽 의외로 느껴지기까지 합니다. 당신의 건강을 염려하다가도 깨알같이 적은 편지를 보면 일단 안심을 해봅니다. 우리는 그렇게 쓰지도 못하지만 읽기도 힘이 드는데 그 같이 쓰시기에 얼마나 힘이 드셨을까 상상조차 하기 힘듭니다. 참으로 놀라운 일입니다. 폴란드의 역사적 배경을 읽으면서 그 국민의 고난을 상상해 보고 너무도 기구한 운명에 동정이 갑니다. 그 같은 시달림 속에서도 비겁하지 않은 그들 국민의 꾸준한 저항의식에 경의를 표하게 됩니다. 어떠한 시련을 겪으면서도 꿋꿋이 오늘까지 살아서 도전하며 극복해내고 있으니 그 국민에게 경의를 표하게 됩니다. 강대국의 횡포로 말미암아 희생되는 약소민족의 슬픔은 때가 되면 뜻하지 않게 하나님의 도움의 손길이 있을 것이라고 믿고 싶습니다. 경축일이 다가오면 그러하듯이 행여나 하는 마음 가지게 되나 아무 소식도 들리지 않습니다. 건강하세요.

1982년 3월 2일

존경하는 당신에게

이제는 제법 봄기운이 서려 따뜻함을 느끼면서도 아직은 아침저녁으로 영하를 면치 못하고 있습니다. 오늘은 유난히 전화가 많이 걸려왔습니다. 어느 것 하나 반갑고 기쁘게 해주는 것이 아니었지만 당신에 대한 관심이 크다는 것을 알리는 것으로 받아들였습니다. 자세한 것은 모르나 내일 김종완 씨와 예춘호 씨가 출감하게 된 것은 확실합니다. 그외 대부분은 감형으로 그치고 전부터 오래 옥고를 치르던 분들 중에 석방이 되는 분들이 있다는 말도 들려오니 그분들을 위해 기뻐해야겠습니다. 또 시간이 흐르면 어떠한 변화가 반드시 있으리라 믿고 실망하지 않으려 합니다. 하나님이 자유함을 주실 때가 언제인지 알지 못하므로 늘 쉬지 않고 그때를 위해 기도를 거듭 드립니다.

1982년 3월 3일

존경하는 당신에게

3월과 더불어 어떠한 작은 빛이라도 비쳐오리라는 기대는 너무 무참하게 무너지고 말았습니다. 우리는 상식 밖에서 살고 있음을 거듭 거듭 느낍니다. 때로는 실향민의 신세보다 더 갈 곳도 의지할 곳도 없는 것 같은 생각이 들 때도 있습니다.

어제는 어느 때보다 더 기분이 상했습니다. 이 지면에는 더이상 표현할 것이 못 됩니다. 개인적인 것도 그렇거니와 그보다 더 큰 것을 생각할 때 몹시 서글프고 둔한 내 머리로는 이해하기 힘들었습니다. 차라리 바보가 돼서 산다면 번번히 웃어 넘겨버릴 수 있겠는데 그럴 수도 없으니 이 또한 병이 되나 봅니다. 김종완 씨도 찾아가 만났습니다. 당신 염려가 큽니다.

오늘 당신을 만나뵙고 괴로웠습니다. 당신의 말씀은 너무도 옳은 말씀입니다. 그런데 현실은 그와는 너무 동떨어져 있습니다. 모든 것이 초상식적입니다. 당신의 몸이 그 같이 나쁜데도 수년간 단 한 번의 치료도 제대로 못 하신 채로 수년을 옥고에만 시달려야 하니 진찰을 하고도 그대로 방치하는 것은 인도적으로도 너무 가혹하다고 생각합니다. 어떻게 치료만이라도 받으실 수 있게 되어야겠습니다.

밖에서 힘써 보겠습니다. 아무리 어려워도 실망하지 맙시다. 하나님은 반드시 당신의 편에 계십니다. 더 기도합시다. 응답이 있을 때까지.

1982년 3월 6일

존경하는 당신에게

날씨가 몹시 싸늘해져서 다시 겨울로 들어가는 느낌조차 듭니다. 당신 몸이 어떠신지요. 찬 날씨에 통증이 더할 것 같아서 염려스럽습니다. 2월 편지에 질문하신 것 '왜 우리나라만이 유독 왕조의 주기가 긴가?' 하는 것 좀 생각 있는 분에게 물어봤더니 민중의 교육수준이 얕은데다 의식이 없어서 무조건 복종만 하는 것을 덕으로 삼았기 때문이라는 것입니다. 나도 그것을 생각해보았습니다. 왠지 무기력한 대중을 바라봅니다. 옳고 그른 것을 판단하여 옳은 편에서 행하려는 뜻이 없고 따라서 행함은 더 없으니까요. 옛날에는 민중의 의식이 부족하다고 하겠지만 오늘날도 또 그리 다른 점을 크게 찾아 볼 수 없다고 봅니다.

국민이 바른 주인으로서 갖추어야 할 것을 제대로 갖추지 못했으니까요. 나부터가 차선을 지키고 있으니까요. 국민성에도 원인은 있을 것입니다. 늘 몸만 건강하시도록 힘쓰세요.

1982년 3월 10일

존경하는 당신에게

오늘은 근로자의 날입니다. 산업의 주역으로 피땀 흘리는, 중노동하는 그들이 인간으로 정당한 대우를 받고 긍지와 의욕을 가지고 일할 수 있는 환경이 되면 좋겠습니다. 노력한 만큼의 보람도 차지할 수 있기를 바라는 마음 간절합니다. 그분들의 노고에 우리는 감사를 드릴 뿐입니다. 어제도 알린 바와 같이 내 건강엔 아무 이상이 없으니 조금도 염려하시지 마세요. 오늘 홍일이가 청주 가서 차입한 책은《동아연감》과《율곡의 교육사상》(손인주 저)입니다.

일 외상은 우리 노 외무부장관에게 친서를 보냈는데 그 내용은 '양국 관계를 보다 긴밀히 해가는데 현재가 매우 중요하다'고 밝히고 '본인은 양국 관계를 보다 넓은 국민적 기반에 입각한 안정 단계로 발전시키기 위해 노력하고 있다'고 말했답니다. 일측은 빠른 시일 내에 외상회담을 갖기를 희망하는 것으로 되어 있습니다. 일 외상은 3월 하순 방한하기로 되어 있어서 그 전에 한일 외상회담을 바라는 것으로 보입니다. 그렇게 되면 예정보다 빨라지는 것 같습니다. 아직 일자가 정해진 것은 아니나 경협이 적정선이면 곧 외상회담이 열릴 듯합니다. 또 일본은 경협의 규모를 내주 중 정식 통보할 예정이니까요. 몸 건강 위해 더 힘쓰세요. 당신의 모든 것 위해 기도합니다.

1982년 3월 16일

존경하는 당신에게

봄이라 하지만 비가 온 후라 그러한지 바람이 싸늘합니다. 내일 청주는 영하 1도까지 내려간다 합니다. 오늘도 정해진 대로 집에서 아침에 예배를 드렸습니다. 시편 126장을 읽었습니다. 옛날 이스라엘 백성이 포로에서 해방되며 기뻐서 부른 것 생각하면서 우리에게도 이 같은 날이 오기를 기도드렸습니다. 우리 정부는 중앙청 내에 있는 총리실, 총무처, 법제처 등 모두 정부종합청사로 옮기고 현 중앙청 본관 건물 전체를 민족박물관으로 이용키로 했습니다. 국무회의 의결에 따르면 또한 현 종합청사 내에 있는 법무부, 보사부, 농수산부, 건설부, 과학기술처 등 6개 부처를 앞으로 완공되는 과천 정부제2종합청사로 옮기기로 했다 합니다. 보사부는 금년 6월, 법무부 등은 12월 입주 예정이랍니다.

농촌은 날로 비어만 가고 모두 도시를 향하여 이농이 가속되고 있답니다. 농촌은 일손 부족과 영농조건 악화로 떠날 수밖에 없는 비극이 연출되고 있습니다. 산청 같은 곳은 5년 만에 46가구가 22가구로 준 곳이 있다고 하니 반 이상이 줄어든 것인데 산청군은 한해 빈집 200여동을 헐어내는 등 참 슬픈 현상입니다. 심지어 국민학교 교실이 남아돌고 한 학교가 29명 정도에 지나지 않는다는 기사를 보면서 도시와 농촌의 심한 격차가 여러 가지의 문제를 나타내고 있음을 느낍니다. 이것은 정상이 아니라 어딘가 잘못이 크게 있음을 알 수 있습니다.

우리는 아직도 쌀 생산이 부족하여 수입해 들여오는 쌀 때문에 늘 말썽이 잦은데 요즘도 떠들썩거리고 있습니다. 언제 쌀의 자급이 될지 농촌이 날로 피폐해지는 것 안타까운 일입니다. 며칠 후 만나뵙게 될 것을 기쁨으로 고대합니다. 건강하세요.

존경하는 당신에게

우리집 잔디도 군데군데 파릇한 싹이 돋기 시작했습니다. 이 작은 풀잎을 보면서 무언지 모르게 감회가 깊습니다. 당신이 집을 떠나신 지 22개월이라는 긴 세월이 흘러갔습니다. 그동안 숱한 사연과 변화로 우리의 대화도 거의 단절된 느낌을 가져다줍니다. 하고 싶은 말을 좀 마음 푹 놓고 하고 싶은 충동마저 듭니다. 그러니 홀로 외롭게 그나마도 부자유롭게 계신 당신이야 얼마나 간절하겠습니까? 참으로 초인적 인내가 요청되는 상황에서 오늘까지 잘 참고 이겨오신 당신께 다시 한 번 경의를 표합니다. 고난 속에서도 신앙을 가지고 꿋꿋하게 내일을 내다볼 수 있는 강한 정신력으로 당신을 지탱하게 해주신 하나님께 감사를 드립니다. 모든 것 합하여 선을 이루는 날이 오기를 고대합니다. 건강을 빌며.

존경하는 당신에게

당신을 만날 날을 기대하다 만나뵙고는 늘 마음이 더 괴로워집니다. 더구나 당신의 건강이 나날이 보이지 않게 악화되어가는 것을 엿볼 수 있어 참으로 가슴 아픔을 금할 수가 없습니다. 그러나 더욱 마음을 단단히 가지셔서 정신력으로 이겨내시는 노력을 하셔야 하겠습니다. 그 전보다 더 피나는 노력이 따라야만 그곳에서의 생활이 가능하겠습니다. 채소의 섭취가 가능하게 된 것 다행입니다. 어떤 약보다도 음식이 중요하고 어떤 것을 섭취하느냐가 중요하다고 봅니다. 이렇게 조금씩 완화되므로 계속 기대를 하시도록 힘쓰세요. 나로서도 내가 할 수 있는 노력을 당신 위해 기울이도록 하겠으니까요. 모든 일은 서서히 돼가는 것으로 생각합니다. 당신의 긴장된 생활이 장기화됨으로써 그 해소가 반드시 되어야겠는데 할 수 없으면 욕으로라도 발산을 시킬 수밖에는 없을 것입니다.

내가 아무리 당신의 괴롭고 어려운 환경을 이해하려 해도 그 생활을 직접 해보지 않고는 상상만으로는 너무도 부족합니다. 가슴이 울렁거릴 때마다 심호흡을 하시며 한숨으로도 답답함을 면해내시도록 하세요. 그리고 때때로 노래도 부르시고 명상과 기도를 드리시도록 힘쓰세요. 여러 가지로 힘써보실 줄 압니다. 이 어려운 고비를 주님께 매달려 극복해내시는 기쁨을 얻으시면 감사하겠습니다.

일본 정부는 대한 경협 범위 등을 주한일본대사를 통해 오늘 오후에 우리 외무부장관에게 전달하는 것으로 알려졌습니다. 여기에 차관 종류와 총규모를 밝힐 듯합니다. 부산미문화원 방화는 불행한 일입니다. 전소된 것이 아니고 1층의 방화입니다. 제발 사회가 안정되고 평화로웠으면 합니다. 당신 건강 위해 더 기도합니다. 오늘 차입한 책은 《군중과 권력》(E. Canetti 저, 노벨문학상 수상자), 《중국의 역사(3)》(강두식 역)입니다.

1982년 3월 22일

존경하는 당신에게

몸이 어떠하신지요. 너무도 오래 스트레스가 쌓여 몸에 무리가 더 가해진 것으로 가슴에도 이상이 생긴 것입니다. 어째서 이렇게 오래오래 그 어려운 굴레에서 벗어나지 못하는 것인지 안타깝기만 합니다. 청주 다녀와서 작은아버지 병문을 갔습니다. 요즘은 다리, 발, 허리에 통증이 생겨 누워만 계십니다. 너무 오래 누워 계시니까 보기에 딱합니다. 신경통이므로 특별한 치료도 없고 주무르고 찜질하는 것 외에는 그대로 계시다고 합니다.

오늘 차입한 책은 당신의 부탁대로 《신종합세계지도》(한국지도학회 편), 《불란서어 4주간》(외대 불어교육학과장 조규철 감수), 《신불어소사전》입니다. 불어는 나도 전에 두 학기 배운 일이 있으나 발음이 다른 외국어보다 특이하고 모든 것에 남성, 여성의 성별이 있어 그것을 구별해 알기에 무척 복잡합니다. 오늘 차입한 책은 독학하는 사람에게 좋다 합니다. 내가 보기에도 다른 책보다 혼자 하기에 좋은 것 같습니다. 지도도 새로운 것으로 그전 것보다 도움이 되실 것 같아요. 사전은 홍걸이 말이 지금 처음 배우시니까 큰 것보다는 포켓용이 좋을 것이라 하기에 좀 작은 것을 택했습니다. 늘 건강에 더 힘쓰세요.

1982년 3월 25일

존경하는 당신에게

오늘 아침에는 무척 싸늘해서 당신이 계신 곳은 더 추위를 느끼셨을 것입니다. 낮부터 좀 풀리기는 했어도 바람이 불어서 한기가 스며드는 느낌이었어요. 당신의 몸은 어떠하신지요. 가슴이 울렁거리는 증세는 좀 덜 하신지요. 궁금합니다. 어려운 옥고에 몸이라도 건강하셔야 하겠는데요. 세계 도처에는 쿠데타가 일어나고 소련은 중공에 화해를 제의하니 무슨 꿍꿍이속인지 알 수가 없습니다. 한편 중공은 대미관계격하를 시사하고 있어 긴장된 모습을 보이고 있습니다. 요르단강 서안에서는 반이스라엘 소요가 6일째나 계속되고 있어 세계 어느 곳을 돌아보나 불안이 감도는 것을 느낍니다.

홍걸이는 전보다 열심히 공부하려 힘쓰고 있고 29일에는 신입생의 병영교육을 위해 입소하여 일주간 있게 됩니다. 그 준비를 다 갖추어 놓았습니다. 언제나 신발이 맞는 것이 없어서 특대의 것을 구하느라고 힘이 듭니다. 오늘은 오랜만에 화곡동 작은엄마가 와서 반가웠고 내가 가지고 있는 영양제를 들도록 주었습니다. 몸조심하세요.

1982년 3월 28일

존경하는 당신에게

오늘로서 3월의 마지막 주일입니다. 벌써부터 나에게는 부활절을 축하하는 카드가 두 장이나 왔습니다. 우리 크리스천에게는 부활절이 말할 수 없이 뜻깊은 것임을 다시 한 번 생각해봐야 할 줄 압니다. 내일부터 대출금리가 연 16퍼센트에서 14퍼센트로 인하되고 예금금리가 연 15퍼센트에서 12.6퍼센트로 인하된다고 발표되었습니다. 수출금융은 11퍼센트가 됩니다. 단자短資, 보험금리도 금명간 인하 발표 예정입니다. 그러니까 경기활성화의 '최후카드'라고 합니다. 이와 같이 하여 불황을 타개하고 경기를 회복시키려 하는데 잘돼야 하겠는데요. 뜻하는 대로 잘될지는 두고 봐야 할 것입니다.

홍걸이 내일부터 시작되는 병영교육을 하러 떠나기 위해 오늘 모든 것을 준비했습니다. 일 주간 집을 비우게 돼서 더 적소한 집이 될 것 같습니다. 4월 2일 뵐 것을 기다립니다. 건강하세요.

존경하는 당신에게

당신을 면접한지 10일이 지났습니다. 그간 몸은 어떠하신지요. 가슴의 울렁거림은 좀 덜 하신지 궁금합니다. 오늘 아침 홍걸이 입영교육훈련을 위해 8시까지 잠실 지하철 입구 집결하는 곳까지 데려다주고 청주를 다녀왔습니다. 홍걸이는 발에 맞는 훈련화가 없어서 시중에서 파는 것을 사서 무거워 고생을 더 할 것입니다. 그리고 김치, 고추 등을 먹지 않기 때문에 적응하는 데 시간이 걸릴 것이지만 좋은 경험이 될 줄 압니다. 4월 3일 끝나고 오게 됩니다. 지난주 월요일에 청주 갈 때만해도 피지 않았던 개나리와 진달래가 피기 시작해서 고속도로 옆이 아름답게 장식되어가고 있습니다. 오늘 차입한 책은 아시아·아프리카 소설선 ①로 〈파키스탄행 열차〉(쿠스완트 싱(인도의 원존작가) 저, 박태순 역), 〈아프리카의 어떤 여름〉(모하메드 디브(알제리아 태생의 세계적 작가) 저, 전혜린 역), 〈민중의 지도자A Man of the People〉(치누아 아체베(아프리카 문화계를 이끄는) 저, 박태순 역)이 들어 있는 것입니다. 늘 하나님의 은혜 안에 계셔서 건강하시기를 빕니다.

존경하는 당신에게

하루 종일 비가 내리고 침침한 날씨가 돼서 방에 전깃불을 켜놓아야 하는 어두운 날입니다. 이 같은 날은 당신의 마음도 더 가라앉는 무거움을 느끼실 줄 압니다. 아픈 부위의 통증도 더하겠지요.

3월 도매물가가 0.2퍼센트 내리고 소비자물가는 1퍼센트 올랐고 3개월간 도매물가는 1.5퍼센트 소비자물가는 2퍼센트 올랐다고 합니다. 달러 환율이 큰 폭으로 오름세를 보여 올들어 2.5퍼센트나 상승하여 연말 억제선인 3퍼센트 목표에 육박했다는 것입니다. 제2금융 금리도 내려 단자여신이 1.52~1.56퍼센트, 회사채기준 1.5퍼센트, 보험대출 2퍼센트 내린다 합니다.

한미안보회의에서 대한군사 차관 증액에 합의하고 전시에 의회 동의 없이 군수품 지원 협정을 추진하기로 했다 합니다. EC정상회담이 29~30일 양일간 브뤼셀에서 열렸습니다. 한일 '부의 비교'라는 기사를 보니 우리나라는 일본에 50년이나 뒤져 있다는 엄청난 차이인 것에 새삼 놀라지 않을 수가 없습니다. 에너지 공급량이 10배에 철도망 13배, 자동차 보유 대수 40배이고 구미보다 사회 안정된 것으로 되어 있습니다. 한국은 언제 일본을 앞질러볼지 아득한 느낌마저 듭니다. 당신의 건강을 오늘도 빕니다.

오직 믿음으로

존경하는 당신에게

새달이 시작되는 날입니다. 날씨도 화창하고 따스한 날인데 우리집 목련화가 아름답게 피었습니다. 순결하고 존귀한 모습입니다. 우리집 뒷문에 심은 목련화는 핀 지 1주일 넘어 서서히 떨어지기 시작했어요. 앞쪽에 핀 것은 나무가 크고 꽃봉우리가 많이 맺혔기 때문에 더 아름답고 탐스럽기도 해요. 기어이 봄은 오고야 말았구나 하는 생각이 들었습니다. 필동에 들렀더니 대문을 들어서자 진달래가 만개해 있어서 아주 아름답게 보였어요. 우리 화단에도 이제는 예쁜 꽃이 많이 피어서 우리의 눈을 기쁘게 해주고 있습니다. 이 모든 것 당신께 보여드릴 수 있다면 얼마나 기쁠까 하고 생각합니다.

어제 당신의 편지를 읽으면서 여러 가지 생각을 했습니다. 홍업이를 염려하시는 당신의 마음 능히 헤아려 알 수 있습니다. 나도 여러 점으로 홍업의 앞일을 생각하고 있습니다. 너무 걱정 마세요. 우리로서 어찌 할 수 없지만 반드시 하나님의 계획이 홍업이를 위해 있을 것으로 믿습니다. 홍업의 성품으로나 마음쓰는 것 등 그 아이의 앞길이 밝은 축복으로 이어질 것을 나는 믿고 싶고 또 바라고 있으며 원하는 바 실현이 되는 날이 있을 것입니다.

당신이 쓰신 ①역사에서 배운 영국민 ②모택동의 패배의 원인 ③춘향전의 가치의 정당한 인식 ④일본과 독일의 경제적 성공 ⑤미국 등의 경제적 정체의 이유 등 나에게는 새로운 지식과 새로운 느낌을 가질 수 있어 큰 도움이 되었습니다.

영국은 오늘도 여왕을 모시는 군주제를 계속 유지하면서도 의회민주주의를 지향하는 많은 나라의 귀감이 되고 있는 의회 그리고 격변하는 세계 속에서도 영국의 전통은 뿌리 깊게 유지되고 있는 데는 참으로 감동을 느낍니다. 어느 곳이고 불평분자는 있기 마련인데 그러한 사람들을 통치자들은 적극적인 협력자로 전환시켜서 안정과 자유를 국민들에게 허용하고 있다는 것을 어떤 글을 통해 읽어본 적이 있습니다. 그렇게 하기 위하여 불평하는 사람들에게 사랑과 화해로 그리고 넓은 아량을 가지고 대함으로써 협력을 얻을 수 있다는 것을 알 수 있습니다. '춘향전의 가치와 정당한 인식'을 말씀하셨는데 근래 우리나라도 우리 고유의 문화를 연구하고 평가하며 그 가치를 인식시키기 위해 힘쓰고 있는 것을 봅니다. 그리하여 이를 연구하는 전문기구도 생겼습니다. 자기의 것을 소중히 여기고 그 가치를 바르게 찾아서 후세에까지 전래시키는 것이 중요하다고 생각합니다. 우리는 무조건 남의 나라 것을 좋아하고 탐내는 경향이 너무 강한 것이 큰 흠입니다. 우리 것을 좀더 호전시키기 위해 성실한 노력이 있어야 함을 더욱더 느낍니다. 내일 뵙겠습니다. 몸조심하세요.

존경하는 당신에게

오늘은 예수께서 우리의 죄 때문에 십자가의 고난을 당하신 날입니다. 다시 한 번 구약에 있는 이사야 53장을 읽어봅니다. 갖은 멸시, 천대를 받으시는 장면을 연상해보면 예수님이 십자가를 지실 그 당시만이 아니라 오늘도 우리 인간의 잘못으로 인하여 예수님은 십자가를 지셔야 하는 비극이 가시지 않고 있음을 알 수 있습니다. 더구나 참과 거짓을 분간할 수 없게 된 오늘의 세상에서 예수님의 고난은 계속되고 있는 것이라고 생각합니다. 누가복음 23장을 보면 더욱 실감이 납니다. 인간세계는 바라바를 놓아주고 무죄한 예수를 처형하는 비극 때문에 불행을 가져오고 있다고 생각해요. 그리고 자기가 필요할 때는 열을 내며 따르다가도 조금이라도 불리하다고 생각이 들면 의리나 신의 같은 것은 헌신짝처럼 내던지는 사람을 너무 많이 볼 수 있는 슬픈 모습을 우리는 체험합니다.

예수님은 십자가에 달리시는 아픔도 컸겠으나 그보다 그 많은 추종자들의 욕설과 침뱉음 그리고 제자들까지도 예수를 모르는 것처럼 부인하는 데서 받은 상처와 고독이 더 참기 어려우셨을 것입니다. 오늘은 하루를 조용히 예수님의 고난을 생각하면서, 당신이 겪고 계신 그 고난을 같이 생각하며 그 고난에 담겨진 뜻을 깊히 되새겨보았습니다. 예수님이 그 고난의 십자가를 통해 부활의 승리로 인류에게 영생의 길을 열어주듯이 당신의 고난도 결코 헛되지 않는 값진 것을 뜻하고 있고, 모든 면에서 새로워지는 당신의 내일을 약속해주는 것이 될 것입니다. 하나님께 당신의 모든 것 맡기시고 간절한 기도를 드립니다. 건강하세요.

존경하는 당신에게

금년 부활절의 기쁨도 당신 없이 맞이했습니다. 참으로 부활의 신앙없이는 우리는 내일을 바라보는 소망을 가질 수 없다고 생각합니다. 부활신앙만이 인생을 바로살게 하고 책임 있는 삶을 살게 하며 모든 불의 앞에서 진리를 외칠 수 있게 한다고 생각합니다. 당신께서도 아시는 바와 같이 오순절 초대교회와 제자들이 겁 없이 나가 외친 모든 배후에는 죽었다 다시 사신 예수님의 부활을 그대로 믿었기 때문입니다. 따라서 오늘의 십자가를 지고 가는 고난자들만이 진정 부활의 환의를 체험할 것입니다. 면회 때도 말씀드렸지만 4월 30~5월 2일까지 열리는 미국감리교여선교회 모임과 7월 14~19일까지 열리는 미국 장로교여선교회 모임의 초청장을 받았고 내 모교 스칼릿 칼리지에서 뛰어난 봉사를 한 사람에게 주는 '타워상Tower Award'를 5월 8일 졸업식에서 나에게 주기로 결정돼서 참석해달라는 초청장도 왔습니다. 모든 여비, 숙식비 등 체류 간에 드는 일체비용도 담당한다는 것인데 나는 여권신청을 않기로 했습니다. 현재 당신이 그와 같이 어려운 처지에 계실 뿐 아니라 많은 사람들이 고난받고 있는 이 시기에 해외여행을 한다는 것은 내 양심의 가책을 아니 받을 수 없기에 단념했으니 그리 아세요. 당신의 건강만 빕니다.

부활절 카드 : 부활의 축복이 당신에게도 내리기를 간절히 바랍니다. 세상을 이기신 예수 그리스도를 본받아 오늘을 이기시옵소서. 기도 드립니다.

1982년 4월 14일

존경하는 당신에게

우리집 뜰은 요즘 꽃향기로 가득 차 있습니다. 그래서 벌이 날아오기도 합니다. 그렇게 아름답고 순결하게 보이던 목련화는 떨어지기 시작한 지 며칠이 지났는데도 아직 보기 흉하게 달려 있는 꽃잎도 있어서 마치 추하게 세상을 떠나는 인간의 모습을 연상하게 합니다. 오늘 홍일이가 차입한 책은《자유에서의 도피》입니다.

오늘은 홍업이의 친한 친구가 결혼을 했습니다(늘 우리집에 들르던). 그래서 아침부터 홍업이는 친구 돌봐주러 나갔습니다. 친구를 위해서는 자기 일보다 더 성의껏 돌봐주는 착한 마음씨를 보이는 것이 홍업이 특징입니다. 이제 홍업이 주위 친구는 거의 다 결혼을 했기에 어떻게 홍업이도 무슨 새 일이 있어야겠다고 생각합니다. 홍업이 자신이 지금 결혼을 하려는 마음을 가지고 있지 않고, 할 형편도 돼 있지 않기에 홍업이가 원하는 방향으로 생각을 하고 있습니다. 어떻든 환경의 변화가 반드시 있어야 하겠습니다. 나로서 도움이 될 수 있는 일을 생각하고 또 노력을 기울이고 있습니다. 19일 당신 뵈올 것을 고대합니다.

1982년 4월 17일

존경하는 당신에게

오늘은 당신이 집을 떠나신 지 한 달 모자라는 만 2주년이 되는 날입니다. 참으로 기막힌 일입니다. 꿈에도 다시 그 같은 억울함과 비통한 일이 있어서는 아니 되겠다고 생각합니다. 우리에게만이 아니라 어느 누구에게도 마찬가지입니다. 서울 전역에 지하철 공사가 단행되고 있는데 그 공사를 날림으로 졸속하게 하다가 지난번에는 큰 사고가 발생했는데, 여전히 군데군데 작고 큰 사고가 일어나고 있어서 요즘은 차를 타고 다니는 것이 얼마나 위태로운지 모릅니다. 돈이 들고 시간이 걸리더라도 성의껏 견고한 재료를 들여 인명피해가 없도록 해야 하는데 마치 옛날 와우아파트 격으로 무너지는 불행이 생기니 부끄러운 일입니다.

일본은 세계에서 무역역조 항의가 빗발치듯 하는 가운데 6월에 선진국 정상회담을 앞두고 사면초가를 당하고 있다 합니다. 프랑스 미테랑 대통령을 청해서 회유책을 써보지만 허사라구요. 경기침체에 따른 소비수요 감퇴로 인하여 특소세품(냉장고, TV, 청량음료 등)의 판매가 올들어서도 계속 부진하다 합니다. 그래서 중소기업은 휴업이 늘어 중소기업 지원책을 당부하고 있습니다. 부디 건강하시도록 힘쓰세요.

1982년 4월 19일
_____

존경하는 당신에게

모처럼 기다리다가 만나뵙는 것이 오히려 괴로움이 큰 것 같아서 면회 후의 마음은 무어라 표할 길이 없습니다. 오늘은 해도 너무 하십니다, 하고 감히 하나님을 원망하는 말이 입에서 튀어나올 것 같았습니다. 조금 순이 나서 자랄만 하면 싹뚝 깎이는 것으로 즐거워 할 수 있는 것인지 아무리 생각해도 아직 못할 일이 우리에게는 너무도 많습니다. 당신의 얼굴 잘 보이지 않으나 눈이 부신 것 보니 얼마나 고통이 심한가 하는 것을 엿볼 수 있었습니다. 고통을 나눌 수 있다면 같이 겪고 싶은데 그렇게 할 수도 없으니 마음만 괴로울 뿐입니다. 그러나 어려우면 어려울수록 더 힘을 내야 합니다. 지나치게 심한 괴로움을 당신에게 주시는 하나님께서 당신을 어느 누구보다 더 사랑하시고 반드시 고난의 굴레에서 벗어날 수 있게 해주실 날이 주어진다는 것을 확신하시기 바랍니다.

신명기 31장 6절과 요한복음 15장 7절과 빌립보서 4장 4~7절까지 꼭 읽으시고 위로 받으시며 반드시 이대로 된다는 것을 믿으시기 바랍니다. 당신에게 이 모든 축복이 꼭 있을 것입니다. 믿음 안에서 더욱 강하고 담대하시며 내일에 대한 희망의 빛을 바라보시옵소서. 이제부터 더 열심히 하겠습니다. 믿고 기도할 때 간구하는 것 다 이루어졌다 생각하며 기도하려 합니다. 오늘은 4.19 22돌입니다. 그 정신이 사라지지 않고 어느 때 가서 밀알이 땅에 떨어진 것 같이 싹이 나고 열매 맺는 날이 반드시 있을 줄 압니다. 모든 희생은 헛되지 않을 것이니까요. 폭풍우가 불어오고 눈보라 치는 험한 날들이 있기는 하지만 그 모든 것을 이겨내고 싹은 트고 꽃피며 열매 맺고야 말 것입니다.

당신의 아픔과 괴로움 결코 헛되지 않을 것입니다. 하나님은 모든 것 아시고 계시오니 세상의 부귀영화보다 하늘의 큰상 받음의 영광을 받으시는 날을 위해 우리는 참고 끝까지 이겨내야 하겠습니다. 시련과 분투를 위한 다음의 찬송가 가사를 적습니다. 주님의 구원의 손길이 속히 있기를 바라는 마음으로 읽으세요.

1. 내 모든 시험 무거운 짐을 주 예수 앞에 아뢰이면 근심에 쌓인 날 돌아 보사 내 근심 모두 맡으시네

후렴 : 무거운 짐을 나 홀로 지고 견디다 못해 쓰러질 때 불쌍히 여겨 구원해줄 이 은혜의 주님 오직 예수

2. 내 모든 괴롬 닥치는 환난 주 예수 앞에 아뢰이면 주께서 친히 날

구해주사 넓으신 사랑 베푸시네

3. 내 짐이 점점 무거워질 때 주 예수 앞에 아뢰이면 예수는 나의 구주가 되사 내 대신 짐을 져주시네

4. 마음의 시험 무서운 죄를 주 예수 앞에 아뢰이면 예수는 나의 능력이 되사 세상을 이길 힘 주시네

모든 시련 분투로 다 이기시기 바랍니다.

밖에 있는 우리 염려는 조금도 하지 마세요. 당신의 건강이 제일 걱정됩니다. 날씨가 아침저녁으로 차고 낮에는 더우니까 더 조심하세요.

1982년 4월 23일

존경하는 당신에게

오늘은 우리집의 라일락이 향기가 드높게 퍼지고 홍도의 꽃이 탐스럽고도 아름다워 이것을 책에 넣어 누른 다음 여기 동봉해드립니다. 나무에 달려 있는 것처럼 아름답지는 않지만 라일락의 향기를 맡을 수 있고 홍도의 꽃도 보실 수 있다 생각해서 보내는 것입니다. 꽃의 계절이기에 당신도 같이 즐길 수 있으면 얼마나 기쁠지요. 그러나 언제 자유로운 몸으로 같이 즐길 수 있을지는 누구도 모르는 것 같습니다. 하나님이 정해주시는 그때가 언제인지 모르기 때문입니다. 당신의 몸은 어떠하십니까. 감기는 나으셨는지요. 궁금합니다.

무서운 고독의 나날을 견디시느라 그 괴로움과 아픔은 무엇에 비할 바 없을 줄 압니다. 인생의 심연을 꿰뚫어보며 그 깊은 속을 체험하고 극복해내는 의지가 당신을 더욱 갈고닦아놓을 것입니다. 늘 하나님과

더불어 새날을 바라보시기 바랍니다. 오늘까지 참고 이겨내신 것은 결코 헛되지 않을 것임을 확신하시며 힘을 내시기 바랍니다. 무리한 요구인 줄로 압니다만 좀더 참고 견디는 당신이 되시기 바라며 또 견디실 줄 믿습니다.

한국교회사회선교회 성명건은 조사가 매듭져서 관계자에게 엄중경고하고 전원 입건 않고 훈방했다는 보도에 검찰측이 화합을 위해 노력한 줄 압니다. 다행한 일입니다. 부시 부통령 방한 앞두고 필요없는 잡음을 없애기 위한 것이라고도 합니다. 일본은 경협안 거부를 다각 검토하고 이어 대한특사 파견 잠정 보류라 합니다. 당신의 건강을 빌고또 빕니다.

1982년 4월 27일

존경하는 당신에게

아침부터 바람이 세게 부는 날이 되어서 우리집 꽃잎이 무참하게도 많이 떨어졌습니다. 마치 심술부리는 사람의 짓궂은 짓과 같이 휘저어놓은 것 같습니다. 오늘 정 박사 사회장은 국립극장에서 거행되었고 정부가 국민훈장 무궁화장(1등급)을 추서했습니다. 고인의 유해는 국립묘지 애국지사묘역에 안장했습니다. 나는 장례식에만 참석하고 그곳에서 고 홍익표 선생님 사모님 만나뵙고 모셔다 드렸습니다. 허리 디스크로 무척 고생을 하시는데 그곳까지 오셨기에 따님 댁까지 모셔다드리는데 당신 위해 매일 열심히 기도한다고 말씀하시더군요. 그외 여러 분도 만났습니다.

어젯밤 9시 후 빗속에 한 순경이(경남 의룡서) 내연 처와 말다툼 끝에

민가에 난입, 62명을 난사 살해했다는 끔찍한 보도가 오늘 석간을 뒤덮었습니다. 더구나 8시간 동안 선량한 주민들에게 난사하는 동안 이를 막지 못했으니 그것 또한 놀랍고 무서운 일입니다. 정말로 말세의 징후가 나타나나 봅니다. 오늘 저녁에는 성공회 서울대성당에서 NCC 인권위원회와 한국교회사회협의회 주최로 고난받는 형제들을 위한 연합기도회를 가졌습니다. 명동성당보다 장소가 작으나 많은 사람들이 참석하여 예배를 드렸습니다. 이 모든 기도가 속히 응답받게 되기를 기도합니다. 1주 후 만나뵙기를 고대하면서 당신의 건강을 위해 오늘도 빕니다.

1982년 4월 28일

존경하는 당신에게

아침부터 날씨가 침울하고 마음 또한 무겁습니다. 세상에 놀랍고 무시무시한 일이 우리의 마음을 싸늘하고 무겁고 어둡게 하나 봅니다. 의령에서 있었던 경관의 난사사건으로 충격이 너무도 큽니다. 얼마나 인간경시의 풍조가 뿌리 깊게 박혀 있으면 한 사람이 이런 끔찍한 일을 감히 저질렀을까요. 참으로 슬픈 일입니다. 이로 인해 내무장관이 책임을 느끼고 사임했고 또 지하철 공사 붕괴로 인해 시장도 경질되었습니다. 너무도 위험한 세상을 살아가는 것 같은 느낌이 듭니다.

오늘 홍일이가 차입한 책은 《세계교양전집》(27)인데 〈엘리자베스와 에셋구스〉〈디즈레리의 생애〉 등의 전기로 엮어 있는 것입니다. 지난번 편지에 부탁한 일본 책은 구하고 있는 중입니다. 구하는 대로 차입해 드리겠습니다. 몸조심하시고 힘내세요.

1982년 5월 5일

존경하는 당신에게

오늘은 어린이의 날이 되어서 아침부터 지영이와 정화에게서 전화가 와서 '할머니 고맙다'는 거예요. 오늘을 즐겁게 해주기 위해 5월 3일 미리 아이들 모르게 선물을 사다 놓은 것을 오늘 아침에 준 모양이에요. 지영이 직접 전화걸어 '감사합니다' 해요. 얼마나 많이 컸는지 몰라요.

우리집 장미도 꽃이 아름답게 피기 시작했습니다. 포클랜드의 포연이 짙어만 가고 서구는 영국을 지지하고 남미는 아르헨티나 지원이 본격화되고 있는데 최신의 전자장비전 양상을 나타낸다는 것입니다. 폴란드는 시위군중 1000명을 체포하는가 하면 다시 통금이 실시되고 국제통신도 끊어졌다 합니다. 이것은 교환원들이 수신을 거부하기 때문이라 합니다. 호주의 프레이저 수상이 23일 방한 예정입니다. 중공은 대규모 개각하여 부수상 11명을 해임했다 합니다. 오늘도 당신의 건강을 간절히 빕니다.

1982년 5월 8일

존경하는 당신에게

오늘은 어버이날이라 해서 거리마다 카네이션을 파는 곳이 많은가 하면 카네이션을 가슴에 단 어른들도 많이 보입니다. 나도 세 아이들이 하나씩 가져오고 조그마한 선물도 아이들에게서 받았습니다. 당신이 계시지 않는데 나만 이런 것 받는 것이 아무 기쁨이 되지 않습니다.

한가지 우스운 이야기를 여기 적습니다. 오늘 아침 홍걸이에게 약을 먹이도록 하기 위해 등교 전에 그 아이 방에 갔더니 냉장고 위에 카네이션(생화) 하나가 종이에 싸인 채 놓여 있었습니다. 그래서 이것 엄마에게 주기 위해 샀니, 하니까 그때서야 그렇다는 것이었어요. 만일 물어보지 않았으면 아마도 오늘 지나도록 그대로 놓아두었을 것이에요. 아직도 말이 없고 어째 멋이 없는지 이렇게 싱거운 아이도 흔하지 않을 거예요.

어제 오후에는 장 박사님댁, 박 할머님댁, 문 목사님댁, 이 교수님댁 노부모님 다 찾아뵈었습니다. 장 박사 사모님은 전보다 많이 건강해지셨는데 겨우 성당에만 출입하신다 합니다. 하루도 당신 위한 기도 쉬는 날이 없으시다고 하셔요. 박 할머님은 몸이 불편하셔서(감기로) 쉬고 계셨는데 곧 일어나신다 해요. 문 목사님 부모님은 교회도 열심히 다니시고 여전하시지만 아버님께서 요즘 병원에 매일 다니셔요. 요도관계에 좀 이상이 있으시다 하는데 외출은 하세요. 이문영 교수 어머님은 건강하세요. 그러나 모두 90을 바라보시는 분들이 돼서 보기에 너무 딱해요. 어서 모두 자유의 몸이 되어야 하겠는데 언제 어떻게 될지 알 수가 없으니 답답하기만 합니다. 하나님의 뜻을 우리로서는 헤아려 알 능력이 부족하니 그저 하나님께 모든 것 완전히 맡기고 늘 기도하면서 그때를 위해 참고 이겨나가도록 노력해야 한다고 생각합니다.

오늘은 YWCA 회의가 있어서 아침부터 나갔다가 봉원동 이태영 선생님이 하도 외로워하시고 몸도 불편해 누워계셔서 방문했습니다. 내가 찾아 뵙고 인사 드릴 분은 이 정도로 어버이날 내 할 바를 하였어요. 오늘 홍업이가 차입한 책은 《일본의 역사》와 《젊은 날의 초상》(이문열 저)입니다.

어제부터 임시국회가 열려 의령사건에 관해 질의, 답변으로 (오래만에 신문에) 눈길을 지상에 돌리게 됩니다. 은행 대출 받아 사채놀이 하고 수십만 달러를 해외유출 하려다 걸린 이철희 씨, 장영자 씨 부부 일을 한심하게 쳐다보게 됩니다. 하나님 당신과 꼭 함께 계셔서 건강도 지켜주시기를 빕니다.

1982년 5월 10일

존경하는 당신에게

오늘은 어머님이 세상을 떠나신 지 만 10년이 되는 날입니다. 우리가 결혼해서 10주년 되던 날 떠나셨으니 이제 결혼 20주년의 날이기도 합니다. 이 기간 동안 당신은 혹독한 옥고에 너무도 오래오래 고생하고 계시니 글로도 위로할 수가 없음을 안타까워할 수밖에 없습니다.

오늘 청주 가서도 늘 그러하듯 나는 마음속으로 당신을 위해 더 뜨거운 마음으로 기도를 드렸습니다. 그곳까지 가서도 만나뵙지 못하는 기막힌 사연을 누가 알 수 있겠습니까. 어떤 사람은 지금 당신이 집에 계신 줄 아는 사람까지 있으니 세상은 어떻게 생각하면 무척 어둡기만 합니다. 그리고 무관심하기도 합니다. 자기 자신들의 일만이 중요하고 이웃의 고통과 아픔은 전혀 상관없이 여기는 사람들이 너무도 많은 것을 볼 때 정말 놀랍기도 하고 어이가 없기도 합니다. 그리고 쉽게 지난날의 일들을 잊어버리는 건망증에 놓여 있습니다. 차라리 잊어버리는 것이 속편한 일인지 모릅니다. 오늘 차입한 책은《머리 없는 세상》(Elias Canetti 저, 박경명·김영일 역) 《선과 악Images of Good and Evil》(Martin Buber 저, 남정길 역)입니다. 마르틴 부버는《너와 나》의 저자로 이름난 분입니다. 《선과 악》에 관해 이해하시는 데 도움이 되기를 바랍니다.

오늘 어머님 기일이 돼서 동일 씨 형제들과 수유리에 계신 이모님 저녁 때 오셔서 오랫만에 옛이야기 하며 저녁식사를 나눴습니다. 잊지 않고 찾아주어 참으로 고마웠습니다.

요즘 딸기를 드시는 모양인데 자주 드시도록 권합니다. 매일 꼭 드세요. 딸기는 비타민 C의 함량도 어느 과실보다 많고 특히 부신피질 호르몬을 생성케 하는 성분도 함유돼 있다 합니다. 관절염, 신경통 등 모두 이 부신피질 호르몬의 부족에 기인하기도 한다니까요. 당신 다리에 도움이 될 줄 압니다. 주님의 특별한 은총이 당신께 내려지며 하루 속히 자유의 몸으로 주님 주신 사명 감당하시기 빕니다.

1982년 5월 12일

존경하는 당신에게

오늘도 무척이나 무덥더니 기어이 비가 내리고 있습니다. 오늘의 사회의 기상도와 같이 후텁지근한 공기로 가득 차 있어서 한바탕 비라도 쏟아질 듯한 것을 느낍니다.

우리 같은 사람은 평생을 두고 구경조차 못할 어마어마한 돈을 주물러 25년 된 거목이 사채광풍에 가는 등 온통 야단법석입니다. 요즘 세상은 작은 일로는 눈 하나 깜짝 않고 깜짝 놀랄 일이 터져야 겨우 눈을 떠서 두리번거리는 정도로 신경이 마비돼 있는 것 같습니다. 부조리를 없앤다는 소리가 드높게 울려 퍼지는 가운데 감히 상상도 못할 부조리가 번개처럼 모습을 나타내고 뒤흔들어놓아 피해 입는 사람들이 많으니 요지경 같은 세상이 아닐 수 없습니다. 이런 속에서 살아가는 우리의 힘겨움은 너무도 큽니다. 부디 건강에 더욱 힘쓰시기 바랍니다.

1982년 5월 17일

존경하는 당신에게

오늘은 여러 점으로 가슴 아픈 날입니다. 억울하다는 말로도 표현이 되지 아니하는 벼락 같이 닥쳐온 그날의 일 생각하지 아니하는 것이 오히려 마음 편한 것 같습니다. 만 2년이라는 기나긴 세월, 이 2년은 200년보다도 당신에게는 더 긴 세월이고 인간이 가장 싫어하고 피하려는 고독을 철저하게 뼈에 사무치도록 체험하시고도 참으로 초인적으로 오늘까지 극복하신 당신을 생각할 때 머리가 저절로 숙여집니다. 한편 겪기 어려운 그 모든 것 겪으신 당신의 괴로움을 생각하면 가슴만 아파옵니다. 그래서 하나님께 매달려봅니다. 정녕 믿음의 힘이 없었다면 견딜 수 없는 일이었음은 당신 말씀대로입니다. 밖에 있는 우리 또한 같은 마음으로 믿음에 의지해서 오늘까지 참고 견뎠습니다. 이 고난이 너무 엄청난 것이기에 더 값진 열매를 맺기 위한 아픈 진통이 따른다고 생각합니다. 결코 헛되지 않을 것을 믿습니다.

하나님은 반드시 소망을 주십니다. 당신이나 우리 가족 모두 어떠한 부귀영화를 바라보는 것이 아닙니다. 바르게 살기 위해, 주님의 가르침대로 살아가기 위해 내일에 대한 희망을 거는 것입니다. 당신의 비장한 각오가 우리를 실망시키지 않기를 바랍니다. 우리는 당신에게 희망을 겁니다. 그 희망은 어서 가족이 모두 모여 전보다 더 보람 있는 생활을 하고, 믿음 안에서 주님을 섬기며 각기 하나님이 주신 사명을 수행해나가면서 진리의 길을 걸어나가는 데 힘을 합하며, 하나님 나라 위해 힘쓰는 우리가 되어 값있는 생을 영위하기 위함입니다.

사도 바울 선생도 신앙 때문에만 옥살이 하신 것이 아니라 합니다. 그분도 억울한 옥고를 치렀습니다. 개인적인 세상 욕심이 없는데도 그 당시의 시대상황이 바울 사도를 그와 같이 고생케 했던 것입니다.

나는 오늘 빌립보서 1장 12~26절을 읽고 생각하는 바 큽니다. 26절과 같이 당신이 우리를 찾아와 자유롭게 되면 우리는 당신으로 말미암아 그리스도 예수를 더욱 자랑할 수 있을 것을 희망으로 기다립니다. 꼭 그렇게 되는 날이 어서 오도록 하나님께 도움 주십사 하고 기도합니다. 또한 이것을 읽으면서 당신을 연상하며 사도 바울 선생과 같은 마음을, 그 믿음을 가져주시기를 바라고 있습니다. 하나님이 반드시 당신을 축복해주실 줄 믿습니다.

오늘도 장 여인 사건으로 은행장, 기업대표, 사채업자 등 모두 15명이 구속됐고 이규광 씨도 소환됐는데 구속될 듯하다는 보도입니다. 시원스런 진상규명을 기대하고 있습니다.

민한당은 국민 화합을 위해 모든 정치범의 석방과 사면, 정치활동 규제법의 해금 등 획기적 결단을 촉구하는 성명을 냈습니다. 빨리 모든 것이 잘되기를 바라고 또 바랍니다.

1982년 5월 18일

존경하는 당신에게

오늘도 생각하고 싶지 않은 날입니다. 그 무시무시했던 날을 되새기면 가슴이 써늘하고 저려옵니다. 오늘 광주는 새광주건설 도민단합대회가 열려 시민 20만 명이 모여 새 다짐을 하였다 합니다. 유가족 지원 등을 위해 광주번영모금도 창설했다니 앞으로 좋아지겠지요. 이 시민이 모든 단합대회에서 일부 종교인들은 광주사태 희생자 추모라는 미명 아래 불화를 조장하고 나라의 안정을 저해하는 음흉한 작태를 이곳

광주에 와서 서슴없이 벌여놓으려 하고 있다 하였으니 이것이 사실인지 나 같은 사람은 머리가 나빠서 알 수 없고 이해하기도 어렵습니다. 어느 때 어느 곳에서도 음흉한 작태는 있어서는 아니 된다고 생각합니다. 떠들썩한 어음 사기사건으로 연행조사 중인 이규광 씨는 오늘 저녁에 구속영장이 신청됐다는데 장 여인으로부터 돈을 받은 것(부탁하며 도와 달라고) 때문에 특정범죄가중처벌을 받게 되었고 다른 혐의는 찾을 수 없다고 합니다. 또 더이상 형사책임 물을 배후 없다는 검찰발표 있으니 며칠 내 이 어마어마한 사건도 매듭이 지어지나 봅니다. 이규광 씨 형님(대한노인회 회장)도 도의적(동생 때문에) 책임을 느껴 노인회장 자리에서 물러났습니다. 그러나 많은 뜬소문은 아직도 가라앉지 않고 있고 어디를 가든지 요즘의 화제는 이 사건으로 집중되어 있습니다. 아무튼 이런 사건이 역사상(어느 것보다도) 큰 것이니까요. 정부는 어떻게든지 경기를 회복시키기 위해 오늘 오후에 경기활성화대책을 마련해서 발표했는데 아직 석간에는 보도되지 않았습니다. 그리고 중소기업 등을 돕기 위해 2000억 원 가량을 푼다 합니다. 경제사정이 여러 점으로 심각한 가운데 있으므로 어서 모두 회복과 안정이 되어야겠습니다.

어제 차입한 책은 《일본의 역사》(12) 《중국의 역사》(10)(어제 말씀드린 대로 그림이므로 좀 흥미 있게 볼 수 있을 것입니다) 그리고 《원구》(몽고제국의 내부사정에 관한 것인데 작은 책이고 옛 역사입니다)입니다.

어려운 가운데 부디 마음을 가다듬으시고 하나님의 음성에 귀를 기울이세요. 믿음의 능력이 당신을 도울 것입니다. 오늘 점심 초청받은 것 어제 말씀드린 바 있지만 당신의 건강과 안부 전하고 염려해줍니다. 당신 위해 숨어서 기도드리는 많은 분들을 결코 실망케 해서는 아니 되옵고 좀더 참으시라고 하기는 미안하오나 참으셔야지요.

존경하는 당신에게

어제 장 여인 사건 전모 발표에 6400억 거래에 1800억 사채 했으며 정치자금 나간 일은 없고 이규광 씨는 다만 묵시적 지원을 배후에서 했을 뿐 죄 된다면 장 여인이 1억(부탁해 달라는)을 준 것 받은 것밖에는 법에 걸리는 것 없다는 것입니다. 이 사건에 구속된 사람은 모두 19명이나 됩니다. 어제 내각사표 제출하여 오늘 법무에 정치근, 국방 윤성민, 농수산 박종민, 상공 김동휘, 보사 김정례, 노동 정한수, 교통 이희성, 체신 최순달, 문공 이진희, 총무 박찬극, 정무1 오세응 등 임명되어서 11부만 경질되고 나머지는 유임되었습니다. 이번 사건의 관계부처와 관계 없는 경질에 어리둥절해집니다.

또 민정당의 당직에도 개편이 있었는데 사무총장에 권익현, 정책의장에 진희종 씨, 대변인 등이 새로 되었습니다. 여하튼 장 여인 사건이 회오리바람처럼 거세게 몰아닥쳐 온통 떠들썩한 가운데 아직도 배후나 자금 행방은 아리송해서 의혹이 남아 있지만 일단락 지어져서 조용해지고 안정되기를 바랄 뿐입니다.

요즘의 세상은 변천 속도가 너무도 빨라서 참으로 정신을 차릴 수가 없는 것 같습니다. 여하튼 너무도 희한한 세상에서 살고 있습니다. 아래는 이씨, 장씨 부부 재산 증식표에 나타난 것인데 74년 7000만 원, 75년 1억 2000만 원, 77년 5억 2000만 원, 78년 9월 5억 5000만 원, 81년 1월 20억, 81년 6월 1414억, 82년 4월 1821억 원입니다. 얼마나 놀라운 증식입니까. 여흥비만 2년간에 49억 원을 탕진했다니 모두 놀라다 못해 세상이 도는 것 같은 얼떨떨한 현기증을 느끼고 무엇이 무엇인지 알지 못하게 되는 것입니다.

정부는 연내에 4700억 원을 추가방출할 예정이고 총통화 증가율은 22~25퍼센트로 늘리기로 했다고 합니다. 모든 면에서 대형화하는 느낌이 듭니다. 인간의 값어치가 커지고 존중되며, 거짓이 없는 진실한 것이 더욱 커졌으면 하고 바라는 마음 간절합니다. 돈이나 지위보다 인간 그 자체가 더 귀하게 나타나는 것이 중요하다는 것을 알 수 있기를 바라고 싶습니다. 20세기 말의 급변하는 세상에 살고 있어서 그런지 내일은 또 무슨 어마어마한 일이 터져나올지 예측을 할 수 없어 불안이 우리의 마음속에 깊이 도사리고 있는 것 같아요. 그러니 노이로제에 걸려 있는 사람이 많다는 것도 이해가 됩니다.

누가 정상적이고 누가 정신 이상인지 구별하는 것도 힘이 드는 것 같아요. 과연 나는 정상적인가 자문하게 됩니다. 오늘 홍업이가 차입한 책은 《작은 귀부인》(아쿠타가와상 수상작)입니다. 우리는 매일 당신이 자유의 몸이 되는 날이 어서 오기만을 빌고 또 빌고 있을 따름입니다.

1982년 5월 24일

존경하는 당신에게

이제는 신록의 때가 돼서 청주의 특이한 가로수가 다시 터널을 이루고 있습니다. 농촌에는 모심기에 바쁜 모습이고 예년보다 조금 빨리 모내기가 끝날 것으로 보입니다.

한참 좋은 이때에 당신은 너무도 어려운 생활을 거듭하고 계시니 얼마나 답답하겠습니까. 생각하면 속이 상해 견딜 수 없습니다. 그러나 마음을 느긋하게 가지고 참고 때를 기다리시라고 말씀드릴 수밖에 없는 안타까움이 있습니다. 결코 실망해서는 아니 됩니다. 오늘까지 참고 이겨내신 당신이니 더 참고 이겨내실 수 있다고 믿습니다. 반드시 하나님의 상 주심이 있을 것입니다. 믿음으로 이겨내세요. 오늘 차입한 책은 《한국 근대사 연구》(강재언 저)입니다.

파인애플, 복숭아 등 깡통제를 자주 드시는 것 같은데 설탕이 많이 든 것은 되도록 가끔 드시고 싱싱한 과실을 드시기 바랍니다. 당신의 건강에 주력하세요.

1982년 5월 27일

존경하는 당신에게

요즘은 심심치 않게 국회가 열리게 돼서 내일부터 장 여인 사건을 놓고 파란이 예상되지만 과연 야쪽이 어느 만큼 바른 야의 책무를 수행할지, 얼마나 여는 여대로 성실성을 보여줄지는 의문입니다. 어떻든 가리워진 베일이 조금이라도 거두어질 것으로 생각합니다. 사채시장 양성화 대책이 곧 마련된다 하는데 전문가의 해설에 의하면 사채규제를 서두르면 부작용이 가중될 것이라고 우려하는 측도 있습니다. 그렇다고 방치할 수는 없으므로 다각적인 검토가 필요하다는 것입니다. 500원 짜리 새 주화가 6월 12일부터 발행되는데 100원짜리보다 약간 크고 앞면에는 학이 새겨져 있습니다.

괴로운 곳에서 기도로 참고 이겨내시며 건강에 힘쓰시기 바랍니다.

존경하는 당신에게

오늘은 이달의 마지막 주일이고 성령강림 주일입니다. 예수의 제자들과 신도들이 마가의 다락방에 모여(오순절에) 기도하고 있을 때 거기 모여 있는 모든 사람에게 성령이 내려 놀라운 변화가 일어났습니다. 오늘의 우리에게도 이 같은 성령으로 마음이 뜨거워져서 새로운 변화가 있기를 바랍니다(사도행전 2장).

이 위에 나팔 부는 천사가 당신에게 기쁜 소식을 전해주기를 간절히 바라는 마음에서 여기 붙였습니다. 하나님께서 이와 같이 당신에게 들리도록 천사의 나팔소리를 보내주시기를 바라고 기도드립니다. 더디 마시고 하루라도 단축시켜 속히 자유를 허락해주시기를 그래서 당신의 건강이 회복될 수 있고 어둠의 굴레를 벗어날 수 있기를 얼마나 간절히 바라고 있는지 하나님은 아시고 계실 줄 믿습니다. 여기 당신이 좋아하시는 개의 그림이 있으니 보시고 잠시 동안 즐거움 있기 바랍니다. 우리집 똘똘이는 아직도 잘 있습니다. 홍업이에게는 여전히 겁내면서도 먹을 때만은 졸졸 쫓아다닙니다. 언제나 짓궂게 놀려대니까 보통 때는 따르지를 않아요.

언제 우리가 안정된 사회에서 참 평화를 누리고 살까요. 아마 인간 세상에서는 이것을 바라는 것이 잘못인지 모릅니다. 예수님이 재림하실 때 그리고 믿음으로 바르게 살아야 참 자유와 평화를 누릴 수 있게 될 것을 믿습니다. 당신의 건강을 빕니다.

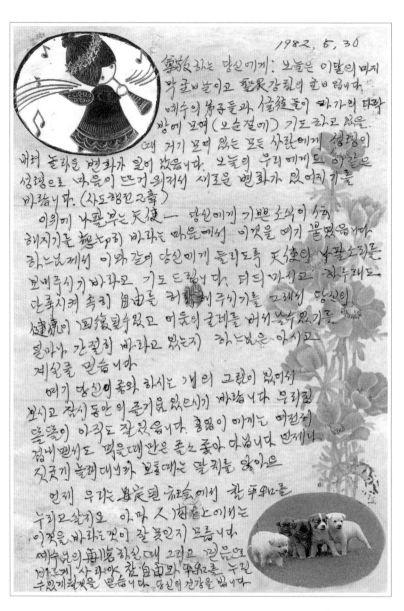

예쁜 꽃그림 편지지에 나팔 부는 천사 그림과 귀여운 강아지 사진을 붙여놓았다.
삭막한 교도소에서 생활하는 김대중을 위한 배려였다.

존경하는 당신에게

　오늘 당신의 부기가 없어보여서 뵙기에 좋았습니다. 다리의 통증이
심한 것 무척 염려되는데 요즘 일기관계의 영향도 크고 한 번도 제대로
치료를 받아보지 못한 데서 오는 결과일 것입니다. 물리치료라도 할 수
있는 환경이라면 도움이 되겠지만 그곳에서는 불가능하니 걱정입니다.

　홍업이 초청관계는 나의 도미 유학지도에 힘써주신 감리교 목사님
이십니다. 이제 70세를 넘기신 분으로 교회에서는 은퇴하셨으나(목사
직) 꾸준히 일을 하고 계신 분이고 늘 나를 염려해주시고 또한 우리 가
족이 전부 도미해서 자기 집에 같이 있어도 좋다, 하시면서 홍걸이 학
교 문제까지도 생각하여 데려가기를 원하셨습니다. 그러나 다행이 홍
걸이 학교 문제는 해결되었고 또 미국 가는 것을 원하지도 않습니다.

　시급한 것은 홍업이 입니다. 그분이 홍업이를 기꺼이 돌봐주시겠다
며 초청해주셨습니다. 이 초청장에는 우리 총영사가 인정하는 도장이
있어야 하는데, 그곳에서 가까운 곳이 애틀랜타(조지아 주)이기 때문에
에모리대학교Emony University 총장이 직접 우리 총영사관에 가서 솔직
히 누구의 아들이라는 것을 설명하고 도장을 받아주셨습니다. 성호도
그곳 출신이지만 한완상 박사도 그 학교 출신이고 현재 교환교수로 가
있습니다.

　그 학교 총장은 Y 총무로 있을 때 한국의 선교사로 몇 년 계신 분으
로 잘 아는 분입니다. 한국말도 참 잘하시고 인품이 좋고 영향력도 있
어서 에모리대학은 남쪽에서는 제일 이름 있는 학교입니다. 그분들의
성의에 참으로 감사를 드립니다. 이 모두 당신이 고생을 하시기 때문
에 얻어지는 것입니다. 물론 홍업이는 처음 갈 때 그 대학교로 가는 것

은 아닙니다. 여하튼 유학 가서 공부하고 좀 자유롭게 제가 하고 싶은 일을 할 수 있으면 홍업이의 앞날을 개척해나가는 데 있어 도움과 보람이 있을 것입니다.

정부에서 여행의 자유화가 실시되어 많은 사람들이 전보다 많이 여행하고 여권 수속도 간편하게 되었으므로 반드시 여권이 발급될 줄 믿습니다. 발급되지 않을 이유가 없어요. 그렇게 되면 7월 중 도미해서 영어준비 좀 하고(크로우CROWE 목사님 집에 머물면서) 9월 하순 신학기부터 대학원에 나갈 수 있을 겁니다. 젊음의 귀한 시기를 너무 오래 헛되이 보낸 것 생각하면 안쓰럽습니다.

내 모교 스칼릿 대학교에서 내게(5월 8일) 'Tower Award for distinguished Service' 준다 했으나 내가 가지 못해서 오늘 편지가 왔는데, 내가 앞으로 그곳에 가거나 아니면 학장 또는 그 학교의 대표가 서울에 올 때 내게 주겠다는 것과 나와 당신과 우리 가족과 우리나라 위해 기도를 드린다는 것을 알기 바란다고 적혀 있습니다. 6월은 원호援護의 달이고 이 나라를 지키기 위해 희생된 분들을 추모하며 그들의 애국심을 배워야 하는 달인데, 어제 불행하게도 군 수송기가 추락해 장병 53명이 순직한 것은 너무도 가슴 아픈 일입니다. 낙하훈련 중 기상악화로 그런 참변이 있었습니다. 왜 이렇게 불상사가 생기는지 걱정입니다(아로나민 골드 일동제약 것 꼭 드세요). 당신 건강이 제일입니다.

1982년 6월 4일

존경하는 당신에게

오늘은 청명한 날이어서 한결 마음이 가벼움을 느낄 수 있습니다.

당신이 알아보라던 소라 통조림은 몇 곳 찾아보았으나 눈에 띄지 않았습니다. 그전에는 본 듯한데 주로 골뱅이, 참치, 고등어, 꽁치, 번데기 등입니다. 요즘은 골뱅이가 작은 사이즈인 것도 나와 있어요. 더운 때는 작은 것이 좋겠어요.

우리집 잔디는 고르지 못하게 자라서 모양 있게 옮겨놓아 앞으로 잘 퍼져나가면 좋을 것 같습니다. 개 운동을 시키면 아무 데나 오줌을 누는 바람에 화초가 자라는 데 지장이 있습니다. 잔디도 마찬가지입니다. 요즘은 어느 집 담장에도 넝쿨장미가 피어 얼마나 고운 장식을 보이는지 모릅니다. 꽃의 아름다움이 새삼 느껴지는 기분입니다. 오늘 홍일이가 차입한 책은 《한국교회 성령운동의 현상과 구조》입니다.

다음 면회 일자를 정하지 않았는데 수요일은 내가 성경 공부를 하려 하므로 18일(금요일)에 가도록 하겠습니다. 건강하세요.

1982년 6월 7일

존경하는 당신에게

그간 당신의 건강 어떠하신지요. 다리의 통증이 줄어들기 바랍니다. 세계는 어느 곳도 조용할 날이 없는 듯 이스라엘이 레바논을 전면 침공하여 2만여 병력, 탱크 등이 투입되고 PLO게릴라 소탕작전을 벌이고 있습니다. 언제 3차대전이 일어날지 불안합니다. 파리에서 4일부터 열렸던 서방경제정상회담은 구체안 없이 '공동협력'을 합의하고 폐막했다 합니다. 합의 사항은 1)대소 차관 제공에 신중을 기하고 2)미국은 고금리를 인하하며 3)통화안정 계획을 마련하는 한편 4)세계 경기침체 타계를 위해 공동노력을 기울이고 5)빈국에 대한 경제 원조를 증대하기로 한 것입니다.

오늘 홍업이 차입한 책은 《한국인의 한》(이규태 저)입니다. 오늘 오후 2시 동대문감리교회에서 고난 받는 구속자를 위한 기도회가 있어 참석했습니다. 많은 분들이 큰 교회를 메웠습니다. 건강을 빕니다.

1982년 6월 10일

존경하는 당신에게

당신의 몸은 어떠하신지요. 79년 집을 수리할 때 도배하고 그냥 두었더니 벽이 너무 우중충해서 보기에 좋지 않아 기분 전환 겸 응접실과 안방만 벽지를 사다가 식구들끼리 도배를 했습니다. 응접실은 흐린 미색이 돼서 거의 백색같이 보여 한결 밝은 분위기로 바뀌었습니다. 그리고 천정 둘레에 나무가 누런 것도 이번에는 보이지 않게 발라서 훨씬 좋고 밝게 보입니다. 안방은 흰 바탕에 회색 무늬로 된 것인데 무척 고상하게 보여 모두 좋다고 합니다. 당신이 직접 이 모든 것 볼 수 있으면 얼마나 좋을까 생각했습니다. 어떤 손님이 무슨 좋은 일이라도 있는가 물어보는데 좋은 일이 없어서 안타깝습니다. 무어라 할 말이 없었습니다. 오늘은 도배하느라 집에만 있었습니다.

그간 추진 중이던 3당대표 회담은 민한당에서 단독을 주장했었는데 오늘 그 주장을 후퇴했다 하며 어쩌면 대통령 면담 형식이 될 듯하다고 합니다. 내주 초가 될 것 같습니다. 이스라엘의 레바논 침공으로 중동의 확전 불길이 높게 솟아올라 5차 중동전 위기에 직면해 있습니다. 세계가 늘 뒤숭숭합니다. 인간이 저질러놓은 일에 인간들이 떨고 있는 셈입니다. 부디 건강하세요. 하나님 당신을 지켜주실 것을 믿습니다.

존경하는 당신에게

오늘은 500원 동전이 첫선을 보이고 지금까지 사용하던 지폐는 점차 폐기한다 합니다. 오늘은 아침 신문을 보고 또 한 번 놀랐습니다. 미화 34만 달러를 트렁크 속에 숨겨 외국으로 빼내가려던 사람이 비행장 출국 검사장 엑스선 검사대에서 적발되자 가방을 버려둔 채 달아나버렸다 합니다. 요즘 나라에 경제사정이 말이 아닌데 어떻게 그렇게 무지무지하게 많은 돈을 해외로 도피시키려 했는지 알 수 없습니다. 요즘은 무엇이고 대형화가 유행이 돼서 크고 놀랍고 끔찍한 일만 거의 매일같이 터져 나오는 꼴입니다.

느는 것이 죄악에 어둠뿐인 것 같은 불안 속에 놓이는 느낌이 듭니다. 농촌은 비가 오지 않아 가뭄과 싸워야 하는 고생을 해야 하고, 해외 근로자들은 업주들이 임금을 체불하여 인력송출이 제한되는 등 어려움을 나타내고 있습니다.

오늘은 우리집 화단의 꽃이 많이 떨어져 모양이 좋지 않기에 꽃시장에 가서 달리아, 아게레담(보라색 꽃), 채송화, 루비아 등을 사다가 화단을 정돈했습니다. 스핑카가 나올 때인줄 생각하고 갔으나 아직 나오지 않아서 스핑카는 다음에 사기로 했습니다.

다음 주에 당신 만나뵙는 것을 고대하고 있습니다. 당신의 건강한 모습을 볼 수 있으면 합니다.

1982년 6월 14일

존경하는 당신에게

기대하던 비는 많이 내리지 않고 다시 맑아졌습니다. 점점 더위가 몰아쳐올 것이므로 땀 흘릴 생각을 하니 겁이 날 정도입니다. 며칠 전에 사다 심은 채송화가 피었는데 겹 채송화가 돼서 더 아름답습니다. 그리고 홍도의 열매는 복숭아같이 생기기는 했으나 꼭 둘씩 붙어서 먹을 것이 아닌 열매가 아닌지 좀더 두고봐야 하겠어요. 금년 봄에 조롱박씨를 심었더니 싹이 나와서 많이 자라고 있습니다. 우리집의 나무는 무척 자라서 당신이 보시면 놀라실 거예요.

당신이 집을 떠나신 후 세 번째 여름을 맞이하고 있으니 얼마나 많은 세월이 흘러갔는지 알 수가 있습니다. 하나님께서는 언제 우리에게 당신을 돌려보내주실지 그때만 기다립니다.

1982년 6월 16일

존경하는 당신에게

오늘은 청국과 영국 간의 아편전쟁이 일어난 지 143년 되는 날입니다. 그때부터 오늘에 이르러 중국대륙과 영국의 달라진 모습은 여러 가지를 얘기해주는 것이 될 것입니다. 오늘 청와대에서 전 대통령과 3당 대표 회담이 3시간 동안 있었습니다. 유치송 총재(민한)는 구속자 석방, 지자체 조기 실시, 김종철 총재(국민)는 경제특위 구성, 한탕주의 배격, 이재형 대표(민정)는 경기부양 등 활성화 대책 건의 등이 주로 논의되었는데, 이 글을 쓰기 전까지 구체적인 것이 알려지지 않았습니다.

요즘 은행에는 태풍이 몰아치는 듯 오늘도 조흥은행에서 53명이 징계를 당했습니다. 경제사정도 어렵고 은행은 공신력을 잃어가고 있으니 모두 한심스런 일만이 연속되어 우리에게는 기쁜 소식이 들려오지 않습니다. 오늘 아침에는 오랜만에 까치가 울기에 무슨 반가운 일이 생길까 하는 마음이 들었지만 잠깐 생각했을 뿐이었습니다. 대일무역적자가 225억 달러에 이르러 수입정책에 재검토가 요청된다 합니다. 건강하세요.

1982년 6월 19일

존경하는 당신에게

오랜 가뭄으로 영호남 곡창지대가 큰 타격을 받고 있다는데 오늘도 날은 흐리고 비가 조금 오지만 몇 방울 떨어지지 않아서 더욱 안타깝게 합니다. 아침에 기쁜 소식이 장거리 전화로 들려왔습니다. 우리와 가까운 분 중 한 분이 곧 석방되게 되었다는 것입니다. 이어서 이협 씨가 석방되어 서울에 도착했다기에 집을 방문했습니다. 몸이 좀 말라보였습니다. 워낙 마음씨 곱고 조용한 분이므로 잘 참고 이겨낸 것 감사한 마음입니다. 어제 오후 우리 쪽에서 몇 분이 내려가서 이협 씨를 맞아주었습니다. 이협 씨도 당신 건강을 몹시 염려해주었습니다. 어서 당신도 자유의 몸이 되시기를 바라고 또 바랍니다. 미 상원의원장 찰스 퍼시 씨는 17일 한미수교 백주년 학술심포지엄 초청 강연에서 '한국에 대한 미 의회의 두 가지 큰 관심은 인권 상황을 포함한 정치발전과 미국의 대한 안보공약의 실천인 미군의 주둔이다'라고 말했다 합니다. 당신의 영명 축일은 7월 3일입니다.

1982년 6월 20일

존경하는 당신에게

6월도 이제 하순으로 접어들었습니다. 비는 아직도 내리지 않고 농촌은 비 오기를 갈망하고 있습니다. 문재림 목사님(문익환 목사 아버님)이 당신 건강을 무척 염려하고 계셨습니다. 너무 여러 번 억울하게 당하셨기 때문에 마음의 안정이 있어야만 건강하실 텐데 마음의 안정을 갖는다는 것이 쉽지 않으니 믿음으로 극복해야 할 것이라 말씀하시기에 믿음으로 극복하셔서 안정을 이루었으나 지병으로 고생하신다고 전했어요. 사실 마음의 안정을 얻는다는 것이 결코 쉽지 않을 거예요.

우리나라에서도 7월부터 의약분업을 우선 6개 지역에서 실행하게 되었습니다. 어제 편협 세미나에서 문공부 장관(이진희 씨)이 연설을 통해 언론이 초시대적 저항혼란, 국가 건설의 능동적 참여를 보다 중시하는 방향으로 재정립됐어야 했다고 말했답니다. 오늘의 상황이 어떠함을 엿볼 수 있을 것입니다. 한일경협 교섭이 주 내에 본격화될 것으로 내다봅니다. 정부는 ODA(정부개발협력자금) 증액을 강력히 요구할 듯합니다. 건강을 빕니다.

1982년 6월 22일

존경하는 당신에게

오늘은 하지이므로 1년 중 낮 시간이 가장 길다 합니다. 하루 종일 날씨가 꾸물거려 비가 올 듯 보이면서 비가 오지 않아 몹시 속을 태우는 날입니다. 농민들의 마음은 얼마나 속탈까 생각해봅니다. 오늘 아침 기도회에서는 시편 73장 25~28절을 읽고 이에 관해 생각했습니다.

홍걸이는 오늘부터 학기말 시험을 치르고 있습니다. 공부는 한다고 앉아 있으나 옆에서 보면 늘 주의가 산만하여 집중력이 부족해보입니다. 홍업이 신원조회 건으로 관계당국에 서면문의를 할까 하던 중 오늘 아침 여권과 신원조회 실장으로부터 홍업이에게 직접 전화가 걸려왔는데 포고령 위반사건 처리결과 서류를 제출하라고 보내온 것은 그곳 여직원의 실수였으니 초청장을 가지고 와달라는 것이었습니다. 그래서 홍업이가 갔는데 초청장을 복사해서 실장이 가지고 여권 신청하는 것이 어떠냐는 말을 했다니까 신원조사가 잘돼서 여권신청을 하게 되는 줄 압니다. 그러므로 곧 여권신청을 하겠어요. 그렇게 되면 여권 발급까지 별로 시일이 걸리지 않을 것입니다. 오늘 우리집 전기공사를 하러 기술자들이 왔습니다. 즉 110볼트를 220볼트로 바꾸기 위함인데, 둘 다 사용하도록 편리하게 시설해놓았습니다. 에어컨디셔너 옆에 변압기는 필요 없게 됐어요. 이 외무는 일본대사를 불러 일본 정부가 제시한 경협안 중 금리가 낮고 융자 조건이 좋은 정부개발협력자금의 증액을 강력히 요구한 것으로 전해졌습니다(일본은 15억 달러 규모 제시).

불란서 파리에서 7월 5일부터 8일까지 열리는 IECOK(대한국제경제협의체) 총회에 김준성 부총리 등 12명이 참석하는데 24일 떠나 공식 방문한다 합니다. 여기서 대한 투자 확대도 요청한다고요. 한강종합개발을 9월 착수한다는 반가운 소식입니다. 이번에 광범위하게 의견교환을 하고 최근 국내외 정세와 관련한 문제가 이롭게 될 것으로 보이는데 한일경협 관계, 태평양 연안 국가의 정상회담문제 등이 포함될 것으로 보고 있다 합니다. 한국의 외무부장관이 미 국무장관의 초청을 받아 방미하는 것은 이번이 처음이고 또 이 장관의 방미가 이 시점에서 상당한 비중을 가졌다는 시사를 받을 수 있다고 봅니다. 아무튼 이 장관의 이번 방미가 갑작스럽게 이루어지는 이례적인 일인 만큼 방문 목적과 그 결과에도 예측 이상의 알맹이가 있을 것이라는 전망이 외무부 주변에 지배적인 견해인 것 같아 관심을 끌고 있답니다.

오늘 신문 광고에 두통, 두중감, 이명의 치료제로(두뇌기능 활성제) 린스텐정의 선전광고가 나왔습니다. 위의 세 가지 증세는 뇌의 산소부족으로 인한 뇌세포 파괴현상 때문인데 오스트레일리아에서 개발한 것은 세 가지 복합성분의 두뇌기능 활성제라 합니다. 이것은 일양약품 것인데 100정에 1만 2000원입니다. 우선 알려드리니 생각해보시고 그곳 의무담당과 의논하셔서 쓰시도록 하세요.

기나긴 세월 너무 고생이 큽니다. 하나님께서 부디 당신을 어서 속히 자유롭게 해주시기를 거듭 간구합니다. 점점 모든 것이 밝은 빛으로 환해지기를 빕니다. 부디 건강하세요.

1982년 6월 24일

존경하는 당신에게

지난 면회 후 당신의 건강이 어떠하신지요. 궁금합니다. 오늘 조금 비가 내리더니 곧 그치고 말아 농사가 큰 어려움을 겪어야 하는가 봅니다. 오늘 오후 문책 개각을 단행했는데 국무총리 서리에 김상엽 고대 총장, 재무부에 강경식 차관, 법무부에 배명인 씨, 동자부에 서상철 건설부 차관이 각각 임명되었습니다. 이번 개각은 3당대표의 의견과 국민여론을 투영한 것으로 알려지고 있습니다. 법무부 정치근 장관은 최단명 장관으로 되고 만 셈입니다.

월례 경제동향보고에 따르면 4월 대비 수출 주문이 9.7퍼센트 증가,

건축허가도 21퍼센트 늘고, 경기지수는 1.3퍼센트 상승(5월 중)했다는 반가운 소식입니다. 이 외무부 장관은 29일 대미 외상회담을 갖기 위해 27일 출발 예정을 앞당겨 26일 향미하게 됩니다.

일본은 자동차, 전자계통에서는 미국에 앞섰으나 컴퓨터 특히 IBM 의 컴퓨터는 따르지를 못하였는데 미 FBI의 수사에 의하면 미국에서 일본 기업인들이 컴퓨터 관계 비밀정보를 훔친 것이 발표돼서 야단입니다. 이것은 사상 최대 산업스파이 사건으로 9명의 일본인이 미국 내에서 구속되었습니다. 돈을 벌기 위해서는 무슨 짓이고 해내는 인간의 흑심을 세계 도처에서 볼 수 있으니 타락한 양심이 모든 것을 망치고 있다고 생각합니다. 이 사건은 앞으로 미일 관계에 큰 영향을 미칠 것 같습니다.

레바논을 침공한 이스라엘은 PLO를 국제 테러리스트라고 주장하면서 테러리즘의 종말이 어떠한지를 보여주겠다고 장담하고 있습니다. 그러나 이탈리아, 독일, 영국, 일본 등 그동안 테러리즘에 시달려온 나라들은 PLO가 레바논에서 본거지를 잃고 쫓겨날까봐 걱정하고 있다 합니다. 그렇게 될 때(쫓겨날 때) 팔레스타인 저항세력들은 국제 사회에서 시선을 끌기 위해 암살, 비행기 납치 등 극단적인 테러 활동을 하지 않을까 하는 염려를 하고 있는 것이라 합니다. 세상은 점점 악해져서 공포에 늘 비상과 긴장을 늦출 수 없는 것으로 보입니다. 하나님이 세상에 오실 날이 점점 가까워지고 있는 것을 느낍니다. 믿음으로 무장하고 희망을 가져야 하겠어요.

존경하는 당신에게

우리에게 크나큰 비극적인 6.25동란을 겪은 지 32년이나 지났는데 큰 희생을 동족끼리 겪으면서 아직도 38선의 장벽은 무너질지 모르고 굳게 가로놓여 있으니 한이 풀어질 수 없습니다. 언제 동족의 가슴에 총을 겨누지 않고 평화롭게 통일이 될 것인지요. 다시 한 번 뼈저린 동란의 아픔을 돌이켜보게 됩니다. 앞으로 또다시 이 같은 일이 있어서는 안 된다고 생각해봅니다.

오늘은 단오이기도 합니다. 지방에서는 아직도 단오절을 지키는 곳이 있는데 서울서는 별로 볼 수가 없습니다. 6.24개각으로 민심 수습에 기대를 갖게 되는 듯이 보입니다. 김상엽 총리서리는 취임사를 통해 '국가와 국민에 대한 소명의식을 다짐하여 맡겨진 소임에 최선을 다하겠고 또 만약 우리 사회에 막힌 곳이 있다면 이를 뚫어주고, 맺힌 데가 있다면 이를 풀어주고, 굽혀진 것이 있다면 이를 바로 펴 나가면서 서로가 신뢰하고 이해할 줄 알 때 어려운 고비를 쉽게 넘길 수 있으며 나라의 발전과 성장도 이룩할 수 있다'고 말했습니다. 또 그는 '이제 우리는 그동안의 갈등과 진통을 해소하고 모든 국민이 심기일전하여 새로운 출발을 기약해야 하는 시점에 와 있다'고 지적하고 '공무원은 합심 협력하여 항상 국민을 의식하며 국정을 집행해나감으로써 국민으로부터 참다운 신뢰와 갈채를 받는 공복이 되도록 최선을 다해나가야 하겠다'고 말했습니다. 기자들의 좌담회에 의하면 새 총리를 교육계 인사로 임명했다는 점에서 이번 개각은 흐트러진 민심을 수습해보자는 데 그 주안主眼이 두어진 것으로 보고 있습니다. 또 이번 내각을 '정치내각'으로 부르는 사람도 있고 '시국수습내각'으로 성격 지을 수 있다 합니다.

김 총리서리의 등장으로 이번 개각의 정치적 효과는 클 것으로 보고 있고 또 인선 과정에서 그러한 기대치가 작용했다고 기자들은 말합니다. 김준성 부총리의 IECOK 회의 참석을 취소하고 수석대표로 상공부 장관이 대신 참석하게 되었습니다. 한일경협이 7월에 타결되지 않으면 올해를 넘길 가능성이 있고 총액에는 신축성을 보였으며 일본 측의 성의만 남아 있다 합니다. 이 외무 장관이 방미에서 귀국하는 7월 초순에 일본 측의 입장이 전달될 것으로 보고 있습니다.

   민정, 민한, 국민 3당대표가 빠르면 내주 회담을 가지게 되는데 의제의견 조정 등 논란이 일 듯하답니다. 이스라엘군이 베이루트 주위를 압박하므로 베이루트 미 대사관도 폐쇄하고 아라파트는 '영예로운 항복'을 논의하고 있다 합니다.

   일본의 산업스파이로 일본국민은 '미국 덫에 걸렸다'고 분노하고 반미감정이 고조되었으며 일본도 회사는 '정보 입수가 합법이다' 하면서 재판으로 싸우겠다고 나서고 있어 심상치가 않습니다. 의약분업 실시로 목포 등 8개 지역 의료보험 시범시 지역의 약국 보험 참여를 '임의분업'으로 확정하자 목포 지역 약국들은 이에 반발 일제히 문을 닫는가 하면 전국으로 파급돼서 서울에서도 내일부터 약방 문을 닫는다 합니다. 세상은 변동도 많고 변천도 급격하며 모든 것의 속도가 나날이 빠르기만 하니 우리 운명의 변함 또한 빠르게 되므로 언제 어떻게 어떠한 변화가 생길지 누구도 알지 못하나 하나님 하시는 일 반드시 공의로 행사하실 줄 믿습니다. 결코 불행과 역경만이 우리 것은 아닐 것입니다. 아침저녁 서늘한 날씨에 더욱 몸조심 하세요.

1982년 7월 3일~9월 30일

고행을 통해 참 승리로

1982년 7월 3일

영세 받은 날

"여호와는 나의 목자시니 내가 부족함이 없으리로다. 그가 나를 푸른 초장에 누이시며 쉴만한 물가으로 인도하시는도다. 내 영혼을 소생시키시고 자기 이름을 위하여 의의 길로 인도하시는도다. 내가 사망의 음침한 골짜기로 다닐지라도 해를 두려워하지 않을 것은 주께서 나와 함께 하심이라."(시편 23편)

당신의 믿음의 생일을 축하드립니다. 당신의 생이 믿음으로 나날이 새로워지며 오랜 고난의 가시밭길이 점점 평탄한 시온의 대로로 향해져서 새 하늘과 새 땅을 바라보는 날이 속히 당신 앞에 전개되기를 빕니다. 당신의 건강은 하나님이 꼭 지켜주실 줄 믿습니다.

존경하는 당신에게

오늘 면회 때 당신의 얼굴이 부어서 얼마나 몸이 불편하신가 알 수 있어 마음이 무겁습니다. 부디 물리치료라도 그곳에서 해주면 좋겠습니다. 당신 위해 배려해주는 것이 없는데 어떻게 더위도 타지 않는 당신이 더울까봐 염려돼서 그리도 지성껏 머리를 깎아드리는 수고는 잊지 않는지 알지 못할 일입니다.

오늘 소나기가 내린다더니 한 방울의 비도 오지 않고 하루가 또 넘어갑니다. 얼마나 인간들의 마음이 메말라 있고 증오로만 가득 차 있으면 이렇게 하나님조차 우리를 외면하실까 하는 생각이 듭니다. 왜 서로 사랑하고 위하여 도와주는 아름다운 마음을 간직하기가 그렇게도 싫고 옆에 사람을 괴롭혀야만 마음이 후련해지는 사람들로 가득 차 있는지, 어찌 이러한 우리가 하나님의 축복을 감히 받고자 원하는 것인지 아무리 생각해도 알 수가 없습니다.

사랑이 넘치는 훈훈한 사회가 되기를 빕니다. 함 신부님 쓰셨다는 것은 기도에 관한 것, 욥에 관한 것인데 좀 긴 편입니다. 시간이 있을 때 추려서 적어 보내드리겠습니다. 오늘 한화갑 씨도 청주에 내려가려다 급히 시골에 내려갈 일이 있어 어제 당신에게 영치금을 차입해드리라고 내게 주고 갔으나 오늘 작은아버지께서 차입하셨으므로 다음 기회에 차입하겠습니다.

오늘 한일외상회담이 두 차례 있었습니다. 이날 회의에서는 특히 한국 측의 신제안으로 알려진 엔차관 23억 달러, 상품차관 17억 달러 가운데 상품차관 금액을 일본 정부차관 또는 이에 준하는 사용 조건, 상환 조건으로 요청한 한국 측의 상품차관 내용 및 조건 문제가 중점 협의된 것으로 전해졌다 합니다. 이 장관은 회담에 앞서 기자들과 만나 경협타결의 대화를 해보고 일본 측의 의중을 알아본다는 뜻에서 일본에 왔다고 말하고 타결교섭이 부진할 경우 양국관계에 심각한 영향이 미칠 것임을 시사했습니다. 일본 측에서는 경협협상 장기화에 대한 비판과 11월 자민당 총재 재선을 앞두고 한일경협 문제를 완결해서 외교적 성과를 거두자는 기대도 일부에 있어 한일교섭이 원만히 진행될 경우, 오는 8~9월의 일본외상 방한과 10월의 동경 한일정기각료회담을 통해 완결짓겠다는 일정도 거론되고 있다는 것입니다.

정부는 중소기업에 대한 신용대출을 확대키 위해 신용보증기금에 대한 정부 출연액을 크게 늘리기로 하고 이 추가 출연분은 전액 중소기업 신용보증에 쓰기로 했다 합니다. 그리고 대출 결손도 보상할 것을 검토하고 있습니다. 6.28, 7.3조치 등은 우리경제사에 하나의 큰 변혁으로 지적되고 있습니다. 아직 구체적인 반응이 나타나고 있지 않으나 예상되는 각 부분별 반응을 살펴본 보도에 의하면,

은행 – 자금 대량 인출 우려, 저축 의욕 떨어질까봐 우려하고 보안책 기대함.

증시 – 광화문 '곰'(소위 큰손 중의 하나라는 것)이 300만 주가량의 큰 덩어리 내놓았다 하여 대형투자자들에게 상당한 위축감을 주고 있음. 다소 활기를 잃지 않을까 염려함.

부동산 – '잘못하면 손해본다' 후속조치 겁내 보름 정도 지나야 알 수 있다고 관망하고 있음.

부디 건강하셔야 해요. 되도록 마음도 편안히 가지도록 힘쓰세요.

존경하는 당신에게

어제 당신이 계신 청주는 34도까지 수은주가 오르는 더위였다고 하니 얼마나 그곳에서 지내시기 어려우실까요. 청주는 겨울은 더 추운 곳, 여름은 더 더운 곳이 돼서 당신 몸에도 좋지 않은 곳이 되고 있습니다. 그리하여 심신의 어려움이 당신에게 너무 크게 가해지는 것 생각하면 마음에 걸립니다.

정부는 산업구조를 경쟁력 위주로 개편하고 자유경쟁을 통한 개방화를 촉진하기 위해 수출용 원자재를 제외한 모든 수입품에 최저 0퍼센트, 최고 100퍼센트까지 매기고 있는 관세를 8퍼센트로 균일화하고 86년까지 현행 74퍼센트의 수입자유화율을 선진국 수준인 97퍼센트수준으로 크게 앞당겨 실시하되 보호 업종에만 24퍼센트까지 잠정보호 관세율을 부과, 4년간 보호해줄 방침이라 합니다.

올해 전국 국공사립대학 교직자 중에 사직자를 포함, 모두 187명이 교수 재임용에서 탈락된 것으로 나타났습니다. 내년도 예산 규모는 올해보다 최저 8.5퍼센트, 최고 11.7퍼센트 늘어난 10조 7000억 규모에 이를 전망입니다. 우리나라 국민들의 총 조세 부담은 지난 20년 동안 2배로 늘어나 인플레 등 경제 불안의 요인이 되고 있으며 부가가치세제의 실시로 고소득층보다는 저소득층의 세 부담이 무거워진 것으로 나타났다고 합니다. 예를 들면, 최고 소득층 20.6퍼센트, 최저 소득층 28퍼센트이고 간접세도 9퍼센트 대 28퍼센트로 훨씬 높은 것으로 나타났다는 것입니다. 세계은행은 한국이 5차 계획 기간 동안 추진하려고 하는 GNP 성장목표는 달성하기 어렵다고 지적, 성장률을 낮춰야 하며 실업률을 관리할 수 있는 수준에서 노동집약적 산업을 성장시

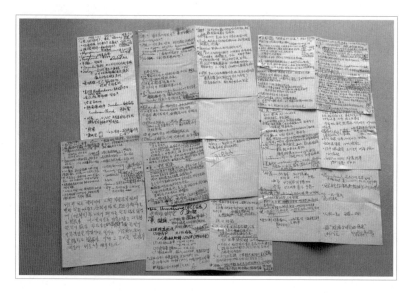

청주교도소 면회 때 나눌 이야기의 요점을 정리해놓은 이희호의 메모들.
할 말은 많고 시간은 짧았으니 돌아설 때는 늘 아쉬움이 남아 있었다.

키는 방안을 강구해야 한다고 촉구했습니다.

오늘부터 이철희, 장영자 부부의 어음 사기사건 공판이 시작됐습니다. 루머에 지친 국민들은 진실 밝힐 명판결만 기대하고 있습니다. 모든 진실이 밝혀지는 것이 중요하니까요. 부디 더위에 몸조심하세요.

1982년 7월 9일

존경하는 당신에게

오늘은 정화의 생일이었습니다. 홍일이 가족, 홍업, 홍걸이 같이 자연농원에 가서 하루를 즐겼습니다. 정화는 물속에 들어가는 것을 겁내고 지영이는 물속에서 나오지 않으려고 그곳을 떠나지 않으려고 했대요. 홍걸이는 오래간만에 볕을 쬐어서 등이 붉게 타 집에 와서 쓰리다고 야단이에요. 하루를 재미있게 지낸 것 같아요.

정부는 인구증가 억제책으로 내년부터 우선 공무원의 가족수당과 자녀 학비보조 수단을 자녀 두 명에 한해 지급할 방침이라고 합니다. 《뉴욕타임스》에 의하면 8일 '한일 양국은 끈질긴 협상 끝에 40억 달러로 조정, 마침내 최종결정 단계에 이른 것 같다'고 동경발로 보도했으며 '마지막 협정에 이르기 위해서는 약간의 사소한 조정이 있을지 모른다'고 한 대장상의 말을 인용, 일본 관리들은 '이 말은 결국 오래 버티던 끝에 일본이 한국에 다소 양보하려는 것으로 해석하고 있다'고 보도했다 합니다. 또 이 신문은 '병을 앓고 있는 한국 산업에 이미 많은 돈을 빌려준 미국과 일본은행들은 한일경협협상이 타결될 때까지 더 이상의 신용제공을 주저하면서 한일 간의 협상을 주시하고 있다'고 보도했습니다. 일본의 대장상과 방위청은 83년도 방위비를 금년도 보다 7.35퍼센트 늘리기로 합의, 이를 83년도 예산 개요를 결정하는 9월 올렸다 합니다.

소련은 8일 레이건 미 대통령이 레바논에 미군을 파병해서는 안 되며 만약 파병이 실현되는 경우 소련도 이에 상응하는 대책을 강구할 것이라고 강력히 경고하는 친서를 레이건 대통령에게 보냈다 합니다. 레바논 외교 소식통은 이스라엘의 레바논 침공으로 레바논의 기독교와 회교도 사이에 새로운 내전이 발발한 위험이 고조되고 있으며 이 위험은 남부 레바논 곳곳의 폐허 속에 뿌리를 내려 독버섯처럼 자라고 있다 합니다.

오늘 차입한 책은 《왜 그리스도인인가?》입니다. 오늘 청주에서 버스 기다리는 동안 엽서를 써서 보냈지만 되도록 신선한 과실을 드시길 바랍니다. 오늘도 당신의 건강을 위해 기도드립니다.

1982년 7월 9일

오늘 차입 물품을 보니 복숭아 통조림을 신청하셨기에 여기 알려드리고 싶어서 몇 자만 적습니다. 금년에는 가뭄 관계로 여름 과실은 맛이 예년보다 좋은 편입니다. 특히 복숭아 맛이 아주 좋습니다. 청주에도 복숭아가 나와 있으니 통조림 것 드시지 마시고 생생한 과실 드시도록 하세요. 통조림은 당분이 너무 많고 신선도가 떨어지니 좋은 것 구해달라 요청하셔서 드시기 바랍니다.

1982년 7월 11일

존경하는 당신에게

이 더위에 어떻게 지내시는지요. 몸은 좀 덜하신지 궁금합니다. 만일에 물리치료를 한다 하더라도 더워서 퍽 어렵지 않을지 염려됩니다. 그러한 환경에서는 모든 것이 힘들 것만 같습니다. 오래 기다리던 비가 어젯밤 늦게야 좀 쏟아지더니 오늘 낮에는 햇볕이 쨍쨍하게 비춰서 비는 다시 올 것으로 보이지가 않습니다.

며칠 전 예춘호 씨 딸의 결혼식이 있었는데 어제저녁에는 둘째 아들의 약혼식이 있어서 갔습니다. 되도록 조용히 극소수의 사람들만이 모이도록 하고 널리 알리지 않고 우리 쪽에서 알고 갈 정도로 식을 올렸습니다. 둘째 아들은 이번에 도미 유학 길에 오르는데 같이 유학을 가므로 약혼을 해서 보내야 한다는 색시 쪽의 의견에 따라 하게 된 것입니다. 홍업이 생각이 무척 났습니다. 우리도 홍업이를 그렇게 해서 보낼 수만 있어도 한결 마음이 기쁘련만 우리의 사정은 그렇게 할 수 없어 안타까울 뿐이었습니다.

정부는 금융정상화를 위해 지금까지 미루어오던 부실기업 정리작업을 과감하게 추진할 방침인데 8월부터 1단계 부실기업 정리는 4개 합한 회사, 4개 기계 공업체와 40개 은행관리업체 중 회생 가능성이 없는 10개 업체 등 모두 20개에 달하는 것으로 알려졌다 합니다. 한일의원연맹이 10일 서울에서 간사회의를 열고 금년도 정기총회를 9월 7일부터 2일간 동경에서 열기로 하는 한편 경제협력 문제의 조속한 타결을 촉구하는 내용의 공동 발표문을 채택했다 합니다. 미 레이건 대통령의 레바논에 대한 파병 결정이 발표된 후 미국 내의 반응은 점차 우려의 기운을 짙게 띄고 있다 합니다. 의회 내의 반대 여론과 국방성마저 미군의 피해를 막을 수 있는 뚜렷한 보장이 없는 한 미군의 레바논 사태 직접 개입은 무모한 것이라는 태도를 보이고 있어 파병문제는 이제 마무리 단계에 있는 파병조건에 초점이 쏠리고 있는 것 같다고 합니다.

레이건 대통령의 파병 결정은 발표 그대로 원칙적인 것이고 파병이 곧 실행단계에 옮겨지는 상태는 아직 아니라는 것입니다. 미국과 이번 문제 협상에 참여한 사우디나 프랑스는 요르단 서안과 가자지구에서의 팔레스타인 자결권을 인정하는 방향으로 나가고 있고 이스라엘은 물론 이에 반대하고 있다 합니다. 대만은 곧 미국에 대표부 사무소(보스톤에) 개설이 허용될 것이라고 보도했다 합니다. 프랑스 외무장관이 이달 말 방한하여 이 외무와 회담, 고속전철 참여 등 경협 논의를 한다 합니다. 정부는 단자, 신용금고의 신규 설립을 허용키로 한 데 이어 장기적으로는 은행 설립도 자유화할 것을 검토하고 있는 것으로 알려졌습니다. 6.28경기활성화조치 등 일련의 경기부양 대책에 따른 법인세율 인하와 금리인하 조정으로 기업들은 1조 2000억 원의 금융비용 경감 등의 혜택을 보게 되는 것으로 최종 분석됐다 합니다. 제조업 금리 3522억 원이 줄고 수출금융 236억 원, 법인세 3000억 원이 가벼워졌습니다.

홍걸이는 이달 중에 여름 휴가를 동해안 쪽으로 갈 예정이고 홍업이는 입학 허가서가 오는 것을 기다리고 있습니다. 모든 일이 잘 풀려가기만을 기다리고 있습니다. 더위에 몸조심하세요. 건강이 어느 때고 제일 중요해요.

1982년 7월 14일

존경하는 당신에게

그렇게 기다리던 단비가 호남지방과 제주, 경남서부 지역에 내려 해갈이 됐다는 기쁜 소식이 있으나 아직 경북, 충청 등 북쪽에는 가뭄이 계속 되고 있어서 수력발전의 중단 위기에 이르고 있습니다. 우리 마음속까지 타들어가는 느낌마저 듭니다.

정부는 수출부진을 타개하기 위해 수출금융의 달러당 융자비율을 81퍼센트에서 85퍼센트로 올리고 선박 등 연불수출지원을 확대하는 등 수출촉진을 위한 보완책을 주말까지 마련 실시키로 했으며 환율은 금리가 작년 11월 이후 현재까지 연속 10퍼센트나 내려 기업의 자금코스트가 크게 떨어졌다고 판단해서 수출촉진을 위한 환율 인상은 이를 고려치 않을 방침이라 합니다.

동해의 공해상에서 어로 작업 중이던 우리 어선 1척을 또 납북해가는 불행이 발생했는데 그곳에 35명이 탔는데 납북하여 그들의 비행을 또 드러낸 것입니다. 그런가하면 김일성은 내달 하순경 북경을 방문해 중공과의 관계를 강화할 것이라는데 이 소식통은 김의 중공 방문이 최근 중공 국방상과 외무성 고문의 평양 방문 중에 주선됐다고 말했다 합니다.

미 국무장관에 지명된 조지 슐츠 씨는 13일 상원외교위에서 열린 의회승인 청문회에 출석 지난 10년간 미소관계에서 미국의 힘과 결의의 감소가 서방의 이해관계상 중요한 지역에서 소련의 팽창을 자초했다고 지적하고 미국의 외교정책이 전반적인 성공을 거두기 위해서는 미국의 힘의 회복과 유지가 중요하다고 외교정책지침을 밝혔답니다.

증언요지

대소관련—힘의 입장에서 협상해야 한다는 레이건 대통령의 주장 지지, 핵의 동결과 선제 핵 공격 포기에는 반대, 원칙적으로 외교정책에 무역제재 조치 사용에는 반대나 대소 곡물 금수 조치, 가스관 건설 장비 공급 중단 등의 조치 찬성.

대중공 및 대대만관계—미·중공 관계는 계속 강화되어야 하고 대만이 방위를 위해 필요로 할 경우 대만에 제트전투기를 판매해야 한다.

대중동문제—PLO 게릴라들이 테러를 포기하고 이스라엘의 생존권을 인정하는 경우 PLO의 중동평화협상 참여를 환영할 것임. 레바논 파견 미군이 안전하고 적절하게 이용된다면 PLO 게릴라들의 베이루트 철수를 감시하기 위해 레바논에 미군을 파견하는 것에 찬성. 무사 공평한 입장에서 중동정책을 수립해나가며 포괄적인 중동 평화를 위해 이스라엘과 공동으로 노력할 것임.

우방들과의 관계—맹방들 간의 알력과 이견은 불가피한 것임. 미국은 다른 우방들이 기대하는 것처럼 책임 있는 동반자의 역할을 수행해야 한다.

오늘 홍업이가 차입한 책은 《축소지향의 일본인》(이어령 저)입니다. 너무 고생하시는데 믿음으로 좀더 참고 이겨나가시기 바랍니다. 꼭 때가 올 것을 소망하시고 건강에 힘쓰세요.

1982년 7월 18일

존경하는 당신에게

오늘도 여전히 햇볕이 내리쪼이는 더운 날씨입니다. 이대로 가다가는 장마가 없는 여름이 될 것 같습니다. 농사뿐 아니라 물이 쓰이는 모든 것에 크나큰 어려움이 따르니 큰 야단입니다. 인력으로 할 수 없으니 하늘만 쳐다보고 하나님의 처분을 바라고 있을 뿐입니다.

정부는 대외통상교섭을 효율적으로 추진하기 위해 대외경제조정기구를 설치 수출입을 연계하는 종합적인 통상정책을 펴나가기로 했습니다. 또 우리 정부는 외국으로부터의 쌀 수입을 중단할 것을 모색하고 있다고 《로스엔젤레스 타임스》가 보도했다는데 한국 정부가 87년까지는 일체의 쌀 수입을 중단하겠다는 결의를 새롭게 했다며 이 같은 결정은 미국산 쌀의 대한 수출을 둘러싸고 미국 내 쌀 수출업자들 간에 심각한 분쟁이 벌어지고 있기 때문에 내려진 것이라고 전했다 합니다.

일본 정부는 오는 23일 외무상, 대장상, 통산상과 경제기획청 등 4개 부처의 경제 담당국장 회의를 열고 대한 경협문제에 대한 일본 측의 최종안을 확정할 방침이라고 합니다. 일본 외무성 소식통은 17일 이 같은 일본 정부의 방침을 밝히고 새로 확정되는 일측 안을 곧 한국 정부에 전달할 것이라고 말했답니다. 이 소식통은 상품차관제공 문제를 놓고 한일 양국이 아직도 진통을 겪고 있는 것은 사실이나 이 외무장관의 방일을 계기로 두 나라 간의 이견이 상당히 좁혀졌다고 전했다 합니다. 또 한일 양국은 전 대통령이 아주를 방문하는 8월 초순까지는 경협문제에 대해 원칙적인 타결만이라도 보도록 외교적인 총력을 기울일 것이라고 했다 합니다. 이를 국장회의에서는 주로 한국이 제5차 경제개발 5개년 계획 기간 중 필요로 하는 내자를 상품 차관과 같은 형태의 대체적인 조치로서 엔차관 및 수출입은행 자금 중에서 얼마만큼 조달할 수 있는가 하는 문제를 중점적으로 협의한다는 것입니다.

한일경제협력에 있어서 한국은 명분, 규모, 조건 모두 후퇴를 거듭했고 '안보' 경협문제는 퇴색했으며 새 관계의 정립은 기대하기 어렵다고 보고 있습니다. 23억 달러 ODA도 배증공약을 고려하면 실리는 겨우 8억 달러선이라는 것입니다.

이란, 이라크전은 가열하고만 있어 중동은 조용한 날이 없는 듯 전쟁의 공포 속에 있고 이란의 호메이니는 이라크의 후세인 정권을 전복시킨 후 예루살렘을 해방시키겠다고 선언하고 아라파트에게 결사항전을 촉구했다는 보도입니다. 오랜 침체로 텅 비어 있던 공단 게시판에 종업원을 구한다는 모집광고가 나붙어 있어 일거리가 늘었음을 알 수 있습니다. 한 달 사이 1000여 명 공원이 취업했고 해외수주 10퍼센트가 많아져 올 수출목표는 무난히 달성할 것이라는 희소식입니다.

내일 만나뵐 것을 기쁨으로 기다리며 당신의 건강을 빕니다.

1982년 7월 20일

존경하는 당신에게
오늘도 너무 더워서 선풍기 옆에서 하루를 보냈습니다. 당신이 계신 곳은 얼마나 더 더울까 생각하면 선풍기를 쐬는 것도 참 미안한 감을 가지게 됩니다.

오늘의 기도와 예배에서는 디모데후서 4장 7~8절을 읽고 묵상했습니다. 우리는 모두 선한 싸움을 싸우고 믿음을 지켜 의의 면류관을 받도록 해야겠습니다. 어떤 어려움 안에서도 반드시 선한 편에 속하며 하나님이 기뻐하시고 상 주실 것을 믿고 참고 이겨내야 하겠습니다.

당신이 겪으시는 그 엄청난 고난은 결코 헛되게 지불하는 것이 아닌 줄 압니다. 하나님의 뜻이 그곳에 있고 욥에게 내린 축복이 당신께도 반드시 있을 것을 믿고 싶습니다. 아직도 여름이 지나가려면 한 달도 더 지내야 하는데 어떤 화단에는 벌써 가을을 장식하는 코스모스가 펴 있습니다. 요즘은 계절도 초월해서 꽃이 피고 열매도 맺기에 옛날과 달라지는 것이 많이 있습니다. 이변의 시기이기도 합니다. 더위는 우리만이 아닙니다. 미국 동부는 37도까지 오르는 폭염 속에 있는가 하면 미 서부는 하루 300밀리미터의 호우로 도로가 침수되고 단전까지 되어 야단입니다.

세계경기가 침체상태를 벗어나지 않고 있어서 올해 수출은 당초 목표의 245~259억 달러보다 5~8퍼센트가 밑도는 230억 달러선에 그칠 것으로 전망하고 있습니다. 7.3조치 후 대거 은행을 빠져나갔던 돈이 다시 은행으로 흘러오고 있다 하나 요구불예금이나 요구불예금 성격이 강한 저축금 중심으로 예금이 크게 늘고 있어 은행 자금이 유동성이 강한 대기성 성격으로 변하고 있는 추세라 합니다.

일본 스즈키 수상은 이토 방위청장관으로부터 83년도부터 5개년간의 주요 방위장비 구입 16조 엔의 계획을 보고받고 이를 승인했다 합니다. 따라서 자위대의 장비를 전면 강화하는 것입니다.

일본 외무성은 22~23일 이틀간 외무성 아시아국 동북아시아 과장을 서울에 파견, 한일경협의 실무자 절충을 본격화한 뒤 오는 27~28일 일본에서 양국실무자협의를 열어 일본 측의 새 제안을 전할 것으로 알려졌습니다.

미국은 특수전부대를 재건 정규 작전이 부적당한 곳에 투입할 것이라고 합니다. 이란은 이라크 남북 전략 요충 바스라 항을 사수하고 있는 이라크군을 제압, 바스라 항을 점령하기 위한 최종공격을 준비하고 있다고 밝혔다 합니다. 바스라 지역에 거주하는 외국인 일부는 철수를 시작했으며 한국근로자는 아직 작업을 계속하고 있으나 아무 이상이 없다는 현지보고가 있습니다.

레이건 미 대통령은 카터 전 대통령의 핵확산금지정책을 완화 아르헨티나의 독자적인 핵 개발에 중요한 역할을 한 핵기술 수출을 인가했다고 《워싱턴 포스트》가 보도했다 합니다. 아사드 시리아 대통령은 이스라엘군이 철수하지 않는 한 시리아군도 레바논에서 철수하지 않겠다고 말했다 합니다. 미국은 이란과 소련의 접근을 우려해 중립을 지키고 있고, 레바논의 평화중재도 지지부진하다 합니다. 이달 초부터 소말리아에 총성이 들려 에티오피아와 국경분쟁이 재연되어 또 하나의 미소 대결의 장이 될 듯하다는 것입니다. 이스라엘군은 레바논에서 10만 무장을 가능케 하는 소련의 군사장비를 적발했는데 소련이 중동에 군사개입할 경우 이 비축무기를 사용하려 했다는 추측을 자아내고 있다 합니다.

세계최대의 건설회사인 미국의 '벡텔그룹'은 미 각료양성소로 알려지고 있는데 와인버거 국방장관에 이어 슐츠 국무장관도 배출했습니다. 국익보다 기업이윤을 앞세우는 친아랍이므로 중동정책에 영향력을 행사한다는 우려도 한다 합니다. 늘 건강에 조심하세요. 마음가짐이 건강에 제일 중요하다는 것 다시 명심하시기 바랍니다.

존경하는 당신에게

오늘도 내리쪼이는 태양열에 마음이 타는 느낌이 드는 날씨입니다. 농사만이 아니라 가로수도 마르고 식수난에 고생하고 있는 지역도 많은데 아직 우리동네는 물 걱정은 하지 않고 있어 물 없이 애타는 사람들에게 미안한 마음이 듭니다. 그러나 모든 사람들을 생각해서 되도록 물을 아껴 쓰고 있습니다. 우리집은 다행히 식수는 아니 되지만 펌프물이 있어서 뜰과 화단에 쓸 수 있는 것 참 감사한 일입니다.

우리 정부는 일본교과서의 한국 침략사 미화문제를 중시하여, 사실과 다르게 표현된 교과서를 입수해 내용을 검토한 뒤 이의 시정을 일본 정부에 강력히 요구키로 했습니다. '침략사 왜곡 표현 중대문제'라 해서 국회 문공위도 소집 검토 중에 있습니다. 한일경협과 관련 한국이 요청하고 있는 상품차관의 규모를 놓고 한국 측과 마지막 실무접촉을 벌이고 있는 일본 측이 내자조달용으로 들여올 상품차관의 품목에 일본의 일부 불황제품도 포함시킬 것을 구상 중인 것으로 22일 알려졌다 합니다. 외교소식통들은 이날 이 같은 일본의 움직임을 전하면서 상품차관의 품목내용 조정과정에서 한일 간의 큰 이견이 노출될 것 같다고 전망했다 합니다. 일본 외무성은 22일 고쿠라 동북아과장의 의향을 비공식적으로 타진하고 경협해결을 위한 협의를 갖게 될 것이라 합니다. 외무성 발표에 의하면 8월 5일 프랑스 외상이 내한, 한불외상회담을 갖고 협력 증진을 협의하며 정상 상호방문도 논의할 예정이고 프랑스의 대북한정책도 거론될 듯하답니다. 무더위에 몸 건강 더욱 힘쓰시기 바랍니다.

존경하는 당신에게

오늘은 바람이 많이 불어서 비교적 선선한 날입니다. 그래도 서울에는 비 한 방울 떨어지지 않아서 화초에 아침저녁으로 물을 주지만 어쩐지 싱싱하지 못하고 누런 잎이 끼는 것이 있어 보기에도 딱합니다. 우리가 어떤 기쁜 소식을 기다리는 것과 같이 기다리던 비는 오지를 않습니다. 답답함을 더해주는 느낌입니다.

일본 교과서 파동이 연일 크게 문제가 되어서 각 신문 1면 톱을 차지하고 있고 각계에서 규탄의 소리가 높게 일고 있습니다. '파렴치' 제국주의 표상에 분노하여 정부 차원에서 시정을 해야 한답니다. 더구나 일본 정부의 각료인 국토청장관의 망언이 문제시되어서 한일 우호관계에 중대한 영향을 미칠 우려가 큰 가운데 경협교섭이 한국 측의 40억 달러 신제안을 일본 측이 정면으로 거부하는 대안을 내놓음으로써 경협을 둘러싼 양국 관계는 교섭개시 후 최고의 상태에 직면했다 합니다. 일본 측은 23일 지난 6월 22일 정부개발협력자금ODA의 증액과 상품차관 등을 요청한 이 외무장관의 새 제안에 대해 ODA는 증액할 수 없으며 수출입은행차관 중 일부를 상품차관으로 검토하겠다는 수정대안을 제시했습니다. 이날 오후 주한일본공사를 통해 외무부 아주국장에게 전달된 이 같은 수정 대안은 한국 측이 당초 주장에서 대폭 양보한 새 제안에 크게 못 미치는 것으로 한국 측은 이에 대해 강한 유감의 뜻과 불만을 표시한 것으로 알려졌다 합니다. 일본 방위청은 23일, 오는 83년부터 87년까지 현 군사력을 대폭 증강, 정비하기 위해 주요 장비 구입비만 총액 4조 4000억~4조 6000억 엔(약 176억 달러)을 사용하게 될 이른바 '56중업 계획'을 내각 국방회의에 제출해 승인을 받았다 합니다.

이란, 이라크의 전쟁 와중에도 한국 해외건설회사는 이라크에서 9억 6000만 달러짜리 대규모 고속철도공사를 수주, 실제 공사는 회원사인 현대건설과 남광건설이 맡는다고 합니다.

　상공부는 상반기 수출이 부진하고 하반기에도 개선전망이 보이지 않음에 따라 무역상사 간 덤핑 등 과당경쟁으로 인한 수출 매가 하락을 방지하고 수출증대를 꾀하기 위해 과당경쟁 업체에 대해서는 수출입 업자 자격을 정지 또는 취소하는 등 강경책을 쓰기로 했습니다. 대규모 수입업체엔 일정액 수출을 의무화하기도 한답니다.

　23일 평화통일자문위원에 만찬을 베푼 자리에서(청와대 영빈관) 전 대통령은 실명 예금제를 실시하게 되더라도 개인의 비밀은 입법조치 등을 통해 철저히 보장될 것이며 또 그렇게 하지 않으면 안 될 것이라고 말했습니다. 또 통일은 우리가 예상했던 것보다 의외로 빨리 성취될 가능성도 없지 않다고 생각한다면서 이에 대비하여 우리는 희망과 자신감을 가지고 통일을 위한 환경 조성에 적극적인 노력을 기울여야 할 것이라고 말했습니다.

　당신의 건강을 염려하는 분이 많습니다. 얼굴의 부기는 혹 신장에 지장이 있는 것은 아닌지 하는 생각도 듭니다. 어서 건강을 회복하시고 우리가 바라고 원하는 바 이루어지기를 빌고 또 빕니다.

1982년 7월 27일

　존경하는 당신에게

　어제 밤 늦게부터 내린 호우로 지하철 공사장은 침수 소동을 벌이고 붕괴 위험이 있는 곳은 차량통행이 금지되었으며 축대, 도로 붕괴가

잇따라 벌써 이재민이 400여 명이나 된다고 합니다. 비가 안 와도 걱정, 너무 와도 걱정입니다. 오늘 밤에는 또 뇌성벽력에 비가 온다는 예보이고 보니 제발 피해가 없기를 바라는 마음 간절합니다.

정부는 일본 교과서의 대한 역사 왜곡 사실과 그와 관련된 일본 각료의 문제 발언에 대한 진상을 일 외무성에 규명해줄 것을 공식요청하는 한편 28~29일 양일간 동경에서 열리는 한일생사生絲회담의 수석대표를 교체하는 등 한일 현안을 둘러싼 최근 일련의 사태와 관련 대일 강경책을 취하기로 했습니다. 이와 함께 정부는 정례 국무회의에서 일 교과서 문제에 대한 대응책을 협의키로 함으로써 한일 양국 관계는 심각한 국면으로 접어들었다 합니다.

일본 정부는 교과서의 왜곡사실이 외교문제로 번지자 이의 대응책 마련에 부심하고 있고 왜곡 부분에 대한 중공 정부로부터의 공식적인 항의 및 시정 요구와 한국 조야에서 일고 있는 강경 비판 움직임에 자극받고 일본 수상 주재로 각료를 열고 대책을 협의했다 합니다. 전 대통령은 금년도 제2차 사정협의회 전체회의 개최에 즈음하여 고위층이나 특권층을 빙자하여 권력을 남용하거나 과시하는 행위와 각종 유언비어를 날조하거나 이에 부화뇌동하는 행위를 철저히 색출해서 엄단하고, 사회기강을 문란케 하는 폭력, 사기, 도범 등 각종 국민생활위해사범을 안보적 차원에서 집중 단속하라고 강력히 지시했습니다. 그리하여 사정회의는 권력빙자사범을 즉각 신고하게 하고 유언비어 암행 감찰 단속키로 했습니다.

내무부는 조직폭력배 등이 날로 늘어남에 따라 오늘부터 8월 25일까지 국민생활위해사범을 집중단속키로 했는데 조직폭력, 이민 사기 등을 중점으로 한다고 합니다.

이란, 이라크 전은 소강상태이므로 페르시아 만 산유국에 확전 우려가 감소됐다 합니다. 한영제 의원에 징역 2년이 구형됐고 의원직 사임의 뜻을 밝혔습니다. 미국은 우대금리를 1년 6개월 만에 최저 수준인 15.5퍼센트로 0.5퍼센트 인하 조정했다 합니다.

우기로 접어들어 습기로 인해 당신의 몸에도 지장이 있을까 염려됩니다. 볕이 났을 때 담요 등 말리는 것 잊지 마세요. 건강을 빕니다.

1982년 7월 28일

존경하는 당신에게

아침에 잠깐 반짝 햇빛이 보이더니 하루 종일 침침하고 비가 왔다 그쳤다 하는데 오늘 아침 홍걸이는 형주와 외사촌 아이와 같이 동해 쪽으로 떠났습니다. 그곳에서 돌봐줄 사람도 있어서 다른 것은 염려할 것이 없는데 날씨가 좋지 않고 그곳은 기온도 낮은데 고집부리고 두꺼운 것 가지고 가지 않아서 좀 걱정이 됩니다. 여하튼 장마 중에 별 재미 못 보겠으나 이것저것 경험하는 것이 좋을 줄 압니다. 홍일이 가족도 오늘 당일치기로 물놀이를 떠났으나 비가 많이 와서 아이들 데리고 고생이 됐을 것 같습니다. 어린아이들이 있는 집에서는 하루라도 어디로 갔다 와야지 아이들이 졸라서 못 견디겠다는 사람들이 많습니다. 옛날과 달리 바캉스를 즐기는 것도 하나의 유행과 경쟁이 된 것 같습니다. 또 매스컴을 통해서 많은 자극을 받는 것이 실정입니다.

일본 문부성은 고교 교과서인 《현대사회》의 검정을 하는 과정에서 '제일 조선인의 인권보장'이라는 소제목으로 된 내용에 대해 적극개입, 사실을 왜곡되게 수정하도록 했다 합니다. 일본 정부는 금명간 한국, 중공 등에 교과서 검정제도를 설명, 양국의 이해만 구하기로 하고 일본의 기정방침을 강행 결정할 것으로 알려졌습니다. 일본 야당은 교과서 관계 잘못에 일제히 정부를 비난, 정치쟁점으로 삼고 있다고 합니다.

홍콩지에서도 이를 성토하고 '일본은 2차대전 이후 민주개혁을 이룩했지만 군국주의에 향수를 느끼고 있는 보수세력들이 쉽사리 말살되지 못했다는 사실이 이번 교과서 왜곡에서 명백히 드러났다'고 보도했습니다.

전 대통령 8월 아주 순방에 앞서 재계 중진 37명이 대거 현지로 떠나 수출합작투자 등 민간차원의 경제협력 확대를 꾀할 방침이라 합니다. 6.28경기활성화조치가 시행된 지 오늘로 한 달인데 총통화가 크게 늘고 중소기업 부문에 대한 자금지원이 활기를 띠고 있으나 수출이 계속 부진, 산업 활동은 대체로 관망상태를 견지하고 있고, 금리 인하로 일부 대기업은 투자에 다소 여력이 생겼으나 기존설비 가동률이 크게 개선되지 않아 신규투자를 망설이고 있으며 7.3조치에 영향을 받아 크게 치솟았던 금값과 암달러는 당국의 조치설로 약간 주춤 강보합세를 유지하고 있다고 합니다.

이스라엘기가 6일째 서베이루트를 폭격하여 시내 중심부가 큰 피해를 입고 민간인 480명이 사망했다는데, 베긴 수상은 미 의원과 회담에서 서베이루트 공격을 시사했으며 아라파트와 협상 안 한다고 했답니다.

오늘 홍업이가 차입한 책은 《아쿠타가와상 전집 1》입니다. 오늘 저녁 화곡동 작은아버지 일행은 무사히 귀가하셨다는 전화가 왔는데 비가 와서 수영은 못 하고 오셨다 합니다. 아무쪼록 건강에 힘쓰세요.

존경하는 당신에게

오늘은 홍업의 생일이 되어서 홍일이 가족 다 와서 같이 점심을 나눴습니다. 오래 만에 지영, 정화 와서 귀엽게 뛰어놀다 갔습니다. 이번 홍업의 생일을 집에서 지내는 것이 마지막이 되기를 바라는 마음은 내년 생일은 홍업이가 가정을 이루어서 지낼 수 있으면 하고 바라는 것입니다. 그렇게 생각하고 생일을 축하하면서도 당신이 우리와 함께 하시지 않은 것이 너무도 섭섭했습니다.

요즘은 연일 일본 교과서 왜곡 문제로 모두 격분하고 있어 각계각층에서 일본 측의 반성과 시정을 촉구하고 있습니다. 외무부는 외교 채널을 통해 협의에 착수했습니다. 일본은 또한 보수 우경화가 문제화되고 있는 가운데 자민당은 상징적 존재에 불과한 천황을 실질적으로 원수화시키는 내용의 개헌안을 마련 중에 있어 물의를 빚고 있다고 합니다. 일본 신문들의 보도에 따르면 자민당 헌법조사회는 28일 '천황은 민정에 관한 기능을 보유하지 않는다'는 현행 헌법 제4조를 삭제함으로써 천황의 실질적인 원수화를 위한 개헌 검토 보고서를 채택할 예정이라 합니다.

레바논 사태는 중대위기에 접어들고 있습니다. 레바논 사태의 평화적 해결을 모색하고 있는 하비브 미 중동특사에게 부여된 시간은 이제 얼마 남지 않았다고 말하고 있습니다. 미 국무성 주변에서는 서베이루트에 대한 이스라엘 군의 최후공격이 앞으로 수일 안에 단행될지도 모른다는 비관적인 전망이 크게 대두되고 있다고 합니다. 미국에서 팔레스타인군 창설 보장을 조건부로 이집트는 팔레스타인 게릴라 3000명을 받을 용의가 있다 합니다.

우리나라 농가가 벌어들이는 총소득 가운데 65퍼센트가 농사에서 얻어지고 있으나 농촌지역 공장의 취업 등을 통한 농외소득은 35퍼센트에 불과해 일본이나 대만 등에 비해 현저한 격차가 있는 것으로 나타났습니다. 이 때문에 농가소득이 주로 농사의 흉풍에 좌우돼 작황 여하에 따라 농가소득에 기복이 심하고 달리 소득을 증가시킬 수 있는 기회가 적어 구조적으로 안정적인 영농이 위협을 받고 있다 합니다(농외소득 일본, 대만은 70퍼센트 넘음).

우리 농가의 고생이 너무 크다는 것을 새삼 느끼게 됩니다. 당신의 건강을 오늘도 염려하며 위하여 기도드립니다.

1982년 7월 31일
_____

존경하는 당신에게

오늘로써 7월도 지나갑니다. 새로운 아무 소리도 들려오는 것 없이 그대로 해는 지고 또 다음날 뜬다는 자연의 법칙을 보는 것 같습니다 장마도 짧은 기간은 지나갔다 합니다. 홍걸이는 28일 떠나서 비 때문에 어제 물속에 한 번 들어갔다가 오후에 그곳을 떠나 밤늦게 집으로 돌아왔습니다. 비는 왔어도 좋은 경험을 했다고 합니다. 우리집 똘똘이는 요즘 아주 깨끗한 신사가 되었습니다. 홍업이가 자주 물속에 목욕을 시켜주어 한결 인물이 납니다. 그러나 똘똘이는 물속에 들어가는 것을 아주 싫어하기 때문에 너무 물이 차지 않은지 무척 염려되고 또 놀라지 않을까 걱정도 되지만 아직 잘 지내고 있어서 퍽 다행입니다. 담장 둘레에 심은 조롱박이 이제 열리기 시작해서 여러 개 매달렸고 그중 하나는 아주 커서 영글어가고 있습니다. 금년도 대추가 많이 달렸습니다. 어느 해보다 크고 많이 달려 앞으로 떨어지지만 않으면 무척 많은 수확을 거둘 것으로 보입니다. 모두 당신께 보여드리고 싶은 것뿐입니다. 나무들도 어찌 크게 자랐는지 밖에서 지나가는 사람이 우리집을 들여다볼까 염려하던 것도 이제는 없어졌습니다.

6.28조치에도 불구하고 기업인들은 올 하반기 경기가 계속 어려울 것으로 전망하고 있으며 이에 따라 설비 투자와 인력 채용계획에 매우 소극적인 것으로 나타났다 합니다. 한국능률협회가 6.28조치 직후 중견기업인 200명을 대상으로 설문조사한 결과 이들은 올해 한 자리 물가가 지켜질지에 대해 회의적이며 자금사정도 여전히 어려울 것으로 내다봤다 합니다.

- 한 자리 물가 지키기 어렵다 : 61퍼센트
- 자금 난 여전 : 48퍼센트 - 더욱 빠듯 : 26퍼센트
- 실물경제 정책 별 기대 안 해 : 59퍼센트

전경련은 하반기 들어 프랑스, 호주, 캐나다 등 선진 기술자원 보유국들과 경제협력 강화활동을 적극 전개할 계획이라 합니다.

이달 중에 돈이 집중호우식으로 살포되어 통화량이 적정 수위를 크게 넘고 있다 합니다. 6.28조치에 따라 중소기업에 정책적으로 돈이 많이 풀리고 장 여인 사건에 연루되어 자금난을 겪고 있는 몇몇 건설업체 등 일부 업체들에 대해 구제금융이 상당히 나가고 있기 때문이라 합니다.

30일 관계당국에 따르면 7월 들어 국내여신은 1조 1000억 원이나 증가, 공급되어 지난 25일 현재 통화량이 작년 같은 달에 비해 무려 32퍼센트나 급증했으며 총통화량도 31.9퍼센트나 늘어 근래에 없는 통화 증발 현상을 빚고 있습니다. 실질 통화증가 지표인 화폐발행액도 한국은행이 중소기업자금에 재할인을 확대함으로써 15.2퍼센트나 증가했다 합니다. 국내여신은 지난 25일 현재까지 3조 8000억 원이 증가했는

데 7월 한 달 중에 30퍼센트쯤이 늘어난 것이랍니다. 그리하여 통화인 플레 유발이 우려됩니다. 앞으로 무척 더워진다 합니다. 부디 몸조심 하세요.

1982년 8월 2일

존경하는 당신에게

당신을 만난 후면 마음이 더 가라앉는 느낌이 듭니다. 당신의 괴로움이 너무 크기 때문에 길고 긴 나날들이 지나치게 당신을 괴롭히고 있음을 엿볼 수 있습니다. 어느 때가 돼야만 당신이 지겨운 그 생활에서 풀려나실 수 있을까요. 그러나 우리의 생각이나 예측하는 것과는 달리 하나님의 역사하심을 알 리 없는 우리이기에 오직 하나님이 속히 우리의 기도에 응답해주시기만 바라고 있을 뿐입니다. 오늘 귀가하여 당신의 편지 와 있나 했더니 아직 오지 않아 내일을 기대합니다.

전 대통령은 7월 31일 태평양정상회담과 관련 그 구체적인 구상을 밝혔는데 다음과 같습니다. 5개원칙 - ①정기적 회합으로 공동관심사 논의 ②역내 모든 나라에 원칙적 문호개방 ③'패권' 불인정-정치화, 블록화 지양 ④무역 증대, 경제 문화 교류 협력 강화 ⑤선진·개도국 간 협력, 남북문제 해결(진해 휴양지에서 기자회견을 갖고 국정 전반에 걸쳐 이야기하는 가운데 이 같은 내용을 밝혔습니다). 다음은 국정에 관한 것입니다.

외교안보-현하 전반적인 국제정세를 위기상황으로 판단하고 있음 ①국제 추세는 그 어느 때보다도 불확실성과 불안정성이 심화되어 있음 ②세계 각국은 자국의 국가이익을 위해서 수단과 방법을 안 가릴 정도로 냉혹해지고 있음 ③어느 때보다도 국가 간의 분쟁과 마찰이 잦아지고 그 양상이 복잡해지고 있다는 사실을 우리는 주목하지 않을 수 없음(다 요약할 수 없어서 다음은 큰 타이틀만 추려서 적어봅니다).

- 개인이익 배제, '공인 정치'를 실현, 대화정치로 국정목표 달성, 국민화합으로 어려움 극복 확신
- 정부, 언론 창조적 동반자 관계를, 언론은 주인의식 갖고 선도 역할을
- 인기 잃어도 국익 우선 임무 수행
- 북괴 내 불안 고조, 대남도발 우려, 북 압도하는 국력 키워 80년대 평화통일 전기 마련
- 경제수지 적자 25억 달러선 유지
- 물가 5퍼센트 이내로 안정 확신, 생산원가 오를 요인 없어 인플레 우려는 기우
- 7.3조치 철저히 보안, 실명제, 개인 비밀 철저 보장
- 어떤 비위라도 국민 앞에 공개
- 불신, 반목 말고 정부 믿어주길

이상입니다.

일본 정부는 현안 한일경협문제를 9월까지 타결시킨다는 방침 아래 관계 성, 청 간 각료급의 조정 작업을 벌이고 있으며 이 과정에서 이미 제시된 40억 달러 외에 81년도분 엔차관 1~2억 달러가 추가될 가능성이 있는 것으로 알려졌습니다. 8월 1일자 《요미우리신문》은 81년도분 엔차관과 총규모로 제시된 40억 달러와의 관계는 아직 명백히 드러나지 않고 있으나 81년도분을 추가하는 경우 41~42억 달러 수준이 되며 전체 엔 차관규모는 16~17억 달러가 될 것이라고 보도했다 합니다. 이 신문은 이 같은 일본 정부의 움직임이 스즈키 수상의 조기 타결지시에 따른 것이라고 전했다 합니다.

오늘 면회를 끝마치고 서울로 돌아오면서 이번으로 그곳에서 만나 뵙는 것은 끝내고 모든 것 옛이야기를 할 수 있는 날 온 가족이 한자리에 기쁨으로 환담할 날이 와서 면회라는 용어를 더이상 쓰지 않게 되기를 바랐습니다. 과실이라도 많이 드셔서 건강을 유지해나가세요.

1982년 8월 3일

존경하는 당신에게

오늘 당신의 편지 기쁘게 받았습니다. 여러 가지 뜻이 깊숙이 담겨 있는 당신의 글을 읽으면서 느끼고 깨달으며 또 배우는 것이 많이 있습니다.

그 어려운 옥고를 치르시면서 우리에게 그와 같은 좋은 내용의 글로 깨우쳐주시고 크리스천으로서의 사명감을 새롭게 해주심 감사한 마음입니다. 오늘까지 그 같은 고난의 자리에서도 지쳐 쓰러지지 않고 뜻을 세워 보람을 찾게 해주신 하나님께 감사를 드립니다. 날로 새로워지는 당신의 모습을 바라볼 수 있는 것을 우리의 기쁨과 보람이라 할 수 있습니다. 세상 사람 모두가 많은 어려운 문제들을 안고 고민하는 이 시대에 개인의 사리사욕을 채우지 못해 신음하는 것이 아니고 나라와 겨레의 고통을 위해 무거운 짐을 지고 같이 아파하며 험한 길을 걸어가는 하루하루가 헛된 것이 될 수는 없을 것입니다. 하나님이 보시기에 부끄러움 없는 존재, 하나님의 뜻대로 행하는 존재로 살아가는 것이 되기를 원하는 고행에서 참 생의 승리를 거두게 되기를 바라는 마음이 큽니다.

어느 누구보다 더 큰 한과 더 큰 고난, 치욕의 쓰림과 저림을 몸소 체험한 당신에게 반드시 하나님의 사랑의 손길이 당신을 크게 축복해주실 것을 믿습니다. 마태복음 5장, 참된 행복이 당신의 것이기를 바라며 기도드립니다(산상설교).

함 선생님, 당신 생각 많이 하십니다. 어제 말씀드린 바와 같이 며칠 전에 도미하셨습니다. 원효로에서 수유리 아드님 댁으로 옮겨가셨는데 기간도 어긋나고 해서 아직 직접 방문을 못했으나 귀국하시면 꼭 찾아뵙고 당신의 문안까지 대신 드리겠습니다. 조범원 씨는 입원 후에 퇴원해서 집으로 간다고 합니다. 우리집에 들렀을 때 조금 나은 듯 보였는데 집에 간 것이 아니고 어떤 곳에 가서 기도하며 안수를 받았다는데, 몸이 좋은 것 같아서 비를 맞으며 산책을 한 것이 무리가 돼서 더 악화되고 식사도 잘 못하는 등 하는 수 없어 다시 입원했다는 말을 오늘에서야 들었습니다. 곧 한번 찾아가겠습니다. 얼마나 당신을 생각하는지 너무도 고마운 분이고 어질고 착한 분인데 부디 회복되기를 나도 같이 기도하겠습니다.

한 가지 우스운 것은 내 생일은 9월 하순에 들어가야 하는데 너무 일찍 축하를 받았습니다. 지영 모가 9월 6일 생이고 가족의 생일은 한 2주 후에 알려 드리겠습니다. 미리 알려드려도 기억하시기 어려울 테니까요. 홍일, 홍업, 지영, 정화 생일은 다 지났고 다음은 지영 모의 생일이 앞으로 먼저 다가올 거예요.

어제 차입한 책은 《流民》(한수산 저)와 《기독교사상》입니다. 오늘까지 갖은 역경을 극복해내셨으니 좀더 참으시면 반드시 기쁠 때가 꼭 있을 것을 믿습니다. 건강에 힘쓰세요.

1982년 8월 5일

존경하는 당신에게

오늘은 아침부터 잔뜩 흐려 한결 마음에 중압을 가하는 느낌이 드는 날인데 외출을 못 하고 집에만 있어야 하는 날이고 보니 그 무거움이 더한 느낌입니다. 다행히 비도 조금 내려서 그러한지 어제보다는 조금 덜 덥습니다. 요즘은 쉴 새 없이 신문의 대부분이 일본의 교과서 왜곡 관계로 수은주보다 더 올라가 있는 열기로 가득 차 있습니다. 오늘은 문교부장관과 문공부장관을 출석시킨 가운데 문공위를 열고 왜곡된 일본교과서 문제로 정책질의를 벌였습니다. 한편 일본에서는 스즈키 수상이 외무·문부상에 대책을 지시, 일본이 해명 특사를 검토하고 있다는데 외무상과 문부상은 생각이 다르고 자민당 내에서도 잘못은 시정해야 한다는 자성하는 사람들과 강경한 자세로 나오는 극우들도 있어 대응책에 난항이라고도 합니다.

상공부가 집계한 지난 상반기 중 수입동향은 소비재는 물론 원자재 및 자본재 수입이 크게 감소, 투자가 여전히 시원치 못한 것으로 나타났다 합니다(소비재 27.9퍼센트, 원자재 6.7퍼센트 감소) 서방 선진국 노조가 저임선원 고용을 막고 자국인 고용을 강요, 우리 선원의 해외취업에 큰 타격을 주고 있다 합니다. 부디 건강하세요.

1982년 8월 6일

존경하는 당신에게

오늘 기어이 조범원 씨가 세상을 떠났다 합니다. 그가 세상을 떠나기 전에 당신이 편지에 적으신 것 말로 전하며 위로를 해드리고 부인에게도 위로와 힘을 내도록 했는데 오늘 오후 5시 병원에서 세상을 떠날 염려가 커져서 급히 퇴원 귀가하여 3분 만에 운명을 했다는 전화연락을 받았습니다. 인간의 생명은 우리 힘으로는 어찌할 수 없으니 참으로 비통하지만 그저 명복을 빌어드릴 뿐입니다. 당신의 뜻을 전할 수 있었던 것 요행으로 생각합니다. 그리고 부인이 무척 고마워했습니다. 평택이 돼서 밤에 갈 수는 없으므로 내일 홍일이를 문상 보내려고 합니다. 아까운 분을 잃은 것 너무 섭섭합니다. 지난 1월 6일 몸도 불편한데 청주교도소까지 와주는 성의를 보이기도 했는데 하나님 부르시니 가고야 말았습니다. 나라의 일을 무척 걱정도 하며 안타까워했다 합니다.

우리 정부는 일 교과서 왜곡 관계로 해명사절을 일본서 보내겠다는 데 대해 분명한 시정 의사 아니면 '만날 필요 없다'고 일본에 통보하여 거부하였습니다. '왜곡문제'의 외교적 해결은 오래 끌 듯하다 합니다.

이 외무장관은 6일 오전 방한 중인 프랑스 외상과 양국 외무장관회담을 갖고 한반도를 둘러싼 국제정세와 양국 간 경제협력 문제 등 공동관심사에 관해 1시간 30분 동안 논의했습니다. 이 외무장관은 이 자리에서 남북한 대화재개 등 한반도의 안보정세에 관해 중점적으로 설명했으며 프랑스 외상은 이에 대해 깊은 이해를 표시했다 합니다. 북한 승인은 아직 결정 안 했다고 말했습니다.

돈이 많이 풀린 데 힘입어 내수는 다소 늘어나는 기미를 보이고 있으나 수출이 계속 부진, 전반적인 경기는 아직 뚜렷한 회복세를 보이지 않고 있고 경제기획원이 작성하고 있는 선행종합지수와 동행종합지수는 6월에도 전월비 2.2퍼센트 및 0.8퍼센트 상승, 3~4개월째 나아질 것임을 예고해주고 있으나 한은이 발표한 경기예고지표는 6월에도 계속 4개월째 0.8퍼센트에 머물고 있다 합니다.

마음과 몸이 무겁고 환경 또한 답답증만 일게 하지만 실망하는 일 없이 건강하시고 희망을 바라보시기 바랍니다.

1982년 8월 8일

존경하는 당신에게

오늘은 당신이 불안과 공포 속에서 생과 사의 갈림길을 헤매야 했던 무서운 그날을 아홉 번째로 맞이하는 날입니다. 정말 몸서리치는 기억들, 왜 이래야 했고 왜 이렇게 거듭거듭 피맺히는 한스런 날이 엄습해 왔는지 우리의 상식이나 판단으로는 알 수 없는 일입니다. 어느 누구도 그 같은 끔찍한 체험을 한 사람은 없는 것 같은데 그때부터 시작해서 오늘까지 쉬지 않고 끈덕지게 당신은 괴로움을 겪어야 하니 생각하면 너무 가슴 아픈 일입니다. 그러면서도 오늘까지 예수님이 걸으신 그 길을 열심히 걷느라고 괴로워도 참고 감사의 기도를 드리는 당신의 숭고한 모습은 얼마나 감사한 일인지 모르겠습니다. 당신이 오늘의 고난을 딛고 굳게 서서 내일에 대한 희망을 가지고 좌절하지 않기에 우리도 힘을 얻고 실망하는 일 없이 살아가고 있는 것입니다. 아무리 비참한 운명이 우리를 괴롭혀도 하나님이 우리 쪽에 함께 하셔서 축복해 주신다는 것 믿고 있습니다.

9년 전 오늘의 당신을 생각하면서 기도를 드렸습니다. 더구나 오늘은 주일이므로 교회에서 예배드리면서도 당신을 기억하고 간절한 기도를 드렸습니다. 수많은 기도의 불길이 당신을 위해 하늘을 향해 타오르고 있음을 아시기 바랍니다. 당신을 생각하면서 내가 좋아하는 찬송을 여기 적습니다. 나는 이 찬송의 뜻을 생각하며 부를 때마다 오늘의 아픈 역사 속에 하나님도 우리와 같은 아픔으로 역사의 한복판에 계심을 느낍니다.

1. 뜻 없이 무릎 꿇는 그 복종 아니요
   운명에 맡겨 사는 그 생활 아니라
   우리의 믿음 치솟아 독수리 날듯이
   주 뜻이 이뤄지이다 외치며 사나니
2. 약한 자 힘 주시고 강한 자 바르게
   추한 자 정케함이 주님의 뜻이라
   해 아래 압박 있는 곳 주 거기 계셔서
   그 팔로 막아주시어 정의가 사나니 아멘

야고보서 1장 1~4절을 읽어보시고 위로와 희망 가지시기 바랍니다. 우리는 점점 험해지는 길을 가면서 시험을 당하고 여러 가지 위험과 희생이 따르기도 하나 이러한 모든 어려움은 우리를 쓰러뜨려 패배시키기 위한 것이 아니라 더 험한 길을 걸어갈 수 있도록 힘과 용기를 주기 위한 훈련인 것을 다시 깨달아 아시기를 바랍니다. 부디 오늘을 이기시고 담대히 나가시기를 빕니다. 밤이 깊을수록 새벽닭의 울음소리로 새날이 동트게 될 것입니다.

오는 9월부터는 은행, 우체국에서도 국공채를 판다는데 액면 소액화로 대량 소화 추진한답니다.

PLO는 빠르면 내일부터 철수한다는데 1, 2진은 해로海路로 요르단, 3진은 육로로 시리아로 미국에서 신변안전 보장을 약속했다 합니다.

일 수상이 교과서 수정 의사 밝히기 시작했다고 하나 아직 구체적이지는 않습니다. 이태리는 수상 사임으로 연정이 붕괴되었다 합니다.

오늘은 가을이 문턱에 들어선다는 입추인데 혹서에 지치는 날이기도 합니다. 당신 계신 곳은 얼마나 더웠습니까. 몸조심하세요.

존경하는 당신에게

이 무더운 더위에 당신의 건강은 어떠하신지요. 정말로 지내시기 힘드실 줄 압니다. 아무리 더위를 타지 않는 사람이라 할지라도 금년 여름은 견디기 몹시 힘들 겁니다. 그런데 15일을 기대하던 분들이 금년의 8.15에 관해서는 너무도 들려오는 소리가 없어서 실의에 빠지는 사람들이 많습니다. 저번 만나 뵀을 때도 기대 걸 바 못됨을 말씀 드렸습니다만 지금도 역시 마찬가지입니다. 당신을 너무 괴롭게 해드리는 것이 되겠습니다. 참으시란 말씀 거듭 드리는 것도 몹시 미안한 생각이 듭니다. 그러나 결코 실망하셔서는 아니 됩니다. 우리는 늘 희망을 지니고 살아야 합니다. 이번 면회는 16일에 가도록 하겠습니다. 이 글을 쓰는 내 마음도 괴롭습니다. 우리는 왜 이렇게 살아야 하는지요.

일 교과서 건으로 일 외무·문부성의 대립이 표면화되었습니다. 일 외상은 국제 비판을 시인, 시정을 요청하고 문부성은 '재수정 절대 불가'를 결의했다 합니다. 프랑스 세이송 외상은 9일 서방국가들이 북한을 승인하고 사회주의 국가들이 한국을 승인하도록 촉구했다 합니다 (기자회견에서). 기쁜 소식 전해드리지 못해 미안합니다. 그러나 밝은 날은 오고야 말 것입니다. 부디 건강하세요.

존경하는 당신에게

너무도 지겹게 더운 날씨가 계속되어 지열이 강하게 더위를 더하고 일본교과서 왜곡에 대한 항의도 꾸준히 열을 가하고 있습니다. 날씨 때문에 불쾌지수가 높아져서 그러한지 짜증 나는 일뿐입니다. 바람 한 점 없이 괴로운 나날들인데 다행히 오늘 저녁 소나기가 내려 열이 좀 식은 느낌입니다. 우리의 답답증도 소나기 오듯 해소시켜줄 일이 있기를 바라는 마음 간절하지만 그게 어느 때인지 알 수 없습니다. 꾸준히 용기 있게 참고 앞을 바라보며 값있는 나날을 보내는 것으로 기쁨을 가져야 하겠다고 다짐합니다. 어떤 환경에서도 보람은 있다고 생각하시는 당신의 태도를 본받을 것입니다. 당신을 위로해드릴 능력은 없으나 더 밝은 내일 위해 기도를 드리오매 반드시 응답이 있을 것을 믿습니다.

정부는 일본 공사 불러 비망록에 대한 응답 없음에 유감을 표시하고 왜곡 시정을 강력히 재촉구했습니다. 일본은 내일 관방장관 이름으로 정부의 입장을 천명하는 성명을 발표, 이날 중 한국 정부에 전달할 방침을 검토 중인 것으로 전해졌습니다.

유창순 적십자 총재는 대북성명을 통해 남북적십자회담 무조건 재개, 직통전화 즉각 정상화, 납북 마산호 선원 송환 등을 촉구했습니다.

통화 증가로 시중 돈이 늘어나서 물가에 대한 우려가 표면화되기 시작했다 합니다. 일본은 매번 엄청난 대한 무역흑자를 내면서도 한국으로부터의 상품수입에 대해 교묘하고 까다로운 수입규제를 가하고 있다 합니다. 미국과 소련 등 정책선진국에 비해 배 이상 높은 수입관세율을 적용하고 있을 뿐 아니라 수입물량 조정, 행정지도에 의한 규제 등 유형, 무형의 까다롭고 교묘한 비관세 장벽을 통해 철저한 수입규제를 취하고 있다는 것입니다.

이란 근해에서 한국 화물선이 피침하는 불행으로 9명이 사망하고 4명이 부상을 입었습니다. 이란, 이라크전의 포를 맞은 듯하다는데 사고 원인은 외무부에서 조사 중에 있습니다. 전쟁은 이래저래 비극입니다.

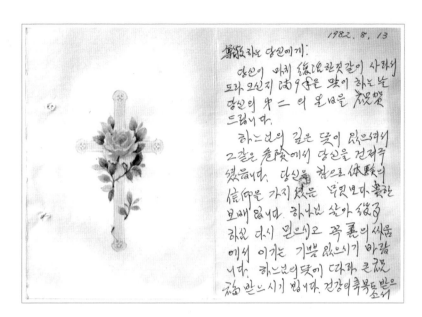

김대중의 제2의 생일을 맞아 보낸 카드.
1973년 일본에서 중앙정보부 요원에게 납치된 후 생환한 8월 13일을 제2의 생일로 기념하고 있다.

인간을 괴롭히는 모든 것은 악의 편에 속하기 때문에 언제 악이 없고 선이 아름답게 꽃을 피울지, 지상의 천국이 이루어지기를 바랍니다.

1982년 8월 13일

존경하는 당신에게

당신이 마치 부활한 것같이 살아서 돌아오신 지 만 9년을 맞이하는 날, 당신의 제2의 생일을 축하드립니다. 하나님의 깊은 뜻이 있으셔서 그 같은 위험에서 당신을 건져주셨습니다. 당신은 참으로 체험의 신앙을 가지셨는데 무엇보다 귀한 보배입니다. 하나님 살아 역사하심 다시 믿으시고 꼭 선의 싸움에서 이기는 기쁨 있으시기 바랍니다. 하나님의 뜻에 따라 큰 축복 받으시기 빕니다. 건강의 축복도 받으소서.

1982년 8월 13일

존경하는 당신에게

오늘은 당신이 9년 전 사경에서 살아오신 정말 기적과 같은 날이므로 하나님께 감사를 드렸습니다. 이러한 기적이 당신께 다시 있기를 바라는 마음뿐입니다. 아침에 청주를 다녀오면서도 마음속으로 당신 위해 기도를 드렸습니다. 우리는 어느 누구에게도 바라볼 것 없으나 결코 좌절이나 실망은 하지 않을 것이고 해서도 아니 된다고 생각하며 하나님의 놀라운 역사가 있을 것을 바라고 믿는 것입니다.

아침부터 당신의 제2의 생일을 축하는 꽃이 응접실을 장식해주었고 많은 분들이 오랜만에 당신을 생각하며 찾아 주었으며 저녁에 당신이 계시지 않으나 축하드리는 마음으로 당신을 위한 기도와 찬송 그리고 식사를 서로 나누었습니다. 사실 이번에 당신의 자유가 허락되지 아니하는 이 심한 처지에 환담을 나누고 싶은 심정이 아니었지만 아무리 큰 괴로움을 준다 해도 힘을 잃은 그러한 약한 마음은 가지고 싶지 않아서 그대로 찾아온 분들과 한자리를 마련한 것입니다. 당신이 마음을 편히 가지시고 더욱 굳건한 마음으로 내일을 바라보시기 바라는 마음뿐입니다. 건강도 좋지 않으신 당신에게 초인적인 요구를 하는 것은 매우 미안한 일인 줄 압니다. 그러나 조금만 더 참고 이기시는 노력을 하면 반드시 새 빛이 비쳐올 것을 의심치 않습니다.

일본 외상은 스즈키 수상과 미야자와 관방장관과 교과서문제 대책을 협의한 끝에 '소견' 형식의 발표를 했습니다. 교과서 검정제도 운영에 있어서 과거에 대한 반성의 인식이 반영되지 않은 데 유감을 표시하고 이 같은 자세를 조속히 바로잡을 필요가 있다고 밝혔다 합니다. 이것을 한국 정부에도 공식 통보했으며 사태 해결에 대한 접근을 처음 시사한 것으로 보입니다.

검찰 200명이 이동하고 36명을 신규 임용했습니다. 여검사도 2명이 처음 탄생했습니다.

부디 건강에 더 유의하시고 하나님이 당신과 함께 계심 믿고 힘을 더 내시기 바랍니다. 마음의 평화가 있기 빕니다.

1982년 8월 14일

존경하는 당신에게

무섭게 내리쪼이던 나날이 이제는 지나갔는지 비가 많이 내려서 인명피해만이 아니라 재산피해도 크다 합니다. 특히 영·호남은 호우로 인해 곳곳에 산사태 피해를 당하고 있는 곳이 많습니다.

오늘은 김상현 씨, 고은 씨 이석표 군 3명(당신과 같은 사건 관련자) 그리고 광주사태 4명, 계엄법 위반 28명 등 35명이 형집행정지로 내일 풀려난다는 뉴스가 전해진 가운데 기대를 걸고 있다가 실망한 분 가운데는 병이 난 가족도 있습니다.

당신이 실망하지 않으시도록 미리 지난 면회 때부터 기대할 것이 없다고 말씀드렸던 것입니다. 돌아가는 상황이 전혀 기대를 걸 수 없었기 때문입니다. 당신의 괴로움 생각할 때 참으로 마음이 아픕니다. 그러나 힘을 내시기 바랍니다. 당신에게 마음의 평화가 있기를 간절히 빕니다. 당신을 염려하고 생각하며 또 기도해주는 수많은 사람들의 마음을 살피셔서 더욱 꿋꿋이 더 어려운 시기를 극복해내시기 바랍니다. 피나는 고통인줄 압니다.

미 레이건 대통령은 13일 한국과 중공이 일본 교과서 개정과 관련 일본과의 이견을 묻어둘 것을 권유했다 합니다. 레이건 대통령은 '물론 과거는 비극적인 시기였다'면서 '그 당시 일본은 현재와는 다른 철학을 가지고 있었던 것으로 생각한다' '우리가 과거를 잊을 수 있거나 용서할 수 있다는 사실과 현재 좋은 친구가 되어 있다는 사실에 더 많은 관심을 가져야 할 것으로 생각한다'고 비공식 기자회견에서 말했다 합니다. 일본 수상은 교과서 재수정에 기본적으로 응한다는 의향을 굳혔으나 국내 조정이 끝날 때까지 유예기간이 필요할 것으로 보고 있다고 보도했다 합니다. 그리고 자민당 문교제도 소위원장이 내주 한국에 파견될 계획이며 수상 견해를 공식 발표키로 했다 합니다.

오늘이 1980년 8월 14일, 당신의 사건 첫 공판이 있던 날인 것을 기억할 때 몸서리치게 됩니다. 정말 괴로운 나날이 너무도 오래 그리고 가혹하게 지속되고 있습니다. 그러나 우리는 낙심도 않고 실망도 않습니다. 하나님 살아 역사하시고 계시기 때문입니다. 부디 몸 건강 더 힘쓰세요.

1982년 8월 16일

존경하는 당신에게

오늘 면회를 가면서도 당신 만날 생각을 하니 마음이 무어라 표할 수 없이 착잡했고 걱정이 됐습니다. 그러나 당신을 만나서 얼마나 안심하고 또 감사하고 기뻤는지 모릅니다. 당신의 변함없는 태도, 인간으로서는 감당하기 어려운 그 엄청난 고난에서 조금도 좌절하지 않고 강하고 담대한 모습을 보여주셔서 아이들 모두 다 안도의 한숨을 쉬었습니다. 당신의 귀한 말씀에 의하여 우리도 심기 일변하여 새로운 각오와 새 계획으로 하루하루를 성실하고 값있게 살아가겠습니다.

나는 어제 잠이 오지 않아서 그대로 날을 지샜습니다. 버스에서도 별로 졸리지 않아 졸지 않고 서울에 왔는데도 당신의 의연한 모습을 보고 돌아와서 그러한지 조금도 피곤하지가 않습니다. 얼마나 다행한 일인지요. 그와 같이 체념하고 새롭게 앞을 향해 전진하시는 당신께 고개가 숙여집니다. 그리고 우리의 마음도 든든합니다. 푯대를 향해 쉬지 않고 달음질 하시는 당신께 하나님의 큰 축복이 함께하기를 바랍니다. 건강에 각별히 힘쓰세요.

1982년 8월 19일

존경하는 당신에게

오늘까지 Y 대회로 무척 바빴습니다. 오후 5시에 대회를 끝마치고 문재림 목사의 생신이므로 문 목사님댁을 방문하여 축하를 드리고 저녁 식사를 함께 했습니다. 문 목사님은 귀만 잘 안 들리시고 건강은 아직도 좋습니다.

전 대통령과 케냐 대통령은 19일 낮 공동성명을 발표, 양국이 각자의 경제개발 과정에서 얻은 경험을 교환해 기존 경제유대를 강화하며 협력활동과 협력확대 분야의 모색에 정기적인 공식협의를 갖는 것이 필요하다는 데 합의했다고 밝혔습니다. 레바논 전쟁 두 달 반 만에 평화협상이 이루어져서 평화유지군 선발대가 도착하는 동시에 '팔' 기구가 베이루트에서 철수한다 합니다. 앞으로 '게릴라 전원 철수' 보장이 남은 숙제라는데 15일 동안에 7국으로 분산된다 합니다. 인도는 경찰 폭동으로 야단입니다. 조용한 곳이 별로 없습니다. 건강하세요.

1982년 8월 21일

존경하는 당신에게

무덥던 날씨가 매일 내린 비로 좀 식은 듯 서늘한 감이 들고 요즘 밤이 되면 귀뚜라미 소리가 나날이 높아갑니다. 우리집 대추도 무척 많이 달렸고 열매가 아주 큽니다. 담 위로 올라간 조롱박이 주렁주렁 달려서 마치 농촌의 정취를 맛보게 됩니다. 올해 스펑카는 어찌된 셈인지 꽃이 피고 싱싱하게 자라다가 병든 것처럼 일부가 마르면서 못쓰게 돼서 뽑아버린 것이 많아 마음이 언짢아져요. 그래서 요새는 화단이 아름답지 못해 며칠 후 다시 손을 봐야 할 것 같아요.

문교부는 대학 교수의 학업지도 능력을 평가하기 위해 대학생들이 강의를 받은 내용에 대해 설문조사를 실시, 이를 교수 인사 등에 적용하는 것을 내용으로 한 '수강생 설문조사에 의한 교수 평가제'를 마련, 내년부터 단계적으로 실시할 방침이라고 합니다. 학생은 교수, 교수는 학생을 평가하게 되니 피차 긴장해야 할 것 같습니다. 대학의 축제나 민속놀이는 방학 동안에 실시하도록 문교부에서 권유할 것이라 합니다. 환절기로 접어들고 있사오니 더욱 건강하시도록 힘쓰시기 바랍니다.

1982년 8월 22일

존경하는 당신에게

오랜 혹서가 좀 가시기 시작하여 아침저녁 찬바람이 불어오는 것을 기뻐했더니 오늘은 아침부터 건초열이 너무 심해서 휴지 한 통을 다 쓰다시피 하여 모든 것이 귀찮다는 생각이 들 정도입니다. 앞으로 한 달 너머 고생을 해야만 정신을 차릴 것 같습니다.

PLO 1진이 서베이루트에서 해상 철수를 시작하여 400명이 키프로스로 향했습니다. 이에 대한 각국 반응을 보면,

영국-팔레스타인국 창설에 모든 노력 기울여야. 사우디-평화 위한 양보, PLO의 중대한 승리. UN-협상 당사자들의 헌신적 노력 평가돼야. 소련-레바논 북부, 베카 계곡 등 화약고 여전하다, 입니다.

일본 자민당 교과서 소위원장 등 2명이 오늘 오후 방한, 교과서 수정문제에 대한 일본 측의 입장과 방침을 설명할 것으로 알려졌습니다. 요즘 극일 운동이 한창입니다. 우리가 잘해야 하고 힘이 있어야 할 것입니다.

1982년 8월 24일

존경하는 당신에게

당신의 건강이 어떠하신지 궁금합니다. 너무 지루하고 답답한 생활에서 시간이 빨리 가기만 기다리는 가운데 좀처럼 시간이 가지 않는 느낌을 가지실 텐데 우리는 밖에서 시간이 어찌 빨리 가는지 한 것 없이 시간을 보내고 후회합니다. 당신이 간곡히 말하신 대로 값있는 나

날을 보내야겠다고 마음 정하고도 그대로 행하지 못하는 것 부끄러운 일입니다. 홍걸이는 어제 개학하여 오늘 등록도 마쳤습니다.

《뉴스위크》보도에 따르면 레이건 대통령이 내년 상반기 중 중공 등 아주 순방길에 방한 가능성이 있다고 합니다.

일 수상이 어제 한·중공 등의 교과서 왜곡에 관해 기자회견에서 수정 시기, 방법을 언급하지 않고 '되도록 빨리 결론을 내리고 싶다'고 말해 초점을 회피하는 애매한 표현을 했습니다.

한·가봉 정상회담에서 한반도와 아프리카를 중심으로 한 국제정세, 개발도상국 간의 긴밀한 협력문제, 반식민주의 노선에의 공동 추구 및 양국 간의 경제협력 문제 등 공동관심사를 폭넓게 논의했다 합니다.

레바논 대통령 선거가 22일 실시됐는데 친이스라엘과 미국이 원하고 있는 강력한 레바논 중앙집권정부의 기틀이 마련됐다고 하는데 회교 측 반발로 내전 위험이 있다 합니다.

정부의 실업통계가 현실과 너무 동떨어지고 있다는데 경제기획원이 조사, 발표하는 고용통계는 1주에 단 1시간만 일해도 이를 취업으로 간주하는 국제노동기구ILO 방식을 채택, 사실상 실업자를 취업자로 보고 있어 이 때문에 국내 실업률이 선진국 수준을 크게 밑도는 등 현실성을 잃고 있다 합니다. 부디 건강하셔서 어려운 환경을 극복하시기 바랍니다.

1982년 8월 26일

존경하는 당신에게

늦은 장마로 매일같이 비가 내려서 왠지 마음을 무겁게 하는 듯 느껴집니다. 사실 우리에게는 기뻐할 소식은 별로 들려오지 않고 있어서 마음의 무거움이 더한 것입니다.

중공은 25일자로 비수교국인 한국, 이스라엘, 남아프리카공화국 등 3개국에 대한 모든 형태의 무역을 전면 금지시켰다 합니다.

영국은 프랑스의 뒤를 이어 시베리아 가스관 부설 장비에 대한 미국의 대소 금수 조치에 도전할 것이라고 영국의 존 브라운 엔지니어링사가 밝혔다 합니다.

이란, 이라크전이 확대되어 이라크가 원유 저장 하르그 도島를 폭격했다 합니다.

인도 간디 수상의 둘째 며느리(산자이 간디의 미망인, 26세)가 기자회견에서, 오는 10월 새 야당을 창당할 것을 선언하여 정계에 고부대결이 일어날 것으로 보고 있습니다. 며느리는 지난 3월 자녀와 함께 수상의 저택에서 학대와 모욕을 받고 쫓겨났다고 주장하고 있다 합니다.

최근 중공 정부의 최고위 대소관계 담당 관리가 소련과 폴란드를 비공식 방문, 소련 외무성 관리들과 접촉한 사실이 밝혀졌습니다. 지난 5일 소련 정부의 중공문제 담당 고위관리가 북경을 방문했던 사실과 함께 중·소 관계개선을 향한 새로운 또 하나의 조짐이 아닌가 주목되고 있다고 합니다(북경 25일 AP연합).

영국은 16년 만에 상해주재총영사관을 재개설했답니다. PLO는 망명 정부를 고려할 것이라고 PLO 고위관리가 밝혔다 합니다. 참으로 험난한 세계의 움직임에 어느 누구도 마음의 안정을 찾기가 쉽지 않습니다.

건강에 힘쓰세요.

존경하는 당신에게

8월도 이럭저럭 거의 다 가고 있습니다. 날이 개면 다시 덥겠지만 요즘은 비가 와서 서늘하기만 합니다. 당신이 쓰고 계신 담요도 습기로 축축해지지 않았는지요. 세탁을 할 때가 된 줄 압니다. 다음 면회 시에 담요 1매를 우선 차입하겠으니 담요 빨 것 차하시기 바랍니다.

오늘 화곡동 작은아버지가 차입한 책은 《현대의 침몰》(Richard Sennett 저, 김영일 옮김, 자본주의 분석에 관한 것입니다)입니다. 원책명은 《On the Social Psychology of Capitalism》입니다.

이진희 문공장관은 한국 정부의 지난 3일자 비망록에 대해 일본 정부는 26일 교과서 문제 부분을 정부 책임하에 시정하겠다는 것을 명백히 각서로 회답해왔으며 이 같은 일본 정부의 시정공약은 그동안 우리 정부의 거듭된 시정 촉구와 국민 여론을 받아들인 결과라고 말했습니다. 또 시정 시기는 기대 미흡하여 조기 실현을 위해 외교적 노력을 계속해 나가겠다고 했습니다. 일본 정부가 밝힌 견해는 85년부터 시정, 앞으로 검정 땐 '과거 반성' 반영, 일 정부 책임 아래 시정할 것을 약속한다는 것입니다. 일본의 내년도 방위예산은 2조 8000억 엔(미화 111억 달러) 규모라고 합니다.

6.28경제활성화대책이 취해진 지 두 달, 금리 대폭인하에 이어 은행 돈이 엄청나게 풀려나가 시중 자금 사정이 호전되고 여름 상품과 계절성 내구 소비재에 대한 수요가 상당부분 회복세를 보이고 있습니다. 그러나 산업 생산과 수출 등은 여전히 저조, 아직 뚜렷한 경기회복세로는 이어지지 않고 있어요. 산업생산이 미증하는 가운데 부동산 경기가 되살아날 기미를 보이고 기업들이 경기회복을 기대, 인력충원을 확

대하고 있으나 수출은 오히려 더욱 감퇴, 경기회복에 대한 뚜렷한 확신을 흐리게 하고 있다 합니다.

아침저녁으로 싸늘한 기온이므로 몸조심하셔서 건강이 유지되도록 힘쓰세요.

1982년 8월 29일

존경하는 당신에게

오늘은 국치일이 돼서 다시 한 번 극일을 다짐하는 소리가 높습니다. 자아 각성과 자존하는 다짐을 새롭게 하고 있습니다.

올해 우리나라 경제는 물가가 지난 62년 이래 가장 낮은 5퍼센트선에서 안정되는 가운데 6퍼센트 수준의 착실한 실질 성장을 이룩, 3년여에 걸친 고물가 속의 불황을 벗어나 안정궤도에 들어서게 될 것으로 전망된다 합니다. 그런가 하면 전반적인 경기가 아직도 침체를 벗어나지 못함에 따라 시설투자가 부진하고 가동률도 여전히 저조하다는 것입니다. 공업단지에 부지를 가지고 있는 업체들은 공장을 짓지 않고 기존 공장들도 놀고 있는 것들이 많으며 전국 25개 공업단지의 공장 가동업체는 입주 대상 업체의 75퍼센트에 불과한 것으로 밝혀졌다 합니다.

우리집 진숙이 새끼 한 마리를 어젯밤에 낳았는데 홍업이가 보기에는 캡틴 새끼같이 보이나 아직은 잘 모르겠다 합니다. 당신의 건강을 빕니다.

존경하는 당신에게

어제는 새벽 3시 18분과 오후에 두 차례나 지진이 있었다는데 경기, 충청, 강원 지역 등 중부 일원에서 사람이 느낄 정도의 진도였다고 합니다. 지진에 안심하던 우리가 어느 때 지진의 피해를 입을지 또 하나의 불안을 안게 되었습니다.

일본 정부는 한일 간의 교과서 문제가 외교적으로는 일단 해결됐지만 고조된 반일국민감정을 진정하고 양국관계를 조속히 정상화시키기 위해 외상 방한이나 거물급 특사 파견 등의 후속 조치가 필요하다고 보고 있다 합니다.

세수 부진에 따라 국세청의 징세 활동이 전례 없이 강화되고 있어 국세청과 기업 간 세금을 둘러싼 줄다리기가 경기회복에 나쁜 영향을 주지 않을까 우려되고 있습니다.

폴란드에서는 자유노조의 결성의 길을 열었던 '그다니스크'협정 체결 2주년을 맞아 내일 대규모의 시위를 벌이게 될 것으로 보고 있습니다. 모레 만나뵐 때까지 건강 빕니다.

존경하는 당신에게

오늘로써 우여곡절이 가득한 8월도 막을 내리고 있습니다. 이제 가을은 기어이 오고야 말았다는 느낌이 큽니다. 어제와 오늘은 홍업이와 홍걸의 방을 올겨울에도 춥지 않게 지내도록 방바닥은 그대로 두고 새

마을 보일러만 새것으로 갈았습니다. 불길이 들어가는 쪽 호스가 모두 타고 쭈그러져 있었고 보일러 통도 못쓰게 돼서 새로 갈아야만 하게 돼 있었습니다. 방바닥도 호스를 3년에 한 번은 갈아야 한다지만 금년까지는 그대로 참아 넘길 수 있을 것으로 봅니다.

우리 외무부는 일본 공사를 불러 교과서 재검정 일정 단축을 촉구했습니다. 문교부에서는 시정 요청안을 마련하여 외무부에 넘겼습니다.

캐나다를 방문한 전 대통령은 트뤼드 수상과 단독회담에서 태평양지역 국가들의 공동 번영과 평화를 위해 태평양시대를 열어가도록 함께 노력하고 이를 위해 역내 국가들의 정상회담이 필요하다는 데 의견을 같이 한 것으로 알려졌습니다. 또한 신발, 섬유 규제 완화, 개도국 특혜 관세 연장도 논의했습니다. 에드워드 캐나다 무역상은 '캔두CANDU형' 원자로를 한국에 더 판매함으로써 침체 일로에 있는 캐나다 원자력 산업에 활기를 불어넣으려던 기대가 무산됐다고 말했습니다.

북의 김일성은 중공당의 12차 전국대표대회 개최 기간 중인 오는

9월 6일경 북경을 방문할지 모른다고 일본 정부의 한 소식통이 30일 밝혔다 합니다.

홍업의 학교 건이 드디어 왔습니다. 먼저 번 그 학교가 아니고 McKendree College(Lebanon, Illinois)입니다. 미국 장로교회가 전액 장학금을 주고 1986년까지 공부할 수 있는 편의를 도모해준다 합니다. 참으로 감사한 일입니다. 내일 면회하고 모레부터 수속하도록 하겠습니다. 여러분의 힘이 합해진 것입니다. 주님을 믿고 그 뜻대로 사는 자에게는 모든 것 합하여 선을 이룬다는 것 실감합니다.

1982년 9월 1일

존경하는 당신에게

또 한 달이 지나고 새로이 9월이 되었습니다. 오늘은 유난히 더워서 버스 안에 에어컨이 있는데도 땀을 흘릴 정도였습니다. 오늘 면회하면서 당신의 마음에 평화가 있음을 감사히 생각했습니다. 어떠한 불행이 있다 해도 그 불행을 어떻게 받아들이느냐에 따라 그 불행은 오히려 행복으로 연결될 수도 있음을 다시 한 번 생각해보았습니다. 진실된 삶을 벗어나 거짓과 불의의 편에서 영화를 누리고자 한다면 참으로 비참한 생애가 아닐 수 없습니다. 그러나 고난 속에서도 진실된 삶을 추구할 수 있으면 얼마나 보람되고 값진 생이겠습니까. 하나님은 언제나 의의 편에 서주시고 고난에 동참해주심을 믿습니다.

오늘 집에 와서 당신의 8월 편지 기쁘게 받아보았습니다. 전화로 혜영이에게 편지 이야기 전하도록 했습니다. 우리집 은행나무 특히 암나무(열매 맺는)은 작년에 잘라서 버렸습니다. 이에 대해 당신께 편지로 알려드렸던 것으로 알고 있는데요. 한 나무는 살아 있고 하나는 아주 죽어서 잘라버린 것입니다. 나는 처음부터 그 나무가 안심이 아니 돼서 옮기는 분께 여러 번 물어보았으나 염려 없다더니 기어이 죽어서 이제 우리집에 은행은 열리지 않습니다. 살아 있는 나무는 처음부터 옮기지 않은 것일 거예요. 처음에는 너무 아깝게 여겨졌지만 하는 수 없지요. 진돌이, 진숙이, 캡틴은 여전해요. 캡틴이 있기에 무척 든든해요. 캡틴은 당신도 아시다시피 샘이 많아요. 진돌이나 진숙이를 풀어놓으면 어쩔 줄 모르고 뛰고 야단법석을 떨며 시끄럽게 굴고 있어요. 똘똘이는 여전하구요.

오늘은 일본 관동대지진 때 10만 명의 한국인이 학살된 지 59주기가 되는 날인데 오늘 처음으로 위령제를 지내고 추념 강연도 있었고 종교 단체별로 추도식도 있었습니다. 59주기가 되어서야 처음으로 무참히 학살된 분들을 추모한다니 늦게나마 다행이지만 한편 부끄러운 일입니다. 일본 교과서 왜곡문제로 이제야 비로소 정신을 차린 것이니 만일에 이러한 자극이 없었다면 억울하게 학살된 분들을 위한 추모는 영영 아니 했을 것 아닌가 하는 서글픔이 큽니다. 언제 무엇에 있어서나 너무 늦게 자각하는 것 잠자는 듯한 상태에서 겨우 잠을 깨는 모습입니다. 앞으로는 모든 일에 정신을 똑똑히 차려야 할 줄 압니다.

민정당은 오늘부터 당 소속 국회의원, 전국구 예비후보, 국장급 이상 당직자, 시·도 사무국장 등 189명을 대상으로 재산등록을 시작했는데 부동산만 등록하게 된다 합니다(동산은 보류).

전 대통령 5개국 순방을 무사히 마치고 오늘 오후 귀국하여 대환영 행사가 있었습니다. 한·가 정책협 설치도 하기로 했다 합니다. 한일 의원연 총회가 9월 초순 열릴 예정이었으나 일본 교과서 왜곡 관계로 12월로 연기할 것을 일본에 통고했다 합니다.

중공 12전대회가 개막됐는데 '평등예측, 대외무역 증진, 4개 현대화 노선강화' 등 개방정책을 계속 선언했습니다. 폴란드는 대대적 시위 군경과 충돌, 자유노조 부활과 바웬사 석방을 요구했다 합니다.

올 들어 총통화는 계속 크게 늘고 있으나 실제 기업이 직접·간접으로 조성한 총 자금 규모는 지난 7월 현재 4조 5157억 원으로 작년 같은 기간에 비해 3.4퍼센트가 오히려 줄었고 은행 창구를 통한 총통화공급은 7월 말 현재 1년 전에 비해 32.5퍼센트나 크게 늘어났음에도 기업의 실제 자금 조달 규모가 이처럼 줄어든 것은 사채파동 이후 단자 등 제2금융권의 자금공급이 격감하고 상업차관과 단기무역신용수출금 등 해외 금융을 통한 자금 조달이 계속 줄어들었기 때문이라 합니다.

닭통조림(600원, 조광식품공업사)이 있습니다. 서울에는 요즘 닭통조림이 많이 나왔으니까 청주에도 더 좋은 것 있을 줄 압니다. 600원짜리는 작은 것인데 맛은 그대로 먹을 만하지만 너무 적어요.

1982년 9월 3일

존경하는 당신에게

벌써 햅쌀이 나오고 들마다 벼가 누렇게 영글어 농민들의 땀 흘린 모습이 눈에 보이는 듯합니다. 주름 잡힌 그들의 살림에 기쁨을 안겨주는 계절인 것을 알 수 있습니다. 이제 수확이 다 끝날 때까지 좋은 일기가 계속되기를 바라는 마음 간절합니다.

미의 팔 자치정부 수립 제의에 대해 이스라엘은 이를 거부했습니다. 이 제안은 1978년 체결된 캠프데이비드협정에 위배된다고 부수상이 말했다 합니다. 한편 PLO는 부분 동의했다 합니다. 미국은 아랍정상회담을 앞두고 친이스라엘 탈피에 힘쓰고 중재자 역할에서 참여자로 전환하는 것 같습니다.

미국과 일본은 1일 서태평양에서의 유사시 1000해리 해상 수송로 방위문제를 공동 연구하기로 합의했습니다. 호놀룰루에서 열린 미일 안보협의회 최종회의에서 미일 양국은 미국이 지금까지 일본에 대해 요구해온 1000해리 해상 수송로 방위문제를 공동 연구하기로 합의함으로써 일본의 대미 방위협력의 동맹적 성격이 더욱 뚜렷이 부각되게 되었다 합니다.

중공당 주석 호요방은 2일, 중공은 현재의 광범위한 경제적 후진성을 탈피하기 위해 실용주의 개혁계획을 계속 추진, 금세기 말까지 세계 첨단의 경제대국으로 성장해야 할 것이라고 선언했다 합니다. 그리하여 외자, 기술을 폭넓게 도입, 2000년까지 GNP 4배 증대, 시장경제 체제 강화, 4대 현대화, 서방 자본 필요성을 강조해 야심적 경제선언을 12전대회에서 보고한 것입니다.

필리핀은 건강이 악화돼 있는 것으로 알려진 마르코스 대통령 후임에(87년까지 임기) 이멜다 승계를 추진, 유고 대비 10일까지 제도적 장치 마련 중에 있다는 한심한 보도입니다. 가족끼리 권력 독점의 추한 모습을 보이고 있는 것입니다.

청주에서 산 닭통조림(조광식품공업사 것)은 600원이고 맛도 별로 좋지 않고 먹을 것도 없어 오늘 청주에서 슈퍼에 들렀으나 없었습니다. 서울에 와서 보니 새로 닭통조림이 나왔는데 작은 것 390원, 큰 것 780원(삼진종합식품주식회사 것)입니다. 맛도 좋고 분량이 적은 것은 한 번 먹기에 알맞습니다. 청주에서 산 조광식품 것도 서울 제조니까 삼진종합식품 것도 당신이 요청해서 그곳에서 구입하라 하세요. 가는 분이 삼진종합식품에서 나온 닭고기 통조림을 그쪽 상점에서 사다놓으라면 구할 수 있을 줄 아오니 그렇게 하시도록 하세요. 조광 것은 구입하지 않는 것이 좋겠습니다. 닭고기 통조림은 금년에 새로 만들어 내놓은 것이므로 각 지방에도 보급이 될 줄 압니다.

홍삼 캡슐도 계속 드시고 가능하면 현미효소(꽃가루도 포함된 것입니다)를 부탁해서 드시도록 하세요. 일제와 한제가 있는데 건강 유지에 아주 좋은 자연식품에 속해요. 이 편지 받으시는 대로 주문하셔서 꼭 드시기 바랍니다. 어디에나 있기 때문에 구하기 쉽습니다. 건강에 더욱 힘쓰세요.

1982년 9월 4일

존경하는 당신에게

금년 우리집 화단에 심은 스핑카가 자주 시들어서 하는 수 없이 뽑아버렸는데 왜 그런지 이유를 알 수가 없어요. 옆에 사루비아와 채송화를 심었는데 그것에 영향을 받는 것인지 매년 가장 강하고 청청하게 아름답게 자라는 것이 시름시름 시들어서 어찌 섭섭한지 모르겠어요. 가장 오래 가는 꽃인데 이번에는 잘 안되고 말았습니다.

태백 탄광에서 광부 4명이 매몰된 불상사가 있었는데 14일 만인 어제 오후 구출이 됐다는 희소식이 전해졌습니다. 굶주림, 추위, 공포를 이겨낸 초인의 의지가 그들을 기적적으로 살아나게 한 것입니다. 지금 병원에서 치료를 받고 있는데 쉬 건강을 회복할 것으로 보고 있습니다. 이런 것을 생각하면 강한 집념이 사선을 넘게 한 것을 알 수 있습니다. 늘 위험한 곳에서 수고하는 광부들 그외의 노동자들께 한없이 감사함을 느낍니다.

정부는 내년부터 소득세, 법인세, 상속세, 증여세 세율을 대폭 낮추고 예금이자 및 배당소득에 대해서는 내년 7월 1일부터 실명, 가명, 무기명에 따라 차등세율을 적용키로 했습니다. 소득세-세율 6~50퍼센트 14단계로, 사업자-세액 공제제 새로 신설, 미성년 700만 원 이상 출처 조사키로 한답니다.

오늘도 당신의 건강과 기도의 응답이 있기를 빕니다.

존경하는 당신에게

가을의 하늘은 높아만 갑니다. 당신의 건강은 어떠하신지요. 내가 가장 좋아하는 가을을 건초열로 즐기기 못하는 것이 얼마나 섭섭한지 모릅니다. 어서 한 달이 지나가는 것만 기다리고 있습니다. 몸이 괴롭지 않고서는 건강의 감사함을 잊고 사는 것이 보통인데 몸이 불편하니까 자연히 건강의 좋은 것, 고마움을 알 수 있게 된다 생각합니다.

경제성장률의 계속적인 둔화와 이에 따른 세수결핍, 여기다 '9.4세제개편'에 따른 세부담 경감이 겹쳐 재정운영에 전례 없는 압박이 예상되며 5차 5개년계획 기간 중 투융자사업의 대폭적인 축소, 조정이 불가피해지고 있다 합니다.

정부는 대통령의 아프리카 순방을 계기로 국내 기업 및 기술 인력의 대외진출을 활성화하기 위해 정부 안에 대외진출 지원기구를 설치할 방침이라 합니다.

통화정책당국의 통화증가 억제 방침에 따라 금융기관들이 신규대출 극력 억제와 함께 기업들의 건전 예금까지도 기존 대출과 상계, 기업들로부터 반발을 사고 있다 합니다. 또 은행이 보유하고 있는 기업어음을 매출, 은행 자금사정 완화와 함께 시중 유동성 수습을 꾀하고 있다 합니다.

이스라엘 정부는 5일 요르단강 서안과 가자지구 내의 새로운 8개 유태인 정착촌 건설을 승인함으로써 접경지대 정착촌 건설의 즉각 중단을 요구한 레이건 미 대통령의 새로운 중동평화안에 정면 도전했다 합니다. 한편 PLO도 5일 레이건 대통령의 새로운 중동평화안이 평화 과정에 있어 전혀 새로운 것이 없다고 지적, 이를 일단 거부했다고 합니다.

중공의 등소평은 당, 정, 군 등 대권을 한 손에 쥠으로써 제2의 모毛

(모택동) 지위를 굳히려 하고 있다 합니다. 중공은 주석을 폐지, 총서기제로 하고 당 구조를 개편, 3년간 당원정풍운동을 전개할 것이라 합니다. 부디 건강하시기 바랍니다.

1982년 9월 9일

존경하는 당신에게

요즘은 연일 독립기념관 건립을 위한 성금을 낸 분들의 명단이 신문 1면에 거의 반을 차지하고 있습니다. 이 같이 뜻있는 사업, 나라와 민족이 역사에 길이 남길 수 있는 사업을 열렬히 지원하는 국민의 마음은 아름다운 일인데, 뛰어난 지능과 재주 그리고 높은 교육을 받은 우리 국민이 왜 이렇게 오래오래 수난의 역사 속에 신음해야 하는가 다시 생각하게 됩니다. 여러 가지 생각되는 바가 많으나 여기 적는 것은 삼가기로 하겠습니다. 다만 의에 용감하고 진리의 길을 추구하는 열의가 무척 아쉬우며, 약자의 아픔과 괴로움을 외면하고 냉혹한 눈초리에 소리 없이 눈물짓는 많은 분들에게 사랑의 뜨거움이 주어져야 함을 느끼며 높은 곳보다 낮은 곳을 바라보는 눈이 있어야겠다고 생각해봅니다.

국내 경기는 물가가 안정된 가운데 계속해서 느린 속도의 꾸준한 회복세를 보이고 있으며 모처럼만에 부동산 경기도 살아나 일부 지역에서는 과열 현상까지 나타났다는데 수출은 여전히 부진해 경기의 회복 속도를 더디게 하고 있다 합니다.

중공은 8일 영구적인 혁명보다는 현대화를 주된 과제로 설정한 새 공산당 당헌 원문을 발표했는데 '누구도 혼자 중대 결정을 못 하게 하고, 개인숭배를 불법화'했다 합니다. 호요방 총서기는 레이건 미 대통령을 초청했답니다. 또 중공은 미·소와 등거리외교를 추구할 조짐이 보인답니다. 건강에 조심하세요.

1982년 9월 11일

존경하는 당신에게

오늘은 아침부터 무척 불쾌한 날인데 내게는 오히려 희망을 가지게 되는 야릇한 심정입니다. 홍업이 여권 신청을 하고 오늘 들르라 해서 같이 갔더니 '관계부처의 통보에 따라 여권 발급을 할 수 없다'는 것으로 거부당한 것입니다. 여행의 자유화는 말뿐인지 나같이 무식한 사람은 알 수가 없습니다. 하기야 우리에게는 산 넘어 산, 강 건너 또 강, 가도가도 끝이 없는 험한 길을 참고 참으며 가고 또 가야 하지만 정말로 너무 심한 길이라 아니할 수 없습니다. 홍업이의 마음에 좌절을 가져다준 것이 괴롭고 이 소식을 접하는 당신의 마음이 괴로우실까 하는 염려가 큽니다. 그러나 나는 결코 이대로 주저앉지 않을 것입니다. 오히려 이로 인해 남모르는 희망을 가집니다. 짓밟힌 잔디도 그 싹이 돋고 자라나는 것을 보았습니다. 오늘까지 견디고 참고 살아왔으니 또 견디어보고 참아보면서 길을 열어나갈 것입니다. 결코 하나님은 우리를 버리시지 않으신다는 것 다시 한 번 믿습니다.

소련은 모든 국제전화를 돌연 무기한 폐쇄하였으므로 모종의 사태가 있지 않나 합니다. 이스라엘은 10일 아랍정상회담에서 마련한 새 중동 평화안이 이스라엘에 대한 선전포고며 이스라엘을 파멸시키려는 것이라고 단호히 거부하면서 아랍, 이스라엘 간의 직접 평화협상을 갖자고 제의했습니다.

중공의 등소평은 5년간 영향력을 행사하게 되며, 화국봉, 엽검영, 이선넘 등의 퇴진 예상을 뒤엎고 당 중앙위에 유임했다 합니다.

날씨가 무척 싸늘한데 몸조심하세요.

1982년 9월 12일

존경하는 당신에게

어제 편지로 당신 마음을 괴롭게 해드리지 않았나 염려됩니다. 마음 상하시지 않도록 하세요. 우리가 당하는 일이 그뿐이겠습니까. 이제는 그야말로 숙달이 된 셈입니다. 홍업이도 오늘은 마음이 풀리고 잘 극복하고 있습니다. 하나님께서 반드시 새 길을 열어주실 줄 믿습니다. 오늘 주일학교 공과에서 하나님의 언약은 고난의 역사 속에서 진행되고 결국은 성취된다 했습니다. 이스라엘 백성이 가나안 복지로 들어가기까지 얼마나 큰 고난과 희생이 있었는지 알 수 있었습니다. 진리는 쉽게 얻어지고 체험하는 것이 아님도 알 수 있었습니다. 뜻을 이룰 때까지 인내와 용기가 따라야 할 것입니다. 홍업이는 능히 이때를 이겨낼 수 있고 또 이 어려움을 통해 성장하고 있습니다. 반드시 하나님의 축복과 사랑을 받을 줄 믿고 기도해주겠습니다.

1982년 9월 14일

존경하는 당신에게

요새 며칠은 밤과 아침에 건초열로 몸이 몹시 불편했습니다. 어젯밤은 잠을 자지 못할 정도였는데 낮에는 아무렇지도 않아서 다행히 일을 좀 볼 수가 있었습니다. 오늘 한국기독교장로회 여신도회 전국연합회 인권위원회 주최로 '고난 받는 이웃을 돕기 위한 바자회'가 있었습니다. 나는 기장은 아니지만 '고난 받고 있는 이웃을 돕는 일'이므로 이에 협력하기에 며칠 무척 바빴습니다. 특히 내가 작년에 처음으로 붓글씨를 연습했다가 몇 달 못 쓰고 쭉 쉬었는데 내 글씨를 달라 해서 급히 몇 장을 써서 오늘 다른 분들의 것과 같이 바자회에 내 놓았더니 의외로 내 것이 먼저 나가 여러 점이 매진돼서, 내 부족한 글이 고난 받는 이웃을 돕는데 있어 도움을 줄 수 있다는 것을 기쁘게 생각했습니다. 여러분이 많은 수고를 하여 좋은 성과를 거둔 것으로 압니다. 홍일이 가족 (아이들까지) 모두 와서 바자회를 하는 기독교회관에서 이것저것 조금씩 사서 점심을 같이 했습니다. 어려움에 처해 있는 이웃을 도우려는 인정의 불이 아직도 많은 분들의 가슴에 타오르고 있다는 것만으로 우리는 기쁨과 희망을 가질 수 있다고 생각하면서 감사를 드립니다.

일본 정부는 14일 82년도 방위백서를 발표, 이 가운데서 소련의 증대되는 군사력이 서방세계의 중대한 위협세력으로 대두했다고 전례 없이 심각한 대소 인식을 표명하고, 1000해리 해상수송로 안전 확보를 위해 미·일 공동훈련을 강화하고 방위산업을 육성하며 민방위체제를 추진해나가겠다고 밝혔습니다. 일본의 국방회의는 13일 방위청이 요청한 83회계년도 방위예산 7.3퍼센트 증액을 관계 각료들 간의 열띤 찬반 토론 끝에 승인했다 합니다.

광부들의 재해가 좀처럼 줄지 않고 있는데 지난 10년간 광산 재해 사망자는 연평균 195명에 달했으며 올 들어서는 지난 8월말까지 107명이 목숨을 잃었다는 것입니다. 그래서 동자부動資部에서는 광산 보안 관리에 힘써 사고방지대책을 마련, 실시키로 했습니다. 사망률이 유럽의 19.5배나 된다는 슬픈 보도입니다.

정부가 내년에 징수 목표로 삼고 있는 내국세 5조 9733억 원 가운데 부가세가 올해보다 8.2퍼센트 늘어난 2조 5239억 원으로 전체 내국세의 42.5퍼센트를 차지하고 있으며, 소득세는 1조 588억 원으로 올해보다 12.1퍼센트, 법인세는 8054억 원으로 올해보다 11.6퍼센트가 각각 늘어난 것으로 잡혔다 합니다.

이스라엘은 레바논, 시리아 미사일 기지 등 팔레스타인 잔여 게릴라 진지들에 대해 지난 1개월 내 최대 규모의 폭격을 강행했다니 너무 잔인한 것 같습니다.

곧 뵙게 될 것을 기다립니다. 건강하세요.

1982년 9월 17일

존경하는 당신에게

오늘 홍업이 일로 몹시 괴로워하신 당신의 마음 충분히 이해할 수 있습니다. 우리가 이 정도로 쓰러지거나 낙심해버리기에는 너무 많은 단련의 뒷받침을 해주는 것을 느낍니다. 가는 길을 막아버리는 일을 하는 것은 괴로운 일일 것입니다. 아마도 못 가는 사람의 마음보다 더 괴로울 것도 같습니다. 길은 한 길이 아니고 여러 갈래로 갈라져 있는 것이고 걸음의 속도가 빠르고 늦고 하는 것이 문제됨이 아니라 바른길을 어떻게 걷느냐 하는 것이 더 중요하다는 것을 생각해봅니다. 홍업이가 부닥친 벽을 마주 대하고 한번 다시 때와 환경을 바라보면서 느끼고 깨닫고 새 길을 찾고 용기와 희망을 가지며 어려움을 극복해내는 바른 자세를 갖추는 것, 이 모두 뜻있는 것인 줄 압니다. 괴로워하지 마시기 바랍니다. 나도 여러 가지로 생각하면서 홍업의 일이 전화위복이 되기를 위해 힘쓰고자 합니다.

미 행정부는 소몰이 막대와 비슷한 전기 충격봉 500개의 대한판매선적을 무기한 연기키로 결정했다고 16일 관리들이 말했다 합니다. 슐츠 국무장관과 볼드리지 상무장관은 인권문제가 제기되고 있는 나라에 대해서는 국무성과의 협의나 국무성의 승인 없이는 이 같은 장비의 판매를 허락할 수 없다는 데 합의했다 합니다. 사실 인간을 괴롭히는 이 같은 것은 제조조차 하지 말았으면 좋을 것 같습니다.

일본 수상은 16일 심각한 세수 감소와 엄청난 예산적자로 일본경제가 재정적인 비상 상태에 직면해 있다고 밝히고 국민들에게 이 같은 경제난국을 극복해나가는 데 협조해주도록 호소했다 합니다. 북경은 떠들썩하게 김일성을 환영하는데 그 내막은 친소를 막으려는 속셈이 뻔한 것입니다.

정부는 수도권 지역에 지나치게 집중돼 있는 인구 및 산업시설의 적정한 재배치를 위해 수도권정비법을 새로 마련, 지금까지 건축억제 등 행정적으로만 규제해오던 것을 법적규제로 강화할 방침이라 합니다. 현재 서울 인구는 세계 4위로 무서운 성장을 보이고 있습니다. 800만 명이 넘으니 인구문제도 큰 두통거리가 아닐 수 없습니다. 당신의 건강을 빕니다. 늘 희망을 가지시고 힘을 내시기 바랍니다.

1982년 9월 19일

존경하는 당신에게
매일 자기 전에 기도를 드릴 때마다 오늘보다는 내일이 좀더 밝고 명랑한 사회가 되게 해주시고 이 땅에 주님의 나라가 속히 이뤄지기를 빕니다. 그러나 눈을 떠 아침 신문을 보면 그와는 반대로 나날이 더 어둡고 인간의 마음은 강퍅해져 있는 것을 나타낸 것이 많으니 이대로 가면 주님의 나라는 이 땅 위에 임하지 않는 것이 아닌가 하는 의문을 품게 됩니다. 그리고 오늘은 또 어떠한 불행한 뉴스가 들려오나 하는 무거운 마음이 듭니다.

오늘 아침 신문은 서베이루트에 있는 두 곳의 팔레스타인 난민촌 안에서 1000명의 팔레스타인 양민이 36시간 전에 학살당했다고 취재하던 기자들이 18일 보도하면서 이는 분명히 우익 레바논 기독교민병대의 소행으로 보인다는 끔찍한 소식이었습니다. 더구나 기독교 민병대라 하니 예수를 믿는 사람들이 사랑으로 난민을 도와주지는 못할망정 그러한 잔인함을 보일 수 있는 것인지, 세계가 정말로 종말의 비극을 재촉하고 있어서 이처럼 잔혹한 짓을 감히 행할 수 있는 것인지 기가 막힙니다. 수많은 인명의 죽음 앞에서 쾌감을 느끼는 수십의 인간들이 도처에 있다는 것 인간의 비애가 아닐 수 없습니다. 하나님은 어떻게 사랑이 없고 살인행위를 하는 그런 기독인들을 벌하지 않으실 수 있겠습니까. 참으로 두렵고 무서운 세상에 살고 있다는 생각이 더 절실히 듭니다.

정부는 금년 말 환율을 750원선 그리고 내년 말 환율을 780원선에서 안정시킬 방침이라고 합니다. 정부는 물가안정을 위해서 환율을 안정시켜야 된다는 전제 아래 금년도 환율을 5퍼센트선에서 안정시키려 했으나 수출이 부진함에 따라 환율의 유동화 폭을 7.5퍼센트까지 확대하고 그 대신 내년도 환율 인상폭을 3퍼센트로 줄이기로 했다 합니다. 건강에 힘쓰시기 바랍니다.

존경하는 당신에게

오늘은 내가 이 세상에 태어난 날입니다. 당신으로부터는 이미 지난 면회 시에 축하의 말을 들었습니다만 사실 생각해보면 축하받을 만한 것이 없습니다. 기나긴 인생을 살아오면서 하나님이 내게 뜻하시는 바에 응할 수 없게 보람되고 뜻있는 나날을 보내지 못하였으며 믿는 자로서 빛과 소금의 역할도 하지 못한 자신을 돌아볼 때 부끄럽기만 합니다. 당신의 아내로서 또한 아이들의 어머니로서도 미흡한 점이 많은 것을 스스로 반성하게 되는 날입니다. 나는 오늘 일찍 집에서 아무도 모르게 홀로 빠져 나와 청주로 향했습니다. 당신을 만나지는 못하더라도 당신 계신 곳을 찾고 싶어서입니다. 그리고 오늘은 하루 종일 집을 떠나 있고 싶어 홍일의 집에서 점심을 차린다는 것을 말리고 가족일동 외식을 하였습니다. 내 생각으로는 그것도 싫었지만 아이들의 성의를 너무 뿌리치는 것도 마음에 걸려서 그것만은 응한 것입니다. 저녁은 Y 박에스더 선생님이 은퇴하여 3년 전부터 미국 하와이에 가서 사시는데 지난 토요일에 귀국하셔서 계신 동안 실행위원회 주최로 환영 만찬이 5시부터 있었습니다. 내 생일은 이럭저럭 푸짐하게 치르게 된 것입니다. 생일을 기억조차 하고 싶지 않은 내 심정과는 전혀 달리 주위에서 관심과 신경까지 쓰는 것이 한편 무섭고 고맙기도 합니다. 타인으로부터 축하를 받을 만한 삶의 표적이 되지 못한 것을 섭섭히 생각하지만 때는 이미 늦은 것 같습니다. 그러나 나머지 생을 좀 보람 있게 살고 싶은 희망을 가지면서, 욕망을 가지면서 하나님께서 함께 계셔서 이끌어 주심을 빕니다.

당신의 건강과 자유가 속히 이뤄지기를 기도합니다.

존경하는 당신에게

오늘은 연고전 경기가 시작하는 날이어서 홍걸이는 아침 일찍부터 응원을 하러 운동장으로 나갔는데 럭비, 농구에서 연대가 승리하고 축구에서만 고대가 승리했다 합니다. 홍걸이는 축구 응원을 하고 돌아왔습니다. 내일 경기는 또 있기 때문에 내일 고대가 이기면 된다 해서 두 가지나 졌어도 과히 실망하지 않고 있습니다.

정부는 현재 각 부처에 분산돼 있는 대외협력 기능을 통합, 외무부 산하에 '해외협력청'(가칭)을 신설키로 하고 이를 추진 중입니다. 4년째 장기불황에 시달려온 세계 경제는 아직도 본격적인 회복의 실마리를 찾지 못하고 있다 합니다. 선진국들은 전후 최악의 높은 실업률에 허덕이고 있으며, 각국의 유수한 대기업들이 도산하는 어려운 국면을 맞고 있고, 후진국과 개발도상국들은 수출부진에 시달리는 가운데 일부 개발도상국은 대외채무불이행 사태까지 빚고 있다 합니다.

전통적인 친이스라엘 미 상원의원들까지 레바논에서 저지른 이스라엘의 행위를 신랄히 비난하고 있는 가운데 미 상원의 한 소위가 최근 미국의 대 이스라엘 원조 규모를 현수준에서 동결하도록 결정한 것으로 22일 알려졌습니다.

인도의 서부 뱅골주 주민 20여만 명은 23일 캘커타에서 대대적 반미 시위를 벌이고 미영사관 앞에서 중성자탄 모형을 불태웠다 하는데 공산당이 주도한 것으로 알려졌습니다. 아르헨티나에서는 '빵과 평화'를 요구하며 3만 명이 반정시위를 벌였다는데 군정 중 최대 규모라 합니다. 세계 어느 곳을 봐도 조용하고 평화로운 곳은 없는 것 같습니다. 인간의 마음에 사랑이 없는 탓이겠지요. 부디 건강하시도록 힘쓰세요.

1982년 9월 26일

존경하는 당신에게

어제 막을 내린 연고전에서 고대는 야구, 축구, 아이스하키에서 이기고 연대는 농구, 럭비에서 이겨, 고대가 이겼기 때문에 홍걸이는 무척 기뻐하고 있습니다. 하루 종일 응원하느라 코끝이 빨갛게 탔습니다. 오늘은 9월 마지막 주일이고 추석도 가까웠으므로 이문영 박사 어머님을 방문했으나 친척 댁에 가시고 계시지 않아 그대로 돌아왔지만 몸은 그대로 건강하시다니 다행이라 생각했습니다. 문 목사님 부모님도 찾아뵈었습니다. 늘 열심히 교회에 출입하시고 건강도 늘 그대로 유지하고 계십니다. 90세가 가까운 분들이 정신력도 대단하셔요. 나는 몸이 너무 괴로워 아무 일도 손에 잡히지 않아 안타깝습니다. 이제 한 10일간만 더 고생하면 깨끗하게 나아지겠기에 시간이 가는 것만을 기다리고 있을 뿐입니다.

후세인 요르단 왕은 아랍 세계의 충분한 지지를 얻어 레이건 미 대통령이 제의한 중동평화협상에 참여할 것이라고 4일 미 국무성의 한 고위관리가 밝혔답니다.

우리나라는 인구, 산업을 비롯한 여러 면에서 서울 집중도가 매우 높은 것으로 나타났다 합니다. 날씨가 좋지 못한데 몸조심하세요.

1982년 9월 27일

존경하는 당신에게

날씨가 갑자기 추워져서 지내시기에 힘드시겠습니다. 이제 앞으로는 더욱 추워지겠으니 걱정이 됩니다. 오늘은 장 박사님 사모님을 방문했는데 너무도 적적해보였습니다. 큰아드님이 집을 짓고 따로 살고 있어 사모님은 집에서 일하는 분과 단 둘이 살고 계셨습니다. 건강은 전보다는 좋은 편이나 노경에 이르시니 차차 약해지시겠지요. 매일 당신의 건강을 지켜주십사고 기도하신다 해요. 박 할머니도 찾아뵈었는데 여전하세요. 그래도 그 집은 식구들이 많고 아이들이 있어서 적적해 보이지 않아 좋아요. 건강도 좋으신 편입니다. 화곡동 작은집, 홍준네 집 다 들러보았습니다. 두 집 다 작은아버지는 출타 중이라 뵙지 못하고 돌아왔어요. 하의도에도 조금 보냈습니다.

수하르토 인니 대통령이 우리나라 대통령의 초청으로 10월 16일 방한 4일간 체한하는데 자원개발협력 등을 협의한다 합니다. 이범석 외무장관과 슐츠 미 국무장관은 26일 회담을 갖고 한미 간의 문제와 양국이 관심을 갖고 있는 국제문제에 관해 의견을 나누었다 합니다. 이 회담에서 슐츠 장관은 미국의 대한 방위공약을 다짐, 한국군의 전력증강을 위해 계속 지원하겠다고 레이건 행정부가 지금까지 보여온 대한 정책을 재확인했다 합니다.

팔레스타인 난민 학살사건으로 이스라엘 사상 최대 반정 시위가(40만 군중) 일어나 베긴의 사임을 요구하였고 야당 주도로 학살 조사를 촉구했습니다. '베이루트'에서 이스라엘군이 철수를 하라고 하는데 현재 80퍼센트만 철수한 것으로 알려지고 있습니다.

소련의 브레즈네프는 26일 소련이 대중공 관계 정상화를 매우 중요한 과제로 생각하고 있다고 말했다 합니다. 내년에 5500억 원의 국채를 발행하더라도 정부가 써야 할 돈이 모자라 일반회계에서 7738억 원 규모의 외상 공사를 펴게 된다고 합니다. 내년에 500억 원 규모의 철도채권을 발행, 호남선 복선화 등을 위한 철도사업, 특별회계의 적자를 메울 방침이라고 합니다.

우리집 대추는 어제 다 털어 모았는데 큰 상자로 하나가 됩니다. 당신에게 보내드릴 수 있으면 얼마나 좋을까 생각해보았습니다. 속만 상할 뿐입니다. 날이 쌀쌀해진다니 더욱 몸조심하세요.

1982년 9월 30일

존경하는 당신에게

드디어 9월도 오늘로 막이 내리고 점점 깊은 가을의 적막감이 강하게 풍겨오고 있습니다. 오늘은 당신이 우리 가족에게 추석 선물로 생각하시고 보내주신 9월의 편지 반갑고 기쁘게 그리고 감사한 마음으로 받아 읽었습니다. 홍업이에 대해 상심하신 것 충분히 이해합니다. 그러나 우리는 그 이상의 어려움을 겪고 또 겪었기에 어떻게 생각하면 만성이 되고 면역성도 생긴 것을 느낍니다. 하나님의 뜻은 묘한 것이므로 어떤 다른 계획이 홍업이를 위해 준비되었는지 우리는 알 수 없습니다. 결코 어둠만이 우리 앞을 가리고 있는 것이 아니고 우리에게도 빛이 그리고 어떤 새로운 길이 있을 것을 믿으며 참고 때를 기다리는 인내의 미덕을 길러나가야 한다고 생각합니다. 이 시대의 아픔을 우리 모두 같이 하는 것을 괴롭다고만 할 수 없을 것 같습니다.

사람들의 마음이 점점 식어 싸늘한 마음에 비정이 싹트고 어떤 조화의 세계, 사랑이 넘치는 아름다운 세계를 찾아 나서는 것 그리고 그 길에서 사마리아 사람같이 강도 만난 사람을 보고 돌봐주고 싸매주고 하는 이웃사랑을 체험한다는 것은 흔한 것이 아닙니다. 교회의 성직자나 신도들이 돌보지 아니하는 버려진 이웃을 찾아보고 위로해주는 사람은 오히려 다른 곳에 있을 수 있다는 것이 당신의 글에서 말한 교회와는 상관없이 노예해방 운동이 전개된 역사로 볼 수 있는 것 같습니다. 예수님의 십자가를 말하는 사람은 수를 헤아릴 수 없이 많지만 그 십자가를 같이 지고 무거움을 덜어주고 고통을 나누고자 하는 사람의 수는 찾아보기조차 힘든 것이니 참된 크리스천의 수가 과연 얼마나 될지 퍽 의문스럽습니다. 모두 교회에 나가서 하나님의 축복을 받아 부자도 되고 천국도 가야하고 내 가족이 모두 성공해서 잘살기 원하는 사람들로 가득 차 있습니다. 옆 사람에 관해서는 무관심하고 사회의 병폐는 더구나 알려고 하지도 아니하는 그런 크리스천이 너무 많습니다. 성직자들은 섬김을 받기를 원하고 자신의 지위를 지켜나가기 위해 몸을 도사리려고 애쓰니 정의로운 일을 하려는 생각조차 하지 않습니다. 여기에 소수 의로운 사람 양심의 소리에 귀를 기울이고 십자가의 고난을 사양하지 아니하는 사람의 희생은 너무 크게 요구되고 있습니다. 당신의 사색의 단편은 우리 모두에게 큰 도움이 되며 우리의 마음에 간직할 것입니다.

이번 추석을 앞두고 돈이 많이 풀려 통화 관리에 차질이 우려되고 있으며 이에 한은은 각 금융기관에 자금공급 축소를 강력히 지시, 10월 들어 은행창구는 상당히 빡빡할 것으로 보인다 합니다.

이번 일본 수상 중공 방문에 일본이 우려한 '중소 접근'은 '아직은 멀다'는 것, 중공이 소련의 패권주의를 여전히 비판하므로 중소관계는 일본이 우려하는 것보다는 정상화에 시간이 걸릴 것을 비쳐 안심시킨 중공은 일본이 군국주의적 경향으로 치닫지 않는 것이 세계를 위해 필요하다고 경고했다 합니다. 중공은 중공·북한 재접근에 대한 의구에 대해 한반도의 계속적인 안전 상태를 주장했으며 일본도 이에 일단 안심한 것으로 일본 신문이 보도했다 합니다. 일·중공 양국의 한반도에 대한 안정의 기대는 우선은 전쟁 억지의 측면에서 한반도를 중심으로 한 아시아 전 지역으로도 바람직한 것이며 일본과 중공은 그것이 자국의 이익에 직결되기 때문에 환영하는 것임을 말합니다.

어제, 오늘 청주 가는 버스표를 살 수가 없어 홍업이가 차로 이틀이나 수고를 했습니다. 무사히 귀가했으니 얼마나 다행인지 우리는 어려운 시험 중에도 어느 누구 낙심 않고 희망 속에 기쁩니다. 오늘은 홍일이도 같이 갔습니다.

1982년 10월 1일~12월 16일

인간은 약하고도 강한 존재

1982년 10월 1일

존경하는 당신에게

오늘은 우리 한국 고유의 명절에 국군의 날이 겹쳐 경축의 뜻을 더해주고 있습니다. 많은 분들이 성묘를 하는가 하면 거리는 국군의 행사로 국력을 과시하고 밤에는 불꽃으로 하늘을 장식하게 됩니다. 3년째 한가위를 당신 없이 맞이하는 우리 가족은 가슴 한 구석이 텅 비어 있는 느낌입니다. 왜 이래야만 하는지 알 수 없습니다.

홍일이 가족 오랜만에 와서 같이 점심을 할 수 있어서 기뻤습니다. 지영이는 오자마자 피아노를 치고 정화는 똘똘이를 안고 기뻐했습니다. 내가 사준 옷을 입고 왔는데 정화가 지영이보다 좀 뚱뚱하기에 같은 사이즈의 옷을 샀더니 역시 나이 관계로 지영이는 꼭 맞아도 정화는 조금 긴 편이었어요. 지영이 키가 무척 자랐어요. 당신이 두 아이 보시면 3년간의 긴 세월 얼마나 성장했는가 놀라실 거예요. 홍일이가 편도선이 아파서 일찍 집으로 가고 작은집(화곡동)에서 형주와 홍민이 와서 같이 점심하고 홍민이는 곧 떠났으나 형주는 홍걸이하고 놀고 있으며 작은아버지가 연학이 연수 같이 데리고 오셨다가 가셨어요. 산소는 내일 가기로 했습니다. 작은엄마는 신경통 관계로 집을 지키고 오지 못했다는데 나와 비슷하게 다리 쪽이 좋지 못한 것 같대요. 지난번 차사고 후 그런 증세가 자주 일어나나 봐요.

요전에 낳았다는 강아지가 이제 1개월이 됐는데 혼자 자라서 그러한지 무척 큰데 주둥아리 쪽이 꼭 캡틴을 닮았어요. 조금만 더 있으면 잘 짖을 것 같습니다. 전에는 강아지가 여러 마리 되니까 보는 이마다 가지고 싶어 했는데 이번에는 한 마리가 돼서 누구도 달라는 이가 없습니다.

뉴욕을 방문 중인 이 외무부장관은 30일 UN 케야르 사무총장을 방문하고 회담했는데 한반도의 긴장완화와 평화유지의 필요성에 관해 의견을 같이하고 한국 문제의 평화적 해결방안을 함께 검토해나가기로 합의했다 합니다.

지난 1년간 감사원의 감사결과 지적된 위법부당 사항은 모두 493건으로 285억 5500여만 원이 위법 또는 부당하게 집행됐으며 이로 인해 632명이 징계 또는 인사 조치된 것으로 밝혀졌다 합니다.

미국은 백파이어 장거리 전략폭격기의 대폭배치 등 소련 극동군 증강에 대한 대응조치의 일환으로 앞으로 1~2년 안에 일본 본토의 미사와三澤 공군기지에 약 50대의 최신형 F16 전폭기로 구성된 2개 비행장을 배치키로 결정하고 일본 측에 의사를 타진 중에 있으며, 일본 정부도 이를 받아들일 방침인 것으로 30일 일 방위청장관과 와인버거 미 국방장관과의 회담에서 전하게 될 것이라 합니다.

81년 말 우리나라 정부의 채무총액은 80년 보다 3조 620여억 원이 증가된 12조 8960여억 원에 이르는 것으로 나타났다 합니다. 종류별로는 차입금 2조 17억 원, 국채 2조 1110억 원, 국고채무부담 행위 9106억 원, 정부차관 4조 5484억 원으로 되어 있습니다.

오늘부터 계속 연휴로 당신이 계신 곳은 그야말로 절간보다 더 깊은 고요함만 있을 뿐 평일보다 몇 배 더 괴로우실 거라는 생각을 합니다. 하나님이 당신의 마음속에 오늘의 달빛이 환하게 비추셔서 내일을 자유로 기쁘고 감사하게 맞이하는 그날을 속히 허락해주시기를 빕니다.

1982년 10월 2일

존경하는 당신에게

어젯밤은 흐린 날씨관계로 둥근 달도 보지 못하는 추석이었습니다. 오늘은 집안이 유난히 조용합니다. 찾아오는 사람도 없고 전화 소리도 별로 들려오지 않는 날입니다. 아침에 두 작은아버지와 홍일, 홍업 그리고 연수, 연학이가 같이 성묘하고 왔습니다. 벌초는 그곳에서 다 해놓았다고 합니다.

내무부는 날로 늘어나는 강·절도범에 대비 주민들의 방범 및 안보의식을 고취한다는 취지 아래 오는 85년까지 전국의 도시근교 및 농촌지역 8만 1992개 마을에 자위방범대를 조직·운영키로 했다는데 대상은 고졸 이상으로 8~20명씩 구성, 전원 무보수로 자발 참여케 한다 합니다.

서독의 기민, 기사, 자민 3당 연합세력은 1일 의회에서 슈미트 수상의 사민당연립정부에 대한 불신임동의안을 가결하고 헬무트 콜 기민당 당수를 제6대 수상으로 선출했습니다. 콜 수상은 특색 없는 중도우파적 인물이고 전통외교노선으로 친미를 추구할 것으로 보고 있습니다.

신예 F16 전폭기 40~50대를 일본 본토에 배치한다는 미국의 계획이 실행에 옮겨질 경우 일본은 총 500억 엔을 부담할 것이라고 일본방위청이 밝혔다 합니다. 4일에 뵐 것을 기쁨으로 기다리면서 당신의 건강을 빕니다.

1982년 10월 6일

존경하는 당신에게

당신의 아픈 다리는 좀 어떠하신지요. 그 같은 환경에서 아무 치료도 받지 못한 채 그 정도나마 오늘까지 지탱해오신 것도 기적과 같은 일이 아닐 수 없습니다. 어서 그런 곳에서 떠나셔서 마음 놓고 치료를 받으셔야 할 터인데 무척 염려됩니다.

우리집 화단은 점점 그 아름다운 모습을 잃어가고 있습니다. 스펑카 몇 개 남아 있으나 성성한 모습을 볼 수 없고 장미는 계속되고 있으며 사루비아는 너무 자라서 키다리로 오래오래 꽃을 피우고 있습니다. 아직 채송화도 꽃을 피우나 일부는 시들고 있어요. 20여 개 달려 있는 조롱박은 줄기가 마르고 시들어 보기에 흉해도 좀더 두었다 따야 해서 그대로 두고 있습니다.

이 외무장관은 5일 한반도의 여러 문제들은 한국인이 원하든 원하지 않든 간에 미·소·중·일 간의 어떤 합의 없이는 해결될 수 없다고 말하고 동시에 한국의 평화는 한국인 스스로가 상호 어떤 방식으로든지 협동하지 않고는 결코 달성될 수 없다고 말했습니다. 현재 영국을 방문 중인 이 장관은 왕립 국제문제 연구소에서 행한 연설을 통해 한국은 자유무역체제를 확장하는 데 목표를 두고 있으며 보호무역주의의 부활이나 지역 블록의 출현 등을 원치 않고 있다고 말했다 합니다.

소련의 브레즈네프와 친 월남의장은 5일 크렘린에서 회담을 갖고 중공과 소련 그리고 베트남과 중공 간의 관계 증진이 3국 모두의 이익에 부합한다는 데 의견의 일치를 보았다 합니다.

미 레이건 대통령은 미국의 핵무기보유량이 소련의 수준과 대등해질 때까지 무력증강계획을 중단하지 않을 것이라고 다짐하면서 전쟁을 원해서가 아니라 유리한 입장에서 소련과 군비감축협상을 갖기 위해 군비를 증강하는 것이라고 말했다 합니다.

일본 스즈키 수상의 잠재적 라이벌인 나카소네 장관이 총재 출마를 포기, 그에 대한 지지를 다짐함으로써 재선될 것이 거의 확실해졌다는 보도가 있었습니다.

우리 정부는 내년도 총통화 증가율을 경상 GNP 증가율보다 다소 높은 20퍼센트로 책정하는 한편 최근 추석을 전후하여 크게 늘어난 통화는 이를 서서히 거둬들여 연말까지 증가율을 당초 계획대로 30퍼센트 이내에서 억제키로 했습니다.

중소 화해 접촉은 중공은 평화기반을 굳혀 경제건설을 추진하려는 속셈이고, 소는 힘들어진 동구 통솔 의식의 개선 필요성을 느껴서랍니다.

아침, 저녁, 낮의 기온의 차가 심하므로 감기 조심하세요.

1982년 10월 9일

존경하는 당신에게

오늘은 536번째 한글날입니다. 이 한글도 기나긴 가시밭길을 걸어와야 했던 것 또한 우리 역사의 아픔을 말해주고 있습니다. 세종대왕께서

훈민정음을 반포, 이를 반대하는 일파를 설득해도 듣지 않아 10여 명을 의정부에 잡아 가두었으나 대왕은 이들을 하룻밤 옥살이만 시키고 이튿날 바로 풀어주셨다니 대왕의 위대한 면을 여기서도 보게 됩니다. 왕의 의견에 반대하는 신하에게 그처럼 관대했다는 것에서 그분의 인품을 알아볼 수 있습니다. 한글은 수난의 길을 걸어야 했지요. '언문'이라고 천시하고 또 일본 사람들이 이것을 없애지 못해 애썼던 것, 그러나 한글이 오늘 우리 민족의 긍지를 가지게끔 해준 것은 얼마나 고마운 일인지 모릅니다. 내가 미국에 있을 때만 해도 한국 사람은 일본어나 중국어를 쓰고 한국어는 없는 줄 아는 외국인들이 많았는데 그들에게 우리 한글을 자랑 삼아 보여줄 수 있었던 이 모두가 세종대왕의 덕택입니다.

정부는 공무원의 정년을 단계적으로 상향 조정해나갈 방침이라고 합니다. 국회에서 부총리가 밝힌 바에 의하면 지난 8월 말 현재 외환 잔액은 358억 달러고 금년 말 잔액은 360억 달러 수준이 될 것으로 전망된다고 합니다. 이 외무 귀국 회견에 따르면 미국 레이건 대통령이 한국을 방문하는데 구체적인 방한 계획은 앞으로 양국 간 협의를 통해 결정될 것이라고 합니다.

무역협회는 금년도 우리나라 수출이 작년보다 3.4퍼센트 증가하는데 그쳐 217억 달러에 머물 것으로 예측됐다 합니다.

폴란드 의회는 8일 자유노조 등 모든 기존 노조를 공식적으로 해체하고 새로운 노조 창설을 골자로 한 새 노조 법안을 재석 460명 중 찬성 441, 반대 10, 기권 9표의 압도적 다수결로 통과시켰다 합니다. 그러나 새 소요사태를 우려하고 있습니다. 미국의 9월 중 실업률이 42년 만의 최고 기록인 10.1퍼센트에 이르렀으며, 캐나다의 실업률은 경기침체 후 최고기록인 12.2퍼센트선을 계속 유지하고 있고, 서독의 실업률도 올해 말에는 사상 최고인 10퍼센트선을 넘어설 것으로 전망되고 있다 합니다. 미국의 실업문제는 중간선거에서 공화당에 큰 타격이 된다 합니다.

미 와인버거 국방장관은 9일 소련이 극동 지역에서 전략핵 증강을 계속하고 있는 데 대응하기 위해 배치하는 해상발사 순항미사일인 토마호크에 오는 84년까지 핵탄투를 장착하겠다고 말했습니다.

서독 새 수상은 소련에서 핵무기 감축을 안 하면 미국 미사일을 배치하도록 허용할 것이라고 밝혔습니다('슈미트 불배치 정책' 탈피를 뜻함).

스웨덴 해군은 국적불명의 잠수함이 숨어 있는 호르스만 바깥의 무스코 해군기지 근처의 해역에서 제2의 괴잠수함을 발견, 이 해역에 4개의 폭뢰를 투하했다 합니다. 수천 명의 이란 순례자들이 7일 밤 회교 제2의 성지인 메디나에서 시위를 벌인 사건이 있은 뒤 사우디아라비아 보안군은 69명의 이란 순례자들을 추방했다고 보도했습니다. 캐나다에도 소련 잠수함이 출현, 해상에 음향탐지기를 설치할지도 모른다고 캐나다 해군소장이 말했다 합니다.

과학의 발달은 날이 갈수록 인간을 공포 속으로 몰아넣고 인간의 자유까지 박탈하고 있음을 알 수 있습니다. 몸 건강하시기를 빕니다.

1982년 10월 11일

존경하는 당신에게

점점 깊어가는 가을 하늘은 맑고, 조용한 집안은 더 조용해지는 느낌마저 듭니다. 조롱박도 다 따서 말려 반으로 갈라놓았습니다. 화단도 날로 초라해져가고 있습니다. 이제 이달만 지나면 불 옆을 그리워할 때가 다가오니 겁이 납니다. 요즘 당신의 건강은 어떠한지요. 통증이 조금이라도 덜하기를 바라고 또 바랍니다.

일본《아사히 신문》은 11일 한국 측이 부산 지하철 건설을 위해 민간 융자로 50억 엔의 엔화사채 발행을 일본에 요구하고 있다고 국제금융 소식통을 인용, 보도했다 합니다. 세습체제 강행과 경제 부진 등의 집 안사정 때문에 중공 및 소련과 각각 불편한 관계에 있는 북한은 중·소 접근이라는 새로운 정세변화를 계기로 서방세계와의 교류확대를 추진 하는 등 동·서 균형유지를 기도할 것이라고 일본의《요미우리신문》이 보도했다 합니다.

홍콩의 중국어 일간지는 10일 중공이 중동 산유국들에 인력수출을 강화함으로써 한국과 경쟁을 벌이고 있다고 보도했다 합니다. 레이건 미 대통령의 지지도는 그의 재임 중 가장 저조한 41퍼센트로 떨어졌으 며 오는 11월 중간선거에서 미국인들의 57퍼센트가 민주당에 투표할 것이라고 9일《뉴스위크》가 실시한 여론조사 결과에 나타났습니다.

정부가 중소기업의 해외투자를 권장하고 있으나 허가 절차의 복잡, 정보, 자금 및 인재 부족 등 현실적인 어려움이 많아 정부차원의 적극 적인 지원책이 수립돼야 할 것으로 지적되고 있다 합니다.

날씨가 점점 추워집니다. 건강에 조심하세요.

1982년 10월 13일

존경하는 당신에게

오늘 홍업이가 청주에 갔으나 세탁물 차하가 없었기에 걱정이 됩니 다. 혹 몸이 불편하셔서 옷을 갈아입기도 힘이 들기 때문인지 무척 염 려스럽습니다. 그렇지 않기를 바랍니다.

어제 새벽에는 서울, 대전, 부산, 제주 등 10곳에서 '비행접시'가 나타나 그것을 목격한 사람들이 많아 화제가 되었습니다.

일본 수상 사임 선언으로 일 정국 추이에 대해서 아직 명확한 전망은 하기 어렵습니다. 이제까지 스즈키 수상 재선을 지원하기 위해 불출마 의사를 표명해온 나카소네 행정관리청 장관을 비롯 경제기획청 장관 등의 출마가 예상되며 다나카, 스즈키파도 새로운 후보 문제를 검토할 것으로 보이는데 미야자와 관방장관이 어부지리를 얻을지도 모른다는 것입니다.

무역협회는 통상진흥위원회를 열고 수출부진 타개 방안을 협의, 환율을 실제 현실에 맞게 유동화시키며 수출금융의 달러당 융자비율(현행 80퍼센트)을 환율에 연동시켜 항상 85~90퍼센트를 유지하도록 하여야만 급속히 냉각되고 있는 수출 무드를 다시 덥힐 수 있다고 주장했다 합니다(환율을 8퍼센트 인상해야 한다고 합니다).

PLO는 요르단과 팔레스타인 문제를 다루기 위해 연방을 결성할 가능성이 높다고 발표했습니다.

시편 97장 10~12절, 당신에게 하나님의 축복이 있기를 빕니다. 건강하세요.

1982년 10월 14일

존경하는 당신에게

늘 걱정하는 것은 당신의 건강입니다. 그와 같은 곳에서 지병이 나빠지지 않을까 염려스러워 마음이 놓이지 않으나 도움을 드릴 수 없어 안타까울 뿐이에요. 그래서 하나님께 모두 맡기고 도와주심 바라고 기도를 쉬지 않으며 그것으로 마음을 위로합니다.

　정부는 비료 생산시설을 대폭 정리, 국내 5개 비료회사 중 충비, 진해화학, 영남화학 구 공장 등 3개를 폐쇄하고 한비의 시설 절반을 가동 중지시키기로 방침을 세웠다는데, 이는 우리나라 비료 공업이 시설과 잉과 원가상승으로 수출경쟁력을 상실했으며 비료계정적자를 누적시켜 재정압박을 주는 등 구조적인 불황산업으로 전락, 이를 근원적으로 해결하기 위한 것이라 합니다. 멕시코 외환위기의 여파로 미 국가은행이 대한 차관 공여를 꺼리고 있고, 캐나다 등은 그동안 대한 차관 조달에 주춤하고 있다고 14일《아시안 월스트리트 저널》에 보도됐습니다. 멕시코 외환위기 전에 한국전력에 대한 3억 1000만 달러 차관이 국제 금융시장에서 결정됐으나 그동안 대한 차관 공여에 참여해온 캐나다 등은 이에 참여하지 않았고 앞으로의 대한 차관에도 주춤한 상태라는 것입니다. 부디 건강하세요. 18일을 기다립니다.

1982년 10월 16일

　존경하는 당신에게

　오늘 아침은 싸늘한 날씨로 만추임을 느낍니다. 당신 계신 곳은 아침에 추울 텐데 건강이 어떠신지요. 궁금합니다. 우리집 강아지는 아직 매어놓지 않았더니 요즘은 신발을 끌고 다니며 뜯고 야단입니다. 실은 동물조차 가둬두고 매어두는 것이 보기에 흉한데 사람의 부자유한 모습을 보면 고생하는 분들의 괴로움이 더 생각납니다. 모두모두 자유를 같이 누릴 수 있는 날이 지상에 있을지 의문입니다.

　오늘 오후 수하르토 인니 대통령이 내한했습니다. 전 대통령과의 회담에서 반공·경협의 동반자적 관계 확인과 농업기술협력 등 구체적 합의가 예상된다 합니다.

미국시장에서 벌이고 있는 한국수출상사들끼리의 덤핑과 과당 경쟁에 의한 '제 닭 잡아먹기'식의 치열한 수출 싸움이 화를 자초하고 있어 국제무역위원회와 부처간협의회는 한국제 품목(자동차 튜브, 취사용품 등)에 대해 관세 부과여부를 검토하기 위해 미국 내 피해상황을 본격적으로 조사하기 시작했다 합니다.

정부는 내년부터 오는 87년까지 전투경찰 3만 명을 증원할 계획이라 합니다. 일본은 후쿠다, 니카이도, 스즈키 3자회담이 결렬돼서 표대결을 하게 되는데 수상 후보에 나카가와 과학기술청 장관, 나카소네 행정관리청장, 아베 통산상, 가와모토 경제기획청장 등 4명이 등록을 마쳤다 합니다.

《뉴욕타임스》에 의하면 프랑스는 미국의 기술지원을 받아 중성자탄을 생산하기로 결정했다 합니다.

연말 통화증가 억제목표를 지키기 위한 통화당국의 강력한 여신규제에 따라 은행대출창구가 다시 좁아졌다 합니다. 지난 9월 약간 회복세를 보이던 수출이 이달 들어 34퍼센트나 감퇴하고 있다 합니다(작년 동기비). 당신이 고난받는 그곳에 하나님 함께 계셔서 모든 것 속히 이루어주시기를 빕니다.

1982년 10월 18일

존경하는 당신에게

20개월 만에 처음으로 당신을 직접 뵙게 된 것 기쁘고 감사한 일이었습니다. 그러나 마음 놓고 하고 싶은 말 못하고 온 아쉬움이 큽니다. 다시 한 번 모든 것을 보살펴주신 하나님께 감사합니다.

한·인니정상회담이 오늘 청와대에서 있었는데 동아시아 정세를 중심으로 한 국제정세 전반과 개발도상국 간 모든 분야에서의 협력문제 그리고 양국 간의 공동 관심사에 관해 폭넓게 논의했다 합니다.

이 문공장관은 서울에서 열리고 있는 박물관협 아시아 지역회의의 치사를 통해 신안 유물 연구에 북한, 중공(공산권) 참여 환영, 개방 용의 있다면서 학·예술 교류가 이념, 체제보다 우선돼야 함을 말했다 합니다.

전 세계를 휩쓸고 있는, 대공황 이래 최악의 실업사태는 지난 70년대의 혼란을 초래한 인플레 대신 세계 경제의 최대문제로 악화될 가능성을 안고 있다고 합니다. 선진국은 거의 10퍼센트선을 넘어서고, 개도국 중엔 50퍼센트까지 이르고 있다니 참으로 심각합니다. 유럽공동체도 연내 1100만 명의 실업자라 합니다. 건강 조심하세요.

1982년 10월 19일

존경하는 당신에게

새벽부터 무서운 천둥 번개와 함께 비가 내려 갈증을 풀어놓은 듯 김장채소에 도움이 되고 식수에도 도움이 됐을 것으로 생각합니다. 한편 하루 종일 어둠침침한 가운데 있으니 마음도 어둡고 무거움을 느낍니다. 인간의 마음은 간사해서 그런지 환경의 변화에 따라 쉽게 변하나 봅니다. 당신 계신 곳은 더 침울함을 느끼게 하겠지요. 당신이 정성 들여 가꾸신다는 정원도 이제 얼마 안 돼서 모든 꽃이 자취를 감추게 되면 당신의 기쁨도 그 꽃들과 함께 없어지지 않을까 하는 생각을 해봅니다. 방이 작으니 방 속에 꽃을 가꾸기도 어렵고 가꿀 수도 없다 생각하면 무언지 섭섭해집니다.

기업들이 은행 돈을 꾸어 쓰고 갚지 않은 액수가 8월 말까지 총여신액 5조 6000억 원의 9.8퍼센트에 해당하는 것이라 합니다. 한은에 따르면 금융기관의 연체대출금 총액은 1860건에 작년 같은 기간과 비교하면 건수로는 805건, 금액으로는 738억 원이 증가한 것이랍니다.

한·인니공동성명에서 양국 간 교역 및 경협확대, 남남협력의 구현을 위한 실질 노력, 태평양정상회담 구상에 대한 원칙적인 견해일치로 한·인니, 더 나아가 한·아세아 간의 밝은 미래를 내다보게 하는 합의에 이르고 있고, 제3세계의 공동보조 등을 확인했으며 항공협정, 이중과세방지협정, 투자보장협정 등 현안 중인 협정을 조속히 체결키로 합의, 연내 체결의 길을 터놓았다 합니다.

중공 공군 조종사 1명이 중공제 미그19기 1대를 몰고 한국에 귀순해왔는데 국방부 발표에 따르면, 이 조종사는 ○○기지 착륙 즉시 제3국으로 망명할 것을 요청했다 합니다. 조사가 끝나는 대로 법에 따라 처리될 것이라고 합니다.

하나님 늘 당신과 함께 해주시고 우리의 기도가 응답되기를 빕니다.

1982년 10월 22일

─────────

존경하는 당신에게

날씨가 점점 쌀쌀해진다는 반갑지 않은 예보이고 보면 당신의 건강이 더욱 염려됩니다. 세상은 너무도 빨리 변하고 변한다는 것을 새삼 느낍니다. 오늘 홍콩에서 발행되는《파 이스턴 이코노믹 리뷰Far Eastern Economic Review》에 의하면 미국이 북한에 대해 금수조치 중임에도 불구하고 79년부터 북미 간 직접무역이 시작됐다고 보도했다 합니다. 미국은 공업용화학제품 섬유류, 라디오, 시계가 주류고 79년부터 31만 달러를 수출했고 북한은 대미 수출이 81년 4만 달러라 합니다. 이에 대해 외무부 당국자는 북미 간 직접교역 보도에 '근거 없는 일'이라고 말하고 미국의 적성국과의 교역법에 따라 북한과의 직접교역은 있을 수 없다고 말했습니다. 또 대만과 마주보고 있는 중공의 복건성 당국이 지난 1년 동안 라디오, 시계와 우산 등을 어선에 싣고 대만해협을 건너오는 대만상인들의 무역행위를 묵시적으로 허용해왔다고 《워싱턴포스트》가 20일 보도했다 합니다. 북한은 최근 중공에 대해 중공의 대일수출화물수송을 위한 청진항 사용을 양해, 내년부터 중공이 청진항을 경유, 대일 수출을 실시할 예정인 것으로 21일 알려졌다 합니다.

  인도 전역으로부터 모여든 근 34명의 기자들과 언론계 종사자들이 21일 언론 자유의 제한규정을 담고 있다는 '비하르' 주의 언론법안을 철회하도록 요구하면서 시위행진을 벌였다 합니다.

  우리나라 전체 근로자의 반 이상이 작년 중 월 10만 원 이하의 월급을 받았다는 것이 재무부 자료에 나타났다 합니다. 사는 것이 얼마나 고달픈 일인가 생각하게 합니다. 그리고 자유를 갈구하는 많은 사람들의 소리가 세계 각 곳에서 들려옵니다. 몸 건강하세요.

존경하는 당신에게

오늘은 아침 찬바람과 함께 기온이 뚝 떨어져 겨울이 성큼 다가온 느낌이 듭니다. 청주는 서울보다 훨씬 추운 곳이니 겨울보다 더 춥다고 느끼실 겁니다. 왠지 마음도 식는 것 같습니다. 이제는 방마다 연탄불을 넣어야 돼서 한결 할 일이 많아졌고 이렇게 춥다보면 스토브도 설치해야 할 것 같아요. 북미 간 무역은 통계분류 잘못이라는 미 국무성의 해명과 실상을 알렸습니다. 여행자 선물이 세관에 기록된 것이고 제3국을 통한 북한상품 수입은 사실이며 홍콩 상인 등이 인삼, 건어물을 들여왔다 합니다.

일본 자민당은 스즈키, 후쿠다, 니카이도 등 3자회담 조정 실패로 표대결을 하게 될 것으로 보입니다. 일본 북방의 부로튼 만에 소련이 잠함기지를 극비리에 완성했다는 것이 밝혀졌고 미 측도 대미국전략핵미사일을 실은 소련 원자력잠수함이 많이 배치돼 있는 '오호츠크' 항의 위협을 우려, 이 새 기지를 특히 주시하고 있으며 미 공군의 F16기를 일본 북방 '미사'와 기지에 배치하기로 한 것도 이와 관련된 것으로 보인다 합니다.

강력한 대출 억제에도 불구하고 일부 은행들이 지급준비금 부족을 일으키자 한국은행은 당초 지원을 해주지 않겠다던 방침에서 후퇴, 다시 자금을 지원, 지준 마감을 넘긴 것으로 알려졌습니다.

9월 말까지 전국 공단의 휴·폐업이 877곳이나 된다는데 작년 한 해 동안의 828개 업체보다 49개 업체, 6퍼센트가 증가한 것입니다.

여기 '경제현실과 이론의 갈등'(편집자의 관점)를 인용하여 적어보기로 하겠습니다.

상략, '아무리 합리적인 이론이라도 한 사회의 역사적 배경과 전통을 무시하고 이를 적용할 수는 없다'는 이론적용의 한계성을 미 새뮤얼슨 교수는 강조하였다.

정부가 추진하고 있는 금융거래실명제 방안과 은행 민영화 등과 관련한 재벌의 경제력 집중 현상, 법인 우대를 내용으로 한 세법 개정안 등 경제문제가 국회에서 거센 논란의 대상이 되고 있다. 특히 민영화 대상인 5개 시은市銀이 재벌기업들의 분할 소유로 낙착됐고(은행 돈을 빌려서 은행주를 매입했다 합니다) 이에 따라 은행 단자보험증권 등 전 금융기관이 사실상 재벌 장악하에 들어갔다는 사실이 확인되면서 자율화를 표방한 정부의 시은 민영화가 재벌의 금융지배를 돕는 것 아니냐는 비판이 일고 있다.

금융거래 질서의 변혁으로 일컬어지는 실명제 방안 역시 끈덕진 반대에 부닥치고 있는 것 같다. 김 부총리가 국회 답변에서 '실명제에 대한 정부의 당초 구상은 실시 시기와 심도에 있어서 문제가 있었던 것을 시인한다'면서 국회 결정에 따르겠다고 밝혔을 정도니까 반대가 얼마나 집요했는지를 쉽게 짐작할 수 있다. 결과는 두고 보아야 할 일이지만 정부도 당초 이 방안에 일치된 확신이 없었음을 드러낸 것으로 볼 수도 있다.

실명제 방안이 이런 상황에 부닥치고 보면 이 제도의 취지에 보조를 맞춰 구상됐다는 6.28법인세율 대폭 인하방안 역시 공방의 회오리에 몰릴 것은 분명하다. 대기업들의 주식분산 기피현상과 관련, 종래 기업공개 촉진시책과 방향을 달리하는 공개, 비공개 기업 간의 세제 차등 폐지 계획도 문제가 될 수밖에 없다.

정부가 추진하는 이들 시책 방향의 타당성을 따지기는 어렵다. 은행주식을 살 만한 계층이 기업밖에 없다면 민영화 시은이 재벌 손에 넘어갈 것은 당연한 귀결이다. 그래도 정부 지배하의 관료적 경영 때보다는 자율화와 능률화가 효율적으로 이뤄지리라는 것이 정부의 판단이었을 법하다. 실명제 역시 언젠가는 실시해야 할 과제며 이것으로 지하경제와 부조리는 일소될 것이라는 정부 설명에 논리적으로 이의를 제기할 수는 없다. 법인 및 고소득층 우대를 내용으로 한 세법 개정안은 실명제를 뒷받침하기 위한 장치란 주장이다. 그러나 문제는 이들 시책이 선진적이고 합리적인 논리를 바탕으로 하고 있으면서도 우리 사회의 전통과 풍토 등 여건과의 적합성에 대해서는 면밀한 검토가 결여됐다는 점이다. 좋게 말하면 이상과 현실의 갈등이라고 할 수 있고 비판적으로 본다면 우리 고유의 전통 관습을 무시한 발상의 순진성이 빚은 환멸 현상이라고도 할 수 있다.

역사적 전통을 무시한 생소한 이론 적용이 자칫 엉뚱한 결과를 빚는다는 사실은 칠레의 경우에서 단적으로 드러난다. 프리드먼 이론으로 무장한 시카고학파의 경제학자들을 대거 경제정책에 참여시켜 그들의 이론대로 외환 환율, 이자, 공공요금의 자율화, 금융기관 설립 자유화, 10퍼센트 단일 관세제를 채택했던 칠레는 이러한 개방정책에 힘입어 한 때 1000퍼센트 이상 오르던 물가가 10퍼센트 이내로 안정되는 등 경이적인 성과를 보이는 듯했다. 그러나 수입 자유화로 물가는 안정된 반면 그로 인해 외화 지출이 격증한 데다 주종 수출품인 동의 수출 부진이 심화됐고 국내 정정에 불안을 느낀 부유층의 외화 반출이 크게 증가, 결국 엄청난 국제수지 적자를 누적케 됐다. 이로 인해 물가는 다시 폭등하고 기업 도산이 속출, 올 성장률은 마이너스 1.0퍼센트로 예상되는 등 만신창이가 됐다. 고유체질을 무시한 이론의 적용이 결국 선무당이 사람 잡는 꼴을 빚은 것이다.

지난 77년 부가가치세를 도입한 직후 대만의 세제 전문가들이 몇 차례 우리나라의 신 세제 실시 상황을 둘러보고 갔다. 우리보다 2년 먼저 이 제도를 준비해온 터라 정교한 이론이 실제 실시 과정에서 어떻게 나타나는가를 살피기 위해서였다. 한국의 적용 실태를 분석한 끝에 이들은 1년 뒤 이 제도 실시 계획을 포기했다. '우리는 한국처럼 국민들에게 고통을 줄 형편이 안

된다'는 것이 그뒤 한국을 방문한 대만 세제 당국자의 말이었다.

사실 실명제는 그 취지의 타당성에도 불구하고 실시과정에서 예상되는 문제점이 한둘이 아니다. 성공하면 좋으나 만약 실패하면 돌이킬 수 없는 상처를 입게 된다. 언젠가 실시해야만 한다는 점이 특히 강조되는 모양인데 언젠가 해야 할 일은 이것 말고도 한둘이 아니다. 정치, 사회에도 한국적인 제도의 필요성이 얘기되듯이 경제에도 한국적 경제정책이 있을 법하다. 미숙의 때를 벗고 차근차근 이상을 추구하는 성숙의 경제논리를 이제는 펴야 할 때인 것 같다(경제부 차장)."

추운 날씨에 몸 더욱 조심하세요. 늘 감사와 희망 가지세요.

1982년 10월 25일

존경하는 당신에게

오늘 아침 당신 계신 곳은 무척 추웠겠습니다. 방에 불을 넣고도 추위를 느끼니 당신은 얼마나 추울까요. 곧 풀리기는 하겠지만 가을이 너무 짧고 겨울이 더 길게 되었습니다. 김장철도 아직 한 달은 기다려야 하는데 지금이 김장 때가 된 느낌이 듭니다. 없는 사람들은 겨울이 무섭게만 느껴질 것 같아요. 우리집 진숙이는 쥐를 잘 잡아서 공을 세우고 있어요. 요즘은 식당 방에 이것저것 다 두고 있어요. 쥐 때문에 이불이고 옷 보따리고 다른 곳에 둘 수가 없어서요. 그 방을 쓰지 않고 있어서 무엇이고 그 방에 두는데 문을 열어 놓아 쥐가 그 속에 들어갔기 때문에 짐을 다 끌어내 놓고 진숙이를 집어넣으니 곧 쥐를 잡아서 물고 나왔어요. 같은 개인데도 진돌이는 쥐를 잡지 않아요.

체중조절을 위해 힘쓰셔야겠어요. 되도록 단 것은 피하세요. 건강을
위해 체중을 줄여야 해요.

1982년 10월 27일

존경하는 당신에게

10월도 며칠 남지 않았으니 얼마 안 돼서 금년도 이대로 지나가고
말 것 같은 감을 느끼게 됩니다. 그래도 아직 우리집 나뭇잎은 많이 달
려 있고 장미도 피어 있어 겨울은 좀 있어야 올 것으로 압니다.

때때로 이변이 있어서 앞을 예측하지 못합니다. 오늘 홍업이가 차입
한 《성서의 순례》라는 책은 실은 《聖書の旅》로 돼 있는데 성서에 나오
는 장소를 하나하나 찾아 '인간의 역사'에 관해 생각하는 순례의 기록
이므로 '성서의 순례'라 썼습니다. 이 책 안에는 18개의 사진도 삽입되
어 있습니다.

UN총회는 26일 이스라엘을 UN에서 축출하려는 기도를 미국의 압
력하에 압도적 표차로 봉쇄했다는데 이스라엘의 회원 자격을 박탈할
것을 요청한 이란 측 제안에 대한 토의를 연기하자는 핀란드의 동의안
을 표결에 붙여 찬성 74, 반대 9, 기권 31로 가결했다 합니다.

미국은 극동지역에서 비상사태가 발생했을 때 일본이 군수물자 수
송을 통해 미군을 지원할 수 있는 방안을 강구해줄 것을 일본 정부에
요청했다고 일본 소식통들이 전했다 합니다. 기업들이 은행 빚을 얻어
다 외국 빚 갚는데 주로 돌려쓰고 있다 합니다. 국내 금리가 더 낮은 데
다 환율이 갑자기 크게 오를지도 모른다는 불안 때문이라 합니다.

당신의 건강을 빕니다.

존경하는 당신에게

이제 며칠 후면 당신을 만나뵐 수 있는 11월이 되는 것을 기다리면서 기쁨으로 하루하루를 보냅니다. 또 하나의 달력을 넘겨야 하고 또 다시 하나의 달력을 넘기면 금년이 넘어간다는 서글픔이 따릅니다. 이 해가 넘기 전에 우리 모두 한자리에 모여 지난날의 이야기를 나눌 수 있으면 하는 생각이 간절합니다. 그러나 하나님의 뜻이 우리의 마음을 받아들여주시는 데 있는지는 어느 누구도 알지 못합니다. 다만 마음과 뜻을 합하여 하나님의 뜻에 모든 것을 맡기는 기도를 드릴 뿐입니다. 어두운 세상에 빛이 되셔서 우리에게도 그 빛을 비추시고 희망을 주실 것을 믿습니다.

세계 경기가 어두운 내일을 보이고 있다는 서독 5개 경제연구소의 분석입니다. 이에 따르면 세계 경제는 지금 회복 기미를 전혀 보이지 않은 채 앞으로도 침체상태가 계속될 것이라고 보고서에 밝혔습니다. 이 보고서는 전 세계적으로 실업이 계속 늘어나고, 유럽에서는 생산과 수요가 감퇴되고 있으며, 미국경제는 내년까지도 회복의 징후가 나타날 것 같지 않다고 분석했습니다. 서독 정부의 국내 경제정책에 정기적으로 자문을 해온 이들 5개 연구기관들은 또한 주요 선진공업국들의 올해 국민총생산이 0.5퍼센트 감소할 것이며 내년에도 경제성장률이 기껏해야 1퍼센트를 넘지 못할 것으로 전망했으며, 특히 석유 수출국 및 개발도상국가들의 수요 감퇴를 세계적 경기 침체의 주요 원인의 하나로 지적하고 있습니다. 이 연구기관들은 또 수출 감퇴에 따라 외채 상환을 위한 외채 가득액이 점차 감소, 외채 위기에 직면한 개발도상국들이 점차 늘어나는 현상은 세계 경제에 중대한 위협이 되고 있다고 지적했습니다. 보고서는 지금까지 각국의 중앙은행과 국제통화기관들이 취해온 일련의 조치들은 세계금융체제가 그런대로 기능을 발휘하고 있음을 암시하기도 하지만 전반적인 국제신용질서는 자칫 붕괴될 수도 있는 위기에 와 있다고 경고했습니다. 그리고 무역장벽을 강화, 국내시장을 보호하려는 거의 모든 나라들이 기업과 노동조합들로부터 심한 압력을 받고 있다고 말하고, 각국 간 무역전쟁의 공포 때문에 수입 장벽이 더이상 높아질 것 같지는 않다고 전망했습니다.

이 보고서는 내년에 세계 경제가 침체를 벗어날 수 있는 실낱같은 계기가 있을 것으로 예측했습니다. 인플레의 둔화, 통화팽창정책의 강화 징후, 차관수요의 감소 등이 이윤율의 하락을 유도하고 선진공업국들에서의 투자를 자극할 수 있을 것이라고 분석했습니다. 또 금년과 내년 유럽의 GNP는 제로 성장으로 전망되고 있으며 유럽의 인플레율은 금년 9.5퍼센트에서 내년 7.5퍼센트로 둔화될 것이라고 보고서는 밝혔습니다.

한편 미국경제는 지난 겨울 급격한 침체 이래 계속 침체되어 왔으며 레이건 대통령의 감세정책은 경기 회복에 도움을 주지 못했다고 보고서는 언급했습니다. 그리고 고금리와 극도로 악화된 노동시장 상태가 국민들의 구매력을 감퇴시켰지만 금리가 계속 하락한다면 내년에는 다소 개선될 것으로 내다봤습니다.

우리나라는 경기 침체가 장기화되면서 국제수지가 악화됨에 따라 대외채무가(342억 1600만 달러) 급격하게 늘어 79년 말 현재 205억 달러에 불과했던 외국 빚이 82년 8월 말 현재 342억 달러로 2년 8개월 사이에 137억 달러가 늘어났다 합니다. 취직할 필요를 느끼지 않거나 직장을 구할 생각도 없이 놀고 지내는 인구가 크게 늘고 있다는데 비경제활동 인구 연 3퍼센트씩 증가한다는 것입니다. 이래저래 경제난은 세계의 심각한 문제인가 봅니다.

존경하는 당신에게

이번 주말로 10월도 끝나는 것이 되겠습니다. 사랑이 메말라 있고 거짓이 가득 차 있는 세상의 모습은 보기에 아름다울 수 없으니 마음 속의 평화를 간직하는 것은 쉬운 일이 아닌 줄 압니다. 믿음을 가지고 산다는 많은 사람들이 바르게 하나님의 사랑을 행치 않고 어둠의 자식이 되어버리는 그릇된 크리스천이 어둠의 세계를 만드는 잘못을 저지르고 있음을 생각할 때 참 회개를 해야 할 때는 지금이 아닌가 말하고 싶습니다.

요즘 국회에서는 금융실명제로 상당한 논란이 벌어지고 있는데 실시 시기를 1년 연기할 것을 검토하고 있고 정부는 실명제 국회보완에 따르려 하고 있습니다. 현재 KBS가 MBC 주식의 70퍼센트를 소유하고 있다고 국회에서 밝혀졌습니다.

그동안 모은 독립기념관의 성금이 29일 현재 255억 원이 되었다고 하는데 국민들이 성의가 모이면 이와 같이 큰 힘이 된다는 것을 새삼 느낍니다.

로렌스 이글버거 미국무성 정무담당 차관이 아시아 수행길에 올라 오는 11월 7일 한국을 방문한다 합니다.

국내 경기가 꾸준한 내수 증가에 힘입어 지난 79년 6월 이후 3년 3개월 만에 침체권을 벗어나 안정적인 회복국면에 들어선 것으로 나타났다는 반가운 소식입니다.

건강하세요.

존경하는 당신에게

오늘로 10월도 기어이 막을 내리고 말았습니다. 비가 와서 내일은 새달과 더불어 날씨도 추워질 것입니다. 오늘은 나의 아버지 추모일이 되어서 형제들이 필동에 모여 추도예배를 드렸습니다. 세월은 빨라 벌써 세상을 떠나신 지 18년째가 됩니다. 생각하면 생일에 자식의 도리를 못한 것 두고두고 후회스럽게 느껴집니다.

우리나라의 인구이동 현상이 점차 둔화되고 있으나 아직도 서울, 부산 등 대도시의 인구집중 현상은 외국에 비해 심한 편이어서 더욱 강력한 인구분산대책이 요구되고 있다 합니다. 30일 경제기획원이 주민등록표를 기준으로 작성한 '81년도 인구이동통계'에 따르면 지난해 주거지역을 옮긴 총 이동 인구수는 819만 4516명으로 21.4퍼센트의 인구이동률을 나타냈다 합니다.

나이지리아 동북부의 마이두구리시에서 발생한 종교폭동으로 350명이 사망하고 경찰 100명이 실종됐다고 나이지리아에서 보도했습니다. 지난 29일 약 300명의 회교 광신도들을 체포한 것으로 알려졌는데 회교도가 폭동을 일으켰다는 것입니다. 종교인의 폭동이라니 한심한 일입니다. 이러한 불행을 인간이 스스로 만들고 있으니 벌이 따르게 마련인 것 같습니다.

이스라엘의 노동당 소속의원으로 비둘기파인 요시 사리드는 아라파트 PLO 의장과의 만남이 상호이해에 도움이 된다면 그를 만날 계획이라고 30일 국영방송이 보도했습니다. PLO 측은 11월 4일 로마에서 이스라엘의 야당 측 좌파인사들과 만나고 싶다고 제의했으며 좌파인사 중 PLO와 사전에 만난 야시르차반 의원은 PLO가 테러를 중지하고 이

1982.10.31

尊敬하는 당신에게: 오늘로 10月도 그며히 暮
을 버리고 마랐읍니다 비가와서 末日은 서달과
며꾸로 날씨도 차질것읍니다. 오늘은 나의 아버지
追慕日이 되어서 兄弟들이 墓洞에 모며 追悼式
禮를 드렸읍니다 세월은 빨라 벌써 타르을 떠나신
지 18年째가 됩니다 생각하면 보답의 孝의를
하를 못한것 두고 두고 후회스럽게 느껴집니다.
우리나라의 人口移動현상이 점차 둔화되고
있다나 아직도 서울·釜山등 大都市에의 人口集中현상
은 外国에 비해 심할 편이어서 더욱 강력한 人口分散對
策이 요구되고 있다합니다. 30日現俗戶割隱의 住民登錄
표를 기준으로 作成한「81年度 人口移動統計」에 따르면
지난해 住居地域을 옮긴 總移動人口數는 819萬
44516명으로 21.4%의 人口移動率을 나타 냈다 합니다.
海外建設業体가 주측이돼 圈汉建設銀行의 設立이 推進
되고 있다합니다. 「나이지리아」 北部의 빅「마이두구리市」에서 勃發한
宗教暴動으로 350名이 死亡하고 餘萬 100名이 失踪됐다고「나이지리
에서 보도 됐읍니다. 지난 2月 약300名의 回教光신도들을 체포한것으로
알려졌는데 回敎徒가 暴動을 일은 敬科는 것이어 宗敎人의 暴動이
니 寒心한일입니다 이러한 矯盾을 人間이 스스로 만들고 괴로움
을 대느기 까닭인것같습니다. 이스라엘의 노동당原属議員으로
바들기파인「요시 사리드」는 만일「아라파트」PLO의장과의 만남
이 相互理解에 도움이 된다면 그를 만날 계획이라고 30日
국명放送이 보도 됐읍니다. PLO측은 11月4日 로마에서 이스라
의 野党즉 左파 人士들과 만나고 싶다고 제의 했으며 左파인사
중 PLO와 사전에 만난「야시르라빈」의원은 PLO가 테러를 中止
하고 이스라엘을 認定할때 까지는 아꾸런 會談이 있을수 없다
AP통신과의 회견에서 밝힌바있다 합니다. 소련과 中共 사이에서
균형을 유지하려 애 쓰고있는 北韓은 最近 인접두 공산 大国이
對話를 再開란것을 肯定적인 시태로 보고 있는것으로 알려졌
다 합니다. 北韓당국들은 今週 北京訪問기帰路에 平壤에들른
프랑스 공산당수를 수행한 기자들과 만난자리에서 北京에서 최근 열린 中·소 談들 즐길게
고무되어 있는氣 巢을 보였다

1982년 10월 31일자 편지
이희호는 옥중에 있는 김대중이 현실감각을 잃지 않도록 국내외 정세를 빠짐없이 편지에 기록했다.

내일을 위한 기도

스라엘을 인정할 때까지는 아무런 회담도 있을 수 없다고 AP통신과의 회견에서 밝힌 바 있다 합니다.

소련과 중공 사이에서 균형을 유지하려 애쓰고 있는 북한은 최근 인접한 두 공산 대국이 대화를 재개한 것을 긍정적인 일로 보고 있는 것으로 알려졌습니다. 북한 관리들은 금주 북경 방문 귀로에 평양에 들른 프랑스 공산당수를 수행한 기자들과 만난 자리에서 북경에서 최근 열린 중소회담을 '좋은 일'이라고 했답니다. 내일 뵙겠어요.

1982년 11월 2일

존경하는 당신에게

당신의 건강은 어떠하신지요. 이제 소화가 되시는지요. 편지 쓰시랴 너무 무리하시는 일 없기 바랍니다. 어떻게든 위병이 낫도록 힘써야 해요. 불편하신 당신을 돌봐드리지 못하는 처지가 안타깝기만 합니다. 하나님의 돌보심이 있어 식사에 지장이 없게 되기를 바랄 뿐입니다.

오늘은 개가 사람을 살린 일을 여기 적습니다. 태어난 지 10개월밖에 되지 않은 개가(셰퍼드 잡종견) 이웃에 팔려가 있었는데 원주인의 여섯 살 난 아들이 저수지에 빠져 허우적대는 것을(같은 마을에 그 개가 있었기에) 이 개가 뛰어들어 그 아이의 목 뒤 옷깃을 끌고 나와 익사 직전에 극적으로 구출했다 합니다. 이 개는 이 아이와 놀던 사이라 '옛 정을 못 잊은 듯하다' 해서 새 주인이 도로 이 개를 돌려주기로 했다 합니다.

이 같이 개도 정이 있고 의리가 있는데 요즘 인간세계는 정이 메마른 것 같아서 안타깝습니다. 일본은 고교 역사 교과서를 1년 당겨 개정키로 했으며 일 참의원은 '우호유지' 조항을 새로 추가키로 했다 합니다. 중공 수상 조자양은 제3세계와의 관계를 강화하기 위해 12월 중 아프리카 7개국을 순방할 예정이라고 북경의 제3세계 외교 소식통들이 1일 말했다고 합니다.

제마엘 대통령(레바논)은 레바논·팔레스타인 관계를 논의하기 위해 모로코에서 아라파트 의장과 회담할 것이라고 보도했다 합니다. 파키스탄 하크 대통령과 인도 정부 간디 수상은 1일, 10년 만에 처음으로 정상회담을 갖고 35년간의 분쟁을 종식하게 될 양국 평화조약 초안을 연구하기 위한 공동평화조약위원회를 구성하기로 합의했다 합니다.

미국의 슐츠 국무장관이 83년 초 한국과 일본, 중공 등 극동지역을 방문할 계획이라고 보도되었습니다.

늘 건강에 유의하셔서 이 어려운 시기를 극복하시기 바랍니다. 하나님 능력의 손으로 당신의 아픈 부위를 어루만져 고쳐주시기를 빕니다.

1982년 11월 4일

존경하는 당신에게

아침엔 뜰에 낙엽이 나날이 늘어나고 있습니다. 점점 가을이 깊어가고 있음을 보여주고 있고 산에 단풍이 곱게 물들고 있어서 얼마나 아름다운 풍경인지 당신께 보여드리고 싶습니다. 우리집은 요즘 찾아오는 분들이 없어서 참으로 조용한 분위기지만 이래저래 나가야 할 일이 생기고 며칠간 교회 부흥회도 있고 하다 보면 시간이 무척 빨리 지나갑니다. 해놓은 일은 없으니 무언가 허무감을 느끼게 됩니다.

정부와 여당권은 6.28 및 7.3조치를 통해 인하된 법인세 및 소득세율을 당초 인하폭의 절반만큼 다시 올리기로 하는 한편 내년도 국채발행 액을 최대한 줄이기 위해 정부 측도 이에 상응하는 세출 삭감 작업을 단행할 계획을 신중히 검토, 상당한 의견접근을 보인 것으로 알려졌다 합니다. 국채 2000억 원이 1500억 원으로 줄어들 전망입니다. 중공과 북한이 매일 같이 그들의 우호관계가 새로운 국면에 접어들었다고 선언하고 있는 반면, 소련과 북한 간의 관계는 위기를 향해 치닫고 있는 것 같다고 많은 서방 관측통들이 말했다고 합니다. 중공은 오늘 6일 북한의 인민대회당에서 소련의 10월 17일(러시아력) 혁명을 기념하기 위해 전례 없이 성대한 행사를 거행할 것이라고 북경 주재 외국 외교소식통들이 3일 말했다 합니다.

일본 사무성은 이번 중간선거 결과가 미국의 대일 정책에 위험한 급격한 변화는 가져오지 않을 것이나 미국상품에 대한 일본 시장의 개방, 극동지역에서의 방위분담 요구 등 대일 압력은 오히려 증가될 것으로 내다봤다 합니다.

이번의 미국 중간선거에서 민주당은 하원에서 26석, 주지사 7석을 더 확보, 레이건 대통령이 이끄는 공화당에 큰 승리를 거두었으나 상원의원 선거에선 공화당이 현재와 같은 과반수 의석을 확보했다 합니다. 미 중간선거 결과 분석과 정국전망을 보면 진보파가 보수를 꺾고 일어섰고, 레이건의 경제·핵정책은 부정적 평가를 받았습니다. 따라서 의회와 힘든 게임을 하며 중도주의를 걸을 듯하다는 것입니다. 이 선거에서 돈을 많이 쓴 사람은 '낙방'하여 돈이 안 통했다 합니다. 입김이 센 흑인표의 85퍼센트가 민주당을 밀었다 하며 한국과 인연이 깊은 의원은 모두 재선했다 합니다. 백악관에서는 '민주당의 승리가 아니다' 하고 태연한 표정이라 합니다. 미국의 이번 선거를 가리켜 미국인들이 이데올로기보다 실용주의를 더 선택한 것이라는 분석은 의미가 있어

보인다고 합니다.

　정부는 제2금융기관의 설립자유화방침에 따라 단자회사 설립신청
이 있을 경우에는 모두 영업장소를 지방으로 옮기거나 상호신용금고
로 바꾸도록 유도키로 했다 합니다. 그동안 원매자가 없어 팔리지 않
던 신라호텔이 3일 경매 끝에 신세계백화점과 중앙개발 공동소유로 낙
찰됐습니다. 민간기업들의 외자도입이 크게 줄어들고 있다 합니다. 부
디 건강하세요.

1982년 11월 6일

　존경하는 당신에게

　세상은 온통 위험스럽기만 하다고 느껴집니다. 하루하루 살아가는
것이 마치 위험을 넘어서는 것과 같습니다. 어제는 아현동 지하에 설
치된 도시가스 정압실에서 인부들이 작업 중 가스가 새어나와 질식했
고 이어 폭발해 인부와 경찰 등 5명이 사망하고 8명이 부상을 입었는가
하면, 버스 발판이 떨어져 안내양이 추락해 사망했습니다. 대전에서
는 전기 맨홀 공사에서 4명이 질식사하는 비극이 있었습니다. 날이 차
가우니까 또 연탄 위험이 크게 도사리고 있으니 참으로 살아가는 것이
몹시 힘겨운 일로 생각됩니다.

　정부가 국회에 제출한 자원관리법안이 국민의 기본권을 포괄적으로
제한할 수 있다는 위헌 시비가 일고 있는 가운데 야권에서 이 법안에
반대할 움직임을 보이고 있어 앞으로 이 법안이 국회에서(심의과정) 새
로운 정치쟁점으로 부각돼 상당한 진통을 겪을 것으로 보인다 합니다.
결국 1000만 명 정도로 추정되는 20세 이상 50세까지 국민의 자유권과

거의 모든 산업부문에 대한 재산권에 직접적인 제한을 가할 수 있는 권한이 정부에 백지위임된 셈이라는 풀이가 가능하다고 보고, 또 예비군, 민방위군의 중복 가능성도 있다고 합니다. 정부는 폐지된 보위법 부칙 규정을 격상시킨 것뿐이라 하지만 폐지해놓고 다시 입법하는 것은 유령을 살리겠다는 것 아니냐고 야에서는 반발하고 있습니다.

아시아 태평양 5개국을 순방 중인 와인버거 미 국무장관은 5일 소련의 팽창주의를 저지하기 위해 재래식 군사력과 핵 억지력의 증강이 필요하다고 역설했다 합니다. 소련은 미국이 결코 군사적 우위를 차지할 수 없음을 확실히 하기 위해 미국과 군비지출 경쟁을 벌여 대응 조치를 취할 것이라고 소련 정치국원이자 모스크바 시당 지도자가 5일 선언했다 합니다.

공산 베트남을 발판으로 한 소련의 군사력 증강으로 동남아 지역에서의 군사력 판도가 크게 변하고 있으며 이에 따라 이 지역에서의 미국의 전략적 중요성이 점증하고 있는 실정이라고 클라크 미 공군기지 제13공군사령관인 번즈 소장이 말했다 합니다. 소련 브레즈네프는 중거리 핵미사일의 잠정배치 중지조치를 철회키로 결정한 것 같다고 서방 외교 소식통들이 4일 말했습니다.

정부는 남미 아르헨티나 어업, 이민사업을 본격적으로 추진, 내년부터 오는 87년까지 5년간 250억 원을 들여 400가구 2000여 명을 이주시킬 계획입니다. 금융단은 고액수표 수요가 늘어나는 데 따라 은행이 발행하는 정액수표의 최고금액을 50만 원에서 100만 원으로 올리고 5만 원짜리는 폐지할 것으로 검토하고 있다 합니다.

이스라엘 정부는 5일 유대인 정착촌 동결을 규정한 레이건 대통령의 새 중동평화안을 무시, 정착촌 건설 추진계획을 발표하는 한편 이스라엘과 이집트 접경 타바지역의 분규 해소를 위한 이집트의 제안을 거부함으로써 이집트와 미국 등 관련 당사국은 물론 이스라엘 야당의 반발을 불러일으켰다 합니다.

부디 건강하세요. 위도 좋아지셨기를 바랍니다.

1982년 11월 7일

존경하는 당신에게

당신이 10월 편지를 쓰실 수 있게 되셨나 무척 궁금합니다. 오늘은 주일이어서 교회에서 집에 오니 홍일이네 가족 모두 성당에서 동교동 집에 와 잠깐 놀다 갔습니다. 정화는 오자마자 똘똘이를 찾고 지영이는 피아노를 치고 노니까 옛날처럼 이것저것 건드리는 일이 별로 없습니다. 지영이 피아노 솜씨도 제법 좋아졌습니다.

시베리아 가스관 장비 금수조치를 포함한 미국의 대소련 경제봉쇄 정책을 협의하기 위해 비공개 막후회의를 열고 있는 서방 7개국 주미 대사들은 5일 이 문제에 관한 합의점에 접근하여 레이건 대통령의 최종 결정만 남겨두고 있다고 정통한 외교 소식통들이 밝혔다 합니다.

중공은 6일 대만을 포함한 홍콩, 마카오를 자국 영토에 편입시킬 의사를 거듭 밝히면서 현재 대만 등이 견지하고 있는 사회체제는 그대로 존속시킬 것이라고 밝혔다 합니다. 이집트는 6일 이집트를 비난하고 있는 아랍국가들과의 새로운 협상을 제의하는 한편, 아랍 세계에 대한 외부의 침략이 있을 경우 아랍 국가를 지원할 준비가 되어 있다고 밝혔습니다.

중공은 6일 소련 대사관이 주최한 볼셰비키혁명 65주년 기념 리셉션에 문화상을 참석시킴으로써 대소관계 개선에 대한 관심도를 한층 강력히 나타냈다 합니다. 북경시 당국은 1997년까지 북경을 세계 1급도시군에 올려놓기 위해 앞으로 수개월 내에 시행정기구 간소화를 비롯한 개선작업에 들어갈 것이라고 북경시 제1서기가 밝혔다고 합니다.

미국은 동맹국 피침 땐 소련에 즉각 보복을 하는 것으로 동북아 전략이 달라졌다 합니다. 일본의 '방위대역'을 바라지만 시일은 걸릴 것으로 내다보고 있습니다. 당신의 건강을 빕니다.

1982년 11월 8일

존경하는 당신에게

오늘은 입동인데 상당히 포근한 날씨입니다. 그러나 10일부터는 다시 쌀쌀해진다는 예보입니다. 오늘도 당신의 편지가 오지 않은 것으로 미루어 아직도 몸이 좋지 않으신 것 아닌지 염려되오나 보통 당신이 쓰신 후 일주일이 지나야 우리에게 배달이 되므로 좀더 기다려야 할 것으로 생각합니다. 레바논 정부는 한국, 미국, 네덜란드, 스웨덴 등 4개국에게 미국, 프랑스, 이탈리아로 구성된 3개국 평화유지군에 군대를 파견해줄 것을 공식적으로 요청했다고 베이루트에서 발행되는 중립지가 7일 보도했다 합니다. 우리 외무부당국은 8일 레바논 정부의 한국에 대한 국제평화군 파견요청 보도에 대해 현재로서는 공식적으로 파병요청을 받은 바 없다고 밝혔습니다.

케난 에브렌 터키 대통령은 12월 12일부터 2주간 한국을 비롯한 극동지역 국가 등을 순방할 계획이라고 터키의 소식통이 전했다 합니다. 한미고위정책자문회의가 8일 한미 양국에서 정재계 고위인사 20명씩이 참석한 가운데 경주 조선호텔에서 개막, '한미관계 제2세기'란 주제를 놓고 10일까지 3일간의 토의에 들어갔습니다. 중공은 최근의 중소 화해 움직임을 그들의 대외 정책에 반영, 대소 군사견제를 목적으로 한 미일안보조약에 대한 종전의 지지를 철회했다고 북경의 일본 소식통이 7일 밝혔다 합니다.

정부는 내년에 일반회계 적자를 메우기 위한 5500억 원의 국고채권 외에 2조 4300억 원의 국공채와 2억 5000만 달러의 외화표시 정부 보증 채권을 발행하는 한편, 비료계정 적자를 메우기 위한 5700억을 한은에서 차입할 계획이라 합니다. 국고채권, 양곡증권 등 7000여억 원의 국공채발행과 금융기관의 여신억제가 겹쳐 채권수익률이 계속 오름세를 보이고 있다 합니다.

당신의 편지를 기다리며 건강하시기만 빕니다.

1982년 11월 10일

존경하는 당신에게

어젯밤부터 내린 비에 나뭇잎이 많이 떨어지고 화단도 더 볼품없게 되고 말았습니다. 성경공부를 하고 집에 돌아오니 기다리던 당신의 편지가 와 있어서 반갑고도 안심이 되었습니다. 지난달보다 몸이 좀 나아지셨다니 다행입니다. 몸까지 아프면 정말로 당신의 그곳 생활은 더욱 비참해질 것입니다. 이를 생각하면 우리 가족의 마음 또한 편할 수가 없습니다. 오랜 시간 주사를 맞으며 인생에 관해 깊이 사색하신 글을 읽으면서 다시 한 번 당신의 삶이 유달리 험하고, 한에 서린 자국이 깊게 패여 있음을 볼 수 있었습니다. 그것을 연상할 때 너무 측은하고 눈물겹습니다. 인생은 어차피 한번 태어났다가 반드시 죽어야 하는 숙

명적인 존재이기는 하지만 결코 아무렇게나 사라질 수는 없고, 만물의 영장으로서 양심의 소리에 귀를 기울이고 선과 악을 분별하면서 살아가야만 한다고 생각합니다. 더욱이 하나님을 믿는 사람은 그가 신앙의 세계로 발을 옮기는 그때부터 고난이 시작되는 것 같습니다.

마음은 원하나 몸이 움직이지 않을 때가 너무 많은 우리 인간은 양심의 소리에 그대로 행해야 한다는 것을 잘 알고도 몸소 행하는 것을 꺼리는 사람이 우글대는 세상에서 살고 있습니다. 많은 사람들을 고통스러운 자리에 밀어 넣고 잘사는 사람들, 정직하게 말하는 것보다 거짓을 말해 남의 관심과 환영을 받는 사람들을 우리는 세계 어디서고 많이 볼 수 있습니다. 그러나 우리가 살고 있는 이곳에서 눈으로 보이는 것, 즉 밖에 나타난 것으로만 어떤 가치를 평가할 수는 없을 것입니다. 과연 악한 사람에게 평화가 있었을까요. 남을 괴롭힌 사람은 평화로울 수 없을 것입니다. 굶으며 죽는 한이 있어도 선을 행하고 양심의 소리에 따라 행하는 사람은 영원히 살 수 있으되, 악의 편에서 오래 영화를 누린 사람은 영원히 살 수 없을 것입니다.

예수님의 생은 탄생부터 참 고난의 자리에 오셔서 끝까지 고난으로 마쳤으나 영생하여 우리와 함께 계십니다. 너무도 짧은 33년간의 생애를 가난한 목수로 생계를 유지하신 그분은 철저히 배신당하시고 십자가의 아픔까지 겪으셨습니다. 고독한 예수의 모습을 바라보면 나는 늘 당신이 연상됩니다. 이와 같은 예수의 뒤를 따라가려면 그분이 걸으신 길을 가야만 합니다. 가시에 찔리고 넘어지며 다치는 아픔을 거듭 겪으면서도 발걸음을 멈추지 않고 그대로 따라가야만 승리의 종소리를 듣고 환하고 넓고 평탄한 곳에 이르게 됩니다.

의인 열 사람만 있어도 나라를 구해주겠다고 약속하신 하나님. 구약 시대나 오늘이나 의인이 거의 없는 세상입니다. 당신이 오늘까지 남달리 큰 수난을 겪어야 했던 데에는 반드시 하나님의 뜻이 있을 것입니다. 이스라엘 백성은 애굽에서 해방되었으나 고난은 덜어지지 않았고 의·식·주의 문제는 오히려 더 힘들어졌습니다. 40년의 광야생활은 또 하나의 연단이었습니다. 어떻게 생각하면 너무 심하다 느낍니다. 그런데 이들도 행복과 슬픔, 빛과 그늘이 엇갈린 생활을 거듭하면서 하나님으로부터 축복을 받았습니다. 당신에게도 하나님의 축복이 있을 것을 믿습니다. 당신은 당신 때문에 우리 가족, 친척, 친지들이 어려움을 당한다고 몹시 괴로워하고 아파하고 계신데, 너무 괴로워하지 마세요. 당신이 괴로움을 고의적으로 주는 것도 아니고 어쩔 수 없이 같은 길을 가느라 겪어야 하는 것이라 생각해요.

그보다 당신을 한 번도 보지 못한 사람, 우리와 가까운 사람조차 알지 못하는 그러한 사람들 가운데 당신으로 말미암아 고난당한 사람들도 있다는 것을 잊을 수 없습니다. 그러나 이 또한 어떻게 하겠습니까. 다만 하나님의 뜻에 순종하고 모든 사람들을 뜨거운 사랑을 가지고 대하며 같이 축복받기를 기도해야겠다고 생각합니다.

당신이 오랫동안 감당하기 힘든 어려움 가운데 계신 것 생각할 때 무어라 힘이 되어드리고 위로를 해드릴지 안타깝기만 하고 견딜 수 없는 괴로움이 있으나 마음을 돌려 생각하며 예수님을 바라보고 희망을 가지고 참음의 교훈을 받아들이게 됩니다. 밖에서 편히 지내고 있는 것 당신에게는 미안하게 느끼는 것도 솔직한 심정입니다. 우리는 고난을 값있게 받아넘겨야 하나 봅니다.

내일부터 기온이 내려간다는데 감기 걸리지 않도록 조심하세요. 하나님의 지키심이 있을 것을 믿고 감사하며 기도합니다.

존경하는 당신에게

요새 며칠 동안 비가 내렸는데도 날이 푸근해서 얼마나 다행인지 모릅니다. 비온 후 기온이 내려가면 김장용 채소에 큰 지장이 될까봐 걱정했고 또 옥고를 치르시는 분들이 추울까봐 걱정을 했습니다. 오늘은 홍걸이 생일이므로 홍일의 가족이 모두 와서 저녁을 같이 하고 케이크도 잘랐습니다. 마침 화곡동 작은아버지께서 오셔서 함께 식사할 수 있어서 기뻤습니다. 홍걸이에게 지영, 정화가 양말을 선물하고 형들은 셔츠를 선물해주었습니다.

김 추기경님으로부터 전화가 있어서 오늘 만나뵈었습니다. 프리드리히 에버트 재단 총무(서독 브란트 전 수상과 관련이 있는 곳)가 우리 가족에게 다소나마 도움을 주기 위해 성금으로 서독 돈으로 3500마르크를 보내와서 추기경님이 우리 돈으로 환전해 수표로 저에게 주셨습니다. 우리 돈으로 100만 5655원입니다. 1마르크에 287.33원이라 합니다. 추기경님이 당신께 안부 전해달라고 하십니다. 이 재단 총무되시는 분이 지난번에 우리나라에 왔다가 추기경님을 만나뵙고 갔다고 합니다.

오늘도 홍업이가 내 대신 청주를 다녀왔습니다. 내가 좀 일이 있었기에 못간 것입니다. 이번에 11월 1일에 면회했기에 19일까지 무척 기다리게 되는 느낌입니다. 하나님은 여러 가지 방법으로 당신을 사랑하고 계심을 믿으시기 바랍니다.

존경하는 당신에게

낮 기온이 다소 높은 편이 돼서 그런지 나는 오늘 하루 종일 재채기와 콧물이 나서 몹시 불편했습니다. 알레르기를 일으키는 데 온도가 영향을 주나 봅니다. 어제 소련은 긴급소집된 당 중앙위원회 전체회의에서 공산당 서기장에 안드로포프를 선출했는데 소련연방최고회의 간부회의장(국가원수)의 직책을 누가 승계할 것인지에 관해서는 아직 알려진 바 없다 합니다. 체르넨코 그리신(브레즈네프의 보좌관을 지냈음)이 유력시되고 있다 합니다. 안드로포프가 당중앙위 연설에서 우리는 제국주의자들이 결코 평화 호소에 호응하지 않을 것임을 잘 알고 있다고 말하고 평화는 소련군대의 무적의 힘에 의존함으로써만 지탱될 수 있다고 주장한 것이 놀랄 정도로 호전적인 것으로 받아들여지고 있다 합니다. 브레즈네프의 장례식에는 미국 부시 부통령, 일본 스즈키 수상, 서독 카르스텐스 대통령, 프랑스의 피에르 카르스덴 수상과 세송 외상, 캐나다 트뤼도 수상, 인도 간디 수상, 인도네시아 말리크 부통령, 유엔 케야르 사무총장, PLO 아라파트 의장이 참석할 것으로 알려졌습니다.

외무부는 레바논 파병 여부에 대한 종합 검토 작업과 관련 특별대응반을 편성했다 합니다. 우리와 같이 파병요청을 받은 영국, 스웨덴 등 5개국 중 벨기에를 제외한 4개국이 태도를 유보하거나 부정적인 반응을 보이고 있어 이들 국가의 태도가 우리의 결정에 영향을 미칠 것으로 평가된다 합니다.

공금리와 실제금리의 격차는 갈수록 벌어지고 있다는데 회사채의 경우 발행금리는 12.5퍼센트인데 비해 실세금리는 15.5퍼센트 수준이었다 합니다. 또 채권시장 밖에서 비공식적으로 거래되고 있는 경우는

18퍼센트 수준에 이르고 있으며 한편 국공채 수익률도 다시 오르기 시작해 국민주택 채권은 18.0~18.2퍼센트, 전신전화비는 18.2~18.3퍼센트 수준까지 올랐는데 이같이 수익률이 올라도 사겠다는 쪽은 적고 팔겠다는 쪽만 앞을 다투어 매물을 내놓고 있다 합니다.

서울시와 부산시가 지하철 건설비를 조달하기 위해 내년에 일본에서 각각 50억 엔씩 모두 100억 엔의 외화표시채권을 발행하기로 했다 합니다. 이 양시 지하철 공사기간을 앞당기는 데 따른 자금부족을 메우기 위해 처음으로 엔화표시채권을 발행키로 했는데 발행조건은 아직 결정되지 않았다는 것입니다. 그런데 내년에 외화표시채권을 발행하는 공공기관은 산업은행 1억 5000만 달러, 한국전력 1억 달러 등입니다. 19일 면회 날을 기다리며 당신의 건강을 빕니다.

1982년 11월 15일

존경하는 당신에게

벌써 11월도 반을 넘었습니다. 내일부터는 기온이 내려가리라는 예보와 더불어 방도 어제보다 온도가 훨씬 내렸습니다. 어디를 돌아보나 월동 준비로 모두 바쁜 모습을 볼 수 있습니다. 만물이 움츠러드는 느낌이 듭니다.

레바논 정부가 한국 등에 추가파병 요청한 평화유지군이 주둔하게 될 것으로 알려진 레바논 중동부의 베카계곡 지역은 시리아와 팔레스타인 해방기구 연합세력이 이스라엘군과 대진對陣 일촉즉발의 전운이 감돌고 있다 합니다. 리반 산맥과 에시 샤르키 산맥 사이의 베카계곡에 포진 중인 시리아 군은 3만여 명으로 추산되고 있으며 북부의 중요항구인 트리폴리를 중심으로 한 지역에도 시리아 및 PLO 잔여세력이 1만여 명선을 훨씬 넘는 것으로 알려지고 있다 합니다. 중공은 최근 영국으로부터 군사장비를 구입하는 중요한 협정을 마무리지었다고 주북경영국대사관이 13일 발표했다 합니다.

레이건 대통령은 13일 소련 천연가스관 건설에 필요한 미국장비의 대소련금수조치를 해제하고 이 같은 조치로 미국의 대소관계 개선 용의가 소련의 새 지도자들에게 전달되기를 희망한다고 말했습니다.

IMF 협의단이 17일 한국에 온다고 합니다. 정부는 IMF 협의단의 내한을 계기로 금년에 맺지 않았던 스탠드바이(대기차관)협정을 다시 맺을 것을 검토 중이라 합니다. 금년에는 IMF가 ①금리를 국제수준 이하로 내리지 않을 것 ②통화를 긴축 운용할 것 ③원화가 고평가되어 있으니 이를 실세화 할 것 등을 건의했으나 정부가 이를 받아들이지 않음으로써 협정이 체결되지 않았다 합니다. 한국은 IMF로부터 약 4억 달러 정도의 차관을 언제든지 빌려 쓸 수 있는 대신 한국은 IMF가 건의하는 통화계획 등 경제운용에 관한 약속을 지켜야 한다는 것입니다.

우리나라의 기술도입이 지나치게 일본에 편중되어 있다 합니다. 올 들어 9월까지 기술도입건수는 213건으로 이중 일본 기술은 전체 51.6퍼센트인 110건에 이르고 있고 미국에서 도입된 기술은 23.5퍼센트인 50건입니다. 19일 만나뵐 것을 기다리면서 당신의 건강을 위해 기도합니다.

1982년 11월 18일

존경하는 당신에게

내가 청주에 갔다온 지는 여러 날이 되었습니다. 내 대신 홍일이와 홍업이가 한 번씩 더 가주어서 나는 다른 일을 할 수가 있었으나 너무 오래된 느낌이 듭니다. 그러다보니 내일이 면회일이 되어서 청주에 갈 것을 기쁨으로 맞이하게 되었습니다. 레바논 정부는 베이루트의 안정을 회복하는 데 성공한 다국적 평화유지군이 그 임무를 레바논 전역으로 확대해주기를 바라고 있으나 이를 위해서는 더 많은 병력 확보와 기능 재조정이 요청되고 있다 합니다. 평화유지군의 일원인 이탈리아 군사령관은 17일 기자와 만나 다국적군의 활동범위를 베이루트 밖으로 확대하려면 증원이 불가피하다고 말했다 합니다.

일본 정부는 18일 레바논 주둔 다국적군에 대한 경비분담 및 의료, 막사 건립 경비 등을 지원키로 하고 새 내각출범 후 지원액수 등을 구체적으로 검토키로 했다 합니다. 일본 정부는 맨스필드 주일미국대사로부터 레바논에 주둔하고 있는 평화유지군에 대해 일본도 가능한 범위 내에서 협력해달라는 요청을 받고 이 같은 방침을 세운 것으로 알려졌습니다.

UN 총회는 16일 오는 86년을 국제평화의 해로 정하기로 했다 합니다. 동남아 국가연합 5개국 등 동북 각국은 일본의 교과서 검정 파동 이후 일본의 방위력 증대에 대해 '새로운 군국주의 진출' 또는 '새로운 대동아공영권 구상'이라고 크게 우려하고 있으며, 미국이 1000해리 해상 교통로 방위를 일본에 전격으로 맡기려 하는 데도 반대하고 있음이 밝혀졌다 합니다.

미국의 12개 향군병원에서 심장병환자들을 대상으로 시험한 결과 하루에 한 알의 아스피린을 복용한 환자들은 심장마비에 걸릴 확률이 줄어든 것으로 나타났다 합니다. 값싼 아스피린이 여러 곳에 좋은 것으로 알려지고 있습니다. 내일 뵙겠어요.

존경하는 당신에게

당신의 소재가 궁금하였는데 홍일이가 청주 갔다 왔기에 그대로 청주에 계시다는 것을 알게 됐습니다. 당신만 현재 이감되지 않으셨습니다. 어떻게 되는 것이 당신께 좋을지 그것은 우리가 알지 못합니다. 청주는 내일 영하 2도로 추운 날씨가 된다고 합니다. 건강에 더 조심하셔야겠습니다. 당신 계신 곳이 좀 나은 환경으로 변하기를 바랍니다.

인도 경찰은 제9회 아시안게임 사흘째인 21일에도 철야 경계를 계속해 뉴델리와 북부의 편잡주에서 약 580명의 극단적인 시크교도들을 체포했다 합니다. 일본과 중공 무역 관계자들은 일본과 중동 등 북구

2개 성 간의 쌍무무역에 시험단계로 내년 1월부터 북한의 청진항을 사용키로 했다고 일본무역업계 소식통들이 밝혔다 합니다. 중공은 소련이 먼저 중소국경에 배치한 소련군을 감축할 경우 그에 상응하는 조치를 취할 것이라고 북경의 믿을 만한 소식통들이 21일 말했다 합니다. 소련은 정상적이고 보다 훌륭한 대미 우호관계를 추진하고 있다고 소련공산당 기관지가 21일 말했다 합니다. 레바논 정부는 21일 레바논에 회교정부를 수립할 것을 추구하는 약 500명의 친이란 시아파 회교반도들이 베이루트에서 동북쪽으로 105킬로미터 떨어진 베카계곡의 고도 발베크의 시청을 무력으로 점령함으로써 중대한 도전에 직면했다 합니다.

날로 심화되는 세계적인 보호무역주의 완화 방안을 논의하기 위한 제3차 세계무역체제가 갈림길에 서 있으며 보호무역주의가 지양되지 않을 경우, 세계가 지난 30년대의 대공황과 같은 경제파국에 또다시 직면하게 될 것이라고 경고했다 합니다. 여러 점으로 어려운 시대에 살고 있는 우리입니다. 몸 건강하세요.

존경하는 당신에게

오늘은 무척 추워졌습니다. 내일은 더 추워진다는 예보가 있으니 당신이 계신 곳은 더욱더 춥겠습니다. 생각하면 너무도 안타깝기만 합니다. 우리집 응접실도 어제부터 스토브를 피웠습니다. 이 추위는 모레까지 간다는데 우리는 아직 김장을 하지 않았기 때문에 이달 말 날이 풀리면 하게 될 것 같습니다.

일본의 문부상은 24일 한일 간 외교문제가 되어온 역사교과서 시정에 대한 담화를 발표, 일본 정부가 한국, 중공 등 인근제국과의 국제관계를 고려해 이 같은 교과서 검정 기준을 고치기로 했다고 밝히고, 학교교육 현장에서 이 같은 취지를 충분히 살려 국제이해와 협조의 정신을 배양토록 하라고 요망했다 합니다. 그리하여 올해 검정 교과서부터 시정, 검정이 끝난 것은 83년에 손질한다는 것입니다. 외무부 당국자는 일본 문부상의 담화에 대한 논평을 통해 일본 정부의 일련의 조치는 지난 8월 26일 일본 관방장관의 담화로 '일본 정부 책임하의 교과서 왜곡을 시정하겠다'는 공약을 실현하기 위한 구체적 조치의 일환으로 본다고 밝혔습니다. 그리고 교과서의 왜곡시정을 위한 제도적 바탕이 마련됐으며 그동안의 우리 요구를 받아들여 성의 있게 시정하려는 일본 정부 노력을 높게 평가한다고 말했습니다.

일본 문부상의 담화발표(교과서에 관한)를 계기로 양국 관계가 정상화될 전망이라는데 한일경협 교섭 및 정기각료회담 개최 문제 등 양국 간 현안에 대한 협의가 조만간 재개될 것으로 보인다 합니다. 이 시기는 일본 정국의 추이에 따라 구체적으로 윤곽이 드러나게 될 것이라고 말했다 합니다.

김상엽 국무총리는 12월 6일부터 16일까지 콜롬비아, 페루, 칠레 등 중남미 각국을 공식 방문하여 각국 정부지도자들과 만나 최근의 국제 정세에 대해 견해를 교환하고 상호관심사 및 협력강화방안에 대해 협의할 예정인데, 미국을 거쳐 중남미를 순방하고 귀로에 다시 미국 등을 거쳐 12일 23일 귀국할 예정이며 공식 수행원은 서상철 동자부 장관, 노재원 외무부장관, 금진호 상공부차관, 조영길 총리비서실장 등 9명과 경제인 10여 명이라 합니다.

상공부는 올해 수출이 당초 목표인 245억~250억 달러 달성이 어려울 것으로 보고 수출증대를 위한 연말비상대책을 전국수출업계에 시달했다 합니다.

23일 끝난 일본자민당의 총재예비선거는 주류파의 지원을 받은 나카소네 후보가 1위를 차지, 25일 본선거에 하시모토가 포기해 나카소네가 수상에 확실시되고 있습니다. 나카소네는 다나카, 스즈키 등에 업힌 고용내각이 될 것으로 보고 있고 록히드 사건 처리가 가장 큰 짐이며 다나카파에서는 내년 6월 전 국회해산을 서두를지도 모른다 하고 또 어려운 고비를 넘겨도 '차례'를 기다려 단명이 불가피하다고 내다보고 있다 합니다.

지난 한 해 동안 지방에서 서울로 들어온 하루 인구는 2104명, 서울을 빠져 나간 인구는 1862명으로 지난 한 해 동안 서울은 8만 8545명의 인구가 불어난 것으로 밝혀졌습니다. 또 하루 출생인구는 509명인데 사망인구는 84명으로 기록됐다 합니다. 쓰레기는 2만여 톤, 8톤 트럭으로 2600대분이 됩니다. 인구밀도는 킬로미터당 1만 3836명으로 우리나라 평균 인구밀도 391명의 35.4배를 기록하고 있다 합니다. 각종 자동차 대수는 22만 7000대에 이르러 37.9명 당 1대 꼴이었고, 우리나라 전체 차량 대수 52만 7729대의 43퍼센트를 차지했다 했으며, 전화는 7.6

명당 1대 꼴인 114만 113대였으며 전체 전화 대수 283만 4970대의 40 퍼센트였다 합니다. 얼마나 서울 집중이 심한지 알 수 있습니다. 추위에 몸조심하세요.

1982년 11월 25일

존경하는 당신에게

오늘 아침은 무척 추웠는데 당신 계신 곳은 어떠셨는지요. 그곳은 서울보다 추운 곳이 되어서 늘 걱정이 됩니다. 올 겨울은 추위의 기복현상이 커 따뜻한 날씨와 매우 추운 날씨가 교차할 것으로 보인다 합니다. 우리나라 겨울 날씨는 보통 한반도 서북쪽의 몽고와 바이칼 호부근에 중심을 둔 한랭한 대륙성 고기압의 영향을 주로 받는데 추위를 몰고 오는 대륙성 고기압의 변화현상을 정확히 예측하기는 어렵지만 올 겨울은 한란의 격차가 심할 것이라고 기상 전문가들은 내다보고 있다 합니다. 조지 슐츠 미 국무장관은 1월 말이나 2월 초에 서울을 방문할 것으로 보인다 합니다. 미 행정부 소식통은 슐츠 장관이 내년 2월 방문할 예정이라고 말했다 합니다.

우리 국민은 경제발전에 다소 지장이 있어도 민주주의는 꼭 실현되어야 한다고 압도적 다수(80퍼센트)가 생각하고 있다고 이대 김동일 교수의 '국제의식의 변화연구' 결과 밝혀졌다 합니다. 이 같은 사실은 현대사회연구소가 25~26일 열고 있는 '한국인의 의식과 국제발전' 연례 학술대회에서 발표한 것으로 지난해 보다 3퍼센트가 늘어난 것이라 합니다. 김 교수는 지난해 실시된 설문을 그대로 이용, 전국의 같은 대상자(1198명)를 상대로 조사를 한 것인데 '부잣집 자녀나 가난한 집 자녀나 다 똑같이 공부할 기회를 줘야 한다'(82년 95퍼센트, 81년 98퍼센트) '가난의 책임은 각자 개인이 져야 한다'(82년 82퍼센트, 81년 80퍼센트) 등의 항목은 큰 차이 없는 것으로 집계됐다 합니다. 그러나 '정치는 정치하는 사람에게 맡겨야 한다'의 경우 지난해 68퍼센트에서 55퍼센트로 대폭 줄었고 '국민이 너무 정치에 관심이 많으면 나라 일이 잘되지 않는다'는 응답이 지난해(46퍼센트)보다 9퍼센트가 늘었다 합니다. 이밖에 사회규범을 묻는 항목에서 '수단과 방법이 잘못 되어도 결과가 좋으면 된다'에 대해 '그렇지 않다'가 지난해 76퍼센트보다 7퍼센트가 늘었고 '규칙이 잘못 됐다고 생각할 때도 그것을 지켜야 한다'의 경우 '그렇지 않다'는 의견이 지난해 61퍼센트보다 7퍼센트가 줄었다 합니다.

지난 3, 4분기 중 우리나라 경제는 주택건설조치에 힘입어 6.4퍼센트의 비교적 높은 실질성장률을 기록했습니다. 그러나 당초 예상에 미달하는 쌀 수확량과 수출부진 등으로 올해 연간 GNP 성장률은 목표치인 6퍼센트선을 다소 밑돌 것으로 전망되고 있다 합니다.

나카소네 정권 탄생이 확정됨에 따라 자민당은 당 요직 및 새로운 내각 구성을 위한 각 파벌 간의 조정작업에 들어갔는데 신체제의 골격이 되는 당 3역에 대해서는 나카소네 새 총재가 파벌을 초월한 거당 태세를 형성한다는 원칙을 명백히 밝힘으로써 이미 다나카, 스즈키, 후쿠다파에 안배키로 굳어졌으며 구체적으로 다나카파의 니카이도 간사장의 유임이 거의 확실하다 합니다.

늘 건강하시며 마음의 평화를 간직하도록 힘쓰시기 바랍니다. 하나님만을 의지하셔서 큰 축복의 날을 속히 맞으시기를 빕니다.

존경하는 당신에게

날씨가 영하로 뚝 떨어진 후 우리집 화단은 아주 볼품없게 되고 이제 꽃은 다 졌습니다. 몇 개 되는 화분은 응접실로 들여놓았습니다. 당신 계신 곳도 영단이 더이상 당신의 손길을 필요로 하지 않게 되었으니 운동시간을 어떻게 보내실까요. 아주 작은 즐거움마저도 겨울이 앗아가고 말았음을 생각하니 읽으신 책만이 당신의 벗이 되어 위로해줄 것을 알게 됩니다.

일본의 나카소네 내각이 새로 출범했는데 외상에 아베 신타로(전 통상상), 장상에 다케시다(전 간사장 대리), 통상상에 야마나카(전 방위청장관) 그리고 방위청장관에는 다니카와 의원이 발탁됐다 합니다. 새 내각은 조각과정에서 다나카파에 편중되어 같은 자민당 내 비주류파의 반발을 불러일으켜 난항을 겪었으며 앞으로도 다나카 직결내각이라는 비판이 집중되고 있는 당내의 여건으로 보아 파란이 예상된다 합니다.

독일 정부는 26일 끝난 제2차 한독정책협의회에서 '앞으로 주요 공산권들이 한국에 대해 공식관계를 수립하지 않는 한 그리고 한국 정부와의 사전 협의 없이는 북한과 외교관계를 수립하지 않겠다'고 공동발표문을 통해 약속했다 합니다. 독일 측의 이 같은 입장표명은 중공 등 주요 공산국이 한국과 외교관계를 맺지 않는 한 독일 측도 북한과 외교관계를 수립하지 않는다는 점을 명백히 한 것으로 EC 등 다른 서방 진영의 한반도 문제와 관련한 앞으로의 남북한 교차승인 방식에 새로운 기준이 될 것으로 기대된다 합니다.

이 외무장관은 27일 외무부를 방문한 리처드 워커 주한미국대사와 약 30분간 요담했는데 그 내용은 구체적으로 알려지지 않았으나 한국의 레바논 다국적 평화유지군 파견 문제 등 상호공동관심사에 관해 협의했다고 한 관계자가 전했다 합니다.

폴란드 정부는 계엄선포 1주년이 되는 오늘 12월 13일로 예정되고 있는 계엄령해제조치가 취해지고 난 뒤 구금 중인 자유노조원 1000여 명을 석방할 것이라고 수상 야루젤스키 장군의 한 보좌관이 25일 밝혔다 합니다.

소련의 브레즈네프의 사망을 계기로 북한이 소련과 소원해지고 대신 중공과 더욱 가까워지고 있다는 증좌가 뚜렷하게 드러나고 있다고《아시안 월스트리트 저널》이 26일 북경발 기사에서 주장했다는데, 브레즈네프 사망에 대해 베트남, 캄보디아, 라오스 등 아시아의 소 맹방들이 3~4일간의 추모일을 선포한 데 비해 북한은 단 하루의 추모로 그쳤다고 전했습니다. 북한은 소련과 미묘한 감정대립이 있다는 것입니다.

움츠렸던 소비가 최근 들어 부쩍 늘어나고 있습니다. 27일 경제기획원이 발표한 올해 3, 4분기 도시계획 조사결과에 따르면 가구당 월평균 소비지출액이 28만 7318원으로 전년 동기에 비해 11.6퍼센트나 늘었다 합니다. 몸조심하세요.

1982년 11월 30일

존경하는 당신에게

오늘로 11월도 끝나게 되었습니다. 이제 한 달 남은 1982년이 우리에게는 너무 빨리 지나가고 변하여 기쁜 일은 별로 없어도 하나님께 감사하는 마음입니다. 앞으로 이 해가 다 지기 전에 어떤 변함이 있을지 없을지 우리는 알지 못하지만, 또 우리가 바라고 원하는 일이 이루어질지 모르지만 하나님께 모두 맡기고 마음을 가다듬고 정성껏 기도 드리는 일을 더 열심히 해야겠다고 다짐합니다. 홍업이는 며칠 전에 사랑니를 빼고 좀 고생을 합니다. 마음대로 잘 먹지를 못해서요. 나는 여전히 기침이 끊이지 않고 손목도 아파서 편지만 겨우 쓰고 있습니다. 홍일이가 아침에 들러서 기침약을 사다주기에 먹었으니까 내일쯤은 좋아질 것입니다.

일 나카소네 수상은 지난번 수상취임 축전에 대한 답례로 전화를 통해 전 대통령에게 취임인사를 하고 싶다는 의사를 30일 전해왔다고 청와대 황선필 대변인이 발표했습니다. 일본 수상은 과거에도 미국 및 아시아 5개국 수뇌와는 취임 전화회담을 해왔는데 한국 대통령과의 전화취임인사는 이번이 처음이라 합니다. 일본 수상은 최근 세계 각국에 보낸 자신의 정치철학을 담은 책자에서 일본은 미국의 입김 아래 제정된 평화헌법을 개정해야 하며 국방을 자체군사력에 의존해야 한다는 개인적 입장을 이례적으로 밝혔고, 타국의 군사력에 크게 의지하지 않는 길을 선택하는 한 진정한 독립은 불가능하다고 믿고 있다고 말했습니다. 일본 정부의 한 대변인은 그러나 나카소네 수상의 이러한 견해가 그의 사견일 뿐 전후 제16대 일본수상 자격으로 한 공식발언은 아니라고 강조했다 합니다. 나카소네 수상은 이 책자에서 또한 나라의 헌법이 스스로의 자위능력 보유에 의문의 여지를 남기고 있다며 마땅히 개정되어야 한다고 오랫동안 생각해왔다고 말했으며, 일본이 미국의 방위우산 아래에서 보호를 받는 대가로 미군의 장기 일본 주둔에 동의한 일본안보조약의 개정도 촉구했다 합니다.

나카소네 일본 수상은 29일 수상관저에서 맨스필드 주일미국대사를 접견, 레이건 대통령의 친서를 전달받았다고 일본 외무성 관리들이 밝혔습니다. 한편 일본 정부 소식통들은 레이건 대통령이 이 친서를 통해 미일 간 협력을 강조했으며 맨스필드 대사는 일본이 수입을 보다 자유화하고 방위노력을 강화해줄 것을 촉구했다고 전했다 합니다.

최근호 《뉴스위크》는 한국이 레바논 다국적 평화유지군으로 1600명 정도의 병력을 파견할 것 같다고 보도했습니다(이 기사는 출처를 밝히지 않았다 합니다).

김상엽 국무총리는 30일 UN이 77년 결의한 팔레스타인과의 국제유대의 날을 맞아 메시지를 발표, 한국 정부와 국민은 국제사회와 더불어 민족자결을 이루기 위한 팔레스타인들의 합법적 권리에 대한 전폭적인 지지를 재확인한다고 말했습니다.

중공이 궁극적인 대미소 등거리외교를 목표로 대소 관계개선을 추진하고 있음을 확인하는 중공당의 극비문서가 입수됐다고 일본의 《요미우리신문》이 30일 보도했다 합니다.

레이건 미 대통령은 30일 취임 후 처음으로 5일간 라틴아메리카 공식 방문길에 나선다 합니다. 한일의원연맹은 금명간 연맹간부회의를 갖고 한일의원연맹합동총회의 연내 개최 문제를 최종 결정할 예정이라 합니다. 12월 3일에 만나뵐 것을 기쁨으로 기다리며 당신의 건강을 빕니다.

1982년 12월 1일

존경하는 당신에게

올해 마지막 달의 첫날이 되었습니다. 거리에는 크리스마스카드와 함께 새해 달력이 쏟아져나와 한 해의 끝맺음을 재촉하고 있는 느낌이 듭니다. 기다리고 기다리는 주 예수 그리스도의 오심. 어서 오셔서 모든 악과 부조리를 없애고 참 자유와 평화의 왕으로 우리를 찾아주시기를 바라는 마음 간절합니다. 가난하고 헐벗고 굶주린 자, 옥에 갇힌 자를 위해, 외로운 과부를 위해 어서 오셔서 이 모든 얽매임에서 풀어주시기를 원하며 기도드리는 이 마지막 달이 되기를, 그래서 우리 모두에게 참 기쁨의 달이 되기를 진실된 마음으로 빕니다. 작고 천하고 낮은 곳에 있는 어느 한 사람의 아픔과 고통이 우리 모두의 아픔으로, 우리 모두의 고통으로 절실하게 느껴지는 사랑을 서로 주고받을 수 있는 아름다운 사회는 영영 꿈으로 머물 것인지, 따뜻한 정을 통하여 아끼고 보살피는 이웃과의 사랑의 열매는 언제 이 땅에서 맺어질 수 있을지 생각해봅니다.

전 대통령과 나카소네 일본 수상은 30일 10분 동안 국제전화를 통해 대화를 나누고 가급적 빠른 시일 안에 서로 만나자는 데 의견을 같이 했다고 청와대 대변인이 밝혔습니다. 김동휘 상공부장관은 올해 수출이 215억에서 220억 달러선에 머무를 전망이지만 내년에는 240억 달러 이상을 수출할 수 있을 것이라고 말했습니다.

NATO 국방상들은 30일 유럽 민간단체의 반핵운동 및 소련의 경고에도 불구하고 제네바 미소군축협상이 구체적인 성과를 거두지 못할 경우 83년 말부터 미국의 퍼싱 II 와 크루즈미사일을 서구에 배치키로 한 NATO의 결정을 다짐하는 공동성명을 채택하고 1일간의 회의를 끝냈다 합니다.

중공의 새 헌법에는 신체의 자유와 개인의 존엄성 및 가정의 신성함 등이 명시되어 있으며 모든 중공인민은 새 헌법에 보장된 개인의 권리를 스스로 옹호할 줄 알아야 할 것이라고 중공관영통신이 지난 29일 보도했다 합니다. 중공군은 현재 진행 중인 제5기 전임대회의에서 민간정부에 복종하고 문화혁명의 좌익성향을 제거한 새 헌법을 준수하는 데 모범을 보여야 한다는 충고를 받은 것으로 중공당 기관지《인민일

보》가 30일 보도했다 합니다. 일본 정부는 한국, 대만, 중공, 파키스탄 등의 대일본 섬유류 및 철강제품 덤핑수출을 규제할 방침이라고 홍콩 영자신문이 보도했다 합니다. 소련의 태평양에서의 군사력 증강에 대처하기 위해 미국의 종용으로 일본이 재무장을 하게 될 경우 동남아에서는 일본의 군국주의 부활을 우려하게 되며 특히 한국에는 심각한 문제를 제기하게 될 것이라고 30일 《아시안 월스트리트 저널》이 보고했다 합니다. 이 신문은 한국이 일본에 대해 안보경협 60억 달러를 공여토록 요구하고 있는데 한국을 일본의 안전보장과 방위를 한국이 일부 부담함으로써 일본은 급속한 경제성장을 했다는 근거로 안보경제협을 요구했기 때문에 일본이 재무장을 하게 되면 한국은 명분을 상실할 뿐 아니라 심각한 타격을 받게 된다고 보도했다 합니다. 미 국방성은 미국이 대대만 무기판매를 궁극적으로 중지하기로 한 지난 8월의 미·중공공동성명 발표 이후 처음으로 병력수송장갑차APC 등 9700만 달러치의 각종 군용차량 및 부품을 대만에 공급하기로 결정, 이를 의회에 통보했다고 발표했는데 의회는 30일 이내에 국방성 결정에 대한 거부권을 행사할 수 있다 합니다. 유럽경제공동체 집행위원회는 프랑스와 이탈리아에 대해 한국, 일본, 대만, 홍콩 등으로부터의 일부 상품수입을 제한할 수 있도록 승인했다고 30일 밝혔다 합니다. 이달은 유달리 감사와 기쁨으로 채워지기를 바랍니다. 건강하도록 힘쓰세요.

1982년 12월 2일

오늘은 기다리던 당신의 편지를 기쁨으로 받았습니다. 무엇보다도 당신이 죽을 드시지 않고 밥을 드실 수 있다니 참 감사한 일입니다. 나도 홍일이가 사다준 약이 잘 들었는지 기침이 가셨습니다. 그리고 손목도 좀 나았는데 손목은 일시적으로 나은 것뿐이지 관절염 관계라 완치는 기대할 수가 없습니다. 늘 조심하고 있습니다. 수요일 오후에 두 시간씩 배우던 베델성서연구는 어제 시험을 마치고 2개월간의 휴가에 들어갔음으로 12월과 1월에는 수요일에 면회 날이 되어도 갈 수 있습니다. 이번 편지에 당신의 어린 시절 이야기를 해주셨는데 전에 어머님께 들은 이야기도 있지만 새로운 것도 많았습니다. 특히 당신 출생 시의 이야기를 어머님께 들은 일이 더욱 생각나는데 참으로 당신은 출생 시부터 고난의 생애를 걸어온 것 같습니다. 그러한 어려움을 극복해나간 당신에게 하나님의 특별한 뜻이 있으시다는 것을 의심치 않습니다.

하나님이 이스라엘 백성을 택하셔서 연단을 통하여 사랑과 축복을 해주신 것을 구약을 보면 알 수 있습니다. 하나님이 당신을 더욱 사랑해주시고 축복해주심을 믿으며 감사를 드립니다. 우리 인간의 생각으로는 당신은 하나님의 벌을 받는 것으로 여길지 모르나 결코 그렇지 않음을 나는 말하고 싶습니다. 지금은 당신의 몸과 마음이 하나님께 바쳐지는 시기입니다. 이 어려운 시기를 통해 당신은 인생의 깊이와 넓이가 더해졌으며 고난에 처해 있는 불행한 이웃을 이해하고 사랑하는 마음도 더 강해졌습니다. 스스로 체험치 않고서 이해한다는 것은 어려운 일입니다. 당신은 어느 누구도 사랑하고 용서해줄 수 있는 아름다운 마음을 간직하고 계십니다. 그리고 일생을 통해 하나님 앞에 잘못한 일 등 모든 것을 털어 놓고 회개할 기회입니다. 하나님은 다 용서하시고 당신의 새로운 인생을 축복해주실 것입니다. 참으로 뜨거운 성령의 역사가 당신을 더욱 값있게 사용하실 것입니다. 당신의 앞날은 환하고 밝은 날에 햇살이 따스하게 비치기를 바라고 꼭 그렇게 될 줄 믿습니다.

당신 사색의 단편들은 참으로 좋은 참고가 됩니다. 철학자와 정치가는 읽고 좀 생각하며 배워야겠다는 생각이 듭니다. 글씨가 작아서 한참 시간이 걸려야 합니다. 많은 공부가 되겠어요. 사색의 단편에서 '사위는 치보고 며느리는 내려보라'는 말을 우리 조상의 지혜가 담긴 말이라고 보셨는데 상류층과 하류층 간의 혼인으로 교류를 한다는 점은 좋은 일로 생각되나 결국 시집가는 딸, 시집오는 며느리는 내리 보입니다. 남존여비의 사상으로 여자를 하류층에서 데려와야 남편 쪽에 더 쩔쩔매고 맹종한다는 조상들의 생각은 여자를 천하게 다루는 데서 연유한 것이 틀림없을 것입니다. 하기야 그 옛날에는 여성의 발언권이란 없었고, 남성들의 생각이 모든 것을 지배했으니까요.

정부는 회복세에 있는 국내 경제가 내년에는 더 나아질 것이라는 전망 아래 경제성장률을 7.5퍼센트로 잡고 이에 따른 '83년도 경제운용계획'(시안)을 확정, 발표했습니다. 환율 상승을 3퍼센트 이내로 억제하고, 금년에 30퍼센트까지 늘어난 총통화를 20~22퍼센트 증가 수준으로 수축할 방침이고, 금리는 계속 안정적으로 운영할 방침이며, 수출은 235억~245억 달러로 최저 9.3퍼센트, 최고 14퍼센트까지 늘려 잡았습니다. 정부는 레바논 정부의 국군파병 요청을 다각도로 신중히 검토한 끝에 파병하지 않기로 결정, 이를 레바논 정부에 통보했다 합니다.

케네디 미 상원의원은 옛 부인과의 이혼 문제 및 세 자녀에 대한 '우선적인 책임' 때문에 84년 민주당 대통령 후보지명전에 출마하지 않겠다고 발표했습니다. 그러나 88년 대통령선거나 그 이후의 선거에 출마할 가능성은 배제하지 않았다고 합니다. 12월은 우리에게 기쁜 소식이 있기를 바랍니다. 건강하세요.

날씨가 갑작스럽게 추워져서 걱정이 됩니다. 내일은 영하 10도로 내려간다니 당신 계신 곳이 더 추워 어떻게 견디실지요. 이 추위는 예년보다 5도나 낮은 기온이라고 합니다. 이 같은 추위가 여러 날 계속 될 듯하니 영어의 몸이 되어 있는 많은 분들의 고생은 심할 것입니다. 그리고 집 없는 사람들, 천막이나 거적으로 꾸민 곳에서 사는 가난한 사람들의 어려움은 말로 할 수 없다는 것 생각하게 됩니다. 당신이 그와 같은 곳에 계시지 않았던들 나는 옥에 갇힌 사람들의 아픔을 내 것으로 느껴보지 못했을 것이고, 불행한 처지에 놓여 있는 사람들에 대한 관심도 크게 가져보지 못했을 것입니다. 그러나 당신이 어려운 곳에서 오래 괴로움을 겪으시기에 이 모든 것이 내 것처럼 절실하게 내 가슴에 다가오는 것을 느낍니다. 예수 그리스도를 믿고 교회를 다니는 그 많은 사람들이 과연 몇 사람이나 이 추위에 떨고 있는 형제들의 고난을 생각할까 하고 생각해보니 아주 극소수, 아니 없을지도 모른다는 생각이 들어 서글퍼집니다.

자기 위주로 살아가고 자기 욕심만을 채우기 위해 갖은 못된 짓을 하며 이웃을 괴롭히는 그러한 사람들로 가득 찬 세상은 어느 점으로 보나 타락한 모습뿐입니다. 그래서 어둠에 가려진 어둠의 자식들이 하나님의 참된 자녀인 빛의 자식보다 훨씬 많습니다. 그러니 세상은 어둠에 싸여 있을 수밖에 없을 것 같아요. 어디고 훈기가 도는 따뜻한 마음과 마음의 교류를 찾아보기 힘듭니다. 그리스도가 세상에 오신 이 12월만이라도 사랑이 넘쳐흐르는 따뜻한 마음을 가지고 서로가 서로를 사랑할 수 있으면 얼마나 좋을까 하고 바랍니다. 원치 않는 곳에서 세 번씩이나 혹한의 겨울을 겪어야 한다는 것은 지나치게 가혹한 삶이 아닐 수 없습니다. 하나님이 보내신 천사들이 당신과 같은 곳에서 고생하는 모든 사람들을 보살피기 바랍니다.

중공은 전인대 제5차회의에서 지난 60년대 모택동에 의해 폐지된 국가주석직을 부활하고 모택동 사상보다 경제개발을 중시하는 등 대폭적인 체제개편을 내용으로 하는 제4차 헌법을 채택했으며, 전인대 대표들이 전체회의에서 비밀투표를 통해 신헌법을 승인했다고 합니다. 신헌법은 대만, 홍콩, 마카오 등에 적용될 특별행정지역을 창설하고 420만 중공군을 통제할 국가중앙군사위원회의 신설을 규정하고 있습니다.

중공 및 소련과 공식 외교관계가 없는 사우디아라비아의 파이잘 외상이 소련 방문에 이어 5일 중공을 방문할 예정이어서 전통적인 친선 서방국가와의 앞으로의 관계가 크게 주목되고 있습니다. 파이잘 외상의 이번 중공 방문은 사우디와 중공 간의 첫 공식접촉이 되는데 사우디는 대만과 긴밀한 외교무역관계를 유지하면서 중공과는 아무런 관계를 맺지 않고 있는 유일한 아랍 강국이랍니다.

미국은 폴란드 당국이 노동자와 정치적 반대자들에 대한 통제를 완화할 경우 미국의 대폴란드 경제제재조치도 완화할 용의가 있는 것으로 3일 알려졌다 합니다.

미국 관리들은 오는 13일 폴란드 계엄선포 1주년 이전에 상황의 일부 개선조치가 나올 것으로 예상한다고 밝히면서 레이건 미 대통령은 이러한 사태발전을 촉진하기 위해 대폴란드 경제지원을 준비하고 있다고 말했습니다. 매일 보내드리는 크리스마스 카드가 당신의 방을 장식하고 당신을 위로해주며 당신의 자유를 기원하는 것이 되기를 바랍니다. 추위에 몸조심하세요.

존경하는 당신에게

오늘은 대설이라고 하는데 아직 눈이 올 것 같지는 않습니다. 날이 오늘부터 조금 풀리기 시작하니 마음이 놓이는 것 같습니다. 웅크려야 하는 가슴이 좀 펴지는 느낌입니다. 이렇게 기온에 따라 마음도 달라지니 인간은 인위적, 자연적 조건에 따라 많은 영향을 받고 살아가는 것임을 알 수가 있습니다. 아주 약하고 강한 존재이기도 합니다. 벌써 이 달도 한 주가 지나갑니다. 바빠서 그런지 더 빨리 지나가는 느낌입니다. 벌써 중부전선 삼천봉에 크리스마스 트리가 점등되었고, 군부대 장병과 춘천교회 신도가 참석한 가운데 높이 39미터의 철제승리탑을 세우고 27개의 줄에 1189개의 등을 달았습니다. 참자유와 평화의 종소리가 지역에 있는 동포들에게도 울려 퍼지기를 바랍니다.

오늘부터 인권주간인데 과연 얼마나 세계인권선언의 정신대로 인권이 존중되고 있는지 의문입니다. 신문 만화를 보니 인권주간에 뜻을 아느냐 물으니까 인간끼리 권투를 하라는 주간 아니냐 했는데 정말 요즘 같아서는 인권이 존중되는 것보다는 권투하는 식으로 서로 치고받는 일이 더 많은 것 같아서 인권주간을 무색하게 하고 있습니다.

일본 외무성은 새 내각 발표 및 새 외무상 취임을 계기로 미일 관계 개선과 함께 경제협력 등 한일 현안의 조속타결을 최우선 과제로 삼고 있는 것으로 6일 전해졌습니다. 정부는 일제가 심어놓은 신민사관을 극복하고 주체적인 민족사관을 확립하기 위한 작업의 일환으로 중고교의 국사 교과서를 대폭 수정 보완키로 했습니다. 새 국사교과서에는 그동안 신화로 다루어온 단군조선을 역사적 사실로 객관화하고, 고조선 영역을 만주에서 남북 일대로 수정하고, 한국 고대문화의 일본 진출을 확실히 하는 것 등이라 합니다.

정부는 내년 중 민간부문에 대한 총여신 규모를 올해보다 15.6퍼센트 늘어난 10조 4000억 원으로 책정했습니다. 6일 관계 당국에 따르면 내년 중 민간 총여신 가운데 4조 8000억 원은 예금 은행을 통해 공급될 예정인데 이는 올해보다 1000억 원이 감소되어 총 통화증가율은 올해 30.0~22.0퍼센트로 떨어지게 된다 합니다. 5개 시중 은행을 비롯 모든 은행이 내년 2월부터 팩토링금융(판매자금융)을 취급한다 합니다. 금융단에 따르면 각 은행이 취급한 팩토링금융은 은행이 생산자나 판매자가 상품을 외상으로 팔고 받는 채권을 현금으로 구입해줌으로써 판매자의 자금수요를 충족시켜주고 소비자에겐 상품대금을 할부 은행에 갚도록 하는 제도라 합니다.

국회는 상무위가 공전하고 있는데 앞으로 3~4일 더 걸릴 것으로 내다보고 있습니다. 민권당은 김의택 총재의 와병으로 김정두 씨가 총재직 직무대행을 하고 있고, 무소속에 황명수 의원이 민권당에 입당한 6일 부총재로 임명되었습니다. 일본 동경에서 첩보활동을 하다 지난 79년 미국으로 망명한 전 소련 KGB의 간부였던 레프첸코는 최근 미 정부 관계 기관에 청해 '일본 내에서 소련 KGB에 비밀협력을 하고 있는 일본인은 40명 이상에 달한다'고 말한 것으로 일본《매일신문》이 6일 보도했다 합니다. 일본인들 중에는 자민당, 사회당 정치가들과 재계인사들도 포함되어 있다고 폭로했다면서 이들 일본인 협력자들은 소련에 각종 정보 제공은 물론 일본의 외교정책과 여론조작 등을 위한 영향력 행사까지도 계속하고 있다고 말했다 합니다.

슐츠 미 국무장관은 유리 안드로포프 새 공산당 서기장의 소련 정부와 관계개선 방안을 모색하고 서구동맹들과의 불편한 관계를 바로 잡기 위해 2주간 구주歐洲 순방 여행길에 오른다는데, 폴란드 공산정부가 예상대로 계엄령을 해제할 경우에 대비한 서방 측의 대응책도 방문국 지도자들과 협의할 예정이라 합니다. 또 NATO 외상회의에 참석할 예정이고 특히 프랑스와 이탈리아에 현재 레바논에 파견 중인 평화유지군 병력의 증원을 요구하는 한편 기타 국가들에게도 이에 가담해주도록 요청한다 합니다.

아라파트 PLO 의장을 비롯한 팔레스타인 지도자들은 5일 남예멘의 아든에서 회합을 가진 뒤 '아든선언'을 발표 '캠프데이비드 중동평화 협정'과 '미국 및 시온주의자'가 제안한 중동평화안을 거부한 종전의 입장을 재확인하고 시리아와 PLO 관계의 중요성을 강조했습니다. 또 팔레스타인 인민에 정당한 자결권을 인정하고 고국 영토에서의 독립국가 창설을 부인하는 모든 기도를 단호히 배격했다 합니다.

중공은 6일 팔레스타인 독립국가 창설과 그것을 조건으로 이스라엘의 생존권 인정을 골자로 하는 아랍 측의 중동평화안에 대해 공식적으로 지지를 표명하고, 중공 수상 조자양과 요르단 후세인 왕을 단장으로 하는 중공을 방문한 아랍연맹 7인위에게 미국을 격렬히 비난했다 합니다.

《뉴욕타임스》는 6일 미국에 와 있는 중공학자와 유학생, 체육인 등이 미국에 정치적 망명을 신청했는데 10월 말 현재 1030명이나 된다 합니다. 망명의 허가 여부를 두고 양국이 긴장하고 있다 합니다. 자유, 인권, 민주주의를 원하는 중공 과학자가 캐나다에서도 망명을 요청했다 합니다. 일시 귀국한 중공주재일본대사는 기자회견에서 중공의 등소평 군사위 주석이 일본의 군사력 증강을 지지하는 발언을 했다고 전했습니다. 7일자 《산케이신문》에 따르면 등소평은 '일본이 독립국가로서 자위력을 강화하는 것은 당연하다'고 밝히고 중공이 비판하는 것은 '미시마 유키오 사건' 및 '만주 건국 비건설' 등과 같은 극단적인 경우라고 말했다 합니다.

앨런 윌리스 경제담당 미 국무차관은 6일 일본에 대해 농산물의 수입량을 늘리고 방위비를 증액하라고 촉구했다고 일본 외무성 관리들이 말했다 합니다. 일본은 미국으로부터의 시장개방 압력이 증대되고 있는 가운데 오는 83년 1월 중순까지 시장개방을 위한 포괄적인 3단계 조치를 마련할 것이라고 일본관방장관이 6일 밝혔습니다. 일본 국회의원들과 노조대표들이 6일 모여 다나카 가쿠에이 전 수상을 겨냥해 이른바 금권정치를 배격하는 공동행동을 펴기로 결정했는데 일본의 주요 노조 단체들이 이 같은 공동 운동에 가담하는 것은 이례적인 일로 간주되고 있다 합니다.

이날 모임에는 다나카 이소지 전 법무상을 포함한 중참의원 12명과 6명의 노조 지도자들이 참석했답니다. 미 레이건 대통령은 내년 초 극동 순방을 검토하고 있다고 미 CBS가 5일 보도했습니다. 당신에게도 자유의 종소리가 울려퍼지고 기쁨이 가득차기를 빕니다.

1982년 12월 10일

존경하는 당신에게

오늘은 인권의 날입니다. NCC 인권옹호위원회 주최의 날입니다. NCC 인권옹호위원회 주최의 인권연합예배가 저녁 6시 새문안교회에서 있었습니다. 많은 분들이 참석하여 예배를 드리고 조용히 귀가했습니다. 정부는 지난 76년 UN총회에서 채택된 '경제적·사회적 및 문화적 권리에 관한 국제규약'과 '시민적 권리와 정치적 권리에 관한 국제규약' 등 세계인권선언의 국제법적인 구속력을 부여하기 위해 제정된 '국제인권규약'에 가입한다는 원칙을 세우고 현재 관계부처 간 협의와 자료 검토를 진행 중인 것으로 알려졌다 합니다. 미 국무성 동아시아 태평양 담당 토머스 슈스미드 부차관보는 9일 하원 외교회의 '아시아 이해와 인권의 균형'에 대한 청문회에서 인권 증진을 미국의 안보 및 정치·경제·무역상의 이해와 동등하게 추구하고 있다고 레이건 행정부의 인권정책을 다시 밝혔습니다. 그는 또 한국에 대한 미국의 안보 이해는 동북아시아의 평화와 안정 유지를 위한 것이며, 그것은 미국의 안보와 번영에 깊이 그리고 직접적으로 관련이 있다고 말하고 '만일 한반도의 군사력 균형이 깨진다면 전체 북태평양지역의 안보는 심각하게 부상을 입을 것'이라고 했습니다. 슈스미드 부차관보는 한국의 인권문제에 대해 '한국의 인권 상황은 혼합적'이라고 말하고 한국 정부는 해외여행, 대학 입학, 통행금지 등 갖가지 통제를 자유화했으며 권력이 행정부에 집중되어 있는 반면 국회는 책임 있는 논단이라는 전통적 역할을 점차 보이고 있다고 설명했습니다. 그러나 그는 '우리는 인권이 존중되는 분위기가 장기적으로 안정을 확실하게 하는 국민적 일치를 이룰 수 있고 또 한국의 정치적·경제적·문화적 발전을 달성하는데 기여할 것으로 믿고 있다'고 말했다 합니다.

일본의 수상은 9일 84회계연도의 일본 방위 지출이 국민총생산의 1퍼센트 이상을 초과할지도 모른다고 했다 합니다. 해로海路방위군 문제는 방위군의 군사력을 강화할 안을 적극적으로 강구할 방침이고 정치 일정에 개헌 문제는 넣을 생각은 없다고 중의원에서 답변했다 합니다. 미 국무성의 현정책 기획 담당 책임자로 동아시아태평양 담당 차관보에 지명된 폴 월포위츠 국장은 9일 상원 외교위원회에서 열린 의회 인준 청문회에서 일본의 군사력 증강과 관련 다른 아시아국들이 보이고 있는 우려에 대해 의원들로부터 질문을 받고, '우리가 일본에 희망하는 것은 재무장이 아니라 자위력의 증강'이라고 말했다 합니다. 폴

월포위츠 국장은 또 이날 일본의 자위력을 증강시킨 후에도 미군의 아시아 주둔은 계속 될 것이라고 말했다 합니다.

오늘 청주를 떠나기 직전에 엽서로 면회에 관한 것만 적었는데 되도록 힘써보겠습니다. 교회 건도 알아보고 실시 가능토록 노력은 해보겠어요. 결코 무리한 조건을 요구하는 것은 아니므로 잘 해결되기 바라며 기도하겠습니다. 감기가 많이 돌고 있으니 몸조심하세요.

1982년 12월 12일

존경하는 당신에게

오늘은 주일입니다. 언제나 주일이면 주일학교와 교회 예배로 하루가 바쁘게 지나갔는데 오늘은 아침부터 무척 바쁜 날이었습니다. 교회에서 성경 낭독의 순서도 맡았고 점심을 급히 먹고서는 홍성우 변호사님이 장로 장립을 하셔서 그분을 축하해드리기 위해 조남기 목사님 교회에 장립식 예배에 참석하고 또 달동네로 칭하는 높은 곳, 가난한 사람들이 몰려 사는 곳에 작은 교회의 목사가 취임하는 그 예배에 갔다가 또 문재림 목사님의 병세가 더욱 악화되어 서울대학병원 응급실에 입원하셨으므로 저녁에는 병문을 다녀와야 했습니다.

한 해의 마지막 달을 보내는 것은 무척 어렵다는 것 더욱 느끼게 돼요. 하는 일 없이 왠지 마음만 조급해짐을 느끼게 됩니다. 매일매일 착실한 날을 보냈다면 이제 해를 넘기기 위한 어려움은 없었을 터인데 허송의 날을 보낸 자신을 반성해봅니다. 바쁜 가운데 재작년 이맘때를 회상해보면 무서운 꿈을 꾼 것 같습니다. 과거를 잊어버리는 일도 많은데 좀처럼 잊히지 않는 나날들을 통해 다시 한 번 자기를 볼 수 있는 기회를 갖게 됩니다. 당신께 산타할아버지의 방문이 있기를 바라고 또 바랍니다. 건강하세요.

1982년 12월 16일

존경하는 당신에게

날씨가 영하로 내려가지는 않았으나 날이 흐려서 어쩐지 몹시 으스스한 기분이 듭니다. 아직 우리집 나무들은 잎이 좀 달려 있습니다. 매일 조금씩 떨어져서 오 헨리의 《마지막 잎새》를 연상하게 합니다. 그런데 아침 뉴스에 때아닌 개나리꽃이 어린이공원에 만개했다는 것입니다. 모든 면에서 생각지 않은 이변이 심심치 않게 일어나고 있는 것을 알 수 있습니다.

오늘 아침에는 오랜만에 까치 짖는 소리가 들려왔습니다. 그 소리가 크게 들리니 왠지 반가운 마음이 듭니다. 오래 전에 내려온 그 말이 그렇게 반갑게 해주는 것입니다. 행여나 무슨 반가운 소식 아니면 반가운 손님이 찾아오지 않나 하는 말입니다. 아무 소식이 없고 반가운 손님이 오지 않아도 까치가 우는 소리는 그저 반가운 일이 된 지 오래인 것 같습니다.

레바논 외상은 15일 유럽 및 한국의 다국적 평화유지군의 파견이 이달 말까지 실현될 수 있으며 이스라엘 및 시리아군의 철수가 12일까지 이루어질 수 있다는 기대를 피력했다고   레바논 중도의 신문이 보도했다 합니다. 또 이 외상은 한국을 포함한 5개국이 파병에 긍정적이라고 보도했다는 것입니다. 레바논 정부는 중앙 행정력을 회복하려는 노력으로 11월부터 비자발급 심사기준을 강화했고 재외공관의 비자 발급은 원칙적으로 본국 조회를 전제로 하고 있다 합니다. 베이루트 공항이 재개된 10월 이래 아랍인 귀국자들과 외국인 사업가들의 발걸음이 차츰 빈번해지고 있기 때문이라 하는데 파리주재 레바논대사관의 문정관은 '우리 예루살렘 외상이 미국대사와 만나 평화유지군 파병 문제를 얘기했다'고 말하면서 악수를 청한 후 즉석 비자를 발급해주었다 합니다. 브레즈네프의 후계자인 유리 안드로포프 당 신임 서기장과 레이건 미 대통령 간의 미소정상회담이 열리게 될 것이라는 관측이 강력하게 나돌고 있다 합니다. 브레즈네프의 장례식 참석 위해 모스크바에 도착한 조지 슐츠 미 국무장관은 14일, 미국은 건설적인 결과가 맺어질 것으로 판단될 경우 미소정상회담의 개최를 지지한다고 말해 레이건-안드로포프회담의 개최 가능성을 한층 높여주었습니다. 이곳 외교소식통들은 미소정상회담이 열릴 수 있는 길이 트였다고 생각하고 있으며 조지 부시 부통령이 미국 조문사절단 대표로 파견된 사실을 매우 상징적으로 받아들이고 있다 합니다. 부시 부통령은 성명을 통해 미소 간의 적극적 관계를 위해 계속 일하려는 미국의 희망을 표현하기 위해 장례식에 참석하러 왔다고 말했습니다. 또 미국 조문사절단이 소련 지도자들과 그리고 전 세계에 대해 미국이 평화를 추구하고 세계 긴장을 완화하는데 모든 노력을 경주하고 있음을 천명키 위해 모스크바에 왔다고 강조하면서 미는 미소 두 초강대국뿐 아니라 세계 모든 국가들을 위한 보다 조화된 세계를 모색하고 있다고 말했습니다.

소련의 안드로포프는 15일 상호 협력을 바라는 모든 국가들과 성실한 협력을 해나가겠다고 약속하는 동시에 어떠한 침략 기도도 단호히 분쇄하겠다고 위협함으로써 서방세계에 대해 회유와 위협의 양면적인 태도를 보였습니다. 이날 70여개 국의 조문사절단이 지켜보는 가운데 브레즈네프의 장례식 연설을 통해 이같이 말했습니다. 소련의 새 지도

부는 앞으로 사회주의 국가들의 위대한 공동체 결속을 더욱 강화하기 위해 가능한 모든 일을 할 것이라고 강조했으며 소련이 평화와 국제 긴장 완화를 위한 투쟁의 대의에 항상 충성을 다할 것이라고 말하면서 제국주의의 세력이 세계 인민들을 적대와 군사 대결의 길 위로 내몰려 하고 있는 현 시점에서 철저한 경계태세를 유지, 어떠한 침략 기도도 단호히 분쇄할 것이라고 경계했다 합니다.

물가가 안정되고 경기가 회복 조짐을 보임에 따라 하반기 들어 중소 기업의 시설 투자가 늘어가고 가동률도 호전되고 있다 합니다.

누가복음 4장 18절서 19절의 은혜와 축복이 당신에게 있기를 빕니다.

1971년 김대중이 대통령 후보로 지명되었을 당시의 가족사진.
이후에 닥칠 고난을 이들은 아무도 몰랐다.

진주교도소 담장 옆에서.
서울에서 진주까지는 너무도 멀어 면회하기 위해서는 하루 전에 내려가 여관에서 자야 했다.

EAST
Center for East Asian Studies
〈 東亜細亜問題研究所 〉

Van Ness Centre, Suite 435 · 4301 Connecticut Ave., N.W.
Washington, D. C. 20008
Phone: (202) 363-6696

Harada Mansion, Suite 1107-105, 2 Chome, Tozuka-machi
Shinjuku-ku, Tokyo
Phone: (03) 202-5071

弘·母 앞

July 30, 1903

오랫동안 通信한 편이 없어서 渴⻌듯 섭섭합니다. 그러나 하로도 당신과 家族을 잊은 날이 없으며 天主님께 恩寵와 勇氣를주도록 祈求하고 있습니다.

아버지로서의 마땅을 다하지못한것을 未安히 生覺하고있습니다. 당신의 心情을 내가누구보다도 잘알고 理解합니다. 나는 당신을 믿으며 專敬합니다. 弘과 결이의 祈禱하는이야기에는 정말 뜨거운 눈물을 禁할길이 없었습니다. 내가 지금까지 無事히 지내온것이 모두 神佑와 벗들의 誠心에한 新求의 德이라고 믿습니다. 멫가지 적어보내며 오는 十日날頃 到着해서 仔細한 이야기 써보내겠습니다.

1. 나는 여기서 7日頃 出發하여 途中 Hawaii 거처서 오는 10日頃 Tokyo에 到着합니다. 到着即時 連絡하겠습니다.

2. 나는 오는 九月부터 Harvard University의 Visiting fellow가 되어서 나의 硏究할 題目을 듣고 講論도 합니다. 이미 맞바대로 大学当局에서도 아주 身分이 놋은 노의 特別히 자리를 마련해주고 事務室가 秘書까지도 기로되었습니다. Edwin O. Reischauer 모두 氏는 여러분의 協力이 컷습니다.

3. 집호는 시집으로 移動했으며 (오늘), 나는 apartment의 工事, 掃除等을 위해 美国人할머니 舅집 선生가 대려가서 그도움을 받고있습니다. 英語의 不便이 없지만 英語工夫 為해 됩으며 특히 이할머니는 Social Security의 도움을 받기때문에 pay가 아주 적어서 도움이 됩니다.

↓

cory aquino

April 28, 1977

Dear Mrs. Kim Dae Jung:

No doubt, this letter will come to you as a surprise!

I am Cory Aquino, the wife of former Senator Benigno S. Aquino, Jr. of the Philippines. My husband was the first person arrested and jailed by Marcos upon the declaration of martial law in the Philippines

위_3.1사건으로 구속된 남편들의 석방을 요구하며 시위 중인 아내들.
보라색 한복 가슴에는 남편의 수인번호가 붙어 있다.
아래_필리핀의 코라손 아키노 여사가 보낸 격려편지.
당시 아키노 여사도 남편 베니그노 의원이 감옥에 수감 중이라 이희호와 서로 동병상련의 처지에 있었다.

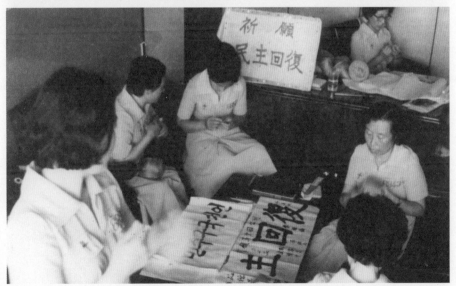

위_3.1민주구국선언사건 관련자들.
아래_구속자 아내들은 함께 모여 뜨개질로 '빅토리 숄'을 만들었다.
숄은 해외로까지 팔려나갔으며 그 수익금으로 양심수 영치금을 마련했다.

My writing times
are seldom
and our meeting times are few.
B_____a times are often
when the thoughts
are thoughts of you!

1982. 4. 23

1982년 봄 이희호가 김대중에게 보낸 꽃 편지. 동교동 집 뜰에 핀 라일락꽃을 붙여 보냈다.
이희호는 감옥에 작은 향기라도 전해주고 싶어 했다.

자택에 연금되어 있는 동안 외신기자 앞에 선 이희호. '오! 자유'라고 새겨진 구호를 줄로
동여매고 있다. 이러한 '침묵의 절규'는 국내언론에 한 줄도 보도되지 않았다.

이희호가 김대중에게 보낸 편지 묶음집 《내일을 위한 기도》는
영문판, 중국어판, 일본어판으로 번역 출간되었다.